大师 高等学校文科教材

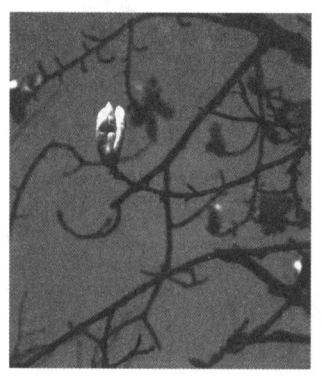

文学批评学教程

主 编 刘锋杰　　副主编 薛 雯 李先国

华东师范大学出版社
·上海·

图书在版编目(CIP)数据

文学批评学教程/刘锋杰主编.—上海:华东师范大学
出版社,2010
ISBN 978-7-5617-7609-4

Ⅰ.①文… Ⅱ.①刘… Ⅲ.①文学评论-高等学校-
教材 Ⅳ.①I06

中国版本图书馆 CIP 数据核字(2010)第 041985 号

文学批评学教程

主　　编　刘锋杰
项目编辑　庞　坚
审读编辑　崔新梅
责任校对　王　卫
装帧设计　黄惠敏

出版发行　华东师范大学出版社
社　　址　上海市中山北路 3663 号　邮编 200062
电话总机　021-62450163 转各部门　行政传真 021-62572105
客服电话　021-62865537(兼传真)
门市(邮购)电话　021-62869887
门市地址　上海市中山北路 3663 号华东师范大学校内先锋路口
网　　址　www.ecnupress.com.cn

印 刷 者　常熟市文化印刷有限公司
开　　本　787×1092　16 开
印　　张　20.75
字　　数　518 千字
版　　次　2010 年 7 月第 1 版
印　　次　2021 年 8 月第 5 次
印　　数　7401-8500
书　　号　ISBN 978-7-5617-7609-4/I·677
定　　价　38.00 元

出 版 人　王　焰

(如发现本版图书有印订质量问题,请寄回本社客服中心调换或电话 021-62865537 联系)

目　录

导论:文学批评的界定、历史、性质与方法

要了解什么是文学批评,必须从文学批评的定义、历史、性质与方法等方面加以全面认识。定义部分要求从概念内涵的角度认识文学批评,历史部分主要是了解文学批评的今昔变化,性质部分强调文学批评既是一种科学活动,也是一种审美活动,方法部分意在说明文学批评为了实现批评目的必然采取相应的途径、步骤、手段等。

第一节 文学批评的界定

提到文学批评,与其相关的文艺学、文学理论、文学学、文学史、文学史学、文学评论、文学研究、文学科学、文艺科学、文学原理、文学概论、文学批评理论、文学批评原理、文学理论批评等等概念也就出现了。在这么多的相近概念的介入下,要想真正界定清楚其中的任何一个,确非易事。

韦勒克与沃伦曾进行过界定的努力:

> 在文学"本体"的研究范围内,对文学理论、文学批评和文学史三者加以区别,显然是最重要的。首先,文学是一个与时代同时出现的秩序(simultaneous order),这个观点与那种认为文学基本上是一系列依年代次序而排列的作品,是历史进程上不可分割的一部分的观点,是有所区别的。其次,关于文学的原理与判断标准的研究,与关于具体的文学作品的研究——不论是作个别的研究,还是作编年的系列研究——二者之间也要进一步加以区别。要把上述两种区别弄清楚,似乎最好还是将"文学理论"看成是对文学的原理、文学的范畴和判断标准等类问题的研究,并且将研究具体的文学艺术作品看成是"文学批评"(其批评方法基本上是静态的)或看成"文学史"。当然,"文学批评"通常是兼指所有的文学理论的;可是这种用法忽略了一个有效的区别。亚里士多德是一个理论家,而圣伯夫(A. Saine‑Beuve)基本上是个批评家。伯克主要是一个文学理论家,而布莱克默(R. P. Blackmur)则是一个文学批评家。"文学理论"一语足以包括——本书即如此——必要的"文学批评理论"和"文学史的理论"。①

---

① 〔美〕韦勒克、沃伦:《文学理论》,刘象愚等译,北京:三联书店,1984 年,第 31 页。

韦勒克与沃伦主张在文学理论、文学批评与文学史之间进行划分,文学理论是指研究文学的原理、范畴和判断标准等基本的问题;文学批评与文学史都是对具体的文学作品的研究,文学批评常被视作是对具体作家与作品的个别研究,而文学史则是对具体作家与作品的编年史研究。此外,他们反对用文学批评的概念来代替文学理论,认为这难以解释清楚某些事实部分,如理论家与批评家的区分。因此,当他们选用文学理论的概念时,是在文学原理研究的层面上使用的,包括了文学批评理论与文学史理论,一者涉及批评的原理,一者涉及文学史的观念问题,所以均属于原理与标准的研究,因此也可以包括在文学理论的原理研究之中。

这一观点,受到了中国学界的重视,接受者甚众。但关于它们区分的争论,也没有停止过。在实际的运用中,为了包含较广,也就难免各自选择了。如针对中国近现代的文学理论与批评的发展,就有学者采用“中国现代文学理论批评”这样的术语,既可以将王国维、朱光潜、梁实秋、周扬等这样的偏向理论探讨的理论家包括进来,也可以将周作人、茅盾、李健吾等这样的主要从事作家作品分析的批评家包括进来。当然,如此一来,什么叫文学理论,什么叫文学批评,就难以划分了。

大体说来,上述我们提到的诸多概念,可分为三类来看:

第一类,如文学研究、文艺学、文学学,又称为文学理论、文学科学或文艺科学。这类概念的形成与哲学、社会学、伦理学、心理学的概念形成相近,是在人文社会科学的范围内对某一个单一学科所作的划分,是单一学科中的整体性范畴,其内涵与文学研究无异,二者均可用。其中文艺学概念来自前苏联,包括了有关音乐理论、绘画理论等研究内容在内,泛指关于文学艺术原理的研究。它既非一般的文学理论这个概念可以置换,也非一般的艺术原理这个概念所能概括,主要是指研究文学及艺术的原理的一门学问。而文艺科学或文学科学,突出文学理论的研究是一门独特的学科,具有科学性,这会令人想起自然科学的研究特性与模式,韦勒克认为这有“暗示要仿效自然科学的方法和要求”之嫌,“采用它不但不明智而且使人误入歧途”[①]。此外,如文学原理、文学概论的提法,偏向于指关于文学的基本原理与基本知识的概要性说明,多在编写相关教材时使用。但目前学术界偏向于选用文学理论,而弃用内涵比较模糊的文艺学,因为人们极易将作为中文一级学科下的二级学科的文艺学与艺术学一级学科的名称相混淆。

具体地说,文学理论是研究文学史、文学批评、创作方面的最基本的理论原则的活动。广义地讲,文学理论研究一切文学现象。狭义的文学理论是研究作家的基本特征、作品的基本构造、创作的基本法则、批评的基本标准、欣赏的基本特点和文学发展的基本态势。概括言之,“是对文学原理、文学范畴和判断标准等类问题的研究”。

文学理论的结论对于文学史、文学批评都应具有适用性。文学理论的结论是一般性的结论。文学理论以一定的哲学方法论为总的指导,从理论高度和宏观视野上阐明文学的性质和创作的基本规律,从不同学科的交叉角度看,可形成文学语言学、文学心理学、文学社会学、文学接受学、文学政治学等不同分支。

仅以文学研究来看,它的研究对象是文学现象。文学现象是指作品创作、作家活动、文学欣赏和批评等文学活动。广义地讲,一切与文学活动相生相关的现象都是文学现象。相生现象是指促成文学生产的现象,相关现象是指对于文学活动保持着或远或近的一切现象,如印

---

① 〔美〕韦勒克:《文学理论、文学批评和文学史》,《批评的概念》,张金言译,杭州:中国美术学院出版社,1999年,第2页。

刷、发行等。

文学现象还可以分为本体文学现象、非本体文学现象。一切创作作品、鉴赏作品、批评作品、研究作家生平、探讨作品价值的活动是本体文学现象。其他的如宗教法庭宣判某书要禁、封建帝王下诏某书要焚烧,某某版本以高价拍卖等等,是非本体文学现象。非本体文学现象亦在文学研究之内,但文学研究主要是对本体文学现象的研究。文学研究陷入非本体文学现象研究就会出现理论建设的倾斜。过去大谈文学与政策的关系,现在大谈文学与消费的关系,若忽略了文学的独特性,创造的就未必是文学的理论——即文学作为审美现象的理论,而是文学作为社会存在物的阐释。

文学研究的目的,是透过文学现象探讨文学活动的基本规律,建立起一套可以阐释作家、创作、文本、欣赏、批评的系列规范和标准,从而引导与提高人类对于文学活动的认识,推动文学活动朝着更高阶段发展。从文化史高度看:文学研究也是对于文学活动中的人(即文学人)的文化视角的探索,是人的自身认识、自我发展与完善的一个重要方面。文学研究是对人的感性生命的研究,是对人的感性生命的提高。文学研究亦是人的研究。

第二类,如文学史、文学史学。韦勒克等人将文学史学纳入文学理论,因为它探讨的也是文学史的理论观念问题。不过,文学史学与文学史相关联,也可以纳入文学史研究中而更加能够体现其与文学史的相关性。作为文学史的研究,它在文学研究的整体序列中属于通过对作家与作品的编年史的研究,探讨作家创作与当时社会环境的互动关联、作品间的前后继承、文学经典如何消长、民族文学的特色如何形成等。它的研究是历时的。

文学史研究是从历史的发生发展的角度,以过去各时代文学的产生、发展、演变的状况、经验和规律为描述、概括对象的学科。它的任务,是立体地再塑文学历史的真貌,揭示不同时期文化政治对文学发生发展的作用,揭示不同时期文学之间的继承与革新,揭示与分析具体作家、作品的艺术独特性。

要注意三点:

1. 文学史不同于政治史。政治史是过去的,一个帝王死了,后来的历史学家无法见到他的真貌。文学史既是历史的,过去式的,也是当代的,现在式的。文学史研究的不是过去的东西,而是从过去留存到现在的东西。从这个意义上讲,文学没有历史,只有生命。只有那些活的、流传下来的作品和作家,才构成文学史研究的主要课题。因此,文学史研究是一个需要十分强烈的当代意识的研究领域,同时也富于历史感。韦勒克说:"文学研究不同于历史研究之处在于它不是研究历史文件而是研究有永久价值的作品。一位历史学家必须根据目击者的记叙来重述一件早已过去的事件,而研究文学的人则可以直接接触其对象即艺术作品。"①

2. 文学的发展不是一种有着十分明确的目标且以达到这一目标为必然归宿的进化过程。为文学史的发展设置预定目标,一般地讲,都是不可能实现的。文学的发展是自然的,因而也是多元的。

3. 文学史强调规律的探寻与建立,但是这种所谓的规律具有充分的个体化色彩。文学史中的规律不具有绝对的适用性,像太阳普照一切。认为文学史上具有统一的规律并推行这个规律只会使文学创作凋零。在文学史上,遵循规律与超越规律是常态,多次被确认的价值标准并不能排斥新的价值标准的出现,赞扬新的创作倾向、风格等等,应当成为文学史研究中的一

---

① 〔美〕韦勒克:《文学理论、文学批评和文学史》,《批评的概念》,张金言译,杭州:中国美术学院出版社,1999 年,第13 页。

个指导性的思想。

第三类,如文学批评、文学评论、文学理论批评、文学批评理论、文学批评原理等。其中文学理论批评的概念是为针对文学理论与文学批评的交叉状态所进行的策略性处理,防止在研究文学理论史与文学批评史时顾此失彼,有所遗漏。而文学批评理论、文学批评原理,则是从文学批评所依据的理论思想来看批评的,与文学批评的概念一般多指具体的作家作品分析相区别,它指在进行这些具体的研究时,批评家们体现了什么样的理论立场与方法等。而文学评论的概念与文学批评几乎是同义词,称某一人是文学评论家,也可以称某一人是文学批评家。若统一使用,还是可以用文学批评的概念来涵盖这里的几个不同概念的,即文学批评的概念既包含了关于具体作家与作品的研究,也包含了进行这些研究时所可能依据的理论立场与方法。

文学批评是对各种具体的文学现象,特别是具体作家、具体作品,进行分析、评价的一门学科。它的特点是与具体的文学现象相联系,解决具体的文学问题,推动创作发展。文学批评与文学史的区别是:前者是对当下的具体作家与作品进行研究,多依据共时的文学经验进行分析与评价;后者是对过去的作家与作品进行研究,多依据历史的文学经验进行分析与评价。文学批评可以看作是对具体作家作品的第一反应,是当时的记录;而文学史研究则是第二反应、第三反应,是对当时记录及后代的不断记录的反思与总结。

文学批评的作用:文学批评是对文学特别是指对文学作品、作家的阐释,批评鉴别作品的价值,把某个作家的风貌告知世人,并且担负着文学启蒙的工作。文学批评对读者来说是他的文学引路人,对作家来说是作品的赞美者和缺点的揭发者。

文学批评与文学理论的区别可以用具体问题的阐释与抽象学理的演绎来区别。亚里士多德写《诗学》是搞文学理论研究,别林斯基写过不少作家作品评论,是从事文学批评。刘再复的《性格组合论》是文学理论研究,李健吾的《咀华集》是文学批评。

在统属文学研究的整体性范畴之中,三者之间的关系密切,相互依赖。

首先,在各自独立的研究范围之中,都必须以其他二者作为自己的研究依据、方法、基础。文学史研究离不开文学理论作为指导思想,文学批评作为方法。文学批评可能只涉及一个作品,甚至只涉及一个细节,但它离不开整体的文学史作为参照系,文学批评必须在文学史的大背景下进行。文学理论如果不植根于具体文学作品的研究是不可能的。文学理论如果缺少文学史的有效评论,也即缺少文学实践作为检验标准,难免堕入空谈之中。文学的系列准则、范畴、技巧都不能凭空产生。文学史研究、文学批评都为文学理论提供十分有益的内容,供其作出理论的判断与建树。

其次,各自的不断发展完善有赖于其他二者的同步发展。文学研究是个整体。要想提高文学史的研究水平,有赖于文学理论的更新和提高。要想搞好文学批评,先得搞好文学理论研究。没有高水平的文学史研究、富有创见的文学批评,文学理论的更新、提高难以实现。就三者相互作用的力的大小来看,文学理论占有核心地位。理论的突破会带来文学史、文学批评的重大改观。

第二节 文学批评的历史

如同韦勒克所说,"批评"一词应用范围极广,抽象的、应用的用法都有。在涉及政治、社会、历史、音乐、艺术、哲学等活动或日常生活时,人们都运用"批评"一词来表达自己的观点与意见。即使我们将它限定在"文学批评"的范围内,能够成为它的义项的也有评论、品评、鉴赏、判断等,要一一加以界定,再将它们纳入文学批评的概念中加以理解,也是复杂的。但正因为不易界定,正因为复杂,才充分反映了文学批评的生成过程充满了历史感,体现了不同历史阶段与发展类型都给予文学批评以重要的影响,形成它的不同特色。所以,理解文学批评的历史,就是充分理解文学批评的不同特性与功能等相关问题。

一、文学批评在中国的发展

在中国语境中,像现代意义上的"文学"一词是个舶来品一样,"批评"一词也是一个舶来品,但这不是说中国古代没有文学批评,而是说这种文学批评具有中国特色。

中国古代的文学批评是伴随着文学创作活动与文学观念的生存而发展的。孔子"删诗定礼"的活动,本身就是典型的批评活动,他从政治道德的角度评价诗歌创作,提出了思想与艺术两方面的评价标准。他认为:"诗三百,一言以蔽之,曰,思无邪。"[①]这是思想内容方面的评价。又提出"情欲信,辞欲巧"[②]。这是从内容须诚信与词语应巧妙这两方面强调内容与形式的结合,以达到"文质彬彬"的最佳状态。孟子提出了"知人论世"与"以意逆志"的批评观,前者强调只有了解诗人的为人与他生活的那个时代,才能理解诗人的作品;后者认为不能仅从字面上去理解辞句,也不能仅从辞句的表层含义去推测作品的思想情感内涵,而应当从作品的整体意蕴出发去分析,才能正确评价一部作品。曹丕以"文以气为主"为标准评价创作,开创了中国批评对于作家个性的研究。刘勰认识到了研究作品的难度,有"文情难鉴"的看法,但他提出了"六观说",主张通过对于作品的内容与形式的较为全面的综合考察来进行批评活动。"六观说"是指:"将阅文情,先标六观:一观位体,二观置辞,三观通变,四观奇正,五观事义,六观宫商。"[③]"位体"指体裁,"置辞"指语言的使用,"通变"指对前人的继承与创新,"奇正"指表达上的奇异或雅正,"事义"指用典与文义的结合,"宫商"指声律。"六观说"是偏向于形式方面的批评要求。魏晋时期属于中国历史上的"文的自觉"时期,出现于此间的批评也多从作品的形式入手,对于文学创作的认识及推动,应当是有极大的作用的。

唐代关于诗的认识,宋代关于词的认识,元明清关于戏曲、小说的认识,构成了中国古代批评的节节推进。唐代王昌龄提出了诗的"三境界",即"物境"、"情境"和"意境",是从题材的角度对诗歌作品加以区分。"物境"是以自然景物为歌咏对象的诗境,"情境"是以表达人生荣辱升沉、悲喜哀乐的诗境,"意境"是以直抒胸臆为主的诗境。宋代李清照针对苏轼的"以诗为词"的做法,提出词"别是一家,知之者少"的观点,维护词的独立性。她主张词的创作要注重五音、五声、六律、清浊、轻重之别,体现了对于词的艺术形式的重视。明代的徐渭强调戏曲创造要能体现"本色",主张写出真实,反对做作的虚假。同时,他也肯定了"俗"的意义,"俗"时往往就是求得真实。王骥德则通过《曲律》对宫调、板眼、科诨、宾白、章法、句法等戏曲技巧进行研究,虽然强调了戏曲的教化作用,但无形中却建立了戏曲的形式论,偏重曲律的讨论为多。明代开始出现成熟的小说批评。李贽认为《水浒传》是"发愤之作",并以"忠义"称之,肯定了《水浒传》在体现下层民众利益方面的功绩,反驳了统治阶级所强加于《水浒传》之上的诬蔑。至清代,金圣叹通过对《水浒传》的研究,开辟了从人物性格的角度认识《水浒传》的新的批评路径。金圣叹

---

① 《论语·为政》。
② 《礼记·表记》。
③ 刘勰:《文心雕龙·知音》。

认为《水浒传》胜似《史记》,对"传文"与"小说"加以区别:"《史记》是以文运事,《水浒》是因文生事。以文运事,是先有事生成如此如此,却要算计出一篇文字来,虽是史公高才,也毕竟是吃苦事。因文生事即不然,只是顺着笔性去,削高补低都由我。"结论就是:纪实的难写,虚构的好为。又认为《水浒传》在人物的个性刻画方面特别成功:"《水浒传》写一百八个人性格,真是一百八样。若别一部书,任他写一千个人,也只是一样,便只写得两个人,也只是一样。"①这是抓住了小说的人物形象塑造这个核心问题来讨论,奠定了中国古代小说批评的个性论。

中国古代的文学批评有多种形式,主要的是品、选、注、批。

品,原指对人物的思想性格的体察、评论与确定等级及优劣,用于文学批评,指的是对艺术作品的赏玩、评点与鉴别,区分等级,确定风格特征等。钟嵘的《诗品》、司空图的《二十四诗品》、吕天成的《曲品》、王国维的《人间词话》都是这方面的代表作。品是对作品的审美鉴赏,由于品者细腻的体验,并参以不同作品的对照,深及历代因革。品作为批评的方式,代表了中国文学批评的最常见的基本形态。

选,即通过对文学作品的选择,编辑成册,以为典范,号召文坛。南朝梁昭明太子萧统的《文选》,分赋、诗、骚、诏、册、令、教等,涉及一百三十位作家的七百五十二篇作品。选文的标准是"以能文为本","能文"指的是"事出于沉思,义归于翰藻",重视辞藻、声律、用事、对偶等方面的艺术技巧的运用,试图区分文学与非文学的不同点。选文的作用是利用其他人的作品来表达自己的文学主张,并能够通过选文对读者的广泛影响力,推动文学创作向某一个方面发展。

批,指在作品的页眉等空白处写下评者的评语,多较为简略,可写下评者当时的审美印象,观点多像结论。如金圣叹的批《水浒传》、《西厢记》,脂砚斋的批《红楼梦》都是这方面的代表作。批可以说是批评家的读书心得,虽然一鳞半爪,但因为是就作品中的具体人事、故事、辞藻、章法而写,所以显得句句实在。好的批,正是好的品的基础。

注,就是对作品中的字、词进行注解,以便读者能够了解这些字词的原义,主要是说明字词的出处、衍变、互文性、在本文中的含义等。一般来讲,这不关涉作品整体意义的解释,但若离开了这样的注解,无法弄清作品中的字词原义,也是难以理解作品的整体意义的。尤其是对古典作品而言,后人的注解,往往成为今人理解作品的前提条件。注是中国文学批评的基础工作之一,具有考据的特性。

至王国维的《〈红楼梦〉评论》出现,中国现代意义上的文学批评开始出现。王国维受到西方审美思想的影响,主张文学的独立与自律。他的《〈红楼梦〉评论》,作为一篇系统的研究文章,从叔本华的悲观主义哲学思想出发,研究《红楼梦》在表现人生欲望的满足与解脱时的矛盾与冲突,由于欲望是无限的,所以人生只能往复于苦痛与倦厌之间,这样一来,曹雪芹的《红楼梦》当然也就成为悲剧作品了。王国维第一次将《红楼梦》定义为"悲剧中之悲剧",开创了在中国语境中研究中国文学悲剧性的批评历史。此后的中国文学批评沿袭了王国维的批评方式:从一个既定的理论思想出发,判断作品的美学价值与社会伦理价值,分析作品的主题思想,研究作品的矛盾冲突等。王国维带领中国批评界超越了传统的"考据学",将作品中所呈现的文学故事视作作家通过自己的独特眼光、运用独特的艺术手法创造的"非个人之性质,而人类全体之性质"的审美世界,这说明,成熟的文学批评是建立在对于作品所包孕的人生意蕴与美学意蕴的探寻上的,而非仅仅只是"索隐"的比附而已。

在中国现代文学批评史上,周作人、茅盾、钱杏邨、李健吾、胡风、周扬、何其芳、何西来等人

① 金圣叹:《读第五才子书法》,郭绍虞编《中国历代文论选》第三册,上海:上海古籍出版社,1980年,第244—245页。

是批评史上不同时期的代表。其中 20 世纪 30 年代的李健吾具有重要的标志意义。他研究法国文学,在文学创作上主张审美自律,着力研究创作中的艺术性,并提出了自己的批评主张,认为:

> 一个批评者,穿过他鉴别的材料,追寻其中人性的昭示。因为他是人,他最大的关心是人。创作者直从人世提取经验,加以配合,做为理想生存的方案,批评者拾起这些复制的经验,探幽发微,把一颗活动的灵魂赤裸裸推呈出来,做为人类进步的明证。①

中国现代文学批评史上先后形成了为人生而艺术的批评、为艺术而艺术的批评、人文主义的批评、革命文学批评、社会历史批评、审美批评、主体批评、心理批评、语言批评、生态批评等批评流派或批评方法。

二、文学批评在西方的发展

在西方,柏拉图被称为第一个批评家,构成了批评的传统。柏拉图认为可感知的现实世界是永恒的理念世界的影子,艺术家摹仿这个影子似的现实世界形成了艺术,所以,现实是理念的影子,而艺术则是影子的影子。艺术作为摹仿,"并不是什么正经事","从事于悲剧的诗人们,无论是用短长格还是英雄格,都不过是高度的摹仿者"②,他们在本质上"和真理隔着三层",是"说谎者"。他还认为诗人们要摹仿人性中的无理性部分,逢迎人性中的低劣爱好,这是不利于"理想国"的建立的,他提出了著名的"驱逐诗人"的主张:

> 除掉颂神的赞美好人的诗歌以外,不准一切诗歌闯入国境。如果你让步,准许甘言蜜语的抒情诗或史诗进来,你的国家的皇帝就是快感和痛感;而不是法律和古今公认的最好的道理了。③

亚里士多德反对柏拉图的文艺观,界定悲剧并提出了"净化说",试图为文学艺术的社会作用恢复名誉,应该是西方文学批评中首次鲜明地回归文学自身的一次重要努力。亚里士多德指出:

> 悲剧是对于一个严肃、完整、有一定长度的行动的摹仿;它的媒介是语言,具有各种悦耳之音,分别在剧的各部分使用;摹仿方式是借人物的动作来表达,而不是采用叙述法;借引起怜悯和恐惧来使这种情感得到陶冶。④

上述这段话分别涉及悲剧的题材特点、语言特点、表现特点和功能特点。其中的"陶冶"也可译为"净化",是认为悲剧可能使人的怜悯的情感或恐惧的情感得到宣泄,从而恢复到常态情

---

① 李健吾:《叶紫的小说》,《李健吾文学评论选》,银川:宁夏人民出版社,1983 年,第 154 页。
② 〔希腊〕柏拉图:《文艺对话集》,朱光潜译,北京:人民文学出版社,1963 年,第 79 页。
③ 〔希腊〕柏拉图:《文艺对话集》,朱光潜译,北京:人民文学出版社,1963 年,第 87 页。
④ 〔希腊〕亚里士多德:《诗学》,罗念生译,北京:人民文学出版社,1982 年,第 19 页。

感的状态。如果说柏拉图要将艺术逐出"理想国",亚里士多德则是请它进来,担任它能够担任的角色。亚里士多德还讨论到了批评家的任务:"批评家的指责分五类,即不可能发生,不近情理,有害处,有矛盾和技术上不正确。"①研究者认为亚里士多德共在十二点上要求批评家从事批评,它们是:艺术本身的错误、偶然的错误、过去有或现在有的事、传说中的或人们相信的事、应当有的事、借用字、隐喻字、语音、词句的划分、字义含糊、字的习惯用法、一字多义。这里主要涉及什么是艺术真实、如何才能提高艺术表达能力这两个关键问题。亚里士多德已经是一个自觉的批评家,他关于悲剧、史诗的分析,对后世具有深远的影响。

古罗马时期的贺拉斯提出了"寓教于乐"的观点,"诗人的愿望应该是给人益处和乐趣,他写的东西应该给人以快感,同时对生活有帮助。在你教育人的时候,话要说得简短,使听的人容易接受,容易牢固地记在心里"②。这开启了西方古典主义批评的先河。处于中世纪向文艺复兴时期过渡的伟大诗人但丁提出了俗语写作的问题,认为用俗语写诗的人也是诗人。16世纪的英国批评家锡德尼继承了柏拉图和贺拉斯的批评观点,强调诗的道德作用,要求正确地评价人世间的善恶,应该让观众在欢笑声中乐于接受作品所宣扬的思想。他还提到诗人的培养问题,诗人靠三只翅膀飞翔,它们分别是艺术技巧、摹仿和练习③。17世纪的法国批评家高乃依提出了著名的"三一律",主张戏剧创作应当在行动、时间、地点上一致。"行动一致"指的是剧作的矛盾冲突是高度集中并指向特定结局的,"时间一致"指的是剧作中的故事延续应当在一个昼夜间结束,"地点一致"强调在不换景的一场戏中应当努力地在一个集中的房间或大厅内完成行动。这样的要求虽然显得刻板,但也反映了戏剧创作必须在限制中才能完成,若无限制,戏剧创作也就缺乏了矛盾冲突的尖锐性与艺术技巧的凝练特征。17世纪的法国批评家布瓦洛通过《诗的艺术》宣扬理性在诗的创作中的至高作用,他还要求诗人们好好地认识城市与研究宫廷,体现了对于现实生活的重视。18世纪的法国批评家狄德罗深入研究了戏剧的艺术特征,涉及戏剧的不同类型,尤其是具体讨论了布局、兴趣、性格、语气、风尚、布景等。他反对批评家的好为人师、妄自尊大,主张他们应当多学习、多思考,从而成为一个善良的人、有学问的人、有高尚趣味的人,"你要当作家,当批评家吗?请首先做一个有德行的人。如果一个人没有深刻的感情,别人对他还能有什么期望?"④18世纪的德国批评家莱辛提出了诗画的区别问题,认为绘画、雕刻以色彩、线条为工具,诉诸视觉,擅长于表现空中的物体及属性,有利于刻画人物的性格与特征;诗以语言、声音为工具,诉诸听觉,擅长表现事物的运动过程,有利于刻画人物的性格变化与事件的矛盾冲突过程。莱辛的观点丰富了西方批评界对于诗画关系的认识,在探求诗画共同性之外,开创了区别认识诗画的批评空间。18、19世纪的英国诗人华兹华斯坚持强调"诗是强烈情感的自然流露",并认为写诗应当具有五种能力:观察和描绘的能力、感受的能力、深思的能力、想象和幻想的能力、虚构的能力。这是浪漫主义的批评观。19世纪的英国唯美主义作家王尔德主张艺术即"谎言",艺术所表现的是"美而不真"的事物,不是艺术摹仿生活,而是生活摹仿艺术。这是对柏拉图以来西方贬抑艺术的批评传统的一次最为大胆而彻底的反叛。19世纪的俄国批评家别林斯基主张文学是对现实的再现,哪里有真实,哪里就有诗,并强调了哲学与诗的区别,哲学家用三段论法说话,诗人则用形象和图画说话。

① 〔希腊〕亚里士多德:《诗学》,罗念生译,北京:人民文学出版社,1982年,第102页。
② 〔罗马〕贺拉斯:《诗艺》,杨周翰译,伍蠡甫主编《西方文论选》上卷,上海:上海译文出版社,1979年,第113页。
③ 〔英〕锡德尼:《为诗一辩》,钱学熙译,伍蠡甫主编《西方文论选》上卷,上海:上海译文出版社,1979年,第246页。
④ 〔法〕狄德罗:《论戏剧艺术》,陆达成、徐继曾译,伍蠡甫主编《西方文论选》上卷,上海:上海译文出版社,1979年,第376页。

20世纪的西方出现了众多的批评流派，著名的有俄国形式主义批评、英美新批评、精神分析批评、结构主义批评、神话原型批评、意象批评、读者批评、女性批评、文化批评等，从而构成了批评的众声喧哗。

但就"批评"作为一种独立的自觉的精神活动而言，西方的"批评"自觉也是晚近的事。韦勒克对"批评"（英文：criticism，意大利文：critica，法文：la critique，德文：kritik）概念的起源与演变进行了考察，认为在希腊文中"krités"的意思是"裁判"，"krineín"的意思是"判断"，而"kritikós"一词被当作"文学批评家"来讲最早出现于公元前4世纪。在古典拉丁文中很少见到"criticus"，在中世纪，它似乎作为医学名词出现，有"危象"（crisis）、"病情危急"（critical）之意，到了文艺复兴时期，这个词才恢复了原义，批评家、文法学家和语文学家可以互相代替地使用。但就"批评"成为各民族方言的一部分而稳定下来，"这个名词的意义扩大到既包括整个文学理论体系又指今天所说的实用批评以及日常书评，是17世纪才有的事情"。① 西方的文学批评的自觉与一般所言的西方的独立的文学艺术观念出现于18世纪是大体相当的，这表明了批评的自觉对于产生独立的文学艺术活动并阐释文学艺术的审美特性具有相当的重要性与支配性。

三、"文学理论"对"文学批评"的僭越？

"文学理论"与"文学批评"之间具有千丝万缕的联系，尽管学术界一直想厘清二者的区别，其实二者间是你中有我，我中有你，无法割裂与分离。因此，当我们说文学批评时，往往包括了文学理论的含义在内，反之，当我们说文学理论的时候，又往往包括了文学批评的含义在内。但就历史的发展过程来看，倒是先有批评，再有理论的。当文学批评自觉后，又开始了向文学理论自觉的发展。这一发展趋势，在20世纪的西方可谓登峰造极，从而形成了"文学理论"取代"文学批评"的局面。其表征是：从事文学研究的，纷纷从具体的文学现象的批评中抽身出来，加入了对于文学与其他社会关系与学科关系的基础理论研究之中，所追求的目标不再是一些具体作家的具体作品的研读，而是对文学作为社会关系与学科关系中的这一复杂地位的一般性关注与解释。可以说这是一个批评家淡出、理论家突出的时代，是理论家而不是批评家站在文学研究的舞台中央，独领风骚。尤其是文化批评的普泛化，使得文学批评成为文化研究的一个构成部分，从而造成了文化研究取代文学批评的局面。

这是否形成了"理论"（如文化研究）对"文学批评"的取代？ 或者说受到文化研究巨大影响所形成的"文学理论"对"文学批评"的僭越，从而造成了"文学理论"的一翼独大，从而使得文学研究远离了文学本身？

比较19世纪与20世纪的西方文学研究的状态，人们已经开始了反思。

张隆溪是中国学者中较早全面介绍西方文论的一位，他在20世纪80年代就已明确意识到了20世纪的西方文论与19世纪的西方文论有着重要区别，这体现在理论对批评的超越之上。他认为"20世纪可以说是批评的时代"，如果说19世纪的文论"多是创作者自己的感受和辩解，虽然不乏真知灼见，却缺乏系统性和严肃性"。20世纪最有影响的批评家多是大学教授，并且拥有成套的理论②。它的特征是：

---

① 〔美〕韦勒克：《文学批评：名词与概念》，《批评的概念》，张金言译，杭州：中国美术学院出版社，1999年，第20—22页。
② 参见张隆溪：《管窥蠡测——现代西方文论略览》，《20世纪西方文论评述》，北京：三联书店，1986年，第7页。

20 世纪的文评不再是个人印象式或直觉的描述,也不再是创作的附庸,而从社会科学各学科吸取观点和方法,成为一种独立的学科。无论哲学、社会学、人类学、心理学或语言学,都和现代文论结下不解之缘,一些有影响的文论家本来就是哲学家、人类学家或语言学家,他们各有一套概念和术语,各有理论体系和方法。把他们的体系和方法用于文学时,这些批评家自认仿佛有了 X 光的透视力,能够见出一般人很难看见的骨架结构,作出一般人难以料想到的结论。①

文学研究变成了借用其他学科的基本理论体系与方法来进行实验的领域,这无疑扩大了其他学科的领域,也丰富了文学自身的研究。但变成了其他学科的"附庸"后,文学研究如何保持自身的独立性,也许在跨学科主张者那里已经不是问题,可在坚持文学研究独立性的主张者那里则成为一种焦虑。这充分反映在中国的文论界,如从 20 世纪 90 年代以来,随着国内文化研究的热潮一浪高过一浪,不少文学研究者尤其是中青年学者将自己的视野扩张到影视、传媒、流行音乐、各种娱乐活动的研究上,童庆炳就明确提出了"越界"的问题,主张文学研究要有自己的"边界":

> 我认为不要把文化批评与文学批评简单等同起来,文化批评不等于文学批评,试图用文化批评取代文学批评,一味喊文学批评的"文化转向"是不可取的。本来,文学的内容是千差万别的,文学的风貌是仪态万千的,文学的情感是多姿多彩的,文学的形象是栩栩如生的,文学的境界是余味无穷的,文学的语言更是千姿百态的,文学本身就是一个无比丰富的世界,好,现在遇到了文化批评固有的模式的"大刀",不容分说,一下子把你砍成几大块,还说这是最新潮的文学批评,这样的文学批评究竟是让作家感到欣慰呢,还是能让读者感到满意?②

童庆炳主张:"文艺学作为一个学科的主要研究对象应该是文学事实、文学经验和文学问题,而不是什么城市规划、购物中心、街心花园、超级市场、流行歌曲、广告、时装、环境设计、居室装修、健身房、咖啡厅。"③他建议设立一个单独的学科叫"文化社会学",来容纳这些文化批评。这就是文学理论接受其他的学科影响所可能产生的后果与争论之一。

在西方文论界,理论取代批评的现象,也引起了深刻的关注与反思。让·伊夫·塔迪埃认为:"20 世纪里,文学批评第一次试图与自己的分析对象——文学作品平分秋色。"④这虽然谈的是批评的创造性,但也见出批评可以离开文学作品而存在。不是针对文学作品的批评,还是文学的批评,这是令人怀疑的。乔纳森·卡勒则指出:"如今当人们抱怨文学研究的理论太多了的时候,他们可不是说关于文学性质方面的系统思考和评论太多了,也不是说关于文学语言与众不同的特点的争辩太多了。"而是说,"非文学的讨论太多了;是关于综合性问题的争辩太多了,而这些问题与文学几乎没有任何关系;还有,要读那么多很难懂的心理分析、政治和哲学方面的书籍。"⑤这是说,当文学理论取代文学批评的时候,所牺牲的是对"文学"本身问题的研

---

① 张隆溪:《管窥蠡测——现代西方文论略览》,《20 世纪西方文论评述》,北京:三联书店,1986 年,第 8 页。
② 童庆炳:《文艺学边界三题》,《文学评论》2004 年第 6 期。
③ 童庆炳:《文艺学边界三题》,《文学评论》2004 年第 6 期。
④ 〔法〕让·伊夫·塔迪埃:《20 世纪的文学批评》,史忠义译,天津:百花文艺出版社,1998 年,第 1 页。
⑤ 〔美〕乔纳森·卡勒:《文学理论》,李平译,沈阳:辽宁教育出版社,1998 年,第 1 页。

究与评价,文学理论所研究的不是"文学性"的问题,而是以文学为媒介研究与文学相关、但绝对可以说是牵涉到整个社会发展的"综合性"问题,如性别、种族、消费、资本、阶层、国家、全球化、人权、民主等问题。伊格尔顿称一切批评说到底都是"政治批评",代表的就是这样一种理论研究的倾向。

文学理论取代文学批评的后果是什么呢?

第一,文学理论成为一种相当深奥的研究领域,实际从事这门学术研究的人,将自己视为哲学家,或者他顶着批评家的头衔,事实上扮演的却是社会学家、政治学家、心理学家等别的角色。因此,文学理论研究成为极少数人的案头研究计划的一部分,有时候甚至引不起文学专业的如文学史研究者的兴趣,究其目标,它试图引发的是社会讨论而非文学讨论,是社会影响而非文学影响。

第二,文学理论的跨学科特性得到无限的扩张,认为不能跨学科,就不能研究文学,更不能建立文学理论,这使得文学理论成为其他新兴学科的试验场,一切新的理论或重新发生影响的老的理论,都在文学理论的研究中发挥着引领的作用。由此可以观察到一个现象,即文学理论所提出的问题,不是出自文学领域,而是出自社会领域;不是出自研究者对于文学的感悟,而是出自研究者对于社会的参与。

第三,文学理论主要进行的是思想的分析与一般文学原理构成的分析,离开了具体文本的解读,或者说即使在研究中使用了具体文本,这些文本也是以杂碎的方式出现在理论的建构中,是理论的一个被征服的对象,而非理论所立意要阐述的重点对象,理论的写作离开了鲜活的作家与鲜活的文本,因而也离开了审美的直觉感悟与体验,读这样的理论著作,很难从中读到研究者的审美分析。文学理论不再是个人的阅读与艺术鉴赏,而是抽象的理论分析与模式建构。

无怪乎近来有学者认为"理论失败了","理论在学生们的心目中变成又一例了无生气的经院哲学"。文学理论不是不知道"如何站在文学本身的立场"上说话,就是忘记了应当"站在文学本身的立场"上说话。

在我们看来,重新思考文学理论与文学批评的关系,限制文学理论的论域,恢复文学批评的传统活力,确立以文学性为中心的理论与批评的研究中心地位,回到"文学"、"作家"、"作品"、"诗学"、"审美"、"艺术"、"直觉"、"体验"、"文体"、"修辞"、"情节"、"结构"、"叙事"等上面来,而不只是围绕着理论上的种种主义打转,文学理论与批评才有自己的真正出路。这不是否定文学理论的作用,而是强调不能将这种作用夸大化,从而吞没了文学批评。只有当文学理论与文学批评是平等的、互利的,文学理论在文学批评中获得新生,才能走出理论失败的困境;文学批评在文学理论中寻得资源,多样的文学理论产生多样的批评方法,文学批评更多地担负着文学教育的任务,才能吸引学生,恢复文学教育的魅力。①

第三节　文学批评的性质

文学批评是关于文学的批评活动,这就构成了内在的矛盾冲突,就文学言,它无疑地具有审美性;就批评言,它的本义是评论得失而具有公正性,如刘勰所说:"无私于轻重,不偏于憎

---

① 此节参考了〔英〕拉曼·塞尔登等《当代文学理论导读》中的"引论"和"结论:后理论",刘象愚译,北京:北京大学出版社,2006年。

爱,然后能平理若衡,照辞如镜矣。"①连接起来就是要对审美的东西进行得失的评价。这能够做得到吗?审美作为一种趣味本来是无争论的,文学作为人类的审美趣味的一种,既然不能争论,那又谈何得失高下优劣?所以,文学的批评,到底是什么性质的,成为学术界争论的问题。

一种观点认为文学批评是一门科学,涉及到古往今来的不同作品之间的评估。普希金就指出:

> 批评是科学。批评是揭示文学艺术作品的美和缺点的科学。它是以充分理解艺术家或作家在自己的作品中所遵循的规则、深刻研究典范的作用和积极观察当代突出的现象为基础的。②

尽管普希金强调了从事批评要遵循"纯洁的爱",但关于批评性质的说明还是落实在"科学"二字上的,认为批评家要理解作家或艺术家的创作规则,但最终还是着力于分析、揭示作品的美的特点和存在的某些缺点,这里的分析、揭示涉及比较、判断、下结论,所以,批评是一种科学活动。

杜勃罗留波夫持有与普希金相近的观点,认为文学批评"应当像镜子一般,使作者的优点和缺点呈现出来,指示他正确的道路,又向读者指出应当赞美和不应当赞美的地方"③。法国作家莫泊桑说得更明确:"一个真正名实相副的批评家,就只该是一个无倾向、无偏爱、无私见的分析者……他那无所不知的理解力,应该把自我消除得相当干净,好让自己发现并赞扬甚至于他作为一个普通人所不喜爱的、而作为一个裁判者必须理解的作品。"④无怪乎有学者认为批评者所秉持的应当是一种科学态度,摈弃一己私见,在理性的指导下摆脱自己的情感与爱好的纠缠,从而努力达到公正、客观的评论。就这派观点看,批评者如何摆脱自己的情感与爱好的纠缠,则少被论及。此外,批评所面对的文学现象是一种审美现象,因为美是不能被科学分析的,所以,文学创作与作品也是不能完全地被科学分析的。如此一来,文学批评是一种科学活动的观点,也就受到了人们的质疑。

否定文学批评是科学的,主要认为文学现象不能进行科学分析,同时,批评中充满了批评者的爱好、倾向与成见,因而文学批评不是科学活动,它只是批评者自我表现的一种方式。英国的王尔德与法国的法朗士是这方面的主要代表人物。王尔德反对"批评的主要目的是如实地看清对象"这种观点,认为"批评在本质上是完全主观的,它试图揭示的是自己的秘密,而不是别人的秘密"。又认为"批评本身就是一门艺术","'批评'一词的最高含义,恰恰是创造性的"。在王尔德这里,批评质量不是受制于对象,而是受制于批评者自己是否能成功地表现自己的看法,哪怕所表现的这种看法是脱离作品的,也是可以成功的。王尔德强调了批评脱离作品的自由度,他指出:"批评与诗人或雕刻家的作品一样,都不服从于低级的模仿或形似等标准的评判。批评家与他所批评的艺术作品之间的关系,如同艺术家与形式和色彩的可视世界或者感情和思想的不可视世界之间的关系一样。他甚至不需要最优秀的素材也能实现艺术的完

---

① 刘勰:《文心雕龙·知音》。

② 〔俄〕普希金:《论批评》,李邦媛译,伍蠡甫主编《西方文论选》下卷,上海:上海译文出版社,1979 年,第 373 页。

③ 〔俄〕杜勃罗留波夫:《杜勃罗留波夫选集》第 2 卷,辛未艾译,上海:上海译文出版社,1982 年,第 443 页。

④ 〔法〕莫泊桑:"小说",《西方文艺理论名著选编》中卷,北京:北京大学出版社,1986 年,第 263—264 页。

美。"①王尔德认为批评涉及到的作品只不过是批评的素材而已,决定批评质量高低的是批评是否恰当地表现了批评家个人。这彻底否定了批评是对作品的反应,相反认为批评只是批评家个人心迹的表露。对于王尔德来说,批评是没有标准的,如果说有,也就是表现自我。

法朗士表示了相近的看法。他说:"为了真诚坦白,批评家应该说:'先生们,关于莎士比亚,关于拉辛,我所讲的就是我自己。'""优秀的批评家就是这样一个人,他把自己的灵魂在许多杰出作品中的探险活动,加以叙述。"他还认为:"意见的一致完全是偏见的结果","在文学的问题上没有一条意见是不能很容易地被一条跟它恰恰相反的意见反对掉的"。② 法朗士认为:既然批评说的只是自己,批评也就永远登不上严格的科学宝座,当然就没有客观性,就没有统一的能够人人接受的结论。他以音乐为喻,指出在批评上,是永远也无法终止"笛师们的争论"的。

简单地在上述两种观点中选择一种来界定文学批评的性质,恐怕都是不完满的。主张批评是一种科学的,也承认其中有"爱",有自己的"喜好"。别林斯基指出:"敏锐的诗意感觉,对文学的强大的感受力——这才应该是从事批评的首要条件,通过这些,才能够一眼就分清虚假的灵感和真正的灵感,雕琢的堆砌和真实感情的流露,墨守成规的形式之作和充满美学生命的结实之作,也只有在这样的条件下,强大的才智,渊博的学问,高度的教养才具有意义和重要性。"③别林斯基强调了才智、学问与教养在批评中的重要性,这是批评获得客观性的不可缺少的前提条件,但他同时强调了"诗意感觉"的重要性,没有这种强大的感受力,也是无法从事批评的。主张批评是自我表现的,也认为这其中包含了对于公正性的追求。如中国印象主义批评的代表人物李健吾说过:批评家"像其他作家一样,他往批评里放进自己,放进他的气质,他的人生观",结果,"什么是批评的标准? 没有。如若有的话,不是别的,便是自我"。④ 但李健吾也没有走向极端,他认为:"一个批评家是学者和艺术家的化合,有颗创造的心灵运用死的知识。他的野心在扩大他的人格,增深他的认识,提高他的鉴赏,完成他的理论。"⑤其中将批评家称为"学者",强调"认识",完成"理论",就是强调批评家需要知识的帮助,需要理性的判断,需要认识到自己与作家之间的种种不同并克服它,才能完成批评的使命。所以,批评不是一种简单的"自我表现"活动。

文学批评既是一种科学的认知活动,也是一种审美评价活动,二者结合在一起,构成了批评的复杂性与丰富性。确切地讲,文学批评是奠基于审美鉴赏之上的一种认知活动。前者是文学批评的前提,没有审美鉴赏,就没有文学批评的发生;后者是文学批评的展开,没有认知活动,文学批评就会陷入混乱。就文学批评的一般状态而言,应当保持二者的统一,批评史上具有生命力的批评活动,无不印证了这种统一的必要与重要。如曹丕的《典论·论文》,就因为鉴赏与评价诗人的不同风格而名垂不朽。列宁关于托尔斯泰与俄国革命之间关系的论断,也因为感受与分析的到位而成为名论。

当然,在批评实践中,鉴赏与认知、审美与判断之间也是常常分离的。这时候,有关的批评

---

① 〔英〕王尔德:《作为艺术家的批评家》,《王尔德全集·评论随笔卷》,罗汉译,北京:中国文学出版社,2000 年,第 410—412 页。
② 〔法〕法朗士:《文学生活》,傅东华译,伍蠡甫主编《西方文论选》下卷,上海:上海译文出版社,1979 年,第 267—271 页。
③ 〔俄〕别林斯基:《弗拉季米尔·别涅季克托夫诗集》,《别林斯基选集》第 1 卷,满涛译,上海:上海译文出版社,1979 年,第 224 页。
④ 李健吾:《自我和风格》,《李健吾文学评论选》,银川:宁夏人民出版社,1983 年,第 215 页。
⑤ 李健吾:《序一》,《李健吾文学评论选》,银川:宁夏人民出版社,1983 年,第 1 页。

活动就难取得公正的结论。如评价胡适的《尝试集》，仅仅从审美的感受角度出发来评价的话，会认为这些早期新诗缺乏纯厚的诗意、曲折的表现技巧与天才的创造力，可以将其从中国现代新诗史上一笔勾销。但如果着眼于新诗的发展，《尝试集》作为第一本新诗的尝试之作，在解放诗的格律、自由表达诗人的情感、运用通俗易懂的白话进行写作诸方面，又是全新的创造，这是有贡献的。由此可知，在批评中，鉴赏主要是由对作品本身的感受及区分而产生的一种审美上的接受、赏识与认同，认知主要是由作品与其他相关物的关系分析而得出的一种理性上的比较、判断与结论。如果说鉴赏易于体现批评家个人的爱好，主要属于个人的趣味范畴，那么，认知必须体现批评家超个人爱好的特性，能够从文学创作与一般社会关系、作家个人与整体文学史的关系、作家的个别作品与作家的整体创作的关系等方面入手进行判断，从而得出合乎事实的结论。

朱光潜曾经将文学批评史上的各类批评归纳成为四类：

第一类批评学者自居"导师"的地位。他们对于各种艺术先抱有一种理想而自己却无能为力把它实现于创作，于是拿这个理想来期望旁人。他们喜欢向创作家发号施令，说小说应该怎样做，说诗要用音韵或是不要用音韵，说悲剧应该用伟大人物的材料，说文艺要含有道德的教训，如此等类的教条不一而足。他们以为创作家只要遵守这些教条，就可以做出好作品来。坊间所流行的《诗学法程》、《小说作法》、《作文法》等等书籍的作者都属于这一类。

第二类批评学者自居"法官"地位。"法官"要有"法"，所谓"法"便是"纪律"。这班人心中预定几条纪律，然后以这些纪律来衡量一切作品，和它们相符合的就是美，违背它们的就是丑。这种"法官"式的批评家和上文所说的"导师"式的批评家结合在一起。他们最好的代表就是欧洲假古典主义的批评家。……这种批评的价值是很小的。文艺是创造的，谁能拿死纪律来范围活作品？谁读《诗歌作法》如法炮制而做成诗歌？

第三类批评学者自居"舌人"的地位。"舌人"的功用在把外乡话翻译成本地话，叫人能够懂得。站在"舌人"的地位的批评家说："我不敢发法施令，我也不敢判断是非，我只把作者的性格、时代和环境以及作品的意义解剖出来，让欣赏者看到易于明了。"这一类批评家又可细分为两种。一种如法国的圣伯夫，以自然科学的方法去研究作者的心理，看他的作品与个性、时代和环境有什么关系。一种为注疏家和上文所说的考据家，专以追溯来源、考订字句和解释意义为职务。这两种批评家的功用在帮助了解……

第四类就是近代在法国闹得很久的印象主义的批评。属于这类的学者所居的地位可以说是"饕餮者"的地位。"饕餮者"只贪美味，尝到美味便把它的印象描写出来。他们的领袖是法朗士……他们反对"法官"式的批评，因为"法官"式的批评相信美丑有普遍的标准，印象派则主张各人应以自己的嗜好为标准，我自己觉得一个作品好就说它好，否则它虽然是人人所公认为杰作的荷马史诗，我也只把它和许多我所不欢喜的无名小卒一样看待。他们也反对"舌人"式的批评，因为"舌人"式的批评是科学的、客观的，印象派则以为批评应该是艺术的、主观的，它不应该像餐馆的使女只捧菜给人吃，应该亲自尝尝菜的味道。①

朱光潜承认自己偏向于印象派的"欣赏的批评"，但是，他明白这派的缺点，认为人的趣味

---

① 朱光潜：《谈美·"灵魂在杰作中的冒险"——考证、批评与欣赏》，《朱光潜全集》第2卷，合肥：安徽文艺出版社，1987年，第39—40页。

固然不可替代,但人的趣味有无高低值得思考。文艺虽然没有普遍的纪律,但美丑的好恶却有一定的道理。所以,他在批评上实际主张的还是兼顾欣赏、批评与理性判断的,"考据不是欣赏,批评也不是欣赏,但欣赏却不可无考据与批评。……以为有文艺的嗜好就可以谈文艺,这都是很大的错误"①。

蒂博代对批评进行了分类研究,他在讲到什么是"理想的批评"时,也强调了批评要兼有鉴赏力与科学性,他说:"对同代人的批评,尤其需要鉴赏力,一种活跃的、敏锐的、年轻的鉴赏力……对于历史的批评,尤其需要科学,一种被消化了的有判断力的科学,能够给作家以正确的历史地位和正确评价他们的科学。显然,这两种东西对批评来说都是必不可少的,理想的批评似乎应该二者兼备。"②

韦勒克在文学批评性质的理解上,也是持有兼容观点的。他说:

> 关于批评是一门艺术还是一种科学(就其旧有的广义而言)的争论的确有其难解之处。在这里我只想指出,人们曾经使用最不相同的艺术形式来表达批评见解,甚至用诗的形式,像贺拉斯、维德和蒲柏;或者用简短的形式,像弗里德希·施莱格尔;或者用写得比较抽象、平凡甚至很坏的论文的形式。作为一种文学类型的"文学评论"(Rezension)的历史提出了历史和社会问题,但是在我看来把"批评"同这一种有限形式等同起来却是一个错误。此外还有批评和艺术之间的关系问题。一种对于艺术的感受会进入批评之中:许多批评形式都要求有写作技巧和风格,想象在一切知识和科学中都有其地位。但我还是不相信批评家就是艺术家或者说批评是一门艺术(就其严格的现代意义来讲)。批评的目的是理智的认识。批评并不创造一个同音乐或诗歌的世界一样的虚构世界。批评是概念的知识,或者说它以得到这类知识为目的。批评最后必须以得到有关文学的系统知识和建立文学理论为目的。③

仅仅把文学批评视作自我表现,这是将批评降低到了欣赏;仅仅把批评视作科学判断,这是将批评带离了审美领域。文学批评的性质其实是审美鉴赏与认知判断的结合,在成功的批评家那里,它们是有机的、共生的、统一的,创造着批评的辉煌。

第四节 文学批评的方法

文学批评要想实现自己的批评目标,必须具有相应的批评方法,否则,批评实践就会显得混乱不堪,难以达到预期的效果。一种有效的批评目标,往往是由一种有效的批评方法支撑的;当选择了恰当的批评方法时,文学批评的意图就能得到极佳的呈现。在从事文学批评时,缺乏批评方法的自觉,将会极大地降低批评的质量。

什么是批评方法呢? 得从方法谈起。在中国古代,"方法"指量度方形的法则,现在指的是:为达到某种目的、意图而采取的相应的途径、步骤、手段等。方法是为目的服务的。但也要

---

① 朱光潜:《谈美·"灵魂在杰作中的冒险"——考证、批评与欣赏》,《朱光潜全集》第2卷,合肥:安徽文艺出版社,1987年,第41页。
② 〔法〕蒂博代:《六说文学批评》,赵坚译,三联书店,2002年,第95页。
③ 〔美〕韦勒克:《文学理论、文学批评和文学史》,《批评的概念》,张金言译,杭州:中国美术学院出版社,1999年,第3—4页。

清楚,目的又能影响方法的选择与运用,因为达到目的是宗旨,所以选择什么样的方法,也就成为目的实现自身的关键。于是,方法的价值产生了,没有方法,就难以实现某种目的。这正是人们在选择与使用方法时,愈来愈精益求精的原因。

批评方法是为了实现某种批评目的而采取的相应的途径、步骤、手段、策略与表达方式。批评方法是为批评目的服务的,批评目的制约了批评方法的选择与使用,二者间具有相互支撑的关系。一般地说,在文学批评史上,随着批评目的的变化,批评方法将会随之变化,这是为了更好地实现批评目的。但也会出现这样一种矛盾状态:受到社会时代与文学发展的影响,批评目的发生了变化,而在相同时间内,批评方法还没有发生变化,这时候,新的批评目的就难以实现。如在改革开放的初期,人们开始抛弃极左思潮下形成的文学为政治服务的观念,回归到"文学是人学"的旗帜下,应该说批评的目的已经发生变化了,可大多数的批评者由于习惯于运用旧的政治批评方法,仍然不能有效地阐释文学作品中的人性内涵与审美内涵。只有等到新的审美批评方法的运用,才能改变这一状态。所以,在批评史上,一种新的批评方法的成功运用与普及,往往就意味着一种新的批评目的开始实现,意味着文学观念发生了重要的变迁。批评方法同样是文学活动发展过程中的一种标识,具有重要的意义与价值。

第一,文学观念决定了批评方法的形成,有什么样的文学观念,往往就有什么样的批评方法。如在文学上主张文学是意识形态的一种表现形式,往往采用的是社会历史批评,即通过文学创作与社会历史之间的关系来讨论文学创作的思想成就、艺术特点等。如茅盾的批评即为此类,他赞扬了鲁迅的深刻揭示人生现状的现实主义创作,可在论述冰心等人的创作时,也就自然而然地否定作家所表现的虚幻的"爱",因为他从中看不清时代、社会的人生面目。梁实秋奉行古典主义的文学观,主张文学是人性的表现,并坚持文学的道德性原则,由他来看创作时,判断作品是否违反了传统的道德准则,成为他的首选与标准。正是基于这一点,他在分析郁达夫时,从作品的内容是否纯正、作家的态度是否健康、作品的社会道德影响是否有益等出发,对其大胆地描写与揭示人的性苦闷,持否定的态度,认为这是一种病态的创作,给予社会的也将是病态的影响。

即使涉及批评的手段与文体,也会受到文学观念的影响。如李健吾主张批评是自我表现,是艺术,当他从事批评时,批评也就成为一种出自审美直觉的抒情活动,写下的往往是"美文"。如泰纳认为文学是时代、环境与种族三要素共同作用的产物,他所从事的批评是进行材料搜集整理、分门别类、归纳判断,他所具有的逻辑学家的素质,使得他把批评文章写成了结构严谨的"理论"。这种区别的原因在于他们拥有不同的文学观念,一者重视文学的审美直觉特点,一者重视文学与外在社会关系的联系程度,所以形成了以感性捕捉为特色的批评与以理性分析为特色的批评。

第二,多学科的交叉是批评方法得以迅速增长的重要推动力。多学科的交叉是指在从事文学批评时,可以引进其他学科的方法来从事文学批评。如引进政治学的方法来建立政治批评,引进语言学的方法来建立语言批评,引进心理学的方法来建立心理批评,甚至还可以引进自然科学的方法来建立信息论批评、控制论批评与系统论批评。

刘再复曾指出:

> 文艺研究和文艺批评作为一门科学,当然也可以引进系统理论和方法。具体说来,就是把批评对象(例如一部作品、一个典型形象或一种文艺现象)作为一个系统(即一个有机的整体)来看待,考察它的各种构成因素的联系以及这些因素构成整体的结构和层次,由此判断这一批评对象自身的规定性,即它固有的本质属性。另一方面,考察这一批评对象的历史发展或动态过程的具体机制,把握它在文艺欣赏和社会实践中的所有功能和效果,

并把这一批评对象放到社会的大系统中,考察它与社会人生的各种联系,多侧面、多角度地认识批评对象的各种系统性质。总之,文艺批评的系统方法(或称为系统论的批评方法)就是从批评对象所处的辩证关系中,从它的结构和功利入手,多层次地、综合地评价一部作品、一个典型形象或一种文艺现象的本质和运动过程。这种批评方法可以对批评对象作出比较全面的、符合实际的评价,避免机械论的反美学倾向和各执一端的片面性。①

林兴宅曾发表《论阿Q性格的系统》一文,将阿Q的性格看作是一个由多种性格要素按一定方式构成的系统,这些性格要素主要是:质朴愚昧与圆滑无赖、率真任性与正统卫道、自尊自大与自轻自贱、争强好胜与忍辱屈从、狭隘保守与盲目趋时、排斥异端与向往革命、憎恶权势与趋炎附势、蛮横霸道与懦弱卑怯、敏感禁忌与麻木健忘、不满现状与安于现状等。这篇论文既分析阿Q性格内部各要素间的相互关联与构成特点,还将阿Q形象放置在社会的大系统中加以考察,探究阿Q性格在不同时空状态下所可能产生的接受上的不同审美反应与意义。刘再复予以高度肯定:"有一些复杂的对象,构成对象的要素繁多,要素之间的相互联系错综复杂,它们与周围事物的联系又带有很大的变异性和随机性,这样,利用系统分析方法能避免简单化和片面化,更有效地认识复杂对象的整体。"②

但在文学批评中引进自然科学的方法,要看能否增加批评的新意,即这种新方法引进后,能否使得文学批评在揭示文学现象时具有新的眼光,认识到新的问题,改变对于文学现象的看法。唯有创新了,才能适应文学批评的需要而留存下来。否则,看似新颖,却在认识与揭示文学现象的实质上没有提供比前人更多的思考,也就会时过境迁,不再被批评界所接受。在文学批评中引进其他学科的新方法,一定要以能够增进对于文学现象的新理解为检验标准,不能带来创新结果的方法,或创新不足的方法,除了具有试验的性质外,还是不适合于文学批评的。但有一点要肯定,正是多学科的交叉,提供了更新批评方法的可能性,这促进了文学批评的发展与繁荣。

第三,批评类型也会影响到批评方法的使用。批评类型指的是按照批评者的身份即职业所进行的划分,主要包括自发的批评、职业的批评与大师的批评,或者也可以称作是有教养者的批评、专业工作者的批评和艺术家的批评。③

> 有教养者的批评或自发的批评是由公众来实施的。或者更正确地说,是由公众中那一部分有教养的人和公众的直接代言人来实施的。专业工作者的批评是由专家来完成的,他们的职业就是看书,从这些书中总结出某种共同的理论,使所有的书,不分何时何地,建立起某种联系。艺术家的批评是由作家来自己进行的批评,作家对他们的艺术进行一番思考,在车间里研究它们的产品。同样这些产品要在沙龙里(包括一年一度展览这些作品的沙龙展览会和它们装饰和使之活跃的私人沙龙)经受有教养者的批评,还要在博物馆里经历专业工作者的批评的检验、讨论和修复。④

---

① 刘再复:《文学研究思维空间的开拓——近年来我国文学研究的若干发展动态》,《文学的反思》,北京:人民文学出版社,1988年,第29页。
② 刘再复:《用系统方法分析文学形象的尝试——读林兴宅〈论阿Q性格系统〉》,《文学的反思》,北京:人民文学出版社,1988年,第127页。
③ 这一分类引自蒂博代《六说文学批评》中关于批评的分类。
④ 〔法〕蒂博代:《六说文学批评》,赵坚译,三联书店,2002年,第46页。

自发的批评是一些有趣味、有鉴赏力的读者，只求获得精神上的满足与快乐，于是发表议论，说出自己的感受，以此来评价别人的作品。这类批评主要涉及当代作家与作品，它不需要批评者具有学者们的知识谱系与长年的积累，但要批评者展示自己的聪慧、机智、敏捷，并且要反应迅速，所发议论要言不烦，切中要害，有声有色。自发的批评除口头的表达外，还通过书信、日记和回忆录等较为私人的表达方式进行。报刊上的书评，是自发批评的高级形式，其自发性有所减弱，但其作为满足广大读者的批评诉求仍然是明确的。书评的写作与表达要求简明扼要地概括所评对象的内容特点，用极简洁的文字最大限度地表现自己的智慧，虽然要求持论客观，但也要求有个人的见解与喜好。

职业的批评也可称为教授的批评、大学的批评，这类批评者因为具有系统的知识与极强的逻辑判断能力，面对千百年来的文学，总要追根溯源，条分缕析，寻求任何一个文学现象的历史线索与创新点，它形成了独有的批评特色："无论是圣伯夫的传记批评、泰纳的社会批评、布伦蒂埃的文学体裁演变的研究，还是朗松的文学史研究，都在人类对于文学的认识道路上竖起了里程碑。这些人进行了广泛而深入的阅读，有着丰富而确切的知识，善于条理化和系统化，虽然都程度不同地受到过科学主义的诱惑，但毕竟是为文学发展的历程理出了或隐或显的脉络。"[①]职业的批评"带着它的历史感，带着它对延续性的要求，自然而然地要碾碎和弄乱纤弱的现实之花。它鉴赏，分类，解释，但很少在品味"[②]。职业的批评显然是以理性的分析为特色的。

大师的批评是指那些已经获得公认称号的诗人、小说家、剧作家等所进行的批评。如何在自己的作品与别人的作品中发现美，往往成为这类批评所追求的目标。因此，这类批评也被称为"寻美的批评"、"直觉批评"、"同情批评"。但由于这类批评主要凭借自己的创作经验作为批评的论据，更多的是对自己的创作经验的印证，难免在进行判断时体现过强的主观偏见，如雨果借用评价莎士比亚的时机表现浪漫主义的思想，托尔斯泰否定波特莱尔、马拉美和梅特林克，就是这方面的典型例证。中国"五四"时期，主张为人生而艺术的鲁迅、周作人、茅盾与主张为艺术而艺术的郭沫若、郁达夫、成仿吾之间爆发论争，其实就是作为艺术家的人们之间因为文学观念的不同所展开的批评，其间既有敏锐的洞察，也有派别的偏见。但大师的批评，因为与创作的感性与自己的天才写作水平相伴，往往写得神采飞扬、生动活泼，特别吸引读者的注意力。

但就纷繁复杂的文学批评活动来看，其实它有三种基本类型：社会批评或社会历史批评（主要研究文学与社会之间的关系，这体现了文学与其他学科的交叉性）、审美鉴赏批评（主要研究作品给予读者的审美反应，这是主观性的）、文本批评（主要研究作品的结构、语言运用、叙事方式等，这是客观的）。文学批评的方法其实也可划分为三个基本类型：（1）理论的批评方法，如道德批评、政治批评、神话原型批评、心理批评、文化批评、女性批评、生态批评等；（2）主观的批评方法，如印象批评、审美批评、读者批评等；（3）客观的批评方法，如语言批评、意象批评、叙事批评、结构主义批评、修辞批评等。就实际的文学批评来看，每一种批评方法都具有自身的独特优势。但一个批评者并非只用一种批评方法，以一种批评方法为主、综合地使用不同的批评手段，往往能够收到最好的批评效果。

---

① 郭宏安：《读〈批评生理学〉——代译本序》，〔法〕蒂博代：《六说文学批评》，赵坚译，三联书店，2002年，第15页。
② 〔法〕蒂博代：《六说文学批评》，赵坚译，三联书店，2002年，第91页。

关键词

1. 文学批评:是对各种具体的文学现象,特别是某个作家、具体作品进行分析、评价的一门学科。它的特点是与具体的文学现象相联系,解决具体的文学问题,推动创作发展。

2. 批评方法:是为了实现某种批评目的而采取的相应的途径、步骤、手段、策略与表达方式。

3. 职业的批评:也可称为教授的批评、大学的批评,这类批评者因为具有系统的知识与极强的逻辑判断能力,面对千百年来的文学,总要追根溯源,条分缕析,寻求任何一个文学现象的历史线索与创新点。

思考题

1. 为什么文学批评既是一种科学的认知活动,也是一种审美评价活动?

2. 试述大师批评的特点及其作用。

3. 你如何看待文学批评方法上的多学科交叉现象? 这种交叉如何影响了文学批评的发展?

阅读链接

1. 〔法〕蒂博代:《六说文学批评》,赵坚译,北京:三联书店,2002 年。

2. 张利群:《批评重构——现代批评学引论》,桂林:广西师范大学出版社,1999 年。

3. 刘再复:《文艺批评的危机与生机》,《文学的反思》,北京:人民文学出版社,1988 年。

(薛 雯)

第一章　审美批评

审美批评是文学批评中的一种古老而又久盛不衰的批评方式。审美批评是从审美的角度来评价文学作品,批评者通过对文学作品的审美体验再对文学作品进行美的分析,由此完成对于文学作品的审美判断与评价。由于通过文学作品的欣赏进行审美活动是人类审美活动的基本形式之一,审美批评也就广泛地运用于文学作品的分析与评价中。

第一节　什么是审美批评

审美批评是批评者站立在审美的立场上,对文学作品进行审美化的感受、分析与研究的活动。属于对作品的文本研究,主要包括分析作品的形象、结构、语言、意象、氛围、技巧等所造成的审美特征,将读者带入作家所创造的文学世界中领略美的情感、个性与品性,从而获得美的浸润与洗礼。

审美批评是对所批评的对象进行审美的评价,其中"审美"二字指的是批评主体对于美的对象的审视与感受活动。这种审视和感受活动的特点就是建立在批评主体具有充分的审美意识的基础上的,所以,审美批评其实就是主体在审美意识的基础上,养成了一种审美的感受、了解、判断等能力,从而对审美对象进行审美的评价。

审美意识是一种以美的独立价值作为意识活动中心与标准的意识形式,它既是一种观照意识,也是一种评价意识。就其观照意识来讲,它实际上是一种对于事物的直观态度,这种直观态度无须通过概念作为媒介就能观察、体验、认识与评价事物。就其评价意识来讲,它围绕着美的目的,根据直观的获得,对事物进行美或丑的评判,在进行美的评价时,又进行美的风格、特性的鉴别,从而提炼出审美情感的类型,让读者获得审美上的享受。

有关张爱玲作品的几段分析与评价,是审美批评的范例。张爱玲初登文坛时,就有人指出:"依我个人看来,是'妙极',可以一句话包括我的感想:'横看成岭侧成峰'。看她的小说,通篇看固可,一句句看亦可,所以,'横看成岭'好,'侧成峰'更好。"[1]这正证明张爱玲的作品美得全面,美得彻底,美得纯粹。苏青在谈到阅读张爱玲作品时更有"非急切地吞读下去不可"的阅读感觉,所以,她读张爱玲的作品就"像听凄幽的音乐,即使是片断也会感动起来。她的比喻是

---

[1] 实斋语,《〈传奇〉集评茶会记》,《张爱玲与苏青》,合肥:安徽文艺出版社,1994年,第22页。

聪明而巧妙的,有的虽不懂,也觉得它是可爱的。它的鲜明色彩,又如一幅图画,对于颜色的渲染,就连最好的图画也赶不上,也许人间本无此颜色,而张女士真可以说是一个'仙才'了,我最钦佩她,并不是瞎捧"[①]。即使是略有微词的意见,说张爱玲的作品"全篇不若一段,一段不若一句,更使人有深刻的印象"[②],也是承认张爱玲的作品有三种特色:用词新鲜,色彩浓厚,比喻巧妙,这件件都与张爱玲的作品太美了有关。傅雷在评价张爱玲时认为《金锁记》是"我们文坛最美的收获之一",这"最美的"界定,应当说包括了对于色彩的鲜明、譬喻的巧妙、形象的入画等诸般美点的肯定在内。谭正璧将张爱玲的修养视作她的艺术之美的母体,"作者本是有着多方面修养的艺术家,善绘画,又好音乐,在文艺上又善于运用旧文学遗产。她熟读《红楼梦》,也熟读《金瓶梅》,这两部最长于描写女性和情欲的过时的伟大作品,却给了她以无限的语汇、不尽的技巧"[③]。当胡兰成从青春的角度解释张爱玲时,他复活了张爱玲的个性,他的关于"青春的美"的说明,就是意在揭示张爱玲创作的一种独特的美:

> 读她的作品,如同在一架钢琴上行走,每一步都发出音乐。但她创造了生之和谐,而仍然不能满足于这和谐。她的心喜悦而烦恼,仿佛是一只鸽子时时要想冲破这美丽的山川,飞到无际的天空,那辽远的、辽远的去处,或者坠落到海水的极深去处,而在那里诉说她的秘密。她所寻觅的是,在世界上有一点顶红顶红的红色,或者是一点顶黑顶黑的黑色,作为她的皈依。[④]

广义的印象批评属于审美批评范畴。印象主义一词始于法国画家莫奈展出的一件绘画作品《日出·印象》,由此开始了印象主义画派的创作活动。印象主义画派强调创作主体对于自然光的主观瞬间感受,认为表现这种主观感受才能赋予画作以鲜活的生命与美。受印象主义的影响出现了印象批评,强调文学应当在激情影响下获取事物的印象,表现自我的感受,并将这种感受书写下来成为批评文本。法朗士曾说:"优秀的批评家就是这样一个人,他把自己的灵魂在许多杰出作品中的探险活动,加以叙述。"[⑤]印象批评遵循美的规律,突出批评者的主观性,反对标准的唯一性,表现对作品的整体的美的印象,并力图使自己的批评文本成为美的一种表现形式。

李健吾是中国印象主义批评的代表人物之一,他的批评实践体现了对于审美的重视,不仅充分地揭示了作品的美,也使批评文本本身成为美的艺术品。

> 李健吾的批评所擅长的是把捉与铺写作品给人的审美感受,用抒情性语言创造出情绪的氛围,让读者产生情感共鸣,从而达到欣赏、体味、认识作品的目的。评价巴金的《雾·雨·电》,李健吾写下的哪是作品的"解剖",这里分明具有一切优美散文所应有的品格:
> "我说他的读者大半是二十岁上下的青年。从天真到世故这段人生的路程,最值得一个人留恋:这里是希望,信仰,热诚,恋爱,寂寞,痛苦,幻灭种种色相可爱的交织。巴金先

① 苏青语,《〈传奇〉集评茶会记》,《张爱玲与苏青》,合肥:安徽文艺出版社,1994年,第23页。
② 谭惟诚,《〈传奇〉集评茶会记》,《张爱玲与苏青》,合肥:安徽文艺出版社,1994年,第26页。
③ 谭正璧:《论苏青与张爱玲》,《张爱玲与苏青》,合肥:安徽文艺出版社,1994年,第47页。
④ 胡兰成:《评张爱玲》,《张爱玲与苏青》,合肥:安徽文艺出版社,1994年,第140页。
⑤ 〔法〕法朗士:《生活文学》,傅东华译,伍蠡甫主编《西方文论选》下卷,上海:上海译文出版社,1979年,第267页。

生是幸福的，因为他的人物属于一群真实的青年，而他的读者也属于一群真实的青年。他的心燃烧他们的心。他的感受正是他们悒郁不宣的感受。他们都才从旧家庭的囚笼打出，来到心向往之的都市；他们有憧憬的心，沸腾的血，过剩的力：他们需要工作，不是为自己（实际是为自己），是为一个更高尚的理想，一桩不可企及的事业；（还有比拯救全人类更高的理想，比牺牲自己更不可企及的事业？）而酷虐的社会——一个时时刻刻讲求苟安的传统的势力——不容他们有所作为，而社会本身便是重重的罪恶。这些走投无路，彷徨歧途，春情发动的纯洁的青年，比老年人更需要同情，鼓励，安慰；他们没有老年人的经验，哲学，一种潦倒的自嘲；他们急于看出自己——哪怕是自己的影子——战斗，同时最大的安慰，正是自己的挣扎，感到初入世就牺牲的英勇。"

细细品味上述一段话，李健吾揭示了作品的主题（反抗社会，向往自由），确定了作品的题材（青年生活），定下了作品的基调（热情），但却浑然一体，像是抒情散文。其实，李健吾在他的诸多评说文章中，努力完成的是灵魂的勾画，有作者的，也有人物的。由于笔端带着活力与感情，不分析而描写，这些个活生生的灵魂在呻吟着，呼吁着，追求着，从而达到了塑造灵魂，塑造性格的目的。所以，读李健吾的评论文章，不是面对条条框框，甲乙丙丁，而是面对跳出文字赫然站立在我们面前捧着一颗赤子之心的作者或人物，我们从他们的灵魂之中鉴照自己的灵魂，从他们的痛苦之中引起自己的痛苦，从他们的向往之中架起自己理想的通道。如果说批评的文体也有意境的营造，李健吾的文章，可以说是一篇有一篇之意境，意境统一起他对作品的印象，从而形成感染的光束，击中读者的精神。①

审美批评建立在欣赏的基点上。要揭示美，首先要能感受美。"不能领略美的人谈不到批评"②。因而欣赏与批评应该具有一致性。而过去由于批评内涵的不科学，批评家在批评时，很少能首先把作品作为审美观照的对象去感受、体验，而是先入为主地按照本本规定，用挑剔的眼光将作品肢解为思想、艺术、内容、形式几部分，进行对号评论，致使批评家的批评往往与读者的感受大异其趣。程千帆在《学诗答问》中说："作为一个客观存在的文艺作品，当你首先接触它的时候，感到喜不喜欢总是第一位的，而认为好不好，以及探究为什么好为什么不好则是第二位的。由感动而理解，由理解而判断，是研究文学的一个完整的过程，恐怕不能把感动这个环节取消掉。"③审美批评，正是实现了由感动而理解，由理解而判断这样一个研究文学的完整过程。周来祥指出："艺术作为美的一种形态，是不能直接用抽象理性把握的，而只能用审美观照和情感体验的艺术欣赏才能准确、恰当、细致地把握艺术在生动丰富感性形式中的理性意蕴，失去了艺术欣赏的基础，就失去了艺术对象的特征，艺术批评也就变为一般的理论批评，而不成其为审美的批评了。"④审美批评既是欣赏的直接结果，也是批评的最佳起点。由对作品的审美体验，到进一步对审美内在因素的分析，就能正确把握美并揭示美了。它完成由欣赏到批评的过渡，不仅把批评完全置于健康的欣赏之中，而且加深了欣赏的体验深度。这样的批评是真正的审美批评，它既能启发读者又能引导作家，从而克服了过去那种隔靴搔痒、不着边际、读者不懂、作家不服的怪现象，较好地实现了批评的目的。同时，由于审美批评是审美感受的结

① 刘锋杰：《李健吾：追求纯美艺术的鉴赏派批评家》，《20世纪中国文学批评史》，海口：海南出版社，2003年，第393—394页。

② 朱光潜：《文艺心理学》，《朱光潜全集》第1卷，合肥：安徽教育出版社，1987年，276—277页。

③ 程千帆：《学诗答问》，《文史知识》1986年第2期。

④ 周来祥：《文学艺术的审美特征和美学规律》，贵阳：贵州人民出版社，1984年，第162页。

果,它的内在构成因素还能促使人们对审美感染力进行深入的理性分析,以进一步揭示美的所在,因此,这个过程并不仅仅停留在感性认识阶段而必然要上升到理性的高度。那种认为审美批评感性色彩太强,难以胜任批评重任的想法是不切实际的。

审美批评不是形式批评,文学作品的审美性不可能只由作品的艺术形式派生。诚然,我们会为作品的精巧的艺术结构、行云流水的华丽词藻而动心、细细把玩。但这些形式如果不是"有意味的形式"①,不能很好地实现对内容的完美表达,那就只是蜡做的美人而缺少灵魂。刘勰说过:"奢体为辞,则虽丽不哀。"②相反,那些质朴无华的语言,由于贴切地表现了作品深刻的思想内容,则能成为千古绝唱,如"三杯两盏淡酒,怎敌他晚来风急。""床前明月光,疑是地上霜。举头望明月,低头思故乡。"全是大白话入诗词,却深切地传达了作者独特的审美感受,而令读者不能自已。六朝的齐梁时代,形式主义文风甚嚣尘上,文坛上充塞着一味讲究声律对仗,刻意雕字缕句而毫无思想内容的玄言诗、骈体文,丝毫不能给人审美享受。刘勰痛斥这些作品"淫丽而烦滥"③,必欲扫之而后快。故而,审美批评决非只注重形式。审美批评不反对形式美的价值,重视形式美所蕴含的审美品性,注重考察作品形式是否很好地表现了作品的内容,是否与作品的内容水乳交融而达到"得意忘言"的地步。由于读者的审美感受与审美体验是在文学作品内容与形式和谐统一共同作用下产生的,因而,审美批评当是建立在对文学作品内容与形式有机统一的整体考察上。

美在整体,如果把一件艺术作品机械地分割成两半,一边是抽象的、粗糙的内容,一边是附加于其上的、纯粹的外部形式,这就无法真正把握住美,这也就是过去的文学批评往往失之教条,缺少说服力的原因。韦勒克在他的《文学理论》一书中说:"艺术品中通常被称为'内容'或'思想'的东西,作为作品的形象化意义的世界的一部分,是融合在艺术品结构之中的。"黑格尔甚至认为把部分从整体中割裂下来,部分是根本不存在的。他指出:"艺术之所以抓住这个形式,既不是由于它碰巧在那里,也不是由于除它以外,就没有别的形式可用,而是由于具体的内容本身就已含有外在的,实在的,也就是感性的表现作为它的一个因素。"④

从以上对审美批评内涵因素的分析上,可以看出审美批评是尽可能避免把作品肢解为一鳞一爪,然后论它的美的。审美批评是先把艺术品作为活生生的生命整体,感受它的美。整体性的思维方式与传统的分解方式是不同的,它不是先把对象分成几部分然后再综合起来,而是自始至终把对象作为整体对待,从整体与部分相互依赖、相互结合、相互制约的关系中揭示对象的整体美。审美批评就是在整体思维方式指导下,考察文学作品的美。审美批评的诸因素也都从艺术作品的整体要求上着眼,看它各方面的配搭结合是否富有生命力并能产生最优化的审美效果,是否体现了整体美的原则,这样就能较为准确地把握住作品的美。

第二节 审美批评的发生与发展

审美批评是一种与文学批评与生俱来的批评方式,因为欣赏文学与批评文学,都是无法离开审美活动的,因此,在文学的欣赏与批评史上,只有自觉的审美批评与不自觉的审美批评之

① 〔英〕克莱夫·贝尔:《艺术》,周金环、马钟元译,北京:中国文联出版公司,1984 年,第 4 页。
② 刘勰:《文心雕龙·哀吊》。
③ 刘勰:《文心雕龙·情采》。
④ 〔德〕黑格尔:《美学》第 1 卷,朱光潜译,北京:商务印书馆,1979 年,第 89 页。

别,没有有与无的区别。审美批评在其相当长的发展过程中不断地凝聚着自己的特色。

一、审美批评在中国的发生与发展

在中国的文学观念中,对文学作品的审美性把握,是在"文"、"文学"、"文章"的概念中得到表现的。许慎的《说文解字》解释"文"的含义:"错画也,象交文。""文"本是纹理的象形字,自然的或人为的种种纹理都可以称作"文",后泛指参差错综的色彩及事物。《易·系辞下》认为:"物相杂故曰文。"《礼记·乐记》认为:"五色成文。""文章"的概念早在先秦时期就出现,但在汉、唐以后才流行。"文章"的含义也指文献著作,但同时更指辞赋等有文采的著述①。"文章"的原义是指错综的色彩或花纹。《周礼·考工记》:"青与赤谓之文,赤与白谓之章。"后用"文章"指一切用语言文字作媒介、按照一定要求与法则组织成篇的书面文辞。如此一来,"文"的本义是"样式"、"花纹"、"结构",所以,也就是美。这被后来的学者称作是"审美的文学概念"②。

早在孔子时代,就对文章提出了美的要求。传为孔子所说的"言之不文,行之不远"③,肯定了言辞"不文"即不能成为美的艺术,就不能获得广泛的传播。孔子提出的"文质彬彬"标准,也包括了对于"文"的重视,要求形式与内容的统一相配合,"文"是作品成功的一个基本方面。当然,孔子曾就音乐的评价提出过"尽善尽美"说,包含了对于美的重视,却又将"尽美"放置在"尽善"的标准之下,反映了孔子的思想中伦理政治具有至高无上的地位,这又难免压抑了审美的发展,审美批评处于伦理批评的遮蔽之下,还未获得独立的发展时机。

至六朝时期,文学观念进一步向着审美的方面发展,出现了相当自觉的审美批评的要求。陆机在《文赋》中提出"诗缘情而绮靡"的主张,强调了情感、想象、灵感在创作中的作用,在内容与形式统一的前提下,提出了内容与形式两方面的审美要求:"其会意也尚巧,其遣言也贵妍。"尤其是陆机较为系统地探讨了作品形式美的诸构成要素如辞藻、结构、音韵等方面,要求"暨音声之迭代,若五色之相宜",强调音韵在创作中要像色彩的使用那样求得相互的配合与协调,这成为后来沈约提倡"声律论"的先声。中国古代的形式批评由此而滥觞,它强化了审美批评的内涵与作用。此后出现了"文"与"笔"的区分,逐步建立了较为纯粹的"文"的概念。刘勰说:"今之常言,有文有笔,以为无韵者笔也,有韵者文也。"④这是从声韵的角度对文学创作进行区别研究,突出了音乐节奏在文学创作中的重要性。

宋代的严羽在《沧浪诗话》中提出了自己的诗学观:

> 夫诗有别材,非关书也;诗有别趣,非关理也;而古人未尝不读书,不穷理。所谓不涉理路、不落言筌者,上也。诗者,吟咏情性也。盛唐诗人惟在兴趣,羚羊挂角,无迹可求。故其妙处莹彻玲珑,不可凑泊,如空中之音、相中之色、水中之月、镜中之象,言有尽而意无穷。⑤

"别材"、"别趣"说强调了诗歌的审美特性,诗的创作是"吟咏情性"的,这强化了由陆机提

---

① 詹福瑞:《中古文学理论范畴》,北京:中华书局,2005 年,第 76—79 页。
② 刘若愚:《中国文学理论》,南京:江苏教育出版社,2006 年,第 150 页。
③《左传·襄公二十五年》。
④ 刘勰:《文心雕龙·总术》。
⑤ 严羽:《沧浪诗话·诗辨》。

出的"诗缘情"的观点,一种以建立在情感本体上的诗学观正在慢慢地形成,这与审美批评自身的发展相一致。

独立的审美批评经过王国维的倡导,朱光潜、李健吾等人的发展得以正式形成。他们将美视作一种独立的价值,这才有了审美批评的真正独立。

王国维有《文学小言》《屈子文学之精神》等文,开启现代意义上的文学界定。王国维认为抒情的文学包括诗、词,叙事的文学包括叙事诗、史诗、戏曲,与现今所称的文学作品的范围一致。论《三国演义》而称其"无纯文学之资格"①,强调小说应突出美的个人的特点,可见王国维开始使用"纯文学"这一概念,反映了他在认识文学时,注意寻找文学的独特性。王国维研究了小说(如《〈红楼梦〉评论》)、词(如《人间词话》)、戏曲(如《宋元戏曲考》),这些均为现代文学概念所承认的体裁类型。他在确定谁是中国的大文学家时则举屈原、陶渊明、杜甫、苏轼等为例,完全不及古典意义上的学问家,是清晰理解文学的开端。王国维建立在康德无功利美学基础上的文学观开启了审美批评的新时代。

朱光潜引进克罗齐的"直觉说",借鉴康德美学、西方现代心理学等知识,形成了以强调文学的审美性与独立性为核心的批评观。他指出了审美态度是一种非实用的态度:"看正身,看现在,看自己的境遇,看习见的景物,都好比乘海船遇着海雾,只知它妨碍呼吸,只嫌它耽误程期,预兆危险,没有心思去玩味它的美妙。持实用的态度看事物,它们都只是实际生活的工具或障碍物,都只能引起欲念或嫌恶。"要想观照到美,创造出艺术,创作主体不是把人生收拢来,而是推开去,站在一定的距离之外去玩味它,才能从容加以表现而不失败。因此,他又说:"要见出事物本身的美,我们一定要从实用世界跳开,以'无所为而为'的精神欣赏它们本身的形象。"朱光潜认为文以载道说、文学工具说、极端的写实主义之所以失败,其关键即在丧失了文学与人生之间的距离。他的结论果断而坚决,凡创作主体不能从"主位的尝受者退为站在客位的观赏者。一般人不能把切身的经验放在一种距离以外去看,所以,情感尽管深刻,经验尽管丰富,终不能创造艺术"。②

李健吾写道:"一件艺术品——真正的艺术品——本身便须做成一种自足的存在。它不需要外力的撑持,一部杰作必须内涵到了可以自为阐明。莎士比亚没有替他的戏剧另外说话,塞万提斯没有替他的小说另外说话,他们的作品却丰盈到人人可以说话,漫天漫野地说话。"③对李健吾而言,创作能否由实用世界进入审美世界,并达到审美世界自身的内在丰盈,是一个必要的尺度。一种艺术,若与实用世界纠缠过紧,它就不能成为艺术,一种艺术,若还未能达到意蕴饱满,却又情态飞动,它就不是完全的艺术。艺术的自足性对于审美批评,是其基本目标之一。

二、审美批评在西方的发生与发展

西方关于文学与美的关系的认识是极早的。德谟克利特指出:"一位诗人以热情并在神圣的灵感之下所作的一切诗句,当然是美的。"④亚里士多德从摹仿的角度分析悲剧创作,认识艺

---

① 王国维:《文学小言》,《王国维文集》第1卷,北京:中国文史出版社,2007年,第19页。
② 朱光潜:《当局者迷,旁观者清》,《朱光潜全集》第2卷,合肥:安徽教育出版社,1987年,第15—19页。
③ 李健吾:《〈神·鬼·人〉》,《李健吾文学评论选》,银川:宁夏人民出版社,1983年,第47页。
④ 〔希腊〕德谟克利特:《著作残篇》,伍蠡甫主编《西方文论选》上卷,上海:上海译文出版社,1979年,第4页。

术家在摹仿自然时,自然是材料因,作品的形式是形式因,艺术家是创造因,三者合一,才创造了艺术。其中他所谈到的形式因,正是作品之所以区别于自然的特征所在,这种特征是美的。"美与不美,艺术作品与现实事物,分别就在于在美的东西和艺术作品里,原来零散的因素结合成为一体。"①

但到了康德,西方才完成了美与非美的区别研究,开辟了审美主义的新潮,形成了明确的审美批评传统。康德揭示了审美判断的独特性。逻辑判断是为了获得知识而进行的理智判断,审美判断则是关涉个别对象而引起的快与不快的情感判断。朱光潜用三点从三个方面加以概括:首先,从质的角度看,审美判断是一种不涉及利害感的超功利的判断。康德认为:在对象中见到美,就无须对它有什么概念。花卉、自由的图案画,以及没有目的地交织在一起的线条(即所谓的"叶状花纹")都没有意义,不依存于明确的概念,但仍产生快感。所以,"一个审美判断,只要掺杂了丝毫的利害计较,就会是很偏私的,而不是单纯的审美判断"②。其次,从量的角度看,审美判断不涉及普遍的概念而能够普遍地使人愉快。原因在于:审美判断虽然都是单称判断,它关涉的只是对象在主体心中所引起的感觉,但因为审美判断建立在主体情意不涉及利害关系这一人类的共同点上,一个人的审美快感,也就成为人人的审美快感。"所以审美判断虽只关个人对个别对象的感觉,却仍然可假定为带有普遍性。"第三,从关系的角度看,审美判断没有明确的目的却又符合目的性。没有明确的目的,是指审美判断不受某一特殊目的概念的制约,它应当是自由的;符合目的性,是指对象的形式适合于主体的想象力与知解力③的自由活动与和谐合作,它获取了事物本身固有的美。最后,从方式的角度看,审美判断不依赖概念而产生必然的愉悦感。这种审美快感是人们面对美的对象时必然产生的审美愉快,无人例外,因为这是建立在人人都有的"共同感觉力"的基础上的。④ 在康德这里,审美判断是一种无利害、非概念的判断,它有别于快感的、功利的、概念的活动,既不是实践活动,也不是知解活动,甚至也不是道德活动。审美就是在一种无利害、非概念的活动中产生的具有主观合目的性的审美愉悦活动。

歌德持相近的观点,他认为:"因为虽然一件优良的艺术作品能够而且也将会发生道德的后果;但向艺术家要求道德目的,等于是毁坏他的手艺。"⑤所以,歌德在讨论艺术创作时,将其关注点放在艺术作品的本身之上,强调艺术家只是追求作品自身的完美而无须顾及读者、观众等外在制约因素。

至西方近代"为艺术而艺术"的思潮兴起,审美批评建立了它的最高权威。"为艺术而艺术"的思潮源发于德国,兴盛于法国与英国,后扩展到了全世界。康德为这一思潮奠定了理论基础。英国批评家斯温伯格提出了"艺术至上"的明确信条:"首先是艺术至上,继而我们可以设想对艺术的所有其他附带要求(前提是艺术已受到足够的重视);但是有人如果抱着道德旨趣着手艺术作品,那么就连道德旨趣也应加以消除。"⑥另一位英国批评家布拉德雷提出了"为

---

① 〔希腊〕亚里士多德:《政治学》,转引自朱光潜《西方美学史》上卷,北京:人民文学出版社,1979年,第77—78页。
② 〔德〕康德:《判断力批判》上卷,刘晓芒译,北京:人民出版社,2002年,第41页。
③ 朱光潜解释说:"知解力包括形式逻辑的推断,分析、综合和推理的能力,它也只能掌握自然界现象的某些部分,不能窥到无限和整体。"《西方美学史》下卷,北京:人民文学出版社,1979年,第356页。
④ 朱光潜:《西方美学史》下卷,北京:人民文学出版社,1979年,第358—373页。
⑤ 〔德〕歌德:《诗与真》,林同济译,伍蠡甫主编《西方文论选》上卷,上海:上海译文出版社,1979年,第447页。
⑥ 〔英〕斯温伯格:《威廉·布莱克》,转引自韦勒克《近代文学批评史》第4卷,杨自伍译,上海:上海译文出版社,1997年,第432页。

诗而诗"的主张,他认为:

> 首先,这种经验本身就是一个目的,是为着它自己就值得存在的,是有其内在自有的价值的。其次,它所具的诗的价值,只能是这个内在自有的价值。诗作为一个文化或宗教的手段,也可以具有远在题外的价值;因为它传授了教诲,或和缓了激情,或助长了正义;因为它给诗人带来了名誉或金钱或平静的心境。能够如此,当然更好;我们也不妨为了这些缘故而珍视它。但是它的外在价值既不是、也不能直接决定它在作为一个满足人意的、想象性的经验上,是有诗的价值的;诗的价值必须完全从内部来判断。除以上两点之外,这公式还可以加上第三点,虽然并非必要。对题外目的的考虑,无论出于从事写作的诗人或出于接受经验的读者,都将降低诗的价值。其所以如此,乃是由于它使诗脱离自己的气氛,因而改变了诗的本质。因为诗的本质并非真实世界(像我们通常所理解的真实世界)的一个部分,或一个摹本,而是独自存在的一个世界,独立的、完整的、自己管自己的;为了充分掌握这个世界,你必须进入这个世界,符合它的法则,并且暂时忽视你在另一真实世界中所具有的那些信仰、目标和特殊条件。①

在布拉雷德看来,诗所创造的经验属于人类的想象领域,它离开现实世界而活跃在想象世界中,任何将其拉向现实世界的举动,都将破坏诗的纯洁性。一般所言的"纯诗"概念,反映了同样的思想倾向。

王尔德是"为艺术而艺术"的重要代表人物,他的"艺术是撒谎"的名言,指的是"讲述美而不真的事物的故事,乃是艺术的真正目的"②。王尔德称此为"我的新美学的原则"。为此他提出了三条看法:"艺术除了表现它自身之外,不表现任何东西。""一切坏的艺术都是返归生活和自然造成的,并且将生活和自然上升为理想的结果。""生活模仿艺术远甚于艺术模仿生活。"③艺术是独立的,独立到你不能从任何一个现实的方面对其碰触,任何这样的碰触,都是对艺术的亵渎。

韦勒克对"为艺术而艺术"作了如此评述:"艺术至上主要的意义是维护艺术而抵制道德家的要求、拒绝国家及公众的所有审查、坚持艺术的傲然独立及其处理任何一切题材的权利。听来俨如为艺术张目的极其霸道的要求实则往往流于捍卫艺术在生活中的一隅之地。"④但西方的"为艺术而艺术"的思潮确实使得审美批评成为一种重要的批评方法之一,并且由于从审美上确认文学的性质是一种古老的方式之一,这一批评也就获得了强大的生命力,成为文学批评中的宠儿,虽然备受争议,却是成就斐然。

三、审美批评的针对性及争议

审美批评无论是在古代,还是今天,它作为一种批评方法,具有明确的针对性,从而也就引

---

① 〔英〕布拉德雷:《为诗而诗》,伍蠡甫译,伍蠡甫主编《西方文论选》下卷,上海:上海译文出版社,1979 年,第102—103 页。
② 〔英〕王尔德:《谎言的衰朽》,《王尔德全集》第 4 册,杨东霞、杨烈等译,北京:中国文学出版社,2000 年,第357 页。
③ 〔英〕王尔德:《谎言的衰朽》,《王尔德全集》第 4 册,杨东霞、杨烈等译,北京:中国文学出版社,2000 年,第 356—357 页。
④ 〔美〕韦勒克:《近代文学批评史》第 4 卷,杨自伍译,上海:上海译文出版社,1997 年,第 482 页。

发了关于它的思考,并争议不断。

具体地说,审美批评主要反对的是赋予文学艺术以宗教的、政治的、道德的功能,主张回到艺术自身,将艺术自身或艺术内部视为一种价值加以推崇,这种价值就是人类的审美价值。在中国古代,这表现为反对"文以载道"说。在西方,这表现为反对宗教、道德对于文学的干预。在前苏联,这表现为反对政治对于文学的支配等。

以中国在 20 世纪 70 年代末开始的思想解放运动来看,审美批评的复兴,就与政治对于文学的巨大制约作用相关。冲破"文学为政治服务"的教条,才有了审美批评的复兴。在 1980 年代中期,刘再复与陈涌的争论,就反映了这样一种事实。

刘再复认为人是一种主体,作家作为主体的地位不容否定,人物形象与读者作为主体的地位也不容否定。是人,他(她)的主体性就不能否定。人作为主体,无论是实践层面的还是精神层面的,他(她)都是按照自己的方式行动的,按照自己的方式思考的、认识的。这时候,人才是人,也就是说,人只有作为主体存在,才是人。与其主体性思想相一致,刘再复在把握文学研究思维空间的拓展时,极其敏锐也是极其赞许地看到了文学研究的新动态。在许多新思潮的影响下,结构主义美学、文艺符号学、审美价值学、接受美学、心理学、形式主义文论、比较文学等共同构成了新的研究趋势。文学研究的多样化与创新性,使得新时期以来的文论界也在展现自己的多姿多彩的研究格局,这远非单一的社会学批评所能比拟。刘再复借此概括了文学研究的新动向是,由外到内,由一到多,由微观分析到宏观综合,由封闭体系到开放体系。他所概括的"由外而内",基本颠覆了原有的文学观念:

> 即由着重考察文学的外部规律向深入研究文学的内部规律转移。我们过去的文学研究,主要侧重于外部规律,即文学与经济基础以及上层建筑中其他意识形态之间的关系,例如文学与政治的关系,文学和社会生活的关系,作家的世界观与创作方法等。近年来研究的重心已转移到内部规律,即研究文学本身的审美特点,文学内部各要素的相互联系,文学各种门类自身的结构方式和运动规律等等,总之,是回复到自身。①

他所概括的"由一到多",也具有颠覆性。他认为从单一的哲学认识论或政治阶级论角度观察文学现象,已经转移到了从美学、心理学、伦理学、历史学、人类学、精神现象学等多角度来观察文学现象,这就用有机整体观念代替了机械整体观念,用多向的多维联系的思维代替了单向的、线性的因果联系的思维。所以,在结合文艺本质所进行的阐释中,他的观点当然具有全新的结论:

> 我们对文艺本质的看法,过去就单纯地从认识论和政治的角度来看,把文学看成是社会生活的反映,这当然没有错,但是,过去仅仅允许用这个角度来规定文学的本质,这就不够全面。事实上,对文学本质的规定,还可从其他角度,例如,从哲学角度来看,可以说,文学是克服异化,使人暂时获得复归的一种手段;从价值学来看,可以说,文学是人的人格和思想情感的表现;从心理学来看,可以说,文学是苦闷和欢乐的象征,是人的内心情感活动的升华;从历史学的角度来看,在特定的时代环境中,也可以说,它是阶级斗争的工具(这

---

① 刘再复:《文学研究思维空间的拓展——近年来我国文学研究的若干发展动态》,《读书》1985 年第 2、3 期。

只是暂时的);从审美的角度看,它是有缺陷的世界中的一种理想之光。①

刘再复引述及提出的概念有情感性、非自觉性、变态、自身、内宇宙、内部规律、形式、人类精神本体学等,通过这些概念,他试图消解或颠覆阶级、政治、认识论、反映论、外部规律、工具、服务、线性的因果关系的单一作用。刘再复实际上运用了他当时所能掌握的各种知识,将它们糅合在一起,也许是生硬的,但这样丰富的、当时或被视为异端的思想观念,对教条的反映论的思想堡垒却是一种很大的冲击。

陈涌发表了直接与刘再复相对立的观点。陈涌的看法是:文学艺术具有社会意识形态的普遍本质与反映生活的特殊本质,但决不能借口强调特殊本质而否定普遍本质。他认为离开了对于"文学的社会意识形态属性的把握",是无法科学地解释文学的本质的。将文学艺术的社会意识形态的普遍本质视为"外部规律",在理论上是不成立的,在实践上是有害的。"要想完全排除政治、经济和社会生活的联系去探究审美特点,最后只能走向绝境。""文学艺术没有绝对的独立性,只有相对的独立性;文学艺术没有绝对独立的历史,只有相对独立的历史;文艺的审美特点也不可能是绝对独立的。文艺、文艺的历史、文艺的审美特点,归根到底,只能从一定的社会经济关系中去求得解决。归根到底,人们的生活的求得方式怎样,人们的文艺也就怎样。那种把文艺与经济政治的关系、文艺与生活的关系看作是'外部规律',而要求回到文艺的'审美特点自身',是离开了马克思主义的唯物主义的。"结果,陈涌用高、低的规律说代替了刘再复的内、外规律说,他提出了另一种划分文艺的规律层次的看法:"如果认为文学艺术的本质、规律也是分层次的,那么应该说,历史唯物主义所阐明的本质、规律,是文学艺术的最高层次的本质、规律。"②在陈涌等人的看法中,他们认为文学批评应当遵循审美原则与历史原则的统一。

应当承认,陈涌的论述确实符合马克思经典论断的原义,揭示了文学艺术与社会政治经济的不可失去的联系,与文学艺术的发生有关联,但与文学创作的实际孕育、构思与写作有距离,或者说,谈的不是这一层面的问题。因为仅仅谈文学艺术的经济决定论,难以理解整个的创作过程及其特点。刘再复所言,也是创作所需要的,说明了文学创作作为一种特殊的审美活动,不能由外而潜入内心,不能由广泛的社会联系转向审美性的构思,就不能创作出作品来,就不能打动人心。因此,陈涌的正确是原本就是外在的正确,陈涌的经济决定论,能解释文学艺术何以在社会历史的变迁中起起伏伏,但看不清创作的奥秘,解释不了创作的心理过程。

第三节　审美批评的特征

审美批评有其具体内涵。虽然,人们看一本书,听一支曲或欣赏一幅画,能直觉出艺术作品审美性的强弱,但这不是审美批评。开展审美批评,必须依据一定的审美尺度,剖析艺术作品审美感染程度的内在条件,探讨影响艺术作品审美感染力强弱的具体因素。

从作为客观实在的艺术作品本身分析,审美批评无疑有着可操作性的具体内涵,以使批评家能正确评价艺术作品的审美性;也即人们进行审美批评,评价艺术作品审美性的强弱,当从艺术作品的诚挚性、独创性、真实性、和谐性几方面入手进行具体分析与评判,这样,才能使审

---

① 刘再复:《文学研究思维空间的拓展——近年来我国文学研究的若干发展动态》,《读书》1985 年第 2、3 期。
② 陈涌:《文艺学方法论的问题》,《红旗》1986 年第 6 期。

美批评不流于浮泛与臆测。

诚挚性。指情感的真诚执著。文学作品要能成为读者自觉审美观照的对象，没有真挚炽烈的情感是不行的。"感人心者，莫先乎情"①，没有哪一部作品，缺少扣人心弦的激情，单凭技巧就能感染人。"繁采寡情，味之必厌"②。审美动力是感情而不是思维，读者与作品的审美联系说到底也是情感联系。即便是作品形象本身，也必须带有浓烈的感情色彩，没有感情的作品形象就像生物挂图一样，不具有审美意义和价值。同样，作品的结构、表现手法等形式因素，实质也是情感的凝聚形态。只有当作品的外在形式与作家的内在情感达到亲密无间的融溶，作品才具有巨大的魅力。当然，这种流露在作品中的情感必须是诚挚的，而诚挚的情感只能来自于对社会生活的深刻感受、体验，来自于对生活本质的把握。因为人们的审美情感往往由道德、理智激发而起并伴同着道德、理智的内容一起被物化在作品中。当道德、理智的内容博大精深而又被赋予和谐的形式表现出来时，读者就会在获得审美感受的同时，被这种具有深刻内容的道德、理智震惊而使审美感受的浓度大大加强。正如康德所说："鉴赏因审美愉快和理智的愉快相结合而有所增益。"③正是出于审美情感诚挚性的考虑，我们才要求作品具有"较大的思想深度和意识到的历史内容"④，才要求作家努力把握并反映生活的本质。当然，这里要指出：其一，不要孤立地要求作品思想内容的积极意义，而更要重视的是思想内容如何能作为增强作品审美感染力的因素而存在。就是要求道德、理智的内容如何服从审美情感的规定与制约，并化为审美情感的一部分。康德指出，道德观念本来不是感性地看得见的，但在美的理想中却要使它们感性地表现出来。那些不能激发读者审美情感的概念化内容、游离于作品形式的政治说教，无论有多么重要的积极意义，我们都必须坚决摒除。其二，积极向上的思想内容并不仅仅表现在慷慨激昂、具有阳刚之美的作品中，也表现在那些浅吟低唱的作品中，它们如抒写对亲人的怀念，或寄托对祖国的眷恋。总之，只要反映了特定时代社会生活中的某些本质内容，都会给读者带来强烈的心的震颤、美的享受。其三，急功近利的作家，由于受直接功利目的的摆布，处心积虑地编造生活，为文造情，其作品不可能具有诚挚性的情感力量。而一个有思想的作家，在对纷纭复杂的现实生活进行潜心地审美观照时，必然会对某些反映了社会本质的东西有更深切的体会，产生更激烈的情感震荡。一旦作家把自己的这种真挚深切的体验通过场面和情节自然而然地流露出来，这也就使作品"自发地"具有诚挚性的情感力量。正是在这一点上，我们才强调作家承担社会责任的重要意义，这就是为了有意识地促进无意识的定向创作冲动的形成，从而使作品中的审美情感既发自作者的心声，又激荡着时代的最强音。

独创性。指作品应具有独特的艺术风格。作品的独创性与诚挚性是密切相关的。作家由于对社会生活感受的深切、执著，其审美体验、审美情感必然带有个人独特的印记。这种独特的审美体验表现在作品中，也就具有了与众不同的风格特色。缺少独创性的作品是没有生命力的。优秀作品面对瞬息万变的时代生活，应该能及时捕捉新的审美情趣、提供新的精神信息，从而使读者不断获得新的审美体验，满足读者多样的审美需要。此外，具有独创性的作品，无论技巧、构思、手法，都是作家的匠心独运，积淀了作家创造性的劳动，体现了作家的本质力量。读者阅读作品，就会为作家惊人的智慧、非凡的才能所倾倒、折服，从而产生一种由满足、

---

① 白居易：《与元九书》。

② 刘勰：《文心雕龙·情采》。

③ 〔德〕康德：《判断力批判》上卷，刘晓芒译，北京：人民出版社，2002年，第67页。

④ 〔德〕恩格斯：《致斐·拉萨尔》，《马克思主义文艺论著选讲》，北京：中国人民大学出版社，1999年，第150页。

愉快造成的美感。作家在创造性的劳动中显示出来的才智永远是美而动人的。叶燮说过："人未尝言之，而自我始言之，故言者与闻其言者，诚可悦而永也。使即此意、此辞、此句虽有小异，再见焉，讽咏者已不击节；数见，则益不鲜；陈陈踵见，齿牙余唾，有掩鼻而过耳。"①沃罗夫斯基在《夏娃与江孔达——文学的比较》一文中也指出，评价一部新的艺术作品，我们应该阐明，"它是否确实是人类精神宝库中的一项成就，……它是否真正丰富了这个宝库，即它是否作出了新的贡献，……总而言之，它具有某种能够产生出许多新的艺术概念的东西，能够产生出某种新的审美感的综合体"②。其中所指的"新"，它包括塑造新的人物形象，反映新的时代精神，调动新的表现手法，采用新的艺术技巧，传达新的审美情趣，从而在长期的艺术实践中形成自己一套独特的艺术风格。作品独创性，最重要的是艺术形象的独创，它的最高成就是塑造典型形象或意境。

"美的生命在于显现"。文学艺术离不开形象，虽说读者与作品的审美联系是情感联系，但人的情感是逼不出来的，必须通过鲜明生动的形象诱导、生发出来。普列汉诺夫指出："一件艺术品，不论使用的手段是形象或是声音，总是对我们的直观能力发生作用，而不是对我们的逻辑能力发生作用，因此，当我们看见一件艺术品，我们身上只产生了是否有益于社会的考虑，这样的作品就不会有审美的快感。"③只有栩栩如生、具体个别的形象，才能撞开读者情感的闸门，给读者审美愉悦的满足。同时，作品的形象并非只是消极地接受内容，它本身就是作家审美情感积极表现的产物，并反过来促进审美情感的积极表现。特别是鲜明、生动的典型形象更具有一种歌德所赞赏的感性魅力，它能以真切而富有生气的形象特征，触动审美者的生活积累，调动审美者的想象力，从而引起读者强烈的情感共鸣。所以，能否创造出生动鲜明的艺术典型就成了作品成败的关键。

这里须指出，独创性决不等于毫无意义地追逐怪异、崇险猎奇。不能"认为独创性只产生稀奇古怪的东西，只是某一艺术家所特有而没有任何人能了解的东西。如果是这样，独创性就只是一种很坏的个别特性"④。

真实性。真实性与诚挚性既有联系又有区别。诚挚性侧重于作家对生活感受的真切及作品中审美情感的真挚执著。真实性则重在作品对客观事物描写得逼真，从而使读者获得真切的感受。显然，作品的真实描写建立在作家情感诚挚的基础上，并反过来为作品情感的诚挚服务。作品描写的真实是手段而不是目的，目的在于造成作品的情感真挚执著，给读者强烈的审美感受。正因为这样，我们强调的真实性，既不是生活真实，也不尽是艺术真实，而是审美真实。

审美真实包括艺术真实而又比艺术真实具有更高的要求，它是历史逻辑与心理逻辑的统一，是作家正确表现生活特征和内在联系所产生的艺术形象的可信性。国画中的墨荷、朱竹，自然界中不可能出现，也很难说明它们把握了生活的什么本质，但因为它们没有超出人们所能接受的真实范围而合理地存在。人们对真实的鉴别能力是在长期的劳动生产、社会实践中建构成的，因而，人们对真实的理解也就具有一定的约定俗成的社会因素。审美真实的提出，就是要把人们客观的社会心理因素作为真实内涵予以重视。它不仅要运用生活的真实式样把握住生活的本质，更要充分考虑读者所能理解、接受的可信程度。它不反对"细节的真实"、"现实

---

① 叶燮：《原诗》。
② 〔俄〕沃罗夫斯基：《夏娃与江孔达——文学的比较》，程代熙译，《论文学》，北京：人民出版社，1981年，第53—54页。
③ 〔俄〕普列汉诺夫：《没有地址的信，艺术与社会生活》，《论艺术》，曹葆华译，北京：三联书店，1984年，第107页。
④ 〔德〕黑格尔：《美学》第1卷，朱光潜译，北京：商务印书馆，1979年，第374页。

关系的真实";相反,它正需要利用这一切造成真实的审美情境,给读者强烈的审美感染。

正因为这样,我们一方面十分重视作品的真实。认为文学是建立在真实上面的,艺术的生命在于真实;另一方面,我们更强调"每一种艺术的最高任务即在于通过幻觉,产生一种更高更真实的假象"①。一方面斥责某些作品歪曲生活,丑化人民而无一足取;另一方面,又允许《西游记》《聊斋志异》这类描神摹鬼故事的合法存在。这看起来似乎矛盾,但它们却在审美真实的基础上得到了统一。审美的真决不等同于科学认识的真。它是受美的制约并由美规范其特定内涵的,它是符合人之常情的真。所以,"艺术并不要求把它的作品当作现实"②。但它却不能违背人们的情感逻辑,不能违背人们所能接受的情感真实。

实际上,任何一篇真实性的作品,作家在创作过程中,都是把读者的审美需要作为观念上的内在动机,凝结于其中的。作家往往是作品的第一个读者,他首先站在读者的立场上观照自己的作品,因而能在一定程度上感受到作品审美真实的程度。由此可知,所谓"细节的真实"也罢,"现实关系的真实"也罢,统统都是为审美真实服务的,都统一于审美真实的需要上。强调真实的目的,也正在于由此及彼、由表及里地造成高度的审美真实,从而形成一种审美魅力的蓄势,最大限度地满足读者强烈的审美需要。

当然,为了最大限度地造成作品的审美真实,作家首先要有真正的审美理想,"没有真正的审美理想,就不可能有对现实审美属性的真实反映"③。其次要有对生活的真实体验,即要"为情造文",而不能"为赋新词强说愁"。同时,作品还必须以大家熟知的生活样式、形象生动的语言来传达作家真实的审美情意,并在情节安排、技巧运用等方面,力戒匠人气息而贵自然天成。这就不仅需要作家具有把握生活底蕴的本领,而且要有巧夺天工的艺术才能。正如罗丹说的那样,真正的雄辩是看不出雄辩的,同样,真正的艺术是忽视艺术的。

和谐性。和谐性不仅指作品内容的和谐、形式的和谐,更重要的是内容与形式的和谐。周来祥说:"美是和谐。"这在一定程度上是正确的。他指出:"依照马克思的实践观点,美的和谐自由的本质,根源于人的和谐、完满、自由的本质。"④因此,和谐性与诚挚性也有一定的联系。作品各方面的和谐是与作家诚挚性的情感自由地抒发合拍的。

作家的和谐性体现在内容上就是主题的明确性、人物性格的一贯性、情节的合理性;形式上则是语言风格的统一性,人事物景的安排则要配置匀称、详略得当、疏密相间、摇曳多姿、寓多样于统一、寓变化于连贯之中。

和谐性突出表现在作品内容与形式的统一中,这是作品成为一个和谐的有机整体的必备条件。

作品的内容与形式是水乳交融浑然一体的,我们讲文学作品的形式美在于这种形式很好地完成了情感内容的表达,体现了作品的主旨。脱离内容的形式是不存在的,因而割裂内容,孤立地谈形式美是不行的。马克思说:"如果形式不是有内容的形式,那么它就没有任何价值了。"⑤不顾内容的需要,一味堆砌词藻,专门讲究声色格律、因辞害义,则"绮丽不足珍"。然而为能最大限度调动艺术手法很好地实现内容的任务,寻求最足以表现内容的美的形式确非易

① 〔德〕歌德:《诗与真》,林同济译,伍蠡甫:《西方文论选》上卷,上海:上海译文出版社,1979 年,第 446 页。
② 〔俄〕列宁:《哲学笔记》,《列宁全集》,北京:人民出版社,1987 年,第 237 页。
③ 〔俄〕斯托洛维奇:《现实中和艺术中的审美》,凌继尧、金亚娜译,北京:三联书店,1985 年,第 208 页。
④ 周来祥:《论美是和谐的》,贵阳:贵州人民出版社,1984 年,第 118 页。
⑤ 〔德〕马克思:《第六届莱茵省议会的辩论(第三篇论文)》,《马克思恩格斯全集》,第 1 卷,北京:人民出版社,1972 年,第 179 页。

事。因此,忽视形式美的评价就不是审美的批评,就会混淆文学批评与思想批评的界限。

我们的文学批评应该与读者对作品的欣赏过程结合起来。读者阅读作品首先接触到的是作品形式:精巧的开头、跌宕起伏的结构、引人入胜的布局、生动活泼的语言。正是这一切首先吸引了读者,从而逐步加深读者对作品内容的理解,最后才升华到"得意忘言"的境界,为内容形式完美统一的作品本身深深感染。正如黑格尔所说:"遇到一件艺术作品,我们首先见到的是它直接呈现给我们的东西,然后再追究它的意蕴或内容。"①因此,别林斯基说:"无疑,艺术首先应当是艺术,然后才是一定时代的社会精神和倾向的表现。"②没有美的艺术形式,也就失去了艺术本身,更谈不上文学作品的社会意义的实现了。正因为如此,许多文学大师十分注意艺术技巧的训练,非常讲究艺术形式的推敲。曹雪芹写《红楼梦》披阅十载、增删五次,就不仅是对内容的增删,也是对艺术形式的锤炼。有些作家因一字改动精妙,则被人尊为"一字师"。这一切说明了作家掌握较高的艺术技巧的重要,说明了形式美的巨大价值。只有当很好地体现了作品内容的形式强烈地吸引了读者,使读者"谈欢则字与笑并,言戚则声共泣偕"③,目为之迷荡,心为之震颤,完全忘掉了形式的存在,作品才算真正抓住了读者,其美学价值也才能得到充分的发挥。

以上,我们初步考察了构成对艺术作品审美批评的内在因素。在诸因素中,情感的诚挚性显然是最基本也是最重要的条件,它决定着其他因素的发挥。文学作品是通过情感纽带来建立作家与读者审美联系的,情感是否诚挚炽烈,这无疑是作品具有较强审美感染力的先决条件。

第四节 写作实例分析

原作:

李白是唐代伟大的诗人,与杜甫并称,一为诗仙,一为诗圣。李白写了大量咏月的诗篇,借此寄托了自己的思想情感,其中亦有多篇通过拟人化的手法,表现了各色人物的情怀,诗往往写得意象新颖、境界开阔、寄意深刻、幽怨渺远,在豪放中不失婉转,体现了诗人抒情个性的丰富性与复杂性。李白的《玉阶怨》是首小诗,全诗只四句:"玉阶生白露,夜久侵罗袜。却下水晶帘,玲珑望秋月。"但意境深远,一直受到读者的喜爱。朱光潜根据自己的诗学理论进行了出色的分析,其分析的文章也写得玲珑剔透,俨然就是一篇美文。

诗的意象与情趣(节选)　　朱光潜

诗是心感于物的结果。有见于物为意象,有感于心为情趣。非此意象不能生此情趣,有此意象就必生此情趣。诗的境界是一个情景交融的境界。这交融并不是偶然的,天生自在的,它必须经过思想或心灵的综合。

……

杂乱的、空洞的意象的起伏只是"幻想"(fancy),完整的意象与完整的情趣融贯成为一体,那才是"诗的想象"(poetic imagination)。诗是一个完整的生命,其中,血离不开肉,形离不开体,为了了解的方便,我们加以分析,才显见出意象情趣和语文三个不可分割而却可分别的要

① 〔德〕黑格尔:《美学》第1卷,朱光潜译,北京:商务印书馆,1979年,第24页。
② 〔俄〕别林斯基:《关于批评的讲话》,《别林斯基选集》第3卷,满涛译,上海:上海译文出版社,1980年,第582页。
③ 刘勰:《文心雕龙·夸饰》。

素。我们姑且随意举一首短诗为例来说明，比如李白的《玉阶怨》："玉阶生白露，夜久侵罗袜。却下水晶帘，玲珑望秋月。"在这首诗里，我们一眼就看到的是语文——四句五言。这二十个字有音有义。就音说，它有一种整齐的格律，声与韵组成一种和谐的音乐，念起来顺口，听起来悦耳。如果细加玩索，这音乐也很适合于诗所要表现的情调。就义说，它写出一些具体事物的意象，如"玉阶"、"白露"之类。这些意象可以个别的用感官知觉去领会。温度感在这首诗中最显著，多数意象都令人觉得"清冷"。其次是视觉，玉阶、白露、水晶帘、秋月等都有看得见的形状色彩。"生"、"侵"、"下"、"望"四个动词可以引起筋肉运动感觉。"生白露"和"下水晶帘"还可能有听得见的声音。不过乱杂拼凑的意象不能成诗。这里的许多意象是都朝着一个总效果生发，它们融成一体，形成一个完整的境界，可以看成一幅画或一幕戏。这戏里分明有一个主角，一个孤单的女子；一幕颇豪华的背景，铺着玉阶挂着水晶帘的房屋；一种很冷清的气氛，白露，深夜，水晶，秋月；一段很生动的剧情，一个孤单女子怀人不寐，在玉阶上徘徊到深夜，等到白露湿了罗袜，寒冷难禁，才放下水晶帘，进房了仍不肯睡，一个人在望那玲珑的秋月。如果我们朝她内心一看，那里的剧情还更紧张热闹。幕后显然还有一位未出台的男子，她和他在过去还有一段耐人猜想的姻缘，于今情形改变了，反正他已去了，留下她一个人在那里重温旧日的记忆，感伤今日的凄凉，怅望来日的离合，而白露、秋月又那么清寒得可爱。这一切形成了一个生动的境界，一个完整的意象。我们如果不能把情景看得一目了然，就无法了解这首诗；可是如果只把它看得一目了然而无动于衷，有它不足喜，无它不足惜，那也就还没有了解这首诗的深微。诗人本要借这完整的意象传出他称为"玉阶怨"的那种情感，我们必须了解这种"怨"的意味，才能了解这首诗。情感不是纯然可凭理智了解的。"了解"情感势必"感受"情感。我们必须设身处地，体物入微，在霎时中丢开自我，变成诗所写的那位孤单女子，亲领身受她的心境的曲折起伏，和她过同样的内心生活。凡是诗的了解都必须是"同情的了解"（sympathetic understanding），不同情决无从了解，起了同情的了解，诗的目的与功用才算达到。

这里，意象与情趣的关系如何呢？严格地说，它们并不是两回事，意象中就寓有情趣，情趣就表现于意象。比如这首诗题的"玉阶怨"而全诗却不着一个"怨"字，但是句句都在写怨。凡是表示（非表现）情绪的字样，如"悲"、"喜"、"爱"、"怨"、"兴奋"、"惆怅"之类，都很抽象而空洞。比如说"喜"，你向人说我喜欢，人只能用理智了解这句话的普泛的意义，那还只是一个抽象的概念。喜的情境不同，喜的滋味也就不同。从前人有一首状"喜"的打油诗："久旱逢甘霖，他乡遇故知。洞房花烛夜，金榜题名时"。虽不是好诗，却可说明这个道理。你只说你喜欢，而没有说出你为何喜欢，以及如何喜欢那个具体的情境，人不知道那是"久旱逢甘霖"的喜还是"他乡遇故知"的喜，他就茫然无凭，不能起同情的了解。我说这首诗也还不是好诗。因为四句各言一境，随便拼凑，不能看成一个完整的意象。而且每句只是一个标题，"如何喜"还没有写出来，诗中看不出写诗人的性格，所以仍是空洞的。像杜甫的《闻官军收河南河北》："剑外忽传收蓟北，初闻涕泪满衣裳。却看妻子愁何在？漫卷诗书喜欲狂。白日放歌须纵酒，青春作伴好还乡。即从巴峡穿巫峡，便下襄阳向洛阳。"写离乱时人忽闻乱定准备还乡，整个的具体情境活跃如在目前，才是表现喜的好诗，才能引起同情的了解。①

点评：
李白的这首诗本于乐府的《玉阶怨》，此曲多吟咏被幽禁宫女的幽怨之情。朱光潜的这段

---

① 见《朱光潜全集》第9卷，合肥：安徽教育出版社，1993年，第369—372页。

分析,从意象与情趣的配合问题入手,分析了意象的创造是如何一步步地表现了那种幽怨的情感。在这个总领之下,朱光潜的分析是层层推进的。首先是从表层说起,确定此诗的音节层与义指层,强调了此诗在音与义方面的结合。这只是从阅读的直接感受出发的。接着突出重点地分析了义指层所创造的意象,分别从人的温度感、所引起的人的筋肉运动感觉以及人的听觉感方面,分析它们之间的统一性,确认这组意象的完整性,才创造了诗的意象世界,并借助于意象所释放的情感要素,达到了意象与情趣的有机统一。若到此为止,已经是一篇精妙的批评文章了,可朱光潜的高明处在于,他在看似可以停笔的地方,仍然带领我们进入诗的更深层面。如果说,以上关于意象创造与情趣表达的分析还是一种平面的分析的话,那么,关于诗中人物的指点,则是建立了关于这首诗的立体的分析。朱光潜指出这首诗中有人——一个幽怨的女人,怀人不寐,望穿秋月。正是这位在诗中处于朦胧的女人,被朱光潜深情地请出来,这首诗在我们的视界中展现了它的别一样光彩,有一位女子,幽怨地踱步于玉阶之上,隔空寄情,难以释怀,令人生怜。到此,朱光潜的分析完成了一幅完整的月下诗意图的勾画,在清冷的白露、寒凉的水晶帘里,一位幽怨的女子踏着同样清冷、寒凉的玉阶,在低低地诉述着她的幽怨的故事。这幅图画是诱人的,因为她在画中是那么的令人同情,因此,读此诗时,你能感到那种诱人,但可能不知何以故。可看朱光潜的分析,你就明白了,原来打动我们情感的这首诗,看似直白,却在意象的作用下,一步一步将我们领进了诗的深处,与那位可怜之人相遇,分享她的幽怨,分享她的凄迷。在分析中,朱光潜还提出了"同情的了解"这样一个阅读要求,其实,这也是批评的要求。如果一位批评家不能设身处地转化为诗中文中的人物,有同样的感受,就难以体验到对象身上的情感,因此也就难以理解对象。若在这种情况下评价对象,往往是不能真切的。

由朱光潜的这段分析可以看出,审美批评是一种用心用情的批评,着力点在体验、分析对象所包含的丰富的内在情感,以及在创造过程中所包含的审美要素,在领略对象的过程中与对象一起生命化、审美化,一起羽化而登仙。

关键词

1. 审美：人类掌握世界的一种特殊活动方式，指人对世界（社会和自然）形成一种无功利的、形象的和情感的关系状态，审美主体能在这种状态中获得生命的愉悦。

2. 印象主义：指19世纪后半期至20世纪初期兴起于法国、流行于欧美乃至世界的一种艺术思潮，包括印象主义绘画、音乐与文学。印象主义文学主要指19世纪末20世纪初西欧的一些文学家注意表现由瞬间感觉经验所构成的感情状态，反对描写事物之间的联系并进行逻辑的或理性的加工，作家成为传达外界刺激与个体反应之间的中介。表现在文学主张上，印象主义者强调自我的中心地位、事物的印象化表现与对美的感觉化的欣赏。

3. 为艺术而艺术：在19世纪法国形成的重要的文学思潮，主张为追求艺术而追求艺术，反对文学直接摹仿与表现现实生活，认为文学艺术没有实际的功用，所以，在文学艺术的本质理解上，认为美才是唯一的本质，一切有用的东西都是丑的，只有毫无用处的东西才是真正美的。

思考题

1. 朱光潜以梅花为例，列举了三种不同的态度，第一种是见到梅花就想到它的名称、形状、分类、生长的条件等，这是科学的态度。第二种是见到梅花就想到它有什么价值，值多少钱，是拿来做买卖还是赠送人，这是实用的态度。第三种是见到梅花就想将梅花与其他事物的关系一刀截断，使它只以一个赤裸裸的孤立绝缘的形象存在那里，无所为地去观照它，赏玩它，这就是美感的态度了。你认为，这种区分是合理的吗？

2. 韦勒克在《文学理论》中提出了"内部规律"与"外部规律"说，你认为文学研究应当如何处理"内"与"外"的关系？

阅读链接

1.〔俄〕斯托洛维奇：《审美价值的本质》，凌继尧译，北京：中国社会科学出版社，1984年。

2. 朱光潜：《谈美》，《朱光潜全集》第2卷，合肥：安徽教育出版社，1987年。

3. 李健吾：《李健吾文学评论选》，银川：宁夏人民出版社，1983年。

（吴家荣　何旺生）

第二章 语言批评

文学是语言的艺术,从语言的角度从事文学批评不可或缺。然而,在 20 世纪之前的中西方文学批评中,语言批评并未获得足够的重视。20 世纪初西方哲学领域的"语言转向"为文学批评打开了一个崭新的空间,语言形式成了文学批评的新宠,辉煌了半个多世纪。在中国,语言批评于 20 世纪 80、90 年代盛极一时。尽管在文学批评多元化的今天,语言批评渐有衰微之象,但它对中西方文学批评的影响及其所带来的丰富成果,成为当今文学批评难得的宝贵资源。

第一节 什么是语言批评

一、语言批评的涵义

语言批评是语言学文学批评的简称,它是运用语言学的概念、术语、范畴、理论及方法来研究文学,是语言学与文学批评的有机融合。作为一种文学批评方法或模式,它始于 20 世纪初的俄国形式主义批评,后经英美新批评和法国结构主义叙事学批评的承继、发展及演进,成为 20 世纪西方文学批评中一种极富活力的批评形式。但 70 年代随着解构主义取代结构主义成为新的批评盟主,语言批评归于沉寂。80 年代在改革开放的文化语境中涌入中国,迅速掀起了一股强劲的语言批评热潮,给中国文学批评以深刻的影响和启迪。

语言批评将文学看作是一个独立自足的存在,文学的本体就是文本的语言形式(包括语音、语汇、语法、修辞手段、篇章结构、叙述方法等等),文学批评就是运用语言学的理论、方法对文本的语言形式进行精微细致的分析,而对文本之外的世界不屑一顾。这种批评方式第一次把关注的视线投向了文学作品本身,使文学研究从以作者为中心转向以作品为中心。其特点是:

第一,语言批评的对象是文学文本中的语言形式,突出的是文本语言形式在文学研究中的独立价值,反对把语言形式仅仅当作思想内容的附庸,因此,语言批评遵循的是本体论的语言观,而不是工具论的语言观。

第二,语言批评的方法是语言学与文学批评的结合,它把文本意义的挖掘建立在文本细读的基础之上,从而摆脱了传统印象式批评的主观性和随意性,使文学批评具有客观性的科学精神。

第三,语言批评的目的不是为了证明语言学理论,把文学文本当作检验语言学理论是否有效的实验基地,而是运用语言学理论及方法来揭示文学文本语言形式自身所具有的意义和价值。

因此,语言批评不是一个语言学范畴,而是一个诗学范畴,是一种以文学本身为研究对象的文学批评方式。这样,它就与语言学界的语言批评区别开来。语言学界也有"语言学批评"或"语言批评"的说法,但其指的是对语言运用中出现的一些错误或不规范之处进行批评更正,属于语言学范畴。如施春宏认为:狭义语言批评主要是指出语言运用中存在的缺点和错误并提出意见加以改正,这可看作消极的语言批评;广义语言批评是指对语言观念、语言现象、语言生活、语用问题等各个方面展开评议、分析、阐发,这可看作积极的语言批评①。语言批评的根本目的是建立语用和谐。可见,文论界的语言批评与语言学界的语言批评不是同一个概念。

二、语言批评的两种形态

语言批评发端于 20 世纪的西方,以对文学文本作纯形式的语言学分析而著称,但由此也斩断了文本与外界的联系,使文本成了孤独的形式躯壳,带有很大的片面性和极端性。因而 80年代进入中国文论界后,中国学者在对它作深入研究的同时,并没有满足于搬用或借用西方语言批评的理论和方法来检测中国的文学文本,把中国的文学文本当作西方语言批评理论的脚本,而是积极思考、勇于探索一种既区别于中国传统又有别于西方语言批评的具有中国特色的文学批评模式。认识不到这一点,就很容易把这股语言批评热潮看成是西方语言批评在中国的翻版。如有些学者认为新时期文论界盛行的这种语言批评用文本的纯形式分析取代形式与内容辩证统一的分析方法,完全抛开社会历史内容,标榜一种形式批评,因而走上了西方形式主义的老路。这种看法的失察之处在于只看到了这种批评对西方语言批评的借鉴,而没有看到它在借鉴的同时也在积极地改造,因此有片面化之嫌。

从中国学者的努力中可以发现,这种新的批评模式就是将语言形式分析与审美文化有机结合起来。如王一川等从修辞学的角度揭示文本与历史文化语境之间的互赖关系;谭学纯、赵宪章等从美学的角度阐释文学语言形式所具有的独特的审美内涵;鲁枢元等从心理学角度解读文本与创作主体之间的密切关系;申小龙等则从文化语言学角度揭示语言与文化、思维之间的同构关系,把语言阐释深入到文化阐释和心理阐释的层面。这说明,语言批评在中国发生了巨大的改变,它不是简单地移植西方,而是力求创新和重构,完成了从第一个层面"语言批评在中国"到第二个层面"中国的语言批评"的转化。可见,语言批评作为一种批评模式在中西文论中呈现的形态并不一致:在西方,语言批评的目光往往聚焦于文本内部,对文本之外的世界不感兴趣,是一种纯形式的文本分析;在中国,语言批评在关注文本自身的价值时,也在寻求超越和改造,这就是突破纯形式分析,在西方语言批评止步的地方继续向前探索和追寻,掘发出语言形式背后的审美意蕴和文化内涵,把文本形式分析与审美文化分析有机融合起来,从而具有了与西方语言批评不同的品格。

---

① 施春宏:《语言批评的嬗变及存在的问题》,《语言教学与研究》,2001 年第 5 期。

三、语言批评与其他概念的关系

1. 语言批评与语言本体论

西方文论语境中"语言本体论"包含三层意思:语言是人类的本体、语言是世界的本体、语言是文学的本体。海德格尔的"语言是人类存在的家园"从哲学本体的高度阐述了语言与存在的一体关系;维特根斯坦的"我的语言的界限就是我的世界的界限"则表明了世界是语言化的世界。这两种语言本体观必然导向"语言是文学的本体",认为"语言研究是文学研究的立足点和出发点,语言是文学世界存在的本体依据,文学的所有特性都可追溯到语言"[①]。可见,语言批评必须以本体论语言观为哲学基础。只有在本体论语言观中,语言形式自身才具有独立的价值,而传统的工具论语言观则把语言形式看成是思想内容的附庸。

2. 语言批评与文本批评

在国内文论界中,很多学者都把这种以文本语言形式自身为研究对象的批评方式称为"文本批评"。如赵志军的《文学文本理论》、傅修延的《文本学——文本主义文论系统研究》等都是如此。确实,语言与文本密不可分:文本是语言编织的产物,以语言的方式在场。研究文本,其实就是研究它的语言形式。在此意义上,语言批评等同于文本批评。但"文本"是随着结构主义出场的,罗兰·巴特对作品和文本进行了区分,清除了"作品"一词中含有的主体色彩,宣布"作者死了",这样,"文本"取代"作品"成为一个独立自足的存在。但也是从结构主义开始,文本的内涵就呈泛化趋势,突破文学的边框,走向了社会文化的宽广天地,形成一种"大文本"观念,各种社会现象都可以看作是"文本"。文本的泛化使得文本批评并不仅仅指向文学文本。在此意义上,语言批评不等于文本批评。另外,"语言批评"这一命名不仅能显示出文学研究的对象是语言,而且也指出了它的研究方法是语言学的,而这正是它的特色所在。

第二节　语言批评的发生与发展

一、语言批评在中国的发生与发展

在中国,虽然自觉的语言批评要到20世纪80年代才正式启动,但这并不意味在此之前就没有语言批评。早在先秦时代,儒家学说的代表人物孔子就已经开始重视文章的语言形式。一方面,孔子认为"巧言乱德"、"巧言令色,鲜矣仁",要求"辞达而已",但另一方面,孔子又认为"言之无文,行而不远",要求人们对言辞加以修饰和美化。他的理想是"文质彬彬",将文章的形式与内容统一起来。两汉时期的文论基本上继承了孔子文质兼备而偏重于质的美学思想。

魏晋南北朝是文学的自觉时期,文学批评的关注点是文学本身的审美特性,结果便是对文学作品语言形式的强调和重视,出现了重文轻质的批评风气。曹丕的《典论·论文》在文体分类上明确指出"诗赋欲丽",追求文学作品的形式美。陆机《文赋》论文偏于妍丽:"其会意也尚巧,其遣言也贵妍",认为"诗缘情而绮靡,赋体物而浏亮",并对文学作品的音律、言辞、警句、谋篇等提出了看法。刘勰《文心雕龙》更是动用了大量篇幅来探讨文学的语言形式:《熔裁篇》讨论言辞的剪裁;《声律篇》讨论文章的声调和韵律配合;《章句篇》讨论文章的谋篇结构;《练字

---

① 谭好哲、马龙潜:《文艺学前沿理论综论》,济南:山东大学出版社,2001年,第380页。

篇》专门讨论字词的选择;而《丽辞篇》、《比兴篇》、《夸饰篇》以及《事类篇》则对文学作品中的修辞手段对偶、比兴、夸张和用典进行了分析和论述。齐梁之际的沈约在刘勰的基础上又对五言诗的声律问题作了详细探讨,提出了"欲使宫羽相变,低昂舛节,若前有浮声,则后须切响。一简之内,音韵尽殊;两句之中,轻重悉异"[①]的理论主张。声律理论的发现及探讨不仅促进诗歌从古体向近体转变,而且促使诗人们在创作中自觉追求声律节奏之美,使诗歌的形式要求达到了一个新的高度。

唐宋时期诗词的迅速发展使得诗话、词话成为新的文学批评样式。声律的调配、字句的锤炼、结构的安排、修辞手段的选择等方面常常成为诗论家品鉴诗人、诗作高低优劣的条件。中国古代诗话、词话中所涉及的文本形式分析主要有以下三个层面:

1. 语音层面。关注的是诗词的平仄、韵律、用韵、押韵等问题。如很多诗论家认为诗词用韵应有所选择。袁枚认为"欲作佳诗,先选好韵"[②],李渔也认为"用韵不可不择"[③]。但选韵切不可为韵而韵,单纯追求韵律的协调,而与整首诗的意思相乖,用韵应与全诗的题旨情境相和谐。

> 作诗押韵是一奇。荆公、东坡、鲁直押韵最工,而东坡尤精于次韵,往返数四,愈出愈奇。如作梅诗、雪诗押"皬"字、"叉"字,在徐州与乔太傅唱和,押"粲"字数诗特工。荆公和"叉"字数首、鲁直和"粲"字数首,亦皆杰出。盖其胸中有数万卷书,左抽右取,皆出自然。初不著意要寻好韵,而韵与意会,语皆浑成,此所以为好。若拘于用韵,必有牵强处,则害一篇之意,亦何足称。[④]

2. 语汇层面。关注的是语词的锤炼,即古人所谓的"炼字"。诗人、词人对语词的锤炼并不完全是为了更好地达意,而是注意到语词为诗句所带来的审美效果,所谓"著一'闹'字境界全出"[⑤],"境界"二字包含的不仅仅是意义,更是韵味、意蕴。所以,诗词家们往往为了"争精微于一字之间"[⑥]而耗费大量心血。从语词锤炼、选择的角度来品鉴诗词是中国古代诗话、词话的一大特色。诗论家们在品鉴诗词用字问题时,不仅注意到实词对诗歌意义及审美效果所产生的影响,而且也注意到一些虚词、叠字、方言、俗语的运用与诗歌意义及审美效果之间的联系。

> 古人用字之法极妙。曾见善本《樊川集》"杜诗韩笔愁来读","笔"字何等灵妙! 俗本刻作"杜诗韩集愁来读",诗神顿损。[⑦]

诗人以一字为工,世固知之,惟老杜变化开阖,出奇无穷,殆不可以形迹捕。如:"江山有巴蜀,栋宇自齐梁",远近数千里,上下数百年,只在"有"与"自"两字间,而吞纳山川之气,俯仰古今之怀,皆见于言外。《滕王亭子》"粉墙犹竹色,虚阁自松声",若不用"犹"与

---

① 沈约:《宋书·谢灵运传论》。
② 袁枚:《随园诗话》。
③ 李渔:《闲情偶寄》。
④ 费衮:《梁溪漫志》。
⑤ 王国维:《人间词话》。
⑥ 方回:《瀛奎律髓》。
⑦ 薛雪:《一瓢诗话》。

"自"两字,则余八言凡亭子皆可用,不必滕王也。此皆工妙至到,人力不可及,而此老独雍容闲肆,出于自然,略不见其用力处。①

作诗要健字撑住,活字斡旋。如"红入桃花嫩,青归柳叶新","弟子贫原宪,诸生老伏虔"。"入"与"归"字,"贫"与"老"字,乃撑住也。"生理何颜面,忧端且岁时","名岂文章著,官应老病休"。"何"与"且"字,"岂"与"应"字,乃斡旋也。撑住如屋之有柱,斡旋如车之有轴。②

王君玉对人曰:诗家不妨间用俗语,尤见工夫。雪止未消者,俗谓之"待伴"。尝有雪诗云:"待伴不禁鸳瓦冷,羞明常怯玉钩斜。""待伴"、"羞明"皆俗语,今采摘入句,了无痕。类此点瓦砾为黄金手也。③

3. 句法篇章层面。考察的是结构方式、谋篇布局等对诗词意义及审美效果的影响。清人沈德潜说:"诗贵性情,亦须论法,乱杂而无章,非诗也。"④这表明,诗歌虽然篇幅短小,但同样需要用心经营,要讲究句法、章法问题。诗歌的开头、结尾、结构的起承转合问题是诗论家们重点关注的对象。

或又问作诗下手处,先生曰:作诗成法有起承转合四字。以绝句言之,第一句是起,第二句是承,第三句是转,第四句是合。律诗第一联是起,第二联是承,第三联是转,第四联是合。……大抵起处要平直,承处要从容,转处要变化,合处要渊永。起处戒陡顿,承处戒促迫,转处戒落魄,合处戒断送。起处若必突兀,则承处必不优柔。转处必至窘束,则合处必至匮竭矣。⑤

一篇全在尾句,如截奔马。词意俱尽,如临水送将归是已;意尽词不尽,如持扶摇是已;词尽意不尽,剡溪归棹是已;词意俱不尽,温伯雪子是已。所谓词意俱尽者,急流中截后语,非谓词穷理尽者也。所谓意尽词不尽者,意尽于未当尽处,则词可以不尽矣,非以长语益之者也。至如词尽意不尽者,非遗意也,词中已仿佛可见矣。词意俱不尽者,不尽之中,固已深尽之矣。⑥

明代中叶以后,中国文学文体发生了重大变革,小说戏曲取代诗词成为文坛的主角。新的文学样式呼唤新的批评方式,原先诗话、词话式的批评显然已不适应情节性强、人物关系复杂的小说戏曲了,因此,一种新的文学批评方式——评点就应运而生了。

在明清小说评点中,金圣叹有开拓之功。在他之前,李贽虽已开始进行小说戏曲的评点,但作为思想家的李贽美文意识不足,其评点往往与文本相脱节,带有很大的随意性和自娱性,

① 叶梦得:《石林诗话》上卷。
② 罗大经:《鹤林玉露》卷十六。
③ 任舟:《古今总类诗话》。
④ 沈德潜:《说诗晬语》。
⑤ 傅若金:《诗法正论》。
⑥ 姜夔:《白石道人诗说》。

文学批评的纯正性不够。金圣叹的小说戏曲评点则与文本紧密相连，通过细致勘察文本中的语言文字来探究作家行文的奥秘。

金圣叹首先批判了那种只看内容、不顾文字的读书方法，"吾最恨人家子弟，凡遇读书，都不理会文字，只记得若干事迹，便算读过一部书了"。在他看来，高明的读者应该"观鸳鸯而知金针，读古今书而视其经营"①，即不仅要将绣出的鸳鸯展示给读者，而且还要将其中穿针引线的方法、过程一一呈现出来，使读者不仅知其然而且知其所以然。因此，金圣叹的小说评点也就不再是传统的凭直觉的感悟式品评，而是精雕细琢的文本细读批评。这种批评方式深深影响了后来的评点家，如毛宗岗、毛伦父子及张竹坡、脂砚斋等，他们的小说评点都有意识地从文本出发，细细厘析文本语言形式的各种妙处。

小说评点虽然也品鉴小说文本中的用字之妙和句法之妙，但更多的是关注小说情节结构、布局谋篇的方法。这就是金圣叹所说"文法"。在《读第五才子书法》中，金圣叹一口气列举了15种文法，这些文法有的涉及情节安排，如欲合故纵法、大落墨法、极省法与极不省法等；有涉及结构布局的，如弄引法、獭尾法等；有涉及人物刻画的，如背面敷粉法等，还有很多人物、情节、结构安排中通用的方法，如正犯法、略犯法等。除此之外，金圣叹还在具体的评点过程中不断发现新的文法，如反衬法、对锁法、跳脱法、行文避熟法、移云接月法等，从中可见出《水浒传》文法的多样性，也可见出金圣叹阅读之细致。毛氏父子评点《三国演义》、张竹坡评点《金瓶梅》时也都对其情节结构的方法进行了概括总结，发现了不少新的文法。

除叙事方法之外，小说文本中的叙事视角、叙事节奏等问题也进入了评点家们的研究视野。这说明小说评点已经具有朴素的叙事学思想。

金圣叹对"弄引法"的论述：

> 此书每欲起一篇大文字，必于前文先露一个消息，使文情渐渐隐隆而起，犹如山川出云，乃始肤寸也。如此处将起五台山，却先有七宝村名字；林冲将入草料场，却先有小二浑家浆洗棉袄；六月将劫生辰纲，却先有阮氏鬓边石榴花等是也。②

张竹坡对"犯笔而不犯"的论述：

> 《金瓶梅》妙在善于用犯笔而不犯也。如写一伯爵，更写一希大，然毕竟伯爵是伯爵，希大是希大，各人的身份、各人的谈吐，一丝不紊。写一金莲，更写一瓶儿，可谓犯矣，然又始终聚散，其言语举动，又各各不乱一丝。写一王六儿，偏又写一贲四嫂。写一李桂姐，偏又写一吴银姐、郑月儿。写一王婆，偏又写一薛媒婆、一冯妈妈、一文嫂儿、一陶媒婆。写一薛姑子，偏又写一王姑子、刘姑子。诸如此类，皆妙在特特犯手，即又各各一款，绝不相同也。③

金圣叹对叙事视角的论述：

---

① 金圣叹：《第五才子书施耐庵水浒传》第十三回评语。
② 金圣叹：《第五才子书施耐庵水浒传》第三回夹批。
③ 张竹坡：《金瓶梅评点》之读法四十五。

第三回鲁智深醉酒后在半山亭闹事，两个门子"便把山门关了，把栓拴了，只在门缝里张时"，金圣叹在此批道："妙笔，不张时，将使鲁达自述耶？"①

金圣叹对叙事节奏的论述：

> 上篇写武二遇虎，真乃山摇地撼，使人毛发倒卓。忽然接入此篇，写武二遇嫂，真又柳丝花朵，使人心魂荡漾也。②

毛氏父子对叙事节奏的论述：

> 《三国》一书，有横云断岭、横桥锁溪之妙。文有宜于连者，有宜于断者。有五关斩将、三顾茅庐、七擒孟获，此文之妙于连者也；如三气周瑜、六出祁山、九伐中原，此文之妙于断者也。盖文之短者，不连叙则不贯串；文之长者，连叙则惧其累坠。故必叙别事以间之，而后文势乃错综尽变。③

20世纪20年代，郭沫若、郁达夫、成仿吾等成立"创造社"，打出了"为艺术而艺术"的旗帜。"为艺术而艺术"受西方唯美主义的影响，关注艺术的本体特性，讲究文学的形式美，但在当时的社会情境中并未坚持到底。30年代以朱光潜、李健吾、沈从文、梁宗岱、李长之为代表的京派批评再次把关注的视线投向了文学本身。朱光潜认为："很多新诗人的失败都在不能创造形式。"④李长之主张："其所以为艺术者，不在内容，而在技巧。"⑤梁宗岱更是把诗的生命与诗的艺术性相连，认为："最高的艺术，更不能离掉形式而有更伟大的生存。"⑥京派批评这种试图回归文学本身的做法在民族斗争十分激烈的30、40年代，必然遭到主流政治意识形态的抵制和批判，而这些批判也愈发彰显了京派批评的独特性，他们为开辟一方文学的新土作出了自己的贡献。

也是在30、40年代，英美新批评的代表人物来中国讲学，其思想在中国得到较广泛的传播，直接影响和启发了一些学者对诗歌语言形式及其意义的探讨。钱钟书、朱自清、李安宅、吴世昌、袁可嘉、叶公超等人都是英美新批评思想的受益者，他们在接受过程中大都能结合中国诗歌的特点进行思考。如朱自清的《诗多义举例》运用语义学说来解读中国古典诗词；袁可嘉的《新诗现代化》确立了诗的艺术本位原则，要求从诗的本体性出发，其政治性和现实性都要通过艺术性来实现。

80年代中期，在西方文学理论的影响下，文论界形成了一股语言批评的热潮，表现为：一、确立语言形式在文学中的本体地位，承认语言形式自身具有独立的审美价值。如黄子平倡导建立"文学语言学"，认为："文学语言学不仅研究'语言的文学性'，更注重研究'文学的语言

---

① 金圣叹：《第五才子书施耐庵水浒传》第三回夹批。
② 金圣叹：《第五才子书施耐庵水浒传》第二十三回回评。
③ 毛宗岗：《毛宗岗批评三国演义》之《三国志读法》。
④ 朱光潜：《给一位写新诗的青年朋友》，《朱光潜全集》第3卷，合肥：安徽教育出版社，1987年，第270页。
⑤ 李长之：《我对于文艺批评的要求与主张》，《批评精神》，重庆：南方印书馆，1942年，第27页。
⑥ 梁宗岱：《新诗底分歧路口》，《诗与真、诗与真二集》，北京：外国文学出版社，1984年，第168页。

性'。"①唐跃、谭学纯有感于语言批评的不景气境况,正式提出"语言学文学批评"这一概念②。李劼认为:"所谓文学,在其本体意义上,首先是文学语言的创作,然后才可能带来其他别的什么。"③二、从语言学的角度对20世纪文学及文学研究进行反思,探讨语言变革与社会文化的内在关联,其中最突出的是对"五四"文学以及"文革"文学的反思。三、积极建构一种不同于西方语言批评的理论体系,探索中国语言批评的独特品格。如唐跃、谭学纯致力于开辟和拓展小说语言研究的美学空间:语言情绪、节奏、韵律、格调、变异等在他们的理论观照下显现出独特的审美意蕴。赵宪章孜孜于"形式美学"批评的建构,意在通过形式来阐发意义。王一川则从修辞学中得到启发,力图构建"修辞论美学"的阐释框架,揭示文本与语境之间的互赖关系。这些努力使得语言批评摆脱了纯形式分析的弊端,从而把文本形式分析与审美文化分析有机结合起来。

90年代中期,随着文化研究浪潮的崛起,语言批评趋向衰微。这是由于:

第一,受传统"得意忘言"式批评的影响,文本形式分析在中国常常遭到批判或贬斥。20世纪80年代"语言热"的兴起虽然提升了它的地位,但学界对它的态度仍然是否定大于肯定。

第二,中国语言批评还缺少对文学的哲学思考。因为,从根本上说,文学是人学,文学批评不应回避文学文本中所表现出来的对复杂人性的思考、对人类终极关怀的追问、对生命意识、宇宙意识的关注。"形而上"的哲学思索虽然给人玄虚、空灵之感,但因建基于文本分析之上,也就不显得空泛;同时哲学层面的探求也使文本的意味更丰饶、更深远。

第三,中国语言批评还缺乏高质量的、具体的批评实践。语言批评是一种慢节奏的批评方式,这种方式显然难以适应当下快节奏的文本生产。日新月异的社会变化使得批评家们很少能沉下心来对文本进行细细把握、推敲,真正能从语言批评的角度对文学文本进行细致分析的批评家并不多。有些批评家虽然能够做到这一点,但由于语言学理论的薄弱,因而质量不够高。这造成了文本形式分析在文学批评中的弱化。

中国语言批评若能在上述三个方面进一步加强,真正做到文本形式分析与审美文化分析的有机融合,其前景仍是大有可为的。

二、语言批评在西方的发生与发展

在西方,尽管19世纪的唯美主义和象征主义也十分重视文学作品的语言分析,但语言形式在它们那里并不具有文学本体的意义。20世纪初的俄国形式主义才第一次将语言形式奉为文学的本体,认为文学研究应该回到文学文本本身。俄国形式主义最重要的理论就是"文学性"和"陌生化"。雅可布逊认为:"文学的研究对象不是文学,而是文学性,也就是使一部作品成为文学作品的东西。"④什克洛夫斯基声称:"我的文学理论是研究文学的内部规律。如果用工厂的情况作比喻,那么,我感兴趣的就不是世界棉纱市场的行情,不是托拉斯的政策,而只是棉纱的支数及其纺织方法。因此,全书整个是谈文学的形式变化问题。"⑤可见,"文学性"不是文学之外的"行情"或"政策",也不是什么神秘的、不可捉摸的东西,就是文学作品本身,就是语

① 黄子平:《得意莫忘言》,《上海文学》,1985年第11期。
② 唐跃、谭学纯:《寄希望于语言学文学批评》,《文论报》,1986年11月1日。
③ 李劼:《试论文学形式的本体意味》,《上海文学》,1987年第3期。
④ 〔法〕托多罗夫:《俄苏形式主义文论选》,蔡鸿滨译,北京:中国社会科学出版社,1989年,第24页。
⑤ 方珊:《形式主义文论》,济南:山东教育出版社,1994年,第31页。

言形式。文学研究就是探究文学语言形式的特殊性,揭示文学之所以是文学的奥秘。

俄国形式主义用形式取代内容,并不意味着取消内容,而是把内容当作形式的构成部分。为此,俄国形式主义提出材料与程序(又译为"手法")这一对范畴来取代形式与内容。材料即现实生活中客观存在的素材、题材等,它们是零碎、散乱、无头绪的,要想使这些材料转化为具有审美价值的艺术作品,必须运用特殊的程序对其进行加工处理,"艺术就是程序的总和"。①俄国形式主义着力探讨的就是如何运用程序使平淡无奇的材料转变成艺术作品,成为人们的审美对象。"陌生化"程序就是这样一种具有"点铁成金"功能的魔棒。所谓"陌生化"就是通过变形、扭曲、反常、阻塞等手段使事物变得新奇,从而引人关注,重新激活人们对它的原初感觉。艺术就是通过陌生化手法实现其审美价值的。俄国形式主义批评的理论重心就是探讨诗歌语言的陌生化手法和小说情节分布的陌生化手法。就诗歌语言而言,就是运用各种修辞技巧对日常语言"施暴",使日常语言产生变形,从而增加人们感受的难度和时延。

"陌生化"的理论还体现在俄国形式主义的文学史观上。在俄国形式派看来,文学的发展史是文学形式的发展史,认为"新的形式不是为了表达新的内容,而是为了取代已经丧失其艺术性的旧形式"②。文学史的演变与一切外在的社会因素无关,其根本就在于新旧形式之间的更迭转换。这就是俄国形式主义"新新式的辩证自生"的文学发展观。这种排除社会历史因素的文学史观显然存在严重的缺陷,其结果将导致文学只能是新旧形式之间无意义的循环。

俄国形式主义把文学批评收缩到文本内的语言形式上,而对文本外的社会现实视而不见,因而遭到了主流意识形态的批判。在政治的威压下,主将什克洛夫斯基不得不放弃自己的形式主义立场,公开承认社会学方法的有效性。1930 年,他发表《学术错误志》标志着俄国形式派的结束。

就在俄国形式主义反叛传统文学批评的时候,英美也掀起了一股反传统的浪潮,这就是英美新批评。它发端于 20 世纪 20 年代的英国,形成于 30 年代的美国,在 40、50 年代达到鼎盛,独霸美国文论界,60 年代势头减弱,渐渐归于沉寂。

英美新批评的特点是:

第一,确立文本中心论。其创始人艾略特提出了著名的"非个性化"理论,认为:"诚实的批评和敏感的鉴赏,并不注意诗人,而注意诗本身。"③另一位创始人瑞恰慈也提出类似看法:"重要的不是诗所云,而是诗本身",并倡导细读式批评方法,主张对文学文本进行精细的语义分析。主将兰色姆打出"本体论批评"的旗号,提出"构架(structure)——肌质(texture)"论,认为文学作品是"肌质化"的本体存在。W. K. 维姆萨特和 M. C. 比尔兹利极力宣扬"意图谬见"和"感受谬见",将文学活动的作者和读者驱逐出去,把文学批评聚焦于文学本身。

第二,新批评十分重视文学作品的内在构成,认为文学作品是有机的、辩证的结构统一体。瑞恰慈的"包容诗"理论、艾伦·退特的"张力"理论、布鲁克斯的"悖论"和"反讽"、罗伯特·潘·沃伦的"非纯诗"理论都强调了作品各构成因素之间的有机统一。

第三,新批评与俄国形式主义一样都非常重视从语言学角度来研究文学,不过,他们主要是从语义学角度入手的。他们对文学作品中的比喻、象征、反讽、悖论、复义等概念进行探讨,

---

① 方珊:《形式主义文论》,济南:山东教育出版社,1994 年,第 52 页。
② 〔俄〕什克洛夫斯基:《情节分布构造程序和一般风格程序的联系》,胡经之、张首映编《西方 20 世纪文论选》第 2 卷,北京:中国社会科学出版社,1989 年,第 37 页。
③ 〔美〕艾略特:《传统与个人才能》,卞之琳译,赵毅衡编选《"新批评"文集》,北京:中国社会科学出版社,1988 年,第 28 页。

力图建立一种文学语义学。

20世纪60年代，在英美新批评渐趋沉寂之时，法国涌现出一股新的文学思潮，这就是结构主义。法国结构主义的"文本中心论"表现在对永恒结构的追求上。罗兰·巴特努力发掘拉辛所有悲剧作品中潜存的结构模式；托多罗夫试图寻找卜伽丘《十日谈》中的叙事语法；格雷马斯则在叙事作品中找到了普遍有效的"符号矩阵"（又译"语义矩阵"），几乎所有的叙事性作品都可以纳入到这一"符号矩阵"中进行分析，它成了叙事作品最为基本的深层结构。

后期结构主义进一步扩展研究视野，把故事层面的结构研究向话语层面的叙事研究推进，着力考察了叙事者、叙事视角、叙事时间、叙事语式、语态等问题，使结构主义研究走向深化，摆脱了早期对"永恒结构"的盲目追求，转而进入了更为广阔的叙事学（或叙述学）天地。热奈尔·热奈特借用语言学概念对叙事话语进行重新分类，将其分为：1. 时况类，研究叙事时间与故事时间之间的关系，如逆时序、追述、预述等。2. 语式类，研究叙述"表现"的方法，即叙述者与人物之间的关系，如展示、讲述或焦点（零度焦点、内焦点和外焦点）。3. 语态类，即叙述行为本身在叙事作品中被牵连的方式以及叙述者所处的层次，如第一级叙述者、第二级叙述者等等。这些研究进一步强化了结构主义的"文本中心论"。因为，叙事者将文本外的作者和文本内的故事讲述者区分开来；叙事时间将故事讲述的时间与故事发生的时间区分开来；叙事视角将作者视角与人物视角区分开来，从而使文学研究集中在文本之内。

与俄国形式主义借用语音学、英美新批评借用语义学不同，结构主义借用的主要是语法学。托多罗夫认为叙事可以划分为三个层次：语义、句法和词语，他感兴趣的是叙事句法。在《从〈十日谈〉看叙事作品的语法》一文中，托多罗夫把人物看作是名词，他们的特征被看作是形容词，他们的行动被看作是动词，这样，《十日谈》中每一个故事都可以看成是一个扩展了的句子。热奈特认为："一切叙事文……从语法意义上讲，即一个动词的扩充。"[①]他对叙事话语的重新分类就是借用了语法学中的时况、语式、语态等概念。

由上可见，结构主义批评与俄国形式主义批评、英美新批评血脉相通：都强调文学的独立自足性；都把语言形式拜为文学的本体；都借用语言学理论来分析文学。这些共同之处显示了西方语言批评的鲜明特色，那就是把文本孤立起来进行纯形式的语言学分析。有意思的是，结构主义批评虽与英美新批评没有直接的承继关系，但从时间进程上看，这三大批评却一个接一个、前后相继地举起了语言批评的大旗，从20世纪初一直到70年代末，未曾断流。在此期间，语言批评虽屡遭批判，但屡败屡战，保证了这一脉流的延续，为20世纪文学批评提供了一道独特的风景。70年代末，随着解构主义的兴起，语言批评所坚持的文本中心论立场渐渐被文本外的世界所打破。女性主义批评、新历史主义批评、后殖民主义批评等又重新续接其文本与社会现实的联系，在此情势下，语言批评也就渐渐淡出了文论舞台。

第三节　语言批评的建构视角

西方语言批评的纯形式分析存在三大缺陷：一、专注于文本的语言学分析，忽视文本的审美性；二、盘旋于文本之内，切断文本与外在社会现实的联系；三、以"文本"取代"作品"，宣布"作者死了"，把创作主体拒之门外。中国语言批评要避免重蹈西方语言批评的覆辙，必须针对西方语言批评的缺陷对症下药。从中国学者的努力中可以发现，他们所开的"药方"（或切入的

---

① 〔法〕热奈特：《论叙事文话语》，杨志棠译，张寅德编选《叙述学研究》，北京：中国社会科学出版社，1989年，第193页。

角度、视角)主要有三种：美学的、修辞学的和心理学的。美学视角侧重于文学文本内部的拓展，对文本的语言形式进行审美化观照，把被西方语言批评所遗弃的审美性交还给文学。修辞学视角侧重于文本外部的拓展，即突破西方语言批评的封闭性、孤立性，把文本置放在广阔的社会、历史、文化语境中，揭示文本与语境之间的互赖关系。心理学视角侧重于文本与创作主体之间的内在关联，把被西方语言批评所放逐的作者邀请回来，揭示作者的个人体验、情感情绪、学识能力、文化心理等对文本形式的影响，以及通过外显文本来探视主体的内隐心理。之所以按照"美学、修辞学、心理学"的顺序排列，是出于这样的考虑：美学视角关注的是文本语言形式本身的审美内涵，属于文本内部的拓展；而修辞学和心理学关注的是文本与语境、文本与主体之间的关系，属于文本外部的拓展；在外部拓展中，语境(这里主要指社会历史文化语境)较之主体心理，更为显在，而主体心理更为幽隐。也就是说，文本形式分析，属于审美的；文本形式以外的，属于修辞学的，主要针对的是文本与社会之间的关系而言；文本形式之深处，属于心理学的。文本所包含的心理世界较之前二者更深隐，更复杂，也更难把握，因此，理应放在最后作深入细致的研究。

一、美学视角：文学文本的审美化观照

文学是语言的艺术，但以语言为媒介的并不只有文学，政治学、哲学、心理学等都离不开语言这一媒介。文学语言与科学语言及日常语言有何不同呢？它们的根本区别就在于文学语言不仅仅是作为媒介的工具性语言，而且是一种艺术性的、审美性的语言。审美性是文学语言的本质属性，那么，对它的研究就必须从审美的角度出发。

一般来说，语言形式由语音(包括声调、语调、节奏、韵律等)、文法(包括词法、句法、篇法)、辞格(各种修辞手段)和文体四个层面构成。对这些层面的研究既可以在语言学视域内展开，也可以在美学视域内展开，但两者的关注点不同。语言学研究关注的是这些语言形式的基本规律、特征以及结构关系，如语音的发音规律、声调的变化、句型特征、句式特点、句际之间衔接的手段等等，其目的是为了归纳、总结出一种普遍的语言规则，一套合理有效的语言理论；而美学研究关注的是这些语言形式本身具有怎样的美学价值和美学内涵，其目的是为了揭示形式中所蕴藏的审美意蕴，把形式分析与审美阐释结合起来。也就是说，语言学研究的起点是语言，其终点仍然是语言；而语言的美学研究起点是语言，其终点则落在语言背后的审美意蕴上。

在新时期的文学批评中，余松的诗歌语言审美阐释、唐跃、谭学纯的小说语言美学、王一川的汉语形象美学、赵宪章的形式美学等都是从审美的角度来考察语言形式的美学价值和美学内涵的。

1. 语音层面

语音是语言的物质外壳。尽管语言在诞生之初，音义之间的结合是任意的、没有必然的联系，靠约定俗成而稳定下来，但并不能完全排除语音和语义之间存在某种暗示性关系。拟声词的存在即是一个证明。就汉语的音义关系而言，虽然两者之间没有直接的必然联系，但语音的声调、韵母的声响等往往能暗示意义。中国古代诗论对"四声"(即平、上、去、入)的论述就体现了这一点："平声平道莫低昂，上声高呼猛然强，去声分明哀远道，入声短促急收藏。"[①]我国古代律诗讲究押韵，而不同韵脚的音响效果与情感的表现也有密切关系。现代韵学根据声响的不

---

① 释真空：《玉钥匙歌诀》。

同程度,将押韵所遵循的"十三辙"细分为三大韵类:洪声韵、细声韵及柔和韵。洪声韵声音比较响亮,适合表现豪迈雄壮、奔放热烈、蓬勃向上、慷慨激昂的情感;细声韵声音较为细弱,适合表现哀怨缠绵、幽怨细腻、悲伤愁苦、如泣如诉之类的情感;柔和韵介于洪声韵和细声韵之间,适宜表现抒情赞美、舒缓开阔、轻柔悠扬、风趣快乐的情感①。如李清照《声声慢》词的开头:"寻寻觅觅,冷冷清清,凄凄惨惨戚戚",押的是"短促急收藏"的入声韵,孤独、寂寞、惆怅、幽怨正是这首词所要表达的情感,因此,可以说这七个叠字就奠定了全词的基调。王蒙小说《春之声》的开头:"咣的一声,黑夜就到来了",一个响亮的"咣"字就把小说带进了一个充满喜悦、欢欣的意境中。《春之声》要展示的正是改革开放以来中国社会发生的令人鼓舞的变化。朱光潜曾指出:"音律的技巧就在于选择富于暗示性和象征性的调质。比如形容马跑时宜多用锵锵疾促的字音;形容水流,宜多用圆滑轻快的字音。表示哀感时,宜多用阴暗低沉的字音;表示乐感时,宜用响亮清脆的字音。"据此,他对韩愈的《听颖师弹琴》的前四句"昵昵儿女语,恩怨相尔汝。划然变轩昂,猛士赴敌场"进行了精彩的分析:

> "昵昵","儿","尔"以及"女""汝""怨"诸字或双声、或叠韵,或双声而兼叠韵,读起来非常和谐;各字音都很圆滑轻柔,子音没有夹杂一个硬音、摩擦音或爆发音;除"相"字以外没有一个字是开口呼的。所以头两句恰能传出儿女私语的情致。后二句情景转变,声韵也随之转变。第一个"划"字音来得非常突兀斩截,恰能传出一幕温柔戏转到一幕猛烈戏的突变。韵脚转到开口阳平声,与首二句闭口上声韵成一强烈的反衬,也恰能传出"猛士赴敌场"的豪情胜概。②

音义相协不仅体现在语音与情感或意义的同构对应上,还体现在语言组合和配置中所形成的语言节奏和语调与情感或意义的同构对应上。对于节奏所具有的审美作用,卢卡契曾将其归纳为三点:"第一,节奏的职能是使相互结合的内容上异质的东西同质化;第二,节奏的意义在于选择重要的东西而排除次要的细节;第三,节奏能为整个具体作品创造一个统一的审美氛围。"③可见,节奏并不只是一个形式问题,节奏中包含着丰富的意蕴,它是形式与意义的统一体。唐跃、谭学纯的小说语言节奏研究始终把语言材料分析与小说的语义内容分析结合在一起。在他们看来,节奏的平缓、跳跃、穿插、交替、回旋都与小说所要表现的内容紧密相依,彼此契合。如紧凑型节奏与稳定型节奏相比,在语言材料方面呈现出"重音渐多、停顿渐显、语调渐曲的变化趋势,语义方面也有一个由张渐弛的变化过程"④。而这种变化与小说的情节发展进程是一致的,这在贾平凹小说《火纸》中得到了鲜明的体现。

此外,唐跃、谭学纯对小说语言格调的研究也是从语言材料的深入剖析入手的。语言格调包括调值、调式和调性,调性的确立必须建立在调值和调式的具体分析上。调值涉及的是语言材料的分布特点,主要有四种:高调、低调、长调和短调。唐跃、谭学纯结合小说文本细致地分析了这四种基础调值各自的语言特征及其相应的调性特征。如高调,在语言传达方面大量采用情感意味浓烈的感叹语气、祈使语气和设问语气;在语词色彩方面,尽量选择情感色彩浓厚

① 余松:《语言的狂欢——诗歌语言的审美阐释》,昆明:云南人民出版社,2000年,第87页。
② 朱光潜:《诗论》,《朱光潜全集》第3卷,合肥:安徽教育出版社,1987年,第169—170页。
③ 〔匈〕卢卡契:《审美特性》,北京:中国社会科学出版社,1987年,第226页。
④ 唐跃、谭学纯:《小说语言美学》,合肥:安徽教育出版社,1995年,第186页。

和形象色彩鲜明的语词;在修辞方面,多采用积极修辞方式。所有这些共同奏出了雄放、炽热的调性特征。可见,调性的获得不是靠感性的直观体悟,而是靠对文本语言材料进行的理性的细查密究,这样得到的调性就不再给人以玄虚空灵之感,而显得深沉坚实。这样的分析并不仅仅是为了说明不同的调性、调式在语言材料上有何特点,也是为了说明不同的调性、调式在语言材料的选择和变化上对应着不同的情感,与文本所要表现的情感和意义相契合。

> 水饺凉透了。小秋还是那个姿势,右侧卧位,稍有异样的是,她的前胸已经贴在了床面,阿虎和向小米怎么也不会想到,他们的女儿永远地睡着了,永远地不会醒来了。
>
> ——江灏《纸床》

在上引语段中,江灏的情感凝固了,任其笔下的人物无声无息地逝去却不作悲痛状,可以作为低调描述的标本。与高调多用语调起伏不定的感叹语气、祈使语气、设问语气等不同,低调一般由语调平稳的陈述语气构成。尽管是生离死别,江灏依然是清一色地陈述,完全不为所动。与高调的表情词和显象词使用率很高不同,低调拒绝情感色彩和形象色彩鲜明的词语参与造句。除去"永远地"一词为小秋的死寄托一丝淡淡的哀愁,我们引用的这个语段属于极为客观的死亡记述。同样,除去"永远地"一词可以略略加强"睡"的表象的清晰程度,其余篇幅再也找不出附着型显象词,更谈不上语象的组合。与高调注重增强情感表现力的积极修辞不同,低调较多运用使得行文沉稳的消极修辞方式。①

2. 文法层面

文学语言具有鲜明的形象性,这是毋庸置疑的。但很少有人反过来追问一下:文学语言的形象性是如何产生的? 为什么一个平平常常的语词进入文学文本立刻会焕发出夺目的光彩? 为什么一句话在日常言语与文学文本中会有截然不同的意义? 夏中义认为文学语言与日常语言的分界线在于文学语言具有语象造型功能:"语言作为传达媒介只有在文本结构中才能获得其美学生命,这一美学生命集中体现在它的语象造型功能上。"②正是这一功能将文学的虚构世界与日常的现实世界区分开来,使文学进入了自由的审美天地,而摆脱了日常语言的现实指称性。

诗歌的语言造型主要有两种:

一是以象形图形直接表意,即把文字和诗行排列成某种图案或形状来表达某种意义,图案或形状与所要表达的意义相吻合。这类诗一般被称为具象诗、图案诗、立体诗、视觉诗等。如周振中的《英雄纪念碑》把诗句"一尊巨大的磨刀石砥砺着民族的意志"造型为纪念碑形状:"一尊巨大的磨刀石"中每个字各占一行,由上而下,形如碑石;动词"砥砺着"三个占一行,"民族的意志"占一行,形如纪念碑坚固的底座,由此,整首诗就形成一个纪念碑的造型,给人强烈鲜明的视觉效果。诗的形式与诗的内容融为一体。

二是通过意象组合来表达意义。余松认为诗歌意象在组合策略上,可以通过并置式组合、重叠式组合、承接式组合以及向心式组合等方式来获得③。不同的组合方式虽然带来的诗意效果不同,但都在一定程度上丰富了诗歌的语义。如并置式意象组合是将语义上并无明显承续关系的意象拼合在一起,造成一种蒙太奇式的艺术效果。由于意象与意象之间逻辑关系松散,

---

① 唐跃、谭学纯:《小说语言美学》,合肥:安徽教育出版社,1995 年,第 152—153 页。
② 夏中义:《媒介的语象造型功能与文本结构》,《批评家》,1987 年第 1 期。
③ 余松:《语言的狂欢——诗歌语言的审美阐释》,昆明:云南人民出版社,2000 年,第 182—197 页。

因此,诗歌的语义就不再是固定的、单一的,而是丰富的、多义的。而重叠式组合指意象间的关系是你中有我,我中有你,有一种类似于"互文"的特点,也能使诗歌的语义变得复杂、丰富。因此,意象的组合方式不单纯是形式的排列问题,更重要的是不同的排列组合中隐藏着独特的意义。

并置式组合:

> 一副色彩缤纷但缺少线条的挂图
> 一道清纯然而无解的代数
> 一具独弦琴,拨动檐雨的念珠
> 一双达不到彼岸的桨橹
>
> ——舒婷《思念》

四个不同时空的意象并置在一起,相互间无逻辑联系。每一个意象都肯定又否定、都希望又绝望、都无处不在又无始无终。你可以去体会思念与失望相互纠结的复杂情感心绪,也可以从中感受到人类生存困境的永恒与无奈……诗中四个既肯定又否定的并置意象,就宛如一次又一次的左冲右突,似乎象征着人类在遭受围困状态下的接连不断的突围与周旋。

重叠式组合:

> 雁子们也不在辽阔的秋空
> 写他们美丽的十四行诗了
>
> ——痖弦《秋歌——给暖暖》

"雁阵"的意象与"十四行诗"的意象叠合在一起,"雁阵"是秋天的"十四行诗","十四行诗"是秋天的"雁阵",这一基于意象内涵的重叠,使诗句造语别致,情趣生动。

承接式组合:

> 姑娘们的睫毛/抖落下成熟的麦粒/峭壁衰老的额头/吹过湿润的风
> 我的情歌/到每扇窗户里去做客/酒的泡沫溢到街上/变成一盏盏路灯……
>
> ——北岛《港口的梦》

诗的意象组合呈现出梦幻般的色彩,这是诗人内心的意识流动把一个个幻觉意象组合成一个艺术整体。

向心式组合:

> 他靠在公寓门口/看雨中的伞/走成一个个/孤独的世界/想起一大群人/每天从人潮滚滚的/公车与地下道/裹住自己躲回家/把门关上
> 忽然间/公寓里所有的住屋/全都往雨里跑/直喊自己/也是伞
> 他愕然站住/把自己紧紧握成伞把/而只有天空是伞/雨在伞里落/伞外无雨
>
> ——台湾诗人门罗《伞》

"伞"为核心意象,全诗所有的意象都朝向"伞"的意象集中。第一节由"雨中的伞走成一个个孤独的世界"想起躲在屋子里的孤独,第二节用超现实主义手法把所有的住屋说成是"伞",意指所有的人都是孤独的,最后一节"天空是伞",把整个宇宙拟喻成一个孤独的人。宇宙——房子——人构成一个由外向内的同心圆。借助这样一个聚焦式组合,表现了现代都市生活中人与人之间的隔膜和孤独。①

　　小说的语言造型主要是在语法或句法上做文章,通过打破固有的语法规则或句法结构来引起人们的审美关注。唐跃、谭学纯认为小说语言造型主要有四种形态:倾斜造型、重叠造型、移位造型和频闪造型。倾斜造型是破坏句法结构的均衡性,将某一句法成分或话语成分无限扩展,使句子原有的体积膨胀,造成头轻脚重或头重脚轻的倾斜感。重叠造型是利用括号将两种语言单位同时呈现,或取消括号样式直接将几种叙述话语并列排置。移位造型是变动语言单位的常规位置,造成错位效果。频闪造型则利用语词的高出现频率达到意义一致或变异的效果。② 可见语言造型的目的是为了使文本更具创造性,获得更多的美感,它不是一种语言游戏,语言造型的背后蕴含着丰富深刻的意义。如王蒙常常用取消标点的方式来传达人物内心复杂多变的情绪,又用频繁的句际标点(句号)来表现琳琅满目、层出不穷的新事物。

倾斜造型:

　　随时准备信仰任何学派、学说、主义,以及摩门教、小亚细亚教、马亚宗教、天方教、太平道等。
　　AB拖泥带水地举着鱼杆、挎着鱼篓、提着盛鱼饵的铁皮罐三步或做两步,两步或做三步地走来。

——张洁《鱼饵》

　　……就上引两个例证来说,尽管语言表达略嫌冗杂,其语言倾斜造型到人物造型的联想路线却非常清楚。AB的灵性和活气,在很大程度上正是来自偏离均衡性的行为状态:信仰的任意性暗示了向任何方向倾斜的可能性;颠三倒四的步伐亦如语言形式的东倒西歪,预料着难以达到目的的结局。③

重叠造型:

　　战士们一行行踏着桥过河,汽车一辆辆涉水过河。("小河的水呀清悠悠,庄稼盖满了沟")车头激起雪白的浪花,车后留下黄色的浊流,("解放军进山来,帮助咱们闹秋收")大卡车过完后,两辆小吉普也呆头呆脑下了河。("拉起了家常话,多少往事涌上心头")糟糕!一个首长说。另一个首长说:"他妈的笨蛋!让王猴子派人抬上去。"("吃的是一锅饭,点的是一灯油")很快就有十几个解放军在河水中推那辆熄了火的吉普车。("你们是俺们的亲骨肉,你们是俺们的贴心人")那几个穿白大褂的把那个水淋淋的司机抬上一辆涂着红十字的汽车。("党的恩情说不尽,见到你们总觉得格外亲")

——莫言《秋千架》

---

① 以上四种组合方式的语例均出自余松:《语言的狂欢——诗歌语言的审美阐释》,昆明:云南人民出版社,2000年,第191—197页。
② 唐跃、谭学纯:《语言造型——小说文本分析的第五个视角》,《鸭绿江》,1989年第6期。
③ 倾斜造型、重叠造型和频闪造型语例均出自唐跃、谭学纯:《语言造型——小说文本分析的第五个视角》,《鸭绿江》,1989年第6期。

莫言的《秋千架》中一个军车涉河的片段场面和一段用括号括住的抒情歌词的重叠显现早为评论界瞩目,其形式意味不难体会:军车涉河的紧迫氛围在抒情的旋律中得以缓和;歌曲的舒缓情调却因紧张场面的压迫加快了节奏。经过重叠的语言单位的相互渗透,双重的语义增值得以发生。

移位造型:

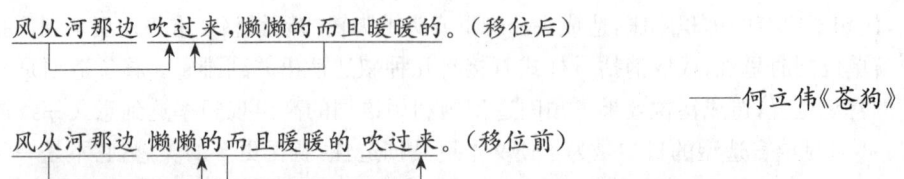

——何立伟《苍狗》

依照规范语序,并置的修饰性语言成分按其所距核心语言成分的位置,自远而近,语义循序同向流动,缺少语言节奏的起伏,显得单调;分置换位之后的句子在语义流向上改单向为双向,辅以逗点的短暂停顿,语言的弹性便张弛有致起来。①

频闪造型:

陈村的《蓝色》堪称语言频闪造型的典型篇什,全篇小说不过六千来字,"蓝"字的使用率高达七十八次之多。在小说的阅读过程中,读者的知觉由不曾须臾摆脱"蓝"字而浮现整体造型形态,并因此感觉到笼罩小说的整体气氛。②

3. 文体层面

在西方,文体与风格同属于"style",而"style"一词源于希腊文"stylos",本义含有雕刻、刻画、装饰等意思,西方的文学文体研究非常注重对文本微观语言形式的精细分析。在中国,文体研究与人物品评连接在一起,注重人品与文品的一致。由于道德品质或精神气质很难作量化分析,只能是一种印象式的直观感觉,所以,中国古代的文体研究多是直观的、感悟的、审美的,但由于缺乏具体而微的语言分析,故又流于玄虚、空灵和浮泛,让人难以把握。

西方文体研究以精细的语言分析见长,中国古代的文体研究以直观的审美感悟取胜,两者各自的缺陷表明,文体研究应该是语言分析与审美阐释的有机融合。韦勒克曾指出:"语言的研究只有在服务于文学的目的时,只有当它研究语言的审美效果时,简言之,只有当它成为文体学时,才算得上文学的研究。"③文体研究应该是形而下的语言分析与形而上的审美分析的有机会通与融合,是"一种以语言分析为本位的审美内容的分析与解释过程"④。没有形而下的语言分析,形而上的审美分析就会显得空泛、漂浮而无根基;没有形而上的审美分析,形而下的语言形式分析就会显得枯燥、机械而无美感,就会落入一般语言学研究的窠臼。因此,"把语言学家关心的语言描述和批评家关心的美学效果联系起来加以研究,这是小说文体学的主要目的。

① 唐跃、谭学纯:《小说语言美学》,合肥:安徽教育出版社,1995年,第55页。
② 因小说《蓝色》篇幅较长,此处不便征引,故只摘引分析性文字。
③ 〔美〕韦勒克、沃伦:《文学理论》,刘象愚等译,北京:三联书店,1984年,第189页。
④ 张毅:《文学文体学概论》,北京:中国人民大学出版社,1993年,第187页。

这是一种'互返性相关'探讨,形而下的语言学观察启发形而上的文艺学鉴识,形而上的文艺学鉴识反过来启发或修正形而下的语言学观察,二者彼此促进,互为参证"。① 谭学纯、唐跃对诗体小说、散文体小说、新闻体小说和公文体小说的分析,赵宪章对词典体小说、戏仿体小说、日记体小说的分析以及王一川对跨体小说的分析都是从文体形式入手,通过细致的分析寻找其语言形式的特色,然后进一步分析其中究竟蕴含着怎样的深意。在他们看来,变化了的文体形式必然蕴涵着变化了的内容,形式与内容犹如硬币之两面,难以剥离。

　　词典体小说在标题和版式等方面的改头换面并非纯粹玩弄形式,在其别样的形式之中当然蕴含着特定的意义,即力图改变或弱化小说叙事的历时性,在以"历时叙事"为能事的小说文体中尝试"共时叙事"之可能。

　　传统小说的章回标题由于需要尽可能完整准确地标示不同章回的主要故事情节,所以往往使用较长的句段进行标示,换言之,完整准确地标示各章回的主要故事情节是传统小说章回标题的主要功能。以《哈扎尔辞典》和《马桥词典》为代表的词典体小说使用"词语"作为各篇章的标题并不标示故事情节,只是故事情节的"引子",或者是以语词解释为"由头"展开叙事。于是,由每一"语词"所引发的叙事便具有相对独立性,各篇章的内容基本上环绕这"语词"本身展开。这样,词典体小说在叙事的连贯性和历时性方面也就被大大弱化;也就是说,"语词"与"语词"的不同意义也就形成了小说各篇章之间的"空场",从而将一部小说间隔成一个个相对独立的"意义岛"。这不仅十分接近词典对每一个语词的独立解释,也创建了小说共时叙事的别样文本体式。②

二、修辞学视角:文学文本的历史文化阐释

　　从修辞学的角度来看,任何文本都是特定语境的产物,都带有特定时代的印记,因此,文本的阐释就不能局限于文本表层语言形式的分析上,而应向历史文化的深度掘进。中国语言批评的修辞学视角就是把文本分析与历史文化阐释结合起来,不仅注重对文本语言形式技巧的精雕细琢,更注重文本与语境的联结,把文本置放到广阔的社会政治语境和深厚的历史文化语境中,考察文本产生的根由,探寻文本语言形式及其结构背后隐藏的深刻的丰富的历史文化意蕴。这种阐释模式就是中国学者王一川提出的"修辞论阐释"。

　　文本修辞论阐释的特有方式就是"本文—语境"阐释,即揭示文本与语境之间的相互依赖关系:一方面,文本产生于特定的文化语境,是特定文化语境压力下的产物;另一方面,文化总是借助文本的语言形式而显明,一定历史时期的文化内涵往往是通过文学文本得到显现的,所以,要理解特定的文化,就无法离开对艺术文本的理解。

　　文本修辞论阐释由三个阐释圈的循环运行组成:

　　首先是本文阐释(即文本阐释)。由于文本是创作主体精心组织的产物,所以其中必然包含着创作者独特的、个性化的修辞术,因此,文本阐释就是要对文本中的话语组织形式、修辞手段、语体方式等方面进行勘查,以发现其独特的、个性化的修辞术。

　　其次是文化语境阐释(即文化阐释)。文学文本不仅含有丰富的语义信息和审美信息,而

① 郜元宝:《文体学的小说批评方法》,《拯救大地》,上海:学林出版社,1994年,第249—250页。
② 赵宪章:《词典体小说形式分析》,《文体与形式》,北京:人民文学出版社,2004年,第286页。

且还携带着丰富的文化信息,文学批评应该把这些文化信息挖掘出来。

最后是历史阐释。历史是支配文化及文本的终极力量,因而更为深邃也更难挖掘。不过文本与历史之间的联系不是直接的,总要诉诸特定的文化,通过文化显示出来,因此,文本的文化阐释也会在一定程度上触及到历史。这样历史阐释也就不再是可望而不可即了。

本文阐释、文化语境阐释、历史阐释这三个阐释圈在理论上虽呈现出层层深入的特点,但在实际的批评中很难将它们截然分开,而是相互渗透、融会贯通的,呈现出不断循环往复的运动。不过,在具体的文学批评中,首先进入的仍是第一个阐释圈,因为文化阐释和历史阐释都必须建立在文本阐释的基础之上,没有对文本本身进行细致的考察,文化阐释和历史阐释就无所依托,就显得空洞浮泛。因此,文本阐释、文化阐释和历史阐释三者是融合在一起的。正如南帆所说:"文学研究必须坚持把文本分析视为不可或缺的发轫之处;但是,这种分析并非仅仅盘旋于纸面上,如同猜谜似地拆解字、词、句。……文本分析必须纵深地考察字、词、句背后种种隐蔽的历史冲动、权力网络或者詹姆逊所说的政治无意识。文本仅仅是一个很小的入口,然而,这个入口背后隐藏了一个巨大的空间。"①这个巨大的空间就是社会历史文化空间,中国语言批评只有向这个巨大的空间敞开,才可能走出西方语言批评的地平线,才能看得更深更远。

王一川关于柳青《创业史》中梁生宝典型意义的分析,是文本阐释与历史文化阐释相结合的范例。

梁生宝的卡里斯马典型意义在于,他的成熟过程有力地揭示了社会主义意识形态的要义:作为社会主义主体的翻身群众,诚然最初处于幼稚的"想象界",但只要"听共产党话"(即获得意识形态觉醒,进入"符号界"),"跟共产党走"(参与社会主义符码化实践),就能争取、团结"中间人物",孤立和打击阶级敌人,成长为推动历史前进的卡里斯马人物(进入"实在界")。这种典型所包含的意识形态也同样包含于其他卡里斯马典型(如刘雨生、朱老忠、林道静、萧长春等)之中。这可以视为符码化时期社会主义艺术的共同的意识形态。

把这种意识形态置于主体及其活动环境中的特定话语机制,就是叙事方式。……在叙述话语即本文层面上,小说有如下值得注意之处:首先,卷首所引毛泽东关于社会主义新事物与旧事物斗争的语录,以及关于"创业难"的乡谚,明白地点出小说的意识形态含义;其次,结构上分为题叙、正文上下卷和结局三部分,基本上与"想象界"、"符号界"和"实在界"的三分相对应,而在篇幅上则是正文绝对领先,这表明关于梁生宝的符号界的经历是主要的直接的描绘内容;再次,在对梁生宝的人物刻画上,基本上采用顺时叙述即顺叙(局部有逆叙),直接与间接描写交替应用,心理刻画少而行动刻画多。叙事话语上的这些特点,显示了更为根本的支配性的层面——叙述者的叙述动作。叙述者置身于故事之外,属热奈特所谓超故事叙述者。他自信地全知全能似地讲述各个被叙述的故事,并且不时地以同样自信的议论点明主题,作出评判。不过,他如此多地讲述梁生宝在符号界的成长故事,显现出他的根本兴趣所在:借梁生宝的成长故事显示社会结构的符码化进程,并由此确立社会主义意识形态的权威。②

---

① 南帆:《文本生产与意识形态·自序》,广州:暨南大学出版社,2002年,第2页。
② 王一川:《修辞论美学》,长春:东北师范大学出版社,1998年,第148—149页。

三、心理学视角:文学文本的心理学解读

文学文本都是在作家母腹中孕育成熟的,带有作家个人的体温和印记,是作家个性心理的投射。同时,作家不可避免地受到社会文化心理和民族集体心理的影响,这种影响作为一种集体无意识潜存于作家的内心,在创作过程中会不自觉地将其凝结在文学文本中,成为更隐蔽的心理结构。当作家把自己丰富复杂的内心世界外化为特定的文本世界时,文本就成为探视作家内在心理的窗口。中国语言批评的心理学视角就是探视文学文本与作家之间的互赖关系,揭示作家的个性心理及民族集体心理是如何凝定为文本的语言形式,而文本的语言形式又隐含了作家怎样的个性心理及民族集体心理。

人的个性心理是一个十分复杂的系统,包括感觉、知觉、注意、记忆、思维、情感、情绪、态度、动机、意志、愿望、意向、能力、气质、性格以及信仰等等,每一方面都会或多或少、或深或浅地影响作家的创作活动。在这些心理因素中情感最为活跃,文学创作无处不渗透着情感。没有触动心灵的强烈的情感,文学创作很难启动;创作过程中若没有情感的滋养和浇灌,艺术之花也会萎缩。

当某一种情感在作家的内心积聚到一定浓度和量度,在作家内心躁动不安、回旋盘绕、喷薄欲出时,就需要寻找通道将其释放出来,这一通道就是借助语言形式将其表象化和客观化,文本就是作家情感的物态化、符号化。每个人的情感都会有差异。不同作家由于其情感趋向不同,他们在将其投射到文本时采取的方式也不同。

谭学纯认为作家的情感投射主要有三种方式,即直接投射、间接投射和转换投射[1]。直接投射,指的是作家的情感状态直接表现为他作品中的语言情绪。如属于情感硬化范型的创作主体多具有达观豪放、刚毅坚韧、果敢沉练的情感倾向,投射在文本中语言情绪的总体特征表现为力度,分为冷力型和热力型两种。冷力型创作主体的情感倾向是达观超脱、冷峻沉练,主体传达方式偏于白描,表现为调性低、亮度弱、笔法硬瘦、风格干脆、意象不多但张力强、句式简净而内蕴丰厚,美感特征表现为淡泊。热力型创作主体正好相反。[2] 可见,采用直接投射时,作家的情感状态与文本中所表现出来的语言情绪是相吻合的,通过细致分析文本所显示出来的语言情绪就可以探察作家内在的情感趋向,从而能更有效地说明作家之所以采用这种投射方式的缘由。间接投射指的是作家通过文本中的某些构成要素,如人物或画面把自己的情感状态间接地表现出来。这就需要细细分析文本中人物(叙述者、主人公或叙述者兼主人公)的行为和心理以及画面营构方式,进而判断作家的内心情绪。转换投射是就文本的整体结构而言的,作家把内在的情感投射为文本中的不同的叙述维度,通过叙述维度的分化来间接地暗示作家的情感趋向。因此,必须细究文本的叙述方式来找寻隐藏其中的作家情感。

文学文本中不仅流淌着作家的内心情感,而且还包含着作家的苦心孤诣,寄寓着作家的理想、愿望、意图、关怀、评价等等。"诗言志","志"是作家内在意愿的集合。因此,文学批评不仅要通过文本的语言形式来探测作家的内在情感,而且要通过文本的语言形式来探察作家的主观意图。

在文学创作过程中,字词的选择、语词的组合、句式的变换、句际的衔接、段落的安排、篇章

---

[1] 唐跃、谭学纯:《小说语言美学》,合肥:安徽教育出版社,1995 年,第 112 页。

[2] 唐跃、谭学纯:《小说语言美学》,合肥:安徽教育出版社,1995 年,第 113—119 页。

的结构以及各种修辞手段的运用，每一处都是作家精心调配的结果，都留下了作家内心的痕迹。为什么"春风又绿江南岸"要选用"绿"，而不选用"到"、"过"、"满"？为什么鲁迅《伤逝》的开头要用"如果我能够，我要写下我的悔恨和悲哀，为子君，为自己"这样的倒装句式？为什么高行健的《灵山》要采用"我"、"你"交叉叙述的藤状结构？为什么余华的《古典爱情》要以戏拟的方式来解构古典爱情的完美……在这些叙述方式背后潜存着作家的心理动机，包孕着作家的意图愿望。对此，西方语言批评并不关心，它关心的只是这些方式是如何组合与结构的，至于为什么要采用这样的方式而不是那样的方式，不在它的兴趣范围之内。在"如何写"和"为什么写"之间，西方语言批评选择了前者而抛弃了后者，前者是文本层面的形式分析，而后者则是主体层面的心理分析。中国语言批评则把两者有机结合起来，从文本的形式分析深入到主体的心理分析。

深藏在作家内心底层的集体无意识或民族文化心理也会不自觉地在文学创作中流露出来，由于它是隐蔽的、深潜的，所以不易为人察觉，但文学批评不应对此漠视。西方语言批评虽然致力于寻找潜埋在文本中的深层结构，却无意于开掘深层结构中更为深层的心理结构，因此，它只能盘旋于纸面，而不能进入主体深邃的内心世界。中国语言批评既看到了主体个性心理(个体无意识)对文本的影响，也看到了民族文化心理(集体无意识)对文本的影响，从而把批评的探测器深入到民族心理的层面，揭示出文本产生的深层动力。

傅修延对中国四大名著的分析正是循着表层结构到深层结构再到心理结构的深度阐释模式进行的。通过对四部小说的逐一透视，傅修延发现它们有着惊人相似的表层叙述结构，即都存在着大契约与小契约之争，"它们都是以大小契约的先后'立约'为开始，经过一系列相互排斥的'履约'('履大违小'或'履小违大')、'违约'('违大履小'或'违小履大')、'监督'、'警示'等，最后达到对大小契约的'赏罚'"。① 那么，为什么内容迥异的四部小说中"都存在着大小契约及种种契约性行为"呢？在傅修延看来，相同的表层叙述结构意味着有相同的深层叙述结构。他从列维-斯特劳斯在《结构主义人类学》中提出的深层结构模式"A:B;C:D"中得到启发，发现四部小说中大契约无一例外地都朝向正统方面(包括正果、正宗等)，小契约也统统朝向非正统方面(包括异类、异端等)；大契约带给"英雄"的是不自由(包括拘束、劳作等)，小契约带给他们的是自由(包括放任、逍遥等)。四部小说中都具有正统与非正统、自由与不自由这两对互相对立的范畴，表现了小说中的"英雄"在正统与非正统、自由与不自由之间的艰难选择与挣扎。从正统与自由之间的不可兼得来看，人生注定是一场艰难痛苦的折磨。正是这个共同的"根"导致了四部小说本质上的相似。有"根"就有土壤，这土壤就是中国古人的深层心理结构。在漫长的封建社会中，中国知识分子在"朝"与"野"之间面临两种选择："达则兼济天下，穷则独善其身"。前者代表正统，肩负社会使命；后者多指向异端，追求精神自由。这显示了中国知识分子在社会使命与精神追求上的两极分驰：要获得社会承认谋取进身之阶须向正统靠拢，要获得精神解放灵魂自由则要从非正统方面探求。知识分子的内心深处几乎都有着"正统"与"非正统"、"自由"与"不自由"的争斗。深受传统文化精神浸染的曹雪芹们在他们的文学创作中必然会不自觉地将这种争斗投射到文本中，成为文本诞生的内在动因。所以，正是这种民族心理结构或"基因"催生了四部深层叙述结构相同的小说。

从中国语言批评的三种建构视角来看，中国语言批评体现出一种鲜明的超越纯形式分析

---

① 傅修延：《中国四大名著的文本分析》，见《文本学——文本主义文论系统研究》，北京：北京大学出版社，2004年，第358页。

的特点,在审美、文化、心理等多维视野中对文本语言形式进行审美观照和文化阐释(包括民族文化心理阐释),揭示其所潜藏的审美意蕴和文化内涵。但"超越语言"并不意味着抛弃语言学分析,相反语言学分析的"细读法"是中国语言批评的首要工作,没有对文本的细读,审美观照和文化阐释也就失去了依靠。因此,中国语言批评应该是语言形式分析、审美分析以及文化分析三者的有机融合。

第四节　写作实例分析

原作:

陆文夫(1928—2005),江苏泰兴人,当代著名作家。1955年开始发表作品,在五十年文学生涯中,陆文夫在小说、散文、文艺评论等方面都取得了卓越的成就,他以《献身》、《小贩世家》、《美食家》、《井》、《围墙》、《清高》等小说和《小说门外谈》等文论集饮誉文坛,深受中外读者的喜爱。其中《美食家》是陆文夫的巅峰之作,1983年发表于《收获》,获得第三届全国中篇小说奖,在文坛上享有盛誉,陆文夫也因此获得"美食家"的称谓。小说以吃客朱自冶和高小庭("我")的命运遭际和关系纠葛展开叙述:解放前朱自冶是一个有钱的吃客,受到别人的羡慕;解放后,朱自冶成了"革命"对象,在"文革"中沦为阶下囚;"文革"后朱自冶成了名副其实的美食家。小说通过朱自冶一波三折的人生经历,揭示了政治体制与主流意识形态对普通民众生存的渗透和影响,具有深远的社会历史意义。此外,小说还细致地描摹了苏州的风土人情和风味小吃,具有浓厚的地域色彩,因而获得了"苏州味"的"小巷文学"的美称。

形式美学之文本调查——以《美食家》为例　　赵宪章

……《美食家》的主题,显然和中国社会政治的主题同构,中国社会政治的风云决定了"美食家"的人生变迁:解放前,朱自冶"吃"得逍遥得意——解放后朱自冶"吃"得磕磕绊绊——困难年,朱自冶食不果腹——"文革"中,朱自冶沦为阶下囚——"文革"后朱自冶荣升烹饪学会主席,名声大噪,成了名副其实的美食家。也就是说,决定《美食家》主要人物命运的不是人物本身,而是人物背后的社会政治;朱自冶的人生变迁说到底是其无可选择的生存环境决定的,他本人不过是中国社会政治变迁的玩偶和艺术克隆。这一写作模式,不仅建构了《美食家》的文本结构,也是陆文夫其他小说的惯常路数;进一步说,这一模式也是陆文夫这一代作家们所惯用的写技,很有代表性。

《美食家》的这一主题,即通过"我"的话语建构,应合与回应中国社会政治的需要,显然能够为小说获取社会政治方面的声誉资本。而其应合与回应的强度,也就决定了小说获得这种资本多寡的程度。《美食家》在整个叙说过程中频频凸显"我"的存在,从而使"我"(而不是"美食"和"美食家")成为小说的第一高频词,便是写作者强化其应合与回应社会政治,以便获得更多声誉资本的主要表现。请看下面的统计数字:

"我"在《美食家》中总计出现910次。小说文本总计约44600字,也就是说,每约49个字就出现一个"我"字;小说文本共分1766句,也就是说,不到两句(约1.9句),就出现一个"我"字!其频次之高着实令人震惊,这充分说明叙说者在整个叙说过程中是如何顽强地凸显自我:"我说"、"我说"、"我说"……可以想见,即使在"我"之外尚有其他言说,也会在这一个接一个的"我说"声浪中被淹没、被消弭、被忽略。

显然,在"我说他"这一话语系统中,"我"就像一只无形的手牵制着"他"的言说和行为。表面上看来，作品中的人物纷纷登场，好不热闹；而实际上，被说者都是不在场的言说者，确切地说，被说者是不在言说现场的言说者，他们的言说和行动全是由"我"说出来的。由于被说者的不在场，当然也就失去了任何独立行动和自我辩解的空间。"我"于是占有了整个故事发生和发展的绝对控制权，成了操纵"美食家"思想和行为的上帝。这种话语霸权就是被巴赫金称之为"独白型（单声部）"小说的叙述模式。

那么，在《美食家》中，叙说者"我"叙说的价值倾向是什么呢？首先，小说中的主要人物，"美食家"和"我"，都不是完美无缺的人，都有自己的缺陷：前者"好吃"成癖，后者死板教条，即由一个思想僵化的人叙说一个"好吃"成癖、后又成为著名"吃家"的人。否定之否定等于肯定，《美食家》所要肯定的是什么呢？显然是勤俭节约和思想开放的德性。这一德性的化身，显然不是小说中的任何人物，而是写作者本身，小说文本背后的写作者才是全知全能的"上帝"。文本背后的写作者作为德性的化身，就在于他从人民大众最为关心的"吃饭问题"入手，揭示了"吃饭之难"及其背后的社会政治力量。关于这一问题，我们通过分析《美食家》所使用的词类就可见一斑：

据统计，《美食家》的基本语词共 235 个。就语词的意义分类来说，使用频率最高的是"吃"和"政治"两类语词。"吃"类语词，即和"吃"相关的语词，如上文所列"美食"、"好吃"等等，计 43 个，约占基本语词的 18％，并不是最多的。最多的是政治类语词，即和社会政治相关的语词，达 76 个，诸如旧世界、旧社会、新中国、国民党、共产党、共产主义、三民主义、自由主义、抗日战争、解放区、蒋管区、无产阶级、战士、同志、工农兵、资本家、小资产阶级、地主、走资派、公私合营、镇反、三反五反、文化大革命、改造、改革等等，约占基本语词的 32％，接近前者的两倍。上述两类语词合计约占全部语词（235 个）的 50％。

这一统计数据说明，写作者主要是从政治的角度去解读"吃"的，或者说《美食家》所设置的矛盾冲突（主要表现为"我"和"他"的冲突），就事物的本质来说，是"政治"和"吃饭"的冲突。前者属于主流社会意识形态，后者表征普通社会民众的需要。①

点评：

《美食家》自发表以来即受广泛赞誉，很多评论家认为《美食家》是具有"苏州味"的"小巷文学"，这一评价揭示了地域文化及生活环境对文学创作的影响。陆文夫是一直生活在苏州的作家，因此他的小说自然会带有苏州地方特色的印记，小说也确实弥漫着苏州文化的浓郁气息。但小说的意义仅仅在于此吗？赵宪章认为《美食家》主要是从政治的角度去解读"吃"，揭示的是社会政治变迁对人的生存状态的影响。这一结论显然比"苏州味"更进一层，但这并不是赵宪章的独特发现，之前就已经有评论家认为小说的政治色彩浓厚。如吴越认为："这篇表面上大讲'吃经'的小说，竟如此巧妙地让我们从一个特殊角度的'窗口'作观察点，纵览了三十多年工作中'左'倾幼稚病和实用主义的不可低估的危害性。"②那么，赵宪章对《美食家》的分析究竟有何独特之处呢？

中国的文学批评历来以"得意忘言"式为主流，常常越过形式而直奔内容。在赵宪章看来，文学研究不应架空文本作空泛的思想或文化阐释，而应立足于文本，对文本进行精细入微的调查，只有建立在"文本调查"基础之上的思想阐释才是可靠的、实证的、令人信服的。因此，他采

① 赵宪章：《文体与形式》，北京：人民文学出版社，2004 年，第 278—280 页。
② 吴越："'宏观'着眼'微观'落笔——评陆文夫〈美食家〉"，《文学评论》，1983 年第 6 期。

用词频分析法对《美食家》进行了细致的文本调查。"词频分析"是西方文学文体学的基本分析方法之一。布拉格学派的代表人物穆卡洛夫斯基在其著名论文《标准语言与诗歌语言》中曾提出了"前景化"概念，认为文学语言的特征在于"前景化"，即作者出于美学的目的对标准语言的有意识的歪曲和偏离。俗话说"言为心声"，作品中高频出现的词语绝非偶然，肯定蕴含着作家的苦心孤诣。通过统计，赵宪章发现尽管小说冠名"美食家"，主旨是写好吃的专家朱自冶，但是，"美食"、"美食家"并非小说使用频率最高的语词。《美食家》使用频率最高的人称语词却是"我"。"我"以压倒性的优势占据小说的中心，"我"是小说的主要人物兼叙述者，"美食家"是被叙述者，他所有的言行都不过是"我"言说的产物，"美食家"始终处在"我"的控制和掌握之下。"美食家"的这种被叙述姿态与"美食家"所遭遇的被贬抑态度是相一致的。小说一开头就以"一个好吃的人"来解释"美食家"，显然对"美食家"朱自冶抱有敌意。因为在中国文化语境中，"好（hào）吃"与中华民族勤劳俭朴的传统美德相背，带有贬义色彩。这样，"我"之高频出现也就不足为怪。

尽管"我"对"美食家"具有绝对的言说权，但"我"不是"美食家"命运的决定者。在"吃"和"我"的背后还有更强大的力量，这就是政治。赵宪章敏锐地发现小说文本中政治类语词的比例几乎是"吃"类语词的两倍，这一统计数据表明，小说表面上写的是"我"和"美食家"之间的矛盾冲突，但本质上却是写"政治"与"吃饭"的冲突，"吃"的变迁的背后是政治力量之手在操纵、在运作，人物的命运随政治力量的操控而跌宕起伏。

从赵宪章的分析中可以发现，《美食家》不仅在主题内容上与当时的政治意识形态相合拍，而且在语言形式上也浸透着政治意识形态的色彩。由于赵宪章的分析是从文本入手，通过具体细致的词频统计，因此得出的结论是可靠的、令人信服的，不会给人空洞轻飘之感。这种分析方法很容易让我们想到西方形式主义批评，两者确实很相似，都是从文本的形式入手，但两者又有着本质的不同：由选文可见，赵宪章的分析并没有停留在技术性的形式分析上，而是以形式为基点，结合文本所处的政治文化语境，深入阐发形式所蕴涵的意义，从而把形式分析与意义阐释有机结合在一起。这就是赵宪章所倡导的"形式美学"批评。赵宪章认为西方形式主义批评的困境在于将形式分析与意义阐释割裂开来，陷入了纯形式分析的泥淖。在他看来，拯救形式主义批评的最佳途径是"通过形式的研究来阐发文学的深层意蕴"[1]，"形式美学既不回避形而下的技术性操作，也不拘泥于此，而是从哲学层面全方位考察形式的美学意蕴"[2]。这样，"形式美学"批评既弥补了传统感悟式批评和社会学批评中实证性分析的不足，又弥补了西方形式主义批评中纯形式分析的缺陷，从而走出了一条具有中国特色的语言学批评之路。

---

[1] 赵宪章：《文体与形式》，北京：人民文学出版社，2004 年，第 266 页。
[2] 赵宪章：《形式主义的困境和形式美学的再生》，《江海学刊》，1995 年第 2 期。

关键词

1. 语言批评：语言批评是语言学文学批评的简称，它是运用语言学的概念、术语、范畴、理论及方法来研究文学，对文学文本的语言形式（包括语音、语汇、语法、修辞手段、篇章结构、叙述方法等等）进行精微细致的分析，是语言学与文学批评的有机融合。在西方，它以对文学文本作纯形式的语言学分析为特色；在中国，它突破了纯形式分析的弊端，将文本形式分析与审美文化分析有机统一起来，既注重对文本形式进行精雕细琢的语言分析，又注重发掘语言形式中所包含的丰富的审美意蕴和文化内涵。

2. 语言本体论：语言本体论是相对于语言工具论而言的。语言工具论把语言看作是思想内容的附庸，没有自己的独立价值；语言本体论则认为语言自身具有独立的价值，它包含三层意思：语言是人类的本体、语言是世界的本体、语言是文学的本体。海德格尔的"语言是人类存在的家园"从哲学本体的高度阐述了语言与存在的一体关系；维特根斯坦的"我的语言的界限就是我的世界的界限"则表明了世界是语言化的世界。这种语言本体观必然导向"语言是文学的本体"，认为语言是文学世界存在的本体依据，文学研究应以语言研究为立足点和出发点。

3. 建构视角：指中国文论界突破西方语言批评纯形式分析的弊端，把文本形式分析与审美文化分析有机融合起来，形成了三种建构视角：美学视角把被西方语言批评忽视的审美性交还给文学，侧重从审美的角度探讨文本语言形式本身所含有的审美意蕴；修辞学视角突破西方语言批评的封闭型文本，把文本置放在广阔的社会、历史、文化语境中，探讨文本与语境之间的互赖关系，揭示文本形式中所包蕴的社会文化内涵；心理学视角把被西方语言批评驱逐出去的作者邀请回来，探讨文本与创作主体之间的关联，揭示文本中所含蕴的主体的情感和意图。

思考题

1. 语言批评的内涵是什么？它与语言本体论是什么关系？
2. 西方语言批评的特色是什么？具体表现在哪些方面？
3. 中国语言批评是如何把文本形式分析与审美文化分析有机结合在一起的？
4. 你认为语言批评的前景如何？

阅读链接

1. 〔英〕罗杰·福勒：《语言学批评导论》，杨扬译，《文艺理论研究》，1990 年第 5 期。

2. 孙文宪:《语言批评的世界:求索于言意之间》,《华中师范大学学报》(人文社会科学版),1992 年第 1 期;《论语言批评的逻辑起点》,《华中师范大学学报》(哲社版),1994 年第 3 期。

3. 葛兆光:《语言学批评的前景与困境》,《读书》,1990 年第 12 期。

4. 谢应光:《语言学视野中的五四文学革命》,《求索》,2004 年第 3 期。

5. 李青春:《〈水浒传〉的文本结构与文化意蕴》,《齐鲁学刊》,2001 年第 4 期。

6. 赵宪章:《形式美学与文学形式研究》,《中南大学学报》(社会科学版),2005 年第 2 期。

（肖翠云）

第三章　叙事批评

自 20 世纪 60 年代以来,叙事批评已经成为一种重要的文学批评方法。它在文学批评实践中的广泛运用,使当代的小说批评在很大程度上已成为一种叙事批评。

第一节　什么是叙事批评

一、叙事文学的涵义

谈到叙事批评,首先要明确什么是叙事和叙事文学。所谓叙事,就是通过话语来讲故事。包含两个层面的内容,一个是故事层面,它主要讨论故事是怎样的,包括故事中的人物、情节、环境等问题;另一个是话语层面,它主要讨论故事是如何被叙述出来的。叙事文学是文学的一种,其特色在于用话语虚构社会生活事件的过程。

叙事文学的基本特征可包括两个方面:

1. 叙述的事件。叙事显示出来的是某一生活事件的过程,通过这一过程,可以看出人的活动及结果。文学是人学,一切文学说到底都是为了反映人的思想情感,叙事作品就是通过某个事件的形成、发展过程和人物之间的相互关系的把握,来反映人的某种思想观念。既然是形成发展过程与相互关系,叙事的重心就不在于静止的人或物,而在于动态的事件及人物性格的发展,并通过这种叙事反映出一定的社会观念和社会意义。

2. 事件的叙述。事件是通过话语的虚构来加以表现的,叙事研究的重心就在话语的虚构上。文学叙事是一种特殊的话语系统,同一般的话语有一个重要区别,即所指对象不同。一般话语的所指对象处于话语之外的现实世界,我们平常说到"大海",脑海中就会浮现出现实中大海的汹涌澎湃的画面。文学话语则具有独立自足性,话语所指的对象只存在于话语之中,只要文本中的话语合乎逻辑就行了,至于话语所指的对象是真是假,则不重要。但到底如何虚构,如何运用话语,又是一个重要的问题。同样一个故事,用不同的话语表现出来,效果往往不一样。比如《水浒传》和《荡寇志》,叙述的故事大致相同,但传达出来的效果却有很大的差别。

叙事文学的种类包括史诗类、小说类、报告文学类、传记文学类和叙事散文类。西方文学史上最古老的叙事体裁是史诗,其基本特点是用分行的形式对历史或传说的故事进行宏大叙事。《伊里亚特》、《奥德赛》千古流传,成为叙事文学的典范。小说可以说是叙事文学的重心

（下文的分析将以小说为主），其历史悠久，但成熟较晚，其基本特点是"用一定篇幅的散文写的一种虚构作品"①，其着眼点在"虚构"上，如《战争与和平》、《红楼梦》等。报告文学是运用文学的手法及时地报道社会生活中具有典型意义的人物和事件，如《哥德巴赫猜想》、《西行漫记》等。传记文学是以文学的笔法写人物传记，与一般的人物传记相比，它不再只是忠实的记录，而是具有相当的文学色彩和文学价值；与历史小说相比，它又有严格的历史真实性要求。传记文学既可以为他人立传，也可以为自己立传，如《史记》、《忏悔录》等。叙事散文则较为自由灵活，用散文的形式来叙事，如鲁迅《朝花夕拾》中的散文。

二、叙事批评的涵义

针对叙事所作的批评，称之为叙事批评。叙事批评有自己的批评重心，华莱士·马丁比较了人类学批评和叙事批评的差异：

> 理论依赖于被选供研究的材料和理论家的目标，这种情况在哪里也不像在文学方法和人类学方法处理叙事时的不同方法的对比中表现得那么明显……对于批评家来说，单独的作品是意义的所在地；而人类学家却至少也要处理一个故事的一系列变体……视点、人物塑造、描写和文体这类对于文学批评家如此重要的特性在口头故事中几乎是不存在的的。批评家的精密的解释方法对于人类学家则几乎毫无裨益。②

叙事批评有广义和狭义之分。广义的叙事批评，指的是对具有叙事性质的内容所展开的批评活动。这里要明确两个问题：其一，所谓"具有叙事性质的内容"，既可以是文学话语叙事，也可以是社会政治叙事、图像叙事、生活话语叙事、身体叙事等等。其二，所谓的"批评活动"，既可以是批评理论在书本中的学理运用，也可以是针对性很强的批评实践活动；既可以是有系统理论支撑的批评，也可以是零散的、不成系统的感悟式批评；既可以是针对叙事内容所作的专门的批评，也可以在叙事过程中夹杂着某种批评因素。总之，只要批评与某种叙事有所关联，这种批评均可称之为广义的叙事批评。

狭义的叙事批评指的是文学叙事批评，它有明确的批评对象，即叙事文学。狭义的叙事批评有自觉和不自觉之分。自觉的叙事批评是说批评者自觉运用叙事学的有关知识对文学文本进行阅读批评，非自觉的叙事批评是说批评者在进行文学批评时暗合叙事学的有关知识，更多是一种就事论事式的批评，没有系统的理论知识作为内在支撑。显然，自觉的叙事批评只能在20世纪60年代叙事学诞生之后才存在，而非自觉的叙事批评，很早就已经出现，即使在叙事学诞生之后，也一直存在，因为仍然有一些叙事批评不是在叙事学的理论指导之下进行的。杨义指出：

> 西方自60年代以来，受结构主义尤其是索绪尔变历时性为共时性的现代语言学的影响，以及俄国形式主义尤其是普罗普的民间故事形态分析的启迪，开始了叙事文本的内在

---

① 〔英〕福斯特：《小说面面观》，见卢伯克等《小说美学经典三种》，方土人、罗婉华译，上海：上海文艺出版社，1990年，第203页。

② 〔美〕华莱士·马丁：《当代叙事学》，伍晓明译，北京：北京大学出版社，1990年，第12页。

的、抽象的研究,建立了术语错综、见解互殊的叙事学体系。以至有人宣称,近20年西方文艺学的值得引人注目的进展,均与叙事学有关。他们……把叙事作品的文本视为独立自足的封闭体系,探究着它的叙事者、所叙故事和叙事行为方式,力图抽象出能够笼罩各种叙事文体的模式。①

本章所讲的叙事批评,主要指狭义的叙事批评,即文学叙事批评,更多的是指狭义叙事批评中的自觉的叙事批评,即用叙事学的方法来进行的文学批评。叙事学作为一门独立的学科,其本身就是在具体的文学批评中产生出来的,其目的也是为了对某一叙事行为或叙事文本进行解读,因此,要了解叙事批评,就要了解叙事学的相关知识。需要指出的是,叙事学所研究的对象并不仅仅是文学,但限于本书的宗旨,我们此处所说的叙事学,主要指的只能是文学叙事学。

第二节　叙事批评的发生与发展

一、叙事批评在西方的发生与发展

就西方而言,非自觉的叙事批评,早在柏拉图时代就已经出现。柏拉图在《理想国》中区分了单纯叙事和狭义模仿,狭义模仿指叙述者模仿人物的口吻说话,单纯叙事则是诗人"以自己的名义讲话,而不试图要我们相信是另一个人在讲话时"所讲述的一切②。所谓"叙述者模仿人物的口吻说话",指的是叙事学所说的展示,所谓诗人"以自己的名义讲话",指的是叙事学所说的讲述。1884年,亨利·詹姆斯为了与沃尔特·贝桑爵士争论,发表了著名论文《小说的艺术》,他声称:"一部小说按它最广泛的定义是一种个人的、直接的对生活的印象:这,首先,构成它的价值,这个价值根据印象的强度而或大或小。"③这意味着,小说的价值在于人物对生活的印象,小说中的一切叙述都要通过人物思想的过滤,这种"意识中心"理论,涉及到叙事学所说的叙事视角的转换问题。同时,詹姆斯自己写了大量的小说,并通过为自己的小说撰写的一系列序言,来进行叙事批评。

1966年,巴黎《交际》杂志该年第8期出了专刊,标题是《符号学研究——叙事作品结构分析》,这一专刊是"法国叙述学家们的圣经和先知"④,它标志着现代叙事学的正式诞生。叙事学诞生之初,其成就主要集中在法国叙事学界。根据研究对象的差异,法国的叙事学可分为三大派,一派以格雷玛斯等人为代表,注重被叙述的故事的结构;一派以热奈特为代表,注重叙述者的作用;一派以巴特为代表,注重叙事作品的构成体系。

在格雷玛斯看来,叙事作品的本质结构,"需要从语言学角度进行再解释"⑤。在语言学中,音位和意义都通过二元对立呈现出来,在叙事作品中,二元对立同样是产生意义的最基本的结构。格雷玛斯主要在"音位"和"句法"两个层次上,展开他的语义分析。在"音位"层次上,他认为叙事作品中的人物可以简化为三对行动元,即主体/客体,授者/受者,助手/敌手。所谓"行

---

① 杨义:《中国叙事学》,北京:人民出版社,1997年,第3—4页。
② 张寅德:《叙述学研究》,北京:中国社会科学出版社,1989年,第280页。
③ 伍蠡甫、胡经之:《西方文艺理论名著选编》下卷,北京:北京大学出版社,1987年,第142页。
④ 张寅德:《叙述学研究》,北京:中国社会科学出版社,1989年,第4页。
⑤ 张寅德:《叙述学研究》,北京:中国社会科学出版社,1989年,第119页。

动元"，是说人物作为一个行动的单位对整个故事进展的推动作用。在句法层次上，他要求建立"意义基本结构"。这一结构"是黑白对立这类二元义素范畴的逻辑发展。这范畴的两项之间是反对关系，每一项又能投射出一个新项——它的矛盾项，两个矛盾项又能和对应的反对项产生前提关系"①，这样，就形成了一个语义方阵。从语义方阵出发，便可解释叙事作品的意义。具体说来：

在任何意义结构中，首先存在着一个基本的语义轴：

$$S1 \longleftrightarrow S2$$

这一语义轴的关系是一种对立关系，在这基本的语义轴上还可以引入另一种关系，这就是上述 S1 与 S2 的矛盾项。

$$-S1 \longleftrightarrow -S2$$

如果把上述二者联系起来，那么意义的基本结构可以用符号表示为

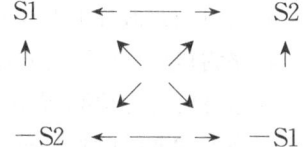

其中，

$\longrightarrow$代表对立关系；$\leftrightarrow$代表矛盾关系；$\rightarrow$代表补充关系②。

从语义方阵出发，便可解释叙事作品的意义。如陀斯妥耶夫斯基的《罪与罚》：

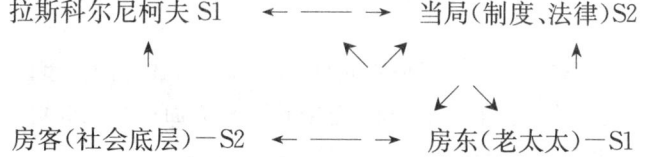

拉斯科尔尼柯夫(S1)与女房东(-S1)构成矛盾关系，拉斯科尔尼柯夫与当局(S2)构成对立关系，房客(-S2)与女房东构成对立关系，房客从其社会地位而言，与当局制度总体上构成一种矛盾关系，拉斯科尔尼柯夫是房客的极端代表，他和房客构成补充关系，女房东是制度的既得利益者，二者也构成补充关系。用语义方阵可具体分析如下：

其一，-S1 非常苛刻地对待 S1，贪得无厌，对 S1 而言，这种苛刻也是一种罪过，S1 杀死-S1，是对这种罪过的惩罚，S1 与-S1 之间的矛盾关系体现出一种道德上的罪与罚。

其二，S1 杀了-S1，是一种犯罪，S1 的对立面 S2 作为-S1 的补充关系惩罚了 S1，而 S1 之所以杀死-S1，根本上说，是由于自己找不到工作，是 S2 造成的，S1 和 S2 之间的对立关系体现了一种法律上的罪与罚。

其三，S2 与-S2 是一种矛盾关系，-S2 是制度造成的，不得不接受制度的约束，否则，就可能被 S2 视为一种"罪"，就要受到 S2 的惩罚，S2 与-S2 的矛盾关系体现了一种潜在的法律上的罪与罚。

① 张寅德：《叙述学研究》，北京：中国社会科学出版社，1989 年，第 98 页。
② 罗钢：《叙事学导论》，昆明：云南人民出版社，1994 年，第 108 页。

其四，-S2 与-S1 是一种对立关系，S1 是-S2 群体中的一个代表，S1 与-S1 之间的矛盾也有可能在-S2 与-S1 之间发生，-S2 与-S1 可以说是一种潜在的道德上的罪与罚。

其五，S1 与-S2 是一种补充关系，他们之间应该很有同感，命运也相近，将他们联系在一起的纽带是共同的境遇。从道德上讲，他们都可能是惩罚的一方，但从法律上讲，他们又都可能是有罪过的一方，从而受到惩罚。

其六，S2 与-S1 也是一种补充关系，他们一个是制度的代表，一个是制度的既得利益者，二者根本利益一致，他们之所以能联成一个整体，就在于"利益"。从法律上讲，他们都有理由惩罚 S2 与-S1，是惩罚的实施者，但从道德上讲，他们只顾自己的利益，而忽视了 S2 与-S1 的正当要求，应该从道德上受到惩罚，是惩罚的受施者。

"其一"和"其二"是小说的主线，存在非常明显，"其三"和"其四"也存在于小说中，但不是主线，不是那么明显，这四个方面可以说是属于小说内容方面，"其五"和"其六"从小说中是直接看不出来的，但可以推出来，这两个方面更应该属于小说主题内容。理解了这六个方面，可以说基本上就理解了小说的全部。

从上述分析可以看出，语义方阵可以细致地分析出叙事作品中角色与角色之间的关系，进而把握作品的主旨。从这个方面看，格雷玛斯提出语义方阵，对叙事学是一个不小的贡献。

显然，格雷玛斯的兴趣不在表层事件的行为功能，而在深层结构的逻辑关系。就其理论建构而言，他存在两方面的疏忽：其一，在他看来，行动元是故事中的角色功能，属于故事结构；同时，行动元又由故事的"语法"决定，属于话语结构。对要求严格区分故事与话语的叙事学来说，"行动元"的归属显得过于模糊。其二，语义方阵是"试图从文本的构成成分的意义引出文本意义"[1]，但这种"引出"的类型应该是多种多样的。格雷玛斯希望借助语义方阵来解释一切叙事作品的形成过程，而单一的语义方阵难以穷尽类型的多样性，这不能不说是格雷玛斯的遗憾。

与格雷玛斯不同，热奈特关注的不是故事的结构，而是叙述者的叙事话语。在《叙事话语》中，他对叙事作品从"故事"、"叙事话语"和"叙述行为"三方面进行层次划分，并反复强调了叙述行为的重要性。在他看来，"叙述"包含三层意义：

第一层意义：叙述是指陈述语句，口头的或书面的话语，用来联贯一个事件或一系列事件。

第二层意义：叙述是指构成这段话语主题的一连串真实的或虚构的事件，以及它们之间的各种关系，如衔接、对比、重复等等。

第三层意义：叙述也指一个事件，但不再是讲述的事件，而是指某人讲述某事这个事件：叙述行为本身[2]。

与此同时，他搬用语言学术语，从语式、语态等方面对故事展开讨论。语式包括距离、引语、聚焦等，语态包括叙述主体、叙述时间、叙述层次等。热奈特以普鲁斯特的《追忆逝水年华》为研究对象，既对这部作品的叙述机制进行了详尽精微的分析，又试图由此总结出一套分析所有叙事作品的理论。他的兴趣不在故事，而在叙事话语及叙述行为。这引发了不少争论。施洛米思·里蒙认为"在热奈特的分析中缺少一套帮助识别初始叙事的属性"[3]；朵丽·高安从三

---

① 〔美〕卡勒：《结构主义诗学》，盛宁译，北京：中国社会科学出版社，1991 年，第 148 页。
② 张寅德：《叙述学研究》，北京：中国社会科学出版社，1989 年，第 188—189 页。
③ 〔法〕热奈特：《叙事话语·新叙事话语》，王文融译，北京：中国社会科学出版社，1990 年，第 241 页。

个方面对他的转述话语提出批评①；米克·巴尔则对整个热奈特体系提出质疑②。这一切，迫使热奈特在十一年后(1983 年)发表《新叙事话语》，为自己辩护。但就叙事学的历史而言，热奈特的贡献是巨大的，他将叙述运动("时距")划分为省略、概略、场景、停顿四种基本形式，他用"聚焦"理论来分析视角，他对人称和故事关系的探讨，都是叙事学中无可替代的成就。《叙事话语》以其精到的分析和细致的描述，"至今仍代表着叙事学研究取得的最坚实、最有价值的成果"③。

相较之下，巴特显得更为灵活。他既注重故事的功能，又注重话语分析，也用分析语言的方法来分析作品。犹如在语言学中，"一个句子可以进行多层次描述……这些层次处于等级关系中，每个层次有自己的单位，但每个层次独自产生不了意义，它只有结合到高一层次里去才具有意义。如音素本身没有意义，它只有结合到词里去才承担意义。同层次之间是分布关系，跨层次之间是结合关系"④。由此出发，他将语言学中的"层次"挪用到叙事作品的分析上，指出："理解一部叙事作品，不仅是弄懂故事的展开，也是辨别故事的'层次'"。为此，他将作品分为功能层、行动层和叙述层，"这三层是按逐步结合的方式互相连接起来的"，功能层只有在行动层中才能有意义，行动层只有在叙述层中才有意义⑤。

对这三个层次，他展开了具体分析：

> 叙事作品可以分成功能和标志两大类单位。标志是一种纵向聚合的断定，功能则是一种横向组合的断定；功能包含换喻关系，标志包含隐喻关系。有这两大类单位可对叙事作品进行分类：如民间故事功能性强，而心理小说则标志性强……如果说功能层研究基本的叙述单位及其相互关系，那么行动层就是研究人物的分类，叙述层则研究叙述人、作者和读者的关系。他的结论是："叙事作品中'所发生的事'从(真正的)所指事物的角度来说，是地地道道的子虚乌有，'所发生的'仅仅是语言，是语言的历险，语言的产生一直不断地受到热烈的欢迎。"⑥

在《叙事作品结构分析导论》一文中，巴特对普罗普有所继承，对格雷玛斯等人有所评析，眼光开阔，立论也颇公允，使该文成为法国当代文论的代表作之一。但是，巴特的思想前后有所变化。1970 年《S/Z》发表，对作品结构的系统分析让位于作品的代码分析。在书中，他用五种代码对巴尔扎克的《撒拉辛》展开自己的阅读。他把小说划分成 561 个词汇单位，然后用行为代码、义素代码、解释代码、象征代码、文化代码来进行具体分析。作品不再是有层次的系统，而是代码的产物。《撒拉辛》本来是"可读的"作品，在巴特的阅读中，却变成了"可写的"文本。巴特的这种阅读方式是革命性的，在他看来，文学工作的目的，"在令读者做文的生产者，而非消费者"⑦，这就带有了后结构主义倾向。《S/Z》既可看作结构主义的继续，又可看作对结

① 〔法〕热奈特：《叙事话语·新叙事话语》，王文融译，北京：中国社会科学出版社，1990 年，第 220—225 页。
② 〔法〕热奈特：《叙事话语·新叙事话语》及〔荷〕米克·巴尔：《叙述学：叙事理论导论》，谭君强译，北京：中国社会科学出版社，1995 年。
③ 罗钢：《叙事学导论》，昆明：云南人民出版社，1994 年，第 2 页。
④ 胡经之、王岳川：《文艺学美学方法论》，北京：北京大学出版社，1994 年，第 258 页。
⑤ 〔法〕罗朗·巴尔特(即罗兰·巴特)：《叙事作品结构分析导论》，伍蠡甫、胡经之主编《西方文艺理论名著选编》下卷，北京：北京大学出版社，1987 年，第 478—479 页。
⑥ 胡经之、王岳川：《文艺学美学方法论》，北京：北京大学出版社，1994 年，第 258 页。
⑦ 〔法〕罗兰·巴特：《S/Z》，屠友祥译，上海：上海人民出版社，2000 年，第 56 页。

构主义的批判。

格雷玛斯、热奈特等人的叙事学理论一般被称为经典叙事学,其基本特征是一种基于结构主义理论的纯形式研究。到 20 世纪 80 年代中后期,经典叙事学的纯形式研究受到了强烈的冲击,这种冲击在美国最为明显。美国叙事文学研究协会会刊《叙事技巧杂志》原来集中关注形式技巧的研究,到 1993 年更名为《叙事》,由关注文本内部的形式技巧转而关注文本和社会或意识形态之间关系的探讨,由关注以小说为主的文字叙事转而关注以绘画、电影等为代表的非文字媒介的叙事①。但叙事学形式分析的衰落并没有影响叙事学的进一步发展,90 年代以来,研究者们从新的角度介入叙事研究,到 20 世纪末 21 世纪初,在美国,甚至出现了"小规模的叙事学复兴"②。主编《新叙事学》的戴卫·赫尔曼在说这句话的时候,他的心目中已经有了两种叙事学:一种是经典叙事学,即结构主义叙事学,另一种是后经典叙事学,它在认真分析经典叙事学的基础上"吸纳了大量新的方法论和研究假设,打开了审视叙事形式和功能的诸多新视角"③,因而它不再是一门"叙事学"(narratology),而是已经裂变为多家"叙事学"(narratologies)④。

和经典叙事学相比,后经典叙事学在具体作品分析和寻找叙事作品共有特点两方面都体现出新的特点。就具体作品分析而言,后经典叙事学有时候以阐释具体作品为主要目标,虽然意义的阐释有时候难免要运用某种叙事模式,但其着眼点已经不是叙事模式而是具体作品的意义。

> 申丹指出:后经典叙事学与经典叙事学在诸多方面表现出一种移位倾向,主要有以下五个方面:一,"从作品本身转到了读者的阐释过程";二,"从符合规约的文学现象转向偏离规约的文学现象,或从文学叙事转向文学之外的叙事";三,"在探讨结构规律时,后经典叙事学家采用了一些新的分析工具";四,"从共时叙事结构转向了历时叙事结构,关注社会历史语境如何影响或导致叙事结构的发展";五,"从关注形式结构转为关注形式结构与意识形态的关联,但对结构本身的稳定性没有提出挑战"。⑤

从这五个方面看,即使是探讨叙事作品的共有特点,后经典叙事学在分析工具、分析方法、分析对象等方面都大大突破了经典叙事学的范围,多样化的趋势非常明显。

除了在具体的作品分析和叙事作品共有特点的探讨上表现出差异之外,后经典叙事学还有一个显著特点就是它的文化分析。由于文化热的兴起,着眼于文化进行叙事研究已经成为叙事学界一道新的风景。如果说后经典叙事学在具体的作品分析和叙事作品共有特点的探讨上表现出对文本叙事理论的纵深化拓展,着眼于文化分析则可以说是后经典叙事学开始了文化化的进程。在巴特看来,叙事虽然表面"自然化",但叙事的符号总是人为的,有意识形态属性。叙事表面的"自然化"是社会使文化形态规范化的结果:"我们社会尽最大的努力消除编码痕迹,用数不清的方法使叙述显得自然,装着使叙述成为某种自然条件的结果……不愿承认叙

① 申丹:《美国叙事理论研究的小规模复兴》,《外国文学评论》,2000 年 4 期。
② 〔美〕赫尔曼:《新叙事学·引言》,马海良译,北京:北京大学出版社,2002 年,第 1 页。
③ 〔美〕赫尔曼:《新叙事学·引言》,马海良译,北京:北京大学出版社,2002 年,第 3 页。
④ 〔美〕赫尔曼:《新叙事学·引言》,马海良译,北京:北京大学出版社,2002 年,第 1 页。
⑤ 申丹:《经典叙事学究竟是否已经过时?》,《外国文学评论》,2003 年第 2 期。

述的编码是资产阶级社会及其产生的大众文化的特点,两者都要求不像符号的符号。"①这样,叙事与意识形态便有无法割舍的内在联系,叙事可折射出文化的特点。

自觉的叙事批评经过经典叙事学和后经典叙事学的发展,到目前已显得非常灵活,它的基本特点虽然是一种形式主义的文本批评,但在一定程度上,已经不拘泥于具体的文学文本,而是将文本的叙事分析和文本之外的历史文化分析结合起来,表现出强劲的生命力。

二、叙事批评在中国的发展历程

中国的叙事批评大致经历了三个阶段:一是文史不分的叙事批评,二是感悟式的文学叙事批评,三是有理论自觉的叙事批评。

中国古代文史不分,文学往往依附于历史,叙事既是一种文学叙事,也是一种历史叙事,叙事批评既是一种文学批评,也是一种历史批评。这种文史不分的叙事批评,主要有三种情况:第一种情况是在叙事的同时,对所叙之事进行评论。《左传》中的"君子曰"评论模式便是一种叙事批评,《左传·隐公十一年》针对息侯伐郑大败事件,进行评论:"君子是以知息之将亡也。不度德,不量力,不亲亲,不征辞,不察有罪,犯五不韪而以伐人,其丧师也,不亦宜乎!"第二种情况是对文史不分的叙事作品的评论。如曾国藩对《史记》的评价:"迁之文,其积句也皆奇,而义必相辅,气不孤伸。"②第三种情况是针对文史不分的叙事行为进行评论。唐代刘知几的《史通·叙事》探讨了历史书的编写方法,并认为"国史之美者,以叙事为工"。南宋真德秀编选《文章正宗》,也专列了"叙事"卷,卷首的《纲目》写道:"按叙事起于古史官……若夫有志于史笔者,当深求春秋大义而参之以迁、固诸书……""叙事起于古史官",暗示了中国古代叙事的范式是历史叙事。章学诚说:"古文必推叙事,叙事实出史学",便指明了这一点③。

感悟式的文学叙事批评,可以"评点"为代表形式。评点形式自南宋以来便已经流行④,随着宋元话本及明清小说等叙事文学的盛行,评点逐渐成为中国叙事批评的主要形式,尤其是经过金圣叹等人对小说戏剧等叙事文学进行评点以后,中国叙事理论以"评点"的独特形态已经存在了几百年。评点的内容多为经验之谈,其显著特点是批评文字与所评的叙事作品融为一体,其形式多种多样,包括"序跋、读法、眉批、旁批、夹批、总批和圈点"⑤。评点有时候会出于自身的需要而改动所评点的叙事作品,金圣叹评点《第五才子书》就是一个例子。评点可以对叙事作品的人物、结构、主题进行阐发和说明,也可以对叙事作品所体现出来的具体创作手法进行总结,对叙事作品的理论价值进行阐发,从而让读者更好地理解作品,让作品更广泛地流传。

文史不分的叙事批评和感悟式的文学叙事批评都没有自觉的叙事理论支撑,都是非自觉的叙事批评。中国自觉的叙事批评,是在接受了西方的叙事学理论之后才出现的。

1985年,杰姆逊在北京大学作了有关西方文化理论的系列演讲,并且用格雷玛斯的语义方阵理论,对《聊斋志异》中的《鸲鹆》进行了叙事学的示范分析,此后,中国学界就对叙事批评表现出极大的兴趣,可从三方面见之:一是对西方叙事批评的译介;二是运用西方叙事理论对中国的文学展开批评;三是参照西方叙事理论,建构有中国特色的叙事批评。译介方面,可以张

---

① 转引自赵毅衡:《当说者被说的时候:比较叙述学导论》,北京:中国人民大学出版社,1998年,第228页。
② 转引自李长之:《司马迁之人格与风格》,北京:三联书店,1984年,第294页。
③ 以上参看杨义:《中国叙事学》,北京:人民出版社,1997年,第10—16页。
④ 谭帆:《中国小说评点研究》,上海:华东师范大学出版社,2001年,第2页。
⑤ 谭帆:《中国小说评点研究》,上海:华东师范大学出版社,2001年,第6页。

寅德编选的《叙述学研究》和申丹主编的《新叙事理论译丛：跨学科叙事理论》为代表。《叙述学研究》收集了几乎所有法国 60、70 年代最有影响的叙事学成果，展示了西方经典叙事批评的成果；《新叙事理论译丛》则展示了西方后经典叙事批评的诸多情形。运用方面，可以陈平原《中国小说叙事模式的转变》和许子东《为了忘却的集体记忆——解读 50 篇"文革"小说》为代表。前者以中国文学传统和晚清、"五四"的小说状况为根基，借鉴托多洛夫的叙事理论，从叙事时间、叙事角度、叙事结构三个方面"把纯形式的叙事学研究与注意文化背景的小说社会学研究结合起来"①，开大陆学者应用叙事理论以成专著之先河；后者追随普罗普和叙事学的分析方法，探究"不同流派、倾向的'文革故事'如何贯穿某种共同的叙事模式和叙述规则"②。建构方面，可以杨义《中国叙事学》为代表。该书立足于中国的叙事传统和文化成规，"从史学文化的角度切入叙事分析"③，其中"结构篇"从"道与技的双构性思维"来探讨叙事结构，与西方纯形式主义的结构分析形成鲜明的对比；"意象篇"和"评点家篇"更是中国叙事批评的特色所在，为历来西方叙事批评所无。

经过上述三个方面的发展，目前，大陆的叙事批评可以说是蔚然成风，2004 年在漳州召开了第一届全国叙事学会议，2005 年在武汉召开了第二届全国叙事学会议，并成立了中国叙事学学会，2007 年在南昌召开了首届叙事学国际会议和第三届全国叙事学研讨会，国际叙事学研究协会的三位前主席和诸多西方叙事学研究者出席了会议，中国的叙事批评与西方的叙事批评开始了规模性的面对面交流。同时，国内从事叙事批评的人数也增加了很多，并出现了专门的研究机构，2007 年，江西社科院成立了"中国叙事学研究中心"，集中展开叙事理论和叙事批评的研究工作。

三、叙事批评的发展前景

后经典叙事学的出现，使叙事批评的发展前景更为广阔。主要体现在三个方面：一是运用叙事理论，对文本进行叙事批评；二是在叙事理论研究领域，拓展研究内容；三是叙事批评和其他批评方法的结合。

1. 对叙事文本进行批评

叙事批评主要是对叙事文本进行解读、批评，这一点在未来仍将是叙事批评的主要内容。毕竟，叙事批评的成就奠定在文本解读的基础之上，叙事批评无法离开文本分析。无论是经典叙事学还是非经典叙事学，它们都同样关注叙事学对文本的解读功能，对叙事文本的解读都是它们的主要任务。毕竟，叙事学首先是一种方法，既然是方法，就要运用到文本的解释中去。经典叙事学基本上局限于文本的解读，但文本的解读不是目的，通过文本解读所建构出来的叙事模式才是其目的所在。后经典叙事学很多时候也以阐释具体作品为主要目标，只是其着眼点已经不是叙事模式而是具体作品的意义。比如说，詹姆斯·费伦《作为修辞的叙事：技巧、读者、伦理、意识形态》的正文有九章，每一章都具体分析了一部作品，从作品的分析中得出某种意义。虽然作为一本书来说，该书"显然自成体系"④，每部作品的分析都是构成这个体系的组

---

① 陈平原：《中国小说叙事模式的转变·自序》，上海：上海人民出版社，1988 年，第 2 页。
② 许子东：《为了忘却的集体记忆——解读 50 篇"文革"小说·导论》，北京：三联书店，2000 年，第 14—15 页。
③ 杨义：《中国叙事学》，北京：人民出版社，1998 年，第 6 页。
④ 〔美〕詹姆斯·费伦：《作为修辞的叙事：技巧、读者、伦理、意识形态·序》，陈永国译，北京：北京大学出版社，2002 年，第 5 页。

成部分,但是这种体系总体上看是比较松散的,章与章之间并没有非常严格的理论体系安排,充其量只是每章有一个侧重点而已,和热奈特那种力图建立分析叙事作品共有模式的努力有很大差别;更为重要的是,书中除第五章以外的其他八章都以单篇论文的形式先期发表过,作为单篇论文,它只能是针对某一作品的具体分析,从这些分析中很难看出有什么宏观理论体系的建立。如其中的第九章《走向修辞的读者——反应批评:〈宠儿〉的难点、顽症和结局》,在直觉阅读经验的基础上,将阅读经历和阐释活动联系起来,"把颇具抒情意味的反应表达与抽象的理论化"并置起来,从而得出结论:有些像《宠儿》那样的"文本顽症不可能得到全面解释"①。显然,其出发点和目标都是具体的作品《宠儿》。

2. 拓展叙事理论研究内容

叙事批评可能会随着叙事理论研究在某些方面的突破而出现新的生长点。比如说,叙事学对叙事空间研究的拓展会导致叙事批评对文本的空间结构的关注。按照莱辛在《拉奥孔》中的意思,文学是一种时间艺术,叙事批评对叙事时间理应要给予高度关注,事实上,叙事批评在文本分析时,也对叙事时间进行了详尽的分析,取得了很多收获。但随着叙事学研究的深入,有些研究者越来越感觉到叙事空间的研究远远不够。随着很多新的样式的叙事文学的出现,特别是时间感模糊或缺失的叙事文学的出现,叙事空间就显得异常重要。所谓叙事空间,是指叙事作品中的空间维度,它既包括人物活动和故事发生的物理空间,也包括通过文字而建构起来的心理空间,还包括文本中文字所呈现的空间排列形式。从目前情况来看,国外的叙事空间研究已经有一定进展,但国内的叙事空间研究可以说是刚刚起步。总体上看,叙事空间研究主要包括以下几个方面内容:一是叙事空间的理论阐述。如佐伦在《走向叙事空间理论》(1984年)中区分了构成空间的三个层次:地志学层次,即作为静态实体的空间;时空体层次,即事件或行动的空间结构;文本层次,即符号文本的空间结构。二是探讨叙事空间与时间的关系。如赵冬梅《现代小说中的时空关系》(2003年)认为,小说的时空关系除了作为叙事方法拓展小说的表现手法以外,还蕴含着更多的意义,因为读者的介入使这一时空成为认识、感知历史及作者的一种有效方式,从而肯定并激发了文学作品的价值和意义。三是分析空间形式与情节的关系。如拉布金在《空间形式与情节》中区分了情节的历时性和共时性变动不居的关系,区分了主从结构情节和并列结构情节,认为后者更具有空间特性。从中国目前的叙事学研究状况看,可以预见,对叙事空间研究的关注将会导致两方面的结果,一是使叙事批评在文本批评中拓展了自身的批评领域,二是在拓展自身批评领域的同时,也深化了文本批评,从而能更好地有助于读者理解批评对象。

3. 叙事批评和其他批评方法的结合

随着后经典叙事学的出现,叙事批评现在已经突破了形式批评的藩篱,和形式之外的其他方面有机地结合起来。马克·柯里对当前的叙事学特点进行总结:

> 多样化、解构主义、政治化——这三者便是当代叙事学转折的特点……叙事学研究则更具跨学科的特点……往往把叙事问题与特殊人群(如性别、种族、民族)或话语类型联系起来。这些书不那么抽象,不那么科学化而更具政治色彩。它们常常宣称叙事无所不在,

---

① 〔美〕詹姆斯·费伦:《作为修辞的叙事:技巧、读者、伦理、意识形态·序》,陈永国译,北京:北京大学出版社,2002年,第 144 页。

宣称叙事是一种思维与存在方式，并非只有文学里才有。①

　　对这段话的理解，具体可以从两方面来展开。一方面就研究方法来说，叙事批评不再是单纯的叙事学研究方法的运用，而是将叙事学方法和其他研究方法结合起来。美国知名的叙事学者杰恩(M. Jahn)认为，今天的叙事学"是'叙事学＋X'的研究模式"，这里的"X"可以是女性主义，可以是文化研究，也可以是后殖民研究。叙事批评超越形式批评，拓展了批评的应用范围，它可以和女性批评、殖民批评、社会批评、文化批评等非形式批评有机结合起来，使自身获得一种勃勃生机。另一方面，随着叙事批评应用范围的扩大，叙事批评和日常生活的联系更加紧密，它的批评范围可以说是包罗万象，"日常生活中经常被引用的叙事例证有电影、音乐录像片、广告、电视和报纸新闻、神话、绘画、唱歌、喜剧性连环画、逸闻、笑话、假日里的小故事、逸闻趣事，等等。"②从这两个方面看，无论是叙事学方法和其他研究方法的结合，还是叙事学对日常生活的关注，都预示着叙事批评会有广阔的发展前景。

第三节　叙事批评的主要内容

　　叙事批评涉及的内容很多，很难穷尽，此处主要讲三个基本方面：一是叙事主体，二是叙述内容，三是叙事话语。这三个方面可以说是叙事批评无法回避的，因为任何叙事都是由一定的叙事主体来完成的，离开了叙事主体，叙事就不存在，叙事批评也就无从谈起。叙事，正如上文所说，至少包含故事和话语两个层面的内容，故事层面涉及叙述内容方面的问题，话语层面指的就是叙事话语方面的问题。叙事主体方面，主要包括下列问题：即故事是被谁叙述出来的，故事的叙述者是谁，叙述者如何介入叙事，叙述效果如何，等等。叙述内容方面，包括被讲述故事中的事件、人物、场景等，这是传统的叙事最关心的问题。叙述话语方面，是叙事批评最为关注的方面，它着重于叙事作品中使故事得以呈现的陈述语句本身，叙事话语着眼于故事的"叙述"上，叙事不仅向读者告知一些生活事件，而且还向读者表明如何告知这些生活事件，主要包括叙事聚焦、叙事方式、叙事时间等。

一、叙事主体

　　叙事离不开叙事主体，叙事主体是使叙事得以实现的保证，没有叙事主体，就没有叙事作品。一般说来，叙事作品是作者写作的产物，但在叙事学研究中，"作者"指实际生活中写作品的那个真人，他与作品并没有必然的关系。与作品联系密切的是"隐含作者"，即隐含在作品中的作者形象。同时，叙事学注重事件的叙述方法，事件的叙述离不开叙述者，叙述者与隐含作者不一样。布斯指出："'叙述者'通常指一部作品中的'我'，但这种'我'即使有也很少等同于艺术家的隐含形象。"③他的意思是：小说是叙述出来的，既然是叙述，就得有"叙述者"；在叙述者之外，还有一个"隐含作者"，它们有时等同，但更多的是不一致。胡亚敏在《叙事学》中指出：

①〔英〕马克·柯里：《后现代叙事理论》，宁一中译，北京：北京大学出版社，2003年，第8页。
②〔英〕马克·柯里：《后现代叙事理论》，宁一中译，北京：北京大学出版社，2003年，第3页。
③〔美〕布斯：《小说修辞学》，华明、胡晓苏、周宪译，北京：北京大学出版社，1987年，第82页。

　　真实作者与叙述者……之间有着本质的区别。真实作者是生活在现实世界的人,叙述者则是真实作者想象的产物,是叙事文本中的话语……一部作品中也可能有多个叙述者,他们活跃在作品的不同层次和不同场合……叙述者一经创造出来,就脱离了作者,成为作品内在的一个构成因素,而真实作者则存在于作品之外。强调内在研究的叙事学是排斥真实作者的。

　　叙述者也不同于暗含作者……暗含作者……诞生于真实作者的创作状态之中……他的功能是沉默地设计和安排作品的各种要素和相互关系……与叙述者相比,暗含作者没有声音、没有直接的交流手段,也就是说他未体现为语言符号。[①]

　　因而,叙事主体包括隐含作者和叙述者,特别是叙述者,至关重要。

　　叙事学注重叙述话语,叙述话语离不开叙述者,叙述者由此显得异常重要。不论叙述者用什么口气和态度来叙述,他或多或少都要介入叙事,使叙事中呈现出叙述者的声音。以叙述者声音的显隐为尺度,介入可分为公开介入和隐性介入。公开的介入指叙述者对故事、人物或叙述直接发表评论,篇幅一般比较长。它既可是小说中楔子的说明,也可以是小说结尾的"卒章显志",还可以是小说中叙述者的感想。在这种介入中,叙述者过于显身,且为时较长,因而打断了故事的叙述流程,使介入显得很醒目。隐性介入更为常见,也更为重要。隐性介入的叙述者不直接出面,其声音隐含在叙事中。小说中可以没有公开介入,却不能没有隐性介入。隐性介入可通过多种方式来实现。如半隐半显式介入、通过人物来介入、通过象征来介入、通过特定的语调来介入、通过场面的描绘来介入等等。

　　叙述者介入叙事,但叙事效果却离不开隐含作者的作用。因为在叙事作品中,隐含作者和叙述者可以有各自的声音,对读者而言,这就出现了一个问题,即叙述可靠性。叙述可靠性主要指叙述者的可靠性。当叙述者与隐含作者一致时,叙述者是可靠的,反之,则是不可靠的。

　　可靠叙述,指叙述者的声音与隐含作者的声音一致。叙述者要想自己的叙述可靠,可以用道德判断控制全部叙述来加以实现。道德判断通过作品得以体现,它反映了作品的倾向性,代表了隐含作者的价值判断,叙述者用道德判断来控制叙述,意味着叙述者总体上和隐含作者的价值取向一致,因而其叙述显得可靠。叙述由道德判断加以控制,容易使人物带上太多的道德色彩,成为时代精神的传声筒,从而使人物脸谱化。"三突出"的作品便是如此。人物脸谱化,叙述者对人物的理解符合隐含作者的理解,叙述因而可靠。人物脸谱化的方法之一是让人物的名字带上叙述者的评论。《水浒传》中人物的绰号有时便带上了叙述者的评论,如"及时雨宋江"等。到晚清小说,出现了以叙述者评论的谐音给人物取名的情况,如《官场现形记》中的陶子尧,在小说中不负责任地逃之夭夭,刁迈朋,在后文中果然出卖朋友。人物的名字与其行为一致,使叙述显得可靠[②]。

　　可靠叙述的情况比较简单,不可靠叙述则复杂得多。它可以通过多种方法来实现。

　　其一,使叙述者成为人物。人物一方面由于他在事件中的位置而使自己的视野受到限制,从而造成自己的叙述不可靠。另一方面,更为重要的是,人物的感情与事件息息相关,人物在感情的支配下,以"有色眼光"来叙事,叙事带上浓重的感情色彩,很难公正。其二,叙述者的"价值体系有问题"。这主要是指叙述者的价值体系与隐含作者的价值体系有所差异。"叙述

①　胡亚敏:《叙事学》,武汉:华中师范大学出版社,1994年,第37—38页。
②　赵毅衡:《苦恼的叙述者》,北京:北京十月文艺出版社,1994年,第74页。

者的道德价值观如果和作品的隐含作者的道德价值观不吻合,就可以被认为是值得怀疑的。"①可以说,道德差异是造成不可靠叙述的主要原因之一,因为小说的评价主要是道德评价。如果叙述者在道德上与社会认可的一般标准(这代表着隐含作者的道德观)相差太远,叙述便是不可靠的。其三,叙述不可靠也可直接从叙述者的声音中看出,而不需要与隐含作者进行比较。这就是反讽。反讽,按照布鲁克斯的说法,即"所言非所指"②,既然如此,文本表面上的叙述便是正话反说或者反话正说,其叙述显然是不可靠的。里蒙-凯南总结了造成叙述不可靠的因素:

> 当事实和叙述者的观点相矛盾时,叙述者的观点就被判定是不可靠的(……);当行动的结果证明叙述者错了的时候,叙述者对以前的事件的报道的可靠性就会重新遭到怀疑;当其他人物的观点和叙述者的观点总是冲突时,读者头脑中就会产生怀疑;当叙述者使用的语言含有内在的矛盾、模棱两可的形象和类似现象时,这种现象就会产生一种反作用,破坏这种语言的使用者的可靠性。③

二、叙述内容

叙事就是讲故事,叙述的内容也就是故事。故事的两个重要因素是人物和情节,人物和情节也是传统小说理论所关心的问题,不过在叙事学研究中,对人物和情节的研究与传统小说理论对人物和情节的研究有所不同。

1. 人物

传统小说理论的人物观是一种"心理性"人物观,叙事学的人物观是一种"功能性"人物观。前者认为作品中的人物是具有心理可信性的"人",强调人物的性格特征;后者认为人物是从属于情节的"行动者",强调人物在情节中的功能。

"心理性"人物观以福斯特为代表。在他看来,"一部小说是一件艺术品,有它自身的规律……小说中的一个人物按照那样的规律生活时便是真实的。"④这句话有两层含义。其一,人物符合规律才是真实的,才是值得相信的,显然,这是以人物的可信性作为衡量人物塑造是否成功的标准,这个标准既是叙述者谈论人物的尺度,又是读者判定人物的准绳。其二,这个规律是艺术品自身的规律,就人物而言,人物可分为扁形人物和浑圆人物。"扁形人物是围绕着单一的观念或素质塑造的"⑤,用一句话就可以将他们形容出来。浑圆人物是"不能用一句话加以概括"的,他们"宛如真人那般复杂多面"。⑥ 叙述者在塑造扁形人物时,强调他们静止的性格特征,在塑造浑圆人物时,更注重人物性格形成的过程。此外,扁形人物可能给人概念化的感觉,浑圆人物则给人充满生气的印象,"扁形"的二度平面无论如何不及"浑圆"的三维立体给人留下的印象深刻。福斯特虽通达地指出:"一部小说……往往既需要浑圆人物,又需要扁形人

① 〔以色列〕里蒙-凯南:《叙事虚构作品》,姚锦清等译,北京:三联书店,1989年,第182页。
② 赵毅衡:《比较叙述学导论》,北京:中国人民大学出版社,1998年,第46页。
③ 〔以色列〕里蒙-凯南:《叙事虚构作品》,姚锦清等译,北京:三联书店,1989年,第182—183页。
④ 〔英〕卢伯克等:《小说美学经典三种》,方土人等译,上海:上海文艺出版社,1990年,第251—252页。
⑤ 〔英〕卢伯克等:《小说美学经典三种》,方土人等译,上海:上海文艺出版社,1990年,第255页。
⑥ 马振方:《小说艺术论》,北京:北京大学出版社,1999年,第27页。

物"，①但他显然对二者有所褒贬。

传统小说的"心理性"人物观着重对单个的人物进行心理的、性格的分析，叙事学的"功能性"人物观则强调人物在事件中的作用。在叙事学看来，人物的性格、心理特征不再重要，重要的是人物在事件中的角色功能和行动元作用。

人物的角色，始于人物的功能。"功能"一词是由普罗普在《民间故事形态学》中提出的。该书指出，分析民间故事，关键在于把握它的叙事功能。民间故事常常安排各种人物来实践某一行动，通过各种方式来实现某一功能，所以，"功能可被理解为人物的行动，其界定需视其在行为过程中的意义而定。"②从这一定义看，人物的功能取决于他在故事中的地位，人物功能的着眼点就不在人物孤立的行动和行动方式上，而是在人物的某一行动与整个故事的关系上，在人物行动对故事所产生的意义和作用上。以此为基点，普罗普将俄罗斯民间故事中的功能归纳为三十一种，将人物概括为七种"行动范围"：（1）对头，（2）与者（捐献者）（3）助手，（4）被寻找者和她父亲，（5）送信者，（6）主人公，（7）假主人公。在故事中，具体的人物是谁并不重要，重要的是这些人物可归入这七种"行动范围"中的哪一种。这样，人物完全从属于"行动"，讨论人物便变成讨论人物在事件中所起的作用。这种注重人物在故事结构中的功能作用，实际上已经将人物当作角色了，正是在此基础上，格雷玛斯区分出叙事作品的六种角色：主体、客体、授者、受者、助手、敌手。

和人物的角色功能联系紧密的是人物的"行动元"作用。所谓行动元，是说人物作为一个行动的单位对整个故事进展的推动作用，在众多的叙事作品中，尽管人物的姓名、身份、性格差别很大，但只要他们在故事发展中的作用类似，他们就是同一类行动元。在格雷玛斯看来，普罗普概括的人物的七种"行动范围"可以进一步简化，形成三对行动元，即主体/客体，授者/受者，助手/敌手。三对"行动元"的提出，使人物的角色功能更加明朗化。显然，格雷玛斯的兴趣不在表层的人物行为功能，而在深层人物之间的逻辑关系。

角色和行动元虽然联系紧密，但二者之间的界限也是存在的。首先，它们是属于不同层面的概念，"行动元属于叙述语法，而角色只有在各个具体话语里表达出来时才能辨认"③，就是说，行动元不能单独存在，必须放在整个故事中加以考察才有意义，因为叙述语法的各个成分都只能是整体的一部分，失去了整体，也就谈不上各个成分；角色虽然也注意到人物在故事中的地位，但对人物在"具体话语"中的表现比较重视，对人物自身的一些性格特征还是比较关注的。其次，二者之间存在一种"双重关系"：一方面，"一个行动元在话语中能由几个角色表现出来"，另一方面，"一个角色可以是几个行动元的结合"④。如《西游记》中的许多妖魔，在具体话语中，是不同的角色，但在整个《西游记》故事的"叙述语法"中，他们又属于同一个行动元，即取经路上的"敌手"。

2. 情节

情节是指按照因果逻辑组织起来的一系列事件。与传统的情节观相比，叙事学的情节观表现出鲜明的特点。其一，传统情节观注重分析某一个作品中情节的起因、发展和高潮，将重点放在情节的故事性上，放在情节的发展过程上。叙事学对情节的研究，不局限于某一具体的

---

① 〔英〕卢伯克等：《小说美学经典三种》，方土人等译，上海：上海文艺出版社，1990年，第258页。
② 罗钢：《叙事学导论》，昆明：云南人民出版社，1994年，第27页。
③ 张寅德编选：《叙述学研究》，北京：中国社会科学出版社，1989年，第119页。
④ 张寅德编选：《叙述学研究》，北京：中国社会科学出版社，1989年，第119—120页。

叙事作品,而是寻找某一类作品共有的情节模式,甚至力图寻找所有叙事作品所共有的情节模式。托多罗夫认为叙事作品的结构和句子的结构相似,可以用分析句子的方法来分析作品,句子的各个成分之间的关系比较稳定,因此作品的各个构成部分之间的关系也比较稳定,而作品的情节贯穿于作品的各个部分,这样,作品的情节就可以找到一个基本的模式。在托多罗夫看来,理想的情节应该包括从静止——不平衡——重新平衡这样一个过程,这个过程是所有的情节都应该具备的。其二,传统情节观注重情节的具体内容,注重某一情节到底说的是什么,力图通过情节的分析来说明某个道理或解决某个问题,可以说,传统情节观分析情节时,是以阐释为目的的。叙事学则不太注重作品的具体内容,而是注重情节各个要素之间的逻辑关系,由于以寻找要素之间的关系为目的,叙事学的情节分析着力于情节发展过程中的逻辑关联功能。布雷蒙认为一个情节的基本逻辑形式是一个三段论式序列:(1)可能性的出现,合乎逻辑的故事应该在具备了可能性之后才发生。(2)实现可能性的过程,即故事开始发生以及如何发生,这一阶段也可以以否定的形式出现:由于某种原因,故事没能发生。(3)由此取得的结果,故事发展到最后,既可以达到目的,也可以没有达到目的,不论怎样,故事都到此结束。也许布雷蒙的方法过于概括而显得实际意义不大,但至少鲜明地显示了叙事学在情节分析上对故事逻辑的高度重视。其三,传统情节观考虑情节类型与读者反应的联系,作品写什么样的情节,应该多少考虑到它的接受效果。亚里士多德在讨论悲剧时便认为,可以根据主人公的命运和道德品质来区分作品的情节类型,不同类型的情节对观众会产生不同的影响。如:如果是一个极好的主人公失败了,会使我们感到不可理解,因为它违反了或然律;如果是一个卑鄙的主人公失败了,会使我们感到高兴,因为正义得到了伸张;如果是一个有缺点的比较好的主人公因为过失而失败了,会使我们感到怜悯和恐惧,因为命运难以抗争,等等。与此形成鲜明对照的是,叙事学在分析情节时,几乎从不考虑情节与读者反应的联系,无论是托多罗夫的句法分析,还是布雷蒙的逻辑分析,都只注重叙事作品本身,没有涉及作品产生的效果。

三、叙事话语

叙事话语是叙事学的重心所在,研究的范围比较广,我们主要讨论三个问题:叙事聚焦、叙事方式和叙事时间。

1. 叙事聚焦

聚焦也叫视角。米克·巴尔指出:"我将把所呈现出来的诸成分与视觉(通过这一视觉这些成分被呈现出来)之间的关系称为聚焦(focalization)。这样,聚焦就是视觉与被'看见'被感知的东西之间的关系。"[①]

聚焦大致可分为三种:第一种是零聚焦叙事,第二种是内聚焦叙事,可分为固定式、不定式、多重式三种,第三种为外聚焦叙事。应该指出的是,各种聚焦之间不分优劣。

对零聚焦而言,叙述者就是聚焦者,即叙述者-聚焦者,他高高在上,全知全能。他知道事件的来龙去脉,也知道人物内心的想法。他可以直接对事件和人物的行为发表议论,也可以潜入人物的内心,解剖灵魂。

内聚焦的情形则比较复杂。固定式内聚焦的叙述者通过某一特定的人物眼光来叙事,这一特定的人物可以是叙述者自己,也可以是故事中的一个人物。前者往往是叙述者对往事的

---

① 〔荷〕米克·巴尔:《叙述学:叙事理论导论》,谭君强译,北京:中国社会科学出版社,1995 年,第 114 页。

追忆,后者则是常见的人物有限聚焦。叙述者对往事的追忆,有一个较棘手的问题就是追忆形成一种特有的双重聚焦,一重是故事中的"我"对当时情形的聚焦,即经验自我聚焦,另一重是故事外的"我"对过去情形的聚焦,即叙述自我聚焦。第一人称回顾性叙述的声音并不仅仅是把人物自我当时所看到的情形讲出来,而是带着目前的理解和眼光来讲述故事。如《茶花女》中的阿尔芒在玛格丽特死后,才痛定思痛,理解了玛格丽特对自己的一片痴情。他带着悔恨和痛惜的心情,叙述自己的恋爱故事,不时地对当时的行为进行反省。固定式内聚焦的另一种类型是人物有限聚焦,叙述者通过人物的眼光来叙述,此时,人物处于事件之中,视野受到限制,他对事件的评价必然是局部的;同时,人物自身的利益与聚焦对象密切相关,他对聚焦对象的看法难免会有偏向性。

不定式内聚焦和固定式内聚焦并无本质的不同,它是指叙述者利用不同的人物聚焦来展开叙述。这种聚焦极为常见。固定式内聚焦的叙述者＝一个人物,不定式内聚焦的叙述者＝多个人物。当叙述者＝多个人物时,他实际上比每个单个的人物所知道的都要多。多重式内聚焦是不定式内聚焦的特殊形式。当不同人物对同一聚焦对象进行聚焦时,便形成多重式内聚焦。典型的例子如福克纳《喧哗与骚动》,通过白痴班吉、精神崩溃的昆丁、偏执狂的杰生等人对同样的事件进行多次聚焦,叙述者叙述了一个康普生家族没落的故事。

外聚焦是聚焦者处于故事外,他只看着故事的发生发展,对故事发生的原因,对人物的举止都不加解释,对人物的内心活动也不作披露,他似乎只是在观看一幅图画,却又不置可否。因此,外聚焦又被称为"戏剧式"聚焦。海明威的《杀人者》是典型的外聚焦,小说几乎由对话构成,读起来像剧本,至于杀人者的动机和被杀对象的内心想法,聚焦者都不知道。

2. 叙事方式

叙事方式主要有两种:讲述和展示。普林斯的《叙事学辞典》对"讲述"和"展示"作了说明,讲述和展示是两种基本的调节叙述距离的方式,讲述是"以较少的对形势和事件的细节呈现以及较多的叙述调节为特征:叙述话语构成典型的讲述"[①];展示则是"以对形势和事件的细节描绘、场景呈现和最小程度的叙述调节为特征:对话构成典型的展示"[②]。

讲述时,叙述者往往直接现身,将头绪纷杂的事件或场面串联成一个井然有序的整体,层次分明地将它传达出来,因此,有时候还要对事件或场面进行必要的说明。更为重要的是,讲述方便叙述者对事件和人物发表直接或间接的议论。

与讲述时的叙述者直接现身发表议论不同,展示时叙述者隐藏在展示的场面背后。展示一般对事件和人物进行详尽的描写,这可以增强文本的逼真性。这种逼真性可通过场面"自然化"和人物"戏剧化"显示出来。所谓场面"自然化",就是说叙述者消除人为叙述的痕迹,使场面像本来面貌那样自然而然地呈现出来。所谓人物"戏剧化"意味着叙述者不用讲述的方式来介绍人物,而是用展示的方式对人物的行动、语言进行惟妙惟肖的刻画和模仿。

3. 叙事时间

时间是叙事学讨论得比较充分的问题,为方便起见,我们只讨论其中的"时序"和"时长"两个问题。

所谓"时序",指叙事时间的顺序。热奈特指出:"研究一篇叙事文的时序,就是把叙述话语中的事件或时间段落安排的顺序和故事中这些事件或时间段落的先后顺序加以对照,而后者

---

① Gerald Prince: A Dictionary of Narratology, Lincon & London: University of Nebraska Press, 1987, p. 96.

② Gerald Prince: A Dictionary of Narratology, Lincon & London: University of Nebraska Press, 1987, p. 87.

只能在叙事文本身明确地指示或者由我们根据某个间接的迹象推论的条件下才能得出。"①

叙事时间是相对于故事时间而言的,托多罗夫指出:"叙事的时间是一种线性时间,而故事发生的时间则是立体的。"②用线性的叙事时间表现立体的故事时间,叙事文本往往会出现时序的变形现象,基本的时序变形只有两种:倒述和预述。倒述是在事件发生之后讲述所发生的事件,预述是提前叙述以后将要发生的事件。

对事件的倒述往往是因为两个或多个事件交织在一起,无法同时叙述,不得不说完一个事件后再说另一个事件。中国小说中常见的"花开两朵,各表一枝"便是倒述的明显标记。倒述也可以是对人物的倒述。在人物出场后,对人物的身份来历或此前的重大活动进行扼要的介绍。倒述还可以是叙述者的自我回忆,即自我倒述。鲁迅《伤逝》的主体便是叙述者涓生的倒述,开篇一句"如果我能够,我要写下我的悔恨和悲哀,为子君,为自己"可视为倒述的标记。叙述者的自我倒述往往赋予文章一种感伤色彩。

如果说"时序"指时间的向度(顺序),"时长"则是指时间的跨度。"故事中的时间跨度是指单位时间内的历史容量"③。说到单位时间,又离不开故事时间和文本时间。故事时间比较好理解,文本并不具有时间向度,只能"用空间关系(页序)表征时间次序"④。单位时间就是故事时间在文本中的投影,即故事的时间跨度与文本的空间长度之比,一个跨度为三年的故事用三页的篇幅来叙述,单位时间便是一页讲述一年的故事。严格按单位时间来叙事几乎不可能,因此,叙事中普遍存在着"时长变形"的情况。

对时长变形,查特曼用图表作了直观的表示:

省略	述本时间=0,当然也<底本时间
缩写	述本时间<底本时间
场景	述本时间=底本时间
延长	述本时间>底本时间
停顿	述本时间>底本时间,因为后者=0⑤

从这张表看,以场景(标准时长)为中轴,省略与停顿,缩写与延长两相对应。从叙事内容看,省略有些特殊,因为"省略的内容,不见得是不重要的"⑥。

缩写一般是对事件作梗概式的介绍,或者是"表现背景信息,或联接各种不同场景的适当的手段"⑦,总之,是关于事件外部的情况说明。缩写一般以讲述为主。

场景一般是将某个场面真实地再现出来,故事时间与文本时间相等,但正如米克·巴尔所说,这种相等也只是大体上相等而已,严格的相等几乎不可能,即使像对话这样标准的直接转述语也是如此,"因为对话中的停滞时刻,无意义或无结果的评论,常常会被略去"⑧。

延长时文本时间长于故事时间,这是在场景基础上加强描写或评论力度的结果,就是说,

① 张寅德编选:《叙述学研究》,北京:中国社会科学出版社,1989年,第196页。
② 张寅德编选:《叙述学研究》,北京:中国社会科学出版社,1989年,第294页。
③ 徐岱:《小说叙事学》,北京:中国社会科学出版社,1992年,第255页。
④ 赵毅衡:《苦恼的叙述者》,北京:北京十月文艺出版社,1994年,第137页。
⑤ 参看赵毅衡:《苦恼的叙述者》,北京:北京十月文艺出版社,1994年,第138页。
⑥ 〔荷〕米克·巴尔:《叙述学:叙事理论导论》,谭君强译,北京:中国社会科学出版社,1995年,第83页。
⑦ 〔荷〕米克·巴尔:《叙述学:叙事理论导论》,谭君强译,北京:中国社会科学出版社,1995年,第83页。
⑧ 〔荷〕米克·巴尔:《叙述学:叙事理论导论》,谭君强译,北京:中国社会科学出版社,1995年,第84页。

延长中往往有场景,而且对这一场景进行了"细节放大"或展开议论。

停顿往往是静止的描写或议论,它与延长的区别是:延长在描写或议论时多少还伴随着事件的进展,而停顿是在事件停止进展时叙述者展开描写或发表评论。

从省略到停顿,文本时间渐渐变长。作为标准时长的场景,其典型的表现是作品中的对话。省略、缩写、场景、延长和停顿的交互运用,导致叙事内容的或详或略,使叙事形成一定的节奏。

第四节 写作实例分析

原作:

《聊斋志异》是蒲松龄(1640—1715)所创作的文言短篇小说集,其中笔记体小说约有296篇,传奇体小说约有195篇。其创作时间跨越了蒲松龄从少年到老年的时光,可以说是他一生心血的结晶。书中绝大多数篇章是写神仙狐鬼精魅的故事,有的写人进入异域幻境,看到天界、冥间、梦境中的种种现象;有的写鬼怪幻化为人,进入人间,和世人发生各种感情上的纠葛;有的写鬼怪们通过自己的性格、行为所表现出来的情志,体现某种人生哲理。较之以前的文言短篇小说,《聊斋志异》的记叙比较详尽,结构上比较讲究,情节比较曲折,对人物环境、人物心理等方面都有比较细致的描写,多少有一点诗化倾向。由于这些方面的成就,《聊斋志异》被认为是我国古代文言小说的巅峰之作。

以生命精华激发叙事体制活性(节选)　　杨　义

人在追求着自我实现。当蒲松龄科场路断之时,他蕴积着一种悲郁的逆反情绪,偏要以《聊斋》显示卓尔超群的才华,以证明落第非"战之罪"。他投入了最珍贵的才情和生命,融合着胸间之气和民间之气,融合着民俗玄思和文人诗心务使小说并非小道末技,而要在文备众体、辞采飞扬方面使那些科场墨卷黯然失色。从才华类型而言,他不属于怪才,是社会迫使旷世清才用于怪异。他把小说创作当作生命和才华的较量,绝不像那些仕途得意者把小说当成消闲解闷的点缀。这就使他的小说无论在叙事的文体、角度或意义方面,都务求匠心独运,从而形成了为以往的街谈巷语、残丛琐语所无法比拟的叙事特征。他投入了生命的精华,全面地激发了文言短篇小说机制的活性。

…………

《绛妃》采取第一人称叙事角度,也是骈散结合的呈才之作。作者自述设帐于毕刺史家时,游赏花木,倦而昼寝。忽有绛妃邀至高接云汉的殿阁上设宴招饮,请作声讨风神的檄文,文思若涌,片刻脱稿,醒后录下并补足檄文。这是一篇难得的奇文,用志怪思维方式把千古有关风的典故聚于一炉,想象雄奇诡谲,文气激扬浩荡。它指斥封氏(风神)"飞扬成性,忌嫉为心",是因为曾得到舜帝楚王、汉高汉武的赏识,"从此怙宠日恣,因而肆狂无忌",摧残人间春色和草本生机,因此这些花神要布成蛾眉之阵,"杀其气焰,洗千年粉黛之冤;歼尔豪强,销万古风流之恨!"檄文处处扣住风的特点,笔笔荡漾着同仇敌忾的意气,游戏文字,大有可观。……

…………

《狐梦》中的游戏笔墨,把作者和朋友(叙事者)也游戏进去了。这位真姓真名的朋友毕怡庵读《聊斋》中的《青凤》,恨不得有狐女之遇,便有狐女三娘前来侍寝。这位朋友"貌丰肥,多髭",作者便拿其体貌特点开玩笑,让三娘子笑说:"肥郎痴重,使人不堪。"并让三娘子把毕怡庵招至梦境,与姊妹行一道宴饮。席间,她们取笑小时与三娘子戏闹,愿她将来"嫁多髭郎,刺破小吻,今果然"。又以绣花鞋装酒把毕怡庵灌醉。而毕怡庵也给作者蒲松龄开了个玩笑,把他拉进小说中来,让三娘子说:"聊斋与君文字交,请烦作小传,未必千载下无爱忆如君者。"最后作者现身说法,讲明故事来由:"康熙二十一年腊月十九日,毕子与余抵足绰然堂,细述其异。余曰:'有狐若此,则聊斋之笔墨有光荣矣。'遂志之。"行文灵活地调动作者、故事讲述者和故事中人物的关系,在真与幻、虚构与实相的折射映衬之间,令人隐隐窥见作者与友人以文字相交,诙谐笑谑的生活情趣。

神奇的幻想一经这种恃才游戏的笔墨点化,小说的时空结构就变得组接随心,出入自如,变异多端。壁画是平面的,但《画壁》中的书生为佛殿壁画的散花天女吸引得神摇意夺,就可以走进壁画的空间,演出一幕有笑闹、有惊惶的人神之爱。到友人寻找他时,他还在画面上倾耳伫立,若有所察,"飘忽自壁而下"。《凤仙》写狐女凤仙因夫婿卑寒,在岳父席间受奚落,拂袖而去,赠镜子一面给夫婿。凡夫婿刻苦读书时,就可在镜中看见她的正面,盈盈欲笑;每当废学,镜中凤仙便惨然若涕,以背对之。其后苦读中榜,镜中人对他笑说:"'影里情郎,画中爱宠',今之谓矣。"翩然从镜中下来团聚。二维空间(平面)和三维空间(立体)可以在这里随意转换,因一念之动,现实人可以步入壁画;因转悲为喜,镜中影可以走入现实。空间维度的变化皆能通过诚心和真情去操作,在这些地方作者创造了属于他个人的叙事谋略。

············

游戏笔墨并非为游戏而游戏,而要游戏出人情鬼态,游戏出作者的才情和趣味。幻想可以无边无际,但《聊斋》却给幻想加上限制,创造某种"留下缺陷的幻想"模式,似乎作者参悟到有缺陷的幻想才是有趣味的幻想。······

幻想的缺陷中往往包含人间趣味,它可以使非人间的变化与人间的情态相互映衬,于不和谐中发出不能一笑了之的意蕴。《胡氏》中狐精,向东家之女求婚,不从而兴师动众,但坐骑乃是蝈蝈,刀枪无非高粱叶,连东家翁上厕所时,射在其臀部的箭都是些莠梗。它以有缺陷的幻想嘲弄那些虚张声势之辈,指出其结果往往事与愿违,"赔了夫人又折兵",狐精求婚不成,反以妹子配给东家之子了。《种梨》中的道士要惩罚吝啬的卖梨者,可以在市场上埋下一棵梨核,使之俄顷结出满树硕果,分发给众人。但人散后才发现梨树是卖梨者的车把,分发的梨也是车中的梨。这种幻想的限制性,比起无边无际地写梨树实来自野山仙岛,具有更深刻的现实调侃意味。它暗示了积货贪财反而导致货去财空的人间哲理,显示了作者操纵幻想与人情世态发生干涉的出色才华。《聊斋》作者在小说创作中投入了最有创造性的才能,使小说达到文备众体,而叙事方式、时空意识都不同凡俗的境界。蒲松龄毕竟是大才:精诚的才华投入并没有把他压迫得过度拘谨,反而能以游戏笔墨赋予才华以更开阔的境界;但游戏笔墨没有使他的幻想不知约束,反而能在精心约束中深化了幻想的哲理暗示力。才华固然可贵,但知道在施展和约束的张力中加以锤炼的才华,方称得上高级意义上的才华。①

点评:

杨义对《聊斋志异》的批评主要从叙事主体的生命情怀和叙事体制之间的关系入手。首先,对《聊斋志异》的叙事体制进行分析,主要从叙事角度、叙事空间和叙述层次来展开。叙事角度是叙事作品观察、叙述的立足点,《聊斋志异》有些篇章采取第一人称叙事角度,既方便写

① 杨义《中国古典小说史论》第十六章,北京:中国社会科学出版社,1995年,第402—407页。

景,更方便抒情,情景结合,使作品"大为可观"。叙事空间的自由组合是《聊斋志异》的一大特色,它的有些篇章,现实空间和虚幻空间可以交错往复,人间世界和神鬼世界可以沟通转换。相对于叙事角度和叙事空间,叙述层次更体现了《聊斋志异》的艺术水准,《狐梦》的作者、叙述者和人物纠葛在一起,故事层和叙述层交错,这在古代小说中极为罕见。其次,沟通叙事主体和叙事体制之间的关系。在杨义看来,《聊斋志异》的第一人称叙事角度,显示了叙述者的才情,《聊斋志异》的空间自由转换,反映了作者的叙事谋略,《聊斋志异》的叙述层次,折射了叙事主体的生活情趣,才情、叙事谋略和生活情趣,都是蒲松龄"生命和才华的较量"的产物,和蒲松龄的生活经历、叙事抱负有直接关系。《聊斋志异》叙事上的成就是叙事主体生命精华激发的结果。

从杨义的这段分析可以看出,叙事批评,一定要注重文本分析,从文本中寻找其叙事特点,这是叙事批评的精义所在。但叙事批评不能仅仅局限于文本分析,它还可以进一步分析文本形成的原因,寻找叙事主体和文本形式的关系。做到了这些,叙事批评就不再是枯燥的形式分析,而是充满灵气的文学解读。

关键词

1. 叙事：叙事就是通过话语来讲故事。它包含两个层面的内容：一个层面是故事层面，它主要讨论故事是怎样的，包括故事中的人物、情节、环境等问题；另一个层面是话语层面，它主要讨论故事是如何被叙述出来的。

2. 叙事批评：叙事批评有广义和狭义之分。广义的叙事批评，指的是对具有叙事性质的内容所展开的批评活动。狭义的叙事批评指的是文学叙事批评，它有明确的批评对象，即叙事文学。狭义的叙事批评有自觉和不自觉之分。自觉的叙事批评是说批评者自觉运用叙事学的有关知识对文学文本进行阅读批评，非自觉的叙事批评是说批评者在进行文学批评时暗合叙事学的有关知识，但并没有自觉的意识，更多是一种就事论事式的批评，没有系统的理论知识作为内在支撑。

3. 叙事聚焦：叙事聚焦就是视觉与被"看见"被感知的东西之间的关系。

4. 叙事方式：叙事方式主要有两种：讲述和展示。普林斯的《叙事学辞典》，对"讲述"和"展示"作了说明，在他看来，讲述和展示是两种基本的调节叙述距离的方式，讲述是"以较少的对形势和事件的细节呈现以及较多的叙述调节为特征：叙述话语构成典型的讲述"；展示则是"以对形势和事件的细节描绘、场景呈现和最小程度的叙述调节为特征：对话构成典型的展示"。

思考题

1. 叙事批评的涵义是什么？
2. 谈谈你对叙事主体的理解。
3. 什么是叙事聚焦？它有几种类型？

阅读链接

1. 张寅德：《叙述学研究》，北京：中国社会科学出版社，1989年。
2. 王丽亚：《分歧与对话——后结构主义批评下的叙事学研究》，《外国文学评论》1999年第4期。
3. 申丹：《从国际叙事文学研究协会1999年会看叙事文学研究的发展动态》，《外国文学动态》2000年第1期。

4. 江守义：《"热"学与"冷"建——叙事学在中国的境遇》，《文艺理论研究》2000 年第 1 期。

5. 傅修延：《试论新叙事学对文本学研究的贡献》，《叙事学的中国之路——全国首届叙事学学术研讨会论文集》，北京：中国社会科学出版社，2006 年 6 月。

（江守义）

第四章　意象批评

如果从《周易·系辞》提出"圣人立象以尽意"算起,学界对"意象"这一命题的关注、思考已达两千多年。在当代学者对西方文学理论的翻译和介绍之中,"意象"也是一个频繁出现的概念。可以说"意象"是一个在文学理论和批评中运用得十分广泛的关键词。此处的意象批评是指以研究文本意象的构成、特征、功能等为主要内容的文学批评方法。

第一节　什么是意象批评

一、意象批评的涵义

蒋寅曾经慨叹:"意象虽经许多学者讨论研究,它也还是一个意指含混的概念,其所指在不同学者的笔下有很大出入。"①

通过梳理,我们可以大致归纳出两种意象概念:心理意象和文本意象。

第一,心理意象。如果从知觉、感受、记忆、心象等心理机制来认识意象,意象可以被视为"知觉经验"、"复杂经验"、"构思中的心象"、"对象在意识中得以显现的方式"等。如韦勒克和沃伦认为:"在心理学中,'意象'一词表示有关过去的感受上、知觉上的经验在心中的重现或回忆。"②再如,蓝仁哲说:"所谓意象,指感官意识的记忆,即任何外部世界或自身的现象通过感官而被感知和意识的结果。"又说:"意象是原始的感官经验。"③吴晟强调意象是一种创作过程中的心理现象,他说意象"可指创作构思中的心象"。④ 英美意象派代表人物庞德把意象看作是瞬间呈现的理智与情感的复合体。他给"image"下的定义是:"一个意象是理智和情感瞬间的复合物。"⑤他在《关于意象主义》(As for Imagism)一文中进一步解释说意象可以分为两种,一是来自心灵,二是来自外部因素作用于心灵的结果。这都强调了心理因素。著名存在主义哲学家让-保罗·萨特强调意识与对象的关系:"意象这个词只能表示意识与对象的关系;换言之,

---

① 蒋寅:《语象·物象·意象·意境》,《文学评论》,2002年第3期。
② 〔美〕韦勒克、沃伦:《文学理论》,刘象愚等译,北京:三联书店,1984年,第210页。
③ 蓝仁哲:《意象派诗歌的审美赏析》,《美的研究与欣赏》,1983年第1辑,第170—171页。
④ 吴晟:《中国意象诗探索》,广州:中山大学出版社,2004年,第13页。
⑤ 〔英〕彼德·琼斯:《意象派诗选》,裴小龙译,桂林:漓江出版社,1986年,第3页。

它是指对象在意识中得以显现的某种方式。"①

第二，文本意象。有一些学者将意象与艺术形象等同。例如，严云受认为："意象就是指已用语言文字描写出来的诗歌艺术形象。"②郁沅认为所谓"意象"是"融入了作家思想感情、创作意图等主观因素……对生活表象进行提炼、加工、综合而重新创造的艺术形象"③。董小英对意象的理解是"意象是用语言构图的能力"，"每一个意象，必然都含有隐喻"④。杨义明确反对这样的结论，他说意象如果等于一般的艺术形象，"又何必多此一个术语？……它不同于形象之长于经验世界的形形色色，它借助于某个独特的表象蕴含着独到的意义"。他还以叙事文学为例，指出意象与一般艺术形象在叙事中处在不同的"功能层面"上⑤。

还有一些学者侧重于文本结构和形式的分析，认为意象的本质是一种复合结构或符号形式。持复合结构说的有蒋寅和杨义。蒋寅为意象下的定义是："（意象）是经作者情感和意识加工的由一个或多个语象组成、具有某种意义自足性的语象结构，是构成诗歌本文的组成部分。"⑥杨义未对意象下定义，但对意象的特征曾作出阐明："意象是一种独特的审美复合体，既是有意义的表象，又是有表象的意义，它是双构的，或多构的。"⑦这说法不错，只是有些简单。将意象视为符号形式的观点以吴晟的说法最明确，他在认定意象"可指创作构思中的心象"的同时，提出它"又可指'文本'中物态化的符号形式"⑧。另外，有些颇有影响的论著以名词来指称文学意象，如王立《心灵的图景——文学意象的主题史研究》一书中分析的"柳意象"、"竹意象"、"雁意象"等，以及傅道彬《晚唐钟声——中国文化的精神原型》中分析的"月亮"、"黄昏"、"森林"等九个原型意象。

可以说，文学意象以语词及其所唤起的心理视象（即语象）为依托，以语象背后隐藏的丰富的精神内涵和文化密码为潜在视域，是在世界、作者、文本、读者的多向对话中被建构起来的具有超言越象特征的独特的艺术形象。

意象是西方意象派的重要观念。他们声称，这一派的诗歌是直接地向中国诗歌和日本诗歌学习的结果。正如庞德所云："意象在任何情况下都不只是一个思想，它是一团，或一堆相交融的思想，具有活力。"⑨

西方诗学理论在讨论有关意象的问题时，习惯上不用 image 这个多义词，而用 imagery。后者更确切地表明了"精神的（心灵的）图像（mental picture）"的概念。增订版《普林斯顿诗歌与诗学百科全书》对 imagery 的解说，从众多定义中概括出三个要点：(1)精神的图像；(2)语言的形象；(3)象征性的具象⑩。应该说，这三个要点概括得相当精要。

齐一曾经指出：在拉丁文中，象（imago）本义指摹拟（making of likeness）。通常指绘画、塑像、面具、幻影等。后来特指祖先的蜡像，放置在罗马人家中的前厅里供纪念用，每逢葬礼又把它们抬出来游行。至于指意象，即人、事物、事件在脑海中的画面（(a mental picture)，则完全是

① 〔法〕让-保罗·萨特：《想象心理学》，褚朔维译，北京：光明日报出版社，1988 年，第 25 页。
② 严云受：《诗词意象的魅力》，合肥：安徽教育出版社，2003 年，第 20 页。
③ 郁沅：《中国古典美学初编》，武汉：长江文艺出版社，1986 年，第 190 页。
④ 董小英：《再登巴比伦塔》，北京：三联书店，1994 年，第 193 页。
⑤ 杨义：《中国叙事学》，北京：人民出版社，1997 年，第 276 页。
⑥ 蒋寅：《语象·物象·意象·意境》，《文学评论》，2002 年第 3 期。
⑦ 杨义：《中国叙事学》，北京：人民出版社，1997 年，第 275 页。
⑧ 吴晟：《中国意象诗探索》，广州：中山大学出版社，2004 年，第 13 页。
⑨ 转引自伍蠡甫：《现代西方文论选》，上海：上海译文出版社，1983 年，第 251 页。
⑩ 《普林斯顿诗歌与诗学百科全书》增订版，新泽西，1974 年版。下引词条，原文见第 363 页。

后来的用法。至于把意象作为一种修辞手段来增强作品的表现力，是更为后起的用法。至于把意象作为文艺学上的一种观念、一种理论，严格说来仅是 20 世纪才有的用法。简言之，同一个英文词 image 从表达无生命的象到灵气充溢的活生生的意象之间，经历了一个漫长的历史过程①。

正如康德所言"审美意象是一种想象力所形成的形象显现，它从属于一种概念，但由于想象力的自由运用，它又丰富多样，很难找出它所表现的是某一确定的概念"②。

按照通常的理解，意象是"意"和"象"两方面的结合，"意"指作者主观的思想情感，"象"指客观的社会生活及自然万物，所以"意象应该是借助于具体外物、运用比兴手法所表达的一种作者的情思"，或者说，"是通过作者心灵、情感浸染，重新组合过的物象"③。这是国内学者一般都接受的看法，我们在此也采用这种说法作为意象的定义。

弄清了意象以后，再来看意象批评，它是指以分析、研究和评价文学文本意象的构成、特征、方式方法、功能等为主要内容的批评方法。我们要注意意象批评与原型批评的区别。原型批评中要对原始意象进行批评，注重的是作家作品等个体与国家民族等宏大整体的关联，突出的是其宏观性、普遍性。而意象批评注重的是文本意象的个案分析，注重的是作家作品中的意象的独特性。我们也要注意意象批评与印象批评的区别。印象主义批评兴起于 19 世纪末 20 世纪前期，亦称感受式批评。这种批评拒绝对作品进行理性的科学分析，而强调批评家的审美直觉。中国有学者提出通过比喻的形式来评论作家作品的方法，这或者被称作"象征的批评"（郭绍虞），或者被称作"以具体的意象，表达抽象的理念，以揭示作者的风格所在"④。或者被称作"象喻批评"（吴果中），其实就是印象批评。它不同于意象批评的地方在于：印象批评体现了批评者的主观爱好，偏向于描述个人对于作品的感受，而意象批评主要是对作品客体的批评，是一种客观的分析方法。

第二节　意象批评的发生与发展

"意象"是古今中外文艺理论所共同应用的一个概念。无论中西，意象批评的发生发展都伴随着人们对意象内涵的探究与理解的过程。中国早于西方从艺术的角度来探讨意象的内涵。但是当代中国文论有很长一段时间忽略了这一理论范畴的研究，直到 20 世纪 80 年代人们对西方意象派诗歌理论的重新注意才引起国内理论家的反思。近三十年来，人们对意象的研究取得了丰硕的成果，与之有关的论文论著数以百计，甚至有人把它视作文艺学美学研究的逻辑起点或者诗学研究的核心。在文学批评中，意象批评也得到广泛运用。

一、意象批评在中国的发生与发展

中国的意象理论研究源远流长。原始宗教的意象思维、原始艺术的意象心理和象形文字的意象意识，是中国意象理论的滥觞。至魏晋南北朝时期，以刘勰的《文心雕龙》为代表，建构

---

① 齐一：《〈雅歌·春天狂想诗〉中的意象主义考察》，《外国文学研究》，1999 年第 3 期，第 45 页。
② 〔德〕康德：《判断力的批判》，蒋孔阳译，见伍蠡甫主编：《西方文论选》上卷，上海：上海译文出版社，1988 年，第 426 页。
③ 敏泽：《中国古典意象论》，《文艺研究》，1983 年第 3 期。
④ 张伯伟：《中国古代文学批评方法研究》，北京：中华书局，2002 年，第 198 页。

了意象理论的最初框架,此后意象技巧被广泛用于文学创作,各种意象批评也广泛使用。自现代以来,在西方意象派理论的激发之下,我国的意象理论研究融合传统意象理论和西方现代意象理论已有所突破。当前,各种新的意象研究课题的提出,包括意象思维的定义和特征,抽象艺术的意象与具体艺术的意象的区别,内意象与外意象的联系,文字审美意象的建构等等,都显示意象理论研究广度与深度的不断超越。

意象批评在中国的发生发展大致可以分为三个时期:

第一,先秦至魏晋南北朝时期,是意象的本质、特征等基本内涵的确定时期。东汉王充首次提出"意象":

> 既效验有十五,又亦有义四焉。立春东耕,为土象人,男女各二人,秉耒把锄。或立土牛,未必能耕也。顺气应时,示率下也。今设土龙,虽知不能致雨,亦当夏时,以类应变,与立土人土牛同义,一也。礼,宗庙之主,以木为之,长尺二寸,以象先祖。孝子入庙,主心事之,虽知木主非亲,亦当尽敬。有所主事,土龙与木主同。虽知非真,示当感动,立意于象,二也。涂车、刍灵,圣人知其无用,示象生存,不敢无也。夫设土龙,知其不能动雨也,示若涂车、刍灵而有致,三也。天子射熊,诸侯射麋,卿大夫射虎豹,士射鹿豕,示服猛也。名布为侯,示射无道诸侯也。夫画布为熊麋之象,名布为侯,礼贵意象,示义取名也。土龙亦夫熊麋、布侯之类,四也。[1]

王充在这里虽然谈的不是文学创作,而是说明同类事物之间的"假象"仍具有相互感应的作用,但他第一次将"意"与"象"连缀成词,使之成为完整的概念。

由吴入晋的陆机对意象学说作了重大发展,他的《文赋》是中国文学批评史上第一篇完整而系统的文学理论作品。其中写道:

> 余每观才士之所作,窃有以得其用心。夫其放言遣词,良多变矣。研蚩好恶,可得而言。
>
> 每自属文,尤见其情。恒患意不称物,文不逮意。盖非知之难,能之难也。故作《文赋》以述先士之盛藻,因论作文之利害所由,他日殆可谓曲尽其妙。至于操斧伐柯,虽取则不远,若夫随手之变,良难以辞逮。盖所能言者,具于此云尔。[2]

这是陆机为《文赋》所作的序,序中说他本人有丰富的写作经验,也留心别人写作中的得失,觉得写文章最难之处在于"意不称物,文不逮意"。文不逮意指言和意的关系,意不称物指意与象的关系。也就是说,创作过程中如何实现意与象相统一是文章能否传达作家意图的关键。

梁代刘勰的《文心雕龙》的《神思》篇也谈到了意象:

> 故思理为妙,神与物游。神居胸臆,而志气统其关键。物沿耳目,而辞令管其枢机。枢机方通,则物无隐貌。关键将塞,则神有遁心。是以陶钧文思,贵在虚静,疏瀹五脏,澡

---

① 王充:《论衡·乱龙》。
② 陆机:《文赋·序》。

雪精神。积学以储宝，酌理以富才，研阅以穷照，驯致以绎辞，然后使玄解之宰，寻声律而定墨；独照之匠，窥意象而运斤。此盖驭文之首术，谋篇之大端。[①]

刘勰在《周易》的"立象以尽意"和王弼"得意忘象"的基础上，明确了意象的审美涵义，对意象的构成及其特征进行了深入阐述。

第二，魏晋南北朝至清末民初时期，是意象的自觉创造和意象批评方法的广泛运用时期。自刘勰之后，意象得到了广泛的使用，越来越显示出它的审美意义。例如，明朝胡应麟在《诗薮》中说："古诗之妙，专求意象。"胡应麟把"意象"作为学术用语用于评诗，认为《古诗十九首》之妙在于意象，"风雅之规，典居则要；离骚之致，深永为宗；古诗之妙，专求意象；歌行之畅，心由才气；近体之攻，务先法律；绝句之构，独主风神。"又曰："至《十九首》及诸杂诗，随语成韵，随韵成趣，辞藻气骨，略无可寻，而兴象玲珑，意致深婉，真可以泣鬼神，动天地。"[②]其中，"兴象玲珑，意致深婉"，正是诗人主观情感与客观物象契合交融、有机统一的写照。诗中的物象已不是外物的简单复制，而是处处浸染着浓重的主观色彩，完全被感情化了；诗中的意象也不再是空洞抽象的意，而是自然地附在客观物象上，完全被物象化了。主观的"意"与客观的"象"浑然一体，共同组成了真切动人富有感性特征的画面，充分体现出诗歌艺术的本质和审美特征。意象被广泛地运用于品评诗词。例如，明朝何良俊在《四友斋丛说》中用"意象俱新"来论诗，清代方东树在《昭昧詹言》中评鲍照诗时说："意象才调，自流畅也。"沈德潜在《说诗晬语》中评孟东野诗是"意象孤峻。"

清朝的叶燮在《原诗》中对意象在理论上又作了进一步的发展，使意象具有更加丰富的美学内涵。"可言之理，人人能言之，又安在诗人之言之！可征之事，人人能述之，又安在诗人之述之！必有不可言之理，不可述之事，遇之于默会意象之表，而理与事无不灿然于前者也。"[③]他不仅自觉使用了"意象"一词，对意象的本质和功能的认识也相当深刻。

近代学者王国维在《人间词话》中提出的"境界"其实与"意象"含义相同。所谓"境界"，其实是"意境"。作者本人解释说："境非独谓景物也。喜怒哀乐，亦人心中之一境界。故能写真景物、真感情者，谓之有境界。否则谓之无境界。"他同时还提出"有我"、"无我"之境界，"造境"和"写境"。一般人对于"无我"和"写境"多有所误解，实际上作品没有"无我"和单纯的"写境"。王国维同时也说"昔人论诗词有景语情语之别，不知一切景语皆情语也"，"写实家亦理想家也"、"理想家亦写实家也"。因此，"境界"与"意象"不但不悖，而且血脉相连。

第三，近代以来，是意象理论的系统总结和意象批评方法的多元运用时期。庞德的意象理论及其诗歌创作实践引发了欧美文坛对中国文学艺术的浓厚兴趣，开始了翻译、学习中国文学作品的热潮，使意象运动也跨越英美而走向世界，甚至反过来对中国也产生了不可忽视的影响。

1912年，刘延陵曾重点介绍过美国1912年前后开始的意象派运动，但并未引起太大的注意。胡适曾在他的美国留学日记中全文剪贴过意象诗运动的宣言，而且在自己的文学改良理论的建构中对此有所参照。胡适在论诗的文字中屡屡提到意象一词。1916年6月，胡适给沈尹默的信中，就谈到旧诗词中的意象问题。他指出写诗"最忌用抽象的字（虚的字），最宜用具

---

① 刘勰：《文心雕龙·神思》。
② 胡应麟：《诗薮》。
③ 叶燮：《原诗·内篇》。

体的字(实的字)","这种具体的字最能引起一种浓厚实在的意象"。但如果一些好的有表现力的字被后人用烂,就会变成陈陈相因的套语,"成了套语,便不能发生引起具体意象的作用"①。

20 世纪 20 年代后,李金发等人借鉴法国象征主义的诗歌创作,引起了人们对意象观念的进一步关注。号称象征主义诗派的戴望舒、施蛰存等人,他们的诗歌理念更多地来自于意象主义。我们只要把戴望舒的《论诗零札》和意象派的"六项原则"做一比较,就会清楚地认识到这一点。

章亚昕在他的《现代诗美流程》一书中,认为中国现代新诗有一个意象化运动。他说,新诗的意象化运动,是个由自由诗派、格律诗派到象征诗派的艺术演进过程。"从《女神》经《死水》到《望舒诗稿》,新诗的意象化在日益深入:拟喻由明而暗,境界自浅而深,象征的层次由低而高,意象的组合自疏而密;新诗的想象力在日益雄健:从感物起兴到以情观物,从神与物游到因内符外,从幻象联觉到暗示玄思,从整体的象征性结构到跳跃的意象化文法;终于意象在新诗中获得了'文体'的涵义,与诗人的艺术个性、与新诗的艺术特质密不可分。于是有新诗的意象美原则。"②

80 年代以来,人们开始了对意象理论的系统总结。如孙植锷在《诗歌意象论》中从探讨形象一词产生的语源入手,对意象与形象的区别进行了辨析。他指出,《周易·系辞》中"在天成象,在地成形"可能是汉语"形象"一词的语源,因此断定该词的初始意义是纯指客观的"象",并不包括主观的"意"。"形象"在中国古文论中是指对物象、人物等状貌的再现,与包括了主观的"意"在内的意象是不相同的。

夏之放在《文学意象论》一书中对意象的本质进行了界定,他认为:"在意与象的融汇结合之中,决不是二者的简单相加,而是'意'(主体方面)始终占据着支配地位、主宰地位。正是这一点,才使意象高于一般的认识表象、记忆表象而成为具有新质的东西,成为创造性想象的光辉成果。"③夏之放认为审美意象系统包括语词意义、结构法则、意中之象、象外之味四个层面,并对它们进行了深入的分析。

鲁西的《艺术意象论》通过对艺术意象本体论、认识论、方法论的意义的探索,在总结我国当代意象理论研究成就的基础上,探讨了艺术意象的本质和特征,中国古代意象理论和意象艺术的发展,中国意象艺术的西传与回归,意象思维与意象生成,艺术意象的表现形态,文学意象的类型、营造、变化、组合,艺术意象的个性、风格和美等若干理论问题。

汪裕雄的《审美意象学》采取中西融合、多元综合的研究方法把意象确定为审美经验的核心,论述了由"易象"经"乐象"到"意象"从而转换为审美范畴的流变过程,把审美意象的生成作为审美经验发生的标志,进而探索审美心理机制,认为审美意象是动力心理与认知心理二部结构整合的结果。作者还把艺术品理解为审美意象的物态化产物,考察了审美意象在创造者与欣赏者交流中的媒介作用,形成了一个纵横交织的审美意象学体系。

严云受的《诗词意象的魅力》结合作品的实例品赏,系统阐述了诗词意象的内涵、类型、组合以及意象与语言、意象与意境的审美关系。

二、意象批评在西方的发生与发展

由于文化的差异以及学科领域和研究对象的差异,西方哲学认识论中的"意象"概念与中

---

① 胡适:《胡适学术文集·新文学运动》,北京:中华书局,1993 年,第 368—369 页。
② 章亚昕:《现代诗美流程》,济南:山东文艺出版社,1996 年,第 24 页。
③ 夏之放:《文学意象论》,汕头:汕头大学出版社,1993 年,第 185 页。

国传统美学中的"意象"概念相差甚远。西方意象论没有中国意象论那样漫长而复杂的发展历程。

在西方,image作为一个理论术语,首先出现于认识论和心理学领域。它源于拉丁文imago,与imitation、imagination等字同源,原意为"摹拟"或"重复"。由字源可以看出图画概念在意象中的主导地位。在西方哲学传统中,意象被认为与知觉、思维等认识活动有密切关系,即我们在感知、认识外界事物时伴随着一种心理意象的产生。因此,德谟克利特认为:所有感官得到的关于物体的印象都叫做意象。之后,亚里士多德也认为:"没有心灵图画(意象)的伴随,便不可能去思维。"①这一思想在西方近代哲学中得以继承和发展。洛克和休谟则认为观念(idea)和意象是同一个东西,因此思维活动和具有心理意象是等同的。

后来,由于思维和语言的密切关系,意象被看作是词语意义的承担者,理解一个词语的意义被认为是在心中产生一个与其相关联的意象。这一观点遭到了弗雷格的批判,他认为意象仅仅是心理的东西,在关于词语意义的说明中没有任何作用②。

英国美学家夏夫兹博里虽然没有明确提出审美意象这个概念,但是他的美学思想中蕴含了这一思想。他认为人的审美活动所观照的对象是"人心赋予的形式",是心灵的"造型",它能使人发现其中的美而感动,而这种美感状态是无功利的,这正是人类所共有的。他说:草原既使人从中得到美的享受,也同样吸引着牧群,能使山羊、幼鹿欢天喜地。但动物的欢乐并非由美的自然景色所引起的,而是草原能提供给它们美味可口的食物。而人却能对草原的形式进行观照、评判和考察,因而发现其中的美而感动、喜悦。"人心赋予的形式"虽然并不等于"审美意象",但夏夫兹博里却认识到了美感的非功利性。此外,夏夫兹博里认为"人心赋予的形式"之所以会引起美感,是因为人的本性,他说:"眼睛一看到形状,耳朵一听到声音,就立刻认识到美、秀雅与和谐。"③即人的"内在感官"可以从感知中直接判断事物的美丑,而不需要经过逻辑认识的过程。夏夫兹博里关于美感的无功利性和审美判断的无理性特点是很值得借鉴的。

康德在《判断力批判》中直接表达了他对意象问题的思考。他认为:"审美意象是一种想象力所形成的形象显现。""为了判断某一对象是美或不美,我们不是把表象凭借知解力联系于客体以求得知识,而是凭借想象力联系于主体和他的快感和不快感。"④他把意象完全看作是主观世界的产物,但是他又不得不承认,在想象的世界之外必然还有客体的存在,因而意象不可能完全是主观想象的结果。康德把审美意象称之为"合目的性的审美意象"。这种意象具有"表象直接和愉快及不愉快结合着"的特点,审美表象与主观的心理机能结合在一起,引起人的想象力与知解力的自由和谐的运动。康德认为审美想象来自对于对象的"单纯反思",它直接和主体的快感不快感结合着,中间不容横插任何概念性的逻辑判断,也就是说,人只能凭自己的情感态度来判断一个对象的美与不美,而不能用逻辑的法则和概念去判断事物的美或丑。

克罗齐继承并发展了康德对意象的理解,他仍然认为意象是个体想象的产物,不过他更强调直觉。克罗齐说:"知识有两种形式:不是直觉的,就是逻辑的;不是从想象得来的,就是从理智得来的;不是关于个体的,就是关于共相的;不是关于诸个别事物的,就是关于它们中间关系

① 转引自董志强:《西方理论语境中的"意象"("image")概念》,《学术月刊》,2003年第9期。
② 董志强:《西方理论语境中的"意象"("image")概念》,《学术月刊》,2003年第9期。
③ 转引自朱光潜:《西方美学史》,上海:上海译文出版社,1978年。
④ 〔德〕康德:《判断力的批判》,蒋孔阳译,见伍蠡甫主编:《西方文论选》上卷,上海:上海译文出版社,1988年,第426页。

的;总之,知识所产生的不是意象,就是概念。"①由此可以看出,克罗齐认为,知识只能产生出两个结果:意象或概念。意象是直觉的,想象的,个体的,个别事物的。概念则相反。克罗齐把康德所提出的审美判断力问题归结为形式与情感问题,他认为在审美中,形式是情感的表现,这个形式正是审美意象。人的感觉是被动的,是无形式的物质,只有高于感觉的直觉能力,才能将感觉到的东西改造成意象,而这一改造过程正是人的心灵的主创过程。所以,直觉即情感的表现。审美意象的形成过程也就是情感抒发的过程。而至于意象与情感是如何交织在一起的,克罗齐简单地将其归结为"审美的先验综合"。

将意象这一概念进行比较全面阐释,并将它提高到无以复加高度的是庞德。庞德是意象主义运动的代表人物。发生在1912年至1917年间的意象主义运动反对盛行于19世纪的诗歌创作技巧和价值取向,提出了自己的诗歌理论。1913年3月,庞德在《诗刊》进一步阐述他关于意象主义的诗歌创作理论。他提出了三点主张:

1. 直接处理无论是主观的还是客观的事物;
2. 绝对不用无助于表现的词;
3. 至于韵律节奏,应使用音乐性短语,而不要按节拍器的节奏来写。

庞德还就"意象"一词做了进一步的论述,他说"意象"是指在瞬间呈现出的一种理性和情感的复合体。正是这种复合体的瞬间呈现,才给我们感官以突然的自由,摆脱了时间限制和空间限制,让我们在欣赏一件伟大艺术作品时有了突然成长的感觉。一生中与其制造众多的作品,不如给出一种意象。

庞德认为,意象是"呈现出"的理性与感性的复合体。"呈现"意味着不经过分析,没有解释说明,而纯属一种摹仿再现或写实,它并不表现出一个人对某一部分的真实偏爱。庞德还提出意象可以有两种:

它可以产生于人的头脑中。这时它是"主观的"。也许是外因作用于大脑;如果是这样,外因便是如此被摄入头脑的:它们被融合,被传导,并且以一个不同于它们自身的意象出现。其次,意象可以是客观的。攫住某些外部场景或行为的情感将这些东西原封不动地带给大脑;那种旋涡冲洗掉它们的一切,仅剩下本质的、最主要的、戏剧性的特质,于是它们就以外部事物的本来面目出现。②

庞德认为,在这两种情况下,意象都不仅是一种观念,而是融合在一起的一连串的思想或思想的旋涡,充满着活力。

此后,萨特从理论上确立了艺术作品的本体是意象这一观点。萨特认为:意象"并非是一个物",而是"属于某种事物的意识"。他在阐释胡塞尔的理论时指出:"意识在变成一种有意识的结构时,它便从意识的静止不动的内容过渡到与一种超验对象相联系的惟一的综合的意识状态。"③也就是说,意识的产生是人类主观意识的作用,是意向性行为的结果。意象来自于客

① 〔意〕克罗齐:《美学原理·美学纲要》,朱光潜等译,北京:人民文学出版社,1983年,第7页。
② 转引自黄晋凯等主编:《象征主义·意象派》,北京:人民大学出版社,1989年,第136页。
③ 转引自叶朗《现代美学体系》,北京:北京大学出版社,1999年,第108页。

观事物,但不同于客观事物,是超越客观事物的。需要指出的是,萨特主要采用了胡塞尔现象学的方法,以纯意识中的现存的意象为出发点,运用意向性理论来分析意象。遗憾的是,萨特并没有在此基础上进一步确立一种以意象为中心的美学理论。

苏珊·朗格继庞德之后对意象进行了比较全面的总结,她把意象视为其理论整体中的重要概念,甚至是核心概念。苏珊·朗格认为:艺术作品创造出来的真正对象亦即艺术作品的本体"是一个意象,一个以真实而非想象中的材料——画布或纸张、颜料、木炭或墨水第一次创造出来的意象。"但是,在苏珊·朗格的使用中,意象(image)是一个与"幻象"(illusion),尤其是与西方传统美学中的核心概念"形式"(form)相等同的可以互换的概念。所以,她对意象的说明是这样的:"当某物呈现出来纯粹诉诸人的视觉即作为纯粹的视觉形式而与实物没有实际的或局部的关联时,它就变成了意象。如果我们完全看作直观物,我们就从它的物质存在抽取了它的表象。以这种方式所观察到的东西,也即成了纯粹的直观物——一种形式,即一种意象。"①因此,她的意象概念从符号学的角度,将意象与符号等同起来,在深度广度上都不具备中国传统意象概念所拥有的植根于本体论层面的意义。她认为符号性是意象的一个重要性质,这个性质规定了意象的感性特征总是模糊、短暂、破碎和残缺不全的。而中国传统中的意象强调的是具体物象上所具有的象征意义,发展到现在,当我们将意象限定在艺术作品中时,也是基于艺术意象的丰富的内涵来进行分析。

第三节　意象批评的基本内容

在众多的意象批评论著里,它们或对意象作总体研究,如论述意象的原型及其释义、意象的选择和组合、意象的类型、意象的意义指涉、意象的功能等;或对意象作个案研究,如抓住一个意象,就可以研究它的形成原因、发展、分类、象征意义、情感特征、审美作用等;还对意象进行体裁的研究,如分析诗歌意象、词意象、戏曲意象、文章意象、书法意象、绘画意象、音乐意象等,还有的试图从意象角度建立新的解诗学。更多的是从意象的角度研究文学作品,讨论各类意象在文学创作中的设计、作用与意义,揭示作品的审美构成与文化内涵。一般来讲,意象批评主要从以下四个方面来进行:

一、意象的构成与基本特征分析

意象是意与物、情与景共同构成的。不同作家、不同作品会选择不同人事景物寄托不同的感思意情,从而体现出不同特色。对其意象的构成与基本特征的分析构成了意象批评的一个基本内容。

意象赖以存在的基础是物象。客观自然的人事景物都可以构成物象。物象是客观的,它不依赖人的存在而存在,也不因人的喜怒哀乐而发生变化。但是物象一旦进入作家的构思,就带上了作家主观的色彩。经过作家审美经验的淘洗与筛选、思想感情的化合与点染,加工后的物象更符合作家的美学理想和美学趣味,作家已经将自己的人格和情趣渗入其中。经过作家加工,进入作品的物象就是意象。作家的审美经验和人格情趣,即是意象中那个意的内容。因此可以说,意象是融入了主观情意的客观物象,或者是借助客观物象表现出来的主观情意。从

---

① 〔美〕苏珊·朗格:《情感与形式》,刘大基等译,北京:中国社会科学出版社,1986年,第77页。

而,分析意象的人事景物的客观原形和作家艺术家的主观情意的具体内容就是意象批评解读分析的重要内容之一。

例如,"梅"这个词,表示一种客观的事物,它有形状有颜色,具备某种形象。当诗人将它写入作品之中,并融入自己的人格情趣、美学理想时,它就成为诗歌的意象。由于古代诗人反复地运用,"梅"这一意象已经固定地带上了清高芳洁、傲雪凌霜的意趣。

一个物象可以构成意趣各不相同的许多意象,同一个物象在不同作品中表达着不同的主观情意。例如,有人分析"云"的意象,在陶渊明《咏贫士》中有:"万族各有托,孤云独无依。"在杜甫《幽人》中有:"孤云亦群游,神物有所归。"在李白《独坐敬亭山》中有:"众鸟高飞尽,孤云独去闲。"这里吟咏的都是"孤云",它带着贫士幽人的孤高之情。罗隐的《寄渭北徐从事》有:"暖云慵堕柳垂条,骢马徐郎过渭桥。"这里写的是"暖云",给人带来春天的气息,表达的是一种欢乐的情绪。陶渊明的《停云》有:"霭霭停云,蒙蒙时雨。八表同昏,平路伊阻。"辛弃疾的《贺新郎》有:"一樽搔首东窗里。想渊明、停云诗就,此时风味。"白云出岫本无心,可这里的"停云"却带着对亲友的思念,是有心之云了。再如由"柳"构成的意象。"杨柳依依",这意象带着的是离愁别绪;"柳丝无力袅烟空",这意象带着慵倦的意味;"千条弱柳垂青琐,百啭流莺绕建章",这意象带着诗人早朝时的肃穆感。可见,同一个物象,由于融入的作家的个人的情意不同,所构成的意象也就大异其趣。

还有人分析不同诗人的"月"意象。李白对月的钟爱是人所共知的,他把明月看作是光明纯洁的事物,明月寄托着他的理想:"俱怀逸兴壮思飞,欲上青天揽明月。"(《宣州谢朓楼饯别校书叔云》)杜甫则用明月来表达对故土特有的眷恋:"露从今夜白,月是故乡明。"(《月夜忆舍弟》)苏轼通过它来表达对亲人的美好祝愿与激励:"但愿人长久,千里共婵娟。"(《水调歌头》)张九龄把月当作良辰美景的化身:"海上生明月,天涯共此时。"(《望月怀远》)张若虚借助月来表现亲人间刻骨铭心的思念:"可怜楼上月徘徊,应照离人妆镜台。"(《春江花月夜》)柳永却因月而触目伤怀:"今宵酒醒何处?杨柳岸,晓风残月。"(《雨霖铃》)白居易说:"东船西舫悄无言,惟见江心秋月白。"(《琵琶行》)既是对音乐的感悟,也是对琵琶女飘零沦落的深刻同情。一般来说,在中国文学中,月意象可以象征时间、女性、美好、爱情、残缺等不同意义。但在西方文学中,月意象则可能代表着一种神秘莫测而可怕的存在力量,爱尔兰诗人叶芝有首诗就叫《鲜血与月亮》,王尔德的《莎乐美》中升起月亮的时候,则是死亡发生的时候,这说明受不同的民族文化的影响,会形成月亮意象的不同原型特征。

作家在构成意象时,可以夸张物象某一方面的特点,以加强诗的艺术效果,如"白发三千丈"、"黄河之水天上来"。也可以将另一物象的特点移到这一物象上来,如:"我寄愁心与明月,随君直到夜郎西。""丛菊两开他日泪,孤舟一系故园心。""长有归心悬马首,可堪无寐枕蛩声。"这些诗都写到"心","心"本来不能离开身体,但李白的"愁心"却托给了明月,杜甫的"故园心"却系在了孤舟上,秦韬玉的归心则悬在了马首上。这些意象都具有了"心"原来并不具备的性质。

作家在构成意象时,还可以用某一物象为联想的起点,创造出世界上根本不存在的东西。李贺诗中的牛鬼蛇神大多属于这一类。火炬都是明亮的,李贺却说"漆炬迎新人",阴间的一切都和人间颠倒着。"忆君清泪如铅水","铅泪",世间也不存在。但既然是金铜仙人流的泪,那么当然可以说"铅泪"了。

作家经常选用什么样的人事景物作为构建意象的基础?在这些物象上包含作家什么样的主观情意的内容?这是对一个作家进行意象批评时应当涉及的问题。例如中国古典诗歌中的月意象,大致可以包含热爱生活的愉悦情志、建功立业的豪情壮志、豁达洒脱的旷放情趣等八种情感内容①。

在理论上,人们不断探求意象所具有的基本特征。这既是对以往作家作品分析总结的结果,又是分析研究后来作家作品的一个很好的出发点与基础。意象的基本特征如下:

意象具有多义性。在意象的承袭过程中,作者为了表达特定环境的思想和感情,达到意与象、物与我融洽的效果,创设了具有多义性的意象。诗歌就应当通过诗歌的语言,把握意象,进入意境中,去领略诗歌的意境美,即从意象把握情感,从意境洞察心胸。

意象具有比兴性。许多人认为"比兴"就是通过"兴在象外"来表达含蓄无穷的情思,这是意象在构思上的一个明显的特点。白居易写杨贵妃"玉容寂寞泪阑干,梨花一枝春带雨"(《长恨歌》),以梨花比容貌,以雨比泪。李贺的"大漠沙如雪,燕山月似钩"(《马诗》),连用两个比喻描写边塞战场悲凉肃杀的景色。张九龄的"江南有丹橘,经冬犹绿林。岂伊地气暖,自有岁寒心"(《感遇》),以丹橘喻自己的坚贞品德,表现出诗人一种独特的情思。张若虚的"空里流霜不觉飞"(《春江花月夜》),写出了月光洒播的独特性。月光本来是从月亮上飞来的,可由于夜空明静,你感觉不到这种流动,好像是"不觉飞"而飞来了。夜晚的天空满布月光,突出了月夜的寒冷和幽寂。"空"的感觉,也是人的心理反应。

意象具有承袭性。一些艺术感染力很强的意象往往在作品中反复出现,甚至为不同时期、不同作者所袭用。这种借助于现成的意象来表达某种特定情思的艺术手段,使意象带有了历史的承袭性,其象征意义相当固定。如:以杨柳表离别,以红豆寄相思,以菊花示隐逸,以骐骥喻俊杰,以斜阳指衰微,以子规象征悲伤,以白云象征孤高,以松兰梅竹象征坚贞高洁,以虬龙鸾凤象征君子,以飘风云霓象征小人等等,已经构成中国意象的某种稳固的意义系统,使得作者会按照这种系统进行创作,读者也会按照这种系统产生审美反应。

二、意象的表现手法、组合方式分析

李标晶在《中国现代散文诗的意象范型及其构成方式》中将常见的意象从表现手法上分为描述性、象征性、比喻性、变形性、直抒性等类型②。

描述的手法是作者将心意情思渗透在对人事景物等物象的描述中,事象、物象等直射出作家的情意情思。这类意象大多是"意在象表",比较外露。

象征的手法是通过物象与心意在象征物中若即若离的吻合来暗示诗意。作家可以用自然场景、自然景物、人物来象征,甚至借用梦境与幻觉来象征。大家所熟知的鲁迅《野草》中的不少篇章,以及石民《好梦成了死灰》等都是梦境象征意象的佳构。

比喻的手法不同于象征的手法。象征的手法是单元的,象征义是通过象征体暗示出来的,而比喻的手法是双元的,本体和喻体往往同时出现,而作者重点描绘的是喻体。如徐玉诺的《记忆》,作者把人类比作小羊,比作画家,以此来表现作者对现实的感受,给读者以启示。

变形的手法是作家从表情达意的需要出发,按照审美的规律,把表现对象的固有形态的正常表象和性质全部或局部地加以放大或缩小,增加或减少,甚至全部扭曲,在特定情境中,按照自己的审美体验重新加以组合的一种方法。变形的方式是多样的,但总体说有两种:一种是

---

① 钟巧灵:《中国古典诗歌审美意象研究》,延边:延边人民出版社,2003年,第132页。
② 李标晶:《中国现代散文诗的意象范型及其构成方式》,《山东师大学报》(社会科学版),1997年第6期。

现实主义的路子;一种是超现实主义路子。现实主义变形具体表现为用拟人、托物、夸张、比喻、通感、错觉、幻觉等手法。如"使高树繁枝向它舞蹈,使河流带着狂歌奔向它去"是拟人造成的变形;"水是眼波横、山是眉峰聚"是比喻造成的变形。超现实主义变形如荒诞组合就是一种,它取得了非现实所存在的形式,就给意象带来一种怪诞离奇、复杂多变、漂浮不定的效果,产生了一种荒诞美。现实中的物象被变形、扭曲,秩序感逐渐丧失,原先井然有序、平衡稳定、清晰明了的意象组合也随之被厌弃,变得更加难以把握和费解。

直抒的手法不同于描述的手法。描述的手法是作者把感情融注在所描写的景物事物中,而直抒性的手法是为了抒情的需要借助于意象。如王统照的《烈风雷雨》,诗中繁复的意象都饱蘸着情愫,激情澎湃,意象本身成为作者抒情的一种手段。

不同作家作品的意象的表现手法或者说意与物、情与景等的组合方式也是大不相同的。对其进行分析也是意象批评的基本内容。在作品中,作家总是将众多意象组合到一起来表情达意的,要分析作品,就有必要解剖意象的内部构成,找出意象之间的组合规律和构成方式。陈植锷从表现功能的角度把诗歌意象分为三种类型:即描述型、比喻型和象征型①。吴晓在《意象符号与情感空间》中列举了贯串式、对比式、复沓式、扩张式、荒诞式等种种组合方式。杨义在《中国叙事学》中归纳了叙事作品的三种组合方式:单纯组合、添加组合、反义组合。严云受、刘锋杰在《文学象征论》中用"导引"的概念来谈意象的组合方式。导引指的是作者通过有意的安排,点破作品的涵义。这种导引有三种方式,第一种是利用作品中的某些人物之口,将象征寓意揭破;第二种是卒章显其志;第三种是故事套故事的方式,用小作品中所讲的故事来诠释大作品中的故事。

三、意象的审美功能分析

有人归纳古典诗歌意象的审美功能在四个方面,即意象具有画面美、含蓄美、朦胧美、新奇美。杨义认为叙事文学中的意象作为"文眼",具有三方面的功能。首先,它具有凝聚意义、凝聚精神的功能。其次,具有疏通行文脉络、贯串叙事结构的功能。第三,具有保存审美意味、强化作品耐读性的功能。我们可以从三个方面来归纳意象的审美功能。

第一,意象的审美触发功能。意象是审美主体和审美客体在创作过程中相互撞击、相互融合的结晶,每一个意象都是作者心理和情感的符号。作者将这些亦虚、亦实、忽此、忽彼、跳动、断续的意象用情绪的线索贯串起来,使意象更贴近人的心灵本质。作者的意象创造,就是通过"意与象会,因象触意"的方式打通意和象的联系,从而"象意互生"来抒情言志的。不光是作者,读者也会"情与景合,意与象通","妙合无垠",达到意象的至高美学境界。王昌龄的《闺怨》的"夫婿"意象对于"春日凝妆上翠楼"的闺中少妇是一种情感饱和的意象,而杨柳的浓绿又最易惹起春意,所以经它一触动,"夫婿"的意象就立刻浮上她的心头了。即物象可以生情,因情可以生境,换一种情感就是换一种意象,换一种意象就是换一种境界。

第二,意象的审美拓展功能。人们在欣赏作品过程中,往往被物象或诗词中的意象拓展出来的情趣、气氛所吸引,沉浸到审美意象所蕴含或触发的艺术幻境之中,常常是若即若离,若隐若现,甚至于处于一种可感而不可见的朦胧虚幻的形态。这种拓展是人类共同的情感体验。晏殊《浣溪沙》云:"一曲新词酒一杯,去年天气旧亭台。夕阳西下几时回? 无可奈何花落去,似

---

① 陈植锷:《诗歌意象论》,北京:中国社会科学出版社,1990 年,第 140 页。

曾相识燕归来。小园香径独徘徊。"花落、燕归,虽然是普通平常的物象,但一经与"无可奈何"、"似曾相识"相联系,便带有象征意味,蕴含着丰富深沉的情意和某种人生哲理,使人感受到词人对芳春匆匆归去和美好生活消逝的惋惜、无奈,对仍然重现的美好事物的惊喜、欣慰与惆怅,拓展出一个融情入景、景中有思的意境。

第三,意象的审美升华功能。作者所创造出的意象是客观物象融合于作者主观想象中而形成的,是审美主体与审美客体契合后"神会于物,因心而得"所产生的一个崭新意识领域——"象外之意"。这样的意象不仅具有涵蕴美,还具有哲理美。意象,既包含着感觉因素,又包含着情感与理性因素。感觉、情感与理性,三者由外到内逐层深入,熔铸在一个意象里。华兹华斯说:"一朵微小的花对于我可以唤起不能用眼泪表达出的那样深的思想。"[①]所谓"象外之意",实际上是由于客观"实象"的触发而引起作者记忆中的经验体会的"虚幻之象",二者相互生发而契合之后得以升华的一种崭新的审美领域。许多传世的名篇,其中的审美意象在使人们"摇荡性情"的同时,更以十分警策的理性力量穿越情感空间。苏轼的《定风波》:"莫听穿林打叶声,何妨吟啸且徐行。竹杖芒鞋轻胜马,谁怕?一蓑烟雨任平生。料峭春风吹酒醒,微冷,山头斜照却相迎。回首向来萧瑟处,归去,也无风雨也无晴。"这首词昭示出自然界和仕途中会有晴有雨,有顺境有逆境,但在词人心中却无晴雨,泰然自若,雨过天晴,一切都像什么也没有发生似的,词人回到真我,体悟到生命的真谛,蕴含着深刻的人生要义,其审美升华渗透在诗词的字里行间。意象的生成正是以"象"为基础,"情"为中介,"趣"为归宿,由"象"生"情"悟"理",在"情景交融"基础上达成"超以象外,得其环中"的广阔无垠的艺术虚境,构成意象审美创造中独具特色的体验,最终表现诗人的人格力量与宇宙生命之"道"的结合,这就是意象的真谛,也是审美意蕴的极致,它拨动了千千万万人的心弦,敞亮了人们的类似体验,共赴诗美的最高境界。

四、意象的独特意义分析

在从事意象批评时,一个批评家在分析作品时,他的任务除了直接分析意象的一般组成与作用之外,我们认为他还有一个重要任务就是在作品中寻找出那类还未引起人们重视的意象,通过分析,揭示作家那些隐而不明的思想与情感状态。例如,在中国文学史上,王维以山水田园诗著称,作为一个出色的画家和虔诚的佛教徒,他的这些作品诗中有画,诗中有禅,具有鲜明的特色。但出人意料的是,在王维的诗歌中还出现了为数众多的女性意象,这个现象值得我们进行专门的探讨。王维诗歌中的女性意象,有些寄托了他的人生感慨,有些则表现了他对女性之美的欣赏和对女性命运的关注。这些女性意象的存在不仅表明了王维生活经历的丰富多彩和内心精神的健康活泼,而且对构成王维诗歌风格的多样性发挥了巨大功能。根据统计,在王维的诗歌中女性意象共出现了六十一次,这些意象既有宗教性的,如出自佛教的鹿女和天女、出自道教的王母、出自民间宗教的女巫等;也有历史性的,如出自史书记载的息夫人、西施、少儿、班婕妤,出自前代乐府的酒家胡、秦家女;更多的则是现实性的,这些现实的女性意象包括歌舞女、乐伎、宫女、贵族夫人、劳动妇女、军人的妻子等等。可见王维诗歌中的女性意象不仅数量众多,而且类型丰富,覆盖面广。在人们的印象中,王维主要是一个清静闲寂的人,可对王维诗中女性意象的分析则可以看出他对怀才不遇的不平之鸣,对女性之美的真诚欣赏,对女性命运的深深同情,也在某种程度上反映了他自己的享乐冶游的生活经历。王维并非一个完全

① 转引自宗白华:《美学散步》,上海:上海人民出版社,1981年,第16页。

断绝俗缘的高僧,实际上,完全断绝俗缘的人很难成为伟大的诗人①。

再如苏轼作品中总是出现一些"病兽"的意象,或者以"病兽"自托来表达对现实生命痛苦的蔑视与超越,或者借助"病兽"表现对人世、天道等哲理的敏锐洞察,或者表达种种孤独意识,或者表达自己的审美情趣。这有多方面的形成原因:一是来自传统的影响。在中国文学史上,由于中国古代文人多爱以"千里马"、"骥"自比,而许多生不逢时的文人又受到压抑,理想无从实现,于是反映在文学作品中的马便多为受到抑制、摧残的"瘦马"、"病马",用以表达贤才失意造成的内心苦闷。早在《庄子·马蹄》、《楚辞·九辩》中就已经有"病马"出现了。汉魏六朝文学中,以"病马"为代表的各类"病兽"意象则更是层出不穷。杜甫、韩愈、白居易等人也多爱以"病兽"自托,表达自己的郁愤。而苏轼把这类意象作为一种独特的审美对象加以观照,并且大量地、系统地使用在其诗中②。二是个人独特经历使然。深入探究就会发现,苏轼政治生活中接二连三地遭受贬谪、打击,仕途坎坷,这自然会影响到苏轼的意象创造,选择"病兽",表现了他的那种"困兽"心态。三是受时代文艺风尚影响。宋代文艺如绘画题材多以怪奇取胜,形成了所谓"天公水墨自奇绝,瘦竹枯松写残月"的文艺风尚。通过这样的分析,就可以发现,"病兽"之于苏轼,并非简单的意象选择,而是深刻地体现了作家的情感倾向与认知特性,正是基于时代的压抑、个人的困顿与传统的继承的三者合成,才造成了苏轼的"病兽"意象的创造,从而透射了他的独特的思想情感内容。

在研究莎士比亚时讨论《麦克白》中的"洗手"意象,在研究奥尼尔时讨论他笔下的"大海"意象,在研究鲁迅时讨论他文章中的"狼"意象,在研究艾青时讨论他诗中的"太阳"意象,在研究张爱玲时讨论她小说中的"月"意象,都是试图通过这种不同意象的设置,发现这些意象的独特意义,从而加深对作家与作品的理解。所以,一个研究者,若在一部作品中发现前人所没有发现的意象,或从前人发现的意象中发掘出新意来,都将被视作是一种批评上的重要贡献。

第四节　写作实例分析

原作:

莎士比亚(1564—1616),英国文艺复兴时期伟大的剧作家、诗人,代表作有四大悲剧《哈姆雷特》、《奥赛罗》、《李尔王》、《麦克白》,四大喜剧《第十二夜》、《仲夏夜之梦》、《威尼斯商人》、《无事生非》,历史剧《亨利四世》、《亨利五世》、《理查二世》等。

16 世纪 90 年代,英国社会局势动荡不安,整个英格兰笼罩在内战的阴云之下。正是在这种情况下,莎士比亚的《理查二世》问世了。该剧一上演,马上产生了轰动。

理查二世(1367—1400)是英格兰国王,1377 年到 1399 年在位。他继承祖父王位,但是实权被叔父兰开斯特公爵约翰·刚特把持。由于这个原因他记恨兰开斯特家。亲政后驱逐了堂弟兰开斯特公爵亨利,并没收其领地。1399 年,亨利在理查二世远征爱尔兰时举兵拘捕了他,并让国会同意将理查废黜,由亨利即位。兰开斯特王朝开始。

理查的性格是前后矛盾的。前半部分是昏庸暴虐的君主,后半部分又深得观众同情。但在当时观众眼中,这矛盾并不存在。昏庸暴虐是过失,篡权弑君则是大逆不道,所以观众的同情还在理查身上。就连篡了位的亨利四世对理查之死也还表示痛心,要到圣地去朝拜,"从我

① 刘曙初:《论王维诗歌中的女性意象》,《福州大学学报》(哲学社会科学版),2007 年第 3 期。
② 高云鹏:《苏轼诗中的"病兽"意象研究》,《乐山师范学院学报》,2007 年第 7 期。

这罪恶的手上涤去血迹"。1601 年 2 月 6 日,爱塞克斯伯爵想利用演出此剧煽动群众参加叛变,失败之后,伊丽莎白女王并未追究剧团责任,后来甚至还说:"我就是理查二世。"可见理查这个亡国之君的舞台形象是颇为可爱的。莎士比亚用浓墨重彩描绘了理查的暴政。先写了被他杀害的葛罗斯特的遗孀的苦痛,再通过约翰·刚特从爱国主义的高度痛斥了理查的乱政,又描写了理查脱离贵族和平民变成孤家寡人的现实,从而否定了理查和他的君权神授的理论,以此说明维护正义、关心民众乃是当国者的重任,忽略它就有丧权失国的危险,表现了莎士比亚明确的人文主义观点。此剧是莎氏一气呵成之作,结构完整,风格统一,带有强烈的抒情趣味和悲剧格调。其中对理查的性格刻画最有光彩,写出了一个软弱、伤感、敏感,带有诗人气质的亡国之君的惨痛心理。

《理查二世》中的意象与莎士比亚的国家观①
杨林贵

为了深化主题并加强诗剧的效果,莎士比亚在《理查二世》中安排了三组主导意象链:等级秩序的意象、爱国主义的意象和花园意象。三组意象组合在一起层层相接,从不同角度揭示了一个共同的主题,表达了剧作家对国家问题的关切和对于王权政治的人文主义的价值判断。

在描写自以为是的理查王时,莎士比亚使用了太阳升起驱散黑暗(第三幕第二场)、狮子的神威慑伏豹子(第一幕第一场、第五幕第一场)以及发出慑人的威光的鹰眼(第三幕第三场)等意象。但莎士比亚又用了一系列相反的意象,如一个出租土地的地主,"粗心的病人","一个破落的平民"(第二幕第一场)等来说明理查虽有按传统的惯例继承来的合法的王权,却不孚众望。他治国无术,使国家蒙受内患和外侮的危险。因此这样一位自己破坏了王权神圣性的国王的逊位毫不足惜。他本人的行为更为波林勃洛克篡夺王位提供了一定的合理性。莎士比亚不得不在一位僭越者身上寻求国家问题的答案,因此他部分地将他对于国王的期望寄托在波林勃洛克身上。

在莎士比亚看来,国家必须由强有力的王权来统治,才能保持和平的秩序。新兴资产阶级要在统一的中央集权的国家稳定的环境中求得发展。因此"王权是进步的因素……王权在混乱中代表着秩序"。资产阶级与王权有互相依赖性。王权需要这个富有阶级的钱袋。资产阶级需要的是统一的中央集权,以期在它的庇护下、在和平的秩序中进行贸易以充实自己的钱囊。战争和混乱对他们积累资本不利。王权正满足了为他们维护秩序的需求。"这个亨利八世玩弄手段创造出来的异军突起的贵族阶级"需要的王权决不是"神授"的。因为随着这个富有阶级的壮大,新大陆的发现,人们的眼光朝着更辽远的地方望去,旧有的中世纪的神学史观已受到了挑战,代之以神秘主义和马基雅维利主义哲学。这种"神授王权"观念的根基已被彻底摧毁。亨利八世所发端的英国宗教改革,使教权与俗权合二而一,更打破了原有体系的陈旧堡垒。因此在莎士比亚时代人看来,王权不过是一种新型权力机构的代表,握王杖的人不必是"上帝所简选的代表"(第三幕第二场),与凡夫俗子没有多大区别。《理查二世》中,就连一向认为"国王的名字可以抵得上两万个名字"、"除了用偷窃和篡夺的手段以外,没有一只凡人的血肉之手可以攫夺我的神圣的御杖"(第三幕第三场)的理查也发生了怀疑:既然国王也靠着面包生活,也有欲望,也懂得悲哀,也需要朋友,那怎么能说他是国王呢?(第三幕第二场)他不仅要遵循上帝的律法,而且要受世俗法律的约束。国王在法律上的地位"是一个必须受法律拘束的

---

① 阮珅:《莎士比亚新论》,《武汉国际莎学研讨会论文集》,武汉:武汉大学出版社,1994 年,第 227 页。

奴隶"（第二幕第一场）。世人的力量是不容忽视的。具有马基雅维利主义性格特点的波林勃洛克认识到人民可以载舟也可以覆舟的力量。用理查的话说，他会"向平民怎样殷勤献媚，用谦卑而亲昵的礼貌竭力博取他的欢心……"（第一幕第四场）他受到人民的拥戴，这是莎士比亚理想的为王者的重要条件之一。新兴资产阶级所需要的国王必须是一位有合法的地位，治国有方，德行高尚并被人民拥戴的贤明君主。理查虽然依照传统继承了王位却无能治理好国家；波林勃洛克具备为王的素质却必须靠破坏和平的流血方式来夺取权力。

　　一个是合法的却缺乏人文主义者所理想的国王的品质，一个是有治国韬略、受人民拥护的王位的挑战者。莎士比亚处在两难之境。他希望有一位理想的君主，却不赞同用流血篡位的方式来夺取。因为在爱国者莎士比亚看来，国家内部的流血的纷争正是民族的不幸。剧中关于爱国主义的意象非常集中、鲜明、突出而且构成独立群体，因此也产生强烈的效果，一下就能抓住关注国家命运的伊丽莎白时代人。第二幕第一场刚特的一段台词中就用了一系列表达强烈情感、赞美祖国的意象："战神的别邸"（seat of Mars）、"伊甸"（Eden）、"地上天堂"（demiparadise）、"堡垒"（fortress）、"镶嵌在银色的海水中的宝石"（precious stone set in the silver sea）、"保姆"（nurse）、"繁育的母体"（teeming womb），整段台词感情真挚热烈。

　　这一个君王们的御座，这一个统于一尊的岛屿，这一片庄严的大地，这一个战神的别邸，这一个新的伊甸——地上的天堂，这一个造化女神为了防御毒害和战祸的侵入而为她自己造下的堡垒，这一个英雄豪杰的诞生之地，这一个小小的世界，这一个镶嵌在银色的海水之中的宝石（那海水就像是一堵围墙，或是一道沿屋的壕沟，杜绝了宵小的觊觎），这一个幸福的国土，这一个英格兰，这一个保姆，这一个繁育着明君贤主的母体（他们的诞生为世人所侧目，他们仗义卫道的功业远震寰宇），这一个像救世主的圣墓一样驰名、孕育着这许多伟大的灵魂的国土，这一个声誉传遍世界、亲爱又亲爱的国土……

　　莎士比亚的时代正值民族国家形成并走向繁荣的历史时期，民族意识觉醒，民族自豪感增强；特别是英国打败西班牙"无敌舰队"后举国上下爱国主义的激情高涨。因此莎士比亚用了这些鼓舞人心的赞美祖国的意象，以引起他同时代人的强烈共鸣，同时也唤起人们对于国家前途命运的关注和责任感。观众也就乐于接受他对于国家治理的看法了。

　　莎士比亚有意安排一场戏（第三幕第四场）借园丁之口发表评论，表达了剧作家本人的看法。莎士比亚借物喻事，将国家比作花园（garden），将国王比作园丁（gardener），把祸国殃民的败类比作莠草（weeds），把国家栋梁比作花朵（flowers）。这些描写花园的意象，如："垂下的杏子"（dangling apricots）、"弯曲的枝桠"（bending twigs）、"长得太快的小枝"（too fast growing sprays）、"有害的莠草"（noisome weeds）、"繁荣的鲜花"（wholesome flowers）、"害虫"（caterpillars）、"多余的旁枝"（superfluous branches）等构成一完整意象链，形象地阐述了作者对国家治理的看法。那些有害的莠草必须及时割掉，因为"它们本身没有一点用处，却会吸收土壤中的肥料，阻碍鲜花的生长"。（同上）。园丁继而指出了治理"花园"的诀窍，"我们每年按着时季，总要略微割破我们果树的外皮，因为恐怕它们过于肥茂，反而结不出果子……对于多余的旁枝，我们总是毫不吝惜地把它们剪去，让那结果的干枝繁荣滋长。"

　　国王应当像一位勤奋于修剪的"园丁"（gardener），在这小小的王国之内保持法制、秩序和合理的安排。他要善于识别莠草（weeds）决不能任其蔓生（第三幕第四场）。莎士比亚还用与此相类似的意象，把国家比作身体，为了保证脓毒不致蔓延必须割去腐烂的关节（fest'red joint）

（第五幕第三场）。从这一意象我们可以看到莎士比亚是熟谙中世纪的将国家比作身体的说法，而且他赋予了新的内容。理查昏庸无道像一位不务正业的园丁，任用布希、格林、巴各特等一批侍臣——花园的莠草。这些国家机体的蛀虫所做的只是逢迎国王制定的不明智的策略，当道误国。相反，敢于直言的忠良却受到迫害，法纪遭到破坏，秩序混乱，即使不是波林勃洛克，也会有别的贵族打起战旗提出王位要求。

在莎士比亚看来，国家要安定统一、保持和谐有序，必须有握有实权、施政有方、以法治国的贤君，君臣各司其职，像健康身体的各部分一样协调一致才能跳出和谐美妙的舞蹈。国王应如忠于职守的园丁，毫不吝惜地剪去多余的旁枝。在这一点上莎士比亚也流露出对于国家命运的关切。

因此，从以上几方面的意象组合可清晰领悟到莎士比亚对于国家的认识。他本着爱国主义的、人文主义的原则，以国家利益为最高准则，希望和平稳定，反对一切破坏秩序的行为。他反对暴君、反对君权神授，主张国王在法律的约束下治理国家——君主立宪资产阶级政权的雏形，使国家成为欣欣向荣和谐有序的花园。

点评：

在莎士比亚戏剧作品中，不管是诗、戏剧或是散文，都包含许多起着各种作用的意象，能产生视听的效果。对莎士比亚意象的研究始于18世纪晚期，但到了20世纪30年代，在莎评新学派的影响下，发展成为一种主要的研究领域，与以人物分析为中心的莎士比亚研究活动形成鲜明对比。斯珀津的《莎士比亚的意象》(1935)一书为这一领域的开拓性的专著，系统论述了各个莎剧的主导意象，试图通过意象来推断莎士比亚的人品和气质。德国学者克莱门继斯珀津之后发表了重要的莎剧意象的专著《莎士比亚意象的发展》，对莎士比亚意象的总的发展情况作了很好的描述。对莎剧意象的研究大致可以分为三大类：第一类试图通过对意象的分析来推断莎士比亚的为人、气质、性格等；第二类探讨意象中体现的象征意义或道德观；第三类把意象作为讨论戏剧主题或基调、意义或声明的基本手段。

杨林贵博士曾经是中国莎评界中的年轻学者，后来移居美国，现任教于美国得克萨斯A&M大学。在这篇《〈理查二世〉中的意象与莎士比亚的国家观》的文章中，作者要言不繁，以文为本，联系历史，令人信服地分析了《理查二世》中的三组主导意象链：等级秩序的意象、爱国主义的意象和花园意象，并认为三组意象组合在一起层层相接，从不同角度揭示了一个共同的主题，表达了剧作家对国家问题的关切和对于王权政治的人文主义的价值判断。

论者首先总起谈莎士比亚的历史剧和《理查二世》在其创作中的重要地位，提出：为了加强诗剧效果，莎士比亚在剧中主要运用了三组意象链。接着用三部分分述这三组意象链的文本表现和表现的意图。最后总结这三组意象链所反映的莎士比亚的国家观。

论者运用的是一种细读式的批评。例如，在分析"花园"意象链时，作者进行了列举，认为莎士比亚借物喻事，将国家比作花园(garden)，将国王比作园丁(gardener)，把祸国殃民的败类比作莠草(weeds)，把国家栋梁比作花朵(flowers)。这些描写花园的意象，如："垂下的杏子"(dangling apricots)、"弯曲的枝桠"(bending twigs)、"长得太快的小枝"(too fast growing sprays)、"有害的莠草"(noisome weeds)、"繁荣的鲜花"(wholesome flowers)、"害虫"(caterpillars)、"多余的旁枝"(superfluous branches)等构成一完整意象链，形象地阐述了作者对国家治理的看法。在列举后作者又深入分析理查二世如何昏庸无道像一位不务正业的园丁：任用布希、格林、巴各特等一批侍臣——花园的莠草，这些国家机体的蛀虫所做的只是逢迎国王制定的不明智的策略,当道误国。相反,敢于直言的忠良却受到迫害,法纪遭到破坏,秩序混乱。

　　意象总是客观事物在主体心灵感知后所形成的知性符号,是主体见之于客体的结晶。按照心理学家让·皮亚杰的观点,意象的产生是主体的发现:个体环境和适应环境两种活动的相互作用过程,也即创作主体内部活动和外部活动的相互作用过程所产生的符号形式,是主体与客体的双向交流活动的结果,是主观情感与客观物象的统一,是客体心灵化,主体对象化,客体物象主观化,主观印象具体化,从而形成主客融汇统一,终至形成审美意象。莎士比亚的历史剧并不是简单记录历史,其中表达了创作者对历史的看法和对现实的讽刺。意象正是这种意图含蕴的表示。

关键词

1. 意象：按照通常的理解，意象是"意"和"象"两方面的结合，"意"指作者主观的思想情感，"象"指客观的社会生活及自然万物，所以"意象应该是借助于具体外物、运用比兴手法所表达的一种作者的情思"，或者说，"是通过作者心灵、情感浸染，重新组合过的物象"。这是国内学者一般都接受的看法。

2. 意象批评：意象批评可以包含神话原型批评中所谈的原始意象批评，也包括印象批评中的意象式批评（象喻批评）。此处意象批评是指以分析、研究和评价文学文本的意象构成、意象特征、意象功能等为主要内容的批评方法。

3. 象征：以一个具体的象征体来表现与暗示一个象征义，如以杨柳表离别，以红豆寄相思，以菊花示高洁，以梧桐表伤感，以白云象征孤高，以松兰梅竹象征坚贞高洁，以蛟龙鸾凤象征君子，以飘风云霓象征小人等等。象征体与象征义之间往往构成某种稳固的联系，这种联系受到文化传统的影响。

思考题

1. 文学中意象和意象批评的含义分别是什么？
2. 意象批评应该具有哪些内容？
3. 如何理解"艺术思维是意象思维"？

阅读链接

1. 严云受等：《文学象征论》，合肥：安徽教育出版社，1995 年。
2. 夏之放：《文学意象论》，汕头：汕头大学出版社，1993 年。
3. 吴晓：《意象符号与情感空间》，北京：中国社会科学出版社，1990 年。
4. 刘锋杰等：《张爱玲的意象世界》，银川：宁夏人民出版社，2006 年。
5. 胡雪冈：《意象范畴的流变》，南昌：百花洲文艺出版社，2002 年。

（李先国）

第五章 人生批评

这里所说的"人生批评",与通常所说的"社会历史批评"①既有区别又有联系。社会历史批评仅从社会历史背景和作家生活环境的角度来分析文学作品的内容,忽略了文学作品的人文精神价值。我们提出"人生批评"这个范畴,其目的就是为了把作品的思想内容、艺术表现与社会生活——也就是作家生活的历史背景、作家的生活经历、作品所反映的社会历史内容结合起来进行考察,并进而分析作品所体现出来的人文精神价值。人生批评的传统源远流长,但学术界一般认为人生批评的学理建构发端于18世纪意大利的学者维柯,而完成于法国的斯达尔夫人和丹纳。

第一节 什么是人生批评

一、人生批评的内涵

所谓人生批评,是指把作家的审美体验与其所处的环境、时代与作家的生活经历结合起来,把作品的内容与社会现实联系起来进行考察、分析、评价,并突出作品的人文精神价值的一种批评方式。对作品的内容进行分析与批评的过程,同时也是批评家从自己的审美观出发,与作家进行情感沟通、交流、批评的过程。美国批评家艾布拉姆斯提出文学四要素:作品、世界、艺术家、欣赏者,并将文学视为这四要素之间的动态关系。从文学四要素来看,人生批评则着重考察世界与作品的内容、作家的审美观与作品的关系、作品所体现的人文精神价值。

人生批评与社会历史批评相近,但又有区别。社会历史批评的着眼点只是文学与社会的关系,即社会现实及作家的生活环境与作品的关系、文学作品所产生的社会影响。比如,魏伯·司各特认为:"社会批评基于这种信念:文艺与社会之间的关系至为重要,研究这些关系可以形成和加深对文艺作品的美感反映。艺术并非凭空创造,它不单纯是个人的成果,而且是在

---

① 学术界对这种批评方式的称呼不尽相同,代表性的有"社会历史批评"、"社会—历史批评"、"社会批评"、"社会学批评"等,本章将其统一称为"社会历史批评"。

特定时间空间里,作家作为一个能够发言的重要成员对社会产生的反响。"①我国学者王先霈、胡亚敏认为社会历史批评是一种"从社会历史发展的角度观察、分析、评价文学现象批评方法","主要研究文学与社会生活的关系,重视作家的思想倾向和文学的社会作用"②,也正是从这个角度下定义的。但社会历史批评没有深入研究作品的人文精神价值,而这,恰恰正是文学的终极意义与价值之所在。其实,作品所反映的社会历史内容是作家审美体验的人生价值观。因此,我们提出人生批评,其目的正是将作品的人生价值与作品所反映的社会历史内容联系起来进行文学批评;当然,传统的社会历史批评视野中的社会生活也是人生批评的视角之一。

二、人生批评的特征

人生批评从作品内容、作品评价标准、形象塑造等方面体现了自身的特征。

第一,从作品内容与社会生活的关系看,人生批评往往持摹仿理论或反映论,提倡现实主义创作方法。早在公元前500年,古希腊时期的伟大思想家赫拉克利特就提出了"艺术摹仿自然的观点"③。古希腊另一位著名的思想家苏格拉底也认为:"绘画是对所见之物的描绘",艺术通过不同的媒介把自然准确地再现出来。柏拉图认为,自然之物是对理性的摹仿,而艺术则是对自然之物的摹仿,是影子的影子④。亚里士多德则认为,艺术都是摹仿的产物,不同的只是摹仿的媒介不同。他认为,诗的起源之一是人类摹仿的本能,而摹仿是出于人的天性。据此,他给悲剧下了一个定义:"悲剧是对于一个严肃、完整、有一定长度的行动的摹仿;它的媒介是语言,具有各种悦耳之音,分别在剧的各部分使用;摹仿方式是借人物的动作来表达,而不是采用叙述法;借引起怜悯与恐惧来使这种情感得到陶冶。"⑤

我国古代文艺批评也不乏摹仿或反映理论。五代大画家荆浩认为,"画者画物","度物象而取真"⑥,正是强调绘画是对自然物象的摹拟。明代评论家叶昼认为,《水浒传》并非作者凭空虚造,而是以社会现实生活为本源的:"世上先有《水浒传》一部,然后施耐庵、罗贯中借笔墨拈出,若夫姓某名某不过劈空捏造,以实其事耳。如世上先有淫妇人,然后以杨雄之妻、武松之嫂实之,世上先有马泊六,然后以王婆实之,世上先有家奴与主母通奸,然后以卢俊义之贾氏、李固实之,若管营、若差拨、若董超、若薛霸、若富安、若陆谦,情状逼真,笑语欲活,非世上先有是事,即令文人面壁九年,呕血十石,亦何能至此哉!"⑦清代诗论家叶燮认为,文章是用来"表天地万物之情状"的,世间的"山水云霞、人士男女、忧离欢乐"及"雷鸣风动、鸟啼虫吟、歌哭言笑","触于目,入于耳,会于心"⑧,然后发言为诗。

现实主义作家、文论家尤其强调文学艺术是社会现实生活的反映。巴尔扎克认为,他只是

① 〔美〕魏伯·司各特:《西方文艺批评的五种模式》,蓝仁哲译,重庆:重庆出版社,1983年,第62页。
② 王先霈、胡亚敏:《文学批评导引》,北京:高等教育出版社,2005年,第64页。
③ 〔希腊〕赫拉克利特:《著作残篇》,王太庆译,中国社会科学院外国文学研究所编:《欧美古典作家论现实主义和浪漫主义》(一),北京:中国社会科学出版社,1980年,第7页。
④ 〔希腊〕苏格拉底:《苏格拉底回忆录》,吴永泉译,中国社会科学院外国文学研究所编:《欧美古典作家论现实主义和浪漫主义》(一),北京:中国社会科学出版社,1980年,第10页。
⑤ 〔希腊〕亚里士多德:《诗学》,陈中梅译注,北京:商务印书馆,1996年,第63页。
⑥ 荆浩:《笔记法》。
⑦ 叶昼:《〈水浒传〉一百回文字优劣》。
⑧ 叶燮:《原诗·内篇》。

法国社会现实生活的书记员,作家的任务只是"收集情欲的主要事实、刻画性格、选择社会上主要事件、结合几个性质相同的性格的特点揉成典型人物"[①]。福楼拜反对作家创作中的主观化倾向,他认为艺术家应该隐藏在作品里,不应该在作品中"泄露我本人对我所创造的人物的意见"[②]。自然主义作家左拉更是强调作家像照相机一样把社会生活记录下来,按照自然本来的面目去接受自然,既不对它作任何改变,也不对它作任何缩减,他所提倡的文学中的自然主义就是"回到任何自然","是直接的观察、精确的解剖以及对世上所存在的事物的接受和描写"[③]。别林斯基也强调作家要和生活接近,和社会接近,写作现实性的诗歌,现实性的诗歌的特色在于"对现实的忠实","它不改造生活","而是把生活复制、再现,像凸出的镜子一样,在一种观点之下把生活的复杂多彩的现象反映出来"[④]。阿诺德主张批评应该持"超然无执"(disinterested)的态度,即批评之中要做到"不偏不倚";如何做到这一点呢? 那就要"断然服从本性的规律,也就是对于所接触的全部事物展开一个精神的自由运用;坚决不让自己去帮助关于思想的任何外在的、政治的、实际的考虑"[⑤]。

第二,从作品评价标准的角度看,人生批评往往关注艺术真实问题。艺术真实性问题一直为人生批评派所关注。早在古希腊时期,柏拉图从自己哲人治国的政治理想和客观唯心主义哲学观出发,认为艺术与真理(理念)隔着三层,是不真实的,诗人的地位还远不及工匠,因此要把诗人逐出他的理想国。亚里士多德则认为,历史学家描写的只是偶然的个别的事情,诗人描写的是普遍的一般规律,因此诗比历史更富于哲学意味,更受到严肃的对待,诗比历史更真实,诗人比历史家更伟大。

早期人生批评派往往用生活真实或历史真实的标准来衡量艺术作品,后来逐步确立了艺术真实不同于生活真实的标准,我国古代小说批评理论的标准变迁就说明了这个问题。余邵鱼认为《东周列国志》的成功在于其情节完全忠实于历史史实,把艺术真实与历史真实等同起来:"编年取法《麟经》,记事一据实录。凡英君良将,七雄五霸,平生履历,莫不谨按五经,并《左传》、十七史、《纲目》、《通鉴》、《战国策》、《吴越春秋》等书,而逐类分沉。"[⑥]胡应麟《少室山房笔丛》也据生活真实标准批评《三国演义》中关羽一节失实:"古今传闻讹谬,率不足欺有识。惟关壮缪明烛一端,则大可笑。乃读书之士,亦什九信之,何也? 盖由胜国末,村学究编魏、吴、蜀演义,因《传》有'羽守邳,见执曹氏'之文,撰为斯说,而俚儒潘氏,又不考而赞大节,遂致谈者纷纷。案《三国志》羽传及裴松之注,及《通鉴纲目》,并无其文,演义何所据哉!"[⑦]后人则提出了艺术真实不同于历史真实的观点,强调"传奇者贵幻",并进而提出了幻中有真、假可以胜真的观点:"如《西游》一记,怪诞不经,读者皆知其谬。然据其所载,师弟四人,各一性情,各一动止,试

① 〔法〕巴尔扎克:《〈人间喜剧〉前言》,陈占元译,伍蠡甫主编:《西方文论选》下卷,上海:上海译文出版社,1979 年,第168 页。

② 〔法〕弗洛贝尔:《弗洛贝尔致乔治·桑》,李健吾译,伍蠡甫主编:《西方文论选》下卷,上海:上海译文出版社,1979年,第 215 页。

③ 〔法〕左拉:《戏剧上的自然主义》,伍蠡甫译,伍蠡甫主编:《西方文论选》下卷,上海:上海译文出版社,1979 年,第246 页。

④ 〔俄〕别林斯基:《论俄国中篇小说和果戈理君的中篇小说》,满涛译,伍蠡甫主编:《西方文论选》下卷,上海:上海译文出版社,1979 年,第 377 页。

⑤ 〔英〕阿诺德:《文化与无政府状态》,韩敏中译,北京:三联书店,2002 年,第 185 页。

⑥ 余邵鱼:《题全像列国志传引》。

⑦ 胡应麟:《少室山房笔丛》卷四十一。

摘取其一言一事,遂使暗中摩索,亦知其出自何人,则正以幻中有真,乃为传神阿堵。"①

现实主义作家和批评家一直关注艺术真实问题。巴尔扎克特别强调细节的真实,认为"小说在细节上不是真实的话,它就毫无足取了"②,他强调通过细节的真实来反映时代的本质。福楼拜认为,作家应该仔细观察自然,深入事物的灵魂,停止在最广泛的普遍上,尽可能探查、挖掘真实,要用工笔细描,如身临其境一般,感受他所描述事物,而且要特意回避偶然性和戏剧性,描写活生生的现实,"不要妖怪,不要英雄"③。别林斯基强调"艺术是真实的表现","而只有现实才是至高无上的真实","一切超出现实之外的东西,也就是说,一切为某一个'作家'凭空虚构出来的现实,都是虚谎,都是对真实的诽谤"。他所说的真实就是生活本身:"我们要求的不是生活的理想,而是生活本身,像它原来的那样。不管好还是坏,我们不想装饰它,因为我们认为,在诗情的描写中,像它原来的那样都是同样美丽的,因此也就是真实的,而在有真实的地方,也就是诗。"④

第三,从形象塑造的角度看,人生批评注重典型塑造。早在古罗马时期,贺拉斯就对典型进行了探讨:"神说话,英雄说话,经验丰富的老人说话,青春、热情的少年说话,贵族妇女说话,好管闲事的老人说话,走四方的货郎说话,碧绿的田垄里耕地的农夫说话,柯尔库人说话,亚述人说话,生长在底比斯的人、生长在阿耳戈的人说话,其间都大不相同。"⑤即在他看来,艺术创作要合适,其合适就是具有同一类人的共性,符合这个共性就是合适,就是典型。贺拉斯合适的共性典型观深刻地影响了其后的典型理论。黑格尔则把典型从共性典型推进到了个性典型,他认为典型具有总体性的特征,但同时又是一个独特的整体,"性格和特殊性中应该有一个主要的方面作为统治方面",⑥典型能"把一切都融贯成为一个整体的那种深入渗透到一切的个性","这种个性就是所言所行的同一泉源,从这个泉源派生出每一句话,及至思想、行为举止的每一个特征"⑦。马克思、恩格斯则根据唯物史观提出了"真实地再现典型环境中的典型人物"的观点。恩格斯批评哈克奈斯的小说创作时说:"据我看来,现实主义的意思是,除了细节的真实外,还要真实地再现典型环境中的典型人物。您的人物,就他们本身来而言,是够典型的;但是环绕着这些人物并促使他们行动的环境,也许就不是那样典型了。"⑧恩格斯所说的典型环境,指符合社会发展趋势的环境;所说的典型人物,是指代表这种发展趋势的特定社会环境中的人物。

三、人生批评建构的逻辑起点

人生批评建构的理论基点有三:文学作品的内容总是与社会生活有着千丝万缕的联系,尽

---

① 睡乡居士:《二刻拍案惊奇序》。
② 〔法〕巴尔扎克:《〈人间喜剧〉前言》,陈占元译,伍蠡甫主编《西方文论选》下卷,上海:上海译文出版社,1979 年,第 164 页。
③ 〔法〕弗洛贝尔:《弗洛贝尔致乔治·桑》,李健吾译,伍蠡甫主编《西方文论选》下卷,上海:上海译文出版社,1979 年,第 211 页。
④ 〔俄〕别林斯基:《论俄国中篇小说和果戈理君的中篇小说》,满涛译,伍蠡甫主编《西方文论选》下卷,上海:上海译文出版社,1979 年,第 377 页。
⑤ 〔罗马〕贺拉斯:《诗艺》,杨周翰译,伍蠡甫主编《西方文论选》上卷,上海:上海译文出版社,1979 年,第 103 页。
⑥ 〔德〕黑格尔:《美学》第 1 卷,朱光潜译,北京:商务印书馆,1979 年,第 304 页。
⑦ 〔德〕黑格尔:《美学》第 3 卷下册,朱光潜译,北京:商务印书馆,1979 年,第 265 页。
⑧ 〔德〕恩格斯:《致玛·哈克奈斯》,纪怀民等编《马克思主义文艺论著选讲》,北京:中国人民大学出版社,1982 年,第 269 页。

管这种联系或紧或疏,或直接或曲折;作家总是生活在特定的自然环境与社会环境当中;文学作品的根本价值是人文精神价值。

第一,文学创作活动本来就是一种社会活动,作家的创作、作品的内容总与社会生活有着千丝万缕的联系。对于文学作品内容与社会生活的关系,传统的社会批评已经作了充分的说明并进行了丰富的批评实践。正如魏伯·司各特所说:"只要文学保持着与社会的联系——永远会如此——社会批评无论具有特定的理论与否,都将是文艺批评中的一支活跃力量。"①正因为作品与社会生活的这种千丝万缕的关系,连特别重视文学内部审美形式规律的韦勒克也不得不认为:"流传极广、盛行各处的种种文学研究的方法都关系到文学的背景、文学的环境、文学的外因。这些对文学外在因素的研究方法,并不限用于研究过去的文学,同样也可用于研究今天的文学","所有的历史,所有环境上的因素,对形成一件艺术品可以说都有作用。"②

第二,作家总是生活在特定的自然环境与社会环境中,其作品总是受其独特的知识结构、审美体验等制约。圣·佩韦指出:"不去考察人,便很难评价作品,就像考察树,要考察果实。关于一位作家,必须涉及一些问题,它们好像跟研究他的作品毫不相干。例如对宗教的看法如何? 对妇女的事情处理怎样? 在金钱问题上又怎样? 他是富有还是贫穷? 他有什么样的生活规则? 日常工作是什么? 总之,他的主要缺点和弱点是什么? 每一答案,都和评价本书或它的作者分不开。"③这就是说作家的人生观、妇女观、价值观、审美观必然在其作品之中有所体现,影响着作家的创作。当然,我们也要注意到,作家的人生观、价值观、审美观与其作品的关系是非常复杂的,并非单线型的对应关系。

第三,文学创作是精神性的创造活动,是人的精神价值追求的体现。周作人提出"人的文学"口号,认为"用这人道主义为本,对于人生诸问题,加以记录研究的文字,便谓之人的文学",人的文学是"个人以人类之一的资格,用艺术的方法表现个人的感情,代表人类的意志,有影响于人间生活幸福的文学"④。胡风认为,没有了人生就没有文艺,离开了服务人生,文艺则就没有存在价值。尼采是把艺术当作解除人类悲观本质的途径,提出从艺术求解放的观点。托尔斯泰更是把文学艺术看成"一种交际手段","谋取进步的手段","是人类走向完善的手段","所以就内容来说,艺术越是能完成这个使命,它就越是优秀;越是不能完成这个使命,它就越是低劣"⑤。

四、人生批评的视角盲点

任何批评方式的建构,都只是从某一种角度去认识、阐释作品,这必然产生理论上的视角盲点,人生批评也不例外。对此,司各特说道:"如同道德批评的普遍毛病一样,社会批评的弱点在于判断——批评家往往根据作品的社会或道德意义与自己所持的信念的谐和程度来加以

---

① 〔美〕魏伯·司各特:《西方文艺批评的五种模式》,蓝仁哲译,重庆:重庆出版社,1983年,第66页。
② 〔美〕韦勒克、沃伦:《文学理论》,刘象愚等译,北京:三联书店,1984年,第65—66页。
③ 伍蠡甫主编:《西方文论选》下卷,上海:上海译文出版社,1979年,第195页。
④ 赵家璧:《中国新文学理论大系·建设理论集》,《中国现代文学史资料丛书(乙种)》,上海:上海文艺出版社,1980年影印本,第193页。
⑤ 〔俄〕托尔斯泰:《什么是艺术?》,韦陈宝译,伍蠡甫主编《西方文论选》下卷,上海:上海译文出版社,1979年,第441页。

赞扬或谴责。"①从文学四要素的角度看，人生批评所关注的是作家与世界、作品与世界的关系，其视角盲点有三：一、缺少对文学作品的审美形式的分析；二、忽略了作家的个体审美体验的特殊中介作用；三、忽略了批评者的接受分析。

首先，作品的审美形式分析不是人生批评关注的重点。巴赫金指出："文学批评虽然在大多数情况下能为文学提出正确的公正的社会要求，提出必需的迫切的社会任务，但是经常完全无力把这些要求和任务表达出来，也就是说，它不会用文学本身的语言来表达它们。"②俄国形式主义批评家认为，作品一旦从作家笔下诞生之后，就获得了完全客观的性质和独立的"身份"，它既与原作家不相干，也与读者无涉，它从外界的参照物中孤立起来，本身是一个"自足体"。他们认为：文学不是社会生活的再现，因此不是社会学；文学也不是作家情感的流露，因而也不是心理学；文学也不是在读者中发生的作用，因而也不是伦理学；文学就是文学，文学仅仅是一种特殊的语言建构，是"对于普通语言的系统歪曲"，或者说文学就是"艺术手法"③。他们并不否认文学与社会生活及读者的关系，但认为这只是文学之外的关系，不在"文学性"之内；只有作品语言的结构关系，才是文学之内的关系，才具有"文学性"。形式主义文论把作品的审美形式看作文学批评的惟一对象有失偏颇，但也确实指出人生批评无法关注作品审美形式的缺陷。

其次，人生批评忽略了作家的审美体验在创作中的特殊中介作用。传统的社会批评往往拿社会生活的内容来直接与作品的内容相印证，忽视作品的审美形式；更有甚者，庸俗社会批评甚至只用政治标准第一、艺术标准第二的批评原则进行批评，造成了极其恶劣的影响。这一方面在于批评者本身的素质素养，但另一方面也与人生批评的方法特性有关。人生批评往往忽略了这一点：无论是作家的个人经历、身世背景，还是广阔的社会生活，都需要经过作家的审美体验才能进入作品，或者换句话说，凡是进入作品的，都是作家对世界、对身世的意向化建构。克罗齐认为，直觉是我们印象的外射的产物，是事物的形式，是"第二自然"："在直觉中，我们不把自己认成经验的主体，拿来和外面的实在界相对立，我们只把我们的印象化为对象（外射我们的印象），无论那印象是否是关于实在"④。叔本华也认为，世界本身是"我"的表象，除此以外，并不存在所谓客观的世界："'世界是我的表象'：这是一个真理，是对于任何一个生活着和认识着的生物都有效的真理；不过只有人能够将它纳入反省的、抽象的意识罢了。"⑤法国现象学美学家米盖尔·杜夫海纳在论述梵·高的绘画时很好地说明了这一点："梵·高（VanGogh）画的椅子并不向我叙述椅子的故事，而是把梵·高的世界交付给予我：在这个世界中，激情即色彩，色彩即激情……它不是向我提出有关世界的一种真理，而对我打开作为真理源泉的世界。因为这个世界对我来说首先不完全是一个知识的对象，而是一个令人赞叹和感激的对象。审美对象是有意义的，它就是一种意义，是第六种或第 n 种意义，因为这种意义，假如我专心于那个对象，我便立刻获得它，它的特点完全是精神性的，因为这是感觉的能力，感觉到的不是可见物、可触物或可听物，而是情感物。"⑥

椅子本来是日常生活之物，但梵·高画中的椅子是梵·高所体验到的椅子，因此是"梵·

① 〔美〕魏伯·司各特：《西方文艺批评的五种模式》，蓝仁哲译，重庆：重庆出版社，1983年，第65页。
② 〔俄〕巴赫金：《周边集》，李辉凡等译，石家庄：河北教育出版社，1998年，第146页。
③ 参见童庆炳主编：《文学概论》，武汉：武汉大学出版社，2000年，第28页。
④ 〔意〕克罗齐：《美学原理·美学纲要》，朱光潜等译，北京：人民文学出版社，1983年，第9页。
⑤ 〔德〕叔本华：《作为意志和表象的世界》，石冲白译，北京：商务印书馆，1997年，第25页。
⑥ 〔法〕米盖尔·杜夫海纳：《美学与哲学》，孙非译，北京：中国社会科学出版社，1985年，第26页。

高的世界"，与普通的日常生活中的椅子不可等同。无独有偶，清代画家郑燮也通过绘画创作实践强调了"眼中之竹"与"胸中之竹"、"手中之竹"的区别："江馆清秋，晨起看竹，烟光、日影、雾气，皆浮动于疏枝密叶之间，胸中勃勃，遂有画意。其实胸中之竹，并不是眼中之竹也。因而磨墨、展纸、落笔，倏作变相，手中之竹，又不是胸中之竹也。"①

五、人生批评的发展趋势

人生批评的视角盲点所引起的缺陷已为学术界所认识，王先霈等倡导"开放性的社会历史批评方法"，即以"社会历史方法为基干，容纳多种批评方法共存"，"以马克思主义为指导，而不停止在马克思主义文学批评已有的模式之内"，"吸收其他批评方法的多种手段，采取多种角度，包括吸收非马克思主义批评学派的有益成分和修正自己原有而现已过时的结论"②，正是试图积极吸收其他批评方式，突破传统人生批评的理论局限。具体说来，人生批评与其他批评方法融合的趋势主要表现为：

首先，与美学批评尤其是审美心理批评相融合，把社会、人生批评与审美心理结合起来，形成"审美—人生批评"或"心理—人生批评"。维戈茨基从艺术心理的角度对社会历史批评批评道："人的心理是经济关系和社会政治制度借以建立这种或那种意识形态的中介机制"，"社会学的研究本身如果没有心理学研究的补充，它就永远发掘不了意识形态的最直接的原因——社会人的心理。"③维戈斯基的批评表明，离开了作家独特的审美心理中介，文学则沦为政治的附庸，其文学批评也容易落入庸俗的社会生活的印证。别林斯基强调社会生活对作品的重大作用，但同时也强调其审美的因素，认为如果作品经不住美的分析，就不值得对它再作历史的批评了。郎加纳斯在论述作品崇高的风格时认为，崇高的风格有五个方面：庄严伟大的思想、强烈而激动的情感、运用藻饰的技术、高雅的措辞、整个结构的堂皇卓越，但"最重要的是第一种，一种高尚的心胸"，崇高是"伟大心灵的回声"，"只有胸襟不卑鄙的人"④才能写出崇高的作品，正是注重了作家心灵的独特作用。所谓社会批评与美学批评、心理批评的结合，正是强调作家个人审美体验的特殊中介作用。

其次，与文本分析、结构主义、文化批评结合起来，阐释文本的文化意义，形成"文本—人生批评"。文本—人生批评首先阐释文本的社会意义、文化意义，"不是那种倾向于研究作品的'主题'、'题材'或'观念'的方面"，它所研究的是"社会问题和社会群体的价值如何在文本的语义结构、句法结构、修辞方法与叙述形式方面得到表达"，这种文本社会学的批评是一种"话语批评"，"它涉及文学文本，也能够把理论文本作为分析对象"，它"并不是价值判断和意义问题完全悬置起来"，"不放弃话语批评和社会批评的评述"⑤。戈德曼的发生结构主义批评揭示了文学作品与一定社会集团之间在结构上的同源关系，对具体文学作品的意义和价值作出基于一定社会历史现实的理解和解释："从这样的假说出发：所有的人类行为都企图对一种特殊的境遇作出有意义的反应，并因此倾向于在行动的主体和与此主体有关的客体、客观环境之间创

---

① 郑燮：《板桥论画竹兰石》，俞剑华注译《中国画论选读》，南京：江苏美术出版社，2007 年，第 460 页。
② 王先霈：《批评家的困惑或批评的出路》，《湖北社会科学》，1988 年第 7 期。
③〔苏〕维戈茨基：《艺术心理学》，周新译，上海：上海文艺出版社，1985 年，第 10—11 页。
④〔罗马〕郎加纳斯：《论崇高》，钱学熙译，伍蠡甫主编《西文文论选》上卷，上海：上海译文出版社，1979 年，第 125—126 页。
⑤ 耿占春：《"文本社会学"的批评与方法》，《郑州大学学报》，2004 年第 2 期。

造一种平衡。"①他在《隐蔽的上帝》中通过对拉辛作品的分析,认为其三部拒绝悲剧是 17 世纪法国极端冉森教派拒绝世界的精神观念的反映,其最杰出悲剧《费德尔》则是冉森教派在世界的现实生活中失败的反映。戈德曼认为,发生结构主义标志着"文学社会学的一个转折",传统的文学社会学"都试图在文学作品的内容和集体意识的内容之间建立一些必然联系,但往往仅是探索与文学作品的内容相对应的一些范畴,忽视了文学作品与社会之间联系的功能考察,从而影响了对文学作品统一性的理解。特别是面对一个创造力低下的作家只满足于不加个人经验的对社会现实和集体意识的直接的描绘和叙述时,传统的文学社会批评只有受作家和作品的影响而满足于对一般社会现实和集体意识的研究",因此,他断言:"以往从作家和作品出发的传统的文学社会学批评在涉及一般水平的作品或文学思潮研究时具有一定的可行性和优越性,当接近一些伟大的作品时便丧失了一切优越性。因为,一切伟大的作品往往蕴涵着作品世界的结构和某些社会集团的精神结构之间的同源性。"②伊格尔顿从整体文化的角度分析文学艺术与社会历史的关系,认为文学乃至整个审美活动都受社会意识形态的影响和制约。

第三,重视批评家在阅读批评过程中的创造性作用,把批评活动本身看成作家与批评家的审美情感交流。文学批评属于文学鉴赏与接受的范畴,是对作品的再创造。英伽登认为,作品中存在着许多"不定点",这些"不定点"使作品成为"待机存在状态",必须经过"具体化"的阅读体验行为,才能使作品真正实现为作品。在接受美学看来,读者的阅读活动不是被动的过程,而是作者与读者缔结的一种"对话"关系。这种对话关系建立之时,才是真正的文学作品诞生之时。"接受美学"创始人姚斯这样说道:"文学作品并不是对于每一个时代的每一个观察者都以同一种面貌出现的自在的客体,并不是一座自言自语地宣告其超时代性质的纪念碑,而像一部乐谱,时刻等待着阅读活动中产生的、不断变化的反映。只有阅读活动才能将作品从死的语言材料中拯救出来,并赋予它现实生命。""在作家、作品和读者的三角关系中,后者并不是被动的因素,不是单纯的作出反应的环节,它本身便是一种创造历史的力量。文学作品的历史生命没有接受者能动的参与是不能想象的。"③在姚斯看来,离开了读者的参与,文学的人际交流功能就不可能实现,也就无所谓文学;而文学批评本身正是这种交流活动的方式之一。

批评作为批评家与作家进行的交流对话,常会出现两者审美观的冲突。如傅雷对张爱玲的小说批评道:"我不责备作者的题材只限于男女问题,但除了男女以外,世界究竟还辽阔得很。人类的情欲也不仅仅限于一二种。假如作者的视线改换一下角度的话,也许会摆脱那种淡漠的贫血的感伤情调;或者痛快成为一个彻底的悲观主义者,把人生剥出一个血淋淋的面目来。"④对此,张爱玲反驳道:"现代似乎是文学作品贫乏,理论也贫乏。我发现弄文学的人向来是注重人生飞扬的一面,而忽视人生安稳的一面。其实,后者正是前者的底子。……强调人生飞扬的一面,多少有点超人的气质。超人是生在一个时代里的。而人生安稳的一面则有着永恒的意味,虽然这种安稳常常是不完全的,而且每隔多少时候就要破坏一次,但仍然是永恒的。"又说:"我不喜欢壮烈。我是喜欢悲壮,更喜欢苍凉。壮烈只有力,没有美,似乎缺少人性。悲剧则如大红大绿的配角,是一种强烈的对照。但它的刺激性还是大于启发性。苍凉之所以有更深长的回味,就因为它像葱绿配桃红,是一种参差的对照。"⑤这里傅雷对张爱玲小说的批

① 〔法〕吕西安·戈德曼:《文学社会学方法论》,段毅、牛宏宝译,北京:工人出版社,1989 年,第 178 页。
② 段吉方:《20 世纪社会批评的理论趋向及范式转换》,《语言学刊》,2002 年第 5 期,第 121 页。
③ 〔德〕姚斯:《接受美学与接受理论》,周宁、金元浦译,沈阳:辽宁人民出版社,1987 年,第 24—26 页。
④ 傅雷:《论张爱玲的小说》,子通、亦清《张爱玲评说六十年》,北京:中国华侨出版社,2001 年,第 69 页。
⑤ 张爱玲:《自己的文章》,《张爱玲文集》第 4 卷,合肥:安徽文艺出版社,1992 年,第 173—174 页。

评,张爱玲对傅雷批评的回答,正是傅雷的崇高人生观与张爱玲的世俗平凡人性观的冲突的具体体现,虽然二人的观点不统一,但由此反映了批评家与作家在坚持自己的观点时对文学的热爱,这是对文学创作最好的推动力。

第二节　人生批评的发生与发展

一、西方人生批评的发生与发展

早在古希腊时期,西方已经有了比较丰富的人生理论与实践。早在公元前 500 年,伟大的哲学家赫拉克利特就提出"艺术摹仿自然"[①]的论点。而苏格拉底则比较系统地阐述了他的摹仿观:首先,他认为,"绘画是对所见之物的描绘",不同的艺术通过不同的媒介表现自然;其次,他强调,这种摹仿不是简单机械的再现,而"应通过形式表现心理活动";第三,苏格拉底还初步提出杂取种种合成一个的典型化创造方式:诗人、艺术家"在塑造优美形象的时候,由于不易找到一个各方面都完美无瑕的人,他们就从许多人身上选取,把每个人最美的部分集中起来,从而创造出一个整个显得优美的形体"[②]。苏格拉底的摹仿理论对柏拉图和亚里士多德都产生了重要的影响。柏拉图从他的政治哲学理想出发,认为自然之物是对理性的模仿,而艺术则是对自然之物的模仿,并认为由于艺术是对模仿的模仿,是影子的影子,因此最不真实。在他看来,诗人是满嘴谎言,煽动人的情欲,不符合理性,因此要逐出他的理想国。他借苏格拉底之口说道:"那么,我们现在理应抓住诗人,把他和画家摆在一个队伍里,因为他有两点类似画家,头一点是他的作品对于真理没有多大价值;其次,他逢迎人性中低劣的部分。这就是第一个理由,我们要拒绝他进到一个政治修明的国家里来,因为他培养发育人性中低劣的部分,摧残理性的部分。一个国家的权柄落到一批坏人手里,好人就被残害。摹仿诗人对于人心也是如此,他种下恶因,逢迎人心的无理性的部分(这是不能分别大小,以为同一事物时而大,时而小的那一部分),并且制造出一些和真理相隔甚远的影像。"[③]亚里士多德则认为,艺术都是模仿的产物,不同的只是模仿的媒介不同。他认为,诗的起源有两个:一个是摹仿的本能,一个是音调感和节奏感,而这都是出于人的天性。根据摹仿理论,他给悲剧下了一个定义:"悲剧是对于一个严肃、完整、有一定长度的行动的摹仿;它的媒介是语言,具有各种悦耳之音,分别在剧的各部分使用;摹仿方式是借人物的动作来表达,而不是采用叙述法;借引起怜悯与恐惧来使这种情感得到陶冶。"他比较了诗人与历史学家的区别:"诗人的职责不在于描述已发生的事,而在于描述可能发生的事,即按照可然律或必然律可能发生的事。"诗和历史的区别不在于一是韵文,一是散文,而在于:"两者的差别在于一叙述已发生的事,一描述可能发生的事。"并认为诗人虽然虚构事实,但比历史更为真实:"写诗这种活动比写历史更富于哲学意味,更被严肃的对待;因为诗所描述的事带有普遍性,历史则叙述个别的事。"[④]

具有真正方法论意义上的人生批评开始于 18 世纪意大利学者维柯。他在《新科学》中探

---

① 〔希腊〕赫拉克利特:《著作残篇》,王太庆译,中国社会科学院外国文学研究所编《欧美古典作家论现实主义和浪漫主义》(一),北京:中国社会科学出版社,1980 年,第 7 页。

② 〔希腊〕苏格拉底:《苏格拉底回忆录》,吴永泉译,中国社会科学院外国文学研究所编《欧美古典作家论现实主义和浪漫主义》(一),北京:中国社会科学出版社,1980 年,第 10 页。

③ 〔希腊〕柏拉图:《理想国》,朱光潜译,伍蠡甫主编《西方文论选》上卷,上海:上海译文出版社,1979 年,第 38 页。

④ 〔希腊〕亚里士多德:《诗学》,罗念生译,北京:人民文学出版社,1982 年,第 19 页、28—29 页。

讨人类社会文化的起源问题,考察了文学艺术与社会的关系,把人类社会发展划分为"神的时代"、"英雄时代"、"人的时代",认为古希腊神话中的 12 个神,实际上是古希腊社会发展的 12 个阶段,最早的雷神标志着宗教起源,最晚的海神标志着航海事业开始。这个时代的荷马史诗也同样具有社会意义,《伊利亚特》中的阿喀流斯代表早期古希腊社会奉为理想的勇猛,《奥德赛》中的俄底修斯代表晚期希腊社会奉为理想的智谋。

把文学与环境、时代联系起来开始于孟德斯鸠,但将其运用于文学批评则始于法国的斯达尔夫人。受孟德斯鸠影响,斯达尔夫人提出了文学的地理环境决定论和民族精神理论。她在《从文学与社会制度的关系论文学》绪言中写道:"我的本旨在于考察宗教、风尚和法律对文学的影响以及文学对宗教、风尚和法律的影响。"她认为,由于受到自然环境的影响,欧洲文学可以划分为两大类:"一种来自南方,另一种源于北方;前者以荷马为鼻祖,后者以莪相为渊源。"由于南方"清新的空气,繁茂的树木,清澈的溪流",显得纤巧优美、情调欢快;而北方"土地的硗瘠和天气的阴沉",格调忧郁、庄重,具有反省的精神,多崇高的风格。在斯达尔夫人看来,伟大的作家是时代和社会造就的,荷马再伟大,"却并不是高出于所有其余人之上的一个人,也不是他那个世纪以及他那个世纪更高明的好几个世纪当中惟一的人"①。

法国的丹纳受孔德实证主义影响,认为文学研究应该把艺术品看成事实和产品,他试图通过科学的研究,找出它们形成的原因,探寻它们的规律。他把自然科学的方法运用于文学的研究,提出了种族、环境和时代三要素决定论。他把拉·封丹的寓言和他的出生地香巴涅的地理条件、生活环境和社会风气联系起来进行考察,在《英国文学史·序言》中系统地提出了决定文学的三要素:种族、环境和时代,在代表作《艺术哲学》中他对这三要素作了系统而透彻的阐释。丹纳所说的种族,"是指天生的和遗传的那些倾向,人们带着它们来到这个世界上,而且它们通常更和身体的气质与结构所含的明显差别相结合。这些倾向因民族的不同而不同。人和牛马一样,存在着不同的天性,某些人勇敢而聪明,某些人胆小而存依赖心,某些人能有高级的概念和创造,某些人只有初步的观念和设计,某些人更适合于特殊的工作,并且生来就有更丰富的特殊的本能。"②他认为种族是民族"永久的本能",是"不受时间影响,在一切形势气候中始终存在的特征"。③ 丹纳所说的环境,有时指自然环境或地理环境,有时指社会环境,"人在世界上不是孤立的;自然环境环绕着他,人类环绕着他;偶然性的第二性的倾向掩盖了他的原始的倾向,并且物质环境或社会环境在影响事物的本质时,起了干扰或凝固的作用"④。丹纳把时代称为"精神的气候":"有一种'精神的'气候,就是风俗习惯与时代精神,和自然界的气候起着同样的作用。"⑤"当民族性格与周围的环境发生影响的时候,它们不是影响于一张白纸,而是影响已经印有标记的底子。人们在不同的时间里运用这个底子,因而印记也不相同;这就使得整个效果也不相同。"⑥丹纳认为种族、环境和时代是决定艺术的三个要素,同时也是艺术创造的三个"原始力量":"我们可以如此断言:若干世纪的主流把我们导向一些不可预知的创造,这些创造全由这三个原始力量所产生和控制;如果这些力量是能够加以衡量和计算的话,那么我们会从它

---

① 〔法〕斯达尔夫人:《论文学》,徐继曾译,北京:人民文学出版社,1986 年,第 12、11、145 页。
② 〔法〕丹纳:《〈英国文学史〉序言》,杨烈译,伍蠡甫主编《西方文论选》下卷,上海:上海译文出版社,1979 年,第 236—237 页。
③ 〔法〕丹纳:《艺术哲学》,傅雷译,北京:人民文学出版社,1963 年,第 147—148 页。
④ 〔法〕丹纳:《〈英国文学史〉序言》,杨烈译,伍蠡甫主编《西方文论选》下卷,上海:上海译文出版社,1979 年,第237页。
⑤ 〔法〕丹纳:《艺术哲学》,傅雷译,北京:人民文学出版社,1963 年,第 34 页。
⑥ 〔法〕丹纳:《〈英国文学史〉序言》,杨烈译,伍蠡甫主编《西方文论选》下卷,上海:上海译文出版社,1979 年,第239页。

们那里，犹如从一个公式上演绎出未来文明的特征……我们在考察那作为内部主源、外部压力和后天动量的'种族'、'环境'和'时代'时，我们不仅彻底研究了实际原因的全部，也彻底研究了可能的动因的全部。"①

现实主义和自然主义作家的创作及文学批评把人生批评的理论与实践推向了高峰。巴尔扎克认为他只是法国社会历史的"书记员"，作家只是"编制恶习和德行的清单，收集情欲的主要事实、刻画性格、选择社会上主要事件、结合几个性质相同的性格的特点揉成典型人物"，写出的是法国社会的"风俗史"②。福楼拜认为作家在艺术创作时不应该流露自己的情感和倾向，他说："说到我对于艺术的理想，我以为就不该暴露自己，艺术家不该在他的作品里面露面，就像上帝不该在自然里面露面一样。人算不了什么，作品才是正经"，"至于泄露我本人对我所创造的人物的意见：不，不，一千个不！我不承认我有这种权利。"③左拉提倡的自然主义创作原则更是要求作家像摄影师一样纯粹客观地反映现实，回到纯粹客观的自然："自然主义就是回到自然，就是当学者们一旦发觉应当从研究物体和现象出发，以实验为基础，以分析为手段的时候所创立的做法。文学中的自然主义同样是回到任何自然，是直接的观察、精确的解剖以及对世上所存在的事物的接受和描写。""必须按照本来的面目去接受自然，既不对它作任何改变，也不对它作任何缩减；对于以它本身来提供一个开端、一个中段和一个结尾来说，它已是足够优美、足够宏伟的了。"④

别林斯基认为，作家的创作应该从生活中来、从现实中来，应该描写实际生活，他说："和生活接近，和现实接近，这便是我们最后一个时期所以会有雄伟成就的直接原因"，"今天，每一个有才禀的人，甚至是庸碌之才，都力求描写和刻画并非他梦中所幻想的东西，而是社会、现实里面实有的东西。"他认为，现实主义的诗歌就是对现实的忠实，是反映现实，现实与文艺，"正如同土壤之于在它怀抱里所培养的植物一样"，他认为，现实的诗歌是这个时代的真正的诗歌，其显著的特色正在于"对现实的忠实"，即"它不改造生活，而是把生活复制、再现，像凸出的镜子一样，在一种观点之下把生活的复杂多彩的现象反映出来，从这些现象里面汲取那构成丰满的、生气勃勃的、统一的图画时所必需的种种东西"⑤。

普列汉诺夫认为文学艺术是对社会现实的反映，但同时，他更强调在阶级社会中阶级斗争对艺术的制约作用和艺术对阶级斗争的反映，是通过社会心理这个"中介"实现的。他提出："要了解某一国家的科学思想史或艺术史，只知道它的经济是不够的。必须知道如何从经济进而研究社会心理；对于社会心理若没有精细的研究与了解，思想体系的历史唯物主义解释根本就不可能"，因此，社会心理学异常重要，"甚至在法律和政治制度的历史中都必须估计到它"，"而在文学、艺术、哲学等学科的历史中，如果没有它，就一步也动不得"⑥。普列汉诺夫把社会

① 〔法〕丹纳：《〈英国文学史〉序言》，杨烈译，伍蠡甫主编《西方文论选》下卷，上海：上海译文出版社，1979 年，第 240—241 页。
② 〔法〕巴尔扎克：《〈人间喜剧〉前言》，陈占元译，伍蠡甫主编《西方文论选》下卷，上海：上海译文出版社，1979 年，第 168 页。
③ 〔法〕弗洛贝尔：《弗洛贝尔致乔治·桑》，李健吾译，伍蠡甫主编《西方文论选》下卷，上海：上海译文出版社，1979 年，第 215 页。
④ 〔法〕左拉：《戏剧上的自然主义》，伍蠡甫译，伍蠡甫主编《西方文论选》下卷，上海：上海译文出版社，1979 年，第 246 页。
⑤ 〔俄〕别林斯基：《论俄国中篇小说和果戈理君的中篇小说》，满涛译，伍蠡甫主编《西方文论选》下卷，上海：上海译文出版社，1979 年，第 377 页。
⑥ 〔俄〕普列汉诺夫：《普列汉诺夫哲学著作选集》第 2 卷，汝信等译，北京：三联书店，1962 年，第 272—273 页。

意识分为两种：意识形态和社会心理，前者是理论化、系统化的，与社会存在的关系是间接的；而后者是特定民族、国家流行的风俗、情感、道德、审美风尚等，是原始的、朴素的，直接与意识形态相联系，是意识形态的直接根源。因此，艺术必然反映这种社会心理，在阶级社会中就反映为阶级心理。普列汉诺夫进一步指出，艺术反映这个社会心理（在阶级社会中反映阶级心理）是通过个人心理来实现的，他以高尔基的剧本《仇敌》为例，指出正是通过个体心理来表现现代工人运动的心理的。

马克思、恩格斯则从经济基础与上层建筑的关系出发来认识文艺的本质。首先，他们认为，艺术由经济基础决定："正像达尔文发现有机界的发展规律一样，马克思发现了人类历史的发展规律，即历来为繁芜丛杂的意识形态所掩盖着的一个简单事实：人们首先必须吃、喝、住、穿，然后才能从事政治、科学、艺术、宗教等等；所以，直接的物质的生活资料的生产，从而一个民族或一个时代的一定的经济发展阶段，便构成基础，人们的国家设施、法的观点、艺术以至宗教观念，就是从这个基础上发展起来的，因而，也必须由这个基础来解释，而不是像过去那样做得相反。"①其次，他们认为，文学艺术属于受经济基础决定的上层建筑中的意识形态的形式："随着经济基础的变更，全部庞大的上层建筑也或慢或快地发生变革。在考察这些变革时，必须时刻把下面两种区别开来：一种生产的经济条件方面所发生的物质的、可以用自然科学的精神性指明的变革，一种是人们借以意识到这个冲突并力求把它克服的那些法律的、政治的、宗教的、艺术的或哲学的，简言之，意识形态的形式。"②第三，他们提倡现实主义创作原则，要"莎士比亚化"，不要"席勒式"，马克思在给拉萨尔的信中批评了他的理想主义（浪漫主义）倾向："这样，你就得更加莎士比亚化，而我认为，你的最大缺点就是席勒式地把个人变成时代精神的传声筒。"③第四，他们提出了现实主义创作的原则：典型化，要反映典型环境中的典型人物。所谓典型环境，是符合社会历史发展规律的社会环境；所谓典型人物，是用符合社会发展规律的思想武装起来的人物；这个典型人物也应该是具有独特性的"这一个"："对于这两种环境里的人物，我认为您都用您平素的鲜明的个性描写手法给刻画出来了；每个人都是典型，但同时又是一定的单个人，正如黑格尔所说的，是一个'这个'，而且应该如此。"④

20世纪60年代中后期，伊格尔顿提出审美意识形态论，其本质是从政治的角度阐释审美对象，认为审美一方面是意识形态，但同时又具有审美意识的批判性，即他所说的"审美意识形态的辩证法"。伊格尔顿一方面强调的是政治、意识形态与文学文本的生产之间的关系，另一方面也强调了文学批评与意识形态的关系。在这一阶段，伊格尔顿值得关注的观点表现在他综合了布莱希特、本雅明、阿尔都塞、马歇雷的文学生产理论，认为文学既属于经济基础又属于上层建筑（意识形态），文学文本就是对各种意识形态素材进行加工的结果，文学文本既属于意识形态又具有意识形态批判性，从而打破了新批评所标榜的"经典"，以及客观的审美价值的神话。文学之所以成为"意识形态"，一方面是由于文学概念的形成基于一定的社会价值观念，另一方面则是由于文学文本加工的素材也是一种意识形态载体。而文学文本之所以又具有意识形态批判性则是由于文本是意识形态生产的结果而不是一种简单的意识形态反映。伊格尔顿认为文本是各种意识形态之间相互作用的结果，文学不是作者的"创造"，文本的形成并不以作

---

① 〔德〕恩格斯：《在马克思墓前的讲话》，《马克思恩格斯选集》第3卷，北京：人民出版社，1995年，第574页。
② 〔德〕马克思：《1844年经济学哲学手稿》，《马克思恩格斯选集》第2卷，北京：人民出版社，1995年，第32—33页。
③ 〔德〕马克思：《致拉萨尔》，纪怀民等编《马克思主义文艺论著选讲》，北京：中国人民大学出版社，1982年，第201页。
④ 〔德〕恩格斯：《致梅·考茨基》，纪怀民等编《马克思主义文艺论著选讲》，北京：中国人民大学出版社，1982年，第250页。

者的意志为转移,而是一种"自我生产",这说明他在一定程度上承认文本的自律性。另一方面他也认为作者的意识形态参与了文本的形成过程,并没有完全斩断作者与文本之间的联系①。在伊格尔顿时代,人生批评与政治批评有着合流现象,但这并不标志人生批评的消亡,相反,可能是人生批评谋求发展的一个新契机。

二、中国人生批评的发生与发展

中国古代的人生批评可以上溯到"献诗讽谏说"和"观诗知政说"。《国语·周语上》记载,周厉王暴虐,邵穆公劝谏他能上纳讽谏,下察民情,以改善政治状况:"防民之口,甚于防川。川壅而溃,伤人必多,民亦如之,是故为川者决之使导,为民者宣之使言。故天子听政,使公卿至于列士献诗,瞽献曲,史献书,师箴,瞍赋,矇诵,百工谏,庶人传语,近臣尽规,亲戚补察,瞽、史教诲,耆、艾修之,而后王斟酌焉。是以事行而不悖。"②邵穆公以水为例,劝谏厉王采诗,其目的在于维护周王朝的统治,但客观上说明了诗与人民生活的关系。据《左传·襄公十四年》记载,师旷对晋平公也说过:"自王以下,各有父兄子弟,以补察其政,史为书,瞽为诗,工诵箴谏,大夫规诲,士传言,庶人谤。"《左传·襄公二十九年》记载了季札观乐,季札认为《周南》、《召南》:"美哉!始基之矣。犹未也,然勤而不怨矣。"歌《郑》之后说:"美哉!其细已甚,民弗堪也,是其先亡乎?"乐工又歌《小雅》,他说:"美哉!思而不贰,怨而不言,其周德之衰乎?犹有先王之遗民焉。"③季札通过听乐而知人民生活状况,正是说明了艺术与百姓生活的关系。

孔子的诗教说和兴观群怨说是中国最早出现的比较系统的人生批评观。他认为,人的道德修养"兴于诗,立于礼,成于乐"④。他在《论语·为政》中说道:"诗三百,一言以蔽之,曰:思无邪。"无邪即是归于正,邢昺《论语注疏》:"诗之为体,论功颂德,止僻防邪,大抵皆归于正,故此一句可以当之也。"孔子还提出了兴观群怨说:"小子何莫学夫诗?诗可以兴,可以观,可以群,可以怨。迩之事父,远之事君;多识于草木鸟兽之名。"⑤兴,与"兴于诗"之兴不同,朱熹《四书章句集注》注为"感发志意",指"诗歌的生动具体艺术形象可以激发人的精神之兴奋,感情之波动,从吟诵诗歌、鉴赏诗歌中获得一种美的享受"⑥。观,《论语集解》引郑玄注说:"观风俗之盛衰。"朱熹《四书章句集注》解为"考见得失。"侧重在"诗歌所反映的社会政治与道德风尚状况以及作者的思想倾向与感情心态。"⑦群,《论语集解》引孔安国云:"群居相切磋。"朱熹《四书章句集注》解为"和而不流",是就文学作品的团结作用而言的。怨,《论语集解》引孔安国云:"怨刺上政。"黄宗羲《汪扶晨诗序》云:"怨亦不必上政。"即对现实不良政治的批判。

孟子提出的以意逆志、知人论世观,对中国传统批评产生了深远的影响。孟子针对咸丘蒙对《诗经·小雅·北山》的错误理解,指出要全面正确地理解诗歌必须以意逆志:"咸丘蒙曰:'舜之不臣尧,则吾既得闻命矣'。《诗》云:'普天之下,莫非王土,率土之滨,莫非王臣。'而舜既为天子矣,敢问瞽瞍之非臣,如何?曰:'是诗也,非是之谓也;劳于王事而不得养父母也。'曰:

---

① 参见张玉能:《马克思主义文论教程》,武汉:华中师范大学出版社,2005年,第374页。

② 《国语·周语上》。

③ 《左传·襄公二十九年》。

④ 《论语·泰伯》。

⑤ 《论语·阳货》。

⑥ 张少康、刘兰富:《中国文学理论批评发展史》上,北京:北京大学出版社,1995年,第35页。

⑦ 张少康、刘兰富:《中国文学理论批评发展史》上,北京:北京大学出版社,1995年,第35页。

'此莫非王事,我独贤劳也。'故说诗者,不以文害辞,不以辞志,以意逆志,是为得之。如以辞而已矣,《云汉》之诗曰:'周余黎民,靡有孑遗。'信斯言也,是周无遗民也。"①孟子还提出了知人论世观:"一乡之善士,斯友一乡之善士;一国之善士,斯友一国之善士;天下之善士,斯友天下之善士。以友天下之善士为未足,又尚(上)论古之人。颂其诗,读其书,不知其人,可乎?是以论其世。是尚友也。"②孟子不仅进行了理论上的阐述,并进行了具体的知人论世的批评实践:

公孙丑问曰:"高子曰:'《小弁》,小人之诗也。'"孟子曰:"何以言之?"曰:"怨。"曰:"固哉,高叟之为诗也!有人于此,越人关弓而射之,则己谈笑而道之;无他,疏之也。"曰:"《凯风》何以不怨?"曰:"《凯风》,亲之过小者;《小弁》,亲之过大者也。亲之过大而不怨,是愈疏也;亲之过小而怨,是不可矶也。愈疏,不孝也;不可矶,亦不孝也。孔子曰:'舜其至孝矣,五十而慕。'"③

荀子则系统地论述了音乐可以感化人心,影响社会风尚,决定政治治与乱。他认为,音乐"人人也深,其化人也速,故先王谨为之文";音乐的好坏可以影响人,影响政治,"凡奸声感人而逆气应之,逆气成象而乱生焉。正声感人而顺气应之,顺气成象而治生焉";"乐中平,则民和而不流,乐肃庄,则民齐而不乱。民和齐,则兵劲城固,敌国不敢婴也。如是,则百姓莫不安其处,乐其乡,以至足其上矣。然后名声于是白,光辉于是大,四海之民,莫不愿得以为师。是王者之始也。乐姚冶以险,则民流僈鄙贱矣,流僈则乱,鄙贱则争。乱争,则兵弱城犯,敌国危之。如是,则百姓不安其处,不乐其乡,不足其上矣。故礼乐废而邪音起者,危削侮辱之本也。"④

西汉司马迁提出了著名的"发愤著书说":"屈平疾王听之不聪也,谗谄之蔽明也,邪曲之害公也,方正之不容也,故忧愁幽思而作《离骚》。《离骚》者,犹离忧也。夫天者,人之始也;父母者,人之本也。人穷则反本,故劳苦倦极,未尝不呼天也;疾痛惨怛,未尝不呼父母也。屈平正道直行,竭忠尽智,以事其君,谗人间之,可谓穷矣。信而见疑,忠而被谤,能无怨乎?屈平之作《离骚》,盖自怨生也。"⑤他后来进一步阐释道:"盖西伯拘而演《周易》;仲尼厄而作《春秋》;屈原放逐,乃赋《离骚》;左丘失明,厥有《国语》;孙子膑脚,《兵法》修列;不韦迁蜀,世传《吕览》;韩非囚秦,《说难》《孤愤》。《诗》三百篇,大抵贤圣发愤之所为作也。此人皆意有所郁结,不得通其道,故述往事,思来者。"⑥即在他看来,文学艺术的创作,正是作家怨气忧愁郁积泄发而成。

《毛诗大序》发挥了《礼记·经解》中的温柔敦厚说即"经夫妇,成孝敬,厚人伦,美教化,移风俗",提出诗歌创作要"发乎情,止乎礼义",进而并提出讽谏说:"上以风化下,下以风刺上。""言之者无罪,闻之者足以戒。"对风、雅、颂进一步解释道:"是以一国之事,系一人之本,谓之风。言天下之事,形四方之风,谓之雅。雅者,正也,言王政之所由废兴也。政有小大,故有小雅焉,有大雅焉。颂者,美盛德之形容,以其成功告于神明者也。是谓四始,诗之至也。"⑦

曹丕认为文学是治理国家的大业:"盖文章,经国之大业,不朽之盛事。年寿有时而尽,荣

---

① 《孟子·万章上》。

② 《孟子·万章下》。

③ 《孟子·告子下》。

④ 《荀子·乐论》。

⑤ 司马迁:《史记·屈原贾生列传》。

⑥ 司马迁:《报任少卿书》。

⑦ 《毛诗大序》。

乐止乎其身,二者必至之常期,未若文章之无穷。是以古之作者,寄身于翰墨,见意于篇籍,不假良史之辞,不托飞驰之势,而声名自传于后。"①他还论述了作家才性与文体之间的关系:"王粲长于辞赋,徐幹时有齐气,然粲之匹也。如粲之《初征》《登楼》《槐赋》《征思》,幹之《玄猿》《漏卮》《圆扇》《橘赋》,虽张、蔡不过也。然于他文,未能称是。琳、瑀之章表书记,今之隽也。应玚和而不壮,刘桢壮而不密。孔融体气高妙,有过人者,然不能持论,理不胜辞,以至乎杂以嘲戏。及其所善,扬、班俦也。"即,作家才性不同,所擅长的文体亦有区别。

唐朝韩愈提出不平则鸣观:"大凡物不得其平则鸣。草木之无声,风挠之鸣;水之无声,风荡之鸣。其跃也,或激之;其趋也,或梗之;其沸也,或炙之。金石之无声,或击之鸣。人之于言也亦然。有不得已而后言,其歌也有思,其哭也有怀。凡出乎口而为声者,其皆有弗平者乎!乐也者,郁于中而泄于外者也,择其善鸣者而假之鸣。金、石、丝、竹、匏、土、革、木八者,物之善鸣者也。维天之于时也亦然,择其善鸣者而假之鸣。是故以鸟鸣春,以雷鸣夏,以虫鸣秋,以风鸣冬。四时之相推夺,其必有不得其平者乎!其于人也亦然。人声之精者为言,文辞之于言又其精也,尤择其善鸣者而假之鸣。"②

宋代欧阳修提出了"穷者而后工"的观点,他认为:"予闻世谓诗人少达而多穷。夫岂然哉?盖世所传诗者,多出于古穷人之辞也。凡士之蕴其所有,而不得施于世者,多喜自放于山巅水涯之外,见虫鱼草木风云鸟兽之状类,往往探其奇怪,内有忧思感情之郁积,其兴于怨刺,以道羁臣寡妇之所叹,而写人情之难言,盖愈穷则愈工。然则非诗之能穷人,殆穷者而后工也。"③在欧阳修看来,世上所传佳诗,多出于不达之人之手,其原因在于,理想抱负不得施展,必郁积于心,再加上自放于山水而探奇,内发外应而成佳作。

清末民初,中国文学与文论开始了现代转型。梁启超极力鼓吹小说的教化功能:"欲新一国之民,不可不先新一国之小说。故欲新道德,必新小说;欲新宗教,必新小说;欲新政治,必新小说;欲新风俗,必新小说;欲新学艺,必新小说;乃至欲新人心,欲新人格,必新小说。"因为小说有"不可思议之力支配人道故"。他所说的这个"不可思议"的力量其一在于"浅而易解故,乐而多趣",更重要的原因在于"感人之深"。梁启超还指出,小说的这种不可思议之力量是通过熏、浸、刺、提四种方式实现的④。

"五四"新文化运动前后,鲁迅、周作人、陈独秀与茅盾等人提出了人生文学的口号。早在1908年,鲁迅发表《文化偏至论》《摩罗诗力说》,既有"任个人而排众数"的个人主义呼吁,也有"立意在反抗,指归在动作"的新文学要求,这是人的文学的精神前导。1917年,陈独秀对"国民文学"、"写实文学"、"社会文学"的企盼,虽界定不甚清楚,但指出了文学与人生的关系。周作人在1918年至1919年间相继发表了《人的文学》《平民的文学》《思想革命》等文,是对人生文学的一次相当系统的研究与宣扬。周作人的人生文学观包含:主张个人本位,把个人价值视作人的首要价值;文学创作应当以真为主,由真及美,真美统一;并确定中国的新文学应以人的文学为发展理想。茅盾认为中国大部分的传统文学都与人生不密切,中国古来的文学者只晓得有古哲圣贤的遗训,不晓得有人类的共同情感;只晓得有主观,不晓得有客观;所以他们的文学是和人类隔绝的,是和时代隔绝的,不知有人类,不知有时代。因此,他希望应当有"人的文

---

① 曹丕:《典论·论文》。
② 韩愈:《送孟东野序》,《昌黎先生集》卷十九。
③ 欧阳修:《梅圣俞诗集序》,《欧阳文忠公集》卷四十二。
④ 梁启超:《论小说与群治之关系》,王运熙:《中国文论选》近代卷下,南京:江苏文艺出版社,1996年,第291页。

学"、"真的文学"出现,其目的总是表现人生,扩大人类的喜悦和同情,有时代的特色做它的背景。另一方面,他又把"人的文学"具体化,即平民意识,反对文学的贵族化倾向,强调了文学的平民性,认为平民文学才是新文学的方向:积极的责任是欲把"德谟克拉西"充满在文学界,使文学成为社会化,扫除贵族文学的面目,放出平民文学的精神。

第三节　人生批评的建构视角

人生批评主要从作品的人生意义,作家的情操修养、生活背景与作品创作的关系,作品内容与社会生活的关系三个方面进行分析、批评。

一、揭示作品的人生意义

揭示作品的人文精神价值是人生批评派作品解读的重要方式。马修·阿诺德说道:"实际上,诗歌就是对人生的评论;诗人的伟大之处在于对人生观——对'如何生存'这一问题的观点——予以有力的、审美的表现。……在任一种情况下,我们都在愚弄自己;其补救办法就是让我们的思想依靠人生这一伟大的、意蕴无穷的词,直到我们学会洞察人生的意义。反叛道德的诗歌就是反叛人生的诗歌;漠视道德的诗歌就是漠视人生的诗歌。"他还认为,诗歌是对人生意义的诠释:"迄今,人们一般委以诗歌诸般用处,赋予诗歌种种使命,从而使诗歌能够发挥更大的作用,我们应该这样理解它。越来越多的人们会发现,我们只得求助于诗歌来为我们诠释人生,抚慰我们,鼓舞我们。"①亨利·詹姆斯认为,既然人们可以感受人生,那么,他们就可以感受与人生联系最为紧密的艺术。这种紧密联系是我们在谈论小说的效果时不应该忘记的。在小说展现给我们的内容中,"正是因为我们不必重新编排就可认识人生,我们才感觉到我们在与真理接触;正是因为我们通过编排来认识人生,我们才感觉到在被替代物、折中物和惯例所搪塞"②。莱昂内尔·特里林认为艺术在于其人生批评价值,"如果文学作品有某种真实的艺术存在的话,它就拥有对人生批评的价值;无论它选择了多么复杂的方式言说,它都在宣告人生应该拥有的品质,人生现在没有但应该拥有的品质。我想,他们感受到,对于一部进入伟大行列的文学作品而言,不寻求人生更多的能量和美好简直是不可能的;这样的作品会通过对意识的传达,将那些品质变成为现实"③。

现实主义作家与批评家尤其马克思主义文论家往往把人的文学归结为人民的文学,描写普通的人民,表现他们的情感、生活。杜勃罗留波夫认为文学是"人民生活的印记",他对人民性这样阐释道:"(把)人民性了解为一种描写当地自然的美丽,运用从民众那里听到的鞭辟入里的语汇,忠实地表现其仪式、风习等等的本领","要真正成为人民的诗人,还需要更多的东西:必须渗透着人民的精神,体验他们的生活,跟他们站在同一的水平,丢弃阶级的一切偏见,

---

① 〔英〕马修·阿诺德:《当代批评的功能(1865)》,拉曼·塞尔登《文学批评理论——从柏拉图到现在》,刘象愚、陈永国等译,北京:北京大学出版社,2000 年,第 542 页。

② 〔英〕亨利·詹姆斯:《〈一个贵妇人的画像〉序言》,拉曼·塞尔登《文学批评理论——从柏拉图到现在》,刘象愚、陈永国等译,北京:北京大学出版社,2000 年,第 547 页。

③ 〔英〕莱昂内尔·特里林:《超越文化》,拉曼·塞尔登《文学批评理论——从柏拉图到现在》,刘象愚、陈永国等译,北京:北京大学出版社,2000 年,第 563—564 页。

丢弃脱离实际的学识等等,去感受人民所拥有的一切质朴的感情。"①托尔斯泰也认为艺术家"千万不能过一种自私自利的生活,而应深入到一般人的生活中间去","未来真正的艺术家,将过着普通人的平凡生活,他靠着某一项劳动维持自己的生活,他将努力把浸润他全身的那种崇高的精神力量的果实交给最大数目的人,因为他的乐趣和慰藉就在于把自己心里所产生的感情传达给最大数目的人"②。

在某些人生批评者看来,文学的终极价值是人类精神完善的途径,文学艺术是人类精神栖居的家园。托尔斯泰说,艺术是一种"交际手段",也是"谋取进步的手段",换言之,"是人类走向完善的手段","艺术的使命就在于此",所以就内容来说,"艺术越是能完成这个使命,它就越是优秀;越是不能完成这个使命,它就越是低劣"③。阿多诺通过艺术的否定性来阐释文学艺术对于人的自由的意义,要求艺术肩负起拯救人类和社会的重任。他说:"艺术是按照它不是什么而规定自身的。""毫无疑问,艺术品只有在它们否定其根源的同时才能成为艺术作品。在它们一度反拨地消除了它们所由产生的根源之后,它们古时依附于陈腐的巫术、徭役和消遣品所受到的屈辱,便不致像原罪一样使它们非受不可了。"他认为,艺术只有作为自为之物在自身中保持其纯洁性,而不顺应现存的社会规范并成为"社会有用的",才可能通过它单纯的存在对社会进行批判。阿多诺把艺术对于资本主义社会的反对和对人类解放的力量,放在了艺术本身所具有的否定性本质和双重性格的内在辩证因素之上了,因此,艺术的社会作用就不是一个艺术的外在作用的问题,而是一个内在规律的问题,人类精神解放与自由是艺术的本身的根本属性④。

二、分析作家的情操修养、生活背景与作品的关系

人生批评往往通过考察作家的情操修养、生活背景来分析其对创作的影响。孟子的以意逆志、知人论世观正是从作家的情操与作品关系解读作品。颜之推论文学极重作家人品,他联系作家人品而批评其文章:

> 然而自古文人,多陷轻薄:屈原露才扬己,显暴君过;宋玉体貌容冶,见遇俳优;东方曼倩,滑稽不雅;司马长卿,窃赀无操;王褒过章《僮约》;扬雄德败《美新》;李陵降辱夷虏;刘歆反复莽世;傅毅党附权门;班固盗窃父史;赵元叔抗竦过度;冯敬通浮华摈压;马季长佞媚获诮;蔡伯喈同恶受诛;吴质诋忤乡里;曹植悖慢犯法;杜笃乞假无厌;路粹隘狭已甚;陈琳实号粗疏;繁钦性无检格;刘桢屈强输作;王粲率躁见嫌;孔融、祢衡,诞傲致殒;杨修、丁廙,扇动取毙;阮籍无礼败俗;稽康凌物凶终;傅玄忿斗免官;孙楚矜夸凌上;陆机犯顺履险;潘岳干没取危;颜延年负气摧黜,谢灵运空疏乱纪;王元长凶贼自诒;谢玄晖侮慢见及。凡此诸人,皆其翘秀者,不能悉记,大较如此。⑤

---

① 〔俄〕杜勃罗留波夫:《俄国文学发展中人民性渗透的程度》,辛未艾译,伍蠡甫主编《西方文论选》下卷,上海:上海译文出版社,1979 年,第 448 页。
② 〔俄〕托尔斯泰:《艺术论》,韦陈宝译,北京:人民文学出版社,1958 年,第 19 页。
③ 〔俄〕托尔斯泰:《艺术论》,韦陈宝译,北京:人民文学出版社,1958 年,第 19 页。
④ 参见张玉能:《马克思主义文论教程》,武汉:华中师范大学出版社,2005 年,第 326 页。
⑤ 颜之推:《颜氏家训·文章》。

现代人生批评中分析作家的生活背景与道德情操的实践非常丰富。例如,有学者在分析张爱玲的创作心态与其作品的关系时,认为张爱玲幼年的生活使其形成了"失落者"心态,从而影响了其文学作品的创作:"我力图从创作主体心态的角度理解张爱玲,认为她早年的身世影响了她的人格心理的发展,进而影响到她对外部世界的感受和体验;不幸的童年、没落的家庭、动荡的现实环境使她成为一个'失落者',造成她复杂的内心矛盾。"①作者认为,正是这种身世背景、生活环境造成的"失落者"心态,影响了《十八春》、《倾城之恋》等作品。有学者在分析沈从文的作品时就联系他的身世进行分析:"我们从《从文自传》中得知,他去京城就是为了读书,通过读书达到挤入上流社会的目的。然而,初到北京,自负的他就被这座古城无处不在的文化震慑住了。报考燕大又得了零分,这无疑进一步加深了他那被京城强大气势诱发出来的渺小感,从而衍成一种由教育、出身、地位等自卑汇聚而成的自卑情结。经验告诉我们,强烈的自卑必然导致极度的自尊。沈从文的自尊是如何体现出来的呢? 那就是营构一个完美的'湘西世界',一者表示自己所属文化环境的优越,再者,以自己'乡下人'的人性、道德上的优越来俯视都市,揭示都市人的丑陋,试图说明都市人不仅不比乡下人优越,反而低劣得多。由此,沈从文便把自卑转化为优越,从而获得某种补偿式的心理平衡。"②

三、分析作品的内容与社会生活的关系

　　在人生批评派看来,作品是社会生活的反映,因此,人生批评特别重视作品内容与社会生活的关系,挖掘作品的社会意义。明末清初学者王夫之指出:"身之所历,目之所见,是铁门限。"③这个"铁门限"正是强调了现实生活对艺术的重要作用。黑格尔认为,每种艺术作品都属于"它的时代和它的民族","各有特殊的环境,依存于特殊的历史的和其他的观念的目的"④。别林斯基认为,"纯粹的、孤立的"艺术"任何时候,任何地方,都是不存在的",艺术是为社会利益服务的,"剥夺了艺术为社会利益服务的权利,这是贬低艺术,却不是抬高艺术,因为这等于是夺去它的最泼辣的力量,即:思想,使之成为消闲享乐之物,游手好闲的懒人的玩具";如果一部艺术作品只是为描写生活而描写生活,没有"发自时代主导思想的强大的、主观的激动",如果"不是痛苦的哀号或者欢乐的颂赞","不是问题或者对于问题的回答",那么只是"一部僵死的作品"⑤。车尔尼雪夫斯基认为:"那种崇拜纯艺术理论的人,向我们强说艺术应该和日常生活互不相谋,他们不是自欺,就是做作:'艺术应当脱离生活而独立'这种话,一向就是用来掩饰反对这些人所不喜欢的文学倾向的。它的目的,就是使文学给另一种在趣味上和这些人们更为适合的倾向所驱策。"⑥

　　马克思在评价英国作家时认为,现代英国的一批杰出的小说家在其作品中向世界揭示的政治和社会真理,比一切职业政客、政论家、道德家加在一起所揭示的还要多。恩格斯也正是

① 宋家宏:《张爱玲的"失落者"心态及创作》,子通、亦清《张爱玲评说六十年》,北京:中国华侨出版社,2001年,第414页。
② 刘艳、刘俊:《人性的黑洞》,朱栋霖主编《文学新思维》上卷,南京:江苏教育出版社,1996年,第132页。
③ 王夫之:《夕堂永日绪论·内编》。
④ 〔德〕黑格尔:《美学》第1卷,朱光潜译,北京:商务印书馆,1979年,第19页。
⑤ 〔俄〕别林斯基:《一八四七年俄国文学一瞥》,满涛译,伍蠡甫主编《西方文论选》下卷,上海:上海译文出版社,1979年,第389页。
⑥ 〔俄〕车尔尼雪夫斯基:《俄国文学果戈理时期概观》,翁义钦译,伍蠡甫主编《西方文论选》下卷,上海:上海译文出版社,1979年,第420—421页。

从现实主义出发,高度评价了巴尔扎克与法国社会现实的关系:"巴尔扎克,我认为他是比过去、现在和未来的一切左拉都要伟大得多的现实主义大师,他在《人间喜剧》里给我们提供了一部法国'社会'特别是巴黎'上流社会'的卓越的现实主义历史,他用编年史的方式几乎逐年地把上升的资产阶级在1816年到1848年这一时期对贵族社会日甚一日的冲击描写出来,这一贵族社会在1815年以后又重整旗鼓,尽力重新恢复旧日法国生活方式的标准。他描写了这个在他看来是模范社会的最后残余在庸俗的、满身铜臭的暴发户的逼攻之下逐渐灭亡,或者被这一暴发户所腐化;他描写了贵妇人(她们对丈夫的不忠只不过是维护自己的一种方式,这和她们在婚姻上听人摆布的方式是完全相适应的)怎样让位给专为金钱或衣着而不忠于丈夫的资产阶级妇女。在这幅中心图画的四周,他汇集了法国社会的全部历史,我从这里,甚至在经济细节方面(如革命以后动产或不动产的重新分配)所学到的东西,也要比当时所有职业的历史学家、经济学家和统计学家那里学到的全部东西还要多。"[1]

可以说,中国现代文学批评实践中最丰富的就是阐述作品的内容与社会现实的关系,阐释作品的社会意义。在分析鲁迅《狂人日记》时,就有学者指出:《狂人日记》在思想上成为了"五四"新文学的一篇"总序",体现了彻底的反封建的思想倾向,并进一步认为《狂人日记》对封建礼教的揭露与批判是多层次展开的。

第四节　实例分析

原作:

郁达夫(1896—1945),原名郁文,字达夫,浙江富阳人。1912年考入之江大学预科,因参加学潮而被开除,1914年7月考入东京第一高等学校预科,1919年考入东京帝国大学经济学部。自1911年起郁达夫开始创作旧体诗,1914年开始尝试小说创作。1921年6月,郁达夫与郭沫若、成仿吾、张资平等人发起成立创造社。7月,第一部短篇小说集《沉沦》问世,在当时产生很大影响。1922年3月,从东京帝国大学毕业后归国。5月,主编的《创造季刊》创刊。7月,发表小说《春风沉醉的晚上》。1923年至1926年先后在北京大学、武昌师大、广东大学任教。1926年底回到上海后主持创造社出版部工作,主编《创造月刊》、《洪水》半月刊,发表了《小说论》、《戏剧论》等论著。1928年加入太阳社,主编《大众文艺》。1930年3月,中国左翼作家联盟成立,郁达夫是发起人之一。12月,小说《迟桂花》发表。1933年4月移居杭州,写了大量游记和诗词。1938年12月去新加坡,主编《星洲日报》等报刊副刊,写了大量政论、短评和诗词。1942年,日军进逼新加坡,与胡愈之、王任叔等人撤退至苏门答腊的巴爷公务,化名赵廉。1945年日本投降后被日军宪兵杀害。其代表作有《沉沦》、《银灰色的死》、《迟桂花》、《春风沉醉的晚上》等。

郁达夫论[2](节选)　曾华鹏、范伯群

郁达夫早期的作品的颓废情绪是有他的社会根源的,只有理解这点才能正确理解他作品中所表现的情绪的实质。这时期,中国人民正被帝国主义和封建主义这两座大山压得喘不过

---

[1] 〔德〕恩格斯:《致玛·哈克奈斯》,纪怀民等编《马克思主义文艺论著选讲》,北京:中国人民大学出版社,1982年,第269—270页。

[2] 曾华鹏、范伯群:《现代四作家论》,北京:人民文学出版社,1981年,第4—10页。

气来,中国工人阶级还没有成为自觉的领导革命的力量。虽然国内已经酝酿着革命的风暴,但是远在国外的郁达夫是没有能够迅速感受到的,在他的印象中,祖国是可爱的,但又是可怨的,是丰饶的,但却是衰弱的;而且,他在日本,更直接受到帝国主义的歧视和迫害,更深切地感觉到由于祖国的软弱所带给他的割心的绞痛。他深深地懂得,祖国的富强对于他来说是多么重要。

可是,当时国内的政治黑暗,军阀横行的现实,使他感不到温暖,对于他那受了委屈的年轻的心却又是一次次的打击,他后来曾经说及那时的心情:

> 我的这抒情时代,是在那荒淫惨酷,军阀专权的岛国里过的。眼看到故国的陆沉,身受到异乡的屈辱,与夫所感所思,所经所历的一切,剔括起来没有一点不是失望,没有一处不是忧伤……
>
> 是在日本,我开始看清了我们中国在世界竞争场里所处的地位;……是在日本,我早就觉悟到今后中国的运命,与夫四万五千万同胞不得不受的炼狱的历程。

郁达夫在国外受到帝国主义的压迫和欺侮,他那单纯而脆弱的灵魂受伤了。"支那或支那人的这一个名词,在东邻日本民族,尤其是妙年少女的口里被说出来的时候,听取者的脑里心里,会起怎么样的一种被侮辱,绝望,悲愤,隐痛的混合作用,是没有到过日本的中国同胞,绝对地想象不出来的。"

他在一九二二年回国了。回国以后所遇到的是这样的现实:五四潮落以后,中国的政治形势起了剧烈的变化。中国共产党成立了,马克思主义得到了更广泛的传播,而五四时期的反帝反封建的新文化运动的统一战线开始分裂了。这正是鲁迅先生所说的:"有的高升,有的退隐,有的前进,……"的时期。这时候,大家都在寻找自己的道路:有的接受了马克思主义,走上了战斗的路;有的逃跑,或者叛变到大地主大资产阶级那一面去。在当时,更多的是小资产阶级知识分子,他们看不到革命的前途,没有认识到当时已经逐渐壮大起来的工人阶级的力量。就这样,他们彷徨在历史的三岔路口。

郁达夫像一个受尽折磨受尽委屈的远行的旅人,怀着极大的希望回来了,可是迎接他的是一个变乱的时候,他得不到温暖与慰安,甚至在历史的风波中迷失了道路,因此,他彷徨,他孤独,他失望。"在这茫茫的人海中间……我只觉得置身在浩荡的沙漠里。"(《落日》)

不论他是在日本,或者是初回国的时候,他对当时的中国的软弱无力是不满的,虽然他也感到自己责任的重大,他想改变这种现实,想探索解救的道路,可是由于他不明白软弱的根本原因,由于他是一个脱离群众、脱离实际斗争的小资产阶级知识分子,因此他是无能为力的。列宁说过:"失望是那些不了解罪恶原因,瞧不见出路,不能斗争的人们所特有的。"郁达夫就是这样的人,他就是在这样急剧变动的时代条件下,以他那种因为瞧不见出路而寂寞、孤独与失望的情绪开始他初期的文学创作活动的。而这正是郁达夫初期创作中所含有的某些颓废情绪的社会根源。这是主要的根源。

另一方面,不可否认,郁达夫当时在国外,除了前面提到过的他曾经接受外国的进步艺术影响而外,他用病态的心情去接触日本和西洋的资产阶级思想文化,不可避免地会或多或少地受到资产阶级的世纪末的颓废主义情绪的影响,这应该说也是造成郁达夫早期作品的颓废情绪的另一个因素。

由于这些原因合流而产生的不健康的情绪,在作品中也必然会有它的反映。例如,郁达夫在日本时所写的《沉沦》、《南迁》、《银灰色的死》和《胃病》等，这些作品写的都是中国留日学生的生活——他们生活在一个冰冷的环境中，一方面他们受到欺侮和鄙视；另一方面，他们又深深感到作为一个弱国子女的痛苦。

在这种陌生的冰冷的地方，他们感到多么孤独。正像《胃病》中的主人公的独白：

> 我是一个孤独的人。一个人从母胎里生下来，仍复不得不一个人回到泥土里。我的旅途上的同伴，终竟是寻不着的了。

对于他们，所需要的只是温暖和同情，这是他们向黑暗现实搏斗的力量和支柱。但是，在那样一种环境中，即使只是这一点点要求也是无法得到的。他们对于祖国社会的黑暗面是有一定程度的认识的，他们不敢企求这样贫弱的祖国给予什么支持。在这样一种走投无路的情况下，他们感到绝望，但又不愿向旧营垒妥协，于是只有死才是惟一可走的道路了。《沉沦》中的主人公跳入海里死了，他摆脱了这"多苦的世界"。在《南迁》中，整篇的情绪就是忧郁的、消极无望的。而在《银灰色的死》中，主人公的从希望到失望，从追求到死亡，给整篇作品涂上了黯淡的色彩。

作者就是这样使自己作品中的主人公在生命的边缘上挣扎，就是这样在愤怒的狂喊之后使他们在死亡的海边无力地举起双手。

在郁达夫回国前后的几篇作品中，颓废情绪也占了重要的一席之地。郁达夫笔下的主人公于质夫曾是一个有正义感和有希望的青年，但是由于社会的逼迫和流离颠沛的生活，将他摧残成一个退却和麻木的人，几乎整天地沉醉于妓院里的酒、鸦片和女人之中了。这时候，我们已经再也看不到理想，看不到能够令人振作的东西了。"人生到了这一个境地，还有什么希望？还有什么希望呢？"（《一封信》）

可是，还有一点值得注意的：郁达夫这时期并不是轻易地就使自己的主人公屈服的。我们可以看到：在这时期他作品中的主人公，是经历着多么痛苦、多么剧烈的内心斗争。这辈人确曾意识到人生的使命，但是到处"碰壁"之后，也只剩下了无可奈何的绝望的呻唤：

> 你们的灾殃，你们的不幸，全交给了我，凡地上一切的苦恼，悲哀，患难，索性由我一人负担了去罢！（《还乡记》）

上面就是我们对郁达夫初期创作中的颓废情绪的一般考察。总的应该这样说：郁达夫初期的作品曾经流露出不少的颓废情绪，而这种情绪，即使在当时也有消极作用的一面，因为它使一些青年读了以后，感到自卑，不敢确信自己的力量；同时又更伤感，更绝望，甚至会走向逃避现实逃避斗争的路上去。可是我们却也不能因此而得出结论，认为郁达夫就是一个十足的颓废主义者。因为，郁达夫作品中所以会有颓废情绪，也不能算是他的罪过，而只能说是他的不幸，这是社会所带给一个找不到道路而心地良善的人的必然礼物。正像我们在上面所考察的，这种情绪是有其社会根源的，而且这种失望、消极的情绪在当时不少找不到道路，而又具有正义感的小资产阶级知识分子中间是普遍存在的，这曾经形成了一种时代病，而郁达夫不过是在自己作品中强烈地表现了这种情绪而已，应该说这是表现了一定的时代侧面，同时也是表现了一定的历史真实的。

点评：

人生批评往往先考察作家的身世、社会背景对作家的影响，再分析这种影响在其作品中的具体表现。作者将郁达夫早期的创作特色归结为颓废，认为其颓废是由社会造成的："郁达夫早期的作品的颓废情绪是有他的社会根源的，只有理解这点才能正确理解他作品中所表现的情绪的实质。"然后从两个方面分析郁达夫颓废情绪的社会根源：

一是在日本时"国内的政治黑暗，军阀横行的现实，使他感不到温暖，对于他那受了委屈的年轻的心却又是一次次的打击"，尤其是他在日本时"更直接受到帝国主义的歧视和迫害，更深切地感觉到由于祖国的软弱所带给他的割心的绞痛"，这使"他那单纯而脆弱的灵魂受伤了"。回国后，他本是"怀着极大的希望"，"可是迎接他的是一个变乱的时候"，"他得不到温暖与慰安，甚至在历史的风波中迷失了道路"，因此，他更加彷徨、孤独与失望。这是他初期文学创作颓废情绪的主要根源。

二是"他用病态的心情去接触日本和西洋的资产阶级思想文化，不可避免地会或多或少地受到资产阶级的世纪末的颓废主义情绪的影响"，这是他早期文学作品颓废情绪的另一个因素。

作者接着分析这种颓废情绪在作品中的具体体现。郁达夫在日本时所写的《沉沦》、《南迁》、《银灰色的死》和《胃病》等作品中主要描写了在日本的中国留学生的生活，"他们生活在一个冰冷的环境中，一方面他们受到欺侮和鄙视；另一方面，他们又深深感到作为一个弱国子女的痛苦"。回国前后的几篇作品中，"颓废情绪也占了重要的一席之地"，"郁达夫笔下的主人公于质夫曾是一个有正义感和有希望的青年，但是由于社会的逼迫和流离颠沛的生活，将他摧残成一个退却和麻木的人，几乎整天地沉醉于妓院里的酒、鸦片和女人之中了"。这些作品中人物的颓废情绪正是郁达夫颓废情绪的具体体现。

作者最后总结到，郁达夫作品中的颓废情绪是作家颓废情绪的反映，而作家颓废情绪则是社会造成的；郁达夫的颓废情绪不仅是个人的，而是也是当时社会现实的折射，"这种失望、消极的情绪在当时不少找不到道路，而又具有正义感的小资产阶级知识分子中间是普遍存在的"，是当时的"一种时代病"。

从批评文本可以看出，作者的阅读批评的过程同时也是作家审美观与批评者审美观的交流与对话过程。在作者看来，郁达夫的作品是颓废的，会产生消极的作用，对此是持批评态度的，"而这种情绪，即使在当时也有消极作用的一面，因为它使一些青年读了以后，感到自卑，不敢确信自己的力量；同时又更伤感，更绝望，甚至会走向逃避现实逃避斗争的路上去。"这里有两点值得注意：其一，用"颓废"标记郁达夫的创作本身是否合适？将颓废与资产阶级、小资产阶级相关联，是否限制了对于颓废的理解？其二，这种"颓废"风格是否对社会必然产生危害？为什么至今还有很多读者喜欢郁达夫的这些作品，若从产生危害的角度看，这难道不是自动地接受危害吗？倒是作者强调郁达夫的创作记录了时代的真实，从而具有了真实的价值，这也许是郁达夫能够在今天仍然具有影响力的更为关键的原因之一。

另外，还应该指出，作者对郁达夫小说的批评，更多地注重了社会因素和作家个人情绪对于作品的影响，而未能更深入地挖掘作家个体审美体验的独特性，这是其所疏忽的一面。

关键词

1. 人生批评：指把作家的审美体验与其所处的环境、时代结合起来、把作品的内容与社会生活联系起来进行考察、分析、评价，并突出作品的人文精神价值的一种批评方式。对作品的内容进行分析与批评的过程，同时也是批评家从自己的审美观出发，与作家进行情感沟通、交流、批评的过程。

2. 现实主义：狭义的现实主义特指发生在 19 世纪的现实主义运动，广义的现实主义，泛指文学艺术忠诚于自然或社会现实生活的一种创作方式。现实主义最初源于古希腊人那种"艺术乃自然的直接复现或对自然的模仿"的朴素的观念，作品的逼真性或与对象的酷似程度成为判断作品成功与否的准则，这种现实主义概念雄霸西方文论史近两千年。

3. 真实性：文学的真实性不等于客观的真实，文学真实性一般指情理的真实，即合情、合理。所谓合情，指作家的情感真实、不矫情做作；所谓合理，是指符合事理。

思考题

1. 什么是人生批评？它与社会历史批评的联系与区别是什么？

2. 具体的人生批评实践应当从哪几个方面操作？请以实例加以说明。

3. 别林斯基认为："剥夺了艺术为社会利益服务的权利，这是贬低艺术，却不是抬高艺术，因为这等于是夺去它的最泼辣的力量，即：思想，使之成为消闲享乐之物，游手好闲的懒人的玩具。"你如何理解这个观点？

阅读链接

1. 〔法〕斯达尔夫人：《论文学》，徐继曾译，北京：人民文学出版社，1986 年。

2. 〔法〕罗贝尔·埃斯卡尔皮：《文学社会学》，符锦勇译，上海：上海译文出版社，1988 年。

3. 茅盾：《茅盾论中国现代作家作品》，北京：北京大学出版社，1980 年。

（莫先武）

第六章　道德批评

文学与道德联姻是一个不容置疑的事实，从道德的角度从事文学批评，无论在中国还是在西方都是源远流长的。中国文论中一直或隐或显地强调"教化"功能，而在西方文学批评中，良好的道义（good moral principles）同样也是衡量优秀文学作品的一个重要标准。在文学与文学批评多元化的今天，尽管道德批评已经没有昔日的辉煌，但道德批评仍然是文学批评诸种方法中的重要一种，发挥着独特的功用。

第一节　什么是道德批评

在中国古代，"道德"含义较广，但主要是指行为规范、品行修养与善恶评价。在西方，"道德"一词源于拉丁文 moralis，原意为风俗、习惯、品性、性格等。当代马克思主义伦理学认为，道德是人们在社会生活实践中形成的关于善恶是非的观念、情感和行为习惯，并依靠社会舆论和良心指导的完善人格与调节人与人、人与社会、人与自然之关系的规范体系。道德是自律的，因为它关乎个人的灵魂深处；又是他律的，因为它是一种社会规范和意识。它既存在于个人的内部世界，也存在于与个人相关联的社会生活中，即个人的外部世界。道德是非的判断基本上是理性判断，而道德的实践则完全是价值判断。作为价值判断，道德纯粹是个人发自内心的感受和选择，是一种非常个人化的实践，人们对自己行为的欣慰和不安，即是道德力量之所在。道德的两个重要属性即"公共服务"和"社会共识"。一方面，道德是一种隐含契约，其内容是我愿意为社会提供道德服务，如果人们都做出同样的承诺，我就可以享受社会为我提供的道德服务。另一方面，从道德是社会共识这一前提出发，道德的基本要素就是全人类共同的道德信仰，如仁爱、诚实、守信、慷慨、宽容等，汉语常归结为"善"，而西方则一般归结为"美德"（virture）。

而作为文学批评模式的道德批评，以前往往被简单定义为对文学作品所蕴含的道德所作的价值判断与评价。这一界定大致符合文学批评的历史与现实，但不容否认，总体来看，它把道德批评简单化、僵化了。

我们认为，道德批评应当定义为：以人性与社会关怀为指归，对作品（包括题材、构思、写作过程等）、作者以及作品的社会功用，进行有关道德的探讨和判断，并作出适当的价值判断和价值引导，使文学更好地表现并服务于人生。这一定义有两个重要的预设逻辑前提：其一是作者、作品以及世界等诸要素与道德的必然联系,其二即强调文学的社会功用,即"文学表现人生并服务于人生",强调文学对时代所负有的伦理道德责任。根据这一定义,道德批评的对象就是作品、作者与时空等文学要素以及它们之间的关系;归宿是社会与人性关怀;其正当性在于道德与人、道德与社会、道德与文学的内在的必然的共生性以及道德与审美的兼容性。

　　审美主义的思想否定了文学作为道德事件的可能性。克罗齐提供了艺术不同于道德的充分说明,这就是在否定艺术可能作为个别利益满足的前提下,更进一步地否定了艺术可能作为普遍利益满足的那种功能,因此,艺术既不是物质功利(利)的追求,同时,也不应是道德功利(善)的追求,它只能是属于自己的对于美的执著追求。克罗齐是这样说的:

　　　　艺术活动不是一种道德活动,也就是说,实践活动的这种形式,尽管必然同"功利"、同"苦乐"联系在一起,但并不是直接功利主义和快感主义的,这种形式进入了更高级的心灵领域。可是,直觉就其为认识活动来说,是和任何实践活动相对立的。而实际上,正如远古时代就已指出的那样,艺术并不是起于意志;善良的意志能造就一个诚实的人,却不见得能造就一个艺术家。既然艺术并不是意志活动的结果,所以艺术便避开了一切道德的区分,倒不是因为艺术有什么豁免权,而是因为道德的区分根本就不能用于艺术。一个审美的意象显现出一个道德上可褒或可贬的行为,但是这个意象本身在道德上是无所谓褒贬的。世间没有一条刑律可以将一个意象判刑或处死,世间也没有一个法庭,或一个具有理性的人会把意象作为他进行道德评判的对象……①

　　克罗齐建立的是道德与艺术的不同论。若说道德是为了整个社会而培养出好人,再让这个好人去影响其他人,从而使得这个社会出现更多的好人,使这个社会极大地提高自身的社会道德水准,那么,艺术只能满足人们对于美的渴望与鉴赏的需要,从而满足心灵的一种自由的想象活动,并不能培养出什么好人。克罗齐明确反对用艺术去作教育的工具,去担负教育下层人民的任务,以便传播新的生活理想等等艺术所不能胜任的工作。他认为:"艺术就其为艺术而言,是离效用、道德以及一切实践的价值而独立的。"②又认为:"艺术作为直觉,有别于物质世界,有别于实践的、道德的和概念的活动。"③这样一来,在克罗齐的思想中,艺术具备了独立性,这种独立性依赖于艺术所具有的内在价值,它不需要依靠外在的证明才确认自己独特的性质。所以,如果艺术一经心灵起意志而需要外射的话,那么所谓的效用与道德就有资格与时机加入,在此种状态下,艺术的活动就已经属于经济的和道德的活动范围了,从而使得艺术活动混同于经济的与道德的活动。因此,在克罗齐眼里,判断审美活动与判断道德活动极不相同,"对某艺术作品所下的审美判断,与作者作为实践者的道德是毫不相干的,它和预防艺术被用去做坏事(这也就违反艺术纯为认识观照的本质)的措施也是毫不相干的。"④接下来的结论当然就是:"艺术活动不是一种道德活动",首先因为道德活动是实践活动的形式,艺术即直觉是认识活动,两者相对立;又因为艺术并不是起于意志,所以也不是意志活动的结果,因而艺术就避开了一切道德的区分;于是种种加诸艺术之上的目的说都是道德学说的派生物,必须予以反对与

① 〔意〕克罗齐:《美学原理·美学纲要》,朱光潜等译,北京:人民文学出版社,1983年,第213页。
② 〔意〕克罗齐:《美学原理·美学纲要》,朱光潜等译,北京:人民文学出版社,1983年,第126页。
③ 〔意〕克罗齐:《美学原理·美学纲要》,朱光潜等译,北京:人民文学出版社,1983年,第253页。
④ 〔意〕克罗齐:《美学原理·美学纲要》,朱光潜等译,北京:人民文学出版社,1983年,第128页。

否定。即使就批评而言,克罗齐也看到了道德主义的不合适。克罗齐说:"真正的诗的批评家不应只是就他个人而言的'道德主义者',有着正确的意图但却运用错误概念来进行推断的道德主义者,而应是对于人类精神的特性、对立性和辩证思维能深思熟虑的哲学家。"①受克罗齐的影响,朱光潜也曾表达过类似的看法,即所谓的站在一定的距离外,跳出实用世界来看艺术世界。所以,在朱光潜看来,文学的性质是美的,超功利的,想象的,一旦与实用沾边,与道德沾边,文学艺术的美就会消失。

可在道德批评家看来,他们不同意克罗齐、朱光潜等人的此种观点。梁实秋代表了这样的道德批评观点,他指出:

> 我承认文学里面有美,因为有美所以文学才能算是一种艺术,才能与别种艺术息息相通,但是美在文学里面只占一个次要的地位,因为文学虽是艺术,而不纯粹是艺术,文学和音乐图画是不同的。我这样说,并非是主观的以为文学应如此或不应如此便更进一步以为文学是如此或不是如此;我们试把一般公认为伟大或成功的古今中外若干文学作品摆在目前,客观地看一看,里面有几许是仅仅以给人美感为目的,有几许是除了以给人美感之外还以给人更严肃更崇高的感动(理智的与情感的)为目的,我们再归纳起来便可知道美在文学里的地位是不重要的了。
>
> 文学里面两项重要的成分,是思想与情感。文学的题材,严格的讲,是人的活动(man in action),其处置题材的方法是真实的描写,不是抽象的分析,所以文学异于社会科学;是想象的安排,不是个别的记载,所以文学异于历史。文学作者必先对人事有所感或有所见,然后他才要发而为文,所以文学家不能没有人生观,不能没有思想的体系。因此文学作品不能与道德无关,除非那文学先与人事无关。与人事无关的文学作品,事实上是有的,西洋近代的所谓"纯粹诗"(pure poetry)就是向着这方向的运动,至于"为艺术而艺术"的主张以为艺术与人事的关系应该割断自更不待言。象征主义者实际上也是把人事排出于艺术范围之外。但这只是一种堕落的趋向,只能在一些"小诗"或"佳句"里寻求例证罢了。从"美学"的出发点来看文学,也同样的容易忽略文学的道德性。
>
> 美在文学里的地位是这样的:他随时能给人一点"美感",给人一点满足,但并不能令读者至此而止;因为这一点满足是很有限的,远不如音乐与图画,这一点点的美感只能提起读者的兴趣去做更深刻更严肃的追求。例如李后主的词,王渔洋的秋柳,单赏玩其中的辞句的绮丽,声调的跌宕,那是不够的,因为明明的里面有一个抑郁不得志的人的牢骚,不容你不去领会。那亡国恨写得美,那牢骚写得美,我承认,但是读者读了之后决不会说一声"美呀! 美呀!"就算完事,最足以打动读者的心的不是那美,是那作为题材的亡国恨和牢骚。欣赏音乐图画,可以用"无所为而为"的态度,可以采取适当的"距离",若是读文学作品而亦同样的停留在美感经验的阶段,不去探讨其道德的意义,虽然像是很"雅",其实是"探龙颔而遗骊珠"!②

① *Benedetto Croce's poetry and literature*, *an introduction to its criticism and history*, translated from the Italian by Giovanni Gullace, 143, Carbondale and Edwardsville, Southern Illinois University Press, 1981. 原文为:"For these reasons, it is also said with the right intention but the wrong concept, that the true critic of poetry must also be 'a moralist'. The critic must not contain within himself the moralist, but the philosopher who has meditated on the human spirit in its distinctions and oppositions and in its dialectic."

② 梁实秋《文学的美》,《梁实秋论文学》,台北:时报文化出版事业有限公司,1978 年,第 446 页至 447 页。

梁实秋认为文学与音乐图画是有区别的，前者是艺术的一种，但并不像音乐图画那样纯粹，所以，从审美的角度定性音乐图画较为合适，而同样地定性文学作品，就显得不够准确了。他从内容与形式的二分法认为文学作品里所表现的内容是非常重要的，只是在欣赏文学作品时领会到了这层内容，才算真正地欣赏了文学。而在梁实秋看来，文学作品的内容包括了思想与情感两项，这思想与情感与人事相关，这人事与道德相关，所以，文学作品无论是从思想与情感上看，还是从人事上看，都与道德密不可分。文学创作与文学欣赏，只有深入到道德的层面，才算是完整的、深刻的、真实的。

但也不应断定主张审美批评的就一概否定文学与道德的关联。如朱光潜在反思审美批评时就从人的整体性角度间接肯定了文学与人的整体性的关联，而人的整体性中包含了人的道德性，所以，文学是难以与道德相脱离的。朱光潜认为："稍纵即逝的直觉嵌在繁复的人生中，好比沙漠中的湖泊，看来虽似无头无尾，实在伏源深广。"[1]这告诉人们，看这片湖泊清亮，不可忽略了那大片沙漠的贡献。因此，朱光潜的结论是：人虽然可以划分成三种类型，如美感的人、科学的人、伦理的人，但三者不可分割，"'美感的人'，同时也还是'科学的人'和'伦理的人'。文艺与道德不能无关"[2]。在论及中国传统的"文以载道"时，朱光潜也是想方设法加以辩护，认为："在中国文学中，道德的严肃和艺术的严肃并不截分为二事。这一优点不是'文以载道'说所能包括，也不是对于'文以载道'说的厌恶所能抹煞的。"[3]这种一分为二地看待"文以载道"的观点，为肯定文艺与道德的关联，留有较大的认同空间。在朱光潜看来，"文以载道"在将文艺与道德强行扭结在一起时，并非只有错误，同时也在提升中国文艺的思想品格。

尽管在道德批评与审美批评的视野中，对于文学与道德关系的理解是有区别的，甚至是对立的，但他们都承认文学与道德不可分，为文学批评中从事道德研究提供了理论上的说明，也证明道德批评应当是文学研究中不可或缺的一种行之有效的方法。

第二节　道德批评的发生与发展

在文学史上，文学与道德的关系，一直争论不休，有时甚至达到相当激烈的程度，出现了否定文艺与道德的言论，但无论在东方，还是西方，追求"美善统一"往往成为文学的最高目标。而就道德批评自身的发展而言，它经历了一个极端的尊崇时期，但却向着极端的弱化方向发展，最后进入与其他批评方法多元并存的状态，在其间，道德批评的延续与发展，却始终是不容置疑的客观存在。

一、道德批评在中国的发生与发展

在中国古代，道德批评枝繁叶茂，蔚为大观。远至春秋时期，孔子就已经表现出了对文学道德的极大关注。孔子在评价中国第一部诗歌总集《诗经》时所使用的"《诗三百》，一言以蔽之，曰：'思无邪。'"一经提出，就成为中国古代不移的"诗教"之一，代代相传。孔子对"诗"的功

---

① 朱光潜：《文艺心理学》，《朱光潜全集》第1卷，合肥：安徽教育出版社，1988年，第320页。
② 朱光潜：《文艺心理学》，《朱光潜全集》第1卷，合肥：安徽教育出版社，1988年，第316页。
③ 朱光潜：《文艺心理学》，《朱光潜全集》第1卷，合肥：安徽教育出版社，1988年，第297页。

能还进行过全面的总结,认为"诗可以兴,可以观,可以群,可以怨"①。这一论断肯定了诗歌的认知、讽谏和风化教育功能,对中国古代的文学创作和文学批评都产生了深远影响,从而奠定了道德批评的根基。

自此以降,道德批评一脉相承。汉代形成了与政治统治、风俗教化相关的"讽谕说"。郑玄指出:"诗者,弦歌讽谕之声也。自书契之兴,朴略尚质,面称不为谄,目谏不为谤。君臣之接如朋友然,在于恳诚而已。斯道稍衰,奸伪以生,上下相犯。及其制礼,尊君卑臣,君道刚严,臣道柔顺,于是箴谏者希,情志不通,故作诗以赞其美而讥其过。"②这是强调在君臣之道堵塞了下情上达的言路时,运用诗歌创作的赞美功能与讽刺功能来间接影响统治者的政治活动与道德操守。

《毛诗序》对文学的道德功能提出了较为完整的纲要。它指出:

> 《关雎》,后妃之德也,风之始也,所以风天下而正夫妇也。故用之乡人焉,明之邦国焉。风,风也,教也;风以动之,教以化之。
>
> 情发于声,声成文谓之音。治世之音安以乐,其政和;乱世之音怨以怒,其政乖;亡国之音哀以思,其民困。故正得失,动天地,感鬼神,莫近于诗。故先王是以经夫妇,成孝敬,厚人伦,美教化,移风俗。
>
> 上以风化下,下以风刺上,主文而谲谏,言之者无罪,闻之者足以戒,故曰风。至于王道衰,礼义废,政教失,国异政,家殊俗,而变风、变雅作矣。国史明乎得失之迹,伤人伦之废,哀刑政之苛,吟咏情性,以风其上,达于事变而怀其旧俗者也。故变风发乎情,止乎礼义。发乎情,民之性也;止乎礼义,先王之泽也。③

这是强调诗歌具有讽谕作用,根源在于吟咏情性是诗的本质,正是借助于这样的关联,可以通过诗来影响情性,从而影响人的道德感达到教化的目的。并认为中国古代的诗歌创作及其发展,正与诗歌的这一功能的实现与变化相关联。《毛诗序》所主张的"经夫妇、成孝敬、厚人伦、美教化、移风俗",是对"思无邪"的全面而通俗的表达,将文学的道德作用具体化了。

至唐宋形成了"文以载道"说,强调文章应当涵容、宣扬与阐发圣人之道,即儒家所代表的思想道德观念。韩愈说:"思古人而不得,学古道则欲兼通其辞,通乎辞者,本志乎道者也。"④认为古人之道含蕴在古人之辞中,文辞与古道相结合。他的弟子李汉加以总结,明确提出了"文者贯道之器"⑤的观点。柳宗元主张"文以明道","乃知文者以明道,是固不苟为炳炳烺烺,务采色,夸声音,而以为能也"⑥。但唐与宋有区别。在唐代,只强调了文章的写作不能离开道,不能只有文采而没有思想道德的内涵。可到了宋代,王禹偁认为文章可以"传道明志",程颐认为"作文害道",朱熹认为"文便是道"。将文与道合一,是宋代理解文道关系的新认识,但正是这种文道合一论,在强化道的重要性的同时开始形成对于文采的否定。以"作文害道"来看,认为

---

① 《论语·阳货》。
② 郑玄:《六艺论》。
③ 《毛诗序》。
④ 韩愈:《题哀辞后》,《昌黎先生集》卷二十二。
⑤ 李汉:《昌黎先生集序》,《昌黎先生集》卷首。
⑥ 柳宗元:《答韦中立论师道书》,《柳河东集》卷三十四。

文章的创作必然妨害儒道的传播。其理由是:"问:作文害道否? 曰:害也。凡为文不专意则不工,若专意则志局于此,又安能与天地同其大也?《书》云'玩物丧志',为文亦玩物也。"①这是认为:文章的创作惟专心一意才能写得好,能够工巧,可专心一意追求工巧,就使得作者的构思活动局限于工巧的追求,不能思维宏阔,追求到与天地同大的思想境界。因此,程颐认为创作是"玩物丧志"的,主张取消对于文学的研习,强调有德必有言,有德自然有文。朱熹也指出:"道者文之根本,文者道之枝叶。惟其根本乎道,所以发之于文皆道也。三代圣贤文章,皆从此心写出,文便是道。"②清代章学诚提出了不同的观点,认为:"文可以明道,亦可以叛道,非关文之工与不工也。"③其宗旨不是反对文以载道,而是看到了文与道的区别,肯定文学的"悦目娱心之适",是对"作文害道"的纠正④。

经过明清的强调文学的"致用"功能,到了现代时期,与西方的人文主义思潮相融合,"学衡派"及多位批评家继续维护文学的道德功能。以吴宓为例来看,他的思想主要来自儒家思想与柏拉图思想,并继承哈佛大学的白璧德(Babbitt)教授的新人文主义思想,反对"为艺术而艺术",融汇成"人生—人性—道德"的批评模式。吴宓认为文学的功用包括:(1)涵养心性,(2)培植道德,(3)通晓人情,(4)谙悉世事,(5)表现国民性,(6)增长爱国心,(7)确定政策,(8)转移风俗,(9)造成大同世界,(10)促进真正文明。吴宓上述所列十事,既属于人生的范畴,也属于道德的范畴。可通过人生的表现来促进道德的增长,其中介方式是表现人性,正是通过对人生中的人性的描写与分析,才能达到对于道德的维护、改造与重建。所以,在吴宓的道德批评中,体现了"人的法则"的人性活动及其表现成为关注的重点。吴宓引用爱默生的话来表达他的观点:"世间二律,显相背驰,……一为人事,一为物质;用物质律,筑城制舰,奔放横决,乃灭人性。"尊奉"物的法则",将会使人类堕入战争与竞争的灾难中,而回到"人的法则",提高人的精神水平,才有人类平衡发展的康庄大道。于是,吴宓主张"把人性带到中心地位",呼吁"一切优秀文学都在宣扬与体现人的规律"⑤,从而"促进根本德行;不是去写问题戏剧与问题小说"⑥。只有将道德的问题置于文学创作的中心地位上予以重视与表现,体现了合理的道德要求,才是真正有利人类的文学创作。

二、道德批评在西方的发生与发展

在西方文艺批评的发展历程中,道德批评也曾是文艺批评的主流。根据美学家鲍桑葵的研究,古希腊人对美的认识有着三大原则,即道德主义、行而上学和审美原则,其中道德主义原则是最为重要的内容。在西方道德批评的发展过程中,虽然不时出现反对的声音,但依然雄踞了两千年。

苏格拉底、柏拉图和亚里士多德对道德和文学关系的阐述一脉相承。苏格拉底从美是否有效用出发来加以评判,有用的就是美的,有害的就是丑的。提出艺术要模仿心灵,表现人的精神

① 程颐、程颢:《二程集·河南程氏遗书》卷十八。
② 朱熹:《朱子语类》卷一百三十九。
③ 章学诚:《文史通义·言公中》。
④ 上述有关古代文论的内容,参考了严云受主编《中华艺术文化辞典》第161页至167页相关条目,此处条目为严云受、刘锋杰撰写,安徽文艺出版社,1995年。
⑤ 吴宓:《文学与人生》,北京:清华大学出版社,2000年,第68页。
⑥ 吴宓:《文学与人生》,北京:清华大学出版社,2000年,第68页。

方面的特质,如高尚和慷慨、下贱和卑吝、谦虚和聪慧、骄傲和愚蠢等各种性格。但强调了描写人与社会美德的重要性,正是期望通过这种美德来保证城邦与青年人的纯洁性。

尤其是柏拉图,他是西方第一个真正意义上的批评家,他是苏格拉底的学生,他的《文艺对话集》是借用苏格拉底作为对话人之一的口气写成的,其中哪些是苏格拉底的观点,哪些是柏拉图的观点,难以分清,所以,柏拉图的著作中也体现了苏格拉底的思想。柏拉图坚定地站在政治的与道德的立场上看待文艺,主张文艺的教化功能。一方面,他认为文艺不能像哲学那样给人以真理,另一方面,文艺会使人伤风败俗。即使对于伟大的诗人荷马和当时的悲剧诗人,他也不无批评意见。他认为:"神在本性上是纯一的,在言语和行为上是真实的,并不改变自己;他也不欺哄旁人,无论是用形象,用语言,还是在醒时或梦中用征兆,来欺哄。"①所以,作家在写神时,"他必须说,神所做的只有是好的,公正的,惩罚对于承受的人们是有益的。我们不能准许诗人说,受惩罚的人们是悲苦的,而造成他们的悲苦的是神。他可以说,坏人是悲苦的,因为他们需要惩罚,从神得了惩罚,他们就得到了益处。我们要尽力驳倒神既是善的而又造祸于人那种话;如果我们的城邦想政治修明,任何人就不能说这种话,任何人也不能听这种话,无论老少,无论说的是诗还是散文。因为说这种话就是大不敬,对人无益,而且也不能自圆其说"②。可荷马和其他的悲剧诗人笔下的神和英雄,却充满了各种缺点,相互争吵与欺骗,贪图享受,甚至爱财而怕死,遇到灾祸时还哀哭,有时奸淫掳掠,如此等等,完全不符合神的纯一性。让青年人看这样的作品,他们学不会真诚、镇静、勇敢、节制,不能成为合格的理想国的保卫者。

柏拉图认为诗歌的摹仿天生地具有了不良倾向,要讨好群众,获得观众,显然就不会费心思来摹仿人性中的理性部分。诗人的作品逢迎人性中的低劣的部分,对于真理来说没有多大的价值,摧残理性,培育坏人,国家落到这样的坏人的手里就是灾难,所以,拒绝这样的诗歌进入城邦,将诗人驱逐出理想国也就理所当然了。

柏拉图指出:

> 如果有一位聪明人有本领摹仿任何事物,乔扮任何形状,如果他来到我们的城邦,提议向我们展览他的身子和他的诗,我们要把他当作一位神奇而愉快的人物看待,向他鞠躬敬礼;但是我们也要告诉他:我们的城邦里没有像他这样的一个人,法律也不准许有像他这样的一个人,然后把他涂上香水,戴上毛冠,请他到旁的城邦去。至于我们的城邦里,我们只要一种诗人和故事作者:没有他那副悦人的本领而态度却比他严肃;他们的作品须对于我们有益;须只摹仿好人的言语,并且遵守我们原来替保卫者们设计教育时所定的那些规范。③

什么样的诗人可以进入城邦呢?柏拉图给出了限制性的条件:"你如果遇到崇拜荷马的人们说,荷马教育了希腊人,一个人应该研读荷马,去找做人处事的道理,……你最好赞同他们,说荷马是首屈一指的悲剧诗人;可是千万记着,你心里要有把握,除掉颂神的和赞美好人的诗歌外,不准一切诗歌闯入国境。如果你让步,准许甘言蜜语的抒情诗或史诗进来,你的国家的

① 〔希腊〕柏拉图:《文艺对话集》,朱光潜译,北京:人民文学出版社,1963年,第32页。
② 〔希腊〕柏拉图:《文艺对话集》,朱光潜译,北京:人民文学出版社,1963年,第27—28页。
③ 〔希腊〕柏拉图:《文艺对话集》,朱光潜译,北京:人民文学出版社,1963年,第56页。

皇帝就是快感和痛感；而不是法律和古今公认的最好的道理了。"①柏拉图要求文艺"对国家和人生都有效用"，否则就应该排斥诗歌，"把诗歌驱逐出理想国"，其重要特征就是强调文艺的社会道德功用高于文艺本身的审美价值。

朱光潜作了这样的评价："第一是因为他强调政治标准，就抹煞了艺术标准。其次他因为要使理智处于绝对统治的地位，就不惜压抑情感，因而他理想中的文艺不是起全面发展的作用，而是起畸形发展的作用，即摧残情感去片面地发挥理智。"②在这里，朱光潜所说的政治标准，其实也指道德标准，柏拉图也是将道德标准置放于绝对位置的，所以，无论从政治的角度还是从道德的角度看文艺，他都担心文艺的破坏作用，所以不惜否定文艺了。

作为柏拉图的学生，亚里士多德对于老师全盘否定悲剧的看法有所不满，他提出的"净化说"在坚持道德标准的基础上，却转向对悲剧作用的正面肯定。亚里士多德认为文艺表现了真实性，这种艺术的真实性比现象世界更加真实。而就悲剧的价值来看，它通过净化人的心灵达到了积极作用社会的目的。亚里士多德指出："悲剧是对于一个严肃、完整、有一定长度的行动的摹仿；它的媒介是语言，具有各种悦耳之音，分别在剧的各部分使用；摹仿方式是借人物的动作来表达，而不是采用叙述法；借引起怜悯与恐惧来使这种情感得到陶冶。"③此处的"陶冶"又译"净化"，历来解说不同，有人说是借重新激发而减轻这些情绪的力量，从而导致心境的平静；有人说是消除这些情绪中的坏的因素，从而生发健康的道德影响；有人说是以毒攻毒，以假想情节所引起的哀怜和恐惧来医治心理上常有的哀怜和恐惧。其要义是"通过音乐和其他艺术，使某种过分强烈的情绪因宣泄而达到平静，因而恢复和保持住心理的健康"④。

古罗马的贺拉斯主张文艺要"劝善规恶"，"颂扬正义"，并且要"寓教于乐"；后来的锡德尼认为作为虚构的诗，是"能言的图画"，能更加有效地教育人；但丁、狄德罗和莱辛等人也曾大力倡导，这使得道德批评成为西方文学批评的传统之一，久盛不衰。

在很长一段时间内，英国的文学批评体现了推崇道德的倾向。1800 年至 1884 年间的英国小说批评的主旋律就是道德批评⑤。在此期间，英国有关小说的评论或论争，几乎每种观点都在强调小说的某种实用功能，如小说的道德功能、社会功能、预见功能、认知功能和愉悦功能等，在探讨小说能给个人或者社会乃至整个人类带来何种好处。布尔沃·利顿是亨利·詹姆斯之前最伟大的英国小说批评家，他把小说的"构思"（conception）放在他所讨论的小说诸问题的首位，而构思要受"道德目的"（moral end）的支配。他认为这方面的典范是英国著名小说家菲尔丁，而相形之下，瓦尔特·司各特小说则大为逊色，利顿认为司各特的小说"缺少艺术的最高特性，即哲思和道德"。之后，乔治·莫瓦同样主张把追求高尚的道德目标看作小说家的神圣使命。詹姆斯·费兹詹姆斯·斯蒂芬涉及小说的道德功能，但没有停留在 19 世纪流行英国的"理想的正义"（poetic justice），主张小说要突破因果报应的模式。紧随其后，威廉·考尔德威尔·罗斯科十分强调小说的道德功能。大卫·梅森把道德情操、艺术修养和人生哲学融为一体，并且论证了价值判断的必然性。在此期间，刘易斯和莱斯利·斯蒂芬两人同为大文豪和批评家，无论在理论上还是在创作实践上，都主张和贯彻了小说的道德功能，努力去唤醒世人的同情心或者对读者产生某种善的作用。另外，小说家乔治·爱略特和狄更斯等也或多或少

---

①〔希腊〕柏拉图：《文艺对话集》，朱光潜译，北京：人民文学出版社，1963 年，第 87 页。

② 朱光潜：《西文美学史》，北京：人民文学出版社，1979 年，第 61—62 页。

③〔希腊〕亚里士多德：《诗学》，罗念生译，北京：人民文学出版社，1962 年，第 19 页。

④ 朱光潜：《西文美学史》，北京：人民文学出版社，1979 年，第 87—88 页。

⑤ 殷企平：《英国小说批评史》，上海：上海外语教育出版社，2001 年，第 55—69 页。

地提倡文学具有道德功能。

当然也是在英国,王尔德则是反对道德批评的一个典型,他明确表示:"书无所谓道德的或不道德的。书有写得好的或写得糟的。仅此而已。""艺术家没有伦理上的好恶。艺术家如在伦理上有所臧否,那是不可原谅的矫揉造作。"①道德批评在近现代受到了极大的挑战,是自由主义与审美主义的流行所产生的。

三、文学与道德的"离"与"合"

在我们看来,文学与道德的关系已经是说不清、理还乱的。就读者层面讲,他们无论在欣赏文学作品尤其是有关家庭生活、市井生活、男女关系等等内容的作品时,自觉或不自觉地从道德的角度看作品,几乎是一个下意识的选择。并且在做出这种选择时,读者总是依据自己的道德观念对作品进行评价,而作品中所表现的道德事实与读者的道德预期之间出现的距离,正是读者对作品进行道德评价的最好的切入口。往往是一部作品的道德事实与读者的道德预期之间存在较大的距离或反差,这部作品也就受到了读者的极大关注,从而引发某些道德问题的热烈讨论。如读者在读小仲马的《茶花女》时,他们必然会对女主人公的每一次道德选择作出反应,当主人公的选择符合读者对她的道德预期时,读者就会欣慰、怜悯同情,当背离其道德预期时,读者就会叹惜、不解、甚至鄙夷与谴责。在中国当代文学中,当贾平凹的《废都》、卫慧的《上海宝贝》出现,都曾引发争议,这就是从道德批评的角度看文学创作而使得相关的道德问题成为大众的聚焦点。所以文学与道德的关联,是割不断的。但也正是这种割不断,使得人们对于文学中的道德表现产生了两种不相同的态度,一种是希望借用文学来宣扬自己认可的道德规范,这时候赞扬文学的所作所为;一种是担心文学中所表现的道德观念冲击了现有的道德规范,将败坏社会的风气,所以主张对文学进行控制,柏拉图提出过了,到近现代的英国,王尔德本人就因风化问题而被投入监狱,而劳伦斯的《查泰莱夫人的情人》的被审判,就是明证。在中国,从古代到现代,这样的例子也是举不胜举的,《金瓶梅》、《红楼梦》的被禁就是这方面的例证。

在西方,道德批评遭受重挫,是从 19 世纪中后期开始的,随着各种文艺理论、文学流派的兴起更迭,道德批评日渐式微倾颓。时至今日,更是到了一种人皆弃之而不顾的尴尬境地。传统的朴素的道德批评往往暗含了这样一种预设:作者的道德水平、文学作品的道德内容与作品的社会道德效用之间有着必然的互为因果的关系。因此,如果社会风气变坏了,人们往往认定这是文学作品造成的。所以,要求作品体现严谨的道德规范,成为人们的一种要求。

但从批评的角度看文学与道德的关联,倒成为了一个棘手的理论问题。反对道德批评的人认为,道德批评最大的弊端就是把无关功利的审美和纯功利的效用粗糙地掺杂在一起。而在文学批评史上,审美的批评就是作为与道德批评相抗衡、反制甚至是颠覆的力量逐渐兴起的,虽然其源头是统一的。在中国,审美的观念先秦即已诞生,两汉魏晋南北朝时得以充分发展,其后绵延不绝。至近现代,西方美学观念与理论涌入,逐渐与本土的审美理论与观念进行对话、消解和消融。在西方,古希腊人已认识到美存在于多样性统一的想象性表现之中。上文已提到了鲍桑葵所认为的古希腊人审美认识遵循的三原则,然而到了近代,审美原则逐渐发展成了唯美主义批评,成为了与道德批评各踞一端的文学批评模式。唯美主义认为文学与道德价值判断之间没有

---

① 〔英〕王尔德:《道连·格雷的画像》,《王尔德全集》第 1 卷,荣如德译,北京:中国文学出版社,2000 年,第 3—4 页。

任何联系,也不认为文学有任何道德意义与道德效果。众所周知,唯美主义的美学纲领就是法国人戈蒂叶首倡的"为艺术而艺术"的口号,英国的瓦尔特·佩特发扬了这一口号,认为文学的目的仅限于培养美感,给人以美的享乐。这种纯粹而彻底的、不掺杂任何道德因素的纯审美理论,随着20世纪的形式主义的发展而达到巅峰。

无论中西,在古代都存在着,而且必然会存在真、善、美融为一体的时期,但同时存在着把它们区分开来的种种尝试和努力。中世纪的托马斯·阿奎那认为善涉及欲念,应当作一种目的去对待;涉及认知,它在于适当的比例①。康德和克罗齐也都对美善作出了明确的区分。道德和审美就其各自的性质来说,是"离",而且应该"离"。但是,它们就可以不统一到文学当中了吗?这个问题的回答是困难的。就是主要属于区分二者的批评家也往往坚持不住,要在二者间寻找关联。在克罗齐看来,艺术创作虽然不是道德活动,但道德、实用等因素的作用,无论是先于艺术创作还是后于艺术创作,都与作为心灵活动的艺术相关的,没有相关性,艺术将不能成其为艺术。理由是人的活动的有机整体性决定了艺术与其他活动的不可分。克罗齐在为大英百科全书撰写《美学》词条时特别指出了艺术与其他心灵活动的联系,其中尤其突出的当然是艺术与道德的联系。"各种不同形式的心灵活动不能看成每一种都和其余分开,孤立自持地行动。""艺术这个心灵活动,像每一个其他心灵活动一样,与所有一切其他心灵活动都互相因依。"②正因为如此,克罗齐在谈及诗的根基时,是将道德作为诗的根基来加以特别肯定的。"一切诗的根基是人格,而人格集成于道德,因此,一切诗的根基是道德意识。这当然不是说艺术家必须是一个深刻的思想家或敏锐的批评家,也不是说他是一个德行的模范或英雄,但是他必须在思想与行动的世界里占一个分子,这才能使他,在他本身或是在他对旁人的同情中,体验到整部人生的戏剧。"③就克罗齐强调诗与人格的关系而言,克罗齐倒有一些中国传统的儒家文论的色彩,因为在中国儒家文论中,人格与文格的统一,是基本的理论之一,并且影响极大,这与中国社会是一个泛道德主义的社会有着密切的关系。

英国的利维斯在更为细腻的层面上证明了创作中的审美活动是离不开道德的:

> 简·奥斯丁的情节、及至小说本身都"精巧细致"地搭建起来的(如果不是像"建筑"那样)。然而,她对于"谋篇布局"的兴趣,却不会与她对生活的兴趣产生龃龉;同样,她并没有提供一种脱离道德意义的"审美"价值。她对生活所持有的强烈的道德关怀支撑着其小说的结构原则与情节发展,而她的这种道德兴趣首先是对人生加在她身上的个人性问题的关注。在其艺术中,她努力使自己更加充分地意识到种种道德纠结,去了解为了生活她该如何应对这些纠结。奥斯丁聪慧、严肃,有能力把这些纠结非个人化。奥斯丁若是缺少了其强烈的道德关注,就不可能成为小说大家。④

这表明道德批评也是重视形式的,但他们仍然通过形式发现道德问题。不过这种统一,我们不宜称之为"道德审美"或者"审美道德",因为道德与审美作为人类活动的两个领域本来是不同的,用"道德审美"或用"审美道德",都有可能消解了对方。而是说,这种统一性体现在文

---

① 伍蠡甫主编:《西方文论选》上卷,上海:上海译文出版社,1979年,第150页。
② 朱光潜:《克罗齐哲学述评》,《朱光潜全集》第四卷,合肥:安徽教育出版社,1988年,第342页。
③ 朱光潜:《克罗齐哲学述评》,《朱光潜全集》第四卷,合肥:安徽教育出版社,1988年,第342页。
④ F. R. Leavis Great Tradition. London: Chatto & Windus, 1950, p. 7.

学之中既是"审美的"，又是"道德的"。文学的审美并不排斥道德内容和要素，而道德的内容和要素也可以以审美的方式表现出来，甚至不留痕迹，因此可以"合"，也应该"合"。一言以蔽之，文学性和审美性使文学成为其自身，而道德内容或者道德价值成就了文学的道德功能。在欣赏文学作品时，完全离开道德范畴来谈审美，是不切实际的，也不符合整个文学史的事实。文学与道德的"离"是正当的，文学与道德的"合"也是正当的。

在目前，批评家和作家都能感受到道德批评的尴尬。杰姆逊认为我们应当尽量避免对后现代主义进行道德评价，米兰·昆德拉提出小说享有"道德审判延期"之特权，提出"把道德审判逐出小说之外"。很多作家信奉"零度写作"、"零度感情"甚至"终止判断"。很显然，这种所谓"零度写作"既不真诚，也不可能。因此，重建文学与道德的关系，重建文学批评中的道德批评，是十分必要的。尤其是当代社会生活中的道德沦丧成为一个迫切的社会问题与精神问题提到人们面前时，这样的重建更加有意义。

那么，道德批评如何才能走出这种尴尬呢？出路有三：排斥简单粗糙的道德批评和唯道德论，强调道德与审美在文学中的兼容共生；拓展对象视野，将道德批评与广阔的人生与深刻的人性分析相结合，关注人的生存状态，才有更丰富的内容；以道德批评为参照系，对其他批评模式进行再反思，进而进行可能的融合。

第三节　道德批评的基本内涵

如果将古代到现代的道德批评加以比较的话，会发现它本身也经历了变化，这种变化就是从古代的严厉的道德态度转变成现代的温和的道德态度，因此，道德批评也就具有了更为广泛的内容，其基本原则也显示了一定的包容性与灵活性。所以，我们将在这一层意义上来归纳道德批评的基本原则。

第一，强调作品应当表现纯正的思想道德内容，并对一切不能符合这一标准的创作进行批判乃至否定，体现了强烈的卫道意识。柏拉图对创作摹仿所提出的题材限制，其实就是从纯正的道德规范的角度来看的，因为这些题材若不符合培养一个合格的城邦公民的需要，那么就应该在创作中抵制、反对或清除这些题材。柏拉图指出，严肃的创作"也不能摹仿坏人、懦夫，或是行为与我们所规定的相反的那些人们，互相讥嘲谩骂，不管在清醒还是醉酒的时候，或是做坏事，说坏话，像这类人做人处事所常表现的。此外，我想他们也不应该在言行上摹仿疯人。他们应该认识疯人、坏男人和坏女人，但是不应该做这类人所做的事，也不能摹仿他们"[①]。

中国元代的高明以创作《琵琶记》而出名。作品讲述了赵五娘与蔡伯喈的故事，书生蔡伯喈与赵五娘新婚不久，适逢朝廷开科取士，在父亲的坚持与邻居的劝说下，伯喈只好远离年事已高的父母赴京赶考，中了状元。牛丞相家有一女未婚，结果奉旨招新科状元为婿，难坏了伯喈，伯喈以父母年迈，需回家尽孝为理由辞婚、辞官，但皇帝和丞相都不依，被迫滞留京城。五娘在家，遭受旱灾，自咽糟糠，却让公婆吃米。公婆去世后，五娘罗裙包土，替公婆筑坟，后往京城寻夫，以一夫二妻的大团圆结束剧情，伯喈携赵氏、牛氏同归故里，回乡守孝。皇帝下诏，旌表蔡氏一门。作者的创作思想就很明确，他在开场的曲子《水调歌头》里就表现了出来："不关风化体，纵好也枉然。论传奇，乐人易，动人难；知音君子，这般另做眼儿看。休论插科打诨，也不寻宫数调，只看子孝共妻贤。骅骝方独步，万马敢争先。"这是作者在自觉执行传统道德规范的要

---

① 〔希腊〕柏拉图：《文艺对话集》，朱光潜译，北京：人民文学出版社，1963 年，第 53 页。

求,将其内化为作品的思想内容。从作品对于《琵琶记》民间戏文的改动看,极其充分地体现了道德规范在这曲戏文中的作用。原来的蔡伯喈弃亲背妇,后被暴雷震死,是罪有应得,可在高明的笔下,他已经是一个时刻以父母为重,不忘发妻的有情人。尽管后来不少评论认为这是表现了封建伦理思想,但高明提倡重亲恋妻的道德观念没有错,这是他的道德思想的自觉流露,仍然是文学创作体现道德规范的一条应有的途径。

争论的焦点往往集中在如何体现文学的道德性上。是否将不道德的题材纳入作品的描写中就是不道德的,就会让人学坏呢? 梁实秋不这样看,他避免了柏拉图的绝对性,更为合理地论述了这个问题。梁实秋反对王尔德的艺术与道德不相关的观点,他认为作品的道德或不道德,不是题材的事,而是态度的事,即评价的事。

> 如其以为艺术品描写了罪恶,便说艺术品也是不道德,这当然是狭隘的眼光,恐怕只有缺乏品味的"菲力斯丁"才这样看法。罪恶与美德诚然是都可以作为艺术的原料。例如母子媾婚,父被子弑等等,在古典的希腊戏剧里是曾发现,我们并不以为不道德。不过描写罪恶为一事,描写罪恶之态度与观点,则为又一事,描写变态之人格,而遽示无限之同情,刻画罪戾的心理,而误认为人性之正则,这就是有所偏蔽,不能观察人生之全体,只有局部的知识,换言之,便是缺乏伦理的态度。王尔德的意见,是只问文学作品之表现的方法好不好,美不美,不问其所表现的是什么东西。这样的看法不止王尔德是如此,恐怕现在的批评家都多少沾染了这个偏见。王尔德的错误,不是对于题材不加选择,而是他对于任何题材的态度不能保持一种伦理的清健的观察点。①

将梁实秋的观点加以推衍的话,即使描写的题材看似道德的,若没有准确而深刻的道德评价,仍然达不到表现与传播优秀的道德观念的目的。所以,如此看来,文学创作所体现的道德纯正性,就是指创作态度的道德纯正性。

第二,形成"文如其人"的批评标准,强调人品高于文品,人品与文品相统一,从人品的角度出发评价创作,一旦作家的人品不纯正,那么这个作家的作品也就不可能纯正无瑕。在西方,柏拉图拒绝外来诗人进入城邦,强调自己的城邦就有自己需要的诗人这一点,就是对诗人人品的肯定。经过漫长而曲折的发展,这样的思想传统并没有丢弃,而是以其他的方式表达出来了。锡德尼指出:尽管诗人的创造是虚构,但"这却是认识诗人的真正的标志"②。马修·阿诺德认为:"诗人首先要选择卓越的行为;什么样的行为是最卓越的呢? 当然,是指能有力地唤起人类伟大的原始感情——对那些永久地存在于人类中的、独立于时间的基本感情——的那些行为。"③亨利·詹姆斯认为:"一件艺术品最深刻的本质总会是创作者思想的本质。"④日丹诺夫提出作家是"人类灵魂的工程师"的观点,提倡文学创作为社会主义时代服务。即使到了20世纪的中后期,现代文学变得越来越不重视作家的道德感时,仍然有批评家主张:"如果作为艺术家的作家自己不积极寻求深刻的人类真理——与爱相关的真理、处理现实的真谛,那么,

---

① 梁实秋:《王尔德的唯美主义》,《梁实秋论文学》,台北:时报文化出版事业有限公司,1978年,第147—148页。
② 〔英〕锡德尼:《为诗一辩》,钱学熙译,伍蠡甫主编《西方文论选》上卷,上海:上海译文出版社,1979年,第233页。
③ 〔英〕马修·阿诺德:《〈诗集〉序》,拉曼·塞尔登编《文学批评理论——从柏拉图到现在》,刘象愚等译,北京:北京大学出版社,2000年,第537页。
④ 〔美〕亨利·詹姆斯:《小说的艺术》,拉曼·塞尔登编《文学批评理论——从柏拉图到现在》,刘象愚等译,北京:北京大学出版社,2000年,第546页。

我们就不可能生产有任何价值的新作品，无论是二流的还是不流行或流行的新作品。"①

中国古代文论中有关人品与文品的相关论述，提供了特别重要的批评内涵，它认为文学作品的思想情感倾向与作家的内在品质情性一致。这一思想包含在诗言志、有德者必有言等观点中。《吕氏春秋·音初》认为："凡音者，生乎人心者也。感乎心则荡乎音，音成于外而花乎内。是故闻其声而知其风，察其风而知其志，观其志而知其德。"扬雄指出："故言，心声也；书，心画也；声画形，君子小人见矣。声画者，君子小人之所以动情乎。"②君子小人之别，可能通过语言文字来显示、来判断，这对文如其人的认识已经相当明确清晰。白居易说："言者心之苗，行者文之根。所以读君诗，亦知君为人。"③揭示了诗作与诗人思想行为的一致性。陆游认为："夫心之所养，发而为言；言之所发，比而成文。人之邪正，至观其文则尽矣、决矣，不可复隐矣。"④这从言与心的关系出发，肯定了作家不可能在其作品中隐藏自己的真正的思想品性，说明要了解一个作家，只要观察分析他的作品即能达到这一目的。清人普遍讨论了文与人的关系，使得这一命题更加普及。龚自珍说："诗与人合一，人外无诗，诗外无人，其面目也完。"⑤何绍基说："人与文一，文与人一，是为文成，是为诗人之家成。"⑥叶燮指出："余历观古今数千百年所传之诗与文，与其人未有不同出于一者，得其一，即可以知其二矣。"⑦认为按照文如其人的规律，只要了解了诗人，就能了解诗；反之，只要了解了诗作，也就能了解诗人。刘熙载将这概括为"诗品出于人品"⑧。文如其人之所以在中国古代文学思想中能够形成如此重要的一种批评传统，主要原因是这反映了中国古人推崇德行的思想特点，古代的作家大都德行高尚、品格端方，人格与创作相辉映，证实了文如其人是完成大创作的一个条件。文如其人的观点揭示了作家主体与创作活动的一致性。当然，也存在文与其人不相符合的现象，如叶燮指出的那样："近代间有巨子，诗文与人判然为二者，然亦仅见，非恒理耳。"⑨文如其人的观念还是牢不可破的⑩。但闻一多指出：中西在文如其人的认识上有差异，闻一多指出："西洋人不大计较诗人的人格，如果他有好诗，对诗有大贡献，反足以掩护作者的弊病，使他获得社会的原谅。他们又有职业作家，认为一篇文学创作可与科学发明相等。西洋人作诗往往借故事或艺术技巧来表现作者个性，而中国诗人则重在直抒作者的胸襟，故以人格修养为最重要，因为有何等胸襟然后才能创造出何等作品。"⑪

胡风关于鲁迅的评价，体现了道德化的倾向。胡风这样分析道：

　　鲁迅底战斗还有一个大的特点，那就是把"心""力"完全结合在一起。别人当战斗的时候是只能用脑子，即所谓理智，或者只能凭一股热血，但他则不然，就是在冷酷的分析里

① 〔英〕戴维·霍尔布鲁克：《爱的欲求》，拉曼·塞尔登编《文学批评理论——从柏拉图到现在》，刘象愚等译，北京：北京大学出版社，2000年，第529页。
② 扬雄：《法言·问神》。
③ 白居易：《读张籍古乐府》。
④ 陆游：《上辛给事书》。
⑤ 龚自珍：《书汤海秋诗集后》。
⑥ 何绍基：《使黔草自序》。
⑦ 叶燮：《南游集序》。
⑧ 刘熙载：《艺概·诗概》。
⑨ 叶燮：《南游集序》。
⑩ 上述有关文如其人的内容，参考了严云受主编《中华艺术文化辞典》第161—167页严云受、刘锋杰撰写的相关条目，安徽文艺出版社，1995年。
⑪ 闻一多：《说唐诗》，《闻一多论古典文学》，重庆：重庆出版社，1984年，第128页。

面,也燃烧着爱憎的火焰。——不,应该说,惟其能爱能憎,所以他的分析才能够冷酷,才能够深刻。他自己说:"能杀才能生,能憎才能爱,能生能爱才能文。"……这是一个伟大战士底基本条件,也是一个伟大艺术家底基本条件。他的作品或杂文之所以能够那样在读者心里发生力量,就不外是他的笔尖底墨滴里面掺和着他的血液的缘故。"吃的是草,挤出来的是牛奶,血",没有比这句话更能解释融合着思想家、战士、艺术家的他的一生。①

鲁迅是主张文与其人合一的,胡风也是主张文与其人合一的。作家道德上的这种自我约束与批评家的道德分析是一致的。鲁迅和胡风都是继承了中国古代文如其人的思想传统的。

第三,在文学创作的情与理的结合上,强调理性的重要超过情感的重要,往往具有抑情倾向。柏拉图曾经因为诗的情感强烈会对青年人产生不良影响而要求驱逐诗人,可浪漫主义者仍然对情感给予了最大的肯定。18 世纪的英国批评家约翰·丹尼斯将情感视作诗歌实现自己最终目标的最佳手段:"诗歌通过焕发激情而达到终极目的,即改造人的精神。这里,我斗胆声称,一切教育,不管是什么,都取决于激情的焕发。道德哲学家们,哪怕是最枯燥乏味的,如果他们不能动之以情的话,永远都不能达到教育和改造的目的,因为他们或是使邪恶可憎,或是使美德可爱,他们或是通过让你惧怕痛苦而阻止你作恶,或通过让你期待从美德获得快感而激发你行善;他们也可以利用你的羞耻、你的自尊、你的义愤。因此,用诗歌进行教育和改良比哲学更有力,因为诗歌有更大的感染力;因而用诗歌进行教育也更容易。"②离开了情感,文学就无法实施教育的目的,所以,文学中尽情地表现情感,也就非常正常了。

但道德批评家显然反对这种看法。梁实秋就特别强调创作的严肃性。他在批评"五四文学"时将其称作"浪漫的混乱",就充分体现了这一点。梁实秋承认中国人过去"最重礼法",所以造成中国人在情感生活方面的偏枯局面。但是,他认为决不能矫枉过正,因此就将礼法所代表的理性精神抛弃掉而转向极端地推崇情感。他指出"五四文学"对于情感的推崇已经过分:"所谓新文学运动,处处要求扩张,要求解放,要求自由",可效果是"情感就如同铁笼里猛虎一般,不但把礼教的桎梏重重的打破,把监视情感的理性也扑倒了"。他认为新诗爱恋爱的题旨,正是情感燃烧与泛滥的结果。他援引一个调查说,有一部诗集平均约四首诗就要接吻一次,所以,诗成了"性态的表现"。同时,他还认为"颓废主义的文学即耽于声色肉欲的文学",称其"不道德"③。梁实秋也是重视文学的教育作用的,可在他看来,要实施这样的教育,首先就应该让受教育者不要堕入浪漫的情感之中,具有理智,才能受到教育,才能成为真正的有理性的人。梁实秋指出:"感情的本身并不是美德,不羁的感情要系上理性的缰绳,然后才可以在道德的路上去驰骋。"④梁实秋认为文学的效用不是激发读者的热情,而是引起读者动情之后的一种和平、宁静的沉思,所以,用理性来节制创作,才能产生"健康的文学",用这"健康的文学"来培养健康的人格,获得伦理的效果。

说到道德批评,未必都是冷冰冰的说教。前文已经提到不少道德批评家们强调要寓教于乐,承认了文学的娱乐性,这使得道德批评能够在一定程度上适合进行文学的鉴赏。如吴宓就

① 胡风:《关于鲁迅精神的二三基点》,《胡风全集》第 2 卷,武汉:湖北人民出版社,1999 年,第 501—502 页。
② 〔英〕约翰·丹尼斯:《批评的基础》,拉曼·塞尔登《文学批评理论——从柏拉图到现在》,刘象愚等译,北京:北京大学出版社,2000 年,第 179 页。
③ 梁实秋:《现代中国文学之浪漫的趋势》,《梁实秋论文学》,台北:时报文化出版事业有限公司,1978 年。
④ 梁实秋:《文人之行》,《新月》第一卷第九期,1928 年 11 月 10 日。

认为："一切优秀文学都在宣扬与体现人的规律"，好的文学，"含有人生最大量的、最有意义的、最有兴趣的部分(或种类)，得到最完善的艺术处理，因此能给人以一个真与美的强烈、动人的印象，使读者既受到教益、启迪，又得到乐趣"①。离开了形象化，离开了娱乐性，离开了感动读者，文学便失去了走向读者的有效途径。如果说曾经有过一些道德批评尽力地反对文学的娱乐性，却也有不少道德批评家肯定了这种特性，并且随着时间的推移，持有这种态度的道德批评家已经更多了。

第四节　写作实例分析

原作：

D·H 劳伦斯(1885—1930)是英国 20 世纪初期伟大的小说家，创作了大量长篇与短篇小说、剧本、诗歌、散文与评论等。1911 年发表第一部小说《白孔雀》，1913 年出版《儿子与情人》，1915 年出版《虹》，1916 年完成了《虹》的续篇《恋爱中的妇女》，1926 年开始创作《查泰莱夫人的情人》。由于作品内容涉及性爱，《查泰莱夫人的情人》于 1928 年在佛罗伦萨出版后，受到英国报界的攻击，英国当局以"有伤风化"的罪名予以查封，直到三十年后才解禁。《查泰莱夫人的情人》描写了查泰莱夫人——康妮是位接受了自由教育，身体健康，精力过人的年轻女子，可丈夫却在战争中受伤，腰部以下终身瘫痪，二人在乡下过着毫无生气的生活。康妮满怀爱的热情，无法得到回报。后来庄园雇佣了猎场看守人奥利弗·梅勒斯，他是一位退役军官，身体强壮。二人产生恋情，并经过多次波折，二人各自决定离婚，期待着团聚。作品大量描写了康妮与奥利弗·梅勒斯的性爱场面，因而受到攻击。成为最有争议的作品之一。既遭起诉，受到道德上的指斥，又引起批评界的反思。卷入其中的有著名的诗人、小说家、批评家如 T·S·艾略特、爱·摩·福斯特、弗·雷·利维斯等人。有人称劳伦斯是"先知者"，也有人认为他创作的是"淫秽作品"。

评劳伦斯(1927 年)　　　T·S·艾略特

……如果任何人都能认真对待一切，劳伦斯先生似乎也不例外。他专心致志地从事研究"最基本"问题。无论如何，看来没有人会更精深地探究"性"问题——这个我们同时代人异口同声地认为严肃的问题。劳伦斯先生的作品从来没有丝毫幽默感、欢笑或轻松的东西；我们决不允许用政治、神学或艺术的嘲弄来娱人。在他一系列炫人耳目的写得非常之坏的小说中——在我们来不及读完他的一部作品时，另一部又匆匆忙忙地扔出了——那种使他的男女主人公相互伤害的"蒙昧的感情"，令人感到无限单调乏味。除了作者令人信服的真诚之外，简直没有什么值得我们称道的。劳伦斯先生是一个着了魔的人，一个天真无邪的抱着救世福音的着了魔的人。他的小说人物在谈情说爱时——或在做劳伦斯先生心目中与恋爱相同的活动时——他们谈爱之外什么别的都不干，他们不仅丧失了几世纪来形成的使谈情说爱还算不错的所有一切礼节、文雅和高尚风度，而且似乎重新陷入进行的变形过程中，回复到远在人猿鱼类以前的原生质的丑陋的交媾状态。这种企图以原始生活来解释文明社会的探索，以倒退来解释进步的探索，以"隐秘深处"来解释表面现象的探索，说到底是个现代现象(我是假定劳伦斯先生的研究是正确的，不是仅仅把劳伦斯先生自己的那种自我意识的特殊形式加以具体

---

① 吴宓：《文学与人生》，北京：清华大学出版社，2000 年，第 21 页。

化的说法)。但是,值得怀疑的是创生的程度,不管是生物的还是心理的,对文明人来说,是否必然是走向真理的程序。说真的,劳伦斯先生对文明人既不信任,也不感兴趣,你在文明人中间是找不到他的;他比卢骚走得更远。但是,即使我们对劳伦斯先生所有千变万化的主题,并不因其非常单调而引起反感,我们仍然会下这样的判断:"这决不是我生活的世界,不论是照它原来的那样,或照我愿意想象的那样存在着",对他的作品感到非常厌恶。

说真的,从我所指出的观点来看,劳伦斯先生的系列小说,从最早的(我认为是最好的)《儿子与情人》一书开始,标志着一种人类堕落的逐步深化过程。这种堕落被劳伦斯先生异常敏感的禀赋所掩饰,而且在某种程度上得以缓解。在健在的作家中,劳伦斯先生具有的描写才能首屈一指,他能为你描绘的不仅是声响、颜色和形态,光彩和阴影、气味,而且还有令人激动心弦的微妙感觉;甚至还有那种超然物外的不连贯的情感,他对这些情感本身,而且及至它们成为重要的感情,往往都有着最令人惊异的洞察力。在《阿伦的藜杖》中有一段叙述一位意大利侯爵解释他跟妻子闹纠葛的细节,你可以听到那位侯爵说的一口流利的英语,但带一点外国腔,你倾听他抑扬顿挫的说话声,这是一种活生生的声音。他描述的那种场景,可能发生在任何一个人身上,不一定是个心理极为复杂的或有高度教养的人,但从没有人像他那样把此场景如此精确地完整刻画过。这个场景展现在我们面前。可是,当你读下去的时候,你会觉得劳伦斯先生没有抓住它的意义,说实在的,它的意义,对我们来说,不管是什么意义,对劳伦斯来说,是毫无意义的。这种导向中的心理学,很可能使小说家误入歧途——这里所说的心理学,不是一般的心理学家所说的心理学,因为心理学是一门有权走向自己爱走的方向的科学。这是一种通俗说法的心理学。这种导向会使人认为:一时的或部分的经验是现实的标准,强烈的感情则是惟一的准则。[1]

点评:

T·S·艾略特(1888—1965)是一位有重大影响的诗人和批评家,他出生于美国,后入英国籍,加入英国教会。他所创作的长诗《荒原》至今仍然被视为英美现代诗的里程碑式代表作。后又创作长诗《四个四重奏》,于1948年获得诺贝尔文学奖。他是一个保皇党人、英国天主教徒、文学趣味上的古典主义者,甚至主张以"宗教复兴"来挽救现代社会。他是英美新批评的开拓者与奠基人之一。他反对浪漫主义,主张以"非个人化"的方法面对进入创作状态的情感,并寻找"客观对应物"加以表现。所以,他开辟的是新批评的细读尝试,但他对于浪漫主义创作的批评一直没有停止过。英国批评家利维斯认为艾略特在伤害了劳伦斯以后,尽管也曾希望人们严肃研究劳伦斯,却对自己所保存下来的"各种荒谬观念、虚伪陈述和错误引导",没有公开认错[2]。

在这篇选文中,艾略特是从内容与形式二分的角度看待劳伦斯的,他在形式的方面,对于劳伦斯有所肯定,如指出劳伦斯的"描写才能首屈一指",有一种绘声绘色的天赋能力。不过,就内容而言,艾略特就认为劳伦斯没有什么可取之处了。他认为劳伦斯想探究的是"性"问题,却没有认同他对"性"的描写。原因在于劳伦斯对于作品中所描写的问题所包含的可能意义不感兴趣,正是这一点,决定了劳伦斯没有可被艾略特认可的正当立场。关键之处在于劳伦斯

---

① 选自蒋炳贤选编《劳伦斯评论集》,蒋炳贤译,上海:上海文艺出版社,1995年,第35页。
② 〔英〕利维斯:《艾略特先生与劳伦斯》,黄天海译,蒋炳贤选编《劳伦斯评论集》,上海:上海文艺出版社,1995年,第123页。

"丧失了几世纪来形成的使谈情说爱还算不错的所有一切礼节、文雅和高尚风度，而且似乎重新陷入进行的变形过程中，回复到远在人猿鱼类以前的原生质的丑陋的交媾状态。"这就是说，在描写性爱时，(1)劳伦斯放弃了道德批判的维度，他所写性爱只是"蒙昧的感情"，混沌不清。(2)从文明与野蛮的对立角度看，这是放弃了文明，试图回归原始状态，这是违背人类的社会进化与发展规律的，这是对于文明的否定，对于现代社会中的人的进步的否定。因此，艾略特说劳伦斯所写的生活，既不是人类生活的原有样式，也不是人类生活的应有样式，因此，是脱离生活的。最后，艾略特还是回到了古典主义的立场，认为劳伦斯的认识及其创作仅以"强烈的感情"作为惟一的准则，因此，劳伦斯是属于浪漫主义传统的。从艾略特的这段论述中可以清晰地看出他的思路是：一个作家决不能放弃他的道德立场，而这个道德立场，应当是建立在对文明、高雅、礼义等社会道德规范的认同基础上的，离开文明，企图通过回到原始的方式来解决现代社会的思想与情感问题，是行不通的。在此处，艾略特的分析中因为过于重视道德等既成的人类规范，缺乏了批判意识，所以，难以洞悉劳伦斯通过性爱、人的生命力的恢复、原始状态等的描写与鼓吹，是试图唤醒人类的想象力，修正现有的生活方式，向更好的生活状态攀升。艾略特最根本的问题在于他是保守主义者，在保守的方面，有其继承的合理性，却缺乏对于原有状态的反思，缺乏了开创的精神。道德是属于继承的，却又是需要批判的，正是继承与批判的统一，才能保持道德本身的活力，从而与人类的发展一道，塑造人类生命的新的风采。

艾略特在另一处对于劳伦斯的贬低，更加明显。他说："劳伦斯有三个方面，要公正地对待它们是非常困难的，我不认为我能做到。第一个方面是荒谬：他缺乏幽默感；有些势利；与其说是缺乏资料，不如说是缺乏通过教育可以获得的批判能力；不能进行我们通常所说的思考。……第二个方面是他对高度直觉极为敏感，接受力很强，但他又常常从这种直觉中得出错误的结论。第三个方面是他有一种明显的性病态。"①庆幸的是，利维斯反驳了艾略特的观点，认为："劳伦斯首先是伟大的小说家，是最伟大的小说家当中的一个，他正是主要以英语文学传统中第一流小说家的身份而留名于世的。"②更多的学者则是认为劳伦斯关于性爱的大胆描写，其实是通过性的活动揭示人类的糟糕的生存状态，这是对现代文明的有力批判，并期望人类通过生命力的恢复，再创生命的辉煌。尽管这是一个理想，仍然给予了人类以希望。正是在这个意义上，劳伦斯是一位"预言者"，也是一位引领者。其中有学者关于劳伦斯性爱描写的辩护也是有充分的说服力的。

> 书中十二处左右的性爱描写，没有一处是为了迎合读者的趣味或口味而添上去的。伦敦中央刑事法庭的检察官执意将这些描写称为"多次纵情"，其实不然。……本书的那些段落，虽然记录了性交时肉体的快感，有时也记录了性交时的单调无聊和挫折沮丧，可是我似乎感觉不到那种在通常意义上的所谓"诲淫"。这些段落写得那么坦率，那么直截了当，在情感结构上那么复杂，因而并无诲淫之意。这一段与另一段，都有细致的区别。通过这些，可看到梅勒斯与查泰莱夫人是如何越来越了解自己，也了解对方，看到她如何摆脱那非出自本心的羞耻和虚伪的社会禁忌，看到两人如何开始认清那种发源于性爱的

---

① 〔英〕利维斯：《劳伦斯与艺术》，徐自立译，蒋炳贤选编《劳伦斯评论集》原注，上海：上海文艺出版社，1995年，第115页。

② 〔英〕利维斯：《劳伦斯与艺术》，徐自立译，蒋炳贤选编《劳伦斯评论集》原注，上海：上海文艺出版社，1995年，第109页。

对人们的心灵的挑战。

　　生命——活力——温柔：实质上，劳伦斯是在颂扬"爱情的圣洁"，颂扬作为圣洁之组成部分的性关系，这不是那些写在肮脏明信片里的偷偷摸摸的事，不是脱衣舞，也不是钉在墙上供人观赏的裸体女人相片。①

---

① 〔英〕理察·霍根：《论淫秽与圣洁之分——评〈查泰莱夫人的情人〉》，《译海》编辑部编《审判〈查泰莱夫人的情人〉》第271、274页，广州：花城出版社，1996年。

关键词

1. 道德：当代马克思主义伦理学认为道德是人们在社会生活实践中形成的关于善恶、是非的观念、情感和行为习惯，并依靠社会舆论和良心指导的人格完善与调节人与人、人与社会、人与自然关系的规范体系。

2. 道德批评：以人性与社会关怀为指归，对作品（包括题材、构思、写作过程等）、作者以及作品的社会功用等进行道德的探讨和判断，并作出适当的价值判断和价值引导，使文学更好地表现并服务于人生。

3. 文如其人：中国古代文论中有关人品与文品的论述，认为文学作品的思想情感倾向与作家的内在品质情性一致。这一思想包含在诗言志、有德者必有言等观点中。强调人品高于文品，人品与文品相统一，从人品的角度出发评价创作，一旦作家的人品不纯正，就认为这个作家的作品也就不可能纯正无瑕。

思考题

1. 利维斯指出："试问，有哪一位小说大家对于'形式'的关注不是他对丰富人生兴趣的关怀，对人生复杂性的关注的具体表现呢？这种对于形式的关注也是一种责任，就其本质而言，它包含了富于想象力的同情、道德甄别与对相对人性价值的判断。小说大家，莫不如此。"请你结合具体作家的创作阐述这段话的内涵。

2. 如何理解文学与道德的"离"与"合"？你主张的是"离"还是"合"？并说明理由。

3. 如何评价"用身体写作的美女作家"的作品如《糖》和《上海宝贝》等？

阅读链接

1. 何西来、杜书瀛：《新时期文学与道德》，济南：山东教育出版社，1999年。

2. 吴宓：《文学与人生》，北京：清华大学出版社，1993年。

3. 《译海》编辑部：《审判〈查泰莱夫人的情人〉》，广州：花城出版社，1996年。

4. 周春宇：《道德批评的前途》，《文艺评论》，1998年第1期。

（孟祥春）

第七章 政治批评

　　无论是在历史上还是在社会现实活动中,政治批评都是一种常见的批评方式,表现在文学活动中,就是文学中的政治批评。文学中的政治批评是从政治的视角来观察与分析文学现象中的政治性内涵及政治倾向,并探讨文学现象与政治现象之间的互动关系,加深对于文学现象与文学特性的认识。

第一节　什么是政治批评

一、政治批评的涵义

　　广义的政治批评是指从政治视角对各种各样社会文化政治现象的批评,既可以包括对战争、选举、人权、社会分配、教育等进行的批评,也可以指依据某种政治标准对社会的意识形态现象如道德、哲学、宗教、文学艺术等所进行的批评。举例来说,当伊拉克战争开始后,全世界都予以关注,各国的媒体也进行了广泛的报道与评价。举凡公众对政治思想、政治制度、政治行为、政治人物等进行的议论,有成绩说成绩,有问题讲问题,也是政治批评。正常的、健康的政治批评是一个国家的政治生活中的必然内容。从这个意义上讲,政治批评的深度、广度、力度和水平是衡量一个国家的社会政治文明程度的重要标志。

　　狭义的政治批评是指文学领域中的政治批评,批评家从一定的政治视角和政治标准出发,对作家的创作、文学流派及文学思想、作品的社会流通等文学现象进行的政治分析和评判。批评家既可以站在一定的政治立场上,体现出特定的政治思想倾向;也可以超越政治立场,只以客观态度进行政治分析。政治批评具体包括对作家作品政治倾向的批评,对作品政治性质的判定,对作家作品与时代政治关系的分析,对作家政治经历的批评等等。因为政治思维与文学批评的结合,政治批评既要受到政治倾向的影响,也要受到文学审美特性的制约,使得文学中的政治批评只有体现了对于文学的审美规律的尊重,才能产生符合文学特性的批评效果。

　　政治批评与一般所说的社会历史批评不可分,但只是其中的一个具体维度。社会历史批评是对文学现象与一般社会历史的关联进行分析与研究,政治批评只对作为社会历史内容之一种的政治现象与文学现象的关联进行分析与研究。社会历史批评是探讨文学现象的社会历史特征,政治批评是探讨文学现象与政治现象之间的复杂关联。鲁迅有言:

《红楼梦》是中国许多人所知道,至少,是知道这名目的书。谁是作者和续者姑且勿论,单是命意,就因读者的眼光而有种种:经学家看见《易》,道学家看见淫,才子看见缠绵,革命家看见排满,流言家看见宫闱秘事……""在我的眼下的宝玉,却看见他看见许多死亡;证成多所爱者,当大苦恼,因为世上,不幸人多。惟憎人者,幸灾乐祸,于一生中,得小欢喜,少有里碍。然而憎人却不过是爱人者的败亡的逃路,与宝玉之终于出家,同一小器。但在作《红楼梦》时的思想,大约也止能如此;即使出于续作,想来未必与作者本意大相悬殊。惟被了大红猩猩毡斗篷来拜他的父亲,却令人觉得诧异。①

由于政治立场有正误之分,政治利益有大小之别,政治评判有对错之时,政治分析有真伪之效,政治态度又有热情和冷淡的不同,政治意识也有霸权和平等的区别,这形成了政治批评的具体性、多样性和复杂性,使其呈现着多种多样的形态。是否尊重人的权利、维护人类发展、体现人类美好生活的理想,可用于检验文学上的政治批评在一个特定的社会阶段中所达到的政治文明的程度。

二、政治批评不等于政治行为

政治批评与政治行为有着根本的区别。政治行为是运用政治权力对对象(包括文学)所进行的政治方面的要求和处置,具有强力的性质。政治批评只是对文学现象进行的有关政治方面的分析和评价,它可以对文学提出这样那样的政治要求,但却不是借助于政治权力来干涉文学活动,自然就不具有强力性质。在中国历史上,秦始皇的"焚书坑儒"就是一种相当特殊的政治行为。为了秦帝国的统治目的,不仅消灭了具体的文化(包括文学)成果——书,还消灭了文化成果的创造者——人。

从文学史上看,政治批评既为优秀的作家作品提供过保护,促进了文学的健康发展,也对优秀的作家作品进行过令人痛心的打击,造成文学局面的凋零。1949 年后,对路翎《洼地上的战役》等作品的全面批判,就是对文学的粗暴干涉。新时期批评家对"伤痕文学"等进行的辩护,就是政治批评维护文学良好的创作秩序的例证。政治批评既可以促进文学的健康发展,也可能使文学的正常发展受到伤害。尤其是当政治批评处于不正常的状态,不讲学理,与极端的政治权力结合起来成为一种政治行为时,它所起的负面作用往往会酿成灾难性的恶果。

联共中央负责意识形态的书记日丹诺夫在列宁格勒党积极分子和作家会议上作了长篇报告。报告猛烈地批判了小说家左琴科与女诗人阿赫玛托娃。日丹诺夫称左琴科的讽刺小说为"把苏联人描写成懒惰者和畸形者、愚蠢而又粗野的人"。日丹诺夫指责左琴科"不能够在苏联人民的生活中找出任何一个正面的现象、任何一个正面的典型……惯于嘲笑苏联生活、苏维埃制度、苏联人,用空洞娱乐和无聊幽默的假面具来掩盖着这种嘲笑"。然后用"文学的渣滓"、"野兽式地仇恨苏维埃制度"、"可憎的教训"、"诽谤"、"卑劣的灵魂"、"彻底腐朽和堕落"、"不知羞耻"、"无原则无良心的文学流氓"等词语进行谩骂。可以设想一下在那个年代受到这样的以权力乃至暴力为背景的大批判的滋味。(1946 年 9 月 22 日的《真理报》社论《苏联文学的崇高任务》)日丹诺夫还向"无思想的反动文学泥坑的代

---

① 鲁迅:《〈绛花洞主〉小引》,《鲁迅全集》第 8 卷,人民文学出版社,1981 年,第 145 页。

表"女诗人阿赫玛托娃猛轰,批她是"贵族资产阶级思潮"的代表,是古老文化世界的"离弃和歧视人民的文化残渣"。女诗人的罪名是:写了"渺小狭隘的个人生活、微不足道的体验和宗教神秘的色情",从而是"完全脱离人民的"。手握大权的日丹诺夫太陶醉在自己的文艺大法官、文艺大教主又是文艺行刑者的角色里了,他热衷于颐指气使威风凛凛的表演,以致完全脱离了正常的文学批评轨道。①

政治批评的特长在于对文学作品中明显的政治内容或者说政治意蕴进行解读和批评,探讨文学创作与政治的相关度,并评价一种政治介入文学创作实际上所起到的作用,但是,不仅仅以这种解读来决定作品的艺术水准的高下,只有在这样的范围内,才能发挥其优势。

政治批评在一定时候可以成为政治斗争的构成部分,但是不应该成为政治策略的一部分。它可以为政治斗争服务,却又不限于为政治斗争服务。当文学创作脱离政治时,是它的自由,并不因此使其失去了正当性。政治斗争并非都是对抗性的阶级斗争,还有着不同政治主张的交流与沟通,文学与政治相关,但不是以与阶级、政党的利益作为准则而划定的。政治批评中对作家作品的政治性评价,应当慎之又慎,简单化地对待复杂的艺术问题不应是常态的政治批评的本色。

第二节 政治批评的发生与发展

一、政治批评在中国的发生与发展

在中国,孔子就对有关文学艺术作品进行过政治批评。孔子认为《韶》"尽美矣,又尽善也";《武》"尽美矣,未尽善也"(《论语·八佾》)。因为前者是歌颂舜的乐曲,肯定了以仁德为本的"揖让"政治,所以是尽善尽美的;后者是歌颂周武王伐纣的作品,其中有着不善的内容。孔子在谈到如何学习"诗"时,认为"诗可以兴,可以观,可以群,可以怨。迩之事父,远之事君;多识于鸟兽草木之名"(《论语·阳货》)。所谓的"兴观群怨"是肯定诗歌的审美、认识等功能,而"事父事君"则强调了诗歌与政治统治的关联。至于"诵诗三百,授之以政,不达;使于四方,不能专对,虽多,亦奚以为"(《论语·子路》),则更表明了孔子把学习诗歌作为人的政治素质的一部分,体现了人的基本的政治活动的技能,诗歌成为社交场合中离不开的交流工具,是表达思想、抒发情感、体现外交才能的重要手段。

汉代的《毛诗序》进一步强调了文学的政治教化功能,认为诗歌可以"经夫妇,成孝敬,厚人伦,美教化,移风俗"。另一汉代学者整理的典籍《礼记·乐记》指出:"礼以导其志,乐以和其声,政以一其行,刑以防其奸。礼乐刑政,其极一也,所以同民心而出治道也。"将与礼相配套的"乐"(文学艺术)看作是与"刑政"同样重要的维护统治的手段。在这里,文艺的政治功能被强调到了非常的高度,成为维护和推行封建统治的工具。后来,魏时曹丕的"文章者,经国之大业,不朽之盛事",梁时刘勰的"原道宗经",唐代孔颖达的"诗者,论功颂德之歌,止僻防邪之训",梁肃的"文章之事与政通",韩愈的"道文合一",柳宗元的"文以明道",宋代周敦颐的"文所以载道",李觏的"治物之器"说,朱熹的"道者文之根本,文者道之枝叶",清初顾炎武的"明道"、

① 以上引述见于日丹诺夫:《关于〈星〉和〈列宁格勒〉两杂志的报告》,戈宝权译,《日丹诺夫论文学与艺术》,北京:人民文学出版社,1959年,第13—24页。

"纪政事"、"察民隐"、"乐道人之善"等等,虽然表述不同,但是都从政治视角解读着文学创作。

20世纪40年代,毛泽东发表了《在延安文艺座谈会上的讲话》,提出了著名的"文学为政治服务"、"政治标准第一,艺术标准第二"的观点。文学已经由介入政治转变到了认同政治,政治标准成为评判作家是否革命的标尺。用周扬的话就是:"民族的、阶级的斗争与生产劳动成为了作品中压倒一切的主题,工农兵群众在作品中如在社会中一样取得了真正主人公的地位。"而"知识分子一般地是作为整个人民解放事业中各方面的工作干部、作为与体力劳动者相结合的脑力劳动者被描写着。知识分子离开了人民的斗争,沉溺于自己小圈子内的生活及个人情感的世界,这样的主题就显得渺小而没有意义了,在解放区的文艺作品中就没有了地位"①。文学批评往往以"工人阶级的先进性"、"贫下中农的革命性"、"小资产阶级的摇摆性"等等作为标准来判断作品的思想性甚至艺术性。后来,茅盾就强调:"与其牺牲了政治任务,毋宁在艺术上差一点。"②20世纪50年代,一些体现了爱与恨、彷徨和焦虑的作品如《我们夫妻之间》(萧也牧)、《在悬崖上》(邓友梅)、《红豆》(宗璞)等,都被指责为表现了"小资产阶级"的思想情调,受到了严重的批判。人性的丰富性,人的复杂的心理内涵,人的潜意识等等,都被简单化为阶级意识。有人把这种批评概括为三条公式:"一个阶级一个典型"、"一种生活一个题材"、"一个题材一个主题"。它的具体批评方式和程序是:先引用各种文件,或者先确定几个"主要矛盾"、"本质"等等的绝对观念,然后从这种观念和原理出发把作品分割成为许许多多的碎片再加以对照,看后者是否与前者符合,并从而做出结论。于是,在这样的批评中经常可以看到"生活难道是这样的吗"、"没有写出无产阶级的本质"等等指责③。由于庸俗社会学在文学批评中的泛滥,再与政治权力相结合,文学批评畸变成文学批判,如对电影《武训传》、《红楼梦》研究、胡风文艺思想的批判,成为批评界的急风暴雨的阶级斗争。

吴晗在庐山会议之前就写过《论海瑞》一文(后发表于《人民日报》1959年9月17日),嗣后,北京京剧团邀请吴晗先生写历史剧《海瑞罢官》。老舍、王昆仑、齐燕铭等参与了创作。可是到1965年冬天,姚文元一篇《评新编历史剧〈海瑞罢官〉》竟然说《海瑞罢官》塑造了一个"假海瑞",是用"地主资产阶级的国家观代替了阶级斗争论"。康生又从政治方面"发现"问题,把《海瑞罢官》与庐山会议联系起来,说这出戏的要害是"罢官"。后来,毛泽东也肯定了这一"发现"。于是,一出本来很正常的戏,不仅成为了地主资产阶级和一切牛鬼蛇神向党和社会主义进攻的代表,而且成为了代表彭德怀等党内"右倾机会主义"向党进攻的严重的政治问题了。由于这种思想的影响,批判的范围越来越大,揭出的"问题"也越来越多,被打倒的人也越来越多,最终成为"文革"爆发的导火线。

1979年11月,邓小平在中国文学艺术工作者第四次代表大会上特别指出:"党对文艺工作的领导,不是发号施令,不是要求文学艺术从属于临时的、具体的、直接的政治任务,而是根据文学艺术的特征和发展规律,帮助文艺工作者获得条件来不断繁荣文学艺术事业,提高文学艺术水平,创作出无愧于我们伟大人民、伟大时代的优秀的文学艺术作品和表演艺术成果。"④批

① 周扬:《新的人民的文艺》,《文学运动史料选》第5册,上海:上海教育出版社,1979年,第684—685页。
② 茅盾:《目前创作上的一些问题》,《茅盾全集》第24卷,北京:人民文学出版社,1996年,第130页。
③ 于晴:《批评的歧途》,《文艺报》,1957年第4期。
④ 邓小平:《在中国文学艺术工作者第四次代表大会上的祝词》,《邓小平文选》第2卷,北京:人民出版社,1983年,第213页。

评所处的外在社会文化环境发生了重要变化,文学批评的独立性与多元性获得了认同,政治批评才逐渐回归本位,成为文学批评诸方法中的重要一支。

二、政治批评在西方的发生与发展

在西方,柏拉图作为奴隶制和城邦统治的维护者,不仅严格要求文艺为奴隶主专制制度的政治服务,而且强调用政治去为文艺立法,把文艺纳入政治的规范之中。在柏拉图看来,尽管荷马很伟大,但是比不上斯巴达的立法者莱科勾和雅典的立法者梭伦,后二人才是伟大的诗人,他们制定的法律就是伟大的诗。他说过:"最高尚的剧本只有凭真正的法律才能达到完善,我们的希望是这样。"①柏拉图认为:以安静、秩序为特征的"贵族政体"是美的,那种乱糟糟的"剧场政体"则是令他比较反感的。他指出:"智慧是事物中最美的","最高最美的思想智慧是用于齐家治国的,它的品质通常叫做中和与正义"。② 显然,由于柏拉图把"治国"的政治和最高最美的智慧联系在一起,所以政治在他的审美视野中的地位是十分重要的。这样,他对文艺在政治生活中的作用也就给予了极大的关注并提出了相应的要求,在文论史上最早提出了建立"诗歌的检查制度"的主张。柏拉图说:由于"最高尚的剧本只有凭真正的法律才能达到完善",所以"一个城邦如果还没有由长官们判定你们的诗是否宜于朗诵或公布,就给你们允许证,它就是发了疯"③。在柏拉图看来,真正的立法者应该说服诗人,如果说服不了,应该强迫诗人,用他那优美而高贵的语言,去把善良、勇敢而又在各方面都很好的人,表现在诗歌的韵律和曲调当中。而且提出:"我们是否只监视诗人,强迫他们在诗里只描写善的东西和美的东西的影像,否则就不准他们在我们的城邦里做诗呢?"④为此,他宣布了关于文艺的种种禁令,认为除了歌颂神的和赞美好人的诗歌以外,不准一切诗歌闯入国境。柏拉图如此限制、禁止诗歌,除了他所认为的摹仿的艺术和真理隔着三层,不能真实反映本质外,再就是认为很多的诗歌"逢迎人性中低劣的部分",为了讨好群众而不会用心摹仿人性中理性的部分,只是会激发人们的情感和容易变动的性格,培养了和发育着人性中低劣的部分,所以,应该拒绝这样的诗歌进入一个政治修明的国家。柏拉图成为西方文论中最早的也是一位保守的政治批评者。

亚里士多德作为柏拉图的学生,针对柏拉图对诗人的控诉,提出了"净化"说。他认为,音乐可以净化过度的热情,人受到净化之后会感受到一种舒畅的松弛,会得到一种无害的快感。由于亚里士多德的这些说法是在他的《政治学》中提出的,可见他也认为从政治的角度来审视文学艺术有着必要性,应当从政治的角度关注并且自觉地调控文艺的社会效应和政治效应。只不过他在处理文艺与政治的关系上并没有柏拉图那样的偏激。

能够充分体现政治准则的文学批评是17世纪的法国古典主义文艺思潮。这一文艺思潮是法国封建社会向资产阶级社会过渡时期的产物,是在君主专制的政治环境中逐渐形成的,成为了体现君主专制的政治要求的一种极其政治化的文艺创作范式和批评准则。政治对审美的干预达到了高峰。在笛卡儿的理性主义哲学的启发作用下,君主专制的政治逐渐找到了适合自身需要的审美准则和文艺范式,这就是戏剧结构模式的"三一律"。虽然这一模式本身不是

---

① 〔希腊〕柏拉图:《文艺对话集》,朱光潜译,北京:人民文学出版社,1963年,第313页。
② 〔希腊〕柏拉图:《文艺对话集》,朱光潜译,北京:人民文学出版社,1963年,第269页。
③ 〔希腊〕柏拉图:《文艺对话集》,朱光潜译,北京:人民文学出版社,1963年,第313页。
④ 〔希腊〕柏拉图:《文艺对话集》,朱光潜译,北京:人民文学出版社,1963年,第62页。

政治性的,但它却以高度统一的结构方式充分体现了集权的理念,受到了君主垂青并将之立为规范,实际上成为一个政治化的文艺范式及文学批评的标准。比如,在路易十四时代,曾经将原来由贵妇人主持的文艺沙龙发展成为法国官方的最高学术机构:法兰西学院。它精选全国文艺、学术和各方面的四十名代表,讨论一般的文化方面特别是文艺方面的问题,进行表决,并具有法律的权威性,所有的文学艺术工作者都必须遵守。"很显然,这就是文艺和学术思想方面的中央集权的具体表现。一切要有一个中心的标准,一切要有法则,一切要规范化,一切要服从权威。"①在当时,高乃伊的悲剧作品《熙德》是成功的,受到了群众的热烈欢迎,但是,法兰西学院却对剧本发表了评论,指责它违反了古典的义法,特别是违反了"三一律"中的地点一律,迫使高乃伊也不得不附和这种迂腐的观点,在创作中不得不谨小慎微了。

古典主义的理论发言人是布瓦洛,他对诗人有一句有名的劝告:"研究宫廷,认识城市。"虽然这同时照顾到了当时社会的两大阵营,但是具体态度又是有区别的。对宫廷是要"研究",对城市只是"认识",孰轻孰重非常分明。布瓦洛的文艺思想是相当丰富的,但是,在涉及政治时,他的价值取向是偏向宫廷、君主方面的。

19世纪30年代至60年代,是俄国革命民主主义运动上升的时期,也是俄国现实主义文学取得重要成就的时期。别林斯基和车尔尼雪夫斯基正是这两个方面的主要领导人。他们既为俄国现实主义文学奠定了美学基础,也为后来的俄国民主革命运动的高涨作了思想上的准备,这也使他们的文学批评与政治密切相关。别林斯基在1847年7月写给果戈理的著名的信中就指出,当时俄国最重要最紧迫的问题是废除农奴制,而作家应该做的就是在人民中间唤醒几世纪以来都埋没在污泥和尘芥中的人类尊严,他指出文学的发展方向应当是为解放斗争服务。车尔尼雪夫斯基作为平民知识分子的主要领导人,虽然被拘禁和流放了21年,可是始终不懈地坚持着斗争。他提出的"美是生活"的口号,其实贯穿了投身现实斗争,承认人民的生活是审美的标准这样的思想。别林斯基和车尔尼雪夫斯基的艺术理想与变革农奴制的社会理想密切相关,他们的文学批评表现出了浓郁的政治色彩。

马克思主义与文学批评的结合,是政治批评发生世界性影响的新阶段。早在青年时代,马克思担任《莱茵报》的撰稿人时,不满当局的书报检查制度,愤然写下《评普鲁士最近的书报检查令》一文,并最终离开这个报纸。随着国际共运的发展和唯物史观的形成,马克思主义学说由理论形态转入了政治实践中,政治成为主导因素。由于文学处于社会整体的系统结构之中,政治作为人类自觉地创造历史的活动,同其他的实践活动一样,在人类的审美视野中占据着不可忽视的位置。文学的本质也与政治密不可分。恩格斯说:

> 政治、法律、哲学、宗教、道德、文学、艺术等的发展是以经济发展为基础的。但是,它们又都互相影响并对经济基础发生影响。并不是只有经济状况才是原因,才是积极的,而其余一切都不过是消极的结果。这是在归根到底不断为自己开辟道路的经济必然性的基础上的互相作用。②

经济对所有的意识形态的作用是绝对的,但意识形态中的诸范畴也是可以相互发生作用的,其中,政治作为一种最重要的又是最具有实际利益的存在,体现了阶级斗争的意识,当然地

① 朱光潜:《西方美学史》上卷,北京:人民文学出版社,1979年,第180页。
② 《马克思恩格斯选集》第4卷,北京:人民出版社,1972年,第506页。

具有了超过其他意识形态范畴的强大介入力量而影响着文学创作。从政治利益的角度看文学，成为马克思主义的基本原则之一。1859 年，马克思与恩格斯的《致斐·拉萨尔》的两封信在讨论拉萨尔的悲剧作品《济金根》时，都对拉萨尔的机会主义政治观进行了批评。马克思认为济金根的"覆灭是因为他作为垂死阶级的代表起来反对现存制度"，恩格斯则说拉萨尔"把农民运动放到了次要的地位，所以您在一个方面对贵族的国民运动做了不正确的描写，同时也就忽视了在济金根命运中的真正悲剧的原因。"他们认为：历史的必然要求与这个要求之间的不可能实现是悲剧的真正原因，因此，作为悲剧主角所代表的应当是历史的进步方面，只有这样才体现了悲剧的思想内涵，所以，代表垂死阶级的贵族思想，是不可能成为悲剧作品的。恩格斯在评价哈克奈斯的小说《城市姑娘》时，认为它没有反映进步的历史力量，所以也就未能创造出典型的环境，"工人阶级对他们周围的压迫环境所进行叛逆的反抗，他们为恢复自己做人的地位所作的剧烈的努力——半自觉的或自觉的，都属于历史，因而也应当在现实主义领域占有自己的地位"[①]。

由于马克思、恩格斯是革命家，自然也就十分重视文艺作品的政治宣传和鼓动作用，希望文艺作品能够帮助工人阶级正确地认识自己的历史地位和历史使命。但马克思和恩格斯又没有忘记文学艺术的审美特征，在强调了历史的批评标准时，也强调了"美学的"批评标准，并将"美学的"标准放在前面。马克思强调了"要莎士比亚化"，不要"席勒化"，恩格斯强调了不要"为了观念的东西而忘掉了现实主义的东西"，思想倾向要从情节中自然而然流露出来等。在马克思和恩格斯看来，政治介入文学艺术是有条件的：首先，这时的政治不是抽象的政治观念，也不是狭隘的党派利益，而是活在历史中的、在社会关系和历史运动中存在着的政治，真正代表了人民的利益；其次，不能直接去图解政治观念，文学表现政治必须符合美的规律，具有美的形式和美感的力量，才能更好地发挥其在社会政治中的效应。

到了列宁时代，无产阶级夺取掌握政权已经成为现实。列宁在《党的组织和党的出版物》一文中，把党的出版物（包括文艺在内）纳入了党的整个事业当中，提出了"齿轮和螺丝钉"的比喻，要求文艺工作者自觉地成为党的整个工作的组成部分，要求党对文艺工作予以直接的领导、监督和管理，从而使之介入社会革命和历史创造的进程，为革命事业服务。尽管如此，列宁又特别指出："无可争论，写作事业最不能机械划一，强求一律，少数服从多数。无可争论，在这个事业中，绝对必须保证有个人创造和个人爱好的广阔天地，有思想和幻想、形式和内容的广阔天地。"[②]

三、政治批评的未来走向

在未来的文学批评活动中，政治批评依然是十分重要的。尤其是当政治文明已经与物质文明和精神文明并列，越来越为人们所向往的时候，无论是广义上的还是狭义上的政治批评，都将受到人们的重视，它的未来发展可能会体现这样几个基本特点：

1. 政治批评将充分体现政治文明的特性

随着政治文明越来越为人们所重视，政治批评自然也要充分体现政治文明的基本价值取向。政治文明是人类社会政治生活的进步状态和发展程度的标志，它既包括人类一切积极的

---

① 《马克思恩格斯选集》第 4 卷，北京：人民出版社，1972 年，第 462 页。
② 〔俄〕列宁：《列宁论文学与艺术》，北京：人民文学出版社，1983 年，第 68—69 页。

政治思想成果,也包括在这些思想指导下建立起来的政治制度和政治主体的行为。所以,政治文明的内容可以分为政治思想文明、政治制度文明和政治行为文明,它们彼此之间是互相联系在一起的。从这个意义上说,无论是广义上的还是狭义上的政治批评,都是社会政治生活的一个重要方面。坚持正常的、健康的政治批评,有利于活跃政治生活,引导人们的政治参与意识,净化社会的政治空气,也有利于规范政治行为,制约政治权力的滥用,评判各种错误的思想观念,矫正不恰当的政治决策。

政治文明建设是一项长期的、艰巨的工程,需要制度的保障,也需要社会各方面的共同努力,自然,也离不开文学中政治批评的参与。由于文学影响的广泛性,政治批评也能够产生广泛的影响。那些积极的、健康的政治批评会对政治文明建设产生积极而健康的效果。举例来说,前面曾经提到的批评家对张平作品中"清官意识"的批评,就是有利于政治文明建设的。可以说,反腐败是当今社会突出的政治问题,文学反腐败同样涉及到了政治内容,然而,反腐败在今天应该依靠的是法治而不是人治,它需要政治体制的改革和民主法制的建设,而这正是政治文明的具体内容。所以,围绕作品涉及的以及社会历史中的人治观念和人治实际所展开的论述,对于清官意识的社会政治与文化心理层面的多重分析,客观上也是有利于政治体制改革和民主法制建设的。再说,批评过程也是学术的、说理的,所以,也是有利于政治文明建设的。

2. "政治应该更好地为文学服务"

曾永成提出过一个观点:"从生态生成的观点看,文艺和政治之间的关系本应是互补共生的。如果硬要说'服务'的话,不仅文艺应该为政治服务,政治更应该为文艺服务。在实际的社会生活中,由于政治是大局,毫无疑义具有某种优先权。但是由于文艺的人性生成的理想性内涵,对包括政治在内的人类活动进行人学审视和人性观照又是它至高无上的权利。"[①]这里,曾永成是从生态生成的观点来看待文学艺术与政治的关系的,而且没有忘记"政治是大局"的含义。尤其是看到了文学艺术所具有的人性生成的理想性的内涵,能够得出"政治应该更好地为文学服务"的观点。

政治为文学服务,主要就是不干涉文学的创作自由,并承认文学创造的特殊性。创作自由,就是指作家在思想言论的层面上,能够自由地表现他想表现的题材、思想,能够自由地探索他想探索的艺术形式。马克思、列宁承认过这一点。邓小平也指出过:"文艺这种复杂的精神劳动,非常需要文艺家发挥个人的创造精神。写什么和怎么写,只能由文艺家在艺术实践中去探索和逐步求得解决。在这方面,不要横加干涉。"[②]

但拥有创作自由并非一定就能创造出杰出的文学作品,政治上若能为文学创作提供一种自由的外部环境,只是创作走向成功的一小步,所以,政治为文学服务,不能当作是文学繁荣的惟一方式。在没有创作自由的状态下,古今中外许多优秀的作家创作了他们的传世杰作。文学创作是作家生命的表现,若能充分地发挥生命的潜力,能够体验到人类命运的深刻性,才能创造出成功之作。有了创作自由而失去了生命的活力与体验的深刻性,也创造不出好作品。文学为政治服务,从来也没有令政治满意过。政治为文学服务,同样地也不会为文学创作提供一个一劳永逸的创作机制,从而自然而然地获得文学的繁荣。巴金说:

---

① 曾永成:《回归实践论人类学》,北京:人民出版社,2005年,第307页。
② 邓小平:《在中国文学艺术工作者第四次代表大会上的祝辞》,《邓小平文选》第2卷,北京:人民出版社,1983年,第213页。

从"创作自由"起步,会走到百花盛开的园林。"创作自由"不是空洞的口号,只有在创作实践中人们才懂得什么是"创作自由"。也只有出现更多、更好的作品,才能说明什么是"创作自由"。我还记得一个故事,19世纪著名的俄国诗人涅克拉索夫临死前在病床上诉苦,说他开始发表作品就让检查官任意删削,现在他躺在床上快要死了,他的诗文仍然遭受刀斧,他很不甘心……原话我记不清楚了,但《俄罗斯女人》的作者抱怨没有"创作自由"这事实给我留下极其深刻的印象。在沙皇统治下的俄国,是没有自由的,更不用说"创作自由"了。但19世纪的俄国文学至今还是世界文学的一个高峰。包括涅克拉索夫在内的许许多多光辉的名字都是从荆棘丛中、羊肠小道升上天空的明星。托尔斯泰的三大长篇的最后一部(《复活》)就是在没有自由的条件下写作、发表和出版的。托尔斯泰活着的时候在他的国家里就没有出过一种未经删节的本子。他和涅克拉索夫一样,都是为"创作自由"奋斗了一生。作家们用自己的脑子考虑问题,根据自己的生活感受,写出自己想说的话,这就是争取"创作自由"。前辈们的经验告诉我们,"创作自由"不是天赐的,是争取来的。严肃认真的作家即使得不到自由也能写出垂光百世的杰作,虽然事后遭受迫害,他们的作品却长久活在人民的心中。"创作自由"的保证不过是对作家们的一种鼓励,对文学事业发展的一种推动力量。保证代替不了创作,真正的黄金时代的到来还得依靠大量的好作品引路。黄金时代,就是出人、出作品的时代。这样的时代决不是用盼望、用等待可以迎接来的。关于作协大会的新闻报道说,"许多作家特别是一些老同志眼圈红了,哭了,说他们盼了一辈子才盼到这一天"。我没有亲眼看见作家们的泪水,不能凭猜想做任何解释;但是我可以说,倘使我出席了大会,倘使我也流了眼泪,那一定是在悲惜白白浪费掉的二三十年的大好时光。我常说自己写了五六十年的文章,可是有位朋友笑我写字不如小学生。他讲的是真话。我从小就很少花功夫练字,不喜欢在红格纸上填字,也不喜欢老师手把手地教我写,因此毫无成绩,这是咎由自取。后来走上文学道路,我也不习惯讨好编辑、迎合读者,更不习惯顺着别人的思路动自己的笔,我写过不少不成样子的废品,但是我并不为它们感到遗憾。我感到可悲的倒是像流水一样逝去的那些日子。那么多的议论!那么多的空谈!离开了创作实践,怎么会多出作品?!若说'老作家盼了一辈子才盼到'使他们流泪的这一天,那么读者们盼了一辈子的难道也是作家们的眼泪?当然不是。读者们盼的是作家们的创作实践和辛勤劳动,是作品,是大量的好作品。没有它们,一切都是空话,连"中国文学的黄金时代"也是空话。应当把希望放在作家们的身上,特别是中青年作家的身上——我一直是这样想的。[①]

3. "文学穿越政治"

这是吴炫在论述到文学与社会政治文化关系时所提出的命题:"以'文学穿越政治文化'的思维代替'文化政治推动文学的'思维",才能体现文学的价值性,"这不是说文学脱离政治与文化,脱离政治与文化恰恰是受制于政治与文化的逆反性方式"[②]。所以,不脱离政治而又不限于政治,就是"文学穿越政治"。

吴炫的观点认为:一方面,政治现实是客观存在的,谁也不可能回避它,文学不能脱离政治正如文学不能脱离生活一样;另一方面,文学自身的独立性和独特性又使得它在对待政治时不

① 巴金:《创作自由》,《无题集》(《随想录》第五集),北京:人民文学出版社,1986年,第33—35页。
② 吴炫:《一个非文学性命题——"20世纪中国文学"观局限分析》,《中国社会科学》,2000年第5期。

应该惟政治的马首是瞻,而是能够通过自己的情感方式和想象方式来表现政治。这样,政治对于文学也就不是一种束缚关系,而只能够是一种影响关系。相反,文学还可以冲破政治的束缚,表现自己(即作家或者人物)对于政治的态度、情感和想象。由于作家的独特性是多种多样的,所以,体现在文学作品中的政治也应该是多种多样的。换句话说,文学中的政治是作家主体作用下的政治,而不是政治家或者实际的政治,从文学中去寻找关于政治的是非对错,也往往显得南辕北辙。这样,文学应该成为能够自由地展示政治的一个领域。而文学展示政治的程度如何,也就是"文学穿越政治"的程度如何,而这种穿越的程度又往往意味着文学价值性的程度如何。如《白毛女》,反映了地主对农民的剥削和压迫,这对于唤起民众来说,显然具有积极的政治意义。但是,《白毛女》在表现地主与农民矛盾的同时,又体现了人性的深刻内涵。喜儿的遭遇既是激发当时人们政治热情的有效手段,也是表现人性内涵的可贵载体。所以,从表层上说,《白毛女》是与当时的政治功利相吻合,符合现实政治斗争的实际需要;从深层上说,它又为我们提供了具体的拯救人的、拯救中国人的、历史的审美体验,实现了对于政治的穿越,能够比同时期同类型的好些作品更有价值。

由此可以看到,一时的、具体的政治往往是有限的,而体现在文学艺术作品中的人性内涵和人学意蕴却是无限的。应当尊重那些为了某一时期的政治利益而创作的文学作品,但是也更喜爱穿越了一时政治的文学。作家应当在创作中能够不脱离政治,而又不限于政治,使得自己作品的审美价值和政治功利能够拉开距离。或者说,作家在具有政治意识的情况下,其创作中不应图解政治,而是要能够对于人性有着自己的独特理解并能够通过具体形象的血肉之躯予以审美的表现,才更能体现文学的创作规律。政治意识一旦加以审美化,并能够上升到人性、人学的高度,就实现了对于政治的穿越。

第三节　政治批评的应有内容

一、政治的应有内涵辨析

对政治的解释是理解政治批评的重要前提。那么,应当如何理解政治的含义呢?

人类为了满足自己的需要,在实践过程中形成了多种多样的社会关系。而为了使群体能够进行有序而又有效的活动,必须形成一定的权力中心和公共权威。这个权力中心和公共权威,既可以是个人,也可以是机构。它通过一定的法律制约、社会威信以及暴力手段对社会实施管理。这样,处理社会群体的公共事务,维护群体的特定结构和功能,调节社会群体内部和外部的各种矛盾,谋求社会的新的发展等,便成为政治活动的主要内容。从这个意义上说,政治是人类社会群体组合和秩序控制所必须的、离不开的一种社会性事务活动。即使在阶级社会消亡以后,原来意义上的国家不存在了,这种社会性的事务活动也将依然存在,因为人类社会总是难以避免内部的或外部的矛盾冲突,因而也就总是离不开调节、控制以及管理这些矛盾的发生者的权力中心和公共权威。在社会生活中,政治活动是不可缺少、难以避免的。

不可否认,距今最近的几千年中,恰恰是阶级社会。由于阶级社会中的政治是以权力为中心的,也就使得人们往往把政治与权力和国家紧密联系在一起,显然,这只能说是一种狭隘的、有限的政治。固然,这种政治是迄今为止最为发达的形式,但又并非最终的结果,它只不过是人类政治活动中的一种极端的形式而已。处于物质财富和政治文明并不发达的阶级社会,统治者为了维护自己的权力,就要设法使包括文学在内的所有活动都能服从于自己的政治(权力），为自己的政治（权力）服务。这样，也就有了文学和文学批评为政治服务的要求和事实。

　　在中国，1949 年以后，由于刚刚结束了大规模的阶级对垒与战争，新生的政权面临多方面的挑战，不可避免地要把维护与巩固统治权力作为政治的中心，这样一来，以阶级斗争为中心也就被一再地予以强调，从而要求文学和文学批评为新生的政权服务。于是，文学批评的问题、学术的问题也就往往被上升到政治的高度，被当作阶级斗争来对待。比如，1954 年对俞平伯《红楼梦研究》的批判，就使一场本来的学术讨论被高度政治化了。按理说，俞平伯的《红楼梦研究》不论对错，都是一个学术问题，有所争论，也是学术的争论，可由于政治权力的过度介入，使得学术研究演变成为政治问题，俞平伯被扣上"资产阶级知识分子"的帽子，从而失去了为自己辩护的权利。结果，将一场有关《红楼梦》的研究变成了一场政治斗争。

　　　　毛泽东在 1954 年 10 月 16 日说："驳俞平伯的两篇文章附上，请一阅。这是三十多年以来向所谓红楼梦研究权威作家的错误观点的第一次认真的开火。作者是两个青年团员。他们起初写信给《文艺报》，请问可不可以批评俞平伯，被置之不理。他们不得已写信给他们的母校——山东大学的老师，获得了支持，并在该校刊物《文史哲》上登出了他们的文章驳《红楼梦简论》。问题又回到北京，有人要求将此文在《人民日报》上转载，以期引起争论，展开批评，又被某些人以种种理由（主要是'小人物的文章'、'党报不是自由辩论的场所'）给予反对，不能实现；结果成立妥协，被允许在《文艺报》转载此文。嗣后，《光明日报》的《文学遗产》栏又发表这两个青年的驳俞平伯《红楼梦研究》一书的文章。看样子，这个反对在古典文学领域毒害青年三十年的胡适派资产阶级唯心论的斗争，也许可以开展起来了。事情是两个'小人物'做起来的，而'大人物'往往不注意，并往往加以阻拦，他们同资产阶级作家在唯心论方面讲统一战线，甘心作资产阶级的俘虏，这同影片《清宫秘史》和《武训传》放映时候的情形几乎是相同的，被人称为爱国主义而实际是卖国主义影片的《清宫秘史》，在全国放映之后，至今没有被批判。《武训传》虽然批判了，却至今没有引出教训，又出现了容忍俞平伯唯心论和阻拦'小人物'的很有生气的批判文章的奇怪事情，这是值得我们注意的。俞平伯这一类资产阶级知识分子，当然是应当对他们采取团结态度的，但应当批判他们的毒害青年的错误思想，不应当对他们投降。"①

　　当我们从学理的层面来理解政治时，不应把政治仅仅作为权力利益来看待，它具有更为广泛而丰富的内涵。毛泽东特别强调过："政治，不论革命的还是反革命的，都是阶级对阶级的斗争，不是少数个人的行为。"②这是以阶级斗争作为政治的主导内涵。邓小平在 1979 年则说："同心同德地实现四个现代化，是今后相当长的时期内全国人民压倒一切的中心任务，是决定祖国命运的千秋大业。"③这转向了从经济建设的角度阐释政治。

　　由此可见，政治的含义并不只是指权力的夺取与巩固。一般来说，它大体上可以分为三个层面：首先是指属于上层建筑的国家机器及其权力；其次是指与国家机器及其权力相联系的各

① 陈辉：《毛泽东与〈红楼梦〉的故事：曾说贾宝玉是大革命家》，《百年潮》，2006 年第 11 期。
② 毛泽东：《在延安文艺座谈会上的讲话》，《毛泽东选集》第 3 卷，北京：人民出版社，1991 年，第 866 页。
③ 邓小平：《在中国文学艺术工作者第四次代表大会上的祝词》，《邓小平文选》第 2 卷，北京：人民出版社，1983 年，第 209 页。

种观念形态,如民族观念,国家观念,阶级意识等;再次是指各种政治情感和各种相关活动,如爱国主义,民族自豪感,对社会活动的参与等等。文学与政治相关联,既可能与第一层面的政权活动有关,为夺取政权与巩固政权服务,但主要地是与民族观念、国家观念、政治情感与政治心理等政治文化相关联,通过吸收政治文化的影响并给予政治文化以影响而体现出来。

如果说政治也是基于人类对于美好生活的一种想象的话,只要文学也是对于人类美好生活的追求,二者的关联,就是不可避免的。当政治没有逸出人类美好生活的想象时,文学与它的结合,体现了目标的一致性;而当政治违背了对于人类美好生活的追求与承诺,文学对政治的关联,往往采取的是一种批判的立场。

二、政治批评的基本方面

1. 对作家作品政治倾向的批评

作为一个作家来说,往往具有一定的政治立场和政治倾向,而作为作品来说,很多也有着鲜明的或者隐含的政治倾向。自然,这些内容都是政治批评要关注的和分析的。而且,批评家往往也会站在一定的政治立场上,通过与作家作品的政治倾向的对话,达到体现自己的政治倾向的目的。比如,张平的小说《抉择》以及由此改编的电影《生死抉择》在社会上产生了广泛的影响,不少批评家对此进行了充分的肯定,说明这样的作品对于反腐败具有积极意义。也有的批评家在肯定其积极性的同时,指出了作品中存在的明显的清官意识,将社会的公平与正义寄托在一个清官身上,是不利于民主法制建设的。可以说,这样的批评显然不是从艺术形象的塑造方面展开的,而是探讨了作品与社会政治的关系,所以是突出的政治批评。

即使对一些远离政治实践的作品,批评家也会在特定的时代氛围中进行政治批评,如 20 世纪 60 年代关于中国古代山水诗的论争,一部分批评家认为山水诗表现自然美,不会体现政治思想的倾向性,但另一部分的批评家却认为山水诗的意境与风格还是能够体现政治思想倾向的,如认为王维晚年的诗歌创作中充满了禅学的影响,就是因为他体现了地主阶级的消极悲观的思想意识。很显然,这是较为牵强的,但可见政治批评希望涉及的范围是很大的。

2. 对文学作品的政治性质的判定

有些文学作品,由于产生时的具体历史条件,使得其具有或者这样或者那样的政治属性,对这种政治性质的判定,属于政治批评的范围。比如,对产生在"文革"中的帮派文艺性质的判定就如此。也有些文学批评,由于受到习惯思维的影响,在对作家作品进行分析时,往往会上纲上线,提到政治的高度上对作家作品予以判定。比如,莫言的小说《丰乳肥臀》出版后,在社会上引起了很大的反响,还获得了文学期刊的大奖。当然也有读者否定了小说,如何国瑞就认为小说"颠倒黑白,对革命极尽丑化之能事",是"近乎反动的作品"。针对这一观点,有的批评家指出,何国瑞没有理解《丰乳肥臀》的创作意图,只是采用了"一个阶级一个典型"的简单理论,而且以政治上的上纲上线代替了实事求是的学术分析,不顾文学自身的特点和价值,使得问题绝对化和简单化,这种理论和思想方法具有危害性①。可以说,无论是何国瑞的批评,还是

---

① 有关文章如下:何国瑞:《歌颂革命暴力:爱国主义和国际主义的文艺——社会主义本质论之二》,《武汉大学学报》(人文社会科学版),1999 年第 6 期;易竹贤、陈国恩:《〈丰乳肥臀〉是一部近乎反动的作品吗?》,《武汉大学学报》(人文社会科学版),2000 年第 5 期;何国瑞:《评论〈丰乳肥臀〉的立场、观点、方法之争——答易竹贤、陈国恩教授》,《武汉大学学报》(人文社会科学版),2002 年第 2 期。

对之进行的反批评,都是政治性质的批评。

3. 对作家作品与时代政治关系的批评

对作家作品与时代政治关系的批评是经常见到的。鉴于人们要探讨文学作品产生的社会历史原因,自然免不了要从政治的角度入手,探讨作品中的和产生作品的社会历史内容中的政治内容。比如,对《三国演义》所反映的社会历史内容的研究,就要研究汉末以来魏、蜀、吴的政治形势,只有较为清晰地了解了这样的背景,才能进而评价作品中人物的政治思想与政治行为的合理性问题。对产生在20世纪70年代到80年代的朦胧诗的分析,就离不开对那个时代的政治实际、人们的政治热情的具体分析。有关朦胧诗的争论主要是:有的认为它是一种新的美学原则的崛起,标志着中国诗歌全面生长的新开始,代表了诗歌发展的未来;有的认为它永远不该是诗歌的主流,甚至认为它是社会主义文艺发展中的一股逆流,散发出非常浓烈的小资产阶级的个人主义气味的美学思想。这样的论争背后,其实是与对当时的政治现实及走向的不同理解相关联的。主张开放的,一般赞同朦胧诗的出现,而持保守态度的,则反对朦胧诗的审美倾向。说到底,这是关于政治方向的一种对立反映到了文学批评中。

4. 对作家政治经历的批评

无论是历史上还是现实中,很多作家都有过这样那样的政治经历,这些经历与他们的创作也发生了这样那样的联系。比如,屈原的政治经历,柳宗元参与的"二王八司马"事件,就对他们的创作产生了重要影响。这种影响主要是对作家的审美心理发生了催化作用,作家在受到政治影响后产生了激昂的政治热情,这种政治热情又转化成浓烈的诗情,从而促使作家创造出他的优秀作品。屈原的《离骚》就是政治的抒情诗,茅盾的《蚀》三部曲也与作家参加了大革命的政治经历有直接的关联。

在考虑作家的政治经历与创作的关系时,要注意两点:

其一,政治经历只是作家人生经历的一部分,只有理解了这个整体性,才会在分析作家的创作与政治的关系时,不至于忽略了其他人生经历的重要性。作家的政治经历只可能会与创作发生一定的关系,也可能不与创作发生直接的关联。比如李白,曾经怀抱着政治愿望,后来也参加过打着勤王旗号而包藏野心的永王李璘幕府,但他的《望庐山瀑布》显然与其政治经历没有什么关系,不应该从政治角度进行解读。

其二,政治经历作用于作家的创作,必须转化成审美感受才具有创作的价值,直接地将自己的政治经历毫无提升地放入作品之中,必然缺乏审美的热度。只有当政治经历转化成作家的生命体验,作家所表现的不是政治经历而是生命体验时,这种情况下政治经历才会丰富与深化作家的创作。苏轼就是这方面的例证,他一生多次遭贬,却创造了大量杰出的作品,就在于他不是表现政治经历,而是表现了由政治的坎坷所造成的人生体验,才获得了成功。所以,善于将政治经历等人生经历上升到生命体验的高度再进行表现,才是最重要的。政治批评必须考虑到这样的复杂性。

> 在宋哲宗时,受蔡京等政敌陷害,苏轼一贬再贬,最后被流放到海南岛,哲宗死后才遇赦北还。苏轼在北归时写下《六月二十日夜渡海》以记当时心情,诗曰:
>
> 参横斗转欲三更,苦雨终风也解晴。
> 云散月明谁点缀?天容海色本澄清。
> 空余鲁叟乘桴意,粗识轩辕奏乐声。

九死南荒吾不恨,兹游奇绝冠平生。

从参星和北斗星的位置转移判断,夜已近三更了,似乎是知道天要晴了,连绵不止的阴雨与终日刮个不停的风终于停止了。是谁使得天空中明月朗照,没有一丝云彩呢?因为天空和大海本来就是澄明清澈的。这是写景,其中或也寓有政局开始清明,自己的磨难已经终止之意。接下来的是议论。孔子曾说:"道不行,乘桴浮于海。"认为自己的主张若无法得到实行的话,就乘木筏飘洋过海隐居起来。《庄子·天运》有:"帝张《咸池》之乐于洞庭之野,吾始闻之惧,复闻之怠,卒闻之而惑,荡荡默默,乃不自得。"苏东坡意谓:自己如孔子那般的飘洋过海去隐遁的想法已经落了空,但却听到了犹如《咸池》之乐的大海的雄壮涛声,又产生了新的希望。自己被流放到蛮荒之地,虽然九死一生,千辛万苦,却也观赏到了自己一生从未见过的奇绝美景,还是无怨无恨的。

苏东坡受儒、道、释三家思想影响,形成了旷达的襟怀和乐观的生活态度,使其一生虽然多次遭受磨难,却始终坚忍不拔,创造了大量的优秀作品。

第四节　实例分析

原作:

周扬(1908.2—1989.7),原名周运宜,字起应。1930年代在上海参加领导中国左翼文艺运动,其后,周扬一直担任重要的领导职务,主管中国共产党的意识形态工作。1933年发表《关于社会主义的现实主义与革命的浪漫主义》,是国内最早讨论苏联社会主义现实主义创作方法的文章。1944年编选《马克思主义与文艺》一书,系统介绍马克思主义经典作家有关文艺问题的论述。周扬是中国现代文学批评领域中无产阶级文学理论的坚定拥护者与热情宣传者,先后参加了对"第三种人"的斗争,对王实味、胡风的批判。同时也写下了不少论述解放区文艺创作的批评文章,但多做政治分析、思想分析,而少作艺术分析,这使他成为相当典型的政治批评的代表者。不过,这也使周扬从一个独特的角度进入了文学研究之中,获得了一定的成就,这是不应否定的。下文选自他的《论赵树理的创作》,这是在毛泽东发表《在延安文艺座谈会上的讲话》以后,周扬运用《讲话》的文学为政治服务的基本思想所进行的一次重要实践与示范。

论赵树理的创作(节选)　　周　扬

在巡视了赵树理同志的这三篇小说(指《小二黑结婚》、《李有才板话》、《李家庄的变迁》,引者注)之后,我想说一说在他的创作中有些甚么地方,甚么独特的地方,特别值得研究,值得学习呢?我打算说两点:一、是他的人物的创造;二、是他的语言的创造。

作者在人物创造上,第一个特点就是:他总是将他的人物安置在一定斗争的环境中,放在这斗争的一定地位上,这样来展开人物的性格和发展。每个人物的心理变化都决定于他在斗争中所处的地位的变化,以及他与其他人相互之间的关系的变化。他没有在静止的状态上消极地描写他的人物。

首先,他写了农民中的积极分子和工作干部。他们是站在斗争的最前线。创造积极人物的典型,是我们文学创作上的一个伟大而困难的任务。原因是:一,作为我们遗产的过去的优秀的作品几乎都只写了农民消极的落后的方面;二,现实中新的人物,新的个性也还在形成、生长之中。作者虽还没有创造出高度集中的典型,像阿Q那样的,但他无论如何写出了新的人物的真实面貌,那些"小字号的人物"们可以看作新的农民的集体的形象。而且,是多么生动的、可爱的形象呵! 但是作者也并没有将他们理想化。这些都不过是普通的农民;他们年轻,热情,有时甚至冒失;他们所身受的豪绅地主的剥削压迫,迫使他们不能不走向革命。他们在苦难与斗争中渐渐成长起来,他们渐渐学会了斗争的方法与策略;他们敢说敢干,且又富于机智和幽默。每个人都在斗争中显示出各自的本领与才能……赵树理同志的创作就反映了农民的智慧、力量和革命乐观主义。在老杨同志这个人物身上,他创造了一个杰出的农民干部的成功的形象。

作者同样出色地描写了地主恶霸和他们的"狗腿"。他的重点也是放在他们和农民的对立,和新政权对立的关系上。他们对于农民的要求减租与组织农会,改组村政权等等活动,进行了顽强的坚决的抵抗;这种抵抗在不能使用公开暴力的时候就凭借狡猾的手腕;他们"一肚子的肮脏计"。他们充分地利用了农民的自私、落后,和工作干部的没有经验,主观主义,官僚主义。……

作者也写了农民中的落后分子,如象《李有才板话》中的老秦:他"吃亏,怕事,受一辈子穷,可瞧不起穷人",但他也有个好处,"只要年轻人一发脾气,他就不说话了",他到底还是善良的。落后的人物在斗争的环境中也不能不起变化。不只这个老秦,还有《小二黑结婚》中的那两位"神仙",到后来都有些变化。你也许觉得他们的变化太小,而且近乎消极罢,但作者是现实主义的,他不能把一个人物写成一个晚上就完全变了样子,象有些作家写人物转变那样;他只是着重写了环境的力量,他虽然没有告诉你他的人物转变得怎样,但却叫你不能不相信他们的转变。

作者在描写他的人物上,其次一个特点就是:他总是通过人物自己的行动和语言来显示他们的性格,表现他们的思想情绪。关于人物,他很少做长篇大论的叙述,很少以作者身份出面来介绍他们,也没有作多少添枝加叶的描写。他还每个人物以本来面目。他写的人物没有"衣服是工农兵,面貌却是小资产阶级";他写农民就象农民。动作是农民的动作,语言是农民的语言。一切都是自然的,简单明了的,没有一点矫揉造作,装腔作势的地方。而且,只消几个动作,几句语言,就将农民的真实的情绪和面貌勾画出来了。让我再从《李有才板话》中引用一段,这是写农民们在听到他们村长撤职的消息时的反映:

> 一进门,小元喊道:"大事情! 大事情!"有才忙道:"什么? 什么?"小元答道:"老哥! 喜富的村长撤差了!"小顺从炕上往地下一跳道:"真的? 再唱三天戏!"小福道:"我也算数!"有才道:"还有今天? 我当他这饭碗是铁箍箍住了! 谁说的?"小元道:"真的! 章工作员来了,带着公事!"小福的表兄问小福道:"你村里跟喜富的仇气就这么大?"

就这么短短的对话,听起来是那样轻松,那样愉快,然而又是多么有力地表现了农民对于地主恶霸的仇恨心理。这种仇恨在《李家庄的变迁》中就成了爆发式的;农民们在龙王庙将汉奸地主李如珍活活打死的那个血淋淋的场面,也许会有人感觉到农民的报复太残忍了罢;但是请听一听农民们怎么说的:

> 这还算血淋淋的? 人家杀我们那时候,庙里的血都跟水道流出去了!

还有比这更正当,更公平的辩白吗? 这些农民都是积极的活动的人物,所以他们的言语和行动是紧紧结合的。语言表现行动，而又凝成于行动之中；所以总是简练的，生动的。斗争的语言和日常生活的语言完全融合起来了。农民的机智和幽默在斗争的火焰中磨练得光芒四射。他们把讽刺的话叫做"开心话"，叫做"扔砖头话"；这就是对豪绅地主、官僚、恶霸、"狗腿"们"扔砖头"，这是斗争的语言。就这样，作者从这些行动和语言中，将新的人物的性格显示出来了。①

点评：

这里的选文主要是讨论赵树理小说创作中的人物创造问题。从其立论与构思的角度看，充分体现了毛泽东《在延安文艺座谈会上的讲话》中所提出的一些基本思想，如文学为政治服务，敌我之间的阶级区别，文艺应当为工农兵服务，文艺应当大众化等。周扬的论述主旨围绕着斗争的话题而展开，其实就是对当时正在进行的中国革命的强烈呼应，并通过作品中人物形象的分析来强化对于斗争的认同。同时，也涉及了作家应当创作什么样的文学作品来为斗争服务的问题，在周扬看来，赵树理无疑成为了创作上的一面旗帜，他通过新的农民形象的创造，满足了改变农村的面貌，改变中国的面貌，改变农民自身的面貌"这个农村中的伟大的变革过程"的需要。

在具体分析中，周扬紧紧抓住赵树理所创造的人物形象与革命斗争的互动关系来建立叙述框架，他的叙述中心是：作家总是结合人物在斗争中的地位来展开人物的性格描写，并且每个人物的心理变化取决于他在斗争中所处地位的变化，以及他与其他人之间关系的变化。所以，作品写的是斗争中的人物，人物间的斗争，人物的行动与语言与斗争密切关联，正是这种处处的斗争塑造了不同的斗争人物。

周扬分三类人物来谈：第一类，分析了作品中所描写的农民中的积极分子和工作干部，这是代表革命方向的，虽然他们还处于成长中，但未来无疑是属于他们的。周扬认为作品既揭示了他们的可爱处，又承认他们有缺点，前一个方面是主流，这表明他们是来自生活的，真实而又生动活泼。为什么周扬在这里要强调这些先进人物身上还有一些缺点呢？这主要是想表明先进人物也不是十全十美的，以免读者认为这些人物是虚假的，从而产生阅读上的抵触情绪。强调先进人物身上有缺点，是政治批评的一种策略，即通过次要的缺点的承认来建立人物的真实性，以便获得更加广泛的接受者。

第二类，分析敌对阶级的人物如地主恶霸和他们的"狗腿"，这类人物总是使用狡猾的手腕，千方百计地破坏革命进程，抵抗村政权的改组等有利于农民的事情。作为革命的对立面，在他们的身上看不到丝毫的优点。周扬肯定这一点，是想告诉读者，他们是应当被彻底否定的，因而，描写与揭示他们身上可能残存的人性之善，那是不正确的。由此分析可知，在周扬这里，政治批评的阶级观察，使他在分析敌对人物时，往往采取单一的定性分析法，一旦某人被定性为敌对阶级的人物，他就只能有敌对阶级的属性。

第三类，分析农民中的落后分子，这属于农村中的大多数，周扬认为赵树理所刻画的这类人物，把握住了农民的基本特性，既有落后的一面，也有善良的一面，正是这后一方面成为他们最后转向革命的"内因"，而其身上落后的一面，只要经过革命的教育与实际斗争的磨练，就会得到克服。赵树理小说中的"老秦"们、"神仙"们的转变，尽管是缓慢的，但开始了转变，就意味着这些人物最终会走向革命的道路。

① 周扬《论赵树理的创作》，《周扬文集》第 1 卷，北京：人民文学出版社，1984 年，第 490—494 页。

　　周扬在这里的分析所构建的先进人物、敌对人物与落后人物的人物谱系图,反映了他对中国革命的力量构成的认识,农民中的先进人物是革命的主力军,农民中的落后人物是革命的争取对象,农村中的地主恶霸是革命的对象。所以,周扬的批评,其实是一个非常典型的政治分析报告。

　　当然,周扬的政治批评实践,只是一种类型,更为广泛的政治批评也可以站在客观的立场上分析作品中的政治意识,而不是明确地表现自己的政治倾向。

关键词

1. 政治批评：广义地说，政治批评既可以指公众对各种各样政治现象的批评，也可以指依据某种政治标准对各种各样的社会现象如道德、哲学、宗教、文学艺术等所进行的批评。而狭义的政治批评指的是文学批评领域中的，具体而言，文学批评中所说的政治批评是指批评家从政治视角和政治标准出发，为了一定的政治原因，对文学文本、文学家和批评家所做的政治方面的分析和评判。具体有对作家作品政治倾向的批评，对作品政治性质的判定，对作家作品与时代政治关系的分析，对作家政治经历的批评等等。

2. 政治行为：政治行为是指使用政治权力对对象（包括文学）所进行的政治方面的要求和处置，它具有强力性质。

3. 政治文明：政治文明是人类社会政治生活的进步状态和发展程度的标志，它既包括人类一切积极的政治思想成果，也包括在这些思想指导下建立起来的政治制度和政治主体的行为。政治文明的内容可以分为政治思想文明、政治制度文明和政治行为文明。它们彼此之间是互相联系在一起的。

思考题

1. 政治批评应该具有哪些内容？文学中政治批评的含义是什么？
2. 政治批评是政治行为吗？为什么？
3. 如何理解"创作自由是作家的实践"这句话？

阅读链接

1. 赖力行：《文学批评的审美功能和社会政治功能评析》，《华中师范大学学报》（人文社会科学版）1999 年第 3 期。
2. 孟繁华：《政治文化与中国当代文艺学》，《中国社会科学》1999 年第 6 期。
3. 谢维营：《论政治批评》，《南昌大学学报》（人文社会科学版）2004 年第 2 期。
4. 刘锋杰：《试构"文学政治学"》，《学习与探索》2006 年第 1 期。

（刘淮南）

第八章　精神分析批评

　　文学创作关乎人的心理活动,中国古代有"虚静说"、古希腊柏拉图的"迷狂说"、亚里士多德的"净化说"等,都是这方面的批评活动。19 世纪末 20 世纪初,随着心理学学科的建构和相关理念的传播,运用心理学原理进行文学批评可谓水到渠成,冯特的内部经验说、詹姆斯的意识流说、阿恩海姆的格式塔心理学等在文学批评领域的成就是有目共睹的。固然,普通心理学可以用来解释文学创造现象的诸多方面,但精神分析学对文学特性的直接关注与阐释,方使得心理学与文学批评的关系格外明确起来。

　　精神分析法基于精神分析学的创立,精神分析学主要由弗洛伊德的著作构成,包括病史及分析、梦的理论、潜意识论、力比多学说、儿童性欲说、压抑论等几个部分。率先把精神分析理论运用到对文学领域的是弗洛伊德,其后一直有人跟进,并在具体环节中有所发挥。弗洛伊德在自传中曾说:"这门科学的本身很少能独立担负起处理某一个问题的全责,但它似乎注定要对许多的知识领域提供最有价值的援助。"①精神分析之于文学批评,即可作如是解。

第一节　什么是精神分析批评

一、精神分析

　　精神分析作为一种方法,由弗洛伊德发现并创构出理论体系。其有效性,首先是针对神经病患的,可用于治疗移情性神经症(包括歇斯底里症、强迫性神经官能症及焦虑性歇斯底里)。精神分析理论体系被称作精神分析学,为理解的方便,这里将其分为"潜意识论"与"梦的理论"两大部分来解说。

　　1. 潜意识论——以及"力比多"与"压抑"机制

　　"潜意识"是个重要的范畴,是理解精神分析学的前提。导致神经症的"力比多"、"压抑"环节所以不为人觉察,在于"潜意识"的存在。弗洛伊德早期认为,潜意识由欲望冲动构成,后来他说,潜意识究竟有多大的库存,是难以估量的,因为我们所有的意识最初都是潜意识的。"潜意识"只能被证明而不能被准确界定,弗洛伊德晚年甚至仍在遗憾"潜意识"没能被证实。

---

① 〔奥〕弗洛伊德:《弗洛伊德自传》,廖运范译,北京:东方出版社,2005 年,第 76 页。

是否给潜意识一个明确界定,并非是治疗关键,关键是要发现并揭示在神经症患者的心理中,究竟是什么在发生着破坏性的作用。所以,阐明"力比多"、"压抑"机制成为首要的。

根据大量的观察与思考,弗洛伊德确立了"力比多理论"(Libido-theory),它是精神分析理论的基础,也是其中最有争议的部分。移情性神经症与遗传素质并非毫无关系,但主要是一种"力比多"转移。

弗洛伊德一直把《癔症研究》(1895)这本书作为精神分析学的重要构成,它是弗洛伊德与布洛伊尔合著的。尽管布洛伊尔后来对精神分析学怀有不友好的态度,但他在《癔症研究》中的很多断言却与弗洛伊德理论相当一致,比如:"性本能无疑是兴奋持久增加的最强烈的源泉(最终也是神经症的源泉)。"[①]"性"与神经症的密切关系,是弗洛伊德与布洛伊尔共同的发现。在《心理分析的困难之一》(1917)中,弗洛伊德对力比多理论的发生、内涵及意义作了充分阐述:

> 当我们试图理解神经症紊乱时,性本能特别具有意义。实际上可以这么说,神经症是性功能特有的紊乱。一般说来,一个人能否犯神经症取决于它的力比多的力量,取决于满足力比多以及力比多找到出路、得到满足的可能性。神经症的形式,由当事人的性功能在其发展过程中多选择的道路所决定,或者,如我们所称,取决于他的力比多在其发展过程中所经历的固结(fixation)。靠某种特别、并不简单地影响头脑的技巧,我们得以使很多组神经症的本质明白无误地显露出来,进而对这些神经症作出辨别。我们的治疗努力在某类神经症上取得成功。这类神经症起因于自我本能与性本能的冲突,因为在人身上会发生这样的事:性本能的要求(这当然远远延展到个人之外),似乎对自我(ego)的自存(self-preservation)或自尊构成了威胁。自我于是采取了防卫措施,拒绝给性本能要求以满足,并迫使性本能走上替代满足(substitutive gratifacation)的小道。这种替代满足表露出来就是神经症的症状。心理分析的治疗方法能够使这种压抑过程得到修正,并给冲突带来某种与健康相协调的较好解决办法。[②]

力比多,即性欲,代表了性的如饥似渴的力量。它自然有其肉体的基础,但不同于人的食欲,甚至也不等同于狭义的肉体需要。

性欲一般处于被"压抑"的状态。上面一段引文中,弗洛伊德也述及这样的原理:自我本能与性本能构成冲突,迫使性本能走上神经症的替代出路。在精神分析理论中,"性本能"与"自我本能"是一对相互冲突的力量。弗洛伊德认为,人格由本我、自我和超我构成,其中本我主要服从本能欲望的支配,超我主要执行社会道德的命令,而自我要考虑到现实需要,并协调现实、本能欲望与社会道德三者之间的关系。所以,自我对性本能是既服从又压抑。"压抑"机制的形成,和文明有着直接关系,文明追求清洁、美与群体化,而这些与个体先前无拘束的"幸福"往往是相冲突的。但是,就个体的自我保护本能来看,对性欲的压抑也是与个体有生以来相伴随的,后天的教化不过是强化了这种压抑。

随着对"压抑"机制的考虑,弗洛伊德发现,在精神分析学中,对"性欲"的解释,范围必须扩

---

① 〔奥〕布洛伊尔、弗洛伊德:《癔症研究》,车文博主编《弗洛伊德文集》第1卷,长春:长春出版社,1998年,第177页。
② 〔奥〕弗洛伊德:《心理分析的困难之一》,《弗洛伊德论创造力与无意识》,孙恺祥译,北京:中国展望出版社,1986年,第2—3页。

大,他在 1920 年《超越快乐原则》一文中说:"性欲的概念——此外,还有性本能的概念——当然必须要扩展,直到它能包括许多尚未进入到生殖功能范围中来的东西……"①所以,对"力比多"这个范畴的理解,要灵活对待,它可以非常狭隘,有时就指与生殖功能相关的肉体需要;它又可以非常宽泛,有时指的是和情感相关的精神能量。而文学家所说的"爱欲",也是可情可欲、亦情亦欲的。

神经症和性有关,但是关键并不在于性,而是"压抑"机制必然伴随的冲突。在 1917 年的演讲中,弗洛伊德指出自我本能与性本能的冲突是神经症的症结所在:"精神分析从未忘记还有一种非性本能的力量,它由自我本能构成,和性本能有着严格的不同;它有理由宣称,神经症并非起因于性,而是由自我和性之间的冲突造成的。"②人们自以为自我便是自己的主人,以为意志(will)可以控制、指挥和协调所有的动机与行为,但事实并非如此:

> 当你认为你可以随心所欲地处置你的性本能,并且可以忽视其目的的时候,你过高地估计了自己的力量。结果,这些性本能起来反抗了,在黑暗中走了我们的路,以推翻这种压迫。它们以你无法制裁的形式,强行行使了自己的权利。它们如何达到了这一步,通过什么途径达到了它们的目的,你却不得而知;你只知道它们的行动的结果以及你所感受到的痛苦的症状。于是,你不承认这是被你自己抛弃了的动机的产物,不知道这是它们的替代满足。③

对于自我的无能为力,只有精神分析学给出了这样令人恍然大悟的解释。我们意识不到,甚至经提醒也意识不到它究竟是什么。这样,证明"潜意识"的存在就水到渠成。《梦的释义》一书让弗洛伊德欣慰地认为证明了潜意识的存在。

2. 梦的理论——以及"儿童"与"俄狄浦斯情结"

弗洛伊德对梦的分析,不仅证明了潜意识的存在,也证明了力比多和压抑机制的存在,而且揭示出儿童期经历与情感对成人精神生活的重要影响。

梦的理论集中于《梦的释义》一书中,在弗洛伊德后来的《精神分析五讲》、《精神分析引论》、《精神分析引论续编》、《精神分析纲要》中也有较为系统的阐述。1909 年,他在克拉克大学所作的讲演中说:"如果有人问我怎样才能成为精神分析学家,我就会回答:'去研究自己的梦。'"④

弗洛伊德认为,梦是有意义的。柏拉图也曾指出"梦"是有意义的:"我们每一个人都像这样的人:他在梦中看见事物,并以为确切地知道这些事物,但醒来却发现他对这些事物一无所知。"⑤但只有弗洛伊德对梦作了最具体而微的科学分析,他说:"精神分析是以对梦的分析为基础的:释梦是一门新兴科学到目前为止所能进行得最为复杂的工作。"⑥通过梦的分析,弗洛伊

---

① 〔奥〕弗洛伊德:《超越快乐原则》,车文博主编《弗洛伊德文集》第 4 卷,长春:长春出版社,1998 年,第 40 页。
② 〔德〕露·安德烈亚斯·莎乐美:《师从弗洛伊德》,王绪梅译,上海:华东师范大学出版社,2006 年,第 37 页脚注。
③ 〔奥〕弗洛伊德:《弗洛伊德论创造力与无意识》,孙恺祥译,北京:中国展望出版社,1986 年,第 6—8 页。
④ 〔奥〕弗洛伊德:《精神分析五讲》,车文博主编《弗洛伊德文集》第 3 卷,长春:长春出版社,1998 年,第 24 页。
⑤ 〔希腊〕柏拉图:《政治家篇》,转引自〔美〕汉娜·阿伦特《精神生活·思维》,姜志辉译,南京:江苏教育出版社,2006 年,扉页。
⑥ 〔奥〕弗洛伊德:《精神分析中潜意识的注释》,车文博主编《弗洛伊德文集》第 2 卷,长春:长春出版社,1998 年,第 461 页。

德得出结论:梦是愿望的满足,这种愿望,通常与"性"有关;这种愿望,一般可以追溯到童年期的某个场景;这种愿望,在清醒时处于被压抑的状态,藏身于潜意识。

《梦的释义》一书专门阐述梦的材料和来源、梦的工作方式、梦进程中的心理、梦的解析方法,尤其是梦的最根本的情感特征,弗洛伊德打了个比方说:"梦与外行(并非乐师)手下弹出的乐器的零乱声响截然不同,它不是荒谬的,也不是一部分意念尚在休眠而另一部分意念已开始觉醒的产物。梦是一种完全合理的精神现象,实际上是一种愿望的满足。"①在对梦的内容(即:梦的显意)来源的几种可能性做出分析后,弗洛伊德得出一个惊人之论:"在梦中表现的愿望必定是一个童年的愿望。"②

童年期的愿望,埋藏在成年人的潜意识里,被白天"关心"的留续激发而成梦。而我们所回忆起来的内容,不过是梦的显意,并不是那梦中的愿望本身。——愿望潜藏在那些稀奇古怪的表象与情节之后,被称作"梦的隐意"。梦的"隐意"才是梦者的动机,"释梦"成为必要的。

要实现对"梦"的成功分析,先要懂得梦的工作方式。梦的工作,连结了梦的元素与梦的隐意,形成所谓"关系",弗洛伊德概括出这样四种关系:以部分代全体、暗喻、意象和象征。

释梦可以是进行精神分析治疗的手段。治疗中,释梦与"自由联想法"一起替代了从前治疗中所需的催眠和类催眠术。关于释梦运用于精神分析治疗的原理,弗洛伊德在自传中说:

> 梦的下意识冲动和日常的残渣有其连属的关系,所以对清醒时的生活始终有极密切的关注,就因为如此,梦之于精神分析的工作,就具有了双重价值:一方面梦的分析可以显示其为某一被抑制的愿望的实现;另一方面,梦的分析又是昨日以前的前意识活动的延续,其中可以包含各种各样的主题,并以之表达一种决心、警告、反省,或者也可以表达一种愿望的实现。精神分析应用于梦的时候,是两头兼顾的,不但用以获悉病人的意识状况,也用以看透病人的下意识过程。此外,由于梦可以深入到孩提时代那些早已为病人遗忘的资料,精神分析在这方面也获益不少,因为借梦的解析之助,可以克服大部分的婴儿期遗忘的现象,从这一点看来,梦已做到从前催眠术所能做到的一部分。③

对儿童心理及儿童期愿望的关注,是精神分析学的一大基石。而指出儿童性欲的存在是弗洛伊德学说的一大特征。在《性学三论》中弗洛伊德专门阐述了儿童性欲的问题。与之相关的精神问题便是,在男孩子,是"弑父娶母"倾向,称作"俄狄浦斯情结";在女孩子,表现为恋父恨母倾向,称作"厄勒克特拉情结"。

在《梦的释义》中,弗洛伊德第一次指出"俄狄浦斯情结"的现实存在。在《图腾与禁忌》中,弗洛伊德则想象描绘了人类原初时候各种关系与原则形成的光景,主线便是父子对家中女人的争夺。弗洛伊德认为,对异性父母的眷恋及性的好奇,是人类不可避免的情感阶段;难以化解本能冲动与现实的矛盾便容易导致神经症,弗洛伊德著名的病例5岁的小汉斯的恐惧症部分原因便在于此。

梦的解析、自由联想法、移情法是精神分析治疗的主要方法,关键是能够进入被治疗对象的内心,精神分析学以其虚灵与科学相结合的特性完成着这样的任务。其治疗理念在于:找到

---

① 〔奥〕弗洛伊德:《梦的释义》,张燕云译,北京:新世界出版社,2007年,第75页。
② 〔奥〕弗洛伊德:《梦的释义》,张燕云译,北京:新世界出版社,2007年,第318页。
③ 〔奥〕弗洛伊德:《弗洛伊德自传》,廖运范译,北京:东方出版社,2005年,第47页。

某个冲突发生的某刻,让冲突双方(被压抑的一方情感与"冲突")经提醒进入意识与自觉之中,再加分析而逐渐实现理性的自我控制。

此外,精神分析学也适用于对日常生活中的某些现象作出解释。力比多理论不仅是精神分析学有关神经症全部概念的基础,也用于解释正常行为,弗洛伊德说:"我们在这一理论的基础之上形成了关于这种病态的性质的全部概念,并据此而采取旨在减缓神经症的治疗手段。自然,我们也把力比多理论视作解释正常行为的前提。"①他在《日常生活心理病理学》中便重点解决了这个问题。

二、精神分析批评

关于精神分析批评,是根据精神分析理论进行的批评,在文学研究的范围内看,便是根据精神分析理论进行的文学批评。所以,要掌握精神分析批评,不管它有多少变种,关键是掌握精神分析学的要领。

弗洛伊德对创作家及作品进行精神分析是其论著的重要组成部分。人们通常认为,弗洛伊德的文学批评是为了证明精神分析的科学性与有效性。但不管弗洛伊德是否真的对文学有兴趣,精神分析学的建构本身对于理解文学,都是一个不可多得的契机。尤其是弗洛伊德的批评实践,对于文学批评界从事与精神分析学相关的文学研究,已是一种重要的引导与启示。

弗洛伊德在 1905—1906 年间写了一篇没有投稿的《戏剧中的精神变态角色》一文,1907 年正式发表了专篇文学批评《詹森的〈格拉迪沃〉中的幻觉与梦》,这是梦的学说在文学批评上的具体运用。接着,弗洛伊德于 1908 年发表《创作家与白日梦》,1913 年发表《三个匣子的主题》,1917 年发表《〈诗与真〉中的童年回忆》,1919 年发表《论令人害怕的东西》分析霍夫曼的《夜景画》中"睡魔"的故事(又称《沙子人》),1928 年应邀撰写了《陀思妥耶夫斯基与弑父者》。此外,弗洛伊德的著作中频繁以文学作家作品为例,难以数计,对索福克勒斯的《俄狄浦斯王》,莎士比亚的《哈姆雷特》、《麦克白》、《威尼斯商人》,席勒的《华伦斯坦》,歌德的《诗与真》、《浮士德》,易卜生的《罗斯莫庄》,陀思妥耶夫斯基的《卡拉马佐夫兄弟》,茨威格的《一个女人一生中的二十四小时》,左拉的《土地》,海涅的《卢卡浴场》等都作过精彩分析。

精神分析学与文学批评直接相关的几个关键词是梦、俄狄浦斯情结、压抑。

弗洛伊德对梦的工作方式的阐释,对于文学批评来说,也是一种启示。梦的几种工作方式是梦的显意与梦的隐意之间的关系原则,和文学创作规律多有同构。《梦的释义》中也确实指出:"这些象征的关系并不是梦所特有的,因为我们已知道同样的象征也见于神话和神仙故事,也见于俗语,民歌,散文和诗歌之内。"②关于"象征",弗洛伊德认为:"梦的分析向我们表明,潜意识利用一种特殊的象征,尤其用来代表与性有关的情结。这种象征一方面因人而异,另一方面却以一种典型的方式出现,这种典型象征与我们所假设的,作为神话与童话基础的那种象征是相一致的。"③

释梦是精神分析的重要手段,也被弗洛伊德视为文学艺术分析的一种方式,他在自传里说:"拟造出来的梦也可以像真梦那样加以分析,也就是说,我们所熟知的'造梦的机制'

---

① 〔奥〕弗洛伊德:《弗洛伊德论创造力与无意识》,孙恺祥译,北京:中国展望出版社,1986 年,第 4 页。
② 〔奥〕弗洛伊德:《精神分析引论》,高觉敷译,北京:商务印书馆,2005 年,第 126 页。
③ 〔奥〕弗洛伊德:《精神分析五讲》,车文博主编《弗洛伊德文集》第 3 卷,长春:长春出版社,1998 年,第 26 页。

(mechanism in the 'dream work')也可见诸于富于想象的写作过程之中。"①梦的解释主要意义在人物心理的分析,也可以解释文学作品中的梦,或通过作品解释作家的梦。1907年,弗洛伊德首次运用梦的理论研究了詹森的小说《格拉迪沃》。弗洛伊德还运用梦的理论在《诙谐与潜意识的关系》中进行过文学语言的批评。

文学与梦可类同分析的原理在于,白天的愿望和幻想同质,和梦的内容一样是经过"检查作用"的结果,自我并不完全放松警惕,并不会容许本我过于放纵,因为"快乐原则"中,本我的过于放纵会引发焦虑。只不过,白天的"检查作用"更严厉而已。也就是说,从白天清醒状态的幻想中要想发现潜隐的愿望,需要更多的耐心。

弗洛伊德提出并分析了"俄狄浦斯情结"。"情结"是"情感激烈的想法和兴趣范围"②,它在过去的某刻形成,一旦遇到相似情景便复现并发生作用。弗洛伊德说:"人类的良知来源于'俄狄浦斯情结',是可以遗传的精神力量。"③他在文学批评中给了"俄狄浦斯情结"以精到的阐释,代表作有《梦的释义》、《心理分析工作中遇到的性格类型》、《陀思妥耶夫斯基与弑父者》等。"俄狄浦斯情结"是大家熟悉的,前文已介绍过,这里要强调的是,理解"俄狄浦斯情结",要首先理解精神分析学的儿童理论。

《梦的释义》中说过,"梦"是"由新近材料转移而改变的童年情景的替代物"④。我们的梦,总归是童年期愿望的满足。弗洛伊德还强调说:"精神分析必须溯源到儿童早期,因为决定性的压抑发生在那时候,而此时他的自我是很脆弱的。"⑤只有追溯到青春期和幼儿期,才能找到致使精神性神经症即移情性神经症发病的根源性事件,从而通过解释等措施消除病症。精神分析学儿童理论的要点在于儿童性欲说,并有择偶中的早期意象与原型说。这方面的论述集中于弗洛伊德的《性学三论》与《爱情三论》中。理解这个理论,有助于理解文学作品的深层情感结构,比如劳伦斯的《儿子与情人》中,那儿子的第一个恋人实际是母亲的原型。

重视精神分析学的儿童理论,对于理解与阐说文学这种现象,除了有助于进行情感与内容的阐释外,还有助于提高对形式的理解。弗洛伊德说梦的表达方式具"记忆画"和视像化特征时,用了"倒退"一词来形容。"倒退"不仅仅是退回到人类的语言产生之前的记忆画原初时代,还包括个体退回到自己儿时的情景。弗洛伊德指出人的幼儿早期的记忆使人总是甚或一生都带有视觉性特征,这为文学创作中的"意象"表达的必要性及其动力原因,提供了必要的理论支持。

弗洛伊德将文学创作和儿童的游戏相类比,肯定激发文学创作的情境通常来自儿时的记忆:

> 心理活动与某些当时的印象相联系,与某些能引起主体的某一种主要愿望的激发性情境相联系,从那儿心理活动追溯到了对一种早期经验的记忆(通常是儿时的记忆),在这个记忆中这个愿望得到了满足;现在,心理活动创造出一种与未来相联系的情境,它代表着愿望的满足,心理活动如此创造出来的东西就是白日梦或幻想,它带着从激发他的情境

---

① 〔奥〕弗洛伊德:《弗洛伊德自传》,廖运范译,北京:东方出版社,2005年版,第70—71页。

② 〔德〕露·安德烈亚斯·莎乐美:《师从弗洛伊德》,王绪梅译,上海:华东师范大学出版社,2006年,第21页脚注。

③ 〔奥〕弗洛伊德:《心理分析工作中遇到的一些性格类型》,《论文学与艺术》,常宏等译,北京:国际文化出版公司,2001年,第252页。

④ 〔奥〕弗洛伊德:《梦的释义》,张燕云译,北京:新世界出版社,2007年,第315页。

⑤ 〔奥〕弗洛伊德:《非专业者的分析问题》,车文博主编《弗洛伊德文集》第4卷,长春:长春出版社,1998年,第304页。

*和记忆中而来的踪迹。*①

创作家的题材兴趣也可追溯到童幼时期。比如爱伦·坡对活埋和死亡题材的选择兴趣,按照弗洛伊德的解释,一方面,它源于出生的恐惧体验;一方面,是在对胎儿的神秘生活的幻想中兑现对死后生活的幻想。

精神分析学的"压抑"范畴也常用于文学批评。关于"压抑"与文学的关系,要从文明道德与力比多的关系中去寻找入口。精神分析学的"压抑"说启发了日本的厨川白村,但后者否定了压抑存在于"力比多"与个体的关系中,而是推出一个泛化了的"生命力",并强调外在的群体及宽泛的"环境"对创作个体造成了压抑。但以厨川白村思想为指导的批评运用,显然已是社会批评和文化批评,而不是严格意义上的精神分析批评。

从世界范围来看,文学批评领域的精神分析批评派,可以说起于 1912 年,汉斯·萨克斯与奥托·朗克创办了《意象》杂志,关注精神分析学在人文科学领域的运用。实际上这种应用随着弗洛伊德本人的精神分析学的论述与发展,在多年前便开始了。在弗洛伊德的提示与帮助下,琼斯和兰克相继对《哈姆雷特》作了相关研究,玛丽·波拿巴分析了爱伦·坡的某部作品所反映的心理机制。精神分析学传到美国,早期还产生了阿尔伯特《文学中的色情动机》一书这样的文学批评成果。

在精神分析学的影响下,霍兰德在读者批评理论方面、拉康在语言批评理论方面取得了众人瞩目的成绩,甚至被人称作"新精神分析批评"。在 20 世纪下半叶的法国,还形成了"文学文本的精神分析学派",代表人物有阿尔曼—诺埃尔等人。

在精神分析批评之前,并非没有人强调文学的批评就是心理批评;但从精神分析学开始,文学批评再也不可能独立于所谓的心理学之外。精神分析批评不是一种时尚性的潮流,因为从它问世起,直至今日,对它怀有极高热情的运用就没有中断过,由此积累并实际形成了精神分析批评这一新兴的批评方法,取得了丰硕的成果。

第二节　精神分析批评的发生与发展

精神分析批评,源自精神分析学,所以,这个话题应该从西方说起。但随着精神分析学说传到中国,它也在中国的文学批评界里开花结果,同样作为一种有效的批评方法被广泛运用着。

一、精神分析批评在西方的发生与发展

在 1900 年《梦的释义》一书中,弗洛伊德便经分析《俄狄浦斯王》指出了"俄狄浦斯情结"的存在。如果一定要以精神分析批评文章发表为标志的话,精神分析批评的发生,应该是在 1907 年,该年弗洛伊德发表了专篇文学批评《詹森的〈格拉迪沃〉中的幻觉与梦》。在《精神分析运动史》中弗洛伊德总结过精神分析学至 1914 年在文学批评界已出现的具体运用情况,包括梦的解析与神话和童话、潜意识与想象性作品、本能冲动与作品的来源等,并列举了几个运用者:

---

① 〔奥〕弗洛伊德:《诗人同白昼梦的关系》,《论文学与艺术》,常宏等译,北京:国际文化出版公司,2001 年,第 102—103 页。

有些类型的梦能够解释某些神话和童话。黎克林(Riklin)和阿伯拉罕就遵照这种暗示并开始对那些已有定论的神话进行研究,在兰克关于神话学的著作中甚至同意用专家标准进行研究。进一步研究梦的象征作用则导致神话学、民间传说问题和宗教的抽象观念。在一次精神分析会议上,当荣格的追随者证实了早发性痴呆症幻想和原始时代与原始种族的宇宙创世论两者相符合时,给所有与会者留下了深刻印象。神话学材料后来在荣格试图使神经症和宗教与神话幻想发生相互联系的著作中得到了更详细的阐述(尽管容易受到批评,但仍然非常有趣)。

由梦的研究导致的另一发展路线是对想象作品的分析,并最终导致对其创作者——作家和艺术家——本身的分析。在早期阶段发现,作家们想出的梦常常会像真正的梦那样以同样的方法进行分析。……在精神分析对文献的严格科学应用中,兰克关于乱伦问题的详尽研究(1927)堪称首屈一指,这个问题必定会极不受欢迎。[1]

其中涉及到的批评家有黎克林、阿伯拉罕、兰克,甚至荣格。阿尔伯特的书中也曾提到:"弗洛伊德的学生,如兰克、亚伯拉汉(阿伯拉罕)和黎克林,分别在《英雄诞生神话》、《梦与神话》和《希冀与童话》里指出,童话故事应该像梦一样加以解释,即:它们是人类原始欲望的自我实现。"[2]在他处,弗洛伊德还曾提到琼斯、玛丽·波拿巴等。但在精神分析学派之外的批评界里,精神分析学常常是受阻的,或者接受较慢。比如直到1932年,弗洛伊德提起与勃兰兑斯的会面还很感动,只是因为后者表示尊重精神分析学的科学性。

1909年弗洛伊德在美国克拉克大学做过一次讲演之后,精神分析学在美国很快传播开来。不久之后(一战期间),阿尔伯特的《文学中的色情动机》便问世了。又过了四五年的时间,阿尔伯特的这本书被译介到了日本。而被译成英文的《精神分析五讲》,是70年代美国大学里弗洛伊德学说的主要读物。

精神分析学在美国的影响,在文学创作界一直持续存在。只是就学术影响来看,到60、70年代,弗洛姆、马尔库塞等人的崛起,使得精神分析在社会与文化批判方面的作用更为卓著。不过同时文学的精神分析批评也在进行,比如为人所推重的霍兰德,著有《精神分析学与莎士比亚》、《五种读者阅读》、《批判的我》等,以读者反应批评闻名。

此外,在英国与法国,精神分析批评的影响也很大。在英国,弗洛伊德的学生琼斯的学成回国自然对于精神分析学的传播大有帮助,但最早将精神分析学介绍到文学界的是弗吉尼亚·伍尔夫兄妹。在法国文学批评界,拉康对精神分析学的重新阐释引起轰动,他对语言中所含的压抑信息更感兴趣,探究各种社会关系及语言给个体造成的心理压抑,他还将结构主义语言学与精神分析相结合,代表作有《论〈窃信案〉》等。

在当代,女权主义批评、形式主义批评等不同的批评方法的运用中也都有着精神分析学的深刻影响,从而构成了相互的补充作用。

二、精神分析批评在中国的接受过程

精神分析学在亚洲的传播,除印度、日本外,中国也是较早的一个。这里分三个阶段述其

---

① 〔奥〕弗洛伊德:《精神分析运动史》,车文博主编《弗洛伊德文集》第3卷,长春:长春出版社,1998年,第75页。
② 〔美〕阿尔伯特·莫德尔:《文学中的色情动机》,刘文荣译,上海:文汇出版社,2006年,第182页。

梗概：

第一个阶段，从 1920 年代初到 1940 年代末，是弗洛伊德思想进入中国之始，小说创作领域、译介方面和文学批评界都有所响应。小说创作领域内，20 年代的郭沫若（《残春》《叶罗提之墓》）、鲁迅（《补天》）、许杰（《火山口集》）、丁玲（《莎菲女士的日记》《阿毛姑娘》），30 年代的沈从文、"新感觉派"（施蛰存、穆时英、刘呐鸥），40 年代的"新海派"（尤其是张爱玲、徐訏）等，他们的诸多创作构成了弗洛伊德思想影响中国文学创作的重要印记。

译介方面，1921 年，朱光潜的《弗洛伊德的隐意识说与心理分析》一文，是一篇客观介绍的文章；1925 年，高觉敷翻译了《精神分析的起源与发展》；1926 年，夏斧心翻译出版《群众心理及自我的分析》；1930 年，章士钊翻译出版《弗罗乙德叙传》；1933、1935 年高觉敷分别翻译出版了《精神分析引论》《精神分析引论新编》。1936 年，朱光潜的《文艺心理学》中有些段落对弗洛伊德的文艺观作了否定性评判。1940 年代，朱光潜在《变态心理学》中给了弗洛伊德较长的篇幅。1947 年，董秋斯翻译出版了奥兹本的《弗洛伊德和马克思》。据说，钱钟书与杨绛也曾翻译《释梦》的选段，钱钟书还在《中国固有的文学批评的一个特点》中涉及弗洛伊德的几部著作。

文学批评方面，郭沫若（《〈西厢记〉艺术上的批判与其作者的性格》）、鲁迅（杂文及译著《苦闷的象征》）、周作人（对人的构成作出"神、人、兽"的区分）、汪静之、俞平伯、潘光旦（《小青之分析》）等人在不同程度、不同方面涉及弗洛伊德的思想。

第二个阶段，从 20 世纪 50 年代开始到 70 年代结束，弗洛伊德在中国对于创作的直接影响持续减弱甚至绝迹；在理论上，对于弗洛伊德学说有所警惕与批判，成为新的接受状态。50 年代，公开出版的直接论说弗洛伊德学说的文章仅有《西格蒙德·弗洛伊德及其学说》[①]（1958 年，《西北师范大学学报》）、《国际学术界反弗洛伊德主义的斗争》（1959 年，《心理学报》）两篇，程度不同地对弗洛伊德进行了批驳。1958 年，苏联科学院专门召开会议对弗洛伊德学说从各个方面进行了批判，但在中国同期及以后，并没有组织反弗洛伊德主义的斗争。

60 年代，中国对国际上弗洛伊德相关研究进行了持续关注。此期所编写的文学理论教材，强调文学的社会意识形态性质，关注文学和客观社会生活的关系，弗洛伊德的心理学不在人们的考虑范围之内。

第三个阶段，从 70 年代末开始到现在，有关弗洛伊德的研究及文学的精神分析批评文章大量出现。80 年代出现了一次"弗洛伊德热"，首先表现在"大学生"群体的世界观和阅读兴趣上[②]，和"萨特热"、"尼采热"、"马斯洛热"、"中西文化比较热"一同出现。

在中国文化界和文学界也出现过"弗洛伊德热"[③]。1970 年代末 1980 年代初，哲学、美学、文学理论、心理学、社会科学界等纷纷启动对弗洛伊德学说的研究，如 1979 年第 5 期《世界哲学》上有赵鑫珊编译的《弗洛伊德其人及其学说》，随后具体文本的精神分析开始出现，如 1985 年管希雄发表《弗洛伊德与鲁迅小说中精神病患者形象》；值得一提的是，1986 年，杨显川在分

---

① 《西格蒙德·弗洛伊德及其学说》是维尔斯为苏联《哲学问题》刊物写的一篇文章，称弗洛伊德的学说为"臆测"，甚至称他为"犬儒主义"，说弗洛伊德是"教条主义者"、"冒险主义者"、"主观唯心主义"、"新康德主义"……不一而足。相比之下，对弗洛伊德持批判立场的我国的学者们是温和的。

② 参考《青年研究》1990 年第 3 期上成长春的《西方哲学思潮对大学生的影响》和 1990 年《化工高等教育》第 2 期上陈玉功的《现代西方哲学思潮对大学生的影响及我们的对策》两篇文章。

③ 参考 1991 年《文学自由谈》上的王宁《"弗洛伊德热"的冷却》和 1992 年出版的车文博主编的《弗洛伊德主义论评》一书中的《对我国出现"弗洛伊德热"的分析》两篇文章。

析古代爱情文本中"性暗示"的《由弗洛伊德性爱观说到古代性爱文学》[①]一文中，态度明了地肯定了性欲动力与情感冲突对创作的直接推动。80年代中期，文学研究领域的接受中出现了理论创新，刘再复的"性格组合论"便借鉴自弗洛伊德的人格构成理论。到1988年，已有不少学者深入研究精神分析学与文学批评的关系，如贺兴安的《弗洛伊德与文学评论》，特别强调了精神分析学在认识文学方面的重要意义，指出："精神分析，振动着生命的羽翼，似乎要同文学创作共同地存在下去。"[②]此外还有王纪人的《心理批评：〈爱，是不能忘记的〉》(《上海文论》1991年第1期)、蓝棣之的《现代文学经典：症候式分析》(清华大学出版社，1998年)等，显示了在1990年代，精神分析批评还在推进中。

1992年至1993年间，中国对弗洛伊德精神分析学的接受与运用有所降温，但出现了转型迹象，认识到"弗洛伊德主义"是一个老、大、难的课题，显示出一种务实面对的态度。在文学批评界，直接的文本分析增多。另一股潮流"文化批评热"开始了，但拉康的镜像理论与语言批评、福柯的文化考察、法兰克福学派(西方马克思主义)、女权主义、后殖民主义、新历史主义等等，无不受弗洛伊德启发或直接影响，因而，弗洛伊德的思想影响并没有退出中国文学批评界。但比较而言，"文化批评"以个体人与外界的关系为研究目的，重视对于人的社会文化的分析，这与弗洛伊德以个人为研究中心的理论兴趣有所不同。但文化批评借助于弗洛伊德对个体的精细把握与分析，丰富了对于人的认识，从而为其宏观的批评视野的建立提供了内在的依据。

1998年，车文博组织翻译了《弗洛伊德文集》五卷本，这应当视为中国接受弗洛伊德的大事，这对精神分析学的研究与文学中的精神分析批评的推进，都是有帮助的。

三、精神分析批评的走向

精神分析学在批评界的被接受并不顺利，人们很容易误解它，多认为这是一种与文明道德相抵触的蛊惑人心的理论，也有的认为这是一种不可证明的理论假设。弗洛伊德曾经多次感叹阻力来向之多、强度之大。

就阻力的产生来看，便是"性"的问题。精神分析学指出了"力比多"这一神秘的精神能量，并且指出"力比多"常常与自我构成矛盾冲突。对"性"话题的敏感，并不是我们一国的现象，全世界恐怕都如此。人类从出生起，便自觉不自觉建构了性的禁忌话语，作为自我保护机制中的一种。弗洛伊德这么大张旗鼓地言说性，必然触动人们的敏感神经，以为弗洛伊德的说性，就是鼓励"性解放"，从而容易从道德的层面上判定弗洛伊德的性学说将会产生危害社会规范的破坏作用。支持者，虽然强调弗洛伊德的说性是揭示了人性的真实，但也由于盲目崇拜，与否定者构成对立，加大了人们在评价弗洛伊德时的分歧。

就中国新时期以来的情况来看，精神分析学在批评中的运用，"俄狄浦斯情结"被接受并有一些合理阐发，但接受的面不广，而且在讨论这类问题时，不敢正面肯定的较多，这深刻体现了传统文化的影响力。中国是"父权制"社会，"父亲"在悠长的历史岁月中建立了不可怀疑的社会权威，他握有生杀予夺之权。但中国社会又讲究"母慈儿孝敬"，"父亲"作为"儿子"，永远都应对母亲充满敬爱之心，这就告诉人们："儿子"与"母亲"之间所存在的永远都是一种道德上的纯洁情感，一切非分之想，都将是不可饶恕的。比如《红楼梦》中的贾政，就可以时不时地严惩

---

① 杨显川：《由弗洛伊德性爱观说到古代性爱文学》，《红河学院学报》，1986年第3期。
② 贺兴安：《弗洛伊德与文学评论》，《文艺争鸣》，1988年第3期。

贾宝玉,但在自己的母亲面前,他却只有低声下气,或者回避,以一种敬爱的态度来保持着二人的距离。实际上在民间俗语中,"娶了媳妇忘了娘"未尝不反映着母亲与儿媳对于儿子/丈夫的情感争夺所造成的冲突,但多的是对这种情感的回避与压抑,文学叙事忽略这种情感的内在本质,成为一种民族道德的禁忌。结果是:母亲在每个人尤其是在儿子心中成为不可辱没的"圣母",父亲在每个女儿心目中成为不可辱没的"爱父"。如果能够跳出对于精神分析学的禁忌,精神分析批评在中国文学的研究中还是大有作为的。比如为什么《孔雀东南飞》里的母亲对儿媳那么凶,这里有没有母亲对儿子的情感纠结存在? 为什么《金锁记》里的母亲要不断地干扰新婚的儿子与媳妇的私生活? 为什么《心经》里的女儿总是在父亲面前奚落自己的母亲? 这不都证明着"俄狄浦斯情结"或"厄勒克特拉情结"的存在? 承认人类精神意识的复杂性,只是一种探索,不是一种宣扬。

随着人们对于自我认识与分析的自觉,对于文学批评方法科学性的重视,弗洛伊德学说会得到越来越多的关注与研究。可以肯定,在精神分析学问世后,只要文学批评还在,就会有精神分析批评存在。

第三节　精神分析批评与文学本质阐释

说到精神分析批评,人们可能马上联想到荣格的"集体无意识"说。实际上,要把荣格纳入精神分析批评派实在是难的,也违背他的意愿。是他首先彻底否定了精神分析学在文学批评中的运用价值,其激烈态度甚至远超英美"新批评"派:

> 如果用完全一样的词语来解释艺术作品和神经病,那么不是艺术作品成了神经病,便是神经病成了艺术作品。作为一种似是而非的文字游戏,这样的解释也许行得通,但把艺术作品和神经病归于同一类型内,此种看法必然会引起健康而有理智的人的反感。举一个最极端的例子,只有用专门的眼光观察神经病的精神分析医生,才会视神经病为艺术作品。尽管我们不能否认艺术作品的起源有着与神经病相似的心理先决条件,但是一般有头脑的人也决不会把艺术与病理现象混为一谈。[①]

不仅是不同学科术语不能互通的问题,荣格还认为精神分析批评根本就抹杀了文学的本质:

> 弗洛伊德的这种归纳法纯粹是一种医学的治疗法,它以病态的和不健全的结构为其医治对象。这种病态结构已经取代了正常的活动,因此必须先把它除掉,才能为进行正常的调整扫清道路。在这种情况下,带回到人类一般性根基的方法是完全可取的。但是,如果把这种方法应用于艺术作品,就会产生前面所描述的结果。它从艺术的微微闪光的外套里提取了人类基本的赤裸裸的共性。我们打算讨论的崇高的创作,其金色外表被糟蹋了;因为当我们用对待歇斯底里的幻觉的蚀性方法来对待它时,它的本质便消失了。[②]

---

① 〔瑞士〕荣格:《人·艺术和文学中的精神》,卢晓晨译,北京:工人出版社,1988 年,第 74 页。
② 〔瑞士〕荣格:《人·艺术和文学中的精神》,卢晓晨译,北京:工人出版社,1988 年,第 76—77 页。

相对于弗洛伊德精彩的文本分析,荣格似乎更擅长形而上的逻辑论证。但反批判的话没必要在这里说了,对文艺进行精神分析有兴趣的人自然有办法发现或已经深深知道这种方法的合理和有力。

精神分析学介入文学批评,使得有关文学本质的理解出现了新的可能性,这正是精神分析介入文学批评后的重要贡献所在。

一、文学与梦

人人都会做梦。弗洛伊德把"潜意识"的理论基点定在"梦"的解析上,便将精神分析的方法从神经症患者群引入到正常人群,也在神经症患者与文学创作者之间架起了可通行的桥梁。弗洛伊德说:"自《梦的解析》一书问世之后开始,精神分析就再也不是纯粹属于医学的东西了。"①1908 年的《作家与白日梦》可以说是他的梦的理论在文学阐释方面的具体运用。

释梦是精神分析的重要手段,也被弗洛伊德视为文学艺术分析的一种方式,他曾认为:拟造出来的梦,也可以像真梦那样加以分析,通常所知的"造梦的机制"也可见诸于富于"想象的写作"过程之中,这"想象的写作"当然包括文学创作在内。其具体操作方法是:"找寻艺术家个人生活的印象,他的机遇经验,以及他的著作之间的相互关系,从而导出该作者在创造时所有的思维和动机——换句话说,即找出他与全人类共有的一部分来。"②

阿尔伯特运用精神分析学,对歌德写作《少年维特之烦恼》的行为作了精神分析,并证实了创作可以达到治疗目的这一理论的正确性。杰作诞生于歌德"白日梦"般的无意识之中,写作又将歌德从生不如死的状态中解救出来:

> 他说他如何做白日梦,如何在自己的内心深处和各种各样的人谈话。随后,他就不可自制地把这些幻想写到了纸上。这部小说的内容"一开始是在想象性对话中和一些人的交谈,只是后来写着写着,不由自主地转到了一个朋友身上"。……"就在这时,"歌德接着说,"对维特的构想形成了,一切都聚合到了一起,而且形成了一个坚实的整体。我很自然地从我正在做的工作中感觉到了一阵温暖。因为我不必再区分什么是现实,什么是想象了。"他仅用四个星期就写出了这本书。"简直像是一场梦游,我无意识地写完了这本薄薄的书。"结果是,他自己也从痛苦中解脱了出来。作为艺术家的歌德一出现,作为常人的歌德便得到了拯救。歌德证明了那种把艺术创作活动视为一种神经官能症自我疗法的理论。"正是这次写作,"歌德曾写道,"比其他事情更有助于我摆脱感情风暴……而在此之前,我简直被它折磨得死去活来。我觉得我好像做了一次彻底的忏悔,不仅再次获得了自由和欢乐,甚至可以说,开始了一种新的生活。"③

此外,文学的形式规律可从梦的表达方式中受到启发,比如意象问题,阿伦特曾对心理活动的意象呈现特质作了"现象学的解释":

---

① 〔奥〕弗洛伊德:《弗洛伊德自传》,廖运范译,北京:东方出版社,2005 年,第 68 页。
② 〔奥〕弗洛伊德:《弗洛伊德自传》,廖运范译,北京:东方出版社,2005 年,第 70 页。
③ 〔美〕阿尔伯特·莫德尔:《文学中的色情动机》,刘文荣译,上海:文汇出版社,2006 年,第 112—113 页。

每一个心理活动都取决于把感官不能把握的东西呈现给本身的精神能力。再现，即呈现当前不在场的东西，是精神的惟一能力，因为我们关于精神的所有术语都基于来自视觉经验的隐喻，这种能力叫做想象力，康德把它定义为"客体不呈现时的直观能力"。①

梦是愿望的"歪曲"表现，它经过重重检查采取以部分代全体、暗喻、象征、意象等方式出现。以部分代全体、暗喻和象征，其实都可归入"意象"的形成手段中。"意象"化是古今中外许多文论者注意到的文学的重要实现方式。弗洛伊德并没有将梦的这种工作方式与文学形式直接关联，但给了我们重要启示。他通过梦的解析提供了这种方式存在的深层心理基础，也从文学接受的心理要求揭示了这种文学形态的本然性。在《精神分析引论新讲》里，弗洛伊德再次阐述了梦的呈现形式："观念在梦里转化为视觉意象，也就是说，内隐的梦的思想变得生动和形象化了。"②在梦中，我们既是创构者，又是接受者，这显示人们倾向于信息的原始方式的传达与接受。那么，创作家要转移"白日梦"到读者，就不能不考虑白日梦的呈现方式——意象化的运用了。

二、文学与"升华"

文学的最终动力在"力比多"的"压抑"，体现为"升华"。弗洛伊德在说到精神分析工作的第二个结果时，对"升华"的产生机制与功能作了详尽阐述：

在升华过程中，幼儿愿望冲动的能量不会消退而会得到应用——各种无目的的冲动被一种更高尚的、也许不再是性欲的冲动所替代。碰巧的是，性本能的这些成分特别显著地能进行这种升华，可以把它们的性目标转化成一个更远大的更具有社会价值的目标。也许我们把最高的文化成就归功于以这种升华作用的方式释放的能量。③

从中可见，"升华"一方面源自力比多冲动，一方面也成就了文化成就。

"升华"，是力比多的失性欲化。就文学创作而言，简单说，是一种压抑的观念在这条通路上的"替代性满足"，人的文艺创造，以艺术的方式呈现着人的"力比多"的"升华"。以雪莱为例，阿尔伯特分析说有着"多妻本能"冲动的他"却始终过着一种贞洁、诚实的生活，从未实际满足过他的多妻本能；他写诗，就是为了替代性地得到满足"，而"如果他的这种本能得到满足，那么世上也就不会有这些美妙的诗歌了"④。

力比多到升华的实现，根本在于力比多的"可移植性"。弗洛伊德在讨论"自我"与"超我"时指出"自我"能够从对象贯注中获得力比多，使恋爱对象转入自身，并从中发现了升华的"可控制性"。自恋与创造力有一定关联，但在论自恋时，弗洛伊德说明了对对象爱的必要、彻底"升华"及创造的必要：

---

① 〔美〕汉娜·阿伦特：《精神生活·思维》，姜志辉译，南京：江苏教育出版社，2006年，第82页。
② 〔奥〕弗洛伊德：《精神分析引论新讲》，《弗洛伊德文集·文明与缺憾》，傅雅芳等译，合肥：安徽文艺出版社，1996年，第118页。
③ 〔奥〕弗洛伊德：《精神分析五讲》，车文博主编《弗洛伊德文集》第3卷，长春：长春出版社，1998年，第42页。
④ 〔美〕阿尔伯特·莫德尔：《文学中的色情动机》，刘文荣译，上海：文汇出版社，2006年，第217页。

当力比多的自我贯注超过一定量时,对自恋的超越便成为必需,强烈的自我中心防止患病,而欲阻止患病,最后的手段便是开始爱;若不能爱,挫折便必导致患病。这颇符合海印(Heine)关于创造(Creation)的心理发生学(Psychogenesis)的描述:

我们想象着上帝会说:"疾病无疑是整个创造冲动的最后原因。只有创造,我才会得以康复;只有创造,我才会变得健康。"①

一方面,弗洛伊德看到了文明带给人的精神压抑甚至病患,另一方面,他也从根本上揭示了进行创造的积极意义。人们常常将弗洛伊德视为反文明主义者,实在是误解。

三、文学与个体情感表达

从创作者的角度来看,文学的本质是个体的情感表达;其过程,是情感推动表达而熔铸成意象。

情感,是理解文学的永远都应该强调的一点。按弗洛伊德的意思,在文学艺术创造上,性欲动力未必是如孔雀开屏般具有那么明显的性吸引目的,人们所意识到的,往往也只是"情"而已,是"情结"推动艺术美的创造,甚至所写也并不是直接写爱情、写性爱,而是体现为多种题材。精神生活具有个体性,如阿伦特说的"我与我自己为伴"②。文学这种精神产物从发生角度看,同样具有个体性,精神分析正是建立在充分尊重这点的基础上的。个体情感的真诚传达,也是文学感染人的一个基础,阿尔伯特在《文学中的色情动机》中说:

谁读过12世纪法国行吟诗人的抒情诗或者中国的唐诗之后会无动于衷? 谁想到彭斯或者缪塞时不感慨万分? 有人说英国即便失去所有的殖民地也不愿失去英国诗人的十四行诗和抒情诗。这是为什么? 就是因为诗人唱出了我们的心声,说出了我们感觉到却无法表达的东西。……诗一旦离开诗人的笔尖,就不再仅仅代表诗人个人,而是成了一种永恒的艺术品,千百万读者将由此而重温自己的哀愁和喜悦。③

在情感的熔铸中,诞生了幻想,诞生了文学。弗洛伊德在《诗人同白昼梦的关系》中说过这样一句话:"我相信,多数人一直到死都不时幻想。这是人们长期忽略的一个事实,这个事实的重要性因而并未得到恰当的评价。"④是啊,文学不就是人们无法遏制自己的幻想,而用情感建造的海市蜃楼吗? 这与想象需要现实依据并不矛盾,从精神分析的角度看,文学创作具有想象性特征,但源于一种心理事实和日常现实。——这也是弗洛伊德《图腾与禁忌》的研究思路。

对于文学批评来说,一个最重要的事实是,作家对弗洛伊德的认同。精神分析学的问世,使得弗洛伊德周围很快聚集了很多作家,有些与他还保持了终生的友谊。斯佩克特在1972年在研究弗洛伊德对西方文学(主要是德国、瑞士、奥地利、意大利、法国、美国、英国、俄国)的影响时作过总结,说作家受弗洛伊德影响者集中于超现实主义、先锋派、激进派和"意识流"。而

---

① 〔奥〕弗洛伊德:《论自恋:导论》,车文博主编《弗洛伊德文集》第2卷,长春:长春出版社,1998年,第661页。
② 〔美〕汉娜·阿伦特:《精神生活·思维》,姜志辉译,南京:江苏教育出版社,2006年,第81页。
③ 〔美〕阿尔伯特·莫德尔:《文学中的色情动机》,刘文荣译,上海:文汇出版社,2006年,第25页。
④ 〔奥〕弗洛伊德:《诗人同白昼梦的关系》,《弗洛伊德论创造力与无意识》,孙恺祥译,北京:中国展望出版社,1986年,第43页。

就国别而言,各自特征分别为:德语作家如海塞重"无意识"而忽略"性的问题";美国作家从实用主义出发,将弗洛伊德精神分析学用于"教育"、"人的解放";在意大利,作家忽视"无意识"而重"性因素","他们倾向于忽视无意识而把注意力集中在弗洛伊德理论的性因素之上。虽然在《塞诺的意识》中,斯韦沃与其说从弗洛伊德那里,不如说从一般神经症理论那里取得了故事的细节,但是,弗洛伊德为作者提供了最初的动力,至少在同情和理解神经症患者方面起了一定作用。"①也许,由于政治关系,斯佩克特没有考察弗洛伊德在中国的接受情况。《中国当代小说中的现代主义》一书中则对中国方面有较为集中的考察,主要列举鲁迅(《高老夫子》、《肥皂》、《补天》、《不周山》)、郭沫若、叶灵凤、穆时英、郁达夫、沈从文(《第一次作男人的那个人》、《诱——拒》)、施蛰存(《鸠摩罗什》、《石秀》)、张爱玲(《心经》、《金锁记》)和当代的女性作家陈染、林白,以及台湾的欧阳子(《花瓶》、《那长发的女孩》)、王文兴(《玩具手枪》、《寒流》)、白先勇(《游园惊梦》)等。从"畸形的性心理"、"精神裂变"、"恋父情结与性倒错"为视角介入,从而多有发现②。

第四节　写作实例分析

原作:

《麦克白》(1605)是莎士比亚的四大悲剧之一,讲的是苏格兰的麦克白将军立功归来,路上受一女巫预言的蛊惑,野心膨胀,在夫人的怂恿下,杀了老王邓肯,自己做了国王。随后杀了邓肯的随从和另一个将军班柯等人。杀戮让麦克白越来越冷酷,而麦克白夫人经常陷入恐怖的幻觉中,感觉手上有洗不尽的血迹,以至于精神失常,最终自杀。麦克白陷入众叛亲离的绝境中,在邓肯之子带来的英格兰军队进攻下,兵败身亡。其中,麦克白夫人以其冷酷果敢而著名,莎士比亚说她是一个奶汁里都流着毒液的女人。但在他们合谋害死邓肯老王之后,这个女人从前看似坚不可摧的意志很快崩溃了。

心理分析工作中遇到的一些性格类型(节选)　　弗洛伊德

有些人全力以赴,一心要达到某种目的,而成功之后却反而垮掉了,莎士比亚的麦克白夫人就是一例。起初,她毫不犹疑,没有丝毫内心冲突,竭力促使她虽然野心勃勃却心地温和的丈夫克服他的顾虑。为了谋杀,她甚至不惜牺牲自己女人的特质,忘了将来通过罪恶实现了野心之后,保住这一成果时,这种女人的特质会起决定性的作用。

　　来,注视着人类恶念的魔鬼们! 解除我的女性的柔弱,
　　用最凶恶的残忍自顶至踵贯注在我的全身
　　……来,你们这些杀人凶手,
　　进入我的妇人的胸中,把我的乳水当作胆汁吧!

　　　　　　　　　　　　　　　　　　　　(第一幕第五场)

　　……

---

①〔美〕斯佩克特:《弗洛伊德的美学——艺术研究中的精神分析法》,高建平译,成都:四川人民出版社,2006年,第296页。

② 张学军:《中国当代小说中的现代主义》,济南:山东大学出版社,2005年,第30—48页。

现在我们要问:是什么摧毁了这个看上去钢铁一般的人物?仅仅是幻想破灭——事成之后表现出的性格的另一面?我们是否可以推测,即使在麦克白夫人心里也有女人固有的柔弱。这种天性不断聚集强化,终于到达极限而崩溃了;或许我们应寻找某种深层动机的迹象,以便使这种崩溃更合情理,更明白易懂。

在我看来难有什么定论。莎士比亚的《麦克白》是一部时势剧(a pièce d'occasion),是为苏格兰王詹姆斯登基而写的作品。情节是现成的,其他同时代的作家已经利用过,而莎士比亚则按他自己惯用的手法利用了他们的作品。作品与真实情况十分相似。传言伊丽莎白没有生育能力,听到詹姆斯降生的消息,她痛苦的喊叫把自己说成"不结果的树"。后来她不得不因为自己无嗣而把王位让给了苏格兰王。詹姆斯是玛丽·斯图亚特的儿子,伊丽莎白虽不情愿,却下旨处死了她。尽管政治上的阴云罩着她们之间的关系,玛丽却也是伊丽莎白的姊妹,还可称做她的客人。

詹姆斯一世的登基好似对无子无后的诅咒,对生生不息的祝福。莎士比亚的《麦克白》即基于这种对比。怪诞三姐妹(命运三女神)向麦克白保证他将称王,却又向班柯承诺他的孩子将继承王位。麦克白被命运的安排激怒了。他并不满足单单成就自己为王的野心,他想建立一个王朝,而不是为了别人的利益去谋杀作恶。如果我们只把这部莎剧看做野心的悲剧,就会忽略这一点。麦克白当然无法长生不死,那么改变与他作对的命运就只有一个办法,即生出自己的孩子来继承自己的王位。他似乎期待着他那无畏刚强的妻子给他生下儿子。

> 愿你新生育的全是男孩子!
> 因为你的无畏的精神,只应铸造一些刚强的男性……

（第一幕第七场）

同样清楚的是,如果他的期待没能实现,他就只能服从命运的安排;否则他的行为就丧失了任何目的,变成了注定毁灭的人的盲目的暴怒,一个注定毁灭的人只是决心提前毁灭他所能得到的一切。我们看着麦克白经历了这个发展过程,在悲剧的高潮,我们听到了麦克德夫骇人心魄的叫喊,人们常常认为这一声叫喊蕴藏着多种含义,也许包含着麦克白转变的关键。

> 他自己没有儿女!

（第四幕第三场）

毫无疑问,这意味着:"只是因为他自己没有孩子,他就杀害了我的孩子。"但或许还有更多的含义,最重要的一点是这句话或许揭示出麦克白最根本的动机。这一动机不仅驱使他远远背离了自己的本性,而且触及了他妻子坚强性格中惟一薄弱的地方。如果我们从以麦克德夫这些话为标志的高潮来看整个这部剧,我们可以看出全剧到处是对父子关系的暗示。杀害仁慈的邓肯无异于杀害了一个父亲;对于班柯,麦克白杀了父亲,儿子却逃掉了;对于麦克德夫,麦克白杀孩子是因为父亲逃跑了。在显灵那一场中,女巫先给他看了一个流血的孩子,又给他看一个戴着王冠的孩子;先前看到的戴头盔的孩子无疑就是麦克白自己。但背景上显现出复仇者阴险的样子——麦克德夫,他自己也没有按常规的方式出生,因为他不是由母亲自然生出,而是剖腹所生。

如果麦克白不能成为父亲是因为他夺走了父亲的儿子,夺走了儿子的父亲;如果麦克白夫人忍受不育的痛苦是因为她要求杀人的恶魔解除她女人的本质；如果麦克白无子以及麦克白夫人不育是他们的罪行亵渎了人类繁衍的神圣规律而遭到的惩罚，那么《麦克白》就是一个极好的例子，以恶报恶的手法来体现富于诗意的公正。我认为，麦克白夫人的病，即由冷漠无情变为深深悔恨，可以直接解释为对自己无子的反应，无子使她明白在自然的法令面前她是多么无能，同时也提醒她是她自己的过错使她无法享受自己的罪行所带来的那些好处。

……

人们当然不情愿把《麦克白》这样的问题看成是无法解决的而置之不理，因此，我这里想要做一个新的尝试，提出一个新的观点，也许能为这个难题另寻一条出路。卢德维格·耶克尔斯在最近一篇莎士比亚研究文章中认为他已找到了莎士比亚特有的一种技巧，在《麦克白》中，诗人可能也使用了这一技巧。他认为，莎士比亚经常把一个人物一分为二，这两个分裂的人物如果割裂来看根本无法理解，只有将他们重新合二为一才可能完全理解他们。麦克白和麦克白夫人可能就是这样。如果把麦克白夫人当作一个独立的人物去寻找她改变的动机，而不去考虑使她性格完整的麦克白，这样的努力当然是徒劳无益的。我不打算沿这条线索继续往前走，但我想指出一个例子可以极好的证明这一观点：谋杀当晚在麦克白心里滋生的恐惧的种子并没有在他心里继续生长，而是在麦克白夫人身上不断发展。是他在行凶前产生刀子的幻觉，但后来却是她精神失常了。是他在杀人后听到屋子里的喊声："不要再睡了！麦克白已经杀害了睡眠……"，"麦克白将再也得不到睡眠"；但我们从未听说是他再也无法入睡，反而是皇后从床上起来，在梦中游走，暴露出她的罪恶。是他举着血污的双手无助地站在那里悲叹："大洋里所有的水"都无法洗净这双手，她还安慰他说："一点点的水就可以替我们泯除痕迹"；可是后来却是她洗了 15 分钟也无法去除手上的血迹："所有阿拉伯的香料都不能叫这只小手变得香一点。"这样，他所畏惧的良心上的折磨在她身上兑现了；她变得悔恨不已，他变得蔑视一切。合在一起，他们充分展现了对罪行的种种反应，就像同一精神的两个裂体，抑或是同一原型的两个复本。①

点评：

麦克白夫人被弗洛伊德视为"被成功所毁的人"一类，这类人表现为："病症紧随愿望的满足而来，使其无法享受任何成功的快乐。"他认为，起关键作用的挫败因素定是来自内部而不是外部："如果力比多借以从中获得满足的东西在现实中被抑制，就是一种外在的挫败。外部挫败本身并不起什么作用，也不会致病，只有当内在的挫败加入进来才会有效。内部挫败一定由自我发生，争夺力比多要获得满足所必经的渠道。只有这时才会产生冲突，才可能引发神经症，也就是说，通过被压抑的潜意识迂回地达到一种替代满足。"②即，自我对本我的内部斗争是病症关键，所谓"良心"的力量与力比多发生冲突，往往并不是我们通常理解的表层的事实。

上面对《麦克白》中麦克白夫人性格转变的原因分析中，弗洛伊德解决了三个问题：一是麦克白之所以大肆杀戮，在于无子继承自己以不义手段夺来的王位；二是麦克白夫人由铁石心肠变得悔恨连天，在于罪恶并不会带来实惠，归根结底在于不育之恨；三是将麦克白与麦克白夫人的表现合二为一，使麦克白夫人的精神失常真相最终大白。这不仅解决了一种精神现象，而

---

① 〔奥〕弗洛伊德：《论文学与艺术》，常宏等译，北京：国际文化出版公司，2001 年，第 237—244 页。
② 〔奥〕弗洛伊德：《心理分析工作中遇到的一些性格类型》，《论文学与艺术》，常宏等译，北京：国际文化出版公司，2001 年，第 236 页。

且阐释了莎士比亚的一种艺术手法。

为了使麦克白夫人"被成功所毁"的原因更为清晰,弗洛伊德又拈出易卜生《罗斯黙庄园》中的女主人公丽贝卡。丽贝卡为得到罗斯黙而除掉了他的夫人碧爱特,但最后却又拒绝了罗斯黙的求婚。究其原因,除掉碧爱特不过是一重罪责,真正摧毁丽贝卡的自由意志的是"另一段历史"——她知道了自己是韦斯特大夫的私生女,他是她的亲生父亲,而她曾是他的情人。她在现实生活中确实替换过母亲的位置。

起挫败作用的内部力量,是"良知"。稍推一步,就会发现,精神失常的麦克白夫人,代表了麦克白的良知;冷漠无情的麦克白,代表了一度迷了心性的麦克白夫人。而良知的发现,在于"弑父"的罪恶感。弗洛伊德说:"良知的力量致使成功致病而非通常的挫败致病。与'俄狄浦斯情结'密切相关,与父亲和母亲的关系,也许导致了人类普遍的负罪感。"①

"想象出来的人物总要接受理智的评判。"②在《心理分析工作中遇到的一些性格类型》一文中,弗洛伊德成功地对几种人物性格与命运作了深层分析,其中包括"例外的人"、"被成功所毁的人"和"负罪感导致的罪犯"。当然,精神分析学用于文学批评,不仅仅适用于人物形象。在弗洛伊德的文学理论与文学批评著作中,已经囊括了从作家到人物再到接受的文学活动的各主要环节。

---

① 〔奥〕弗洛伊德:《心理分析工作中遇到的一些性格类型》,《论文学与艺术》,常宏等译,北京:国际文化出版公司,2001年,第251页。
② 〔奥〕弗洛伊德:《心理分析工作中遇到的一些性格类型》,《论文学与艺术》,常宏等译,北京:国际文化出版公司,2001年,第249页。

关键词

1. 力比多：即性欲，它代表了性本能的如饥似渴的力量。对"力比多"这个范畴的理解，要灵活对待，它的含义极宽泛又极狭隘，狭隘者，无疑有肉体的源泉；宽泛者，指与情感相关的精神能量。弗洛伊德使用这个范畴，是为了说明诸多精神问题中"性因素"的作用。弗洛伊德的"力比多"理论，源自神经症治疗中的观察，并在儿童研究中得以拓展。它一般处于被"压抑"的状态。"力比多"的"情感"表现使得这个范畴接近了文艺创作，文学家所说的"爱欲"，也是可情可欲、亦情亦欲的。

2. 升华：原指固体物质未经液化便上升为气体。在精神分析学中，指的是原欲（力比多）的转向非性目的，是失性欲化。就文学创作而言，简单说，是一种压抑的观念在这条通路上的"替代性满足"。人的文艺创造，以艺术的方式呈现着人的"力比多"的"升华"，文学经"压抑"的机制而离"压抑"并以脱"力比多"面目出现。升华的表现有很多，但弗洛伊德强调了科学与艺术创造与"升华"的关联。

3. 俄狄浦斯情结：古希腊悲剧《俄狄浦斯王》讲俄狄浦斯王在不知情的情况下杀死了亲生父亲，他做了国王后又娶了丧夫的王后为妻，后来查明这个王后便是自己的亲生母亲。弗洛伊德在这个故事中发现了人的心理的普遍规律，即在一定年龄阶段，男孩子有"弑父娶母"倾向，女孩子有恋父恨母倾向，前者称作"俄狄浦斯情结"，后者称作"厄勒克特拉情结"。对于"俄狄浦斯情结"这个范畴的批评运用，应重视对"儿童期"人际关系尤其是与父母关系的研究。

思考题

1.《梦的释义》认为一般意义上的梦的隐意是什么？

2. 如何理解精神分析批评中的"俄狄浦斯情结"？

3. 精神分析学从哪些方面揭示与丰富了人们对文学本质的认识？你如何评价这样的认识？

阅读链接

1.〔奥〕弗洛伊德：《作家与白日梦》，《论文学与艺术》，常宏等译，北京：国际文化出版公司，2001 年。

2.〔奥〕弗洛伊德：《心理分析工作中遇到的一些性格类型》，《论文学与艺术》，常宏等译，北京:国际文化出版公司,2001 年。

　　3. 宋剑华:《苦闷与自责:对于曹禺及其作品的精神分析》,《海南师范学院学报》1991 年第
3 期。

(杜瑞华)

第九章　女性批评

一般认为,女性批评作为西方女权主义文论的一个重要组成部分,是 20 世纪 60 年代末欧美兴起的第二次女权主义运动的一个结果,是女权运动深入到文化领域的产物。从文学批评的角度看,它主要是将一种新的视角——性别视角带入了文学批评中,将性别、社会性别、身体等一直为人们所忽略的方面纳入了批评的论域之中。

第一节　什么是女性批评

一、女权主义文学批评、女性主义文学批评、女性文学批评

在中国,"feminism"一词是随着西方女权/女性主义理论的引入而出现的,主要有两种译法——"女性主义"和"女权主义"。1992 年,张京媛主编《当代女性主义文学批评》一书,将它译作"女性主义",并在前言中对之作了相应的阐释和区别。她认为女权/女性主义就是研究性别和权力的学说。鉴于汉语中没有一个词同时包括了权与性,所以只能从中作出选择,她选择了"女性主义":

> 从外文词本身来看,feminine 原指女性,ism 当然众所周知的被译为"主义"了。汉译文"女权主义"中的"权"一字是人们根据 feminine 的政治主张和要求而意译出来的,尤其是根据西方妇女争取选举权的运动。……它的意译词有:"女子主义"、"女性主义"、"男女平权主义"和"女权主义"。迄今只有"女权主义"和"女性主义"两个词仍然被使用。我个人认为,"女权主义"和"女性主义"反映了妇女争取解放运动的两个时期。早期的女权主义政治斗争集中于争取为妇女赢得基本权力和使她们获得男人已经获得了的完整的主体。妇女的斗争包括反对法律、教育和文化生产中排斥妇女的做法。……在文学领域中,它包括为争取大众听到妇女的声音而进行的努力,使妇女作家和妇女批评家能够发表作品和受到公众的阅读。妇女的斗争也包括在教育机构中争取获得教授妇女的著作和进行女权主义批评的权力。在这种意义上它是"女权主义"——是妇女为争取平等权力而进行的斗争。……如果我们强调女性主义中的"性别"一词,我们则进入了后结构主义的性别

理论时代。……但是这个"性"字包含"权"字，或者说是被赋予了新的涵义。①

　　显然，在张京媛看来，女性主义文学批评是女权主义文学批评的进一步发展，女权主义文学批评主要是争取"妇女的声音"，使妇女写作和妇女批评能够得到公众的阅读，从而参与到文学活动中来；女性主义批评在包含了这一层基本意思上，又不再单纯地寻求妇女的声音，而是开始着力于研究性别的划分和理论以及由之而引发的一系列问题，在文学批评领域主要探讨的是女性文学传统的建构、女性风格等命题。该书出版后，国内逐渐以"女性主义"代替了以前使用较多的"女权主义"。

　　除了这两种称谓，关于女性批评还有一种常用的说法，即"女性文学批评"。根据林树明的研究，"女性主义文学批评"与"女性文学批评"是有差别的，这种差别主要体现在批评的对象上。他认为，"女性文学批评"一般包括了两层含义：第一层含义指对女作家、女性创作的作品及女读者的评论或研究；第二层含义指对包括了男性创作的一切女性形象及相关方面的评论或研究，涉及女性与文学、文学中的女性等问题。而"女性主义文学批评"则倾向于一种伦理价值取向而非生理的区划，表现出明显的反对男性中心主义的题旨②。也即，女性主义文学批评包含了明确的伦理、政治内涵，女性文学批评则是从性别出发，对一切女性写作、女性阅读、批评和文学作品中的女性形象及其评论的研究。这种关于女性主义批评的观点与陶丽·莫依的非常相近。陶丽·莫依认为：

　　　　"女性主义的"和"女性主义"两个词是表示支持 20 世纪 60 年代后期出现的新妇女运动的目标的政治名称。"女性主义批评"因而是一种特殊的政治说教，一种用于反对父权制政治和性别歧视的批判的与理论的实践，而不仅仅是对文学中性别的关心，至少不是那种只不过是作为另一种有趣的批判观点而对文学中性别的关心。③

　　陶丽·莫依主要是将"女性主义"与"女性"进行比较而言的。她认为相较于"女性主义"批评的突出特征——将反对各种形式的父权政治和性别歧视作为自己的政治使命，"女性"这一概念本身并没有天生地承担女性主义的思想观点。她的结论是，"总结当今女性主义文学批评的这种表现，我们可以把妇女的著作定义为'女性的'，但须注意，这个称号根本不能说明那种著作的性质。把具有可以识别的反父权制和反性别歧视的观点的著作定义为'女性主义的'……"④。

　　根据这种说法，陶丽·莫依的"女性的"批评与"女性文学批评"又有所区别，它专指一种女性身份（生理性别的）写作，不仅不包括男性作家有关女性方面的创作与批评，甚至也不包括女性的阅读与批评，"'女性的'批评本身只意味着在某种方式上集中于关于妇女的批评。……对

① 张京媛：《当代女性主义文学批评》，北京：北京大学出版社，1992 年，第 3—4 页。
② 林树明：《多维视野中的女性主义文学批评》，北京：中国社会科学出版社，2004 年，第 45 页。
③ 〔挪威〕陶丽·莫依：《女性主义文学批评》，柏棣主编《西方女性主义文学理论》，陈本益摘译，桂林：广西师范大学出版社，2007 年，第 15 页。
④ 〔挪威〕陶丽·莫依：《女性主义文学批评》，柏棣主编《西方女性主义文学理论》，陈本益摘译，桂林：广西师范大学出版社，2007 年，第 21 页。

女性作家的无关政治的研究,显然就其本身而言不是女性主义的"①。莫依的这一论述主要是针对伊莱恩·肖瓦尔特所区分的"女性批评"与"女性主义批评"而发。

二、女性批评

"女性批评"一词是伊莱恩·肖瓦尔特1978年首次提出,以与关心作为读者的妇女的"女性主义批评"相区别。她说:"1978年,我提出'女性批评'这一术语,用来描述妇女写作的女性主义研究,包括对妇女文本阅读和对妇女作家(一种女性的文学传统)之间以及妇女与男人之间的互文本关系的分析。"②也即,女性主义批评是对文学中妇女的研究;而女性批评是对妇女作家的研究。之所以作这样的区别,诚如西德尼·詹妮特·卡普兰所分析,"肖瓦尔特发明了一个词——'女性批评'(gynocritics),她在'女性批评'中看到了比她所说的'女性主义批评'更多的可能性,'女性主义批评'研究'文学中妇女的原型和形象、批评中对妇女的忽视和误解以及在符号系统中作为符号的妇女'。但是这一批评只不过基本上'缓和了某种不满,是建立在已存在的模式之上的'。同时,肖瓦尔特肯定了这一批评对男性批评理论的修正与重构"③。

也即在肖瓦尔特看来,女性主义批评虽然修正并重构了男性批评理论,但它毕竟是建立在男性文学史和已有的文化模式之上,让女性主义批评家感到痛惜的不是对男性作家的专注,而是对这一事实的批评盲点,——即仅仅书写男人绝不是在书写普遍的"文学"。而女性批评的一个突出方面就是始终强调这种男性单一性对普遍性提出要求的虚假本质,并且强调把妇女写作从男性传统语境中分离出来的不可能性,它更多地表现为一种"双文本的"写作,既与男性的文学传统对话,又与女性的文学传统对话④。很显然,在肖瓦尔特这里,女性批评、女性主义批评虽各有侧重,但都内含了莫依所说的"女性主义"的内容。

对肖瓦尔特的这种分类,陶丽·莫依提出了批评:

> 依据肖瓦尔特的观点,第一种批评即使评论男性作家的作品,它似乎仍然在具有女性方向的批评领域之内,在这一方向上,这种批评被设想为是妇女所进行的,她们那种大约是基于她们的"女性"经验的"女性"观点将使她们能够看穿男性作家的手法。虽然肖瓦尔特的观点能使我们有效地区分早期的"妇女形象"批评与后来肖瓦尔特用自己的著作做例证的"妇女中心"的观点,但就"女性主义批评"而论,她是在融合"女性的"与"女性主义"的两个术语。例如,假若女性主义批评是一种"基于历史的对文学现象的思想假设的探究",那么就没有有效的理由来说明为什么它的批判的女性主义观点不应该用于妇女写的作品。⑤

---

① 〔挪威〕陶丽·莫依:《女性主义文学批评》,柏棣主编《西方女性主义文学理论》,陈本益摘译,桂林:广西师范大学出版社,2007年,第18页。

② 〔美〕伊莱恩·肖瓦尔特:《女性主义与文学》,柏棣主编《西方女性主义文学理论》,陈本益摘译,桂林:广西师范大学出版社,2007年,第4页。

③ 〔英〕西德尼·詹妮特·卡普兰:《女性主义批评面面观》,柏棣主编《西方女性主义文学理论》,陈晓兰译,桂林:广西师范大学出版社,2007年,第29—30页。

④ 〔美〕伊莱恩·肖瓦尔特:《女性主义与文学》,柏棣主编《西方女性主义文学理论》,戴阿宝译,桂林:广西师范大学出版社,2007年,第6页。

⑤ 〔挪威〕陶丽·莫依:《女性主义文学批评》,柏棣主编《西方女性主义文学理论》,陈本益摘译,桂林:广西师范大学出版社,2007年,第20页。

应该承认,诚如莫依所质疑,在肖瓦尔特这里,女性批评与女性主义批评就写作与阅读的区分和强调的确存在着分而不清的问题,人为痕迹非常明显。鉴于此,我们这里虽然选用"女性批评"这一提法,不过其内涵与指向却并不固着于肖瓦尔特的分类和限定,在某种程度上它与前面所引的"女性文学批评"更相近。之所以不用"女性文学批评",是感觉它容易引人误解,以为是专门对"女性文学"的批评,实际上我们此处的"女性批评"作为一种接受主体批评,主要是强调女性视角下的一种批评类型或曰方式,并不局限于是女性或男性文学。

综合上面的观点和论述,女性批评,是指一种以女性为中心的批评,主要从性别意识的角度,对文学文本和传统的文学批评进行分析研究,标举差异以建构女性文学及一种性别诗学。从当前的发展来看,女性批评趋向包容、开放。就主体而言,它并不拘于批评主体的生理性别,侧重的是其批评视角的女性意识或曰性别意识;对象方面,则并非单纯地关注女性文学活动,涉及女性内容的男性创作主体和批评主体的文学文本和批评文本同样会进入其研究视阈。最后,这里的女性批评虽然强调的是性别视角,但是关于传统父权制的政治、文化分析,尤其是社会性别的文化分析却是其自然会涉及到的一个层面。

第二节　女性批评的发生与发展

一、女性批评在西方的发生与发展

一般认为,西方女性批评诞生于20世纪60年代末70年代初的欧美,是西方第二次女权运动高涨并深入到文化、文学领域的成果之一,这也是它具有强烈的政治色彩的原因所在。从理论来源看,它除了受到新马克思主义、精神分析、解构主义、阐释学、接受美学和新历史主义等的影响使其理论呈现出多元化色彩外,主要继承了女权主义先驱者西蒙·波伏娃和弗吉尼亚·伍尔夫的理论。

1929年,英国女作家弗吉尼亚·伍尔夫出版了自己的小书《一间自己的屋子》,抨击了无处不在的性别歧视现象,提出了诸多有关妇女和文学的严肃问题,如双性同体思想、不同于男性的女性文学存在的合理性问题等。该书在70年代被"重新发现",因其内涵的丰富性和启发性,伍尔夫被后来的女性主义者奉为女性主义文学批评的理论开拓者,著名的女性主义者艾德里安娜·里奇、伊莱恩·肖瓦尔特等人无不对她深怀敬意,并一再对其言论加以引用。

1949年,法国女哲学家西蒙·波伏娃出版了她影响最大的一部著作《第二性》。虽然出版之初,该作备受指责,波伏娃也因之遭受人身攻击和侮辱,但作为西方女性主义者的"宝典"和"圣经",该书无论是对女性生活、女性存在的多角度分析评价,还是对妇女从童年到老年的生理、心理的成长历程和特征、处境的分析都非常深刻,不仅深化了女性主义思想,而且影响了几代女性主义者,尤其是她的女人不是天生的而是形成的观点以及运用这一观点对男性笔下的人物,特别是女性形象的分析方法更是影响深刻。

在伍尔夫和波伏娃的时代,女性批评只是初现端倪,尚未形成气候。女性批评的真正产生是在20世纪60年代的女权主义运动的高潮中,当女性们开始对父权制思想文化本身提出质疑之时。从地域上来说,西方女性批评大体可归为英美派和法国派两大主要流派。它们各有自己的主攻方向、各具特点,同时又相互影响,相互渗透,逐渐扩散到世界其他国家和地区。此外,黑人和女同性恋的女性批评也以其独特的内容丰富着西方的女性批评。

1. 英美派

英美女性批评的发展大致经历了三个阶段:20世纪60年代末到70年代早期是第一阶段,主要是对文学作品中的女性形象进行研究,批判男性文本对女性形象的歪曲、文学中的"厌女现象"和传统的菲勒斯批评。代表性著作有玛丽·埃尔曼《想想妇女们》(1968)、凯特·米勒特《性政治》(1970)和苏珊·考培尔曼·考尼隆组编的论文集《小说中的女性形象:女权主义透视种种》(1972)等。其中尤以米勒特的《性政治》影响巨大。这部著作以男性的文学文本为依据,对文学中的性政治进行了清算,阐明了她关于父权制的激进的女权主义理论。在该书第三部分"文学上的反映"中,作者运用女性视角对 D·H·劳伦斯、亨利·米勒、诺曼·梅勒和让·热内等四位男性作家的文本进行了颠覆性的阅读和批评,展示了一种全新的文学批评视角。据此,它也就成为一种标志,标志着女性批评作为一种新的、独立的批评方式出现在文学理论和文学批评之中。

20世纪70年代中期至80年代中期为第二阶段,主要是发现、寻找女性文学、女性文学传统和建构女性自己的文学史,并引发人们对不同时期女性文学的大力挖掘和重新解读活动。挖掘被传统文学批评标准遗弃和埋没的女性作家及其作品、重新解读和评价被曲解或被贬低的女性作家及其作品,是这一时期的主要工作。代表性著作有爱伦·莫尔斯《文学妇女》(1976)、肖瓦尔特《她们自己的文学:从勃朗特到莱辛的英国妇女小说家》(1977)以及桑德拉·吉尔伯特和苏珊·格巴合著的《阁楼上的疯女人:女作家与19世纪的文学想象》(1979)等。虽然各有侧重,但它们基本上都是努力在文学中建构起一个明确的女性文学传统。正如陶丽·莫依所总结:"这三部著作合在一起标志着英美女权主义批评到达了法定年龄。英美文学史上等待已久的对女作家的主要研究时期终于到来。这些著作实力雄厚、义无反顾、灵感闪烁、鼓舞人心,立即拥有了一大批(本该属于它们的)由女学者和学生组成的热情洋溢的读者群。今天,莫尔斯、肖瓦尔特、吉尔伯特和格巴的著作已在女权主义批评的现代经典著作群里占据了显赫位置。"①

20世纪80年代中期以后是第三阶段,在挖掘被埋没的女作家的同时,开始发展一种跨学科、跨性别的女性文化研究。伊莱恩·肖瓦尔特既是英美派女性批评第二阶段的代表性人物之一,也是第三阶段的一位重要代表,1991年,她出版的《姐妹们的选择:美国妇女写作中的传统和变化》一书,是这一阶段的代表之作。该书书名"姐妹们的选择"来自美国黑人女作家艾丽丝·沃克的著名小说《紫色》中所提到的美国黑人妇女缝被子的一种图案——由一些碎布连缀而成,这也喻示了它的理论指向,即将零碎的女性创作串连成美丽的女性文学史。而且,在这本书中,肖瓦尔特不再是把目光仅仅关注于白人的、异性恋的英国女性文学史的研究,而是投向了包括她自己在内的以前女性批评所忽视的种族因素,明确承认存在不同的妇女文化,要用历史的眼光在其特殊的民族环境中进行研究。在方法论上,她还提出把女性批评与历史学、人类学、心理学、社会学等方面的女性主义研究相结合,通过跨学科的研究进一步发展女性批评。这表明女性批评已进入跨学科的文化研究,女性文学史研究已成为女性文化史研究的一个重要组成部分。目前英美女性批评正是在跨学科的女性文化研究层面上继续发展。

整体上看,英美派的女性批评具有很强的实践性,比较注重现实的社会批判,强调女性自身文学传统的建构,试图建立一个女性自己的文学模式。相对而言,法国派更倾向于形而上的

---

① 〔挪威〕陶丽·莫依:《性与文本的政治——女权主义文学理论》,林建法、赵拓译,长春:时代文艺出版社,1992年,第67页。

理论的批判与语言的颠覆。

2. 法国派

法国派的女性批评兴起于 20 世纪 60 年代末的解构思潮,德里达的解构主义理论和拉康对弗洛伊德精神分析理论的解构主义化是其两大主要理论来源。所以法国的女性批评对语言及语义的生成变化表现出了浓厚的兴趣,女性写作的语言和文本是她们的研究重点和热点。主要代表人物有埃莱娜·西苏、朱莉亚·克莉丝蒂娃和露丝·伊瑞格瑞等人。

埃莱娜·西苏发表了一系列有关女性的论著,主要有《美杜莎的笑声》(1975)、《谈谈写作》(1977)等。西苏极力倡导女性写作,认为写作是一种根本性的颠覆力量,试图通过写作建立一种女性乌托邦。如其所言:"写作。这一行为将不但'实现'妇女解除对其性特征和女性存在的抑制关系,从而使她得以接近其原本力量;这行为还将归还她的能力与资格、她的欢乐、她的喉舌,以及她那一直被封锁着的巨大的身体领域;写作将使她挣脱超自我结构,在其中她一直占据一席留给罪人的位置。"①而且她认为女性写作是一种与男性写作完全不同的创造,由于父权制的存在,女性没有自己的语言,她只能依赖身体,所以她提出了"描写躯体"的女性写作口号,即通过身体将自己的想法物质化;用自己的肉体表达自己的思想。其实也就是回到没有被菲勒斯中心的象征秩序所污染的前俄狄浦斯想象界。

法国派的另一位有影响的代表性人物是朱莉亚·克莉丝蒂娃。克莉丝蒂娃著述颇多,代表性的主要有《符号学》、《诗的语言革命》、《语言中的欲望:文学和艺术的符号学方法》等。作为女权主义者,克莉丝蒂娃研究的焦点主要集中在语言问题上,着重从主体的角度分析语言、文化中妇女被压抑、被排斥的地位。她吸收并改造了拉康的精神分析的象征理论,以"符号"和"象征"的区别代替了拉康的"想象"与"象征"的区别。她的"符号学"指的是人们在语言内部可以找到的一种来自前俄狄浦斯阶段的、受抑制的结构或力的作用,它作为一种向前推进的压力存在于象征秩序中,构成了一种"他者"的存在。据此,如伊格尔顿所分析,她将象征秩序与父权制的社会文化秩序相联系,而认为符号学与女性密切相关(但又不是纯属女人的一种语言,因为它产生于不辨性别的前俄狄浦斯阶段)。她指望用符号学这种"语言"作为破坏象征性秩序基础的手段,因为它是传统的符号系统内部的一种过程,它怀疑并超越那些系统的限制。也即符号不是取代象征秩序,而是构成了语言的异质、分裂的层面,并最终颠覆和超越象征秩序。一如女性既在男性社会"之内",又在"其外",既是其中被浪漫地理想化了的成员,又是被作为牺牲的被逐者。她有时存在于男人与混沌之间,有时又体现为混沌本身。女性的这种边界地位,模糊了父权制男女二元对立的明确界限,从而对父权制社会产生颠覆性作用。因为符号学与女性具有同构性,所以,它也就具备了解构父权制二元对立的女权主义的意义。

不过,正如伊格尔顿所评论,克莉丝蒂娃"对作品的政治内容注意得太不够了,对于作品把所指加以颠倒的历史条件,以及这一切如何解释、如何利用的历史条件注意得太不够了。对于统一的主体进行分解本身也不是一种革命行动。"而且,"等到主体被拆散并陷入矛盾之中,这时她的作品往往就止步不前了"②。其实这种以语言为研究对象和颠覆力量的纯理论性的探讨与分析,正是法国派的共同特点,是她们与强调实践的英美派的不同之所在。

英美派、法国派的不同特点在某种程度上也决定了它们在中国不同的接受命运。

---

① 〔法〕埃莱娜·西苏:《美杜莎的笑声》,黄晓红译,张京媛主编《当代女性主义文学批评》,北京:北京大学出版社,1992年,第 194 页。
② 〔英〕伊格尔顿:《文学原理引论》,刘峰译,北京:文化艺术出版社,1987 年,第 222—224 页。

二、女性批评在中国的传播与发展

自觉的女性批评进入中国的最早介绍人,学界目前公认是美国文学专家朱虹。1981 年,她在《世界文学》第 4 期上发表的《〈美国女作家作品选〉序》中,介绍了美国具有女权色彩的"妇女文学"。其后,在她选编的《美国女作家短篇小说选》(1983)的序言中,她还介绍了 60 年代后期美国女权运动的概况以及由这场运动而兴起的"妇女研究"的产生和发展过程。今天被人们经常提及和引用的几位女权主义者(如伍尔夫、波伏娃、米勒特、吉尔伯特、格巴等)及其经典之作也在这篇序言中有所涉及。

如果从 1981 年算起,女性主义以及随之而兴起的女性批评在中国的传播、发展已有 20 多年。根据介绍、运用和研究的情况,大体可分为三个阶段,三个阶段并非截然分开、前后相承,而是有重叠之处,因为划分主要是鉴于其发展的侧重点不同而略作区别。

1. 观点的介绍与经典的翻译(20 世纪 80 年代至 90 年代初)

对于 1980 至 1989 年间中国的女性批评的译介情况,林树明曾做过一个统计,结果是:1980—1983 年,年均 5 篇;1986—1987 年,年均 11 篇;1988 年有 20 篇;1989 年则变成 32 篇。而且在 1986 年之前,权威性的文艺理论刊物,如《文学评论》、《文艺理论研究》等,基本没有这方面的文章。这样的统计虽未必精确,但从其递增的数字至少可以直观到女性批评理论在中国影响逐年扩大。在这些译介文章中,对西方女性主义批评作了比较全面介绍的主要有:黎慧《谈西方女权主义文学批评》(《文学自由谈》1987 年第 6 期)、康正果《女权主义文学批评述评》(《文学评论》1988 年第 1 期)和王逢振的《既非妖女,亦非天使——略论美国女权主义文学批评》(《外国文学评论》1989 年第 1 期)等。

女性批评引进之初的这种边缘化地位到了 1986 年,开始出现转机。这一年,西蒙·波伏娃的《第二性——女人》由湖南文艺出版社翻译出版,实际上它只是波伏娃原作的下卷,上卷两年后由中国国际广播出版社以《女性的秘密》为名出版。尽管如此,它还是在中国学界产生了不小的反响,不仅标志着女权主义理论第一次正式亮相,而且波伏娃的女人不是天生的而是形成的观点,更给国内诸多学者和作家以启发,成为他们创作、批评中演绎、批判的重要理论依据。此后,贝蒂·弗里丹《女性的奥秘》、弗吉尼亚·伍尔夫《一间自己的屋子》、格里尔《女太监》也分别于 1988 年、1989 年、1991 年陆续翻译出版。

除了这些早期的女权主义经典著作的翻译,还有三本专门的有关女性批评和理论的论著也相继出版。一是玛丽·伊格尔顿编的《女权主义文学理论》,它于 1989 年 2 月由湖南文艺出版社出版,该书荟萃了 1929 至 1986 年西方女权主义文学理论各种较有权威的论述,虽不详细,但却可以概观西方女性批评之轮廓面貌。二是张京媛主编的《当代女性主义文学批评》(1992),这是国内学者选编的第一本西方女性批评论文集,而且所选的 19 篇论文多为 80 年代以后发表,可以见出当时国外女性批评及其理论的最新成果。三是陶丽·莫依的《性与文本的政治——女权主义文学理论》,该书试图超越英美、法国两派,站在高于这两派的"第三立场"上,讨论女权主义批评实践中所当运用的方法、原则和政见。所以它不仅对 60 年代后期兴起的女性批评的各种成果进行检阅、评述,而且试图建立起女权主义文学理论体系。对于国人来说,该书的另一重要之处就是对当时国内译介甚少的法国女性批评,它有较全面的介绍和论析。

以上论著、论文集和一些相关译介文章的出版、发表,为女性批评在中国的传播、发展、运用做了很好的宣传和理论铺垫工作。当然,这中间也存在一些争议和怀疑,譬如女性批评在中国的可行性问题、"女性文学"的界定问题、"女性意识"的理解等。从另一个角度看,这也标示着认识和研究的逐渐深入。

2. 理论的运用与批评的勃兴(20世纪80年代末至90年代中期)

这是女性批评在中国蓬勃发展的时期。在女性批评受到人们的质疑和争论的同时,越来越多的人开始了对女性主义理论的实际运用。借用这一新的理论武器,他们把目光投向了中国的文学创作,尤其是女性作家的文本,从性别的角度,开启了对它的"女性"批评。

首先运用女性批评理论研究中国女性文学的是孙绍先的《女性主义文学》(1987年)。随后,1988年起,河南人民出版社开始出版一套由李小江主编的妇女研究丛书,其中关乎文学研究而且影响较大、也被学界公认代表了该丛书女性批评最高成就的是孟悦、戴锦华的《浮出历史地表——现代妇女文学研究》(1989),该书虽然开篇便指出"两千年:女性作为历史的盲点"的事实,并作出简要分析,但其着力点则如其副标题,主要是对中国现代女性文学的批评研究,根据传统文学史的划分方法,全书三个部分三个时间段:1917—1927、1927—1937、1937—1949,从女性批评的角度,对中国现代女性写作进行了一次全方位的研究,由此它也成为研究中国现代女性文学的代表作之一。

进入90年代后,有关女性批评的成果纷纷面世,并且在1995年前后达到一个小高潮,当然,这与1995年9月世界妇女大会第四届会议在北京的召开不无关联,可以说它为女性批评在中国的进一步传播、发展提供了一个很好的契机。这一阶段的代表性成果主要有:刘思谦《"娜拉"言说——中国现代女作家心路历程》(上海文艺出版社,1993)、刘慧英《走出男权传统的樊篱——文学中男权意识的批判》(生活·读书·新知三联书店,1995)、陈顺馨《中国当代文学的叙事与性别》(北京大学出版社,1995)、林丹娅《当代中国女性文学史论》(厦门大学出版社,1995)、陈惠芬《神话的窥破——当代中国女性写作研究》(上海社会科学院出版社,1996)等。这些论著或作女性形象的批评,或对女性文学传统进行勾勒发现,或对男性文本中的男权意识进行批判,或对性别与叙事展开研究,角度不一、成果斐然,以实际的成绩丰富并发展了中国的女性批评研究,使女性批评终于在中国开花结果,并且成为众多批评方式中的一极。

3. 理论的反思与视野的拓展(20世纪90年代中期以后)

90年代中期以后,中国的女性批评进入相对平缓的发展阶段,一方面,这与西方女性主义的发展在这一阶段趋于凝滞有关,另一方面则是在成果纷出的高潮之后的一种必然回落。其实,这或者才是一种更合理自然的学术氛围和状态,就中国的女性批评自身而言,在借用西方的理论巡演一番后,也的确应该进入一个冷静的反思和建设的时期。反思主要体现在两个方面:

其一,立足于女性批评理论本身的反思。即对女性批评不再是介绍、评述或运用,而是对它进行理论研究,其中亦包括对女性主义在中国的接受的反思性研究,如林树明的《女性主义文学批评在中国》(贵州人民出版社,1995)、鲍晓兰主编的《西方女性主义研究评介》(生活·读书·新知三联书店,1995)、张岩冰的《女权主义文论》(山东教育出版社,1998)、陈志红的《反抗与困境——女性主义文学批评在中国》(中国美术学院出版社,2002)、杨莉馨的《异域性与本土化:女性主义诗学在中国的流变与影响》(北京大学出版社,2005)等。从女性批评的理论角度看,张岩冰的《女权主义文论》影响更大,这不仅因为其出版较早,更主要的是,该书从文学理论的角度对西方女性主义文论从发展到流变作了专门而系统的研究和评述,并且对它在中国的影响以及国内的一些代表性成果作了相应的分析和评论,在介绍、论述的同时已表现出明显的理性反思和总结意味。

其二,女性批评由文学走向文化。进入90年代末期以后,中国的女性批评也开始由单一的女性视角的文学研究进入到社会性别理论的文化研究中,学者们试图借助西方女性主义者所倡导的社会性别理论建构起一种性别诗学来实现对单一的男性或女性研究的超越。较有影响的著作或相关研究主要有:叶舒宪主编《性别诗学》(社会科学文献出版社,1999)、李玲《中国现代文学的性别意识》(人民文学出版社,2002)、林树明《多维视野中的女性主义文学批评》(中国社会科学出版社,2004)等。另外,这种发展趋向也可以从中国女性文学学会所召开的研讨会的主题中略见一斑。2005年10月举行的第七届中国女性文学学术研讨会暨中国当代文学研究会女性文学委员会成立十周年纪念会,大会主题就是"中国现当代文学与性别",其对性别理论的借鉴、运用与强调一目了然。不过到目前为止,关于性别文学批评、性别诗学的发展与建构还有争论,仍处在进一步的研究探讨之中。

第三节　女性批评的基本内容

女性批评并不是纯粹的文学审美阐释活动,如前所论,它的诞生更多地不是受到方法的驱动,而是问题的驱动,其初衷是以一种女性的视角对文学活动,尤其是文学作品进行新的阐释,使女性摆脱被研究"对象"的身份,由此发掘并批判文学作品和批评中所隐含的父权制文化传统和性别歧视内容。概观之,女性批评影响中国的主要有四方面内容。

一、妇女形象研究

在女性批评者看来,文学创作,尤其是作为主流文学的男性文学作品中,存在着大量的性别歧视现象,对它的研究,首要的就是揭示其中所塑造的虚假的女性形象和所蕴含的性别歧视内容,由此批判现实社会的男女不平等。

妇女形象研究,是假定有不同于男性的女性读者存在,并以她们独有的女性经验为参照标准,对各种男性文本进行抗拒性的、创造性的女性阅读,分析、解构其中的女性形象,以揭示这些形象所体现的男性意识以及它们对现实生活中的妇女形象的歪曲和侮辱,目的则是让女性们认清现实,认识到这些不真实的妇女形象正是父权制文化压制妇女的话语形式,由此反思自己生活的真实处境,尝试进行真实的自我想象,而不再在男性的标准下想象自己。一如艾德里安娜·里奇所言:

> 以女性主义为内核对文学进行的激进批评首先将这个工作作为线索,去发掘我们如何生活,我们一直是怎样生活的,我们如何被引导着去想象自己,我们的语言是如何束缚同时又解放了我们,命名这一行为是如何始终为男性的特权,以及我们如何开始观察、命名,并重新生活。①

这也可以说是女性批评兴起和发展的重要动因之一。这方面的代表作首推凯特·米勒特

---

① 〔美〕艾德里安娜·里奇:《当我们彻底觉醒的时候:回顾之作》,金利民译,张京媛主编《当代女性主义文学批评》,北京:北京大学出版社,1992年,第124页。

的《性政治》。米勒特认为文学是父权意识的文化产物,再现着现实世界的父权制状态,是男性维护父权制、支配女性的一种策略。文学批评就是要揭开这种被隐藏的而且一直在发生影响的父权制观念。从女性视角切入,她集中讨论了 D·H·劳伦斯、亨利·米勒、诺曼·梅勒和让·热内四位作家的作品,清算了其中的性别权力关系,尤其是男性的"暴政"和女性的被贬损和被压迫的受支配地位。这给当时的阅读与批评带来了极大的冲击力。关于这一点,陶丽·莫依曾作过精彩的点评:"在她对米勒或梅勒的批评中,找不到 1969 年那种尊重权威、尊重作者意图的常规惯例。她的分析公开加进了对作者的另一种透视,说明了读者与作者/文本之间的冲突会怎样精确地暴露出一部作品的潜在前提。米莱特(米勒特)作为文学批评家的重要地位在于她不屈不挠地捍卫了读者的权利,加进她自己的观点,摒斥了那种文本和读者的接受等级制(the received hierarchy)。因此,作为一名读者,米莱特既不会屈从也不会太像贵妇:她的风格很像大街上犟头犟脑的捣蛋鬼,转来转去要向作者的权威性挑战。"①

正是这种对作者权威的挑战和对读者权力的赋予,使得女性视角的阅读与颠覆成为可能。同时,女性经验作为一种先验的假定被充分强调,它实际上构成了这种批评的前提,也成为另一种权威——读者权威的来源。在这里,女性经验成为衡量文学价值的标准。

> 米勒特已经从事了一项我认为很值得做的工作,那就是从一种令人惊奇的甚至是出人意料的视角去思考某一件事或文学作品……米勒特的目标就是从读者长期占领的优势处紧紧抓住他,强迫他从一种新的角度去看待生活或文学。她的这个观点,对任何作家而言,并不意味着是权威性的观点,但同时它却是一个十足的新观点,一个陌生的、从前很少听到过的观点。我们第一次被要求作为女人去阅读文学作品,而从前,我们,男人们,女人们和博士们,都总是作为男性去阅读文学作品。②

女性视角的引入、女性经验的强调和阅读的挑战,使米勒特的《性政治》"铺垫了女权主义作为一股批评力量通向文学的道路,其冲击力使之成为英美批评传统中后来所有女权主义批评著作之'母'和先锋"③,产生了深远的影响。

不过,《性政治》并不是纯粹的文学人物形象的分析,而且,米勒特着力的是典型的男性文本,对女性作家往往一带而过。实际上,妇女形象批评并不局限于男性文本,也包括那些浸淫于父权制文化,受其影响并自觉不自觉将其内化为自身标准的女性作家的创作。在很多女性批评家看来,那些创作中隐蕴着父权制文化的种种价值和标准的女性作家比男作家更糟糕,因为她们背叛了自己的性别,影响更坏,更需要严加批评。

以一种自卫的心理进行抗拒性阅读,避免沉浸到作品的艺术的世界——一种诗意的陷阱中,是这种女性批评一个突出特点。她们多以文学文本为或隐或显的历史文献,分析女性受压抑的历史和现状。这虽然开拓了一种新的意义阐释角度和空间,但强调过分则会弱化文学批评的艺术维度和审美内涵。

---

① 〔挪威〕陶丽·莫依:《性与文本的政治——女权主义文学理论》,林建法、赵拓译,长春:时代文艺出版社,1992 年,第 32 页。
② 卡罗琳·赫尔布鲁恩语,张京媛主编《当代女性主义文学批评》,北京:北京大学出版社,1992 年,第 50 页。
③ 〔挪威〕陶丽·莫依:《性与文本的政治——女权主义文学理论》,林建法、赵拓译,长春:时代文艺出版社,1992 年,第 31 页。

二、对菲勒斯批评的批评

这同样是早期女性批评家所着力的一个重要方面。因为她们直接面对的是父权制文化的一系列成果，并且浸润其中。她们切实感受到自己所阅读的其实只是男性的文学史，不仅是男性作家在书写，还有掌控着批评工具的男性批评家在深化和强调。这些男性批评家作为阐释的权威，从男性的价值标准出发评论作为主流文学的男性文本，对女性文学，或大加贬抑，或直接将之排斥到主流文学之外，忽略不计。所以，她们明确指出，父权制文化中的性别歧视，尤其是男性对女性的压制不仅表现在虚假的女性形象的塑造上，而且表现在男性批评家所进行的菲勒斯批评(Phallic criticism)上。

菲勒斯(Phallus)，本指阴茎的图像，在生殖崇拜的古代文化中，它被视为生殖力的象征，通常译为阳物或阳物崇拜。在精神分析话语中，"菲勒斯"则是男性权力的象征，它决定一切秩序和意义。与西方哲学中的逻各斯中心主义相平行，菲勒斯中心主义(Phallocentrism)强调父权制的正面价值是衡量一切的标准。作为正面价值的标准，"菲勒斯"象征着父权制强加给这个世界的偏见。简单地说，菲勒斯中心主义就是通过绝对地肯定男性的价值，从而维持其社会特权的一种态度①。与之相应，女性批评者所谓的菲勒斯批评是指一种体现男性中心的批评，一种绝对肯定男性价值的大男子主义批评，男性批评家被赋予了绝对的权威。他们引导着阅读，误导着妇女，使她们不但不能辨出男性文本中的女性偏见，而且还在其批评的深化、指引下进一步被男性塑造的虚假女性形象所左右，甚至将其内化为自身的价值标准。在女性批评家看来，这其实是在以男性价值标准作为普遍的标准，是一种体现男性单一性的虚假普遍性，它同化女性的感受力，钝化她们的女性意识，使她们逐渐失去了自我的想象力。

具体看，女性批评家对菲勒斯批评的批评主要体现在两个方面，一是批判菲勒斯批评对女性风格的压抑。菲勒斯批评以男性的文学标准作为普遍的标准来衡量文学创作，这使他们明显表现出对男性风格的倡导和对女性风格的贬抑的倾向。如中国古代的诗评、诗话便常以"闺阁习气"、"脂粉气"指代女性诗人的不足，而"殊无脂粉气"或"一洗闺阁习气"则成为对她们的褒扬。捎带而来的还有对女性创作的压抑，因为女性经验被排除在普遍的标准和话语之外，她们唯有保持沉默——或者出于无奈，或者出于对抗。诚如艾德里安娜·里奇所言："我开始觉得我那支离破碎的诗篇里有一种共同的意识和共同的主题，早些时候我会很不情愿将它们写下来，因为我所学到的是诗歌必须具有'大众性'，这当然意味着不能有女性色彩。"②也即菲勒斯批评所提出的单一的"大众性"压抑了她表达不同于男性的真切自我的创作冲动。

除了这种压抑，菲勒斯批评另一突出偏见就是其评论往往以性别论人，有因人废言的倾向。面对女作家的作品，他们首先关注的并不是她的文本，而是作者其人；评论中也是先将其创作定位于女性之上，使之根本无法与男性作家相提并论。如当年艾米莉·勃朗特发表《呼啸山庄》时用的是一个中性化的笔名：埃利斯·贝尔。在不知道作者的真实身份时，批评界观点纷纭："有的大为不悦，认为它意志消沉，有的感到震惊、痛苦，有的感到厌烦、恶心，即使如此，

① 康正果：《女权主义与文学》，北京：中国社会科学出版社，1987年，第64—65页。
② 〔美〕艾德里安娜·里奇：《当我们彻底觉醒的时候：回顾之作》，金利民译，张京媛主编《当代女性主义文学批评》，北京：北京大学出版社，1992年，第134页。

还是有一部分人认为这部小说是一位有希望的、也许还是一位伟大的新作家的作品。"①但当获知这是一位女性作者时,评论界关注的焦点却都转向了艾米莉的生平和生活,而且不屑者多多,贬抑之论多多。这种前后不一的反应说明,男性批评家不可能像对待男性作者那样公正地对待女性作者。

作为上述偏见的结果,女性们不但接受了男性对她们作为女人的限定,还接受了男性的标准和评价,自觉不自觉地以他们的价值来确定自己的判断。即使杰出如波伏娃,也曾情不自禁地感叹没有一个女作家能写出《尤利西斯》,《呼啸山庄》虽伟大,但也未能达到《卡拉马佐夫兄弟》那样的深度和眼界。出于此,女性批评家们在批判、解构菲勒斯批评的同时,也意识到建构女性自己的阅读批评、从女性视角重新检视修正文学史、发掘和建设女性自己文学史的必要。

三、女性文学史的发掘与建构

无论是妇女形象研究还是对菲勒斯批评的批评,都主要是面向男性而非女性的批评。在女性批评家看来,这只是让人们了解了男人心中的女人形象,尤其是男人所希望的女人形象,却未能了解女人自身的真实感受和独属于女性的经验,因此,在批判之后,寻求、发展书写女性自身经验的文学便成为女性批评者努力的方向。

女性批评者认为,传统文学史是按照男性的批评标准筛选出来的经典作品的融汇,虽然也有一些"著名"的女性作家入选,但大量的妇女作家作品被排斥。即便是入选的女性文本,也是按照男性视角解读、阐释和评价、衡量。据此,菲勒斯批评还得出一个公认的偏见:女性是缺乏创造力的,并不存在所谓的女性文学,女性文学没有价值。而对女性作家而言,一如吉尔伯特和格巴所分析,面对差不多清一色的男性大师,她们有一种"作者身份焦虑"。这种焦虑不是来自能否超越男性大师,而是来自能否自我书写。所以,她们迫切要求建立起女性文学传统作为自己的精神支撑和语言支撑,而这,是男性文学史无法提供给她们的。就像艾德里安娜·里奇所描述的那样:

> 她热切地寻找着指导、方向和可能性;而在文学那充满男性说服力的词汇中,她一遍又一遍地遇到那些否定她一切的东西:她看到的是男人在书中描绘的妇女形象。……但恰恰无法找到……那个坐在桌前试图将词汇编织在一起的她自己。②

为了建构女性文学史,女性批评家从两方面展开了研究。一是挖掘那些被埋没的不知名的女作家;二是重新阐释和评价一些被曲解和被贬低的女性作品。这方面尤以肖瓦尔特的论述为代表。肖瓦尔特认为确实存在着妇女文学史,而且具有连续性,之所以看起来显得断裂,是因为它被菲勒斯文学掩埋和割裂了。女性批评者的工作之一就是发掘、填补它,努力去填平"奥斯汀峰巅"、"勃朗特峭壁"、"艾略特山脉"和"伍尔夫丘陵"的"文学里程碑"之间的地段。在《她们自己的文学:从勃朗特到莱辛的英国妇女小说家》一书中,她就将注意力引向了一批向来

---

① 卡洛尔·奥曼:《男性批评家笔下的艾米莉·勃朗特》,玛丽·伊格尔顿《女权主义文学理论》,胡敏等译,长沙:湖南文艺出版社,1989年,第126—127页。

② 〔美〕艾德里安娜·里奇:《当我们彻底觉醒的时候:回顾之作》,金利民译,张京媛主编《当代女性主义文学批评》,北京:北京大学出版社,1992年,第128页。

被忽视的、数量惊人的次要作家,在填补沟壑的同时,证明通行的文学史如何通过突出个别"伟大的"女作家而有意埋没了其他众多女作家,导致女性文学史的断裂。"从某种意义上来说,每一代妇女作家都发现她们没有历史,她们不得不重新寻找过去,一次又一次地锻造她们的性别意识。"①

对女性文学传统的研究,除了重新发现、阐释和建构其历史的连续性外,还有一个重要方面就是对不同时代的女性文本进行整体研究,以归纳出某些为女性作家所共有的特征。帕特丽夏·梅耶·斯巴克可以说是第一个在肖瓦尔特提到的女性文学传统中系统地把女性作家进行归类的人。在《女性想象力》(1975)一书中,她以自己的教学经验,特别是课堂讨论为基础,考察了有史以来妇女经验、反应的相似性及其在女性创作中的反映,试图归纳出历经百年社会变化仍延续下来并具有相通性的独特的女性经验、情感类型和感受模式。

女性文学传统的寻找和女性文学史的建构主要是英美派所致力的一个重要方面,意在女性中间谱写一种传统、建立一种亲密团结的关系,以对抗将女性文学排斥在外的菲勒斯文学传统的压抑。但这样的建立也正如法国派所质疑的那样,同样会出现父权制文学传统一样的问题:或者以女性作家取代男性作家在文学史上的地位;或者以女性代言者的态度面向女性说话,从而失去了它的普遍性。在法国女性批评者看来,"女性文学传统"本身就是一个值得怀疑的命题。因为既然妇女一直备受压抑,那么根本就无法确知什么样才是女性? 女性不明,又何来女性文学史? 所以无所谓历史,有的只是文本。女性无他,只是一个标举"差异"的概念。

四、社会性别的提出与强调

社会性别概念与第二次女性主义浪潮在 20 世纪 60 年代末差不多同时出现,并在 70 年代的女性主义者中间广为流行,成为西方女性主义理论中的一个中心概念,主要用以解释女性气质的社会构成、分析男性权力和男性特权得以维持的原因。其实,早在 20 世纪 40 年代末,西蒙·波伏娃便在《第二性》吐发了这样的先声:

> 一个人之为女人,与其说是"天生"的,不如说是"形成"的。没有任何生理上、心理上或经济上的定命,能决断女人在社会中的地位,而是人类文化之整体,产生出这居间于男性与无性中的所谓"女性"。②

在女性主义者看来,社会性别并非生物学性别的直接产物,而是一种文化建构的产物。性别(sex)是由生物学所描述的东西:如人体、荷尔蒙和生理学等,指的是与生俱来的男女生物构成、生物属性;而社会性别(gender)则是一种文化构成物,是通过心理、文化和社会手段等影响发展而成的女性和男性之间在角色、行为、道德、自我意识等方面的建构和不同的特征、期望与差别。

此外,女性批评者还特别指出,社会性别包含了差别的含义,简言之,它代表了人和人之间的差别,尤其是代表了男人和女人的社会角色、社会功能之间的差别。在某种意义上它实际构成了

---

① 〔英〕西德尼·詹妮特·卡普兰:《女性主义批评面面观》,陈晓兰译,柏棣主编《西方女性主义文学理论》,桂林:广西师范大学出版社,2007 年,第 28 页。
② 〔法〕西蒙·波伏娃:《第二性》,桑竹影等译,长沙:湖南文艺出版社,1986 年,第 23 页。

一种强有力的意识形态手段,使那些生物学性别基础上的差别和不平等得以强化和合法化。这正是女性批评者们所抨击、批判的,她们明确指出,性别同阶级、种族一样,是人类社会的基本压迫形式之一。既然这种包含着差别的社会性别是被塑造的,是通过社会文化的影响实现的,那么对女性主义批评家来说,分析所谓中立或超性别的文学话语内隐含的性别因素,考察这一塑造过程中社会文化的作用、人们的社会角色和社会地位的分配、形成,尤其是性别角色的社会化和角色模式的作用等诸多方面便成为女性批评的题中之义。

社会性别概念的提出,不仅使女性批评者的研究和实践获得了又一个立脚点,也引起了人们的反思,反思男女的区别与存在,反思那些此前一直被视为是自然的、天经地义的和永恒不变的东西,尤其妇女的社会角色和社会地位问题及其背后的历史文化根源。

第四节　写作实例分析

原作:

夏洛蒂·勃朗特(1816—1855)是 19 世纪英国女作家,成名作和代表作是 1847 年出版的长篇小说《简·爱》,当时署名为柯勒·贝尔。《简·爱》的故事情节并不复杂,简单地说,就是一个孤女的成长故事。它以第一人称的自传体方式叙述了这个名叫简·爱的孤女的人生四阶段故事:在盖兹海德舅妈家的寄养,在劳渥德学校的学习、任教,在桑菲尔德庄园做家庭教师,在沼屋与表兄圣约翰等的相认相处。其中的故事中心是桑菲尔德庄园一段,即简·爱与罗切斯特先生的相识、相恋。也正因此,它又常常被归于家庭女教师故事系列。在桑菲尔德,尽管地位悬殊,但因精神相通相吸,简·爱与罗切斯特真心相爱,并决定结婚。婚礼仪式上,罗切斯特十五年前曾经结过婚而且妻子还活着的事实被远道赶来的律师和其妻弟梅森先生揭开,原来桑菲尔德庄园那个神秘怪异的疯女人就是罗切斯特的妻子伯莎·梅森。婚礼中断,真相大白,简·爱选择了悄然离开。后来简·爱继承了叔父的遗产,成为一个独立的有钱小姐,而桑菲尔德庄园被伯莎·梅森放火烧成灰烬,伯莎在大火中跳楼身亡,罗切斯特受重伤,几乎双目失明。受心灵的召唤,简·爱回到了桑菲尔德,知情后找到了潦倒的罗切斯特,二人结为夫妇,幸福地生活在一起。

《简·爱》一出版便引起了轰动,也引起了诸多争论,包括作者的身份、作品的情感基调等。在女性批评之前,人们主要从现实主义的角度解读这部作品,着力肯定勃朗特刻画了一个敢于反抗、坚定地寻求平等和自由的女性形象,揭示了当时英国妇女的悲惨处境和她们要求平等独立的愿望。女性批评兴起之后,《简·爱》成为众多女性批评者的首选文本,分别从不同的角度进行了解读。

简·爱的遗产:单一性的权力和危险(节选)　　　苏珊·S.兰瑟

……这部小说也制造出一种比简·爱的声音更为刚烈、更为独特的声音。其实制造这一声音也正是为了使简·爱的权威非人化,使之软弱无力。而正因为有了这种声音,简·爱的权威才显得有所依傍。发出这一声音的正是那个欧洲裔拉丁美洲女人伯莎·梅森·罗切斯特。勃朗特用一个来自加勒比海地区的女人,把这个"疯狂"和最终无声无息的女人当做简·爱的替身。这当然是维多利亚时代大英帝国不容异己的最好写照。《简·爱》通过拒绝伯莎的女子气质成功地建构这个敢说敢道,从不低三下四的简·爱,把她表现为合法正统的女子气形象。伯莎身材高大,"雄赳赳","四肢发达","腰圆膀大";她的脸庞"没有光泽"(不是白人)并显出

"凶相";她仅有"矮小黑人的智力",不过是一个"魔鬼"、"荡妇"和一样"东西"。这里露骨而又生动地表现的,是"分裂中的女性形象",其目的是取得统治权威。在此过程中,深肤色的女性首先被异国情调化,然后又被野兽化,成为一种持有"野兽般非人力量"、"男性化,统治欲强,女斗士般的生物"。而正是这种怪物使得白种"淑女"们获得了她们自己的身份感。这个虚构世界中到处弥漫着圣·约翰·雷维尔斯的传教活动所代表的那种帝国霸气,甚至罗切斯特交往的那些"外族"欧洲女性都被盎格鲁民族中心主义弄得暗淡无光。正如伽亚特里·斯皮瓦克(Gayatri Spivak)所言,在这个虚构世界里,所有那些最显外族的女性都必须被"斩尽杀绝",以便使"简·爱成为整个英国小说世界里个人化的女性主义主角"。

这部小说固然清楚地表明,其叙述者霸气十足的权威背后隐藏的是那种未经挑明的帝国沙文主义;然而,对于我们的讨论来说,最具特殊意义的还是伯莎这个人物,她被塑造成一个发出怪异声音的女人。伯莎所有的表现中最引人注意的还是她的声音。那种"莫名其妙的狂笑",阴森恐怖,是"我从未听到过的,发自阴曹地府的笑声"。循此笑声,简·爱第一次意识到伯莎的存在。"阴阳怪气的喃喃自语比起她的狂笑更令人费解";她那种"怪话异语"和那种可怕的"声音"让简·爱不知"从何说起",还有她那像狗一样的咆哮,"野性十足,尖刻凄厉","回荡在桑菲尔德大屋之中。"如果说简·爱的声音意味着她与罗切斯特情投意合,那么伯莎的声音则清晰地表明她不能做他的妻子。与她交谈根本不可能,"因为不管我先说起什么样的话题,她总是立即恶语相向,说的话既粗俗不堪,又愚昧无知。"仆人们都不愿再住下去,他们对"她不断爆发的狂野行为和丧失理智的脾气"避之唯恐不及。"再厚颜无耻的荡妇也说不出她那些不堪入耳的污言秽语。"正是她的"怪叫声"最终使罗切斯特离开了这座位于西印度群岛上的"地狱",去追寻英格兰"柔声细语"的清风。

然而,伯莎的声音是什么样的声音呢?这难道不是一个完全拒绝采用"女人的语言"、保持女人的地位(或干脆说拒绝整个女性象征系统)的女性发出的声音?不正是有了这种带有符号学声响意义的声音的对比,才使得简·爱那种敢于犯上的语言显得不那么出格并正常化的吗?简·爱也并不是一个"白肤金发碧眼的洋娃娃",而是肤色显黑,带有"野性"的孩子般的人物。这一事实表明,她已经令人担心地偏向伯莎。而简·爱又不是那类唯唯诺诺的传统的家庭女教师,这又说明,她的声音又必须显得有所节制。伯莎发出的声音狂荡不羁,身体虽陷囹圄而声音却执意不绝,咄咄逼人。在这种声音构成的气势之中,简·爱率直无忌的话语听起来并无敌意,显得对社会秩序终无威胁。正因为简·爱的声音必须压倒男人的声音,它也就必须不同于那个令白人男权无可奈何、身加锁链带到异国海岸的女人发出的狂暴怒吼之音。这样,如果说浪漫主义的叙事树立的权威基本上都是男子气质的,那么可以说,《简·爱》建立起来的女性权威也都基本上是白种人的。的确,《简·爱》中的权威声音甚至更为褊狭,因为它最终仅仅属于英国中产阶级受过基督教教育的白人妇女。例如,管家费尔法克斯夫人"根本不懂得怎样去描述某个人物,也根本没有办法捕捉并讲述那些意义重大的问题",女佣索菲亚不是"描述或叙事的料",而有钱人布朗施·伊格莱姆"概无创见,只会重述书里那些朗朗上口的辞句"。

由此观之,简·爱的叙事权威与众不同,它的破坏力作用于暗处。在劳渥德期间,她必须策略地调节自己的声音;在海伦的建议下,她能够把要讲的事"编排"得"井井有条",这样,"节制而又质朴"的叙述"听起来就显得更加可信"。《简·爱》面向更为广大的公众群体反复做出的正是这种姿态。如此说来,这部小说的文本无论怎样都揭示了某种被掩盖起来的、文本自身独特的权威性所规定的不完整性。如果说,简·爱发出的强音促成了19世纪中叶以来小说中白种女性叙述者直话直说的传统,那么,西方非白种人女作家叙事的种种可能性未能最终实现,这兴许与这种传统的霸气地位不无关系,在小说中,伯莎·梅森的声音戏剧性地中断,这种传统的支配地位于是渐次形成。我这么说远不是仅仅提出某种假设,因为至少有非洲裔美国黑人女作家的作品为证。我在下一章中将讨论这些作品,它们雄辩地证明了女性叙事种种机遇中上述种子分裂现象的存在。如果简·爱的声音只有靠消灭其他女性的声音而获得力量,那么这部小说也在不知不觉中暴露了自己权威的危机,而且明明白白地告诉我们,除了社会性别的差异之外,更大的差别还在后头。①

点评:

苏珊·S. 兰瑟的这篇文字是其专著《虚构的权威——女性作家与叙述声音》的第二部分"个人叙述声音"中的一章。她主要是从叙事学的角度探讨《简·爱》对统筹着英国"家庭女教师故事"中的女性个人叙述的虚构权威的排斥,指出其特别之处在于它在女性作品类型中"强制性地注入了一种自我权威化和总体化的叙述声音"(第203页),"拓展了小说中女性个人叙述声音的空间",为上等阶层的女性铸造了个体权威的虚构故事(第214页)。就女性作家而言,这种女性作者权威的建构正如伊莱恩·肖瓦尔特(Elaine Showalter)所评价,"是革命性的开端"(第215页)。在文章最后,兰瑟从叙事学的角度进入了《简·爱》的女性批评,也就是上面节选的部分。

概观这段文字,兰瑟在总结前人研究的基础上,根据自己的论题提出:《简·爱》成功否定和击破了以往家庭女教师小说中那种上帝权威和男人权威同一的男性权威,建构起了完全的女性个人化叙述声音。但与此同时,也形成了一种单一的叙述权威,这种权威内在的不完整性又必然导致一种超乎性别之上的叙述危机。其具体观点及论证思路如下:

同其他女性批评者的研究一样,兰瑟同样从疯女人伯莎·梅森入手开始自己的探讨。首先,她承认吉尔伯特、格巴和斯皮瓦克等人的结论,认为伯莎·梅森在小说中的确是简·爱的替身。勃朗特通过对伯莎这个来自拉丁美洲的"异族"女人的塑造和拒绝,确立了简·爱的从不低三下四、敢说敢道却合法正统的女子气形象,从而传达出了其潜在的不容异己的大英帝国沙文主义倾向。但是,兰瑟并没有停留于此,而是以此为基础,从小说的叙述声音切入,开始了另一层的发掘。她指出,正是因为有了伯莎这个完全拒绝整个女性象征系统的女性发出的执意不绝、咄咄逼人的狂暴怒吼的声音,简·爱率直无忌、敢于犯上的话语虽悖逆传统,相形之下,却见不出敌意,也见不出对社会秩序的威胁。这使简·爱的声音尽管全篇都是压倒男人的,却成了可以接受的社会行为被接受下来。由此《简·爱》最终成功建立起了自己的女性权威叙事。

其次,兰瑟在承认《简·爱》对女性作家权威的革命性建构的同时,也敏锐地指出其建构中的缺失。因为它虽然破除了男性权威的片面,但其自身同样是褊狭的——它树立了一种单属于英国中产阶级的受过基督教教育的白人妇女的叙述权威。在兰瑟看来,《简·爱》在促成19世纪中叶以来小说中白种女性叙述者直话直说的传统的同时,也造成了西方非白种人女作家叙事可能性的失去。这一认识,兰瑟是综合上面吉尔伯特、格巴、斯皮瓦克等人的研究而得出的。伯莎的"异族"身份,她的影子功能,再加上她声音的最终中断,让兰瑟意识到在女性批评所强调的性别差异之外,还存在着不容忽视的种族差别。当简·爱的声音必须靠消灭其他女

① 〔美〕苏珊·S. 兰瑟:《虚构的权威——女性作家与叙述声音》,黄必康译,北京:北京大学出版社,2002年,第217—219页。

性的声音来获得力量时,它所建构的单一的叙述权威的危机也就难以避免。

在兰瑟之前,吉尔伯特和格巴在其素有影响的著作《阁楼上的疯女人》中,同样研究了《简·爱》,该章标题为"自我与灵魂的对话:简的历程"。它借用神话原型和精神分析学派的见解和方法,从寓言的角度,将简·爱与伯莎·梅森相统一,从而论证了《简·爱》的革命意义——"勃朗特创作《简·爱》,好比是疯女人冲破自古以来男性文本对女性的束缚和幽禁,喊出了自己的声音,表达了女性的自我意识"①。吉尔伯特和格巴的研究贡献已是世所公认。事隔二十年后,兰瑟教授另辟蹊径,将女性批评与叙事学结合起来进行研究。她认为:"在以男权为中心的现代社会里,女性主义表达'观念'的'声音'实际上受到叙述'形式'的制约和压迫;女性的叙述声音不仅仅是一个形式技巧问题,而且更重要的还是一个社会权力、意识形态冲突的问题。"②由此出发,她的《简·爱》研究如上所引,同样新颖犀利,取得了出色成绩。不仅为人们打开了又一扇认识窗口,使《简·爱》的经典意义又有了新的累积,而且,由叙述声音而揭示出来的女性主义潜在的褊狭的洞见一样令人叹服。

理论和方法的包容性一直是女性批评的特色所在。以性别、社会性别研究为中心,他们的研究呈现出兼容并包的开放性,各种学说和方法兼收并蓄,上面有关《简·爱》的例析便是个生动的例证。这给女性批评带来了无限的活力,也给整个当代文论和批评带来了深远影响。一如乔纳森·卡勒所言,尽管"常常被一些自负的批评史家和批评理论视而不见",但"女性主义批评比其他任何批评理论对文学标准的影响都大,它也许是现代批评理论中最富有创新精神的力量之一"③。事实上,女性批评已经改变了而且将继续改变着人们的思维方式和批评标准。

---

① 韩敏中:《女权主义文评:〈疯女人〉与〈简·爱〉》,《外国文学研究》,1988 年第 1 期。
② 〔美〕苏珊·S. 兰瑟:《虚构的权威——女性作家与叙述声音》,黄必康译,北京:北京大学出版社,2002 年,第 320 页。
③ 〔美〕乔纳森·卡勒:《论解构》,陆扬译,北京:中国社会科学出版社,1998 年,第 30、42 页。

关键词

1. 菲勒斯批评：菲勒斯(Phallus)，本指阴茎的图像，在生殖崇拜的古代文化中，它被视为生殖力的象征，通常译为阳物或阳物崇拜。在精神分析话语中，"菲勒斯"则是男性权力的象征，它决定一切秩序和意义。与西方哲学中的逻各斯中心主义相平行，菲勒斯中心主义(Phallocentrism)强调父权制的正面价值是衡量一切的标准。所谓的菲勒斯批评是指一种体现男性中心的批评，一种绝对肯定男性价值的大男子主义批评，男性批评家被赋予了绝对的权威。

2. 女性批评：是指一种以女性为中心的批评，主要从性别意识的角度，对文学文本和传统的文学批评进行分析研究，标举差异以建构女性文学及一种性别诗学。从当前的发展看，女性批评趋向包容、开放。在批评主体方面，它并不拘于主体的生理性别，侧重的是其批评视角的女性意识或曰性别意识；对象方面，则并非单纯地关注女性文学活动，涉及女性内容的男性创作主体和批评主体的文学文本、批评文本同样会进入其研究视阈。最后，女性批评强调的是性别视角，但关于传统父权制的政治、文化分析，尤其是社会性别的文化分析却是其自然会涉及到的一个层面。

3. 社会性别：社会性别概念与第二次女性主义浪潮在 20 世纪 60 年代末差不多同时出现，并在 70 年代的女性主义者中间广为流行，成为西方女性主义理论中的一个中心概念，主要用以解释女性气质的社会构成、分析男性权力和男性特权得以维持的原因。在女性主义者看来，性别(sex)是由生物学所描述的东西，即生理性别，指的是与生俱来的男女生物构成、生物属性；社会性别(gender)则是一种文化构成物，是通过心理、文化和社会手段等影响发展而成的女性和男性之间在角色、行为、道德、自我意识等方面的建构和不同的特征、期望与差别。

思考题

1. 女性批评的含义是什么？它包括哪些基本方面的内容？
2. 女性批评的影响主要体现在哪些方面？如何评价？
3. 你能从女性批评的角度结合男性批评家的评论揭示男性对于女性的误读吗？

阅读链接

1. 马睿：《跨越边界：西方女性主义批评的理论突破》，《外国文学研究》2001 年第 2 期。

2. 贺桂梅:《当代女性文学批评的三种资源》,《文艺研究》2003 年第 6 期。

3. 刘霓:《社会性别——西方女性主义理论的中心概念》,《国外社会科学》2001 年第 6 期。

4. 万莲子:《性别:一种可能的审美维度——全球化视域里的中国性别诗学研究导论(1985—2005 大陆)》(上、下),《湘潭大学学报》(哲社版)2005 年第 6 期、2006 年第 1 期。

（章　池）

第十章　神话批评

在阅读文学作品时,我们常常会遇到一些超越时空而普遍存在的现象,如一些相似的意象,熟悉的人物,相类同的故事等,若由此来寻找文学作品中重复出现、并且深深植根于人类思想和民族文化之中的意象系统、主题类型与结构模式等,并以之解释同类现象所可能包含的普遍意义,我们便用得上神话批评。神话批评是后起的一种批评实践,却在今天的批评中起着一种回望传统、寻找贯通、探索文学世界的隐秘特征的作用。

第一节　什么是神话批评

神话批评(myth criticism)又称作原型批评,或者被称为神话—原型批评。神话批评在西方盛行于 20 世纪的 50、60 年代,并成为一个重要的文学批评流派。韦勒克曾将神话批评与马克思主义文学批评、精神分析批评并列为三大批评流派。这种批评理论要求从整体上来把握文学类型的共性及演变规律,认为原型是“反复出现的意象”,神话就是最基本的文学原型;作为文学的源头,神话是一种形式结构的模型,各种文学类型无不是神话的延续和演变。探讨文学创作中的神话影响及其流变,成为这一批评模式的基本意图与方法。

要弄清楚什么是神话批评,首先要弄清楚神话和原型这两个概念。

什么是神话呢?

这一术语在亚里士多德的《诗学》中意味着“情节”、“叙述性结构”、“寓言故事”。它的反义词是“逻各斯”。神话是一种叙述,是故事,与辩证的对话和揭示性文学相对照;它是非理性的、直觉的,与系统的、哲学的相对照;它是埃斯库罗斯的悲剧与苏格拉底的辩证法的相对照。

“神话”是现代批评家喜用的一个术语,它包含了一个重要的意义范围,涉及了宗教、民谣、人类学、社会学、心理分析与美术等领域。通常反对它的观点则把它置于和历史、“科学”、“哲学”、“寓言”、“真理”相对的位置上。

在 17、18 世纪的启蒙主义时代,这一术语通常有轻蔑的含义:“神话”就是虚构,从科学和历史的角度讲,它是不真实的。但在维科的《新科学》中这一观念已经发生变化。从德国的浪漫主义者到柯勒律治、爱默生和尼采,这一术语所包含的新的观念逐渐取得了正统的地位，即"神话"像诗一样，是一种真理，或者是一种相当于真理的东西，当然，这种真理并不与历史的真理或者科学的真理相抗衡，而是对它们的补充。①

由此可知，在亚里士多德那里，"神话"（mythos）一词指"故事"或"情节"，而不指其是否实际存在过，或者更加具有哲学的意味。"希腊语中'神话'一词的最简单的意义倒是正确的：神话是故事，神话是叙述性或诗性文学。它无需比任何其他文学类别更富于哲学意义。因此，神话就是艺术，并且应当作为艺术来研究。"②后来，其含义逐渐成为一种特称，专指某一文化群体沿传而来的神话体系（mythology）里的一个故事，它不仅传达基本的世界观和人生观，而且使文化群体的成员社会化，个人在故事里的地位随之有所确定。到了中世纪的基督教统治时期，神话被视为虚假、谎言与异端邪说。直至17、18世纪的启蒙时代，人们还是认为这种故事是一种虚构，"神话"仍然是贬义的，通常指在科学上或历史上与"真实"相对的东西。此后，情况又发生了变化，人们渐渐认识到真实可借种种方式（如象征）加以表达，神话里也包含着较多的真实性，理应在人类历史和文学中占有重要地位。特别是20世纪关于人类心理的研究，划出了无意识层面，而集体无意识又涉及到原型，见之于神话，神话的重要性便益加明显。由于种种学派均对"神话"一词加以界定，而且其新旧含义并行于世，在当代批评中出现了许多令人眼花缭乱的用法。

什么又是原型呢？"原型"最早可以追溯到古希腊柏拉图的"理式说"。在柏拉图看来，"理式"意指一种先验性的观念体系。20世纪初的弗雷泽和荣格，分别从人类学和心理学的视角丰富了"原型"的内涵，他们在使用原型概念时，都是抓住了人类行为和人类心理当中反复出现的一种普遍性的特征来加以分析的。以荣格来看，他从"集体无意识"的角度提出了"原型"概念：

> 集体无意识是人类心理的一部分，它可以依据下述事实而同个体无意识做否定性的区别：它不像个体无意识那样依赖个体经验而存在，因而不是一种个人的心理财富。个体无意识主要是由那些曾经被意识但又因遗忘或抑制而从意识中消失的内容所构成的，而集体无意识的内容却从来不在意识中，因此从来不曾为单个人所独有，它的存在毫无例外地要经过遗传。个体无意识的绝大部分由"情结"所组成，而集体无意识主要是由"原型"所组成的。③

在荣格这里，"原型"概念指的是心理中的一种"明确的形式的存在，它们总是到处寻求表现"，在神话学中可称为"母题"；在原始人的心理研究中，可称为"集体表象"；在比较宗教学的领域，可称作"初级的"、"原始的"。由此可知，荣格的"原型"概念是指一种原初的、反复出现的心理现象，是"预先存在的形式"，并寻求表现，因而是贯穿整个文明史的。因此，荣格的"原型"大体相当于"母题"，是后来的无数主题的一种出处、标准、依据与取范的对象。它与"情结"的区别在于：一者是集体的无意识，一者是个体的无意识。集体的无意识是重复出现的，个体的无意识只属于个体的临时性表现。

---

① 〔美〕韦勒克、沃伦：《文学理论》，刘象愚等译，南京：江苏教育出版社，2005年，第216—217页。
② 〔美〕理查德·蔡斯：《神话研究概说》，〔美〕约翰·维克雷《神话与文学》，潘庆国等译，上海：上海文艺出版社，1995年，第13页。
③ 〔瑞士〕荣格：《集体无意识概念》，王艾译，叶舒宪选编《神话—原型批评》，西安：陕西师范大学出版社，1987年，第104页。

再后来，到了弗莱那里，他在使用"原型"这个词汇时，其内涵已经发生了截然不同的变化，弗莱将"原型"纳入了文学批评的视野，更加文学化了。按照叶舒宪的归纳，弗莱的"原型"大体包括这样几层含义：

第一，原型是文学中可以独立交际的单位。就像语言中的交际单位——词一样。

第二，原型可以是意象、象征、主题、人物，也可以是结构单位，只要它们在不同的作品中反复出现，具有约定性的语义联想。

第三，原型体现着文学传统的力量，它们把孤立的作品相互联结起来，使文学成为一种社会交际的特殊形态。

第四，原型的根源既是社会心理的，又是历史文化的，它把文学同生活联系起来，成为二者相互作用的媒介。[1]

在弗莱这里，原型的核心含义指的就是"神话"，它是可以交际的单位，因此可以称作是约定性的文学象征、主题、情景和人物类型。一句话，原型就是在文学创作中反复出现的，具有相互的联系并能够被扩张的那些体现了文学的意义与形式特征的要素。

但就目前的中国文学批评实践而言，神话与原型两个词语已经化合而成一个，神话等同于原型，神话就是原型，原型就是神话。于是，一切以探讨后来的文学创作与远古神话之间关系的研究活动既可以称作是神话批评，也可以称作是原型批评。一切探讨文学创作中反复出现的意象、母题、故事的既可以称作是原型批评，也可以称作是神话批评。这样的交叉性缘何而生呢？原因恐怕在于，一切神话，终将会以原型的方式流传下去，而一切原型均可以通过溯源方式找到它的神话源头，所以，神话批评与原型批评的等同，自有道理。

概括地说，神话批评的整体思路认为：无论是文学的意象、人物、情节、母题还是结构，神话都为后续的文学创作提供了"原型"。弗莱指出："神话模式——即有关神祇的故事……是一切文学模式中最抽象、最程式化的模式。"作为故事，神话总是具有潜在的文学性。"对神话结构的重新组合便是我们所说的文学。随着神祇时代发展为英雄时代，关于神祇的神话便演变为关于人类卫士的传奇；而当英雄时代成为人民的时代后，传奇也变得更为真实可信了。不过，始终贯穿这一过程的，依然是那些相同的神话结构，那些关于故事如何开头，进展以及收场的相同的手段。"他认为："神话跟民间故事一样，为作家提供一个现成的十分古老的框架，使作家得以穷竭心计地去巧妙编织其中的图案。"[2]如果说形象和结构是文学创作中的主要方面，神话则源源不绝地为文学创作提供了形象和结构的原初形态。赫伯特·韦辛格在研究莎士比亚的悲剧时虽然突出了"悲剧可按照自身的需要重新组构神话仪式模式"这一点，他还是认为："神话仪式模式本身便是产生悲剧的苗圃，悲剧正是用前者的材料构成的。悲剧的形式与内容，结构与意识形态，都与神话仪式的形式、内容极为相似。"[3]

在弗莱看来，神话作为文学的摇篮，从神话、仪式到今天的文学，这之间的过程就是一种"移位"，这使得"文学：即是移位的神话"。这样，原型意象从人类的原始经验和神话中走出来，

① 叶舒宪：《神话—原型批评的理论与实践》，叶舒宪选编《神话—原型批评》，西安：陕西师范大学出版社，1987年，第16页。

② 〔加拿大〕弗莱：《批评的剖析》，陈慧等译，天津：百花文艺出版社，2002年，第147—148页。

③ 〔英〕赫伯特·韦辛格：《探讨莎士比亚悲剧的神话仪式方法》，约翰·维克雷编《神话与文学》，潘国庆等译，上海：上海文艺出版社，1995年，第230页。

成为后来的文学作品中的某种象征、隐喻。反之,我们也可以从文学作品中的象征、隐喻中,理解原始文化中初民的原始经验和神话中的形象。象征或隐喻可扩展到主题、母题、题材、人物、文类等文学层面,这表明这些文学的不同层面,都因受到神话的直接影响成为"移位的神话"。

这样一来,所谓的神话批评,其实就是从文学作品出发进行的神话的"复位"研究,也就是通过对一首诗歌、一部戏剧或一部小说与其他同类作品中共有的或相似的形象或形式进行研究,从作品的表层结构深入到深层意蕴,发现这些作品中所内蕴的神话格局、集体无意识或原始经验。总之,"原型批评要把当今关于民间故事和口传叙事诗的比较研究推广到其他文学中去,并发现伟大艺术中原始的、流行的程式"①。并进而把这些文学作品看成是整个人类经验的一个有机组成部分,并从文学艺术的发展中发现人类文化史的发展轨迹与经验特征。

第二节 神话批评的发生与发展

一、西方神话批评历程的回顾

早在希腊时代,就有神话方面的研究。最初的神话学分成两派,一派视神话为"寓言",另一派则认为神话是在反映时代的历史事实,也就是著名的"神话史实说(euhemerism)"。

之后,神话的研究停滞了一段很长的时间,一直到18世纪至19世纪前半期,才出现了近代神话研究的新局面。再到19世纪后半期,伴随着比较语言学的蓬勃发展,"比较神话学"应运而生,当时最著名的学说是缪勒的"自然神话学派",不过这个学派专门以神话中的暴风、太阳等特定对象为研究目标,并未扩展到神话研究的其他范畴中去。

当时与自然神话学派相抗衡的则是"人类学派",代表人物是苏格兰学者兰格。兰格以当时的文化演化论为基础,研究发现神话是未开化民族野蛮习俗的根源,同时他也首次确认了神话并不是印欧语族特有的产物,而是世界各地都有的文化事实。

进入20世纪后,神话的研究方法变得更加多样化了。起初神话学界流行"礼仪说",假设所有的神话都是礼仪的母体。在礼仪说的著作中,最著名的是弗雷泽的《金枝》(The Golden Bough)。虽然后世研究调查的结果证明这个学说的假设是错误的,不过就《金枝》一书中所收集的大量的神话范例而言,对后来的神话研究还是很有帮助的。

从"方法论"的角度看,神话研究中出现了如下主要模式:首先是历史民族学的研究方法,这个方法先确定全世界的神话分布,再根据所属的区域寻找出它们在文化史中的位置。这样的研究需要进行大规模的田野调查,对早期的自然神话学派产生过莫大的影响。其次是"功能主义"的研究方法,这个研究方法专注于寻找神话的功能,也就是神话故事对文化、历史等各方面的影响与作用。英国学者马林诺夫斯基在对美拉尼西亚神话所进行的调查中发现,神话的目的是为社会制度提供正当性的根据。再次是列维-施特劳斯的"结构主义"研究方法,它所针对的不是神话中的某些特定构成要素,而是对神话进行整体研究,在原本看似不同的地方,却因为综观整体而产生了全新的见解,神话研究变得更具深度和广度。除此之外,弗洛伊德从精神分析的角度研究神话,其代表是《图腾与禁忌》,所提出的"无意识"概念对后来的神话学研究产生了相当的影响。荣格则透过许多梦境的分析,寻找出希腊神话中像狄蜜特这类的大地母神与她们所相对的做梦者之间的非常规律性的互动原则,并将这个原则命名为"原型"。

---

① 〔加拿大〕弗莱:《诺思洛普·弗莱文论选》,吴持哲编译,北京:中国社会科学出版社,1997年,第104页。

虽然众多学人从不同的角度对神话进行研究,但是,"神话批评"成为一个独立的文学批评理论,要从弗莱说起。在弗莱之前,西方盛极一时的是"新批评",但从 50 年代起,"新批评"就因其局限于单一文本的片面性和狭隘性而受到质疑。此时弗莱的《批评的剖析》于 1957 年横空出世,以其新颖、博学、宏大而一鸣惊人,从而结束了"新批评"的霸主地位,代表了一个新的批评方法——神话批评方法的诞生。

在弗莱的思想中,神话主要指圣经神话故事,也包括古代希腊罗马神话故事;原型的原意是最初的形式,人类最初的文学样式就是神话,用它去"讲述主角是神或比人类力量更为强大的存在物的故事"。这样一来,在弗莱的神话批评中,"神话就是原型,不过为了方便起见,当涉及叙事时我们叫它神话,而在谈及含义时便改称原型。"[①]具体说来,神话和原型犹如一枚硬币的两面,神话是内涵,而原型是形式。换言之,原型是神话的表达模式,神话是原型模式所含的意义。人们有时候也将神话批评称作原型批评,其原因就在此。

就神话批评作为一种批评方法而言,在弗莱之前与之后,都是广泛存在的。据叶舒宪的综合考察,大概包括这样几种不同的批评倾向:

第一,剑桥学派:探讨仪式与文学的发生。这是在弗雷泽直接影响下形成的,以剑桥大学的人类学家、古典学家与文化史家构成主体,其代表人物有简·赫丽生、亚瑟·伯纳德·库克、康福德,此外还有牛津大学的吉尔伯特·墨雷。墨雷于 1912 年发表《保存在古希腊悲剧中的仪式形式》,认为希腊悲剧是从古代宗教仪式中派生出来的。在另一篇论文《哈姆雷特和俄瑞斯忒斯》,认为出现于两个时代、不同国度的悲剧人物,其间的共同处,不是出自影响关系,而是出自同样的原始宗教仪式。

第二,荣格学派:原型的心理学研究。这派主要是从创作与欣赏过程中的内在反应入手,研究原型的心理特征。英国学者鲍特金于 1934 年发表了《悲剧诗歌中的原型模式》,在讨论到《俄狄浦斯王》时,她认为剧作中表现了一种原型性的冲突,这个冲突由遭受瘟疫的社会群体与导致了这场瘟疫的主人公的个人之间所构成,其实这反映了每个人的心理发展过程中必然要经历的本人的自我形象与群体的自我形象之间的冲突。观众通过这种悲剧冲突参与到了一种道德与心理的传统之中,并在这一过程中获得集中的社会化的精神体验。此外,纽曼的《大母神:原型分析》(1955 年)、阿润森的《莎士比亚的心理与象征》(1972 年)同样代表着对于原型的心理学研究。

第三,原型的文化价值研究。美国学者蔡斯和费德莱尔等从文学作品的原型分析中发现特殊的文化价值。蔡斯在《神话研究概说》中认为:远古神话曾经驯服过人性中的毁灭力量,现代神话应该发挥同样的功能。他认为美国小说《麦尔维尔》追寻白鲸的神话,具有社会政治意义,这个神话具有两个中心主题:堕落与探寻。探寻在堕落中失去的东西。美国经历了从欧洲文化分离出来的过程,它还能否创造新的文化,这就开启了另一个探寻的过程。费德莱尔通过对美国小说的分析,归纳出几种原型:犹太人、印第安人和黑人等,用以说明人们已经意识到的有关政治、道德、种族和性方面的潜在的现实问题。在现实生活中被压抑的意识,在文学中表现为一种原型,传达出了人类所面对的基本生活境况以及人类的相应情感。

第四,原型的语义学和语用学研究。美国哲学家威尔赖特的《燃烧的源泉》(1954 年)和《隐喻与真实》(1962 年)是这方面的代表作,主要探讨原型语言与日常的、科学的语言之间的差异,认为逻辑的语言是"速度语言",而超逻辑的语言是"深度语言",后者植根于宗教、神话和艺术

---

① 〔加拿大〕弗莱:《诺思洛普·弗莱文论选》,吴持哲编译,北京:中国社会科学出版社,1997 年,第 89 页。

所形成的象征系统中,成为原型赖以存在与显现的框架。英国学者大卫·洛奇在《小说的语言》(1966 年)是原型的语用学研究的代表,他在分析《简·爱》时,从贯穿全篇的"火"意象入手,探讨小说中出现"火"意象时,其语义效用总是由对立冲突的两组相关的元素意象构成,如简与罗切斯特之间的激情关系以燃烧的火来表现,而他们关系的断裂则以石、冰、雨、雪来表现。经过这样的分析,人们看到了在以前所没有看到的小说的深层内蕴,看到了写实的具体性、日常性如何与浪漫的激情、幻想及诗意统一在火的原型上,并体现出了语义上的多重变奏①。

从以上有关原型批评的简述来看,原型批评受到了以弗雷泽为代表的人类学、以荣格为代表的心理学的重要影响,而且弗雷泽的《金枝》、荣格的"集体无意识"直接成为原型批评的理论依据与取范对象。此外,如卡西尔的象征形式哲学提出"人是象征的动物",认为原始语言与强烈的情感体验相关联,从哲学的层面启发着原型批评的展开与发展。

二、中国神话研究与神话批评

20 世纪初期,鲁迅、茅盾、闻一多等老一辈学者受西方影响,开始了神话研究。在他们那里,神话研究是一种有别于传统朴学研究的新方法。但是,他们的神话研究与神话批评有着本质的不同。神话批评是一种以神话原型为核心的文学批评活动,而中国现代老一辈学者的神话研究是以中国古典文学中的神话为研究对象,而生发出来的一种文学社会学研究。当然必须看到,蒋观云、鲁迅、周作人、茅盾、郑振铎、闻一多、赵景深、钟敬文等人的神话研究都是一种自觉的人类学派的研究实践,以民间文艺作为研究对象,取得了突出的成绩。1918 年由刘半农、沈尹默发起的北京大学歌谣征集运动,创办《歌谣周刊》,以及由此带动的民间文学运动、民俗文化研究热潮,使得中国文艺中的平民性、个体性等特征受到了更多的关注与肯定。

闻一多从 20 年代开始的神话与《诗经》的研究,是中国现代神话研究与神话批评的开拓性成就之一,尤其是关于《诗经》的神话批评,至今仍是中国式神话批评的典范之作。闻一多在《高唐神女传说之分析》中,借助于《诗经》、《吕氏春秋》、《楚辞》、《文选》、《汉书》等资料,剔除中国传统的道德说教,意在复原高唐神女的"底蕴",这位女性是几个民族共同的远祖,并在不同民族那里幻化为不同的人物。闻一多在文中关于"美人虹"的分析,结合《诗经》与其他典籍,指出"虹"是"雨"的化身,"美人虹"其实是从神话而来,将人类学的考证与诗学结合起来,处处体现了原型批评的精义。闻一多指出:"在农业时代,神能赐予人类最大的恩惠莫过于雨——能长养百谷的雨。大概因为先妣是天神的配偶,要想神降雨,惟一的方法是走先妣的门路(汤祷雨于桑林不就是这么回事?),后来因先妣与雨常常连想起,渐渐便以为降雨的是先妣本人了。先妣能致雨,而虹与雨是有因果关系的,于是便以虹为先妣之灵了,因而虹便成为一个女子。朝隮(霓)朝云以及美人虹一类的概念便是这样产生的。"②

但在中国,神话批评的全面引进与崛起,当在 20 世纪 70 年代。其时,台湾比较文学界开始使用原型批评概念,叶舒宪在编写《神话—原型批评》选用中国的范例时,选择了台湾学者侯健的《三宝太监西洋记通俗演义——原型批评方法的实验》一文,该文从原型批评的基本方法出发,对这部中国古典小说进行了新的阐释,其原型批评方法的运用与思路,打开了一个新的

---

① 参见叶舒宪:《神话—原型批评的理论与实践》,叶舒宪选编《神话—原型批评》,西安:陕西师范大学出版社,1987年,第 23—37 页。

② 闻一多:《高唐神女传说之分析》,《闻一多全集》第 3 卷,武汉:湖北人民出版社,1993 年,第 25—26 页。

批评领域。但在大陆,接受神话批评要到 80 年代了。1983 年,理论翻译界在中国社会科学院外国文学研究所编的《文艺理论译丛》第 1 辑和伍蠡甫主编的《现代西方文论选》中正式译介了荣格的原型心理学和弗莱的原型批评理论,前者是在"意识流"条目下收入了马土沂译荣格的《集体无意识和原型》一文,后者是在"结构主义"文论栏目下收入了弗莱(弗拉亥)《同一的预言》(1963 年)书中一章的节译,并且成为此一栏目中惟一的一篇代表作。虽然这时候批评界对荣格和弗莱的基本理论思想的理解还不够准确,但毕竟揭开了神话批评在大陆学界传播的序幕,此后就迅速地为新潮批评家所引用。

1980 年代中期以后,中国对西方文论的译介形成高潮。张隆溪于 1986 年出版的《20 世纪西方文论述评》中设有专章《诸神的复活——神话与原型批评》,既指出了神话批评突破"新批评"的功绩,也指出了神话批评往往失之粗略,不能反映文学批评应当重视的审美价值判断。叶舒宪于 1987 年出版主编的《神话—原型批评》内分理论与实践上下编,分别收入了反映弗雷泽、荣格与弗莱的基本理论的多篇代表作,收了墨雷、鲍特金、弗格生、伊藤清司等多篇神话批评实践方面的代表作,其代序其实是有关神话批评的相当简洁与准确的评介文章。出版界在 1987 年相继译出了荣格几种著作的中译本和弗雷泽的《金枝》。

段炼于 1988 年发表《论原型批评》(《文艺理论研究》1988 年第 4 期),涉及原型的客观性、寻找原型的途径、文学原型的种类、原型批评的方法,相当全面。盛宁于 1990 年发表"关于批评的批评"——论弗莱的神话—原型批评理论》(《外国文学评论》1990 年第 1 期),其中特别分析了神话批评与结构主义的关系。其后,叶舒宪发表了一系列关于神话—原型理论方面的学术专著和论文,如:《英雄与太阳:中国上古史诗原型重构》(1991 年)、《原型与跨文化阐释》(2002 年)、《中国神话宇宙观的原型模式》、《云雨原型在中西文学中的际遇》、《孝与鞋——中国文学中的俄狄浦斯主题》等,为中国引进神话批评并进行理论研究作出了突出的贡献。方克强于 1992 年出版了《文学人类学批评》一书,对包括神话批评在内的人类学批评方法做了全面的介绍,下篇运用了神话批评来研究中国古典名著,既对神话批评的理论与方法特点进行了分析,又进行了相关的实践,是理论与实践相结合的范例。

1995 年 7 月在北京大学召开了"弗莱与中国"国际研讨会,首次对这位神话批评宗师的理论遗产展开中西间的理论对话,会后成立了"弗莱研究丛书"编委会,1996 年出版了王宁、徐燕红主编的《弗莱研究:中国与西方》,内收中国学者(包括移民国外学者)的论文计有:刘康的《普遍主义、美学、乌托邦——弗莱"文学原型说"散论》、程爱民的《原型批评的精神分析透视》、王宁的《弗莱理论的后现代视角阐释》、丁尔苏的《弗莱"象征理论"的符号学解读》、张辉的《原型与形式——论弗莱和荣格艺术形式思想及其内在关系》、王逢振的《〈批评的解剖〉:弗莱的文学观和批评观》、叶舒宪的《原型与汉字》等。1998 年相继出版了弗莱的《伟大的代码》、《批评的道路》等著作,为神话批评和文化批评的进一步开展提供更为广阔的理论参照。1998 年,弗莱《批评的剖析》的中译本问世,神话批评的整体风貌已经基本上呈现于中国批评界了。

中国学者运用神话批评进行了卓有成效的探索。萧兵在《凤凰涅槃的故事来源》(《社会科学研究》1980 年第 6 期)中从文学人类学的角度对"凤凰涅槃"的神话原型进行考证,将田野考察与文献分析相结合,探索凤凰自焚、群鸟观葬的根据,这对理解郭沫若的诗歌作品具有新的重要意义。黄子平在《同是天涯沦落人——一个"叙事模式"的抽样分析》(《中国现代文学研究丛刊》1985 年第 3 期)中,以白居易的《琵琶行》、马致远的《青衫泪》、郁达夫的《春风沉醉的晚上》、张贤亮的《绿化树》来建构一对落魄男女、邂逅相遇、同病相怜的"同是天涯沦落人"的叙事模式。吴建波在《论"痴心女子负心汉"叙事模式的历史演变——从周朴园形象的塑造说开去》

《《文学评论》1989 年第 1 期)中,通过《诗经》、《复活》、《金粉世家》、《琵琶记》等作品研究"痴心女子负心汉"的原型,试图构建这一原型的基本特征。其中穿插了中外作品,有时显得有些不够准确。董炳月在《原始崇拜与曹禺的戏剧创作》(《文学评论》1993 年第 2 期)中认为:潜藏于曹禺意识深处的"原始崇拜"是曹禺创作的原动力,这形成了曹禺剧作中反复出现的"原始情绪",表现了文明社会的生存悲剧,失去原始时代的自由,正是现代人类悲剧的成因。此外,梅新林在《红楼梦哲学精神》(华东师范大学出版社 1995 年)中意图复原《红楼梦》的神话原型,认为石头从神界出发,变成俗界的"贾宝玉",再回到青埂峰下复为神界的石头,其实表现的是生命的循环:出发——变形——回归。宁稼雨在《孙悟空叛逆性格的神话原型与文化解读》(《文艺研究》2008 年第 10 期)中,认为孙悟空的叛逆性格来源于追求个性和向往自由的人类共有天性,代表着这种共性的神祇从神话向文学"移位"的结果。

　　中国的神话批评已经形成自己的格局,集理论介绍与研究、具体作品分析与学术反思为一体,既形成了一种独特的批评方法,也通过反思试图使得这种批评方法更能切合文学的特性。

三、对神话批评的思考

　　神话批评当然是有效的,不然不会有那么多的批评家运用它。但神话批评的有效性有多大,也引起了学术界的反思,这主要集中在神话批评的泛文化倾向、审美性缺失以及对作家创造性的忽视等问题上面。

　　神话批评呈现出泛文化的倾向。程爱民认为:弗莱的原型批评理论除了受弗雷泽和荣格的影响之外,还受到了马克思主义文艺思想和社会历史观的影响,其神话批评呈现为一种整体性文化批评的倾向①。鉴于神话批评主要由文化人类学、心理学与历史学的考证等构成,并且是在跨学科的知识背景下发展的,因此,神话批评的文化特性相当明确。对于这一特点,学术界围绕着会不会导致审美性缺失而形成了两种不同的看法:

　　一些学者认为,神话批评这一文化特性使得它在一定程度上成为文化批评的一种,在具体的批评实践中往往因为过度地关注与还原原型、体现整体性与宏观性、注重不同文本之间的结构特征分析等而忽视了对作品的审美特性的体验与研究,审美性的缺失已经成为神话批评的一个不争的事实②。

　　张隆溪对此曾有精彩的分析:

> 　　原型批评从大处着眼,眼界开阔,然而往往因之失于粗略,不能细察艺术作品的精微奥妙,不能明辨审美价值的上下高低。正如布什所说,这派批评的最大局限在于"它本身并不包含任何审美价值的标准"。弗莱主张客观的科学态度,反对批评家对作品作价值判断。但是,批评和评价是难以分开的,取消审美的价值判断,让粗劣的作品和真正伟大的作品鱼龙混杂,享受同等待遇,就等于取消了批评本身存在的理由。③

　　也有一些学者表达了截然不同的观点,认为神话批评并没有造成审美性缺失。王轻鸿指

---

① 程爱民:《原型批评的整体性文化批评倾向》,《外国文学》,2002 年第 5 期。
② 参见胡景中:《文学人类学批评理论及实践的若干问题辨析》,《宁夏大学学报》(人文社会科学版),1997 年第 4 期。
③ 张隆溪:《20 世纪西方文论述评》,北京:三联书店,1986 年,第 69—70 页。

出：神话研究与其他学科的融合不是以牺牲艺术特质为代价的。首先，文本提供的是人们在特定时代、特定环境中独特的心灵感受和生命体验，原型批评将之置于人类整个的精神文化背景中去统观和分析，让人们从中获得更为恒久、深刻、宏大的生命体验。因此，相关学科介入神话批评，只要能够提供与文学文本的情意表达相关的信息，这种学科交叉就会使神话批评在捕捉与认识文本中的生命体验时显得更为渊深宏通。其次，文学是按照美的规律来营构人的精神世界的，神话批评中的多学科交叉提供了人文智慧的不同方式，这有助于对人的精神世界进行有意识的比较，可以使文学艺术独特的审美方式更加鲜明、突出①。但是，神话批评实践中所暴露的问题也不断地提醒我们不要在使用这种批评时落入寻找原型的游戏中去，从而离开了真正的文学批评所需要的科学认识与分析与审美价值判断的有机结合。

寻找神话批评与审美性的结合，也包括寻找神话批评与社会现实关系的联接等，成为它在理论与实践方面的一个重要问题。有的学者在提到此类批评实践时，认为也存在着试图结合二者的努力。如成秀萍认为涂鸿、彭秀坤的《在毁灭中再生——郭沫若早期诗歌创作的原型批评分析》、冯黎明的《天真的男子汉：作为一种原型的莽汉现象》、刘锋杰的《物理·人情·原型——张爱玲小说的"镜像"分析》等文，分别从审美境界、价值判断与叙事转换、氛围营构等方面入手，分析了作品的原型要素所能产生的积极艺术效果②。在纠正神话批评所可能造成的忽视作品的个性、作家的创造性、作家作品与社会的关系等方面，起到了很好的作用。

神话批评进入中国，也有一个中国化的问题存在。神话批评原本植根于西方的文学作品、文学创作、文学经验之中，主要以西方的主流文学作为研究对象，并且归纳出的原型多少带有宗教的神秘色彩。因此当它被引入到国内的文学研究中时，适用性问题显得不容回避。早在1987年，就有学者指出：尽管神话批评可以让我们更容易把握文学的特性，但是它本身也是有局限性的，尤其是中西神话具有重要的区别，西方神话具有一个完整的"神的世系"，希腊神话是关于神的、自然的、个人的历险故事；而中国神话主要是"古帝王的世系"，是关于人的而非神的，是人事的而非自然的，是社会的与国家的而非个人的。因此，简单地追随西方的神话批评，如寻找父亲原型、智慧老人原型、并将这些原型追溯到原始神话、宗教仪式中，未必准确③。要想更加有效地运用神话批评的理论与方法，就必然深入思考中国文学的特殊性，从而建立适合中国文学的批评思路与策略。

大体上要注意的问题是：第一，中西神话系统不同，不能简单地套用西方的神话系统来解释中国的神话系统。第二，由于中西文化与思维的差异，中西方所形成的意象系统不同，不能简单地套用西方的意象系统来建立中国的意象系统，寻找具有中国特色的原型意象，是中国神话批评的必然任务。第三，神话批评已经暴露出它的缺陷，中国学者应当以自己的创造性超越，创造神话批评的新局面与方法特点，形成神话批评的新的增长点。

第三节　神话批评的思路与策略

神话批评是建立在反对英美"新批评"的"细读"作品的基础上的，它关注的不是单一作品

---

① 参见王轻鸿：《21 世纪原型批评的接合部和增长点》，《学海》，2002 年第 4 期。
② 参见成秀萍：《论原型批评及其在中国现当代文学研究中的运用》，《东北师大学报》（哲学社会科学版），2006 年第 5 期。
③ 参见傅礼军：《论原型批评理论在中国文学研究中的应用——兼谈中国古代神话的特征》，《南京大学学报》（哲学社会科学版），1987 年第 4 期。

本身,而是作品与作品之间的联系;从宏观上将一部作品纳入与另一部作品的联系中,寻找普遍性的创作规律,在整体上将全部作品纳入一个完整的结构;这样完整的结构图式又与整体的文化结构相关联。所以,神话批评是一种宏观的、整体的、科学的批评方法。它具有下述主要思路与策略:

一、独特的文学传统观

在神话批评以前,一般的文学传统观虽然也看重文学创作的前后代之间的继承与创新,但一般地讲,这种观点主要是认为创作的思潮、风格、形式技巧、文体特征等具有继承性,又具有创新性,所分析的重点往往还是在某个作家或某个作品的独特性上,因此,这种文学传统观,是"因"与"革"的统一。神话批评不同,在他们看来,整个的文学史其实就是一部不断扩大的大文本,因此,所有的作品之间其实都是互文的,因此,分析其中的一个作家或一个作品,都不可能忽略与其他作家与作品之间的关联,甚至只有将所有的作家与作品都视为一个整体时,文学批评才能获得正确的结论。

弗莱认为神话批评执行的是一条"总体原则":

任何诗都必须作为统一整体来考察,但没有一首诗是孤立的整体。任何一首诗都先天地和同类的其他诗有联系。这种联系有时一目了然,如《黎西达斯》与忒奥克里斯托和维吉尔的牧歌之间;有时则比较隐蔽,如惠特曼与同样的牧歌传统,或者还可以推想,《黎西达斯》同后来的牧歌体哀歌。不言而喻,文学的样式或种类也是不可分割、孤立起来的,就像前达尔文生物学的诸体系与达尔文生物学有联系是一样的。每一个认真研究过文学的都懂得,他不仅仅是从一首诗转到另一首诗,从一种审美经验转到另一种审美经验,他同时也在进入一种联贯的累进的文学修养。因为文学不是书本、诗和剧作的简单聚合,它是一种语词体系。我们的整个文学经验,在任何特定时间里都不是我们所读过的东西的记忆或印象的毫无联系的排列,而是一种想象的、有机的经验整体。[①]

不同于形式批评的细读,只阅读一部单一的作品;也不像审美批评的欣赏,只欣赏一部单一的作品,神话批评探讨的是作品的整体关系,即一部作品的"上下文"的联系及在这种联系中的意义生成。所以,神话批评的思路是:回到文类进行研究,甚至跨越文类进行研究,探讨创作上的相似性及这种相似性的再构成过程,因此,神话批评所研究的是贯穿整个文学史的一些基本问题,如基本母题、相同意象、相似题材与类同的结构与表达技巧等。如王德威在《潘金莲、赛金花、尹雪艳——中国小说中"祸水"造型的演变》中就涉及多位女性人物形象,并且与中国历史上的"红颜祸水"说相关联,揭示"祸水"原型的演变,是关于"祸水"形象的整体研究。

为了贯彻这条"总体原则",弗莱提倡一种"向后站"的批评透视法:

观赏一幅画时,我们可以站在近处,对其笔触和调色的细节进行分析。这大体上与文学中的新批评的修辞分析相同。如果离开画面一段距离,那么我们就可以更清楚地看到

---

① 〔加拿大〕弗莱:《文学即整体关系:弥尔顿的〈黎西达斯〉》,叶舒宪译,叶舒宪选编《神话—原型批评》,西安:陕西师范大学出版社,1987年,第320页。

整个构图,从而更着重于研究画面所表现的内容;这一距离最适用于观赏例如荷兰现实主义绘画之类,这就是说,在一定意义上我们在读画。我们越往后站,那么我们就越能意识到它的组织结构。如果我们在相当远的距离观赏一幅百合花画,映入我们眼帘的则仅仅是百合花的原型,一片很大的富有向心感的蓝色块面对比鲜明地把人们的兴趣引向中心焦点。在文学批评中,我们也时常需要从诗歌"向后站",以便清楚地看到它的原型组织。倘若我们从斯宾塞的诗篇《变化》"向后站",我们就会看到一个由秩序井然的环形光线形成的背景,以及一块不祥的黑色伸入到较低的前景之中——同我们在《约伯记》的开篇所看到的原型形状一般无二。假如我们离开《哈姆雷特》第五幕的开头,"向后站",我们将会看到一座坟墓在舞台上打开,接着看到主人公、他的敌人以及女主人公进入坟墓,然后是上层世界你死我活的搏斗。如果我们离开诸如托尔斯泰的《复活》或者左拉的《萌芽》之类现实主义小说"向后站",我们则可以看到这些标题所暗示的神话时代的图案。①

"向后站"的批评透视方法,就是略去细节,从大的基本构架的角度看文学,这更容易看出作品之间的相似性,而这种相似性,正是神话批评所试图追索的文学原型之所在。所以,"向后站"的批评透视,是神话批评为了实现追寻文学原型所采取的批评策略之一。

神话批评的论文,往往要涉及多部乃至几十部作品,而且所涉及的材料往往包括了神话学、历史学、人类学、心理学的内容,这也使得神话批评在跨越学科的背景下扩大了它的整体研究的路径。对于神话批评而言,决不存在就作家论作家、就作品论作品的单一视角。神话批评是关于文学问题的系统研究,所以,从事神话批评必须具备相应的系统知识与跨学科的分析意识。

二、文学的整体结构研究

神话批评是"从总体上看文学",它到底想看到什么呢? 一般地讲,它想探讨的是某一个文学问题的前联后续,如某一个意象的继承与演变等,但它的更大的企图是揭示文学的整体结构特征,并在这种结构特征中把握文学的基本面貌。

弗莱通过对整个西方文学的宏观分析,把文学分为五种模式,概括出五种意象,并把原型的叙述结构抽象为四大叙述范畴,与神的诞生、成长、死亡与死后世界相对应,构成一个循环发展的有机体。这是一种宏观研究,通过对文学结构的创设来达到整体把握文学的目的。

1. 弗莱将虚构文学分为五种模式:神话(神祇的故事)、浪漫故事、高模仿、低模仿、反讽。如图示:

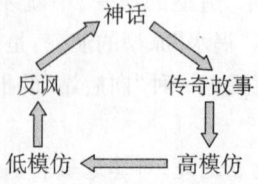

五种模式顺序而下进行演变,到反讽模式则又向神话回流,形成循环。弗莱认为,其中的

---

① 〔加拿大〕弗莱:《批评的剖析》,陈慧等译,天津:百花文艺出版社,2002年,第156—157页。

神话是最基本的模式,它作为原型消融到了后来的模式之中,"因此,神话模式——即有关神祇的故事……是一切文学模式中最抽象、最程式化的模式"①。这些模式是"一系列移位的神话,或者说是一系列情节套式相继向与神话相对立的一极即真实转移,一直变为当代反讽的样式,然后再开始往神话回流"②。在这里,通常意义上的神话故事具备了原型的性质,神话体现了文学总的结构原则,它包括了四种叙事结构的全部雏形。弗莱还认为,西方文学的发展,是从神话发端的,然后相继转化为喜剧、浪漫传奇、悲剧,最后演变为反讽和讽刺,到了最后阶段,则又出现返回神话的趋势。所以,现代文学表现出了向神话回流的苗头,如卡夫卡的小说、乔伊斯的《尤利西斯》等,就是这方面的代表之作。

2. 弗莱从西方文学作品中归纳出五种原型意象,对应于文学史上的五种模式。如图示:

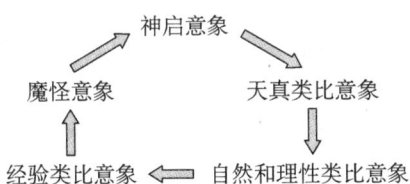

弗莱把原型分为三大类型:神谕意象,即展现天堂景象和人类其他的理想;魔怪意象,表现地狱及其他与人的愿望相反的否定世界;类比意象,界于天堂与地狱之间的种种意象结构,包含了天真类比意象、自然和理性类比意象和经验类比意象三部分内容。神谕意象和魔怪意象都属于原始的即"非移用"的神话,但在其他文学模式中也存在种种变形。类比意象早在神话中就有萌芽,但主要体现在浪漫主义和现实主义的文学结构中。

3. 弗莱从对五种意象的动态分析中抽象出四种原型叙述结构,分别对应于春、夏、秋、冬,也指整个文学发展的有机循环。如图示:

弗莱的四大文学叙述结构指的是:喜剧、传奇、悲剧、反讽或讽刺,分别代表着主要的神话运行方向:喜剧对应于春天,述说主人公的诞生与复活;传奇对应于夏天,表现主人公的成长与胜利;悲剧对应于秋天,展示主人公的末路与死亡;讽刺对应于冬天,讲述失去传统主人公的世界。四者构成一种圆形的循环运动,体现出了原型的叙事结构是对自然界循环运动的模仿。

通过对神话和仪式的考察,弗莱认为象征昼夜更替与四季循环的神的故事(从神的诞生、恋爱、历险、胜利、受难、死亡到复活)乃是一个完整的循环,它包含了所有文学中的一切故事,后世的各类文学作品不过以不同的方式讲述神由生而死,死而复活的故事:

一、黎明、春天、诞生的阶段——关于英雄出生的神话、复活和再生的神话、创世的神话、以黑暗、冬天、死亡的势力必败为内容的神话,这四种神话形成了一个周期。次要人物即母亲和父亲也上场。在这个阶段神话中产生浪漫故事和大多数狂热的赞歌以及狂想曲。

① 〔加拿大〕弗莱:《批评的剖析》,陈慧等译,天津:百花文艺出版社,2002 年,第 147—148 页。
② 〔加拿大〕弗莱:《批评的剖析》,陈慧等译,天津:百花文艺出版社,2002 年,第 33 页。

二、中午、夏天、结婚和胜利的阶段——关于颂扬神祇般的英雄、描写其神圣的婚礼以及进入天堂的神话。次要人物是亲友及新娘。这是喜剧、田园诗、牧歌的原型。

三、夕阳、秋天、死亡的阶段——关于英雄衰落、垂死的神祇、猝死和牺牲及英雄孤立的神话。次要人物是谋反者和引诱者。这是悲剧和哀歌的原型。

四、黑暗、冬天、解体的阶段——关于这些势力胜利的神话、关于大洪水及回归混沌、英雄败北及诸神覆灭的神话。次要人物有吃人的妖魔和巫婆。这是讽刺文学的原型。

中国的神话批评者们也在努力寻找与发现中国文学的结构特征。叶舒宪不仅在引进神话原型批评方面卓有成效，而且还介绍和应用这种理论，使其与中国文化相协调。叶舒宪在《中国神话哲学》一书中探讨了神话中的哲学蕴含和中国哲学思维模式的神话基础问题。他以原型模式的理论，构拟出中国神话哲学的"元语言"，使中国神话和文化的研究更加系统和规范。叶舒宪认为作为宗教范畴的"太一"和作为哲学范畴的"太极"，都是对神话思维中太阳循环运动的抽象。而作为宇宙本源的"道"也可以混同于混沌，是一种阴性的本体；作为宇宙变化法则、规律的"道"，则是阴与阳的辩证统一。"道"有一个突出特点："周行而不殆"，这可以追溯到神话意识中规则变化或周期性变化的物象，把太阳视为原生形态的"道"。同时，他也提出"重构"的问题，对夸父逐日、鸡人创世、息壤九州等神话进行了重构的尝试。更为可贵的是，他把中西方哲学、文化差异的原因追溯到原始思维的差异上，因而指出在世界各地的神话传说中既有共通的东西，也有不同的变体。傅道彬努力寻找属于中国的原型存在模式，他指出："在荣格看来，原型是超个人意识的，是人类集体的财富。但这并不等于说人类只有单一不变的原型模式，不同的民族、不同的区域、不同的文化环境，必然赋予原型以不同的意义，在这一点上原型的全人类性质只统一于形式，而涉及到具体的意味，又是一个富有联系和区别的世界。"他的结论是："《诗经》之'兴'和《易经》之'象'是中国艺术和中国哲学对原型的最早理论表述，兴象系统中那些富于联系富于传统的象征物，正是中国最早的文化原型模式。"①他具体阐述了《易》之阴阳与《诗》之男女的逻辑关联，由此要绘制的正是中国文学的内隐结构。王立等人的中国文学主题学的研究，可以看作是具有中国特色的神话批评实践。

三、作家的创作动力来自原型的激发

原型作为集体无意识的一种载体，是人类心理与精神的隐秘部分，由于积淀与浓缩着人类有史以来的经验与情感内涵，它已经成为人类的意义形态之一种，接触它与表现它，可以帮助人们返回自己的精神故乡。原型对于创作的价值是巨大的。因此，神话批评认为捕捉与回到原型是文学创作获得意义的关键之所在，而且在这种捕捉与返回的过程中，意义并非作家所创造，而是通过原型自行植入作品中的，所以，对于作家而言，他能够发现原型与表现原型，他就发现与表现了意义。在这里，作家是被动的，甚至，读者也是被动的，他们共同地被原型所吸引，被原型所充盈。

荣格认为对于诗人而言，并不存在绝对的创作自由，诗人以为自己在游泳，实际上却是在无形中"随波逐流"，诗人所追随的就是原型的波与流。荣格说："原始意象或原型是一种形象，或为妖魔，或为人，或为某种活动，它们在历史过程中不断重现，凡是创造性幻想得以自由表现的地方，就有它们的踪影，因而它们基本上是一种神话的形象。"所以原型是一种积淀，并具有

---

① 傅道彬：《兴与象：中国文化的原型批评》，《学习与探索》，1989 年第 4—5 期。

潜在的特点,"每一种意象中都凝聚着一些人类心理和人类命运的因素,渗透着我们祖先历史中大致按照同样的方式无数次重复产生的欢乐与悲伤的残留物。它像心理中一条深深的河床,起先生活之水在其中流淌得既宽且浅,突然间涨起成为一股巨流。大凡碰到有助于原始意象长时期储存的特殊环境条件,就会发生上述情况。"就作家对于原型的关系而言,原型是主动的,作家却是被动的,作家正是通过这种被动性,将自己汇入原型的波与流中,从而获得原型所具有的意义与力量,并用此意义与力量去打动读者,共同领略原型的价值。荣格认为原型再现时,作家就进入了不再是个人的状态之中,从而与原型一体,成为原型的载体与表现形式:"每当这一神话的情境出现之际,总伴随有特别的情感强度,就好像我们心中以前从未发过声响的琴弦被拨动,或者有如我们从未察觉到的力量顿然勃发。原始意象寻求自身表现的斗争之所以如此艰巨,是由于我们总得不断地对付个体的、非典型的情境。当原型情境发生之时,我们会突然体验到一种异常的释放感也就不足为奇了,就像被一种不可抗拒的强力所操纵。这时我们已不再是个人,而是全体,整个人类的声音在我们心中回响。个体的人并不能完全运用他的力量,除非他受到我们称为理想的某种集体表象的赞助,它能释放出我们的自觉意志所望尘莫及的所有隐匿着的本能力量。"一个作品之所以能够成为伟大的艺术,其奥秘在此:"谁讲到了原始意象谁就道出了一千个人的声音,可以使人心醉神迷,为之倾倒。与此同时,他把他正在寻求表达的思想从偶然和短暂提升到永恒的王国之中。他把个人的命运纳入人类的命运,并在我们身上唤起那些时时激励着人类摆脱危险、熬过漫漫长夜的亲切的力量。"[1]作家不是依靠自己的个性在创作,而是依靠原型在创作,作家作为原型的载体,他的功用就是寻找原型、负载原型与表现原型。他只是一个寻宝人,他自己未必是宝,只要寻找到了原型这个宝,他就完成了创作的任务,也让读者能够一睹原型这个宝物而激动不已。

出于这样的考虑,就神话批评而言,沿波讨源几乎成为一种定势,所以,神话批评可以说是一种溯源式的批评方法。研究孙悟空的形象时,他本为"石猴",就得探讨他与石头的关系,看石头在中国神话是如何生成如何流变的,不能论及这个层面,就算不上是神话批评。如研究张爱玲的镜像描写,除了分析张爱玲作品中的镜像设置以外,还得分析张爱玲的镜像描写与中国神话与传统小说中的镜像描写的关联性,由此窥探张爱玲的镜像描写所可能具有的原型意义。探讨中国文学的复仇主题,可从当代的金庸的《书剑恩仇录》,谈到现代的曹禺的《原野》,再谈到明代的冯梦龙的《杜十娘怒沉百宝箱》,再论及元代的纪君祥的《赵氏孤儿》,还要追溯到先秦时期的伍子胥鞭尸,这样的一步步追溯,既能厘清复仇主题的发生与演变,也能厘清复仇主题的原初意义,从而完成对于这一主题的历史还原与价值评判。神话批评的溯源法,大大拓展了批评的历史空间,丰富了人们对于文学创作与原型关系的认识。

当然,溯源的批评方法也有局限,即在强调原型的作用时,往往忽略了作家的创作主动性,将作家视为原型的载体,就有可能抹杀了作家在追踪原型时所可能具有的参与及改造作用。因此,在执行神话批评的溯源法时,一定要充分重视作家的个体独特性与创造性,才能更好地在作家与原型的承继关联中看到作家用自己的创造性去丰富原型的另一面。原型是存在的,但原型不是一成不变的,它在历史的发展过程中,受到来自时代、文化交流与作家介入等诸多的影响,从而体现了自身的生长性,并且通过这种生长性显示了文学的发展变化。

---

① 〔瑞士〕荣格:《论分析心理学与诗的关系》,朱国屏等译,叶舒宪选编《神话—原型批评》,西安:陕西师范大学出版社,1987年,第100—101页。

第四节　写作实例分析

原作：

闻一多(1899—1946)，原名闻骅，中国现代著名诗人与学者。1912 年考入北京清华学校，1916 年开始在《清华周刊》上发表读书笔记，1920 年 9 月发表第一首新诗《西岸》，1921 年 11 月与梁实秋等人发起成立清华文学社，1922 年开始发表《律诗底研究》等文，系统研究新诗的格律化问题。1923 年 9 月出版第一本新诗集《红烛》，1928 年 1 月出版第二本诗集《死水》。1928 年秋任国立武汉大学文学院院长兼中文系主任，从此致力于中国古典文学研究，抗日战争爆发后，在西南联大任教八年，1946 年 7 月 15 日在悼念李公朴先生大会上，发表《最后一次的讲演》，当天下午被国民党特务杀害。闻一多从 20 世纪 20 年代开始涉足中国古典文学研究，他对《周易》、《诗经》、《庄子》、《楚辞》的整理研究，曾被郭沫若称为"前无古人，后无来者"。闻一多是中国神话研究的开拓者之一，他从神话批评的视角进行古典文学研究，打开了认识中国古典文学的新窗口，成为具有中国特色的神话批评的实践者，其中《高唐神女传说之分析》、《龙凤》、《诗经的性欲观》、《说鱼》等是其神话批评的代表作。

说鱼（节选）　　闻一多

（略去：一、什么是隐语）

二、鱼

在中国语言中，尤其是在民歌中，隐语的例子很多，以鱼来代替"匹偶"或"情侣"的隐语，不过是其间之一。时代至少从东周到今天，地域从黄河流域到珠江流域，民族至少包括汉、苗、傜、侗，作品的种类有筮辞、故事、民间的歌曲和文人的诗词——这是它出现的领域，现在我们依照不太严格的时代顺序，举例如下：

贯鱼，以官人宠，无不利。（《易·剥》六五爻）

以犹于也。"以官人宠"犹言"于官人有宠"。贯鱼是一连串的鱼群，官人是集体名词，包括后、夫人、嫔妇、御女等整群的女性，"贯鱼"是官人之象，因为鱼是代替匹偶的隐语。依《易经》体例说"以官人宠"是解释"贯鱼"的象义的。李后主《木兰花词》"晚妆初了明肌雪，春殿嫔娥鱼贯列"，第二句可以作本爻很好的注脚。它即令不是用《易经》的典，我们也不妨这样利用它。

卫侯贞卜，其繇曰："如鱼窥尾，衡流而方洋……。"（《左传·哀公十七年》）

疏引郑众说曰："鱼劳则尾赤，方羊游戏，喻卫侯淫纵。"以鱼的游戏喻卫侯的淫纵，则鱼是象征男性情偶的隐语。

遵彼汝坟，伐其条枚，未见君子，惄如调（朝）饥。

遵彼汝坟，伐其条肄，既见君子，不我遐弃。

鲂鱼赪尾，王室如毁，父母孔迩。（《周南·汝坟》）

窥赪一字，根据上条，本条鱼字的隐语的性能，是够明显的，所应补充的是，上文"未见君子，惄如调（朝）饥"的调饥也是同样的隐语。王室指王室的成员，有如"公子"、"公族"、"公姓"等称呼，或如后世称"宗室"、"王孙"之类，毁即火字，"如火"极言王孙情绪之热烈。"父母孔迩"一句是带着惊慌的神气讲的。这和《将仲子篇》"仲不可怀，父母之言，亦可畏也"表示同样的顾虑。

敝笱在梁，其鱼鲂鳏——齐子归止，其从如云。

敝笱在梁，其鱼鲂鱮——齐子归止，其从如雨。

　　　　敝笱在梁,其鱼鲂鳏——齐子归止,其从如水。(《齐风·敝笱》)

　　旧说以为笱是收鱼器具,笱坏了,鱼留不住,便摇摇摆摆自由出进,毫无阻碍,好比失去夫权的鲁桓公管不住文姜,听凭她和齐襄公鬼混一样。

　　另一说:敝笱象征没有节操的女性,唯唯然自由出进的各色鱼类,象征她所接触的众男子。这一说似乎更好,因为通例是以第三句应第一句,第四句应第二句,并且我们也不要忘记,云与水也都是性的象征。但无论如何,鱼是隐语,是不成问题的。

　　……

　　江南可采莲,莲叶何田田,鱼戏莲叶间,鱼戏莲叶东,鱼戏莲叶西,鱼戏莲叶南,鱼戏莲叶北。(《江南》)

　　"莲"谐"怜"声,这也是隐语的一种,这里是鱼喻男,莲喻女,说鱼与莲戏,实等于说男与女戏,上引郑众解《左传》语:"鱼……方羊游戏,喻卫侯淫纵。"可供参考。唐代女诗人们还是此诗的解人,鱼玄机《寓言诗》曰:"芙蓉叶下鱼戏,螮蛛天边雀声,人世悲欢一梦,如何得作双成?"薛涛得罪了元稹后,献给稹的《十杂诗》之一,《鱼离池》曰:"戏跃莲池四五秋,常摇朱尾弄银钩,无端摆断芙蓉朵,不得清波更一游。"

　　……

　　(略去:三、打鱼·钓鱼,四、烹鱼·吃鱼,五、吃鱼的鸟兽)

六、探源

　　为什么用鱼来象征配偶呢? 这除了它的蕃殖功能,似乎还没有更好的解释,大家都知道,在原始人类的观念里,婚姻是人生第一大事,而传种是婚姻的唯一目的,这在我国古代的礼俗中,表现得非常清楚,不必赘述。种族的蕃殖既如此被重视,而鱼是蕃殖力最强的一种生物,所以在古代,把一个人比作鱼,在某一意义上,差不多就等于恭维他是最好的人,而在青年男女间,若称对方为鱼,那就等于说:"你是我最理想的配偶!"现在浙东婚俗,新妇出轿门时,以铜钱撒地,谓之"鲤鱼撒子",便是这观念最好的说明,上引《寻甸民歌》"只见鲤鱼来摆子",也暴露了同样的意识。

　　文化发展的结果,是婚姻渐渐失去了保存种族的社会意义,因此也就渐渐失去蕃殖种族的生物意义,代之而兴的,是个人享乐主义,于是作为配偶象征的词汇,不是鱼而是鸳鸯、蝴蝶和花之类了。幸亏害这种"文化病"的,只是上层社会,生活态度比较健康的下层社会,则还固执着旧日的生物意识。这是何等鲜明的对照。

　　　　城里的琼花城外的鱼,花谢鱼老可奈何!(扬州民歌)
让不事生产的城里人去作装饰品,乡下人是要讲实用的。

　　最后,一个有趣的事实,是以鱼为象征的观念,不限于中国人,现在许多野蛮民族都带有着同样的观念,而古代埃及、西部亚洲以及希腊等民族亦然。崇拜鱼神的风俗,在西部亚洲,尤其普遍,他们以为鱼和神的生殖能力有着密切的关系。至今闪族人还以鱼为男性器官的象征,他们常佩的厌胜物,有一种用神鱼作装饰的波伊欧式的(Boeotian)尖底瓶,这种神鱼便是他们媒神赫米斯(Hermes)的象征,任何人都是生物,都有着生物的本能,也都摆不脱生物的意识,我们发现在世界的别处,这生物的意识,特别发达于各野蛮民族和古民族间,正如在中国,看前面所举的各例,汉族中,古代的多于近代的,少数民族的又多于汉族的。这里揭露了在思想上,"文化的人"和"生物的人"的区别。①

---

① 闻一多:《说鱼》,《闻一多全集》第3卷,武汉:湖北人民出版社,1993年,第233—249页。

点评：

　　闻一多的《说鱼》通过对不同作品中的"鱼"的用法的系统考察，揭示"鱼"作为隐语，其实暗指男女之间的性关系。弗莱曾说："象征是可交流的单位，我给它取个名字叫原型：它是一种典型的或重复出现的意象，我用原型指一种象征，它把一首诗和别的诗联系起来从而有助于统一和整合我们的文学经验。"[①]他还说原型是约定俗成的东西。闻一多所谈的隐语"鱼"，就是弗莱意义上的意象或象征，其实也就是原型，所以，它不止出现于一部作品，而是出现在多种文献中，虽然可以象征男女之间的多种多样的性关系，但其基本的约定俗成的含义就是指的性活动。因此，当闻一多抓住"鱼"来考察《诗经》、民歌、文人的诗词及其他典籍时，他就抓住了一个反复出现的意象，并通过追溯它在典籍中出现的最早记载，揭示了这个原型参与文学创造的功能与意义。

　　闻一多的论证过程是细腻的，他是在掌握了大量的资料的前提下才进行这种原型考察的。据他自己说，他最早研究这个问题是在1935年发表的《高唐神女传说之分析》一文中，可到写这篇文章时，已经过了整整十年。为什么？他需要资料，只有在"十年来相关的材料搜集得更多（尤其在近代民歌方面），对于这个问题的看法似乎更深入，所牵涉到的方面也更广泛"[②]，才重新进行了研究。由此可见，神话批评是建立在坚实的材料与深入的思考基础上的一种研究活动。弗莱认为两种批评方式，一种是"学术式"的批评，一种是"审判式"的批评。学术式的批评重视知识的积累，由知识来建立论述的基础，因而是一种科学的研究活动。审判式的批评属于"书评式"的批评，批评家如判官，可以轻易地做出各种判断，是不科学的。神话批评属于学术式的批评，批评家所关注的是文学的有机构成，通过知识的梳理说话，从不把自己置身于审判者的位置上。对照闻一多的批评实践可以看出，他为了"说鱼"，首先完成了知识上的准备，在提出了"鱼"的隐指后，又用大量的事实来说话，从而揭示了"鱼"的独特含义，自始至终，闻一多都是以客观的、科学的态度来从事自己的批评活动的，这也是闻一多"说鱼"的观点发表以后，难以被后人轻易撼动的原因所在。

　　在论证中，闻一多大体上是通过搜集与总结众多材料，发现了"鱼"的原型意义，又通过众多材料证明了"鱼"的原型意义在不同的历史时期具有不同的表现方式，这体现了原型所具有的约定性、超文本性、隐蔽的象征性等基本特征。同时，这也反映出闻一多的人类学视野、神话研究的学术功力与诗人的想象力，在这里得到了最好的结合与发挥，从而成就了他的神话批评实践。

　　最后，也还要看到，神话批评的实践者都怀抱一个文明再造的理想。荣格认为我们现代人可以从原型中获得精神上的调节，而弗莱也赋予了神话尤其是自由神话以解放人类的力量，他说："文学虽不能坚持任何主张，却能简单地树立象征或举出实例，它提倡判断上的悬置，提倡多种反应，这种判断很可能比理性的怀疑主义更足以腐蚀意识形态。"[③]这里的意识形态是指思想与认识的同一性，而文学能够帮助人们回到自由的状态。闻一多也在文中提到了现代上层社会的"文化病"，他寄希望的是下层社会的"生物意识"，这就是来自人的原始的力量，靠着这种自发的、原始的、生物般的力量，人类也许可以在患上了虚伪的文明病时，找到一条返回纯真的路径。神话批评作为人类寻找自身的文化发展的一种努力，它所实践的领域，其实是超出了文学范围的。

①　〔加拿大〕弗莱：《批评的剖析》，陈惠等译，天津：百花文艺出版社，2002年，第99页。
②　闻一多：《说鱼》，《闻一多全集》第3卷，武汉：湖北人民出版社，1993年，第250页。
③　〔加拿大〕弗莱：《神力的语言》，吴持哲译，北京：社会科学文献出版社，2004年，第25页。

关键词

1. 神话：从创作的角度理解，指古代人民以不自觉的口头创作方式创造出来的神奇怪异的故事，是对自然现象与社会生活的曲折表现，并体现了古代人民借助自己的想象力以征服自然的美好愿望。

2. 神话批评：又称为原型批评，是一种盛行于西方20世纪50、60年代的一种批评理论。该批评理论试图发现文学作品中反复出现的各种意象、叙事结构和人物类型，找出它们背后的基本形式，寻求文学类型的共性及演变规律。在批评实践中，该派批评家强调作品中的神话类型，认为这些神话同具体的作品比较起来是更基本的原型，并把一系列原型广泛应用于对作品的分析、阐释和评价。

3. 原型：指神话、宗教、梦境、幻想、文学中不断重复出现的意象，它源自民族记忆和原始经验的集体潜意识。这种意象可以是描述性的细节、剧情模式或角色典型，它能唤起观众或读者潜意识中的原始经验，使其产生深刻、强烈、非理性的情绪反应。

思考题

1. 弗莱说："把一种花的形象用于诗歌之中不一定是原型。但是在一首悼念英年早逝的人的诗中，将死者与一种红色或紫色的花卉（通常是用春天盛开的风信子这样的花）联系起来，那便成了约定俗成的手法了。这种文学中的惯例，其历史起源虽可追溯到远古的仪式，但是它不仅在文学中也在生活中隐隐约约地存在着，就像第一次世界大战中用红色罂粟花作为象征一样。"如何理解弗莱的这段话？

2. 如何理解神话批评的"向后站"的批评策略？这种批评策略与新批评的"文本细读"有哪些区别？

3. 通过对神话批评自身特点的分析，你认为神话批评应当如何发展才有利于它在批评领域中继续发挥重要作用？

阅读链接

1. 弗莱：《批评的解剖》，陈惠等译，天津：百花文艺出版社，2006年。

2. 叶舒宪：《神话—原型批评》，西安：陕西师范大学出版社，1987年。

3. 程金城：《原型批判与重释》，北京：东方出版社，1998年。

4. 丁帆、齐红:《月亮神话——林白小说中女性形象中的"原型"解读》,《当代作家评论》1994 年第 3 期。

（高　磊）

第十一章　文化批评

随着文化研究的兴起,文化批评也应运而生。时至今日,在文学批评的诸种方法中,文化批评是方兴未艾、较为活跃的一种,由于它拓展了文学批评的空间,加强了文学批评介入现实的能力,因此具有较为广阔的前景。

第一节　什么是文化批评

作为一种新兴的文学批评范式,文化批评虽然属于文学的"外在批评",但不排斥审美批评的某些理论和方法,它的批评视野比传统的社会历史批评更为开放,批评的内容也更为分散,批评方法常常视具体的批评内容而定,灵活多样,总体上没有固定不变的程式,是一种"形散而神不散"的文学批评。

一、文化

文化是一张包罗万象、铺天盖地的大网。人们能够根据经验轻易判断出什么不是文化,但很难准确地说出文化是什么。不同的人,会给文化下不同的定义。英国诗人 T·S·艾略特认为,文化是"一个民族的全部生活方式,从出生到走进坟墓,从清早到夜晚,甚至在睡梦之中"①。美国人类学家阿尔弗雷德·克洛依伯和克莱德·克拉克洪在 1952 年出版的《文化:概念和定义批判分析》一书中,列举出历史上一百多条不同的文化定义,经过分析和归类,得出文化定义的九种基本类型:哲学的、艺术的、教育的、心理学的、历史的、人类学的、社会学的、生态学的和生物学的。这样一来,文化不仅包括人类在物质、制度和精神等方面的一切创造,甚至还包括和整个自然领域的关系:"以礼乐合天地之化。"②1982 年,联合国教科文组织在第二届世界文化政策大会上对文化定义的描述为:

> 文化在今天应被视为一个社会和社会集团的精神和物质、知识和情感的所有与众不

---

① T. S. Eliot, *Note Towards the Definition of Culture*, London: Faber and Faber, 1948, p. 31.
② 《周礼·大宗伯》。

同显著特色的集合总体,除了艺术和文学,它还包括生活方式、人权、价值体系、传统和信仰。①

文化不仅是人类社会生活的产物,也是决定社会生活通往何处的重要因素。在当代的文化研究中,文化不仅表现为静态的物、制度、价值和信仰,还表现为它们之间动态的社会生产和再生产;文化不仅是形形色色的符号,更有错综复杂的意义。因此,文化的当代定义往往是指这些错综复杂的符号/意义在社会之中的生产、流通、消费和再生产。

二、文化批评

文化批评,有广义和狭义之分。广义的文化批评,与一般意义上的文化研究相对应,是指自马修·阿诺德、F·R·利维斯等人开始而后逐渐向全世界蔓延,以批判性姿态对文化进行综合分析和研究的一种人文学术思潮和批评传统。批评主体主要是具有独立精神的知识分子,批评对象不仅包括一切文化现象而且几乎涉及文化的所有内容,批评焦点不仅针对于文化传统而且针对于文化现实,尤其针对于现代以来人类文化的发展和变革,批评目的主要是揭开文化中那些不为人知的生产、流通、消费和再生产方面的隐秘,例如资本、权力、符号、媒介、性别、种族、地域等等。

狭义的文化批评属于文学批评的范围,是文学批评诸方法中的一种,亦即文学的文化批评。它是把文学活动视为一种文化,以文化这一独特视角切入文学的研究,揭示文学中所潜在的各种文化要素和文化问题,或者是在文化的视野下解释各种文学现象的发生与形成,包括作家与写作、文本与风格、传播与接受、思潮与走向等等,往往得出不同于纯粹审美批评的见解和价值评判。文化批评的对象依然是文学,但它的批评视角已经由纯粹的审美视角转换为宽泛的文化视角,因此,文化批评中文学的边界已经超越经典的界限,囊括文学在当今的所有样式。

文化批评虽然有广义和狭义之分,但两者之间没有绝对泾渭分明的界限。因为广义的文化批评,常常也把文学作为可供分析和参考的文本。而从历史上看,狭义的文化批评也正是在广义文化批评的基础上发展起来的。今天,区分两者的标准,往往是看它们的批评对象是否集中于文学的身上。

文化批评的关键是文学和文化之间复杂的互动关系,通过具体的解读和阐释,获得关于文学现象除了审美认识之外的理解、认识和判断。拉伯雷的小说《巨人传》,滑稽、有趣、世俗,作为文艺复兴时期的巨著之一,却一直被严肃的启蒙主义批评家们所贬斥。对于这种习以为常的"拉伯雷现象",巴赫金从中世纪和文艺复兴时期欧洲社会所普遍存在的民间笑谑艺术和狂欢文化的角度把它解开了,为"蒙冤"四百余年的拉伯雷洗去了冤屈,他说:

> 拉伯雷的小说是整个世界文学中最节日化的作品。它本身体现了民间节庆活动的本质。正因为如此,在以后世代的,特别是19世纪的严肃枯燥的官方庆典的文学背景上,它才显得如此突出。因此,从这一世纪里占据统治地位的、格外非节日化的世界观念的立场上,是不可能理解拉伯雷的。②

---

① 转引自陆扬、王毅:《文化研究导论》,上海:复旦大学出版社,2006年,第12页。
② 〔俄〕巴赫金:《拉伯雷研究》,《巴赫金全集》第6卷,李兆林、夏忠宪译,石家庄:河北教育出版社,1998年,第320页。

三、文化批评的特征

文化批评的总体特征,是"形散而神不散"。所谓"形散",是指文化批评在具体的方法和形式上缺乏严格的统一性,主要体现在三个方面:一是跨学科的方法。文化批评,从方法论上看具有明显的跨学科特点。除文学研究方法外,往往还兼融哲学、美学、社会学、人类学、心理学、民俗学、历史学、生态学、地理学、政治经济学等研究方法。文化批评,基本上没有单一的方法,必须借助于多学科方法的交叉和兼融才能实现。即使是文学的方法,也常常是马克思主义、精神分析、叙事学、符号学、文体学、结构主义、后结构主义、新历史主义等诸种方法之间的再整合。二是开放的内容与主题。文化批评的对象是文学,但它的批评内容和主题是开放的。文化批评的主题,并不是传统意义上的文学主题,而是主体以特定文化视角切入文学现象研究所产生的目的主题,如意识形态、话语权力、形象生产、意义流通、文化资本、性别抗争、种族冲突、价值博弈等等。迄今为止,文化批评的主题,都是开放而流动的,呈现为多元化的格局。文化批评围绕着文学而展开,但其批评的内容往往五花八门,涉及到文学活动的方方面面,即使是对作品的批评,也会涵盖诸多的方面和要素。赛义德曾说:"任何就东方进行写作的人必须以东方为坐标来替自己定位;具体到作品而言,这一定位包括他所采用的叙述角度,他所构造的结构类型,他作品中流动的意象、母题的种类——所有这一切综合成一种精细而复杂的方式,回答读者提出的问题,发掘东方的内蕴,最后,表达东方或替东方说话。"[1]三是分析与批评的语境化。文化总是一定语境中的文化,离开相应的语境也就无从把握文化,因而文化批评总是把文学与文化关系的分析和解读,植根于具体的语境之中。格罗斯伯格曾认为,对于文化批评而言,"语境就是一切,一切都是语境"[2]。语境化,从时间维度看,就是历史化、现实化和谱系化;从空间的维度看,则是地域/地方化、种族/民族化。文化批评的语境化,导致批评在总体上不断被具体化,甚至是碎片化,呈现为流动性的自我解构,难以形成抽象不变的标准和整齐划一的规模。

所谓"神不散",是指文化批评尽管看起来比较繁杂,但有着高度的内在一致性,体现为"差异"之中的同一性:

首先,瓦解文学"自主性"的神话。文化批评,并不否认文学作为审美活动之一种的相对独立身份,但不像审美中心主义那样认为文学完全是独立的、自在的王国,具有超功利、超社会、超时空的纯粹性和永恒性,文化批评就是要消解文学的这种完全"自主性"、"自律性"的神话。在文化批评中,"不食人间烟火"的文学或者审美现象根本不可能存在。文化批评总是把文学还原到与文化的复杂关系中加以考察,把文学绘进文化的总体地图中加以分析,在文化的立体坐标中解释文学的现象,回答审美的问题,这就是文化批评所谓的文化视角。

> 我所谓的文化,有两重意思。首先,它指的是描述、交流和表达的艺术等等活动。这些活动相对独立于经济、社会和政治领域。同时,它们通常以美学的形式而存在,主要目的之一是娱乐。当然,其中既有关于遥远的世界的传说,也有人种学、历史编纂学、哲学、社会学和文学史等等深奥学科的知识。因为我在这里关注的只是19世纪和20世纪的现

---

① 〔美〕赛义德:《东方学》,王宇根译,北京:三联书店,1999年,第27页。
② L. Grossberg: *Cultural Studies*, *Modern Logic and the Theory of Globalization*, Angela Mc Roddie, ed. *Back to Reality? Social Experience and Cultural Studies*, Manchester University Press, 1997, p. 8.

代西方帝国主义问题,我特别讨论的是作为文化形态的小说。我认为,小说对于形成帝国主义态度、参照系和生活经验极其重要。我并不是说小说是唯一重要的。但我认为,小说与英国和法国的扩张社会之间的联系是一个有趣的美学课题。当代现实主义小说的原型是《鲁宾逊漂流记》,这部小说并非偶然地讲述了一个欧洲人在一块遥远的、非欧洲的岛屿上建立了一个自己的封地。①

其次,批判性立场和参与性姿态。当代文化批评有一句格言:进来之前先检查自己的立场。作为一种学术批评活动,文化批评负责文学知识和文化理论的生产和传播,但它并不生产纯粹客观的知识和理论,文化批评从来都不否认自己的意识形态诉求,也不否认自己介入现实的目的。文化批评反对以"客观性"相标榜的批评,反对批评中的所谓"价值中立",鲜明的批判性立场和积极的参与姿态,构成文化批评中的"斗争精神",往往给人留下深刻的印象。国内的学者曾这样说:"对于文化与权力之间关系的关注、对于支配性权势集团及其文化(意识形态)的批判、对于被统治的社会边缘群体的文化反抗资源的挖掘,是文化研究的灵魂和精魂。"②为边缘与沉默辩护,替被支配和被压迫者说话,重视社会的当下生存,关注文化的现实境遇,成为文化批评中的一种自觉精神,也是批评主体性的集中体现。这种"斗争"的主体性,主要是来自两个方面的影响:从理论上看,文化批评的诸种现代文化理论,都不同程度地受到马克思主义的影响,尤其是马克思主义关于资本主义的批判,对当代文化理论的形成,具有重要的启示;而从实践上看,当代文化研究和文化批评在诞生之时,就与新"左派"的政治运动紧密联系在一起。斯图亚特·霍尔认为,1964年伯明翰当代文化研究中心的成立,就是英国新左派政治在大学体制中寻到的"避难所":

> 我们因此是来自一个远离英国学术中心的传统,我们对文化变革问题的研究,诸如怎样理解它们,怎样描述它们,怎样从理论上来说明它们,以及它们产生怎样的社会影响和结果,最初都是在肮脏的外部世界里得到认可的。文化研究中心是光天化日之下对话无以为继之后,我们退隐其中的一方土地,它是其他手段的政治。③

第二节　文化批评的兴起与发展

只有文化处于巨大变革或激烈震荡之际,文化才可能成为忧心忡忡的问题;而当文化成为一种问题的时候,自然就会出现文化批评。文化批评是从西方产生的,也是在西方发展起来的,并逐渐在世界范围内产生影响。中国的文化批评,则是在西方的影响下发展起来的,当代中国文化批评的早期内容主要是大众文化批判和性别批评,后来随着经济全球化的广泛深入以及人们对全球化所产生的中国问题的种种思考和认识,逐渐丰富了文化批评的多种主题,并形成了一定的特色。

作为一种文学批评的范式,文化批评的兴起与发展,主要基于两个方面的原因:一是西方的资本主义发展到晚期,高福利、高科技和发达的媒介,让原来比较单一的阶级冲突这一社会问题,演变为由阶级、种族、性别、资本、媒介、政治、价值等多重矛盾相互交错而成的文化冲突,

---

① 〔美〕赛义德:《文化与帝国主义》,李琨译,北京:三联书店,2003年,第2—3页。
② 陶东风:《文化研究:西方与中国》,北京:北京师范大学出版社,2002年,第13页。
③ Stuart Hall, *The Emergence of Cultural Studies and the Crisis of the Humanities*, *October*, No. 53, 1990, p. 12.

这种复杂的文化问题,构成晚期资本主义的主要社会问题;二是自俄国形式主义以来的主张审美"自律"的文学研究和批评,已经和文学真实的发展现状不相适应,尤其是20世纪40、50年代的"新批评",囿于文学和审美的自身,就艺术而谈艺术,严重脱离社会和现实,缺乏时代的问题意识和介入现实的批评意识。因此,晚期资本主义的文化变革的现实,以及由此而来的诸种文化问题,迫切需要人文思想研究做出积极的回应,当它和文学批评新的转向的内在需求相遇时,文化批评的兴起就是水到渠成的了。

一、西方文化批评的兴起与发展

19世纪开始的文化人类学研究、源自尼采的现代性反思和资本主义的社会批判理论,构成西方文化批评产生的三大人文资源。飞速变革的现代文化,错综复杂的社会问题,使得知识分子的思考由原来专注于某种问题而逐渐转向对文化的整体性关注,由此而促成西方文化批评的诞生。对于文化变革,即使已经发生,人们事后也很难辨出它究竟是从哪一点开始并按照什么样的逻辑而展开。同理,对西方文化批评的历史进行全景式描述,也是相当困难的,但可以说西方文化批评的兴起与发展,经历了几个重要阶段。

从源头上看,西方的文化批评可以上溯到19世纪末的马修·阿诺德和20世纪早期的F·R·利维斯。阿诺德不仅是诗人,也是维多利亚时代首屈一指的文学批评家,他的批评具有两个显著的特色:一是批评的视野不拘束于文学的象牙塔中,而是把触角广泛深入到社会、历史、神学、艺术等文化的多个领域;二是坚持精英主义的立场,强调文学的典雅趣味和教化作用,认为在信仰日渐崩溃的时代,只有诗才能给予人们以心灵安慰和精神支持,替补信仰的空缺。阿诺德1869年出版《文化与无政府状态》一书,在该书中,阿诺德把英国社会分为三个阶层,野蛮人(贵族阶层)、市侩(中产阶层)和大众(工人阶级),由于各种原因这三个阶层都与真正的文化无关,而是迫切需要文化的"拯救"。阿诺德认为文化只为先知先觉的少数人创造和享有,然后才向社会的各个层面推广和普及,受过高等教育的少数人,永远是人类知识和真理的器官。因此,阿诺德的文化批评中始终包含着这样一种观念,即文化乃一种超阶级的、普世性的人文价值或乌托邦:"它旨在消灭阶级;旨在使这世界上所知的、所想到过的最好的东西,普及到四面八方;旨在使所有人等生活在甜美和光明的气氛之中……"①利维斯同样是著名的文学批评家,著有《英国诗歌的方向》、《再评价:英诗的传统与发展》、《伟大的传统》等,《大众文明与少数人文化》(1930)为其文化批评的代表作。利维斯认为,19世纪之前,英国具有一个生机勃勃的共同文化,而工业革命将这个完整的文化一分为二,一方面是继承但丁、莎士比亚等"高雅"传统的少数人文化,另一方面则是电影、流行小说、通俗读物、广告等组成的"大众文明"。利维斯从民族意识、道德主义、历史主义以及有机审美论出发,充分肯定奥斯汀、乔治·艾略特、亨利·詹姆斯、D·H·劳伦斯等人的文学创作,而把雪莱、狄更斯的创作排除出批评的视野,可见其批评中充满对文化现实的一种隐忧,试图以英国文学的高雅传统,借助于"少数人"的力量,抵制"大众文明"的泛滥:"在任何一个时代,明察秋毫的艺术和文学鉴赏常常只能依靠很少的一部分人……流行的价值观念就像某种纸币,它的基础是很少数量的黄金。"②利维斯认为,文化的堕落源自于工业化的恶果,工业革命所带来的技术进步,一刀割断了传统和过去,因此,他不

---

① Mattew Arnold, *Culture and Anarchy*, London: Cambridge University Press, 1932, p. 71.
② F. R. Leavis, *Mass Civilization and Minority Culture*, Cambridge: Minority Press, 1930, p. 3.

遗余力地数落艺术的新形式——电影——带给文化的种种冲击和灾难。阿诺德和利维斯的批评，足以说明这样一个结论，即西方文化批评兴起的真正原因，在于工业革命使资本主义的包括文学在内的各种文化现象产生巨大变革的这一社会现实。就他们对后来的文化批评的影响而言，阿诺德树立起坚守人文价值和精英立场的标杆，利维斯则直接孕育出文化批评中的民族主义、激进主义以及针对于大众文化的忧虑和批判，即所谓的"利维斯主义"。

文化批评的真正兴起，始于德国法兰克福学派的文化工业研究与批判。资本主义的文化变革、"二战"的学术背景以及鲜明的批判立场，促成法兰克福学派开创了西方文化工业批判的先河，霍克海默、阿多诺、本雅明、洛文塔尔、马尔库塞，他们虽不乏见解上的分歧，但都曾在此驻足，用力甚深。文化工业，是一个由技术、媒介、意识形态、艺术生产等多重因素构成的较为模糊的概念，大致是描述发达资本主义社会操纵文化生产和意识形态控制的总体特征。法兰克福学派的研究与批判，主要集中于三个方面：首先，从西方"启蒙"精神的反思中建立文化工业研究与批判的基础。霍克海默和阿多诺认为，西方的"启蒙"精神不仅包含着从神话到科学、从野蛮到文明的过程，而且包含着由文明再次进入野蛮的过程。在发达资本主义时期，科学知识万能、技术理性至上的"启蒙"文化，由于自身逻辑而转向了反面，启蒙退化为神话（科学），文明倒退为野蛮（技术），自由走向奴役（极权），终于导致科学主义独大的现代工业文明和资产阶级新的极权主义。而文化工业，正是这一新兴的极权主义性质的淋漓体现。因此，无论是阿多诺还是马尔库塞，都对文化工业展开了猛烈的批判，文化工业不仅是工具理性和商品拜物教的必然产物，也是发达资本主义利用技术进行意识形态操纵的形式，阻碍了自主的、独立的个性发展，压抑了社会的批判意识与超越意识："文化工业的整体效果是反启蒙的效果，就像霍克海默和我注意到的那样，其间本应是进步的技术统治的启蒙，变成了一场大骗局，成为束缚意识的桎梏。"①其次，法兰克福学派的文化工业批判，主要体现为对包括流行音乐、通俗读物、侦探小说、广告、电影、电视等在内的大众文化的研究与批判，因为文化工业这一概念的成立，依赖的就是资本主义世界（特别是美国）铺天盖地的大众文化。法兰克福学派认为，大众文化是资产阶级利用资本和技术强行派给大众的以休闲、享乐和消费为内容的一种"流行意识形态"，它以自己的机械性、时尚性、流行性、消费性颠覆了传统文化艺术的否定意识和反抗意志，它以大众的名义却向大众提供一种虚假需求的满足，成为操纵大众的文化工具，从而吞噬了大众的批判意识和反抗策略。因为，归根结底，大众文化是发达资本主义进行意识形态控制和欺骗的文化策略："从根本上看，虽然消费者认为文化产业可以满足他的需求，但从另外的方面看，消费者认为他被满足的这些需求都是社会预先规定的，他永远只是被规定需求的消费者，只是文化产业的对象。"②再次，与阿多诺等人激进式的大众文化批判不同，本雅明尽管不认同文化工业，却以《波德莱尔：发达资本主义时代的抒情诗人》和《机械复制时代的艺术作品》等著作，从时代、媒介和艺术之间的关系，对现代文化工业进行了较为冷静而客观的分析。本雅明指出，科学技术的日益进步，必然带来机械复制时代，机械复制造就形形色色的文化商品，它以千篇一律的面孔让传统艺术失去"光晕"，失去独一无二的创造性，正在引起传统的大崩溃。但这并不意味着悲观，大众传媒未必都是洪水猛兽，甚至恰恰符合美学现代性的前景，譬如电影，就是艺术和技术的相结合，展示了异样的世界和视觉无意识，不失为人类艺术活动中的一次革命。尤其是他的《波德莱尔：发达资本主义时代的抒情诗人》，至今仍不失为文化批评的一个经典文

① T. Adorno, *The Cultural Industry*, London: Routledge, 1991, p. 92.
② 〔德〕霍克海默、阿多诺：《启蒙辩证法》，洪佩郁、蔺月峰译，重庆：重庆出版社，1991年，第133页。

本。总之,法兰克福的文化工业批判,正式拉开西方文化批评的大幕,其关注现实的意识、强烈的批判立场以及意识形态操纵和机械复制理论,经结构主义、符号学和阿尔都塞的意识形态理论,深深地影响了后来的文化批评尤其是后现代文化批评,而就狭义的文化批评来看,它启发人们从现代性、都市、消费、休闲、复制等角度对文学进行重新评价,使批评的焦点由少数的文学经典转向为普遍的文学现实,尽管它是抵制的姿态。

西方文化批评发展的标志,是1964年英国伯明翰大学成立当代文化研究中心。中心吸引了一大批文学及文化研究者,宣称"将文化研究纳入理性的地图",自觉打破学科界限,使文化研究和文化批评逐渐成为"合法的"学术与批评领域,其学术方向和批评成果被后人称之为"伯明翰学派",主要代表人物为:理查·霍加特、雷蒙·威廉斯、E·P·汤普森和斯图亚特·霍尔等,其中霍尔的成就最高,成为伯明翰学派辉煌的旗帜。霍加特和威廉斯,原来都是从事英国文学研究与批评,后逐渐转为文化研究与批评。霍加特擅长于使用民族志(ethnography)方法——人类学研究中一种实地调查与分析的方法,比较关注英国工人阶级文化和来自美国文化的精神危机和信仰威胁,但与利维斯不同,他把20世纪30年代的工人阶级文化视为"好文化"而加以怀念,声讨的是50年代的享乐文化和流行文化。威廉斯的文化批评,广泛涉及电影、电视、电台、出版、广告、文化史等多个领域,但他的最重要成就是把马克思主义和结构主义相结合,融合进性别、种族和地域等因素,对文化的定义进行重新的理解,并且在批评中始终贯穿这一"反传统"的理解。在他那里,文化的定义被扩展成四个方面:精神的个别习性、社会的理性发展状态、艺术和总体的生活方式。他本人最重视第四个方面,目的是否定文化为少数人或集团的特权,恢复底层工人阶级的文化身份。威廉斯认为,作为总体生活方式的文化,是由普通男男女女的日常实践和意义构成,是一种鲜活的经验,必须在物质生产和条件的背景下通过日常生活的表征和实践而存在,也就是他所谓的"文化唯物主义"。文化批评的目标就是探讨和分析一个特定时代和地域的文化记录,重建它的"情感结构",因为他主张文化作为总体的生活方式,不仅体现为诸成分之间的关系,而且体现为动态的若干阶段:

> 有一个特定时代和地域的活的文化,只有生活在彼时彼地的人,才能充分享有它。有各种各样的记录下来的文化,从艺术到大多数日常生活的事迹,那是阶段文化。还有选择性传统的文化,那是连接活的文化和阶段文化的因素。①

作为伯明翰学派的中流砥柱,霍尔的文化批评主要集中于现代性、大众艺术、文化身份、文化表征和文化传媒等,发展了葛兰西的文化霸权理论和阿尔都塞的意识形态理论,尤其在大众文化和文化传媒方面。霍尔围绕"大众"定义的分歧,解构了自法兰克福学派以来的大众文化理解模式,认为没有完整的、真正的、自治的大众文化,就像没有游离于文化权力和统治关系网之外的文化一样,应该用关系、影响、抗衡等绵延不断的张力来界定大众文化,集中探讨大众文化与统治文化之间对抗、接受、拒绝、投降等变动不息、迂回曲折的关系和进程,单纯从文化实践的起源点和静态的文化形式而建立某种普遍的大众美学的努力,根本就是错误的方向。后来,霍尔又把这一思想体现在文化传媒的符号学研究——《电视话语的编码解码》,成为西方文化传媒消极研究向积极研究转折的关键点,也为后来批判法兰克福学派和文化帝国主义理论奠定了基础。他把马克思主义政治经济学和葛兰西的文化霸权,有机地融进他的传媒符号学

---

① Raymond Williams, *The Long Revolution*, London: Penguin, 1965, p. 63.

中,把电视话语的生产与流通划分为三个阶段(意义生产→成品→解码),并提出三种解码立场的假设("支配—霸权立场"、"协商代码和协商立场"、"对立码和反抗立场"),即著名的解码理论,至今仍为文化批评的理论资源和指导思想。

总之,兴盛于60、70年代的伯明翰学派,由于在马克思主义的基础上较为广泛地吸收了其他理论,譬如结构主义、后结构主义、阿尔都塞的意识形态、葛兰西的文化霸权、女性主义的文化性别等等,使得文化批评由单一的阶级关注扩大到对地域、族群、散居等多重文化身份的关注,纠正了法兰克福学派狭隘的文化工业批判传统,拓宽了文化批评的视野,刷新了西方文化批评的历史。它的影响和意义,体现在两个方面:第一,它以"合法"的学术研究和令人瞩目的成就,刺激了文化批评在其他西方国家的快速发展。事实上,就在伯明翰学派的后期,美国、法国、加拿大、澳大利亚等,已经逐步成为文化批评的重镇。尤其是法国和美国,这两个本就为文化批评发源点之一的国家,很快就在80年代超越了伯明翰学派,成为西方文化批评新的中心。法国的德里达、福柯、利奥塔、克里斯蒂娃、波德里亚、布尔迪厄、德塞都,相继成为新的文化批评领袖;而美国则迎来了格罗斯伯格、丹尼尔·贝尔、詹姆逊、希利斯·米勒的辉煌时代。第二,它对法兰克福学派的纠偏,其创新的学术思路和自身所存在的问题,刺激了人们从不同的立场、角度和视野,重新思考文化定义、审视当代文化问题,导致文化批评向着多元化发展。因此,从70年代开始,西方的文化批评就逐渐迈进所谓的后现代时期。

后现代文化批评的一个显著特征,就是文化批评的"多声部"现象。"多声部"现象,应该是文化批评发展的必然趋势,因为文化自身就是一个由各种因素互相参与的复杂"共同体",包含着多种理解、解释与批评的可能性。同时,每个民族与国家乃至每个群体在面对现代性危机中都存在着自己特定的文化问题,除此之外,文化批评的跨学科特点尤其是它的批评方法和批评理论的形成,因吸收的理论资源和依赖的学科的差异而具有多样性。"多声部"现象,首先是指地域上的"多声部",即文化批评在英国、美国、法国、德国、加拿大、澳大利亚、意大利等这些西方国家普遍发达起来,并且每个国家之间的文化批评都存在着一定的差异,具有自己的批评风格,譬如澳大利亚,不仅是较早在大学开设文化研究专业的国家,而且这个国家的文化批评由于特殊的国情原因而深受女性主义、新历史主义和后殖民理论的影响,较为关注女性、移民、土著居民等边缘群体的文化身份问题,偏重于文学和历史的关系。其次,"多声部"现象是指文化批评在方法、理论、主题与风格上的内部分化,形成西方后现代文化批评的差异景观。后现代文化批评,如果按照文化的类型来看,则有大众文化、精英文化、民间文化、主流文化、亚文化、女性文化、少数族裔文化等多种对象的文化批评;如果按照文化的构成来看,则有符号/意义批评、象征/资本批评、意识形态批评、媒介批评、身份认同批评、知识分子批评等等;如果按照批评的立场、方法与主题来看,则有后结构主义批评、女性主义批评、知识谱系学批评、新历史主义批评、后殖民主义批评、消费主义批评、生态主义批评等等。因此,借用法国社会学家布尔迪厄的概念,西方后现代文化批评已经构成一种批评的"场域",一种开放、差异、斗争与平衡的批评"场域",难以寻找某一个固定不变的中心。

二、中国文化批评的兴起与发展

与西方相比,中国文化批评无论是它的产生还是它的发展,都显得更为复杂。中国文化批评的兴起与发展,深受西方的影响,但又不是西方文化批评跨国界的"缩影"。中国本就是文化礼义之邦,具有强大的文化生产与流通的惯性,尤其是20世纪风云变幻的中国语境,决定中国文化批评演进历程中的曲折性和复杂性。

严格地讲,中国文化批评的兴起,有两个时期。它的第一次兴起,是在 20 世纪的早期,标志是"五四"新文化运动。一方面,受西方文化人类学研究的影响,学术界形成了一场文化研究的热潮;另一方面,中华民族的生存危机和知识分子的批判意识,使得长久以来的中西文化冲突终于演变为一场针对传统的文化革命。文化批评,就是在这样的背景下首次登上中国历史的舞台。无论是保守派还是革命派,他们的文化批评都不是纯粹客观的文化知识传播,而是带有鲜明的价值立场和意识形态目的。这一点,比较契合西方文化批评的基本性质与精神①。但是,西方文化批评源自于现代文化的巨大变革和对现代性的反思,中国的文化批评却开始于中西的文化冲突和对传统的反思。因此,这一时期的文化批评,尽管也广泛涉及文学、艺术、宗教、性别、风俗、地域、制度、生活等文化内涵,但批评的主旨是民族与革命这两个宏大的带有很强政治性的启蒙话语,为它日后的"销声匿迹"埋下了铺垫。特别需要指出的是,由于文化革命首先是从文学领域发起的,所以这一时期的文化批评始终与文学批评相互交织在一起,尤其是在批判封建文学和倡导新文学的方面,往往自觉地把文学纳入文化的地图,体现一种文化的批评视野。例如鲁迅《摩罗诗力说》,开头就是一段有关文化和文化史阅读的议论与感慨:"人有读古国文化史者,循代而下,至于卷末,必凄以有所觉,如脱春温而入于秋肃,勾萌绝朕,枯槁在前,吾无以名,姑谓之萧条而止。"②大意是说人类的文化(文学)创造,常常是灿烂在前,越往后越是颓废续貂。作者以天竺、日耳曼、希伯来、以色列、埃及等文化(文学)史加以印证,目的是宣扬文学革命,倡导"摩罗诗力"。这一时期针对文学的文化批评,虽然与广义的文化批评存在着精神上的共振,但也有较大的区别,那就是文学的文化批评体现较多的是以自由、民主与个性为主要内涵的现代人文主义精神。遗憾的是,它发展到 30 年代以后,就渐渐被吸入"革命—阶级"、"政治—历史"的批评大联盟中,所谓的文化,逐渐丧失其丰富的人文能指,只剩下一个游荡于文学批评中的空洞符号。

80 年代后到 90 年代初,是中国文化批评的第二次兴起,或者称中国文化批评的当代复苏。从整体上看,新时期以来在思想、政治、体制、经济、文艺、日常生活等各个领域所发生的一系列变革,表征的不仅是时代的总体转型,而且是文化的总体变革,宣告"政治挂帅"性质的文化生产行将终结,这是当代中国文化批评复苏的基础。而复苏的前奏,则是 80 年代中期所流行的一个批评话题:"文化寻根"。所谓"文化寻根",其意义并不在于人们能不能或者有没有寻找到文化起源与发展的根本,而是意味着文化在当时已经的确成为一个问题。无论是赞成"寻根"的还是反对"寻根"的,大多数参与"文化寻根"讨论的都首先要确立自己关于文化的理解,因此,这一"寻根"事件实际上可以视为在巨大的文化变革中知识分子及其文化本能的一种必然反映。"文化寻根",由于知识分子普遍缺乏对当时扑朔迷离的文化变革的把握能力,因而在某种程度上带着逃避文化现实的胎记,主要体现的是知识分子在面对文化转型中的精神困惑和身份焦虑,是"新潮流与旧传统碰撞、交织的回声与投影"③。尽管"文化寻根"没有建立起一套有效的应对社会变革的文化策略,但它在文学创作与批评领域里的流行,激发起人们对文化的重新关注、思考和理解,为后来严格意义上的文化批评的到来准备了条件,另外,它还直接导引出稍后文学研究与批评中的"文化热",而正是这次的"文化热",开创出

---

① 参见伧父:《东西文化批评》,北京:商务印书馆,1924 年。

② 鲁迅:《摩罗诗力说》,《鲁迅全集》第 1 卷,北京:人民文学出版社,1981 年,第 63 页。

③ 李书磊:《从"寻梦"到"寻根"》,《当代文艺思潮》,1986 年第 3 期。

一种中国的批评模式——擅长从作家作品中发掘、品评文化的内涵,时至今日,这一模式依然在中国文化批评中被反复运用①。

当代中国文化批评的真正兴起,始于两种现象的出现:一是批评界不仅开始讨论文学与文化的关系问题,而且提出了文学批评中的文化视角问题;二是大众文化批评和性别批评(女性主义批评)的涌起。当代中国文化批评为什么选择大众文化和女性主义批评作为突破口,原因虽然复杂,但归结起来主要是两个方面:西方理论的影响和中国语境的作用。当代中国真正接触西方的文化批评,应该始于美国著名学者詹姆逊在北京大学作的题为"晚期资本主义的文化逻辑"的讲演。詹姆逊的讲演,之所以能够迅速在中国产生影响,除了让中国学者看到了大洋彼岸所谓文化批评的真面目外,还有一个关键,那就是詹姆逊所描述的晚期资本主义文化的种种现象,尤其是大众文化现象,已经在改革开放的中国开始蔓延,并且给知识分子造成手足无措的解释尴尬与精神压力。两者一拍即合,导致西方的文化工业批判理论扎根于中国,轰轰烈烈的大众文化批评出场了。而女性主义批评的出现,也是如此,一方面是西蒙·波伏娃、弗吉尼亚·伍尔夫等西方女性主义理论及其文学主张在80年代中期被介绍到中国,另一方面中国文化和文学中的性别歧视历久未变,需要得到理论上的清理与纠正。

这种中西糅合的特点,决定当时的文化批评过分依赖西方的文化理论,而对中国语境缺乏深入细致的辨析。大众文化批评,主要是借用法兰克福学派的理论对新兴的大众文化进行一边倒式的批判,揭示它无深度、平面化、商业化、模式化、机械复制的特点,痛斥它因满足感官刺激、娱乐休闲的消费需求而缺乏批判立场、终极关怀和人文精神,全神贯注地批判它的欺骗性、媚俗性和消极性②,充斥着法兰克福学派文化工业批判的影子。而对于当时的中国语境问题,要么是从市场经济确立和当代科技进步的角度来论证"以商品经济为根本特征的我国文化工业在这一过程中逐步发展起来"的事实③,要么就是从知识分子的感受和经验出发大而化之地谈论大众文化的来临,"中国的文化主流突然离开了'五四'以来的近百年的思想、美学和文化传统,人文知识分子对文化的控制权拱手让给了金钱、资本。创造、风格、艺术被策划、工艺操作所取代,中国文化进入了一个大众文化的时代"④。除此之外,很难看见关于中国实际问题的冷静、深入、细致剖析,尤其缺乏关于中国大众文化的文本细读批评。大众文化,被社会转型中的精英知识分子集体想象为新的、继"左倾政治"之后的"文学敌人",它被推向了批评的前台,成为道德滑坡、价值倾斜、人文精神沦丧的"罪魁祸首"。后来,"人文精神"大讨论和"新理性精神"的提出⑤,都与这次的大众文化批判有着内在的联系。相比之下,当时的女性主义批评尽管对于中国的性别歧视、男性中心主义文化还缺乏精准的把握,存在"搬用"西方女性主义理论的痕迹,但它主要是从文学中发现性别、身份问题,落实为文学文本的细读和女性形象的研究,试

① "文化热"中的文化批评,不是西方的文化批评,这是毫无疑义的,但又与它存在着某些相似之处,而且一直盛行至今。无论承认与否,它已经汇入当前中国文化批评的大潮中,这是事实。所以,应该把它视为中国文化批评的一种模式。

② 参见陶东风:《欲望与沉沦——当代大众文化批判》,《文艺争鸣》,1993年第6期。陶东风是当代中国对大众文化(文化工业)进行批判的早期学者之一,后来跟进的大众文化批评深受他的影响,几乎形成了一种模式,但他本人在20世纪90年代中期发生了较大的转变,彻底告别早期大众文化批评中的不成熟。

③ 金元浦:《试论当代的文化工业》,《文艺理论研究》,1994年第2期。

④ 尹鸿:《为人文精神守望:当代中国大众文化批评导论》,《天津社会科学》,1996年第2期。

⑤ "人文精神"大讨论,始于1994年,前后持续两年有余,发起人为王晓明、王干等青年批评家,参与者有张岱年、李泽厚、王蒙、朱立元、陈思和和费振钟、蔡翔等一大批著名批评家。"新理性精神"的首次提出,见钱钟文《文学艺术价值、精神的重建——新理性精神》,《文学评论》,1995年第5期。

图从女性主义的角度建构中国的现代女性文学史。

当代中国文化批评的发展,是从 90 年代后期开始的。其大致的发展情形是:文化批评发展成为文学批评中的一种重要范式,并且与西方的文化批评逐渐实现了对接,形成各种批评方法与批评主题并行不悖的多元化格局,在一定程度上显示出中国的特色。从 90 年代后期开始,中国新时期以来的文化变革经过十几年激烈的大浪淘沙,已经逐步趋于稳定与定型,呈现出多重文化之间既斗争又包容的发展格局,如传统、现代与后现代,主流、精英、大众与民间等等,它们之间的竞争已经告别你死我活的初级阶段,相互包容与渗透成为新的特点,彼此之间的界限越来越模糊,这也同时意味着文化批评的主体——知识分子——的多元化①。没有统一性的文化,没有统一性的主体,这是文化批评走向多元化格局的社会基础。此外,在中西学术十几年的交往中,越来越多的文化理论和文化批评被翻译介绍进来,当代中国学者尤其是文学研究者,不仅认识到文化批评的紧迫性和意义,而且逐渐认清了西方文化批评的真面目,早期文化批评的幼稚性渐渐得以克服,在引入西方文化批评的同时,更注意对中国语境的把握和分析,食洋不化的问题虽然没有彻底杜绝,但已经得到了较大的改进。例如大众文化的批评,霍尔的解码理论、费斯克的抵制理论、麦克卢汉的媒介理论和哈贝马斯的公共交往理论等相继被介绍到中国,过去那种一边倒式的文化工业批判逐渐让位于对当代中国大众文化进行冷静的细读、分析和批评,自现代以来的报刊小说、武侠小说、传奇故事等通俗文学引起批评家们的关注,而对当代电影、电视、广告、流行音乐等这些大众艺术形式,过去泛泛的批判被文本的文化解读所取代。90 年代,知识分子热衷于讨论"人文精神"问题,21 世纪却讨论起"日常生活的审美化"②,这一转变不仅表征中国文化变革形成新的格局,而且表征知识分子在十余年文化转型的磨练中变得成熟,部分的放弃了非此即彼的文化对立思维,在承认、包容的基础上调整文化批评的策略。

多元化的格局,还有另一种现象,即文化批评在西方的影响下朝着多样化发展。除了大众文化批评、女性主义批评以外,后起的还有解构主义批评、知识谱系学批评、新历史主义批评、后现代媒介批评、后殖民主义批评、知识分子批评、消费主义批评等。可以说,在中国融入后现代的进程中,中国的文化批评也进入了后现代。这一现象,固然受到西方的文化理论和文化批评的影响,但中国的语境也是起关键作用的。譬如新历史主义批评,格林布拉特、海登·怀特、米歇尔·福柯的确给了中国学者在思想和方法上的重要启发,但中国发展新历史主义批评的原因还是由文学的实际状况决定的。在 80 年代到 90 年代的文化转型中,文学产生了一个新的特点即历史叙事越来越受到作家和读者的青睐,从莫言、苏童的小说,到后来的《白鹿原》、《长恨歌》、《尘埃落定》等等,文学想象对历史产生了前所未有的浓厚兴趣,这一特点也同样体现在武侠小说、电影、电视等大众文学之中,但汹涌而至的历史叙事和历史阅读不仅与过去的记忆完全不同,而且与过去的历史创作原则也存在较大的差异,无论是作者还是读者,不再关心历史的"本质"、"真相"问题,人们感兴趣的主要是"想象",因此在新的历史想象中,传统的"历史真实"批评已经是"明日黄花",这一"断裂"恰恰为西方新历史主义批评进入中国提供了

---

① 参见孟繁华:《众神狂欢——当代中国的文化冲突问题》,北京,今日中国出版社,1997 年。孟著只是详细分析了多元文化之间的斗争与冲突,而没有看到它们之间存在妥协、包容和渗透的"场域"特征。

② "日常生活的审美化"讨论,始于陶东风的文章《日常生活的审美化与文化研究的兴起——兼及文艺学的学科反思》(载《浙江社会科学》2006 年第 6 期)。这个命题的形成,虽然受韦尔施"重构美学"和西方消费主义文化研究的影响,但它在中国的提出和讨论,说明知识分子承认甚至接受审美泛化、文学扩边的文化事实,在此基础上讨论批评和应对的文化对策。

契机。

　　当然,当代中国文化批评在融入世界的过程中,也发展出自我特色即中国模式——从作家作品中探讨与发现文化的内涵,而这个内涵又十分丰富,包括精神传统、社会结构、思维方式、心理图式、风俗制度、时代流向等等。这种模式的出现,是在80年代中期的"文化热"中,代表学者是刘再复。当时,刘再复提出文学研究与批评中文化视角的问题,强调用文化的视角来研究、批评文学:一是要探讨文化背景、文化氛围对文学的影响,即"探讨文化总流向中的文学";二是要探讨文学现象中所反映出来的文化内涵,即"探讨文学流向中的文化"①。他的《中国文学的宏观描述》,就是按照第一种思路而写的,考察古代儒、道两家文化对中国文学的影响;而《鲁迅与中外文化》属于另外一种方式,是从文学来探寻文化的内涵。两篇文章的命运不同,前者略显大而空疏,影响甚微;后者细腻详实,新意迭出,其影响不仅越出鲁迅研究的领域而且迅速扩大到现当代文学的研究与批评之中,甚至连古代文学的研究也开始尝试他的方法,如当时萧兵的《楚辞》研究系列(《楚辞新探》、《楚辞论考》、《楚辞文化》等)、袁行霈的《李白诗歌与盛唐文化》(《文学遗产》1986年第1期)、刘梦溪的《〈红楼梦〉与民族文化传统》(《红楼梦学刊》1986年第2期)等,从而逐渐成为运用文化视角进行文学研究与批评的一种模式。在《鲁迅与中外文化》中,作者把批评的注意点集中在鲁迅对束缚中国人精神解放的文化的批判,特别是对传统的封建文化体系的批判,分析鲁迅的作品是如何透过表层的理性结构深入到人性的非理性本质,又是如何揭示在神圣、庄严的理性外观形式下所掩盖的荒谬的非理性的精神病态,从而指出鲁迅是"建设中华民族的国魂和民魂的英雄"。例如《阿Q正传》,作者认为阿Q和赵太爷虽属于两个对立的阶级,但从文化角度看他们又具有内在的一致性,阿Q得意时,与赵太爷一样有"主子性",赵太爷失意时,同样具有阿Q的"奴性",所以这篇小说揭示的不仅是中华民族"奴性"这一劣根性,而且是主人与奴隶之间恶性循环的"主奴根性"。这一见解在当时的鲁迅研究中,可谓是耳目一新。作者强调,如果鲁迅研究能够运用文化的视角,那么"我们将会进一步发现鲁迅世界中的一个未完全被我们所把握的世界"②。

　　刘再复所开创的这一文化批评方法,之所以称之为中国模式,是因为它与西方的文化批评存在明显的差异。西方文化批评也注重从文化视角对作家作品的细读,注重从文本中探查文化的内涵,特别是从文本的缝隙中揭示文化生产被掩盖的部分,但西方的细读和分析带有极其鲜明的政治性、抵制性和参与性,表现出对既定的文化传统或现实的强烈批判性与颠覆性,刘再复的文化批评在当时具有较强的批判意识和参与姿态,但后来的传承中人们弱化了这一性质,"后刘再复们"甚至把它扭曲为四平八稳的文学研究方法,其动机不在于文化批判和政治抵制,而在于利用文化社会学为文学研究争取更多的机遇。这一差异,从它们产生时就决定了,西方是从审美批评转向文化批评,运用文化视角强化批评中的政治意识和文化实践,告别批评的"象牙塔";而当代中国是从政治—阶级斗争批评转向文化批评,运用文化视角是逃离政治与阶级的批评机制和话语,淡化"服务"意识,这就为后来文化批评撤退到文化"象牙塔"中而埋下伏笔。

① 刘再复:《文学研究中的文化视角——答〈中外文学〉编辑部问》,《刘再复集》,哈尔滨:黑龙江教育出版社,1988年,第181页。

② 刘再复:《鲁迅与中外文化》,《刘再复集》,哈尔滨:黑龙江教育出版社,1988年,第295页。

三、文化批评的前景与问题

作为文学批评中一种新兴的批评范式,文学的文化批评具有广阔的发展前景,这是毫无疑义的。但是,任何一种批评实践一旦广为人们接受而成为范式的时候,也就无法避免自身发展中所面临的问题,文化批评也不例外。

1. 文化批评的前景

文化批评具有广阔的发展前景。理查德·约翰生对"文化研究"浪潮的描绘,可以用来概括目前文化批评发展的盛况:"文化研究已经成为一场运动或网络。它已被一些大专院校列为学位课程,拥有自己的杂志,并召开专题会议。它对一些学科产生了相当大的影响,尤其是在英语研究、社会学、媒体和传播研究、语言学和历史学等领域。"①

文化批评之所以具有较好的前景,主要是两个方面的原因:第一,无论是从技术还是从观念来看,人类目前的文化生产和创造,总体上正处于巨大的历史转型时期,而在文化变革之际,文化往往突显为人们最为关注的问题,新与旧的斗争,过去和未来的矛盾,全球化与地域性的冲突,搅动文化主体对置身其中的文化现实表达自己的感受和意见。第二,与传统的伦理批评、政治批评、社会批评、历史批评、审美批评等方法相比,文化批评具有自身优势,譬如它的跨学科性、开放性、批判性、实践性等等。

就文学而言,一是不可抗拒的文学转型的现实对文学批评产生了强烈的变革要求,要求它走出批评的"象牙塔",面对现实表达意见。二是文化批评以其独特性拓宽了文学批评的空间,加强了介入现实的批评能力,顺应了这一强烈要求。所谓文学的转型,尽管在每个国家的转型原因、转型表现和转型趋势不尽相同,但总体上是差不多的,即现代技术、媒介、观念和生活方式的巨大变革推动文学由少数人主导的审美活动向大众审美活动的转变,文学的生产与接受、生存环境和存在方式都在发生天翻地覆的变化,从而导致建立在过去文学活动经验上的文学理解和文学观念的坍塌与解体。在此情形下,传统的文学批评与文学的发展现实显得格格不入,难以解答文学正在发生的一切,惟有在批评标准、方法和思路方面进行较大的变革。西方的知识分子自法兰克福学派开始,就意识到机械"复制"和早期的电子传媒所导致的文学转型和文学批评的危机。而当代中国之所以自觉地选择文化批评,也是因为上个世纪90年代市场经济和现代传媒的双重压力令新时期以来的"纯文学"中心产生了深刻的危机,正如李陀的反思:

> 由于对"纯文学"的坚持,作家和批评家们没有及时调整自己的写作,没有和90年代急遽变化的社会找到一种更适应的关系。很多人看不到,随着社会和文学观念的变化与发展,"纯文学"这个概念原来所指向、所反对的那些对立物已经不存在了,它不再具有抗议性和批判性,而这应当是文学最根本、最重要的一个性质。虽然"纯文学"在抵制商业化对文学的侵蚀方面起到了一定的作用,但是更重要的是,它使得文学很难适应今天社会环境的巨大变化,不能建立文学和社会的新的关系,以致90年代的严肃文学(或非商业性文学)越来越不能被社会所关注,更不必说在有效地抵抗商业文化和大众文化的侵蚀的同

---

① 〔英〕理查德·约翰生:《究竟什么是文化研究》,陈永国译,罗钢、刘象愚主编《文化研究读本》,北京:中国社会科学出版社,2000年,第3页。

时,还能对社会发言,对百姓说话,以文学独有的方式对正在进行的巨大社会变革进行干预。①

当然,文化批评的目的并不是为了改变所谓"纯文学"的命运,而是重建文学和社会、日常生活之间的有效联系。也就是说,文化批评并不为少数人服务,也不是为少数的作家服务,而是为底层的大众或边缘的群体服务,它通过扩展文学批评的内容,不断更新文学批评的方法,通过顺应人们日常生活和观念世界变迁的需求,打通文学想象和社会现实之间的隔阂,而唤起人们对总体性的文学艺术的重新关注和热爱。因为,文化批评的基本逻辑,正如雷蒙·威廉斯所描述的:

> 如果艺术是社会的一部分,那么在艺术之外,就没有一个坚实完整的我们以问题的形式承认其优先权的整体了。艺术作为一种活动,同生产、贸易、政治、养家糊口一样,就在那里存在着。为了充分地研究它们之间的各种关系,我们必须积极地去研究它们,把所有的活动当作人类能力特定的同时代的形式来看待。②

如果说传统的文学批评方法,在一定程度上通过批评而把人们的想象力和理解力引向玲珑剔透的天空,那么文化批评正相反,是把它们引向嘈杂的大地,引向纷乱的现实。这一悬殊,决定着文化批评今后的发展前景。

2. 文化批评存在的问题

文学的文化批评一直是在充满争议的道路上前进。自它出现以来,人们对它的质疑从来就没有停止。这些质疑的声音,反映的正是文化批评在发展中所存在的问题。

（1）如何重划文学的疆界

现代媒介的发达、大众文化的崛起、资本与权力的无孔不入以及日常生活的抬头,使得形式主义苦心经营的"文学性"迅速沦为明日黄花,"文学性"重新成为问题,其标志之一是文化批评的阵营中提出重划文学的疆界。1992 年,美国学者斯蒂芬·格林布拉特和杰尔斯·格恩主编的文化批评论文集,题目就是《重划疆界:英美文学研究的变革》③。国内也有学者认为,"日常生活的审美化以及审美活动日常生活化深刻地导致了文学艺术以及整个文化领域的生产、传播、消费的变化,乃至改变了有关'文学'、'艺术'的定义",进而指出这一形势"迫切地要求我们改变关于'文学'、'艺术'的观念,大胆地把流行歌曲、广告、时装等吸纳到自己的研究中"④。

文化批评之所以提出重划文学的疆界,一是依据全球化时代纯文学衰落、文学性转移的客观事实,二是利用这一事实拓展文学批评的视野,扭转文学批评的困境,重建文学批评的影响,这是方法论上的进步。但是,重划文学疆界后如何在批评实践中科学处理正统的文学与新兴的"类文学"之间的关系? 文化批评的文本分析,究竟是以文学文本为主还是以"类文学"文本

---

① 李陀、李静:《漫说"纯文学"》,《上海文学》,2001 年第 3 期。

② 〔英〕雷蒙·威廉斯:《文化分析》,赵国新译,罗钢、刘象愚主编《文化研究读本》,北京:中国社会科学出版社,2000 年,第 129 页。

③ Stephen Greenblatt, Giles Gunn: *Redrawing the Boundaries*: *The Transformation of English and America Literary Studies*. New York: Modern Language Association of America, 1992. 北京:外语教学与研究出版社 2007 年影印。

④ 陶东风:《日常生活的审美化与文化研究的兴起——兼及文艺学的学科反思》,《浙江社会科学》,2002 年第 1 期。

为主? 纯文学衰落,不等于纯文学的终结。重划文学的疆界,是否就意味着必须主动放弃纯文学的坚守? 这些问题如果得不到合理的解决,文化批评有可能会演变为离文学越来越远的文学批评,演变为并置各种文类的"拉杂谈"。

(2) 如何贯彻诗性批评的基本精神

文化批评否定文学的自律性,强调文学和政治、宗教、伦理、哲学等社会意识形态以及资本、权力、性别、种族、身份等之间的复杂关系;文化批评把文学还原为文化现象,这已不是纯粹的文学艺术中的文化,而是文化政治学、社会学视野中的文化;文化批评不排斥审美批评的某些方法,但总体上是文化政治学的批评,是意识形态的批评。这些特点,使得文化批评以其前所未有的方法创新而打开了文学理解的新空间,开辟了文学批评的新局面。

但是,不排斥审美批评的某些方法并不等于坚持诗性批评的精神。在文化批评的实践中,由于强调政治、权力、意识形态等因素,往往放弃了对文学的审美阅读和理解。许多文化批评的文本分析中,都存在着这一现象:大作家和无名作者平起平坐;经典文本让位于轶事、日记等边缘文本。不可否认,以往清澈纯净的文学观念是有问题的,但把文学完全置于这一传统观念的对立面,也是不可靠的。文学之所以为文学,是因为它具有诗性的基本精神。尽管所谓的"诗性"也是建构的,但不能因为是建构的就否定它的存在。阿尔都塞也曾强调:"尽管艺术和意识形态之间有特殊的联系,但真正的艺术不是意识形态。"①

因此,如何贯彻诗性批评的基本精神成为文化批评要面对的问题,文化批评应该要探索意识形态批评和诗性批评相融合的方法。

第三节　当代文化批评中的几种形式

当代文化批评已经进入五彩缤纷的多元化时代,跨学科的属性和后现代的影响,使得文化批评在方法、立场和主题方面产生内部的差异,从而形成文化批评的多种形式。每一种批评形式,在文化理解、立场确定、文本选择、方法运用、主题关注以及介入现实的程度上,都具有自己的特点。全面归纳、描述这些批评形式,是不可能的,只能介绍目前文学的文化批评中的几种主要形式。

一、民间批评

这里的民间批评,既不是指民间文学的批评,也不是指民间的文学批评,它是特指现代批评家重返民间的立场,依据官方和民间之间微妙的压抑与反压抑、规训与反规训的冲突关系,考察古老的民间文化对文学及其精神的影响,消解所谓的严肃文学与高雅文学的对立,提倡平等意识,重塑文学抵制权威、反抗现实压抑的文化精神。民间批评在西方早期的文化人类学研究热潮中已初露端倪,例如意大利维柯的《新科学》,但真正开创文学民间批评的是巴赫金,他的"狂欢化"诗学,至今仍为民间批评的重要理论资源。张伯存在分析王小波小说《2010》、《寻找无双》、《红佛夜奔》的刑场描写时指出:

> 三个刑场场景几乎包含了狂欢化诗学的所有意蕴,刑场是权力、专制、暴政收缩、钳制

---

① 转引自徐贲:《走向后现代和后殖民》,北京:中国社会科学出版社,1999年,第106页。

到顶峰的所在,是毁灭、死亡之所,而受刑人却以辱骂、笑声、插科打诨、性爱、游戏行为加以消解,刑场成了死亡与新生、摧毁与更新的分界线,头头让红佛欲死不能欲罢不得,而对于活在这个无智无性无趣的世界而言,死即是新生,即是巴赫金所谓的"正反同体",受刑之躯又充分展示了"贬低化"、"世俗化"、"低等肉体层面"的颠覆性力量,肉体成了摧毁与更新的临界点,显示了它正反同体性的躯体政治学特征。王小波的刑场死亡游戏,以快乐的自由的相对精神把铁板一块的世界图景敲开一道裂缝,进入"快乐的通口",在死气沉沉、残酷杀戮的刑场上回荡着阵阵快活的笑声。①

巴赫金曾说:"忽视特殊的民间诙谐文化,就不能正确理解文化和文学生活。"②从 1929 年出版《陀思妥耶夫斯基创作问题》,到 1965 年出版《拉伯雷的创作以及中世纪和文艺复兴的民间文化》,再到晚年的研究,巴赫金的文学批评从未离开过对民间诙谐文化的考察与研究。所谓"狂欢化"诗学,就是指作者站在民间的立场,探讨民间笑谑、宣泄的狂欢文化现象和文学创作之间的密切关系,重建文学借助于民间狂欢文化的影响而努力反抗宫廷文化、官方文化的精神和传统。

狂欢化文化,即广场文化、节庆文化,其渊源是欧洲的狂欢节民俗文化,一种可以追溯到古希腊罗马时期、以酒神崇拜为核心的不断演变的民间文化现象。在狂欢节里,人们戴上面具,穿上奇装异服,在大街和广场上游行狂欢,纵情欢乐,释放自己的原始本能,而无等级、道德、法令上的一切顾忌。因此,民间狂欢化文化具有这样的特点:不分高低贵贱的平等性;以笑谑为主的宣泄性;无拘无束的颠覆性;以民间大众为主体的通俗性。狂欢文化,实际上就是广场文化,而在狂欢的广场上,支配一切的是人们之间不拘形迹地自由接触和宣泄形式,它包含着寓否定/肯定于一体的"正反同体"性,"在狂欢节的笑声里,有死亡与再生的结合,否定(讥笑)与肯定(欢笑)的结合"③。巴赫金的研究,赋予了民间狂欢化文化以人民的笑谑形式瓦解高高在上的官方意识形态的颠覆性:

> 狂欢节将意识从官方世界观的控制下解放出来,使得有可能按新的方式去看世界;没有恐惧,没有虔诚,彻底批判地,同时也没有虚无主义,而是积极的,因为它揭示了世界的丰富的物质的开端,新事物的不可战胜,人民的不朽。④

巴赫金按照欧洲文学发展的历史,考察了民间狂欢文化对文学的影响,尤其是文学体裁和作家创作上的影响,认为狂欢节仪式已经转化为一种狂欢化文学语言,这种狂欢体的话语方式同叙事和雄辩术一起,形成欧洲小说发展的三条主线。特别是文艺复兴时期,狂欢化已经开始全面影响正统文学的许多体裁,拉伯雷、莎士比亚和塞万提斯等人的创作,都是狂欢化文学的典范,文艺复兴的实质是古希腊罗马狂欢精神的复兴。后来,巴赫金在俄国作家陀思妥耶夫斯基的研究中,再次运用"狂欢化"诗学的理论和方法,分析陀思妥耶夫斯基的复调小说和狂欢体文学之间的关

---

① 张伯存:《王小波小说的死刑游戏和狂欢化诗学》,见《文化症候与文学精神》,上海:上海三联书店,2007 年,第 164 页。

② 〔俄〕巴赫金:《拉伯雷研究》,《巴赫金全集》第 6 卷,李兆林、夏忠宪译,石家庄:河北教育出版社,1998 年,第 15 页。

③ 〔俄〕巴赫金:《陀思妥耶夫斯基诗学问题》,《巴赫金全集》第 5 卷,白春仁、顾亚铃译,石家庄:河北教育出版社,1998 年,第 167 页。

④ 〔俄〕巴赫金:《拉伯雷研究》,《巴赫金全集》第 6 卷,李兆林、夏忠宪译,石家庄:河北教育出版社,1998 年,第 318 页。

系,指出复调小说的历史渊源是狂欢化的文化传统。

巴赫金的"狂欢"诗学,从两个方面开创了民间批评的新方向:第一,重返民间的立场,重视民间文化赋予文学的反抗现实、颠覆正统的精神与传统。他从狂欢化的角度来分析文学创作体裁、文本叙事结构和人物性格变化发展的同时,实际上也在总结文学借助于民间狂欢化文化表达自己反抗意识的策略。第二,提倡文学与文化的平等意识,尤其要平等对待一切文学体裁、语言和风格等,动摇文学艺术创作中的"高雅"中心主义,替"低俗"体裁"加冕"。引入"狂欢化"文化现象,目的是消除文学研究中的封闭性,扩大文学批评的内容和形式,尤其是增加干预现实的文化批评功能。

二、性别批评

性别批评中的性别,不是生物学上的性别而是指社会性别,因而属于文化的范畴。这里所讲的性别批评,主要是指 20 世纪 60 年代发展起来的女性主义文学批评。所谓女性主义文学批评,就是以性别为视角,以妇女为中心,通过对文学进行全新的解读,揭示男性中心主义文化对女性的塑造、压抑和扭曲,探索女性文学书写的历史与传统,建构不同于男性的女性文学写作。"没有日益发展的女性主义运动,女性主义的学术运动就不会迈出第一步。"① 由于女性主义文学批评是在 20 世纪初期和 60 年代的两次妇女解放的政治运动中直接发展起来的,又受到新马克思主义、后精神分析、解构主义等思想影响,因而具有很强的政治批判意识和颠覆男权文化中心的批评目的。

从政治运动到文化运动,包括学术研究与文学批评,女性主义的一切行动,都基于对妇女性别的一种新的文化社会学认识:

> 一个女人之为女人,与其说是"天生"的,不如说是"形成"的。没有任何生理上、心理上或经济上的定命,能决断女人在社会中的地位,而是人类文化整体,产生出这居间于男性与无性中的所谓"女性"。②

这种女性的性别"形成"论,决定女性主义运动的基本方向:首先是揭示、批判人类社会尤其是男权中心主义以来"形成"女性性别的历史,与此同时,通过寻找妇女反"形成"的传统,解构"形成"女性的男性中心主义文化,从而终结这种女性"形成"史。这一基本方向,决定女性主义文学批评的方法、内容与特征。

妇女形象批评。女性主义认为,在男权中心的社会中,人类的文学史其实是男权书写的历史,也是人类社会"书写"女性为"第二性"的历史的重要组成,充满着对女性的统治、压抑和歪曲。作为男性的上帝统治着整个世界,于是夏娃就被想象为人类的万恶之源。男性对女性的所有认识,都只不过是从男权的立场对女性的想象和虚构而已("天使"或"妖女")。由此而来,女性主义发现在男性的笔下,到处充满着对妇女形象的肆意歪曲和荒唐想象。所谓妇女形象批评,是以妇女为中心,分析男性文学作品中被歪曲、压抑的女性形象,批判形成这些妇女形象

---

① 〔美〕艾德里安娜·里奇:《当我们彻底觉醒的时候:回顾之作》,金利民译,张京媛主编《当代女性主义文学批评》,北京:北京大学出版社,1992 年,第 123 页。
② 〔法〕西蒙·德·波伏娃:《第二性》,桑竹影、南珊译,长沙:湖南文艺出版社,1986 年,第 23 页。

的父权制社会和文化。

女性文学史批评。即在男权书写的历史中，寻找女性文学写作的传统。女性主义认为，在男性中心主义社会中，女性的写作不仅是被压抑的，而且大多数的女性作家终究被迫远离文学史，因为文学史实际上只是男权文化史。但事实是自古至今，女性从来没有停止过写作，尽管要面对同化、压抑与遮蔽的危险。因此，女性主义批评必须逃离男权中心的视野，梳理被埋葬在历史尘埃下的女性写作，分析她们被同化、压抑和遮蔽的历史细节和文化机制，让表现女性意识的女性文学"浮出历史地表"①，建构属于女性自己的文学史。伊莱恩·肖尔瓦特的批评著作《她们自己的文学》，副标题就是"从勃朗特到莱辛的英国女性小说传统"，作者发掘出许多过去被长期湮没的英国女性文学创作资料，尤其发现了一批在世时颇为走红而死后却从记录上消失的女作家，从而填平奥斯汀、勃朗特、沃尔夫等大作家之间的断裂与鸿沟，展示了女性文学持续不断的传统。作者指出，忽视女性文学的历史和传统，正是男权中心文化压抑女性写作的一种策略，因为"每一代女作家都在某种程度上发现自己没有历史，而不得不重新寻找过去，一次又一次地唤醒自己的女性意识"②。

女性阅读与写作批评。这是女性主义文学批评的主要内容之一，旨在探讨一种不同于男性的文学阅读与写作。文学批评的实践是阅读文本和解释文本，在此过程中完成意义的固定和标准的建立。女性主义认为传统的文学阅读和解释的标准隐含着父权制的标准，把女性推向边缘，使妇女成为文化的消极接受者而不是文化的积极创造者，因此，女性主义文学批评的一个重要任务，就是重建一种不同于父权制的文学阅读和解释。女性主义的探讨体现在两个方面：第一，考察现行的文学阅读和解释的过程、假设和目标是否是维护男性权威的同谋，并探索一种可供替换的方法；第二，通过女性经验或者建立女性读者的假设并积极利用这一假设，建构一种使女人作为女人——而不是作为男人——去阅读的问题和角度。女性主义的阅读批评，让人们充分了解到一种阅读文本的新方法，认识到隐藏在文本中的菲勒斯中心主义的真面目。女性主义的写作批评，是建立在语言/符号的怀疑论基础上，认为语言/符号作为社会的产物，必然深深地打上了男权社会性别歧视的痕迹，即使那些以妇女为中心的小说，也未必就是女性主义的小说。只有利用父权制的语言，并从内部彻底摧毁它，才能建立女性自己的叙事。而这一目标的实现，则在于女性经验和女性意识，西苏甚至提出所谓的"身体写作"："妇女必须把自己写进文本——就像通过自己的奋斗嵌入世界和历史一样。"③

当然，女性主义文学批评既是开放的又是不断发展的，新的理论和新的文化现实，尤其是妇女解放的政治进程，令其呈现出不同的批评景观。受后殖民主义和青年亚文化的影响，女性主义后来发展出黑人妇女文学批评、女同性恋文学批评等主题。女性主义文学批评，尽管存在着各种各样的局限，但它从性别文化的角度为人们打开了文学理解和批评的新空间。

三、传媒批评

传媒批评，是现代传媒发展到一定阶段的产物。在此之前，文学批评主要集中于艾布拉姆

---

① 孟悦、戴锦华：《浮出历史地表——中国现代女性文学研究》，郑州：河南人民出版社，1989 年。
② 〔美〕肖尔瓦特：《她们自己的文学》，伦敦 1977 年，第 11 页。
③ 〔法〕埃莱娜·西苏：《美杜莎的笑声》，黄晓红译，张京媛主编《当代女性主义文学批评》，北京：北京大学出版社，1992 年，第 188 页。

斯所概括的以作品为中心的四个要素:世界、作品、艺术家和欣赏者①,几乎没有人从传媒的角度来理解文学。但是,现代传媒的飞速发展逐渐证明了这样的事实:所谓传媒并非仅仅就是人们所看见的传播信息的技术与物质,它还携带着一系列极其隐蔽的内在文化机制,正在悄悄改变或重构人们的活动方式,文学也不例外。因此,所谓传媒批评,是指以现代传媒为视角,探讨传媒的发达对文学在性质、存在、文本、风格、生产、传播、阅读等方面所产生的各种影响,从传媒的视野来理解文学的新变化,总结文学的新特点。米勒曾讲:

> 文学是信息高速公路上的沟沟坎坎、互联网之神秘星系上的黑洞。虽然从来生不逢时,虽然永远不会独领风骚,但不管我们栖居在一个怎样新的电信王国,文学——信息高速路上的坑坑注注、互联网之星系上的黑洞——作为幸存者,仍然急需我们去"研究",就是在这里,现在。②

现代传媒,给文学带来史无前例的发展机遇,也令文学在发展中面临严峻的问题。可以说,文学自现代以来所发生的一系列变化,都与传媒的飞速发展存在着一定的联系,不引入传媒这一文化视角,许多新的文学现象难以得到令人信服的解释。其实,早在米勒呼吁之前,人们已经开始从文化的角度关注现代传媒对文学所产生的巨大影响,法兰克福学派、伯明翰当代文化研究中心、丹尼尔·贝尔、詹姆逊、麦克卢汉、波德里亚、费瑟斯通、韦尔施、德赛图、卡斯特等,都曾就现代传媒的某些文化属性讨论过现代传媒尤其是大众传媒的发达对文学艺术所带来的种种影响。因此,传媒批评的基础,是人们对日益发达的现代传媒及其文化属性的理解和认识。

现代传媒的技术属性与文学传播批评。从机械印刷传播到电子传播,再到数字网络传播,现代传媒的每一次进步,都离不开技术的强力支持。所谓技术属性,一方面是指这种技术依赖性,另一方面也是指凝结在技术上的信息传输新特点,如时间的迅捷性、空间的远程性、受众的广泛性等等,其中最显著的特点是,现代传媒正在改变人们的空间感觉和观念③。现代传媒的这种技术属性,是导致文学传播发生变革并最终传导为文学变革的重要因素之一。纸质印刷,直接导致小说的广泛兴起;电子传媒,不仅带来电影、电视,而且还带来图像阅读;有了因特网,才有网络文学和超文本。因此,文学传播批评,首先是探讨现代传媒是如何把文学吸入其传播机制以及文学的传播究竟发生了怎样的变革,其次是分析文学传播这一环节的变革反过来对文学活动的整体产生了怎样的影响。总之,文学传播批评是抓住文学越来越依附于现代传媒这一重要特点,对文学的各种变化予以科学的解释和合理的评判。

现代传媒的大众属性与大众文学批评。从机械印刷传播开始,现代传媒就扭转了传媒发展的基本方向,即传媒由面向少数人而转为面向大众,引发信息传播与交往的一次革命。大众与现代传媒的结合,改造了传媒的原有性质和功能,成为现代传媒飞速发展的主要动力,从某种程度上说,现代传媒实际上就是大众传媒的同义语。从法兰克福学派开始,大众属性就成为现代传媒研究的重点,并由此带动了大众文学批评的繁荣。大众文学,无论是它的通俗性、流行性和复制性这些总体美学特征,还是它的创作、接受、发展和流变上的具体特征,都是和现代

① 〔美〕艾布拉姆斯:《镜与灯——浪漫主义文论及批评传统》,郦稚牛等译,北京:北京大学出版社,2004年,第4页。
② 〔美〕J·希利斯·米勒:《全球化时代文学研究还会继续吗?》,《文学评论》,2001年第1期。
③ 这方面的研究:加拿大麦克卢汉的"地球村"、美国爱德华·索亚的"第三空间"和曼纽尔·卡斯特的"流动空间"等。

传媒的大众属性紧密联系在一起的。因此,理解现代传媒的大众属性成为理解大众文学的有机部分,同时,对大众文学的分析与研究也有助于对现代传媒大众属性的再认识。在现代传媒日益发达的今天,离开传媒这一文化视野,大众文学批评几乎是寸步难行。另外,随着人们对现代传媒大众属性认识的逐步深入,大众文学批评已经告别精英主义的美学批判和悲观主义的政治批判这两种模式,受斯图亚特·霍尔、J·费斯克等人大众传媒研究的影响,大众文学批评已经进入一个以学理阐释和价值评判相架构的学术批评时代。

现代传媒的商业属性与文学精神批评。现代传媒的诞生、运作、维护和更新,都依赖于资本的支持,它在获得社会效益的同时也必须获取丰厚的经济效益,当两者矛盾时它往往牺牲前者,甚至它所考虑的社会效益仅仅是为了保证获取足够的经济效益,这种资本的文化逻辑决定了它的商业属性。而当文学一旦进入现代传媒的机制,借助于现代传媒而实现文学传播时,文学必须学会低头,主动或者被迫地舍弃自己与现代传媒格格不入的某些精神与传统,从而使得作为精神生产的文学带有商品生产的某些特征。因而,在现代传媒日益发达的时代,文学精神批评特别具有吸引力。所谓文学精神批评,主要是探讨、分析在现代传媒一统天下的时代里文学精神流失的问题,当然也包括文学的异化、纯文学的萎缩、文学性转移等许多相关问题。有学者认为:"今天的文学危机是一个触目的标志,不但标志着公共文化的普遍下降,更标志着整整几代人精神素质的持续恶化。文学的危机实际上暴露了当代中国人文精神的危机,整个社会对文学的冷淡,正从一个侧面证实了,我们已经对发展自己的精神生活丧失了兴趣。"①作者所说的"整个社会对文学的冷淡",恰恰正是现代传媒借助于计划经济向市场经济转型之际在中国蓬勃发展的时期。

现代传媒的权力属性与文学场批评。传媒从来都是权力的支配物和象征物,具有权力的属性,但是现代传媒的权力属性表现为多元化权力之间的冲突、制约和平衡,而不是一元性的权力统治,因为现代传媒是在社会高度分化的前提下发展起来的。任何一种现代传媒,都不可能成为单一的线性权力的象征,而是各种身份与符号的双重象征资本之间博弈的中介与阵地,类似于布尔迪厄所说的"场域"②。在现代传媒控制下的当代文学,也进入了一个高度分化的时代,各种文学观念和文学风格不是相互替代,而是在现代传媒的空间中不断生成、斗争与平衡,形成现代传媒视野下的文学场批评③。文学场批评,主要是以象征权力为中心,探讨当代文学的权力解体、分化与冲突问题,进而引申到对当代文学场生成与结构的分析。例如,有人对文学"终结"论的反驳,运用的就是文学场批评:

> 在今天的现代传媒时代,文学不是"终结"了或"消亡"了,而是转型了。西方 19 世纪中期以来形成的以"纯文学"或自主性文学观念为指导原则的精英文学生产支配大众文学生产的统一文学场走向了裂变,统一的文学场裂变之后,形成了精英文学、大众文学、网络文学等文学生产次场按照各自的生产原则和不同的价值观念各行其是,既斗争又联合,既相互独立又相互渗透的多元并存格局。④

① 王晓明:《旷野上的废墟——文学与人文精神的危机》,《上海文学》,1993 年第 6 期。
② 〔法〕布尔迪厄:《实践与反思》,李猛等译,北京:中央编译出版社,2004 年,第 134 页。
③ 参见:布尔迪厄《艺术的法则:文学场的生成与结构》,刘晖译,北京:中央编译出版社,2001 年。
④ 单小曦:《电子传媒时代的文学场裂变》,《文艺争鸣》,2006 年第 4 期。

当然，以上只是大体勾画出传媒批评的几个主题，而事实上，传媒批评还远不只有这几个方面，几乎涉及到文学的所有方面，譬如文学的集体生产、图像阅读、超文本、仿像、超真实等等，这些文学问题都是在现代传媒发达后才产生的，对它们的分析和解决，都必须置于现代传媒的语境中，因而也是传媒批评的重要内容。

四、新历史主义批评

新历史主义批评，形成于 20 世纪 80 年代美国学者格林布拉特的"文艺复兴"研究①，经思想史学者海登·怀特在理论上的辩护和发展，终于成为后现代文化批评的一种景观。作为一种学术流派，新历史主义与其说是一种理论，倒不如说是一种方法与实践。新历史主义批评亦是如此，作为一种文化批评，它指的不是批评主题而是批评方法——即运用"新历史"的视野，在文学历史化和历史文学化的构架中所从事的批评实践。新历史主义批评破解文学和历史之间的二元对立，具有两个鲜明的特点：从文学批评范围上看，它主要致力于广义的文学史批评；从文学批评方法上看，它主要是通过把孤立的文学文本还原到历史的语境之中而强调文学批评的历史维度。

新历史主义批评的关键，是其"新历史"观念。所谓"新历史"，针对的是历史主义及其历史决定论的历史，认为根本不存在所谓"真实的历史"和"历史的本质"，历史只不过是一种关于历史事实的想象、叙述与解释而已，所有的事实都漂流在历史中并可以与任何观念相结合，人不可能找到历史，因为那是业已逝去、不可重现的，而只能找到关于历史的叙述，或仅仅找到被解释和编织过的历史，所谓历史"真实"只能出现在追求真实的话语解释和观念构造之中。传统历史主义的历史整体论和历史决定论，实际上是乌托邦式的历史预设，极权主义的象征，没有任何科学的方法可以预测人类历史的进程。卡尔·波普尔曾这样讲：

> 不可能有一部"真正如实表现过去"的历史，只能有各种历史的解释，而且没有一种解释是最后的解释，因此每一代人有权利去作出自己的解释。……历史虽然没有目的，但我们能把这些目的加在历史上面；历史虽然没有意义，但我们能给它一种意义。②

可见，"新历史"不同于形式主义的"反历史"，而是解释学"一切历史都是当代史"的再次延伸。新历史主义的血管里，流淌着马克思主义理论和福柯的知识社会学，它所强调的历史维度，并不是陈旧的历史考古传统，而是利用历史叙述和解释的断裂，利用各种文本之间的"互文"性，返回历史构造的场景之中，直面权力、控制和社会压迫，以及种族、阶级、心理、价值等方面的对立和冲突，挖掘出"正史"、"大历史"文本掩盖下的政治意识形态压抑和个体的精神抗争："不参与的、不作判断的、不将过去与现在联系起来的写作，是无任何价值的。"③

与"新历史"观念相一致，新历史主义批评努力打破文学与历史二元对立的传统。其逻辑

---

① 1972 年，W·莫里斯曾以"新历史主义"来命名德国史学家朗克、狄尔泰，美国史学家帕林顿、布鲁克斯的文学史研究方法。但它作为流派的正式确立，见格林布拉特 1982 年为《类型》学刊而撰写的集体宣言。
② 〔英〕波普尔：《公开社会及其敌人》，转引自朱立元《当代西方文艺理论》，上海：华东师范大学出版社，2003 年，第394 页。
③ 〔美〕格林布拉特：《回声与惊叹》，转引自朱立元《当代西方文艺理论》，上海：华东师范大学出版社，2003 年，第405 页。

起点是：不存在所谓真实的历史编纂和记录，就像不存在历史的真实一样，历史只是关于历史事实的想象、叙述与解释，遗留的历史编纂和记录，都是被技巧、语境、情节、观念等编织过的文本，经过隐喻、转喻、提喻和讽喻的语义编码，历史学家本质上和诗人一样去预想历史的展开，使其负载他用以解释历史事件的意识和理论。这样，新历史主义找到了文学和历史之间的相通和相似，填平了文学和历史之间的差异和冲突。在文学批评实践中，一方面，新历史主义将文学看作是历史的有机组成，一种在历史语境中塑造人性的文化样式和力量，而不是把文学抽象为历史本质的反映；另一方面，新历史主义认为历史是文学直接参与其间的，是新与旧、个人与群体、权威和边缘相互交锋的场所，历史绝不是文学的故事情节和人物行动的背景，相反，文学中的事件、人物和冲突，本身就是历史的直接参与。因此，新历史主义批评颠覆了文本中心论和形式主义批评，重新关注艺术和人生、历史和现实、文本和历史、文学和权力的关系。

新历史主义批评，主要致力于广义的文学史批评，亦如它产生于"文艺复兴"研究一样。所谓广义的文学史批评，顾名思义，不是正统意义上的文学史研究，而是指借助于文学批评行动而重新构建过去一直被压抑或遮蔽的人类心灵史或精神史。新历史主义，并不关心文学作为审美现象的演变史，而是关注某一被遮蔽的文化主题在文学与历史之中的压抑史或抗争史。格林布拉特的《文艺复兴时期的自我塑造：从莫尔到莎士比亚》，并不是重新建立文艺复兴时期的英国文学史，而是通过考察从莫尔到莎士比亚的"自我造型"，表明 16 世纪的英国不但产生了"自我"，而且这种"自我"是能够塑造成型的意识。新历史主义批评，并不关心单线性的文学大历史和连续性的文学阶段史，而是对文学史中的断裂和碎片特别感兴趣，因为它关注的往往是长期被忽视的某一心灵主题。它的文学史批评，无意于网罗所有的著名作家以编织文学发展的脉络和全貌，而是注意打捞那些被人们忘记的作家或者是大作家中被人们普遍忘记的那一部分。当然，无论是大作家还是无名作家的批评，新历史主义批评都避开传统的传记式研究，而是按照他们自己所关注的主题，把文学和历史、文本和事件、历史和现实、发现和解释相互打通，构建一个"陌生"的作家。

新历史主义批评的方法论特点，集中在它对文学和历史关系的处理上。它不把历史看成为文学的背景，也不是把人物放回历史中去，而是把留存于今的孤立的文学文本还原到历史的语境之中，使之成为历史的有机组成部分。为了获得这一目的，新历史主义批评绝不进行孤零零的文学文本分析，而是特别关注文本叙述中所存在的"裂缝"，把它和历史遗留下来的器皿、建筑、装饰物、插曲、奇闻、轶事、口号、标语、偶然事件、日记等文本进行并置而组成文本间的"互文"，从而在细读之中让"断裂"的意义得以呈现。所以，新历史主义批评作为文学的文化批评，是多重的"冒犯"：冒犯历史，冒犯文学史，也冒犯了文化史。格林布拉特的近作《尘世间的莎士比亚》，再一次用大量的轶事和偶然事件，冒犯了人们对这位历史上最伟大作家的虔诚①。新历史主义批评中的历史维度，不是"大历史"或"正史"的维度，而是"小历史"或"碎片史"的维度。

五、后殖民主义批评

这里的后殖民主义批评，是指第三世界为了消解西方中心主义、文化帝国主义而运用后殖民理论所进行的文学批评，比较关注文学活动中的西方/东方、中心/他者的文化问题，尤其对

---

① Stephen Greenblatt, *Will in the World：How Shakespeare Became Shakespeare*, New York：Norton, 2004.

文学创作中的文化殖民与反殖民、身份认同与焦虑、跨文化经验与历史记忆等主题特别感兴趣。后殖民主义批评,在不同的国家往往存在着一定的差异,当代中国的后殖民主义文学批评,主要体现为对百年文学现代性的反思以及对民族文学经验与传统的重视:

> 当前,有待我国东方学家继续努力的,也许是应当积聚力量去完成一种建构——研究对象的建构,对其特质的不断阐释和再阐释……形成我们与欧美东方学那种霸权话语截然不同的话语体系——平等相待而非居高临下,客观公允而非偏颇武断,进而从历史和社会意义角度确立起我国东方学的地位和特色。①

后殖民理论是一种多种文化观念、政治理论和批评方法的集合,旨在考察昔日欧洲帝国殖民地的文化(包括政治、历史、文学和生活等)以及它与世界其他地方尤其是与西方宗主国之间的关系,特别是研究"冷战"结束以来"后"宗主国与前殖民地之间的文化话语权力的关系,像文化帝国主义、东方主义、种族主义、民族主义等一系列的新问题。如果说后殖民主义的核心是指"后"宗主国对其前殖民地的一种文化霸权现象,那么,后殖民理论就是对后殖民主义现象的研究与批判。它的内容相当复杂,包括了各种经历的讨论:如迁徙、奴役、压迫、抵抗、表现、差异、种族、性别、地方以及诸如历史、哲学和语言学等话语的反应,还包括这一切赖以产生的说话写作的基本经历。后殖民主义批评的先驱是 M·K·甘地和费朗茨·法农等,形成的标志是爱德华·萨义德1978 年出版《东方学》,之后则有著名的斯皮瓦克,她将女性主义理论整合进后殖民理论,以及张扬第三世界文化理论、注重符号学批评的霍米·巴巴。后殖民主义批评,始终坚持文化差异的立场,贯穿着消解文化帝国主义的目的,认为世界上并存着各种不同的文化,它们奉行不同甚至相去甚远的价值观,不能简单地以高低优劣来评判它们,反对把西方的文化及其价值观人为地构建为唯一的中心和趋向。

后殖民理论应用于文学批评,形成后殖民主义的文学批评。因此,后殖民主义文学批评比较关注与"殖民"话题相关的文学的阅读与写作,包括两个方面:即过去曾经是或现在仍然是殖民地国家的文学,以及宗主国想象殖民和殖民地人民的文学。它的批评主题,主要集中在两个问题上:

"他者"形象批评。所谓"他者",按照萨义德的理解,就是西方/东方冲突中的"东方",即被殖民的一方,是"在西方人对熟悉的事物的藐视和对新奇事物的狂喜或恐惧之间摇曳不定的存在"②。"他者"的产生,始于殖民者以宗主国的身份和自我文化中心对殖民地人民的文化虚构和想象,这种人为的"真实"杜撰"东方",使得东方丧失文化主体性而成为西方的"他者",使得西方可以从远处居高临下地观察东方进而剥夺东方,因此,"他者"的实质是一面镜子,反映殖民主义者的自我形象。后殖民理论认为,"他者"不仅表现在西方/东方的文化权力上,也同样表现在文学创作中。在西方的文学史中,尤其是殖民活动以来的西方文学,到处充满着关于东方形象的歪曲和虚构,作为"他者"形象,东方成为野蛮、无知、落后、灾难的象征。"他者"形象批评,就是关注殖民主义者文学作品中的"他者"形象,关注这种形象被塑造的方式,并透过这些表层的形象和创作方式,而探寻和挖掘更深层次的历史背景、社会现实和文化内涵,以及"他

---

① 朱威烈:《打破欧美"东方学"的霸权话语体系,建构中国"东方学"》,《文汇报》,2002 年 11 月 14 日。
② 〔美〕萨义德:《想象的地理及其表述形式:东方化东方》,赵燕译,张京媛主编《后殖民理论与文化批评》,北京:北京大学出版社,1999 年,第 23 页。

者"被扭曲、排斥和憎恶的缘由,也就是说"他者"形象批评的关键,是揭示和颠覆"他者"形象生产的文化殖民机制。

"身份认同"批评。这是后殖民主义文学批评的又一重要内容,即考察被殖民国家的文学写作中所普遍存在的文化身份认同上的焦虑、徘徊与抗争,探讨第三世界如何在文学写作和批评中进行民族经验与传统的确认和链接,以及全球化时代第三世界如何利用"他者"的地位重建属于自我的文化。文化身份,一般包括三个层次:个体的、社群与种族的、民族与国家的,后殖民主义文学批评不仅重视后两个层次,而且认为文化身份既是"存在"又是"变化",所谓"身份认同"只不过是在历史和文化的话语之内进行身份缝合(通过神话、幻想、记忆和叙事等)的不稳定点:

> 它们决不是永恒地固定在某一种本质化的过去,而是屈从于历史、文化和权力的不断"嬉戏"。身份绝非根植于对过去的纯粹的"恢复",过去仍等待着发现,而当发现时,就将永久地固定了我们的自我感;过去的叙事以不同的方式规定了我们的位置,我们也以不同方式在过去的叙事中给自己规定了位置,身份就是我们给这些不同方式起的名字。①

对于被殖民者而言,由于失去这种"嬉戏"的主体性,其文化身份通常是由殖民者来加以想象和界定的。因此,后殖民主义的"身份认同"批评,一方面关注西方强势文化给予被殖民作家在身份认同中的种种文化压力和影响,关注被殖民者文学创作中所表现出的身份焦虑和文化抗争现象;另一方面,更特别关注第三世界如何创立赋予民族经验与传统的文学,因为这是被殖民者身份认同中的抗争意识赖以表达与实现的重要形式。但是,在如何彻底改变"他者"的位置、重新唤回自我的文化身份的策略上,无论是后殖民理论还是后殖民主义的文学批评,都人人言殊,存在较大的争议。

第四节　写作实例分析

原作:

约瑟夫·康拉德(1857—1924),生于沙皇俄国统治下的波兰,由于不堪忍受亡国奴的生活,16岁只身来到法国马赛,后又在英国当了近20年的海员,曾于1889年乘船到达非洲的刚果,差点病死在那里,此行深刻影响了他的世界观,也促成他由海员向小说家的转变。中篇小说《黑暗的心》,约八万字,带有一定的传记痕迹。小说记录了船长马罗在一艘停靠于伦敦泰晤士河上的"奈利"号海船上所讲的非洲刚果河的故事,马罗的叙述除了涉及他自己年轻时候的非洲经历之外,还主要讲述了他在非洲期间所认识的一个名叫克尔茨的白人殖民者的故事:一位立志将"文明进步"带到非洲的理想主义者,却堕落成贪婪的殖民者的经过。"黑暗的心"具有双重寓意,既指地理意义上的黑色的非洲腹地,也指殖民者黑暗的内心。另外,康拉德还让马罗的叙述不断地穿梭于过去与现在、自己和克尔茨及听众之间,以这种叙述角度的交替,成功地取代了传统的线性叙事方式。

<hr />

① 〔英〕斯图亚特·霍尔:《文化身份与族裔散居》,陈永国译,罗钢、刘象愚主编《文化研究读本》,北京:中国社会科学出版社,2000年,第211页。

《黑暗的心》的两个视角(节选)　　爱德华·W·萨义德

我认为,这种帝国主义的态度在康拉德写于 1898 与 1899 年之间的伟大的中篇小说《黑暗的心》(*Heart of Darkness*, Garden City: Double Day, Page, 1925)的复杂且丰富的叙述形式中被捕捉得十分巧妙。一方面,叙述者马罗承认一切话语的可悲的窘境——"不可能根据个人的存在表达出任何一个时代的生活感觉——而个人的存在又造成了那个时代的真理、意义和微妙的、深刻的本质。我们活着,我们亦梦着——只有我们自己。"然而,马罗还是努力通过讲述自己到非洲内陆去找克尔茨的旅行来表现克尔茨的非洲经历的巨大魅力。这个叙述又是直接与到黑人世界中去的欧洲传教团的拯救世界的力量,以及伴随而来的劳而无功和恐怖联系在一起的。凡是在马罗极为感人的叙述中丢掉或省略、甚至编造的东西,都在充满历史感和时间推移的叙述里得到了补偿。这个叙述有时离开了正题,还有许多描写和令人兴奋的冲突等等。马罗讲述他是怎样走到克尔茨的大本营——他现在已经成了它的消息来源和权威了——他的叙述呈大大小小的螺旋形向前移动,很像逆水行舟那样。然后,他又直奔所说的"非洲的心脏"。

马罗与不合时宜地穿着白色制服的文员在丛林中相遇了。后面的几段谈到了这段经历。他后来又遇到了一个被克尔茨的天才深深打动了的、半疯的、小丑似的俄国人。可是,在马罗的犹豫不决、他的逃避和他对自己的感觉和思想的奇怪沉思的背后,是毫不退缩的旅程本身。尽管有许多障碍,他还是穿过丛林,经历了时间的考验,克服了艰难困苦,直达丛林的中心,即克尔茨的象牙贸易王国。康拉德想要我们看到,克尔茨伟大的掠夺冒险、马罗逆流而上的旅途以及故事叙述本身,有个共同的主题:欧洲人在非洲或在非洲问题上表现出来的帝国主义控制力量与意志。

使康拉德与同时代的其他殖民主义作家不同的是,他对自己所做的非常敏感。这与殖民制度把他,一个波兰移民,变成了帝国主义制度的一个雇员有一定关系。所以,和他别的小说一样,《黑暗的心》不可能只是马罗的冒险历程的坦率再现:它也是马罗这个人的戏剧化再现。他是昔日在殖民地里游荡的人,在某一时间、某一地点把他的故事讲给一群英国人听。这群人大部分来自商业界。康拉德以此来强调:19 世纪 90 年代,一度是冒险而且时常是个人行为的帝国事业(business of empire),已经变成商业帝国了(empire of business)。(很凑巧,我们应当注意到,大约在同时,哈尔弗德·麦金,一位探险家、地理学者和自由主义帝国主义者,在伦敦银行研究所做了一系列关于帝国主义的演讲。康拉德也许知道这件事)马罗叙述近乎逼人的力量给我们留下一种十分确切的感觉,使我们觉得无法逃脱帝国主义的历史力量。同时,帝国主义具有代表它所统治的一切发言的力量。虽然如此,康拉德向我们表明,马罗所做的依然是有前提的。他只是面对一群心态相同的英国听众,而且只限于这样的情景。

可是,康拉德和马罗都没有使我们完全看到,在克尔茨、马罗、"奈利"号甲板上的一圈听众和康拉德自己所体现的,征服全世界的态度以外是什么。我这样说的意思是,《黑暗的心》具有强大的力量,可以说,它从政治和美学的角度来看,都是帝国主义的。这在 19 世纪的政治、美学甚至认识论上都是不可避免的。因为,假如我们不能真正了解别人的经验,我们必须依靠丛林里的白人克尔茨,或另外一个白人马罗作为故事叙述的权威,那么,寻找帝国主义的经验是不会有结果的;帝国主义制度干脆把它们消灭了,或者使之无法被想象。这个圆圈如此完整,在艺术上和心理上都是无懈可击的。

康拉德非常有意识地把马罗的故事从叙述的角度来表达。他使我们认识到帝国主义不但远远没有吞掉自己的历史,而且正发生在一个更大的历史背景下,并且为它所限制。这个更大的历史处在"奈利"号甲板上那一小圈欧洲人之外。然而,到那时为止,似乎还没有任何人住在那个历史区域里。因此,康拉德就让它空白着。①

点评:

爱德华·W·萨义德(1935—2003),生于耶路撒冷,1963 年起执教于美国哥伦比亚大学,是当代西方后殖民主义批评的中坚人物,1993 年出版《文化与帝国主义》一书,试图扩充《东方学》(1978)的观点,对现代西方宗主国与它在海外的领地的关系作出更具有普遍性的描述,尤其关注作为文化形态的小说是如何参与 19 世纪和 20 世纪的现代西方帝国主义问题的建构,分析它们对于形成帝国主义态度、参照系和生活经验的重要性。

《〈黑暗的心〉的两个视角》,是该书第一章"重叠的领土,交织的历史"中的第三节,集中体现了萨义德的后殖民主义批评方法和批评风格,成为后殖民主义批评的一个较为典型的文本。萨义德的文化批评的重点是以英、法为首的西方现代帝国主义意识形态在 19 世纪和 20 世纪的构建与扩张,相信小说与这种意识形态构建和扩张之间存在着必然的联系,而且认为这种联系应该是一个有趣的美学问题,尽管它被已往的批评家们所忽视。因此,萨义德所做的,不仅仅是批评现代西方帝国主义意识形态这个政治性问题,而且还要把这一批评建立在 19 世纪西方小说的解读上。"我的方法是尽量集中于具体作品,首先把它们当作具有创造性或解释性的伟大想象。然后,揭示出它们是文化和帝国主义之间关系的一部分。"②《〈黑暗的心〉的两个视角》,选择康拉德的中篇小说《黑暗的心》作为解读的文本,通过分析马罗面对一群英国听众叙述自己非洲之行故事的两个视角,不仅揭示出小说与帝国主义意识形态构建之间的内在联系,而且总结出小说及其作者对于帝国主义的两种充满冲突的态度。一方面,马罗作为昔日殖民地的游荡者,作为非洲冒险经历的逼真再现者,不得不向读者展示出对帝国主义意识形态的屈服和认同,因为他无法逃脱帝国主义的强大历史和话语霸权;另一方面,作者康拉德的移民经历又限制了讲故事的马罗,使他的屈服和认同变成有前提的,使他的叙述在情景、线索、结构上都表现出与帝国主义的碰撞。马罗讲故事时,太阳正在落下;等到他讲完时,深深的黑暗笼罩了一切。萨义德认为,这是一个充满象征意味的情景,暗示在马罗及其英国听众之外,存在着一个未加界定的、模糊不清的世界,而这个世界是帝国主义意识形态难以控制的世界。尽管康拉德由于种种的原因,未能清晰地再现出这一碰撞的世界,甚至让它空白着,但小说毕竟为这一世界留下了位置。

---

① 〔美〕萨义德:《文化与帝国主义》,李锟译,北京:三联书店,2003 年,第28—30 页。
② 〔美〕萨义德:《文化与帝国主义》,李锟译,北京:三联书店 2003 年,第17 页。

关键词

1. 文化批评:有广义和狭义之分。狭义的文化批评,它属于文学批评的范围,是文学批评诸范式中的一种,亦即文学的文化批评。它是把文学活动视为一种文化,以文化这一独特视角切入文学的研究,揭示文学中所潜在的各种文化要素和文化问题,或者是在文化的视野下解释各种文学现象的发生与形成,包括作家与写作、文本与风格、传播与接受、思潮与走向等等,往往得出不同于纯粹审美批评的见解和价值评判。

2. 民间批评:既不是指民间文学的批评,也不是指民间的文学批评,它是特指现代批评家重返民间的立场,依据官方和民间之间微妙的压抑与反压抑、规训与反规训的冲突关系,考察古老的民间文化对文学及其精神的影响,消解所谓的严肃文学与高雅文学,提倡平等意识,重塑文学抵制权威、反抗现实压抑的文化精神。

3. 性别批评:性别批评中的性别,不是生物学上的性别而是指社会性别,因而属于文化的范畴。这里所讲的性别批评,主要是指 20 世纪 60 年代发展起来的女性主义文学批评。所谓女性主义文学批评,就是以性别为视角,以妇女为中心,通过对文学进行全新的解读,揭示男性中心主义文化对女性的塑造、压抑和扭曲,探索女性文学书写的历史与传统,建构不同于男性的女性文学写作。

4. 传媒批评:是现代传媒发展到一定阶段的产物。所谓传媒批评,是指以现代传媒为视角,探讨传媒的发达对文学在性质、存在、文本、风格、生产、传播、阅读等方面所产生的各种影响,从传媒的视野来理解文学的新变化,总结文学的新特点。

5. 新历史主义批评:形成于 20 世纪 80 年代美国学者格林布拉特的"文艺复兴"研究,经思想史学者海登·怀特在理论上的辩护和发展,终于成为后现代文化批评的一种景观。作为一种学术流派,新历史主义与其说是一种理论,倒不如说是一种方法与实践。新历史主义批评亦是如此,作为一种文化批评,它指的不是批评主题而是批评方法——即运用"新历史"的视野,在文学历史化和历史文学化的构架中所从事的文学研究与批评实践。新历史主义批评破解文学和历史之间的二元对立,具有两个鲜明的特点:从文学批评范围上看,它主要致力于广义的文学史批评;从文学批评方法上看,它主要是通过把孤立的文学文本还原到历史的语境之中而强调文学批评的历史维度。

6. 后殖民主义批评:这里的后殖民主义批评,准确地讲,是后殖民主义的文学批评,是指第三世界为了消解西方中心主义、文化帝国主义而运用后殖民理论所进行的文学批评,比较关注文学活动中的西方/东方、中心/他者的文化问题,尤其对文学创作中的文化殖民与反殖民、身份认同与焦虑、跨文化经验与历史记忆等主题特别感兴趣。

思考题

1. 什么是文化批评？当代的文化批评有哪几种主要形式？
2. 当代中国的文化批评是怎么兴起的？它在发展中形成了哪些自己的特色？
3. 你认为文化批评将会如何发展？

阅读链接

1. 陶东风：《文化研究：西方与中国》，北京：北京师范大学出版社，2002 年。
2. 陆扬、王毅：《文化研究导论》，上海：复旦大学出版社，2006 年。
3. 张伯存：《文化症候与文学精神》，上海：上海三联书店，2007 年。

（李　涛）

第十二章　生态批评

20 世纪后期,在自然生态遭到严重破坏,绿色运动蓬勃兴起的背景下,以美国为中心的西方文论界产生了一种与之相应的文学批评范式,这就是生态批评。它以生态的立场,重新审视文学,为我们认识和反思传统文学艺术提供了全新的视角。如今,生态危机已经弥漫到自然、社会等各个领域,甚至影响到人的精神层面。生态已经成为一个世界性的话题,它所坚持的整体性、平等性原则也将成为一种新的世界观,渗透到人文学科的各个领域,检验着人类的生存理念与行为准则。

第一节　什么是生态批评

一、生态批评的内涵

生态批评作为一种新的批评范式,可以从两个层面来理解。

广义的生态批评,是以生态的立场与观念对各种社会现象作出阐释与评价的活动,其主要特征是整体地、平等地看待自然与社会中的每一个成员。因此,只要坚持了生态立场,并显示这一特征的各种批评活动,都可以视为广义的生态批评。这一批评涉及政治、经济、文化、文学等领域,如关注与讨论森林的过度砍伐,草地的过分利用,农药无休止地滥用,二氧化碳无节制排放等等行为。总之,凡是对打破和谐,导致生态失衡,损坏地球"自为"行为的阐释与评价活动,都可以归属于广义的生态批评范畴。

狭义的生态批评,是将生态的基本理念运用到文学批评当中的一种文学批评范式,属于文艺学的范畴;具体来讲,就是以生态的立场,从整体性与平等性原则出发,对以文学作品为中心的各种文学现象进行具体阐释与评价的活动。这里的文学现象,泛指与文学有关的各种事实,如文学创作、作品分析以及文学作品的传播等等,其中主要指文艺与自然生态的关系。如这部小说是如何展示自然的?自然在作品中扮演了什么样的角色?以生态的立场,如何在文学中阐释出表层下面的生态意识?文学中关于大地的隐喻是如何影响读者的?文学经验本身以何种方式影响了人类与自然界的关系?环境危机以何种方式、在何种程度上渗透到当代文学和流行文化中来?等等。这些问题都是狭义生态批评试图回答的。对于这种批评,美国生态文学批评家彻丽尔·格罗费尔蒂指出,生态文学批评是把以地球为中心的思想意识运用到文学研究中,探讨文学与自然环境之关系。格罗费尔蒂说:"生态批评是对文学与物质环境之间关系的研究……生态批评对文学研究采取了一种以大地为中心的态度。"①以地球为中心,"以大地为中心",这就完全摈弃了人类中心主义的狭隘观念。并且,探讨文学与自然环境之关系,或者表述为"研究""文学与物质环境之间关系",着眼点必然在文学与自然的关系上。如果说文学是人学的话,那么,生态批评就是主要关注人与自然的关系。

狭义的生态批评,崛起于90年代英美文学界。他们把文学批评放在自然生态的广阔语境下,将文学文本与生态问题联系起来,思考人与自然的关系。无论是审视文学的视角,还是关注的中心,生态批评都突破了对以作者或读者、或作品为中心的文学批评范式,体现了现实的批判性与理论的跨学科性。它以大地为中心,把触角伸向了人类社会之外,批判各种破坏生态平衡的行为,唤醒人们的生态保护意识,实现人与自然的和谐发展,表现出现实批判性。正如美国生态批评家威廉·霍沃思所认为的,生态批评家是对描绘文化对自然之影响的作品进行评价的人,生态批评家赞颂大自然,谴责对自然进行掠夺的人,同时他希望通过采取行动来逆转掠夺者对自然造成的破坏。除了批判性外,生态批评的跨学科特征又给文学批评输入了新鲜血液,这不仅表现在人文学科内部的学科跨越,将哲学、社会学、政治学、伦理学、文化学等融为一体;而且还将生态学的概念应用到文学批评中来,从思想的出发点、概念话语的使用、研究视角的选择等方面,都将自然科学与文学联姻,打破社会学科与自然科学之间的分离状态,建立起全新的文学阐释模式。因此,无论是批评边界的扩展,关注中心的转向,还是对现实的批判性上,都体现了这一新的文学批评范式的生命力。

二、生态文学与生态批评

生态文学与生态批评虽然都有"生态"的特征,但它们的内涵与外延不同。一般来说,生态文学指从生态整体主义思想出发,以生态系统的整体利益为最高目标来考察自然,或表现自然与人类关系,或探寻生态危机之社会根源等问题的文学作品。所谓的生态整体,就是把各种生物体视为相互依赖、相互融合的有机体,正如利奥波德所说的,"当一个事物有助于保护生物共同体的和谐、稳定和美丽的时候,它就是正确的,当它走向反面时,就是错误的。"②这条生态主义者的金科玉律,也是判断生态文学的标准。可见,生态整体就是指生物共同体中的每一个成员都是整体性的存在,虽然在生态系统中扮演着不同的角色,但都共同维护这一共同体的和谐发展。如梭罗的《瓦尔登湖》,作品不仅展现了自然界各种物种的权利,而且还表达了人类对自然平静生活的向往,展示了人与自然的和谐共处。美国好莱坞大片《金刚》则表现了对征服动物这一人类中心主义思想的批判。1962年,美国女作家雷切尔·卡逊的长篇报告文学《寂静的春天》的问世,以大量事实与科学依据,揭示了滥用杀虫剂对生态环境的破坏和对人的健康的损害,激烈地抨击了依靠科学技术来征服自然、统治自然的发展模式和价值观念。这部作品不仅是生态文学的经典之作,也是生态批评的里程碑。

生态文学关注自然,以及自然与人的关系,但并不意味着关注自然的文学作品都是生态文学。自然(包括动物、植物等不同的物种)不等于生态。对于那些虽然描写了自然界的物种,甚

---

① 〔美〕格罗费尔蒂:《环境危机时代的文学研究》,转引自但纳·菲利普《生态批评:文学理论与生态学的真实性》,见王宁编《新文学史1》,北京:清华大学出版社,2001年,第311页。

② 〔美〕利奥波德:《沙乡年鉴》,侯文蕙译,长春:吉林人民出版社,1997年,第213页。

至还涉及到人与自然的某种关系,但只要其中没有表现出生态意识的,都不能叫做生态文学。在文学创作中,中国比西方更早地关注自然,在对"沧浪之水"的咏唱中,已显示自然进入了人们的审美视野。《诗经》中也描写了自然与人的关系,但是,《采薇》中的依依杨柳,霏霏雨雪,并没有表现出人与自然的和谐相处,而只是寄托着人的主观情思。我国传统的诗、词、曲中不乏描写自然景物的上乘之作,如"一片水光飞入户,千竿竹影乱登墙。"(韩翃《张山人草堂会王方士》)"花褪残红青杏小,燕子飞时,绿水人家绕。"(苏轼《蝶恋花》)"枯藤老树昏鸦,小桥流水人家,古道西风瘦马。"(马致远《天净沙·秋思》)但这些描写,无论是水光、竹影、燕子、绿水,还是枯藤、小桥、瘦马等等,都只是表达人的某种感情之物。梅、兰、竹、菊也是作者精神世界的写照。借景抒情与托物言志是中国诗词的传统表现手法,其中有"比德"与"畅神"之说,前者将人的品格客观化,后者使人的情感得以舒畅,与今天所说的生态意识有了某种关联,但仍不能称为生态文学。西方也有这样的作品,如俄国诗人莱蒙托夫《云》中的"天上的行云啊,永远的流浪者!/你们,逐放的流囚,正同我一样,/经过碧色的草原……匆匆奔向南方。"与中国传统艺术一样,作品借"天上的行云"来传达人的感情。这样的作品,表面上似乎描写了自然中的某一些元素,但很难说它们有某种生态立场,或者是某一个整体的生态观念。而对于那些作品,虽然也描写自然,表达了人与自然的关系,但其目的正是要肯定人对自然的征服,表现人的伟大力量的,它们不仅不是生态文学,恰恰是一种反生态的文学。

　　从前,在美国中部有一个城镇,这里的一切生物看来与其周围环境生活得很和谐。这个城镇座落在像棋盘般排列整齐的繁荣的农场中央,其周围是庄稼地,小山下果园成林。春天,繁花像白色的云朵点缀在绿色的原野上;秋天,透过松林的屏风,橡树、枫树和白桦闪射出火焰般的彩色光辉,狐狸在小山上叫着,小鹿静悄悄地穿过了笼罩着秋天晨雾的原野。……

　　从那时起,一个奇怪的阴影遮盖了这个地区,一切都开始变化。一些不祥的预兆降临到村落里:神秘莫测的疾病袭击了成群的小鸡;牛羊病倒和死亡。到处是死神的幽灵。农夫们述说着他们家庭的多病。城里的医生也愈来愈为他们病人中出现的新病感到困惑莫解。不仅在成人中,而且在孩子中出现了一些突然的、不可解释的死亡现象,这些孩子在玩耍时突然倒下了,并在几小时内死去。

　　一种奇怪的寂静笼罩了这个地方。比如说,鸟儿都到哪儿去了呢?许多人谈论着它们,感到迷惑和不安。园后鸟儿寻食的地方冷落了。在一些地方仅能见到的几只鸟儿也气息奄奄,它们战栗得很厉害,飞不起来。这是一个没有声息的春天。……

　　曾经一度是多么引人的小路两旁,现在排列着仿佛火灾劫后的、焦黄的、枯萎的植物。被生命抛弃了的这些地方也是寂静一片。甚至小溪也失去了生命;钓鱼的人不再来访问它,因为所有的鱼已死亡。

　　……是什么东西使得美国无以数计的城镇的春天之音沉寂下来了呢?①

　　凡是以生态立场来评价文学作品,都属于生态批评范围,因此,判断是否为生态批评,与文学作品本身是否表现生态意识没有必然的联系,关键是批评者所持的立场与观念。对于一部(篇)生态文学作品来讲,进行生态批评自然合情合理,但也可以进行所谓的非生态的批评,如

---

① 〔美〕雷切尔·卡逊:《寂静的春天·明天的寓言》,吕瑞兰译,北京:科学出版社,1979年,第3—4页。

政治批评、道德批评、印象批评等等;反过来讲,对于一部非生态文学的作品,批评者如果以生态立场对之进行具体阐释与评价,挖掘出潜伏其中的生态意识的,也可以称为生态批评。如对于海明威写于二战后的《老人与海》,曾被解读为老人与神秘莫测的大海、鲨鱼之间惊心动魄的殊死搏斗,体现人可以被消灭,但不能被打败的崇高、伟大的"硬汉精神"。这种阐释歌颂了人类在自然面前的伟大与崇高。但如果从生态的立场出发,就可以发现其中对自然的讴歌与赞扬,那翱翔的军舰鸟、巨大的马林鱼、威猛的大鳖鱼等,无不显示了自然的力量和壮美,展示着自然的崇高。这种在对人与自然关系的哲学思考中挖掘作品的生态意蕴,在人与自然的相互依赖中阐释出生命的本质,正是生态批评的目的。由此可见,就作品而言,作者的创作意图是一回事,读者与批评者对之进行阐释又是另一回事;可以对所谓的生态文学作品进行非生态的批评,也可以对非生态文学进行生态的批评。作家通过文学作品表现的生态立场,与批评家在作品中阐释出来的生态意识是不能完全等同的。

三、生态美学与生态批评

文学批评说到底,都是关于美的探讨,有什么样的美学理论,往往就会有什么样的文学批评。如果说生态批评是一种新的文学批评范式的话,那么,在美学上必然有一种与之相应的美学观念作为它立足的基础,这种美学观念就是生态美学。对生态美学是否成为一门新的美学学科的追问也许过早,但它是美学学科在新的历史时期的发展、延伸与超越是无疑的,正如曾繁仁所说的,"生态美学就是生态学与美学的一种有机结合,是运用生态学的理论与方法研究美学,将生态学的重要观点吸收到美学之中,从而形成一种崭新的美学形态"①。可以说,生态批评是生态美学的一种艺术实践活动。

生态美学是时代的产物。在经济高度发展的现代社会中,人类为了自身利益的最大化,疯狂地开采地下石油,过度开发各种矿产,大面积毁坏森林资源,造成生态环境的严重污染与破坏,这些行为不仅打破了自然的平衡,而且还使人类与自然的关系处于紧张的对抗之中。面对这样的现实,人类不得不反思自己的行为,这就使得生态学这一门自然学科的核心思想不断地向社会学科渗透。美国思想家利奥波德在写于1947年的《沙乡年鉴》中提出"大地伦理"观念,认为无论是有生命还是无生命的自然界中所有存在物都有其存在的权利,人类只是大地共同体的普通一员。后来,挪威哲学家奈斯提出以生态中心主义为特征、强调生态可持续性原则的"深层生态学",将生态中心主义思想引入哲学、政治学和伦理学领域,阐述了"生态自我"、"生态平等"与"生态共生"等一系列生态哲学和生态伦理学观念。到20世纪后期,生态哲学走向成熟。1995年,美国生态学家罗尔斯顿在《哲学走向荒原》一书中提出哲学的"生态转向";美国生态理论家大卫·格里芬提出"生态论的存在论",将生态与人的生存更紧密地联系起来。生态哲学与生态伦理学的发展自然影响到美学。

生态美学就是以生态学观念重新审视人与自然的关系,以人与自然的生态和谐审美关系为基础,探讨人与自然、人与社会以及人自身等多种关系,最终总结人如何更好地生存、社会如何更好地发展,生态资源如何得以持续,以及世界如何实现和平共存等诸问题②。生态美学是生态哲学向审美领域的渗透,它突破传统美学学科,从人类中心过渡到生态中心,从工具理性

---

① 曾繁仁:《生态美学》,《陕西师范大学学报》(哲学社会科学版),2002年第3期。
② 李欣复:《生态美学》,《南京社会科学》,1994年12期。

世界观过渡到生态世界观,从主客二分过渡到有机整体,坚持"生态自我"、"生态平等"、"生态同情"等思想观念,直接影响到人们对于艺术的认识与态度。这里所谓"生态自我",即将局限于人类的"本我"扩大到整个生态系统的"大我",肯定与人类相应的其他生命与自然界都具有同等的生存权。所谓"生态平等",即包括人类在内的所有生物均享有在"生物环链"之中所应有的平等权利。所谓"生态同情",即对万物生命所怀抱的仁爱精神,肯定人类以外的各种生命与自然都具有一定的主体性。把生态美学的观念运用到现实中,便体现为在生态中心主义思想指导下的各种行为,具体表现在批判工业化进程对自然环境带来的灾难行为,以及现代社会高速发展带来的各种畸形现象,主张生态和谐;批判工具理性的极度膨胀,过度的物质欲对人的伤害,提倡人性完善、人格健全的自然发展。可见,生态美学在审美的层面上批判现代社会以及人与自然的不和谐之音,主张生态文明。

生态批评与生态美学有着非常密切的联系,是生态美学在文学批评中的运用。它坚持的整体、平等、同情的原则,实现了对长期占统治地位的"人类中心主义"原则的突破与超越。生态批评正是以这样的基点,重新审视人与自然、人与自身的关系,建立起以生态美学为基础的文学批评活动,并以生态中心主义与生态审美观的基本理论,建立起尊重自然、尊重平等、抱有广泛同情心的生态批评原则。

第二节　生态批评的产生与发展

生态批评作为一种新的批评范式发源于美国。20 世纪 70 年代,自然环境遭到严重破坏,人们的生态意识不断增强,由此对生态文学的研究从幕后走向前台,并在 90 年代成为文学研究中的显学。1962 年,美国生态学家雷切尔·卡逊的《寂静的春天》问世,掀起了一场生态运动。就文学研究而言,1974 年,美国学者密克尔在《生存的喜剧:文学的生态学研究》中提出"文学的生态学"(Literary ecology),揭示"人类与其他物种之间的关系","审视和发掘文学对人类的行为和自然环境的影响"。同年,美国学者克洛伯尔在《现代语言学会会刊》上发表文章,将"生态学"(ecology)中"生态的"(ecological)概念引入文学领域。1978 年,威廉·鲁克特在《文学与生态学:一次生态批评的实验》中第一次使用"生态批评"(ecocriticism),要求以"生态学的视野","建构出一个生态诗学体系"。随后,有学者相继提出"生态诗学"、"环境文学批评"、"绿色研究"、"绿色文化研究"等其他的术语,掀起了生态批评的浪潮。几乎与西方生态批评蓬勃发展的同时,中国也开始了对生态批评的关注。

一、西方生态批评的发展线索

自 1978 年鲁克尔特第一次使用"生态批评"后,这一批评范式便在以美国为代表的西方文论界得到迅猛发展,但作为生态批评基础的整体性与平等性意识,却比生态批评术语产生要早得多。

古希腊是西方思想的发源地,也是生态意识的萌芽地。毕达哥拉斯认为:"只要人还在残酷地毁灭低等生命,他就绝不会懂得健康与和平。"[①]这已初显生命平等的意识。赫拉克利特提出"万物是一"的宇宙观,是至今见到的西方整体观的滥觞。巴门尼德认为,自然界的存在"不

---

① 转引自彭松乔:《生态视野与民族情怀:生态美理论及生态批评论稿》,武汉:武汉出版社,2006 年,第 56 页。

会这里多一些,这样就会妨碍它的连接。……存在的东西整个连续不断"①。肯定存在物种不可或缺,并暗含了"存在的东西"之间的平等意识。斯多葛学派创始人芝诺认为,人生的目的就在于与自然"和谐相处"等等。以上各种看法,已初具生态整体与生态平衡的意识。

文艺复兴是西方思想发展的重要阶段,也是生态思想进一步发展的时期。其间,切萨尔皮诺视自然中最小的生物也有其神圣价值,主张生命平等性原则。哥白尼的"日心说"无疑挑战了人类中心思想。在古希腊整体观的基础上,18世纪关于"生命链"(Chain of Being)的思想进一步推动了整体观的思想,认为在生命链中,各物种在本质上是平等的,应当允许他们遵循其本质,人只是这个巨大链中的一环,他的上方和下方都有成千上万个环,每一个环都相互依赖着。后来,布拉德利又进一步阐发,认为:"所有的生命都在某种程度上依赖于另一个生命,而且……每一个个别的自然造物的部分都必须支撑其他的部分;进而……如果缺少了任何一个部分,所有其他部分必然因此而秩序紊乱。"②这一时期,坚持与肯定环与环之间的相互依赖,发展了整体观、平等观的思想。

公元第三个千年刚刚开始,大自然已经危机四伏。大难临头前的祈祷都是那么相似。矿物燃料的大量使用所产生的二氧化碳限制了来自太阳的热量的散发,导致全球变暖。冰川和冻土不断融化,海平面持续上升,降雨模式正在改变,暴风日益凶猛。海洋被过度捕捞,沙漠化迅猛扩展,森林覆盖率正急剧下降,淡水越来越匮乏。这个星球上的物种在加速灭绝。我们生存在一个无法回避有毒废弃物、酸雨和各种导致内分泌紊乱的有害化学物质的世界,那些物质影响了性激素的正常机能,正在使雄性的鱼和鸟变性。城市的空气混合着二氧化氮、二氧化硫、苯、二氧化碳等许多污染物。在高效的农业经济背后,是地表的天然功能已被彻底破坏,谷物的生长完全依赖化肥。用死家禽制成的饲料喂养牲畜,造成了导致中枢神经系统崩溃的疯牛病,而后又传播给人类。环境已经完全改变了,我们必须再次提出那个老问题:我们究竟从哪里开始走错了路?③

19世纪,德国科学家恩斯特·赫克尔首次提出"生态学"概念,并将之界定为"研究生物与其外部世界的关系的科学"。认为人类不是宇宙的局外人,也不是超自然的漂泊者,而是自然整体的一部分。尔后,达尔文用"生态之树"描述生态整体,反对用"较高"与"较低"的字样描述生物变化过程,肯定各物种变化过程中的"历史"责任。

20世纪中后期,随着生态环境的日益恶化,越来越多的人开始关注地球的生态,由此便形成了声势浩大的生态保护运动。与之相应的,在文学领域也形成具有较大影响的生态批评。从生态整体观出发,施韦泽提出"敬畏生命"伦理,要求敬畏每一个想生存下去的生命,如同敬畏自己的生命一样。追求维持生命、改善生命,培养其所能发展的最大价值的"生命之善"。泰勒在《尊重自然:生态伦理学理论》中又提出对待自然的四个最基本的原则:即"不伤害原则"、"不干涉原则"、"忠诚原则"和"重建正义原则"。到罗尔斯就形成了把生态系统的整体利益当作最高利益和终极目标的"生态中心主义"等等。

随着生态环境的进一步恶化,生态思想成为一时的显学。它向不同的领域拓展,形成所谓

① 苗力田:《古希腊哲学》,北京:中国人民大学出版社,1990年,第94页。
② 转引自王诺:《欧美生态文学》,北京:北京大学出版社,2003年,第31页。
③ 转引自王诺:《欧美生态文学》,北京:北京大学出版社,2003年,第1页。

的政治生态伦理、环境生态伦理、消费生态伦理等思想,渗透到文学领域,就有了所谓的生态文艺学。在1991年美国"现代语言学会"上,哈罗德·费罗姆发起并主持了名为"生态批评:文学研究的活力"的学术讨论。1992年在"美国文学协会"专题报告会上,格伦·A·洛夫主持了题为"美国自然作品创作:新环境,新方法"的专题讨论。同年,"文学与环境研究学会"成立,促进人类和自然世界关系的文学思想与文学信息的交流,鼓励新的自然文学创作,推动传统的和创新的研究环境文学的学术方法以及跨学科的生态环境研究。1995年第一届全美生态批评研究会在科罗拉多州的福特科林斯举行。与此同时,第一份正式的生态文学研究刊物《文学与环境跨学科研究》问世,从生态环境角度为文学艺术的批评研究提供论坛。1996年又出版了格罗费尔蒂和费罗姆主编的《生态批评读者:文学生态学的里程碑》,分别讨论了生态学及生态文学理论、文学的生态批评和生态文学的批评等。2000年,劳伦斯·库帕主编《绿色研究读本:从浪漫主义到生态批评》,从"绿色传统"、"绿色理论"和"绿色读物"等三方面进一步论述了生态文学批评的渊源与发展,把生态文学批评理论研究推向新的阶段。

美国是西方生态批评的中心,就其发展的线索大致可以归纳为三个阶段:第一阶段主要研究自然与环境在文学作品中是怎样被表达的;第二阶段主要是对描写自然的文学作品以重新阐释,挖掘蕴含其中的意义;第三阶段从作品分析上升到理论的层面,试图将生态学的概念以及基本理念运用到文艺学当中,创建一种生态诗学,实现生态批评的理论建设。这大致也是西方其他各国生态批评发展的共同轨迹。与美国相呼应,1998年,英国批评家克里治和塞梅尔斯主编生态批评论文集《书写环境:生态批评和文学》,将生态批评视为"一门新的环境主义文化批评"。生态批评在20世纪末得到迅猛的发展,正如美国批评家斯莱梅克所指出的:"从八九十年代开始,……'生态文'和'生态批'这两个新词根在期刊、学术出版物、学术会议、学术项目以及无数的专题研究、论文里大量出现,犹如洪水泛滥。"①

进入新世纪后,生态批评进一步向前推进。2001年有劳伦斯·布依尔的《为濒临危险的地球而写作》,将生态批评的视野从自然引向城市,探寻人类走出生态危机的文化之路。2002年,第一套"生态批评探索丛书"隆重推出。同年,"文学与环境研究会"在英国召开研讨会,讨论"生态批评的最新发展"。第二年,该学会又在美国波士顿召开年会,以"团结的地球,行动的世纪"为题,探讨生态批评如何推动保护地球的实际行动,把生态批评引向深入。至今,生态批评在西方仍然没有停止不前的迹象。

二、中国生态批评的发展线索

"生态"一词引入中国比较迟,但作为一种思想意识,与西方一样古老。

《周易·系辞下》有"天地之大德曰生","生生之谓易"之语。这里的"生"不单指人之生,也是指天地万物之生,表达了对自然界中万物生命权的尊重。《礼记·中庸》云:"致中和,天地位焉,万物育焉。"这里的"和"被朱熹注为"无所乖戾,故谓之和"②,即天地间各种生命各安其位,万物就化育生成,被看成最佳的生态状态。《礼记·中庸》中对这一思想作了进一步的阐释,认为"万物并育不相害,道并行而不相悖","惟天下之至诚,为能尽其性。能尽其性,则能尽人之性。能尽人之性,则能尽物之性。能尽物之性,则可以赞天地之化育。可以赞天地之化育,则

---

① 转引自王诺:《欧美生态文学》,北京:北京大学出版社,2003年,第31页。

② 朱熹:《四书章句集注·中庸章句》。

可以与天地参矣。"另外,《庄子·齐物论》也把人看作大自然的一部分,"天地与我并生,万物与我为一",正是要求人的行为应与天地自然保持和谐统一。中国传统宇宙观中的"天人合一"也表现了人与自然的亲和关系。明代的王守仁将"仁民爱物"[①]视为最高原则,坚持"视天下犹一家,中国犹一人"者为"大人"[②]。可见,尊重人,尊重自然,使天下的各种生命和谐相处也是中国传统思想的重要内容。随着世界一体化的进程,自然的破坏、环境的恶化使中国与西方都面临着同样的问题。生态批评在中国兴起,无论就面临的现实而言,还是就文学批评的学理发展来看,几乎与西方相差无几,这也是中国文学批评与西方批评在时间上最接近的一次。同步不敢奢求,只相差半步也许不算言过其实。

自上世纪80年代改革开放以来,学术界开始关注西方生态方面的著作,并相继出版了卡逊的《寂静的春天》(科学出版社,1979年)、梭罗的《瓦尔登湖》(上海译文出版社,1982年)、《生态哲学》(东方出版社,1991年)、卡洛琳·麦茜特的《自然之死》(吉林人民出版社,1999年)以及霍尔姆斯·罗尔顿的《环境伦理学》(中国社会科学出版社,2000年)等等。中国的生态批评得到迅猛发展,首先表现在对生态哲学与生态伦理学的关注,先后有李春秋的《生态伦理学》(科学出版社,1994年),佘正荣的《生态智慧论》(中国社会科学出版社,1996年),余谋昌的《生态伦理学》(首都师范大学出版社,1999年)、《生态哲学》(陕西人民教育出版社,2000年),雷毅的《生态伦理学》(陕西人民教育出版社,2000年)、《深层生态学思想》(清华大学出版社,2001年),以及李培超的《自然伦理尊严》(江西人民出版社,2001年)等相继出版,从哲学和伦理学层面,讨论全球生态危机的根源。与此同时,具有中国特色的生态美学也被提出来,最早有李欣复的《论生态美学》(《南京社会科学》1994年第12期)和佘正荣的《关于生态美的哲学思考》(《自然辩证法研究》1994年第8期)开始关注生态哲学。徐恒醇的《生态美学》(陕西人民出版社,2000年)和曾繁仁的《生态存在论美学论稿》(吉林人民出版社,2003年)两部专著的出版,标志着生态美学研究达到了新的高度。徐著认为,生态美是生态文明的外在尺度,生态审美观是以现代生态观为价值取向的审美意识,体现了人对自然的依存、人与自然的关联,揭示了审美过程中主体的参与性以及主体内在与外在的和谐统一。曾著认为,人类应该以一种"非人类中心的"普遍共生的态度对待自然环境,与自然相互依赖、共同促进。关于生态与文学的关系,有鲁枢元的《生态文艺学》(陕西人民教育出版社,2000年)和曾永诚的《文艺的绿色之思》(人民文学出版社,2000年)为代表,鲁著提出了"生态学的人文转向",认为后现代是一个生态学的时代,提出建立生态文艺学的创想,并从生态整体主义的立场出发,将人类、自然和文化看成一个有机的统一体,维护着整体生态的和谐。曾著认为,马克思《1844年经济学哲学手稿》中的"自然向人生成"所表达的自然观、人性观和世界观,蕴含着最深刻的最根本的生态学内涵,并结合当代生态哲学思想,将美学生态化。与此相应,各种有关生态批评的研讨会相继召开。2001年11月,"全国首届生态文艺学学术研讨会"在西安召开。2002年6月,苏州大学召开了"中国首届生态文艺学学科建设研讨会",提出"绿化文学,绿化心灵"倡议书;2005年8月山东大学文艺美学研究中心在青岛市召开以"人与自然:当代生态文明视野中的美学与文学"为主题的国际学术研讨会,来自中国、英国、芬兰、荷兰、日本、韩国及中国香港、台湾的120多位中外学者,围绕"当代生态文明视野中的美学与文学"这一基本论题,从"中国当下生态文学与生态美学研究趋势"、"西方生态批评和环境美学"、"中国生态智慧和生态文化"以及"生态伦理和生态美学"

---

① 王守仁:《王文成公全书》卷一《传习录上》。
② 王守仁:《王文成公全书》卷一《大学问》。

等四个方面展开广泛而深入的研讨,会议通过交流对话,建设发展新的生态审美与文学观。会后,主持方将与会论文汇编为《人与自然:当代生态文明视野中的美学与文学》(河南人民出版社,2006年)。特别值得一提的是,2001年,中美比较文学双边讨论会在北京举办了题为"全球化与生态批评"的专题研讨会,国内外学者共同关注生态与文学关系。2006年4月21日在杭州又召开了"文化生态与'十七'年文学历史评价国际研讨会",把生态思想直接引向当代文学的研究。

> 人类将会杀死大地母亲,抑或将使它得到拯救?如果滥用日益增长的技术力量,人类将置大地母亲于死地,如果克服那导致自我毁灭的放肆的贪欲,人类则能够使它重新返回青春,而人类的贪欲正在使伟大母亲的生命之果——包括人类在内的一切生命造物付出代价。何去何从,这就是今天人类所面临的斯芬克斯之谜。①

由此可见,整体地看待世界,并以平等的态度对待自然界的每一个成员,无论是西方还是中国,都是古已有之的思想,但这并不意味着人们早已具有今天所说的生态观念。在科学技术高度发展的今天,人类为了满足自身的物质欲望,毫无节制地开采各种资源,直接导致物种锐减与资源匮乏的严重危机。面对这一现实,人类才开始不断地反思、质疑人类在哪里走错了路,并积极探索出路,这才产生了现代的生态观。受其影响,文学艺术也开始关心生态问题,关怀我们所赖以依靠和生存的环境,并借用文学的力量向世人敲响警钟——我们再也不能伤害地球——这一人类生存的惟一家园。我们别无选择!正是在这一大的生存背景下,生态批评成为了一种全球性的文学批评现象。

第三节 生态批评的内容

生态批评是以生态的立场与观念为出发点,对以作品为中心的各种文学现象的阐释与评价,因此,对于这一批评范式的理解与把握,理清生态的立场与观念就成为把握这种批评活动的关键。那么,生态指的是什么?生态的立场与观念又指的是什么?

一、生态批评的立场与观念

生态(Eco-)一词源于古希腊文,意思是指家(house)或者我们的环境。在自然科学中,生态就是指一切生物的生存状态,以及它们之间和它们与环境之间的关系。生态学也就是以种群、群落和生态系统为中心,研究生物与环境,生物与生物之间相互关系的一门学科。可见,生态就是指生态系统和生物圈中各元素之间,尤其是生物与环境、生物与生物之间的相互关系。

那么,生态的立场与观念又是什么呢?

1866年德国生物学家E.海克尔首次提出生态学的概念,并将研究边界划定为"关于有机体与周围外部世界的关系的一般学科",确立了生态学研究的对象。1933年,美国生物学家利奥波德从生态学的视角,将地球当作一个有机整体,提出"大地伦理学"思想,认为应把土壤、高山、河流、大气圈等地球的各个部分,看成地球的各个器官、器官的零部件或动作协调的器官整

---

① 〔英〕阿诺德·汤因比:《人类与大地母亲:一部叙事体世界史》,徐波译,上海:上海人民出版社,2001年,第529页。

体,其中每一部分都有确定的功能,他试图建立一门维护自然整体性和平等性的"大地伦理学"。1935 年,英国生态学家坦斯勒提出"生态系统"概念,建立起有机体与其所生活环境不可分割的自然整体思想。卡普拉,这位生于维也纳,长期在美国工作的当代物理学家也认为,在生态世界观中始终贯穿着一个主题,那就是"一切现象之间有一种基本的相互联系和相互依赖的关系。……部分的性质由整体的动力学性质所确定"①。把笛卡儿世界观中整体的动力学来自于部分的思想颠倒了过来。从以上科学家的表述中可以看出,生态立场就是要整体地看待人类所生存的地球,尊重地球上的每一个成员。

由此可见,生态立场就是站在生物圈中各物种的共同立场,即以"生态中心"观念代替"人类中心"。生态观念的核心是生态系统观,即以生态系统的整体利益以及各物种之间的平衡、稳定为出发点和终极目标,代替以人类或生物圈中任何一个局部的利益为价值判断的最高标准。这一思想运用到文学领域,便是以整体的、平等的思想为标准来评价与阐释各种文学现象中关于人与自然的关系。这种生态观念集中表现为两个原则,即整体性原则与平等性原则。

二、生态批评的整体性原则

生态观念首先表现为整体性原则,即在文学批评中把自然界中各成员视为一个整体。那么,这个整体又指的是什么呢?

整体是指构成事物诸要素组成的统一体,与部分,即整体中的某个或某些要素相对应。整体所具有的质不同于各要素在分散状态下的质,部分不能脱离整体存在,整体功能的丧失立即会引起部分功能的瓦解,因此,整体中的各要素之间相互依赖,和谐发展。就生态层面讲,整体指生物圈中的任何一个成员都是不可或缺的有机组成部分,所有的生命物种,没有谁能单独存在,只有通过自然进化过程中的分工合作,才能共同维护共同体的存在。也就是说,生物圈中的每一个成员相互依赖,在承担着维护和谐共存的前提下,才可能有自身的存在,整体先于个体,这就是生态整体性思想。

就生态的整体性,利奥波德早在 1923 年就已将地球各部分看作一个有机的整体。后来,俄国思想家奥斯宾斯基表述了同样的看法,他说:"地球是一个完整的存在物,……我们认识到了地球——它的土壤、山脉、河流、森林、气候、植物和动物——的不可分割性,并且把它作为一个整体来尊重。"②地球上各成员的存在是客观的,成员之间是否有联系,以怎样的方式联系,相互之间影响大小等等问题虽然有待人类的进一步探索,但它们之间相互关联无可否认。没有海洋,哪来的雨水? 没有雨水,又哪来的森林与土壤? 没有森林与土壤,又哪来的人类呢? 生态学者们并不是独立地、静止地,而是从整体的相互联系与相互循环中看待每一个成员。不仅如此,当代英国生态思想家马歇尔还进一步指出生态整体的层次性,认为无数的个体组成一个相对的整体,再组成一个更大的整体,层层递进。他说:"应当把个人看做社区的一部分,把社区看成社会的一部分,把社会看成人类的一部分,而人类则是生物社会的一部分,最终是更为广阔的存在共同体。"③同理,把树木看成植物的一部分,植物又是生物的一部分,再融入到"共同体"中。这是整体性的观物方式,也是生态批评最基本的观物方式。

---

① 〔波〕V. 奥辛廷斯基:《未来启示录:苏美思想家谈未来》,徐元译,上海:上海译文出版社,1988 年,第 245—246 页。
② 何怀宏主编:《生态伦理——精神资源与哲学基础》,石家庄:河北大学出版社,2002 年,第 450 页。
③ 转引自王诺:《生态与心态:当代欧美文学研究》,南京:南京大学出版社,2007 年,第 9 页。

在整体与部分这对范畴中,生态学者们把关注的目光投向整体一面,在整体和谐中去认识每一个个体。各生物体的生存一方面为了自身的存在,体现其内在价值,表现出利己性的一面;另一方面又为了他方的存在,体现其外在价值,表现出利他性。物种的自律(以自己的存在为目的)与他律(以他物的存在为目的)共处于生态系统中,表现出整体性来。因此,地球上的所有生命形式都成为他方生存的条件,维护着整体的和谐,其生存权利应当受到尊重。例如,银杏树是整个生物圈中的一个具体的物种,它的生存就体现了生态的整体性原则。种子落在地上,利用了生物圈中其他的生物资源,如阳光、水、土壤等繁殖和生长,结出新的银杏树种子,产生新的银杏树,实现了自身的目的。同时它又为其他生物的生存创造了条件,如把太阳能转化为地球的有效能量,即利用太阳能把水和二氧化碳等资源转化为碳水化合物。银杏树享受了地球上的资源,实现其内在的价值,同时也供其他生物所利用,也实现了它的外在的价值。生物圈中的各物种都是如此环环相扣,共同维持着生物圈的平衡。由此可见,其他物种与人类一样,都是地球上的一部分生命形式,是内在价值与外在价值的统一,在承担义务的过程中,享有了生存的权利。这种权利应当得到尊重和保护。

这样的观点,在文学批评中自然将视点集中到文学作品,分析作家是否站在生态的立场,以整体的观念来反映或表现外在世界;批评家对文学作品中呈现出的想象性现实,是否以整体的观念去阐释与批评,赞扬人与自然的和谐。如"江南可采莲,莲叶何田田,鱼戏莲叶间。鱼戏莲叶东,鱼戏莲叶西,鱼戏莲叶南,鱼戏莲叶北。"(《江南》)站在生态的立场看,作品通过对莲叶田田、鱼儿游戏的描绘,展现了隐藏其中的人,如闻其声,如见其人,如临其境,表现出采莲人与周围世界和谐相处的欢乐心情。又如王昌龄《采莲曲》的"荷叶罗裙一色裁,芙蓉向脸两边开。乱入池中看不见,闻歌始觉有人来。"亭亭玉立的碧绿荷叶和妙龄少女的绿色罗裙融为一体,娇嫩的荷花映衬着少女美丽的脸庞,荷叶和罗裙,荷花和面庞相互衬托,共同组成了一幅美妙和谐图景。无论是人、荷叶、鱼儿融于一体,还是罗裙、笑脸、水池、歌声等交相辉映,都营造了一种引人遐想的优美意境。这样的描绘虽然不能说已具有今天所说的整体性观念,但从作品的阐释中,突出了人与自然和谐统一,展示了生物圈中的每一个元素的整体意义,无疑体现了生态的整体性观念。

> 一个人要是见到了这个宇宙中的统一性,生命的这个统一性,万物的统一性,哪里还会有什么痛苦呢?……人与人、男与女、成人与儿童、国与国、地球与月亮、月亮与太阳等等之间的隔离,原子与原子之间的隔离,确是一切痛苦的原因。吠檀多哲学说,这种隔离并不存在,并不真实。它只是外观、表面的现象。事物的内部还是统一的。如果你深入内部,你会看到,人与人、妇女与儿童、种族与种族、高与低、贫与富、神与人之间都是统一的。一切都是一,如果你更深入,兽类也是这样。一个人到达了这个境地,就不再有迷误了。[①]

整体性思想化解了人与自然的对立,重新建立人与自身、人与他人、人与社会、人与自然、人与大地的关系。环境并非我们之外的景物,一旦我们污染毒化了它们,实际上也就毒害了我们自己。我们无法否认生物圈中发生的一切,圈内所有的物种都不能不受影响。尊重自然,保护自然,实际上也是在尊重自己,保护自己。因此,罗尔斯顿在讲到新、旧生态伦理学时说:"旧伦理学仅强调一个物种(人)的福利;新伦理学除了人的福利还必须关心构成地球上进化着的

---

① 印度哲学家史瓦密·维韦卡南语,转引自曹锦清:《现代西方人生哲学》,上海:学林出版社,1988年,第261页。

生命的几百万物种的福利。"①其实,就人类与自然的关系,马克思早已提出:"自然界是人为了不致死亡而必然与之不断交往的、人的身体。"②恩格斯也说:"我们统治自然界,决不像征服者统治异民族一样,决不像站在自然界以外的人一样,——相反地,我们连同我们的肉、血和头脑都是属于自然界,存在于自然界的。"③并且警告人类:

> 我们不要过分陶醉于我们人类对自然界的胜利。对于每一次这样的胜利,自然界都对我们进行报复。每一次胜利,在第一线都确实取得了我们预期的结果,但在第二线和第三线却有了完全不同的、出乎预料的影响,它常常把第一个结果重新消除。④

美国学者科茨在《自然:西方古往今来的态度》中对"第一线胜利第二线失败"的思想的评价很高,认为恩格斯警告我们不要忘记我们与自然的联系,敦促我们记住我们的行动可能导致事与愿违的结果。马克思、恩格斯虽然重视人的力量,强调人类在社会发展中的能动作用,但仍然肯定人类是自然的一部分,并且依赖自然,肯定人作为自然生态这一整体中的一部分而存在。

那么,人是生态整体中的一部分,其他物种,如动物、植物等也是其中的一部分,人与其他物种之间的关系将是如何的呢,这就自然引出生态批评的平等性问题。

三、生态批评的平等性原则

强调整体性原则,实际上已经认同个体之间的差异性,整体与部分这对范畴本身就意味着部分之间有差异。那么,我们应当如何面对这种差别呢？这就是生态批评所坚持的平等地对待每一个成员的原则,也即是所谓的"平等性"。

从生态的层面上来说,人与自然中的每一个体一样,都是生命环链关系网中的一个点,而点与点之间并不存在绝对的平等。如果认同绝对平等伦理,那么,人不能触动万物,凶猛的食肉动物也无法寻觅食物,那就实际上否定了人类或各种动物吃穿住行的生存权利。因此,生态意义上的平等性是"生物链环之中的平等"。这种平等,并不意味着每一个成员都能平等地享受自然的恩赐,而是各种个体根据自身生存与发展的需要,接受其他成员的恩惠;也不意味着每一个成员都能为自然的和谐作出等值的贡献,而是他们在各自的生物链上扮演了不同的角色;更不意味着每一个成员都能无条件地为了自身的生存而伤害别的成员,而是在相互依存的前提下和谐共处,即每个存在物在生命环链上享有其应有的生存、繁衍的权利。总之,尊重个体的生存与发展的权利,是生态意义上"平等性"的精髓,正如阿伦·奈斯所说:"原则上的生物圈平等主义,亦即生物圈中的所有事物都拥有的生存和繁荣的平等权利。"⑤可见,生态意义上的平等不是政治学上的平等,也不是法律意义上的平等,它不是"相同",而是在相异的前提下相互尊重、依存与共生。

从施韦泽的"敬畏生命",到丸山竹秋的"地球伦理学"的新伦理学观念,将平等原则从人扩

① 转引自邱仁宗主编:《国外自然科学哲学问题》,北京:中国社会科学出版社,1994年,第250页。
② 马克思:《1844年经济学哲学手稿》,《马克思恩格斯全集》第42卷,北京:人民出版社,1979年,第95页。
③ 恩格斯:《自然辩证法》,北京:人民出版社,1971年,第159页。
④ 恩格斯:《自然辩证法》,北京:人民出版社,1971年,第158页。
⑤ 转引自雷毅:《深层生态学思想研究》,北京:清华大学出版社,2001年,第39页。

大到动物、植物,乃至非生命的物种,拓展到生物圈中的任何一个成员。在 20 世纪 70 年代,辛格(P. Singer)在《动物解放》中认为,所有的动物都有感受痛苦和享受快乐的能力,即具有一种较为幸福与不痛苦的权利,提出动物与人的平等权。美国的另一位哲学家雷根(Tom Regan)提出相应的"动物权利主义",认为人与动物拥有同样的"天赋价值",都是生命的体验主体,都拥有获得尊重的平等权利。自然保护主义的代表缪尔(John Muir)第一次提出自然拥有权利的思想,认为创造动物和植物的目的,首先是为了这些动植物本身的幸福而创造,而不是为了一个存在物的幸福而创造其他动植物的。也就是说,动物植物并不是为了人类而创造的,整个生态系统中的万物都有其不同价值,处于平等地位。例如,自然界生命的发展演化成无数的生命组织形式,如动物系统,从最早的单细胞动物和多细胞动物,发展到脊索动物,脊椎动物,爬行动物,鸟类和哺乳动物以及微生物系统。这种生命形态的多样性具有进化意义,但没有高低贵贱之分。它们与人类一样,享有在"生物链"上的生存与发展的权利。这种平等性思想颠覆了人类中心主义哲学观和伦理观,消解了人类中心主义的观念。

这种平等性原则,在文学创作中就表现为如何对待人类以外的各种物种,如动物、植物等等,是否表现出一定的平等意识;在文学批评中是否从平等的原则出发,去阐释与评价文学作品对于其他物种的态度等等。2004 年以姜戎的《狼图腾》为代表的"狼系列"成为本世纪中国生态小说的代表。在通常的意义上来讲,狼似乎是牧民最大的天敌,它的存在极大地威胁了人类的生存与发展,同时也威胁了牲畜生存,但是,作品在写到狼群与人类对立的同时,又展示了狼的另外一面,即它们是草原的保护神。狼的存在,一方面遏制了草原人口的恶性膨胀,降低了草原被人为干涉的程度,另一方面,对牲畜的威胁也限制了牲畜的过度发展,促使草原生态的正常循环。人口的恶性膨胀,牲畜的无限制地发展,必然导致草原失去平衡与循环,甚至使人类丧失生存的家园。我们无法否认狼对人类的威胁,但更长远来讲,这种威胁恰恰延续了人类在草原上的生存时间与活动空间。挖掘作品中的生态思想,既看到狼对人类与牲畜的威胁,也要看到狼对草原的保护。它们有其存在的权利,应该受到人类普遍的尊重等等。

生态批评中的平等性原则,是对各种中心主义的颠覆。在人类的发展史上,人类似乎成为世界的中心,成为一切价值的尺度,是惟一的伦理主体和道德代言人。这种思想观念主要来源于基督教与哲学。西方中世纪的基督教教义阐述人类在服从、忠实于上帝的同时,也被上帝赋予支配自然、统治自然的权力。这一思想被美国历史学家林恩·怀特在《我们生态危机的历史根源》中指责为当代生态危机的根源,应对当代生态的恶化负有罪责。另外,哲学的理性化追求,从古希腊的普罗泰科拉的"人是万物的尺度",到近代培根的"新工具论",鼓吹"工具理性"和"人类中心",笛卡儿的"我思故我在",再到康德的"人为自然立法"等等,都强调人与自然的区别,并突现人对自然的统治,成为人类中心主义的思想基础。这种人类中心主义思想是反生态的主要精神来源。不过,这种基督教义与理性主义至上的人类中心主义已经在 20 世纪后期遭到挑战。1961 年法国哲学家德里达在《书写与差异》中提出"去中心"的理论观点,指出:"中心并非一个固定的地点而是一种功能、一种非场所,而且在这个非场所中符号替换无止境地相互游戏着。"[1]法国哲学家福柯则于 1966 年《词与物》中又提出"人的终结",认为"人不再是世界王国的主人,人不再在存在的中心处进行统治"[2]。即人类中心主义已经终结。因此,用生态中心主义代替人类中心主义是一场哲学的革命。生态平等性原则的提出,不仅是对人类物质欲

① 〔法〕德里达:《书写与差异》,张宁译,北京:三联书店,2001 年,第 505 页。
② 〔法〕福柯:《词与物》,莫伟民译,北京:三联书店,2001 年,第 454 页。

望极度膨胀的批判,也是对严重破坏自然生态的批判,表现了人类与自然和谐共处的基本诉求,具有了哲学思想上的颠覆性意义。

第四节 实例分析

原作:

《狼图腾》初版于2004年4月,到2006年5月,两年内已25次印刷,印数达95万册,可见在读者中的影响。按照编者安波舜的说法,《狼图腾》"是世界上迄今为止惟一一部描绘、研究蒙古草原狼的'旷世奇书'"。作者姜戎,30多年前,作为一名北京知青,自愿到内蒙古边境的额仑草原插队,长达11年。在草原,他钻过狼窝,掏过狼崽,养过小狼,与狼战斗过,也与狼缠绵过,并与他亲爱的小狼共患难,经历了青年时代痛苦的精神游牧。作者的亲身经历,为作品创作积淀了丰富的生活经验。全书51万字,用几十个狼故事,以形象的方式,生动地描写了蒙古草原上狼与人,狼与草地、狼与其他各种动物,如马、羊、狗等之间的生存竞争与冲突,展示了草原狼在人们心中的地位,并对现代社会发展对草原生态环境的破坏表现出了极大的忧虑。

《狼图腾》的再评价与文化分析(节选)　　雷　达

姜戎的《狼图腾》是当代小说中很有价值的作品,是一部深切关注人类土地家园的,以灵魂回应灵魂之书。然而,即便这样少有的坚实之作,也明显存在灵魂资源不足的问题。……书的主体部分写得相当好,倾注了大量心血和体验,触及和诱发了人类生存的许多大道理,让人的心为之悸动和痛楚。书的主体部分陈述了原本的内蒙古草原既受狼害又与狼不可分离,既恨狼又敬畏、崇拜狼,所谓"学狼,护狼,拜狼,杀狼"的图腾崇拜和精神悖论;描绘了几十次惊心动魄、伤心惨目的人狼战争,写了能够在几天几夜里洪水滔天般把几千匹马从肉体到灵魂彻底瓦解的蚊灾,也写了黄灾、白灾、鼠灾。在暴烈的血色场景的间隙,作者用另一副雄浑而柔情的笔调,状绘了荡人心魄的草原之美,那翡翠般的聚宝盆,那美丽的天鹅、野鸭、大雁,那色彩斑斓的大鸟小鸟,那娇艳欲滴的白芍药,那满地的无名野花,那清苦的草香,令人沉醉,让人心胸浩阔。我一直认为,关于《狼图腾》的文学性,不宜用常规要求,它确乎有点小说不像小说,纪实不像纪实,带有边缘性和嫁接性。正像任何事物都不可能界限绝对分明一样,文体亦然。它那刚健、苍凉、硬朗的排浪式的语句,它那不加文饰的逼真感和原生感,恰恰最能凸显其狞厉之美。

整部作品悲怆恢弘,撞击人心。因为,在内在精神上,它贯通了草原古老神灵腾格里与千年草原大地的血脉,毕利格老人对草原的神圣的爱统领全书,乌力吉、巴图、陈阵、杨克、嘎斯迈、沙茨楞等人在政治灾难笼罩草原时睁大着识别善恶的眼睛。作品没有回避内蒙古草原在外来人口压力、极左政策胁迫下,面积一步步缩小、质地一步步恶化,日渐走向沙化、荒漠化、废墟化的严酷现实。全书关注的是大命与小命息息相关、互生互补的"天之道",关注的是草原生命的天理:如果人之理顺应天之理,人必然蒙福;如果人之理与天之理一致,大自然馈赠给人的精神福分和物质财富就多得不可测度;但是,倘若"时政之理"逆于天之理又藐视人之理,时政之理被推为世间惟一真理时,草原的毁灭就在劫难逃了。毕利格老人说,因为狼会使旱獭、野兔、黄羊、羊、马等威胁草原存活的动物的数量与草原的承载量相协调,"要是把狼打绝了,草原就活不成,草原死了,人畜还能活吗",可是场领导包顺贵们却说,这可是个政治性问题啊,一定要为党和国家把狼彻底干净地消灭光,于是,把狼斩尽杀绝的运动开始了:传统围剿的办法、为草原大忌的放火方法,草原人前所未见的雷竹、机关枪、卡车联合作战的方式等等,都肆无忌惮地踏入草原。陈阵说,新牧场的天鹅可不能杀、那些鸟蛋可不能给糟蹋了,领导包顺贵们却说,这可是政治性问题啊,"什么天鹅不天鹅的,满脑子资产阶级思想,不把《天鹅湖》赶下台,《红色娘子军》能上台吗?"于是所有的飞鸟被杀了,所有鸟的蛋被煮了。毕利格老人说千万不能开垦草原,因为土层非常薄,生命层非常脆弱,一开垦就必然沙化,但领导们说这可是政治性问题啊,这么广大的草原不开垦种地是多大的浪费,"要想给党和国家多创造财富,就一定要结束这种落后的原始游牧生活"。在这种违背草原生态逻辑的指挥棒下,乱挖乱垦的来了,大规模破坏草原的"兵团"来了,像榨干机一样,像硫磺火焰一样,几千年的草原被迅猛榨干、烧毁了,牧场变成了荒沙。陈阵说:"体制荒沙比草原荒沙更可怕,它才是草原沙尘暴的真正源头之一。"无疑地,这些描写既属实用层面,又使人痛切地思索着人类的生态问题。[①]

点评:

雷达是一位关注现实的评论家。他深切地体会到现代社会快速发展所带来的人与人、人与周边环境,特别是人与自然的紧张关系。对这部作品的评论,作者不仅表现了对现实的高度关注,以及对人与自然关系的思考,而且也表达出对现实极大的忧患与焦虑。这一关注、思考与忧患主要表现在以下三个方面:

第一,他认为作品在狼与人、动物、植物的关系中触及和诱发了人类生存的大道理。他说:"如果人之理顺应天之理,人必然蒙福;如果人之理与天之理一致,大自然馈赠给人的精神福分和物质财富就多得不可测度。"这里的"天之理"正是指蒙古草原上生态的整体性以及生态圈里各成员的平等性。就生态层面讲,草原生物圈中的任何一个成员,如草、狼、羊、旱獭、老鼠、兔子等,甚至包括人,都是不可或缺的有机组成部分,所有的生命物种,包括人类自己,没有谁能独立存在。虽然他们之间有着激烈的冲突与矛盾,甚至是生与死的对立,但自身的生存正是以与冲突对方的依赖为前提的,有了对立,才有统一。在承担与维护整体共存的前提下,才可能有自身的存在,整体是先于个体存在的。同时,自然环境中的各种生命都各有其位,享受了权利,承担了义务,形成有序的生物链,体现其平等性,保持着自然生态的平衡。雷达通过对"天之理"的肯定,既挖掘出作品的生态意蕴,又亮出自己的生态主义立场。在同一篇文章中,他还说:"《狼图腾》艺术震撼力很强,生命意蕴甚丰,它让人的灵魂震颤、让人的心智慢慢苏醒、让人看清'战天斗地'的本质、让人知道在基本的人性天理面前应当如何珍惜、如何拥有、如何警觉、如何拒绝、如何捍卫、如何爱、如何关怀",鲜明地表达了自己的生态主义思想。

第二,肯定作品对草原暴烈血色的间隙中那种美丽宁静的描写,以最大的热情表现出对生态和谐的向往和对"大命"的认同。他说:"作者用另一副雄浑而柔情的笔调,状绘了荡人心魄的草原之美,那翡翠般的聚宝盆,那美丽的天鹅、野鸭、大雁,那色彩斑斓的大鸟小鸟,那娇艳欲滴的白芍药,那满地的无名野花,那清苦的草香,令人沉醉,让人心胸浩阔。"表现了对和谐生态的向往。就"大命"而言,作品借毕利格之口说:"在蒙古草原,草和草原是大命,剩下的都是小命,小命要靠大命才能活命",如果"把草原的大命杀死了,草原上的小命全都没命! 草原完了,牛羊马,狼和人的小命都得完。"的确,人、狼、牛、羊、草地本是和谐的统一体,但相比而言,草和草原是"大命",没有草,哪来的草原? 没有草原,哪来的人、狼、马、羊等动物这些"小命"呢? 在动物学家看来,处在第一营养级的绿色植物进行光合作用,将太阳能转化为化学能,同时制造有机营养,成为整个生物圈的最初的生产者。有了草地,才可能有以植物为食物的食草动物,

---

① 雷达:《〈狼图腾〉的再评价与文化分析》,《光明日报》,2005 年 8 月 12 日。

如黄羊、旱獭、老鼠、兔子等，有了食草动物，才可能有食肉动物如狼，甚至再到人，因此"草原完了，牛羊马，狼和人的小命都得完"。同时，毕利格老人又以整体性的观念看到了"大命"对"小命"的依赖。草这一"大命"除了生长所需要的阳光、雨水外，还要依赖各种"小命"，正如老人说，"狼太多了就不是神，就成了妖魔，人杀妖魔，就没错。要是草原牛羊被妖魔杀光了，人也活不成，那草原也保不住。……没有草原，就没有蒙古人，没有蒙古人也就没有草原。"也许应该这样理解，使草和草原存在并得到生存与发展的，正是来自于草原上各种生存元素之间的冲突与依赖，这样的"和谐"才是草原真正的"大命"。雷达对草原之美的向往与对"大命"的认同，正是以生态主义观念为基础的。

第三，以生态主义的立场，批判了各种反生态的行为。他说："倘若'时政之理'逆于天之理又藐视人之理，时政之理被推为世间唯一真理时，草原的毁灭就在劫难逃了。"对那些违背生态观念，从某一政治理念出发所确立的杀狼目的、动机，甚至杀狼的方式进行批判，提出用政治问题代替生态问题，用政治逻辑代替生态逻辑，以革命的理念代替生存的现实，势必导致严重的后果。在围剿、放火、雷竹、机关枪、卡车等等灭狼手段面前，草原狼迅速递减，草原生态链的中断，几千年的草原被迅猛榨干、烧毁了，牧场变成了荒沙。当最后白狼王和几条伤狼孤狼悲绝地离开了它们美丽的故乡，人们却也难以想象，在几年后，额伦草原百分之八十的草场沙化，遮天蔽日的沙尘黄龙，呛人的沙尘细粉，倾诉着人们破坏草原生态平衡付出的代价。这些描写既属实用层面，又使人痛切地思索着人类的生态问题。雷达借作品中人物陈阵的那句"体制荒沙比草原荒沙更可怕，它才是草原沙尘暴的真正源头之一"的话，表达了自己在思考人与自然之紧张关系及其根源时，认同小说作者的思想。雷达在文章的后面说道："真正的文明应是顺应大自然的规律，尊重所有生命的生存权，尊重所有民族的生活习惯，保护和珍惜生存环境，善待生命。《狼图腾》的主体部分实际上已经说明了这个道理，也就是说，使草原欣欣向荣繁荣昌盛的既不是开疆拓土的血腥厮杀，也不是各种生命在草原上的嗜血竞争，而是草原人世世代代在顺从'大命'的和平生存中对草原的善待和与草原的和谐相处。实际上，正是那些貌似伟大的开疆拓土和貌似进化的残杀在真正地毁灭草原。"

可见，从生态批评的角度看，《狼图腾》的确隐藏着较强的生态意识，作品从局限于人类的"本我"扩大到整个生态系统的"大我"，肯定与人类相应的其他生命与自然界都具有同等的生存权；坚守包括人类自己在内的所有生物体均享有在"生物环链"之中所应有的平等权利；对万物生命所怀抱的仁爱精神，肯定人类以外的各种生命与自然也具有一定的主体性，表现出"生态自我"、"生态平等"、"生态同情"等思想观念，直接影响到人们对于艺术的认识与态度。作品以生态整体主义为思想基础，以生态系统整体利益为最高价值来考察和表现自然与人之关系，探寻生态危机之社会根源，对人的过度欲望进行批判，使作品拥有了生态责任、生态理想和生态预警的意义。

关键词

1. 生态批评：广义的生态批评是以生态的立场与观念对各种社会现象进行阐释与评价的活动，其主要特征是整体地、平等地看待自然与社会中的每一个成员，它包括政治、经济、文化、文学等领域内的各种批评活动。狭义的生态批评，是将生态的基本理念运用到文学批评当中的一种文学批评范式，具体来讲，就是以生态的立场，从整体性与平等性原则出发，对以文学作品为中心的各种文学现象进行阐释与评价。这里的文学现象，泛指与文学有关的各种事实，如文学创作、作品分析以及文学作品的传播等等，其中主要指文艺与自然生态的关系。

2. 生态文学：生态文学指从生态整体主义思想出发，以生态系统的整体利益为最高目标来考察自然，或表现自然与人类关系，或探寻生态危机之社会根源等问题的文学作品。

3. 生态的整体性：整体是指构成事物诸要素组成的统一体，与部分即整体中的某个或某些要素相对应。部分不能脱离整体存在，整体功能的丧失立即会引起部分功能的瓦解。就生态层面讲，整体指生物圈中的任何一个成员都是不可或缺的有机组成部分，所有的生命物种，没有谁能单独存在，只有通过自然进化过程中的分工合作，才能共同维护共同体的存在。也就是说，在承担着维护这一生物圈和谐共存的前提下，才可能有个体的存在，整体先于个体，这就是生态整体性思想。

4. 生态的平等性：人与自然中的每一个个体一样，都是生命环链关系网中的一个点，点与点之间并不存在绝对的平等，而是"生物链环之中的平等"。这种平等，并不意味着每一个成员之间都能平等地接受自然的恩赐，作出平等的贡献，而是每个存在物在生命环链上享有其应有的生存、繁衍的权利。生态意义上的平等不是政治学上的平等，也不是法律意义上的平等，它不是"相同"，而是在相异的前提下相互尊重、依存与共生。

思考题

1. 生态批评的现实依据与理论依据表现在哪些方面？
2. 如何理解生态批评的整体性与平等性原则？
3. 生态批评与生态美学、生态哲学、生态伦理学有什么样的关系？

阅读链接

1. 余谋昌：《生态哲学》，西安：陕西人民教育出版社，2000 年。

2. 曾繁仁：《生态存在论美学论稿》，长春：吉林人民出版社，2003 年。

3. 鲁枢元：《生态文艺学》，西安：陕西人民教育出版社，2000 年。

4. 王　诺：《欧美生态文学》，北京：北京大学出版社，2003 年。

5. 胡志红：《西方生态批评研究》，北京：中国社会科学出版社，2006 年。

（杨　晖）

第十三章 读者批评

读者批评，是一种以读者为指向的批评，它侧重从读者的角度理解文学及其意义，试图在对读者接受过程与接受效应的研究中，把握艺术经验在社会历史意义上的规定性，探寻文学艺术价值实现的途径，由此沟通文学与社会历史的联系。这一研究无疑为文学批评引进了一个新的视点，开辟了研究文学价值和意义的又一路径。

第一节 什么是读者批评

一、读者批评的内涵

20世纪是一个批评的世纪，各种批评流派纷呈，主义迭出，令人眼花缭乱，伊格尔顿曾十分精辟地概括为：当代文学批评理论粗略经历了三个阶段：专注作者（浪漫主义和19世纪）；专注文本（新批评）；近几十年又从文本转向读者。

第三个阶段就是众所周知的以读者为指向的批评（Audiences-Oriented Criticism）或接受理论（Reception Theory），在德国称之为"接受美学"（Reception Aesthetics），由康斯坦茨学派的沃尔夫冈·伊瑟尔和汉斯·罗伯特·姚斯首先提出。在美国则称之为读者反应批评（Reader-Response Criticism），并已被批评界所接受。本章介绍的读者批评正是在接受美学和读者反应批评的理论批评实践中生长起来的，同时也是为了适应文学范式的变化而开始的侧重于研究读者阅读活动的批评方法。

读者批评是以注重对读者接受为研究对象而非作品本身的一系列现代文学批评理论的概称，重点研究读者的阅读过程对意义创造的重要作用。读者批评理论认为，文本实质性的意义存在于文本和读者之间的相互关系，认为读者是使文本产生意义的关键，应将诠释权交给读者。强调读者根据自己的个性主题主动地理解文本，不同的读者对同一文本会有不同的反应。强调文学作品是读者和文本共同作用的结果，注重对二者双向交流过程的分析研究，实现了文学批评理论由作者中心和文本中心向读者中心的转向，开启了文学批评的新范式。

读者批评是以反拨纯文本的形式主义批评的姿态出现的，它旨在颠覆文学文本"客观性"的认定。形式主义批评特别是新批评和结构主义批评将文学作品从文学发展的历史背景中独立出来，既否定了文学作品与它的作者和读者的联系，也否定了社会存在对文学作品的制约。

针对形式主义批评将文学作品视为自足的语言系统的主张，读者批评认为，文学作品必须诉诸历史的理解，意义只存在于读者的阅读活动之中，从而将文学批评从以文本为中心的研究转向了以读者接受为中心的研究，他们崇尚读者的接受水平如何，作品就如何存在。因此，"读者是什么"的问题便随着阅读问题在当代文学理论和批评中的突显而成了一个被持续关注和探讨的问题。大体上说，可以把这种"读者"分为两种类型：真实读者（real reader）和假想读者（hypothetical reader）。

二、真实读者与假想读者

所谓真实读者（real reader）就是指实际阅读文学文本并做出反应的读者，又被译为"实际读者"和"现实读者"。具体说，就是指那些生活在一定时代、环境中形形色色、实实在在地阅读着各种文学文本的个人读者和群体读者。这是文学公众的组成部分，同时也是文学社会学和读者心理学的研究对象，他们对文本的反应与阅读经验相对而言是很有实践意义的，因为正是他们通过对文本的直接阅读才使文学文本得以转换成所谓的"文学作品"，从而实现文学的价值和意义。然而，即使这类真实读者，由于不同理论家的方法和理论视角不同，对于这类读者的看法也众说纷纭。诺曼·霍兰德着重于个别读者及他们对作者的反应，他在《五个读者的阅读》中通过研究个别学生对福克纳《献给爱米莉的玫瑰花》的分析，揭示出学生的心理机制如何决定了他们的反应。

真实读者主要在研究读者响应的历史时被召来为评论家服务，但一旦当真实读者的文字材料不在一定的历史阈限范围内时，就要依赖于另外一种读者类型——假想读者了。即：

> 当研究的注意力集中于一个特殊阅读群体理解一部文学作品的方式方面时，我们就要求助于真实读者，不论作品可能会传达什么判断，它都会反映那个阅读群体各种不同的态度和规范。因此，可以说文学反映了制约这些判断的文化准则。即使被引用的读者属于不同的时代，这一点依然适用，因为不论他们属于什么时代，他们对所讨论的作品的判断依然会揭示他们特有的规范，这样就为我们提供了一条关于他们各自的社会规范和趣味的实质性线索。对真实读者的重新建构自然会依赖于从那时幸存下来的文字材料，但是除了18世纪以外，我们回溯的时间越久远，我们所能得到的文字材料就越少。结果，这种重新建构经常是完全依靠从文学作品本身所能搜集到的东西。这里的问题在于，这种重新建构是符合于当时的真实读者呢，还是只表现了作者希望读者扮演的角色。在这个方面存在着三种"当代"读者类型——其中，一类是来自现存的文字材料，是真实的和历史的，另外两种类型则是假设的：前者是由当时的社会知识和历史知识构成的，后者则是由评论家从本文中为读者设计的角色推断出来的。[①]

假想读者（hypothetical reader）实际上是理想读者（ideal reader）的别称之一。对理想读者有多种不同的说法。法国批评家热拉尔·普兰斯（Gereld Prince）谓之"叙述接受者"（narratee）——即作品中作者直接转达其信息的对象——并进而引申为"零度叙述接受者"

---

① 〔德〕伊瑟尔：《审美过程研究——阅读活动：审美响应理论》，霍桂桓等译，北京：中国人民大学出版社，1988年，第37页。

(zero degree narratee)，即那种懂得叙述者的语言和语汇，具有一定语言能力，能够较为准确记忆被叙述的有关事件，并得出断言性结论的读者。简言之，不论这种读者在文本中是否明确出现，他都是文本中的一个人物，在作者（叙述者）和真正的读者之间担任中介调停(mediate)的角色。这种读者同伊瑟尔所主张的"隐在的读者"(implied reader)有别，"隐在的读者"是一种超验的"现象学"意义上的读者，是一种文本结构，并促使文本结构现实化。这同美国批评家吉布森(Gibson)提出的"冒牌读者"(mock reader)也不尽相同。后两种并非真实存在的读者，而是作者在其作品中所要求的那种能够体验文本"意义"或者使文本产生"意义"（即现实化）的读者。还有一种是乔纳森·卡勒根据他的"文学能力"概念所提出的"有能力的读者"。斯坦利·费什所主张的"有知识的读者"与卡勒的观点相似，都指那种能够描述由社会所制约的阐释技巧并且具有内在化了的语言文学能力的读者，实际上是一种学者化的读者。此外"超级读者"、"合格的读者"等也可归于此类理想化了的读者。

第二节　读者批评的发生与发展

视读者为批评的中心要素的读者批评理论酝酿、出现于 20 世纪 60 年代末期，鼎盛于 20 世纪 70 年代到 80 年代前半期，此后就渐趋衰落，但并没有消失，而是逐渐融入到近 20 年的各种哲学、美学新思潮中。如 70 年代以后影响极大的解构主义思潮，在思路上就是从读者角度切入的，体现了以读者为批评中心的理论启示；又如女权主义批评，也在一定程度上吸收了读者批评的成果，它从接受和效果的角度，发掘了女性文学长期被湮没的许多成果，重建了女性文学史；新近的文化理论和文化批评基本上是在后现代语境中展开的，其中有不少论及大众文化问题，仍渗透了读者批评的影响。20 世纪 80 年代，中国文艺界兴起了"方法热"，大量翻译介绍并引进西方文学批评的理论与方法。读者批评由此进入中国学者和大众的视野，并与中国新时期的文学思潮和古代文论产生了"视野交融"，对中国文艺界产生了积极的影响。可见，把读者作为批评的主要对象，是 20 世纪文学批评的新趋势。作为一种思潮、一个学派，虽然已经成为历史，但它所开创的新思路、新方法，还远未过时。

一、读者批评在西方的发生与发展

20 世纪哲学中的现象学和现代阐释学在理论的层面上为文学批评的重心向读者转移提供了方法论的前提。

由德国哲学家胡塞尔开创的现象学是一种纯现象的哲学。所谓纯现象就是显现于意识的现象，即精神现象。胡塞尔认为，意识不是笛卡儿所谓的知识活动，而是主体与外界的真实交流。意识是主体意向内的活动：主体指向客体，客体是意向的对象，它既是意向活动的目标，又超越意向活动、意向主体，与被意向的客体相互包含、相互溶浸。这就构成了现象学美学的意向性这一核心观念。它一方面禁止主体将自己视为认识活动的基本根源，另一方面也反对将客体视为一种绝对存在物。主体与客体只存在于使这二者结合的中介之中，表明主体与客体的相互依赖关系。但它们又都不从属于某种更高级的东西，自身并不消失在使二者统一的关系之中。

胡塞尔的学生波兰美学家罗曼·英伽登发展了胡塞尔的理论，将之运用于美学与批评领域。他的《对文学的艺术作品的认识》一书对文学的阅读过程、文本与读者关系的研究，加速了读者批评理论的诞生。由于作品语言的双重发生,它既能为许多人所理解,又能够被复制,于是它便成为一个与读者群相关的、能够被许多人所理解的意向客体。在英伽登看来,这种意向性客体,是一种只表现客体的"图式化方面"或基本骨架。文学作品是"纲要性、图式性的创作",它只提供一个所表现世界的图式结构,而留下很多显示特性的空白,即各种不确定的领域有待于读者在观赏中加以补充和充实。英伽登曾这样概括他的理论:

> 每一部不论何种类型的艺术作品都有独特的性质,因此,它不是那种一切方面都完全由其初级特质所决定的事物,换言之,在明确性方面,它在自身之内包含有明显特性的空白,即各种不确定的领域:它是纲要性、图式性的创作。而且,并非所有它的决定因素、成分或质素都处于实现的状态,而是其中有些只是潜在的。因为这样,一个艺术作品就需要一个存在于它本身之外的动因,那就是一位观赏者,为了——如我所表述的那样——使作品具体化,观赏者通过他在鉴赏时合作的创造活动,促使自己像普通所说的那样去"解释"作品,或者像我宁愿说的那样,按它有效的特性去"重建"作品。这样做时,如果作品处在来自它本身的暗示的影响之下,那么观赏者就去充实作品的图式结构,至少部分地丰富不确定的领域,实现仅仅处在潜在状态的种种要素。于是,就产生了艺术作品的"具体化"的东西。这样,艺术作品是艺术家有目的活动的产品;作品的"具体化"不仅由于观赏者对作品有效描述事物所进行的鉴赏活动是一种"重建"活动,而且也是作品本身的完成及其潜在要素的实现。这样,在某一点上作品就是艺术家和观赏者共同的产品。①

概言之,按照现象学的看法,外界事物的存在,人无法确知,但人却能确定它们如何显现于我们的意识。意识活动和意识对象相互依存、紧密联系,只有了解我们的意识活动才能掌握外在世界,因而必须把外在世界还原为意识内容;一切实在事物都必须按照它们在我们心中的面貌作为纯粹现象对待。现象学这种对认识主体的意识的肯定和论证为文学批评的重心向读者转移提供了理论依据。

"阐释学"是关于理解文本的理论。以海德格尔和伽达默尔为代表的阐释学将历史的理解引入到现象研究。伽达默尔在《真理与方法》中认为,作者的意旨不能穷尽作品的意义。当作品从一种文化环境传播到另一种文化环境的时候,一些新的意义就可能从作品中抽取出来。对作品的解释,离不开解释者的历史条件,总是由解释者的历史环境乃至全部客观的历史进程共同决定的。作品的意义,存在于过去和现在的对话之中。不同时代的不同读者对文学作品会产生不同的解释。海德格尔则认为,人的存在或称"此在"从根本上说是历史的,它总是与人们置身的具体情况卷在一起,历史性的个人生存应成为哲学关注的焦点。而人对世界的理解又依赖于一种"先在"。这种"先在"或称理解的前结构,是解释发生和进行的前提。为了说明他们的观点,他们还运用了一系列的术语,分别是:"文本",指的是具有释义或分析可能的对象,它不一定局限于语言文字符号,一般说来,作品是经过读者阅读的,而文本则还处在自在状态。"阐释学的循环",这是揭示理解和解释的基本规则,显示人在整体与局部关系中理解和解释文本基本关系的概念,其意思是说,文学是一个整体,阐释活动不能离开整体去阐释局部,也不能离开局部去阐释整体,即为了理解整体,必须懂得局部,为了懂得局部又必须对整体有一定的领悟。"前理解",指的是解释之前已经拥有的将影响新解释的知识、观念等条件。"视界

---

① 胡经之、张首映:《读者系统》,《西方20世纪文论选》第3卷,北京:中国社会科学出版社,1989年,第3页。

融合",通过理解将文本的视界与读者的视界结合,或文本的视界与解释者的视界结合,从而产生超越了自身的新的视界、新的意义以达到新的理解的状态。

20世纪60年代,姚斯和伊瑟尔依据阐释学理论,以俄国形式主义和布拉格结构主义学派为基础,建立了接受美学理论,取代了日耳曼学中的生产美学、描写美学。接受美学认为,文学作品的意义并非一成不变地存在于作品之中,而是需要人们去发现。换言之,文学作品的意义与内涵绝非固定于作品之中,而是在阅读的过程中产生,也就是说并非是作者于自己的作品里为读者限定某种意义,而是读者在自己的阅读过程中赋予了作品某种意义。尽管他们共同主张研究文学与文学史必须侧重研究读者的接受过程,但两人也各有侧重,姚斯主要受伽达默尔阐释学的影响,从更新文学史研究方法的角度建立接受美学,其关注的重心是重建历史与美学统一的文学研究方法论,尤其强调文学接受的历史性,并对文学史作了具体的历史性接受研究。他以《文学史作为向文学理论的挑战》(1967)一文而震动整个欧美文学理论界。此后,他陆续出版了《审美经验与文学阐释学》(1979)、《试论接受美学》(1982)等书,这两本书成为西方当代文论的经典著作。伊瑟尔与姚斯齐名,被称为接受理论的双星。不过,伊瑟尔的理论基础是现象学,其直接的思想资源是英伽登的现象学文学理论。伊瑟尔不关注接受的具体历史研究,而主要致力于对文本结构内部的阅读反应机制作一般的现象学分析。代表作为《隐含的读者》(1972)、《阅读过程的现象学研究》(1977)、《阅读活动——审美反应理论》(1978)等。伊瑟尔将姚斯的理论称为"接受研究",将自己的理论称为"反应研究"。他认为接受研究强调"历史学——社会学的方法",反应研究则突出"文本分析的方法","只有把两种研究结合起来,接受美学才能成为一门完整的学科"①。接受美学要求把作品和读者的关系置于文学研究的首要地位,充分承认读者对作品意义和审美价值的创造性作用。

接受美学传到美国,蜕变为"读者反应理论或批评"。比较而言,读者反应批评比接受美学更强调读者的主观活动。美国批评家斯坦利·费什认为,文学并不是白纸黑字的印刷品,而是读者在阅读过程中的体验。意义也不是可以从作品中单独抽取出来的实体,而是读者对文本的认识,并且它将随着读者认识的差异而变化不定。因此,文学、意义都不是外在的客体,都只存在于读者之中,是读者经验的产物。费什通过《在读者中的文学:感情文体学》一书宣称,"文本的客观性只是一个幻想",读者的主观反应才是批评的中心。

费什反对"新批评"把文本看作客观的自足体,认为"它所谓的'客观性',是一种颠倒了的客观性,因为完全忽略了阅读活动这一客观事实"。他认为,意义不在于作品本身,而在于读者的经验。"能使一本书具有意义或没有意义的地方,是读者的头脑,而不是一本书从封面到封底之间的印刷书页或空间"。费什提供了突出读者经验的批评方法,并且说:"它没有终点;它只是一个过程;它说的是经验;而且本身也是一种经验;它的焦点是放在效果上,它的结果也是一种效果"。② 这种强调文学的历史是效果的历史的观点与接受美学完全融合,批评的主体在这里起着决定的作用。

接受美学与读者反应批评尽管在某些问题上不尽一致,但其基本倾向是共同的,都反对意义是完整地、独立地存在于文学文本之中的观念,都把读者提到了文学批评的中心地位。二者都为读者批评理论积累了大量的批评实绩。

读者批评的兴起与20世纪文学范式的转变也有直接关系。19世纪末以前的文学作品,一

---

① 〔德〕伊瑟尔:《阅读行为》,金惠敏等译,长沙:湖南文艺出版社,1991年,第18页。
② 〔美〕汤普金斯:《读者反应批评》,北京:文化艺术出版社,1989年,第114—115页。

般结构比较清楚,意旨相对明确,读者的任务主要是理解和认识作者的意图和文本中所体现的意义,其作用发挥有限。19世纪末以来的现代派文学,其文本的不确定性大大增加,读者需要调动自己的想象力和创造力来建构意义。而20世纪中叶出现的后现代文学,文本几乎变成了"能指的运动"和游戏,读者在阅读中的自主性得到了极大的释放。正是在这个意义上,伊瑟尔指出:"20世纪以来的文学愈来愈突出读者在审美接受过程中的能动的创造作用。阅读不再是被动的感知,而成为一种积极的创造性活动。读者角色的这一转变无疑是文学发展过程中的一次划时代的转折。"[①]

二、读者批评在中国的传播与实践

在中国,较早正式向国内学界介绍读者批评理论的学者是张黎,他分别于1983年和1984年在《文学评论》与《百科知识》上发表了《关于"接受美学"的笔记》(第6期)、《接受美学——一种新兴的文学研究方法》(9月号),系统介绍了西德、东德和前苏联读者批评的产生发展状况及相关理论主张,很快受到了众多研究者的关注。以姚斯和伊瑟尔为代表的读者批评理论及著作被陆续翻译和介绍进来,相关的研究和探讨也随之展开。大体上可分为移植、深化、实践三个相互交融、彼此渗透的阶段。

(一)理论论著的译介与观念的移植(80年代初—80年代中期)

这一时期主要是介绍和翻译西方读者批评的各种流派及其理论。1984年3月《读书》刊发了张隆溪的《仁者见仁,智者见智——关于阐释学与接受美学》一文,介绍了阐释派、姚斯、伊瑟尔的理论以及费什的读者反应批评,勾勒出西方文论重读者的思想倾向。1985年7月章国锋在《光明日报》撰写《国外一种新兴的文艺理论——接受美学》一文,着重介绍姚斯、伊瑟尔的接受思想。在这种介绍的同时,一些学者开始对西方读者批评的理论文本进行翻译。1985年1月《文艺理论研究》发表了由罗悌伦译介的西德格林撰写的《接受美学简介》。1987年辽宁人民出版社出版了由周宁、金元浦翻译的《接受美学与接受理论》,这是国内第一部读者批评译著。至此读者批评理论的翻译得以全面展开,并一直持续到90年代初。三联书店出版了刘小枫编选的《接受美学译文集》,四川文艺出版社出版了张廷琛编选的《接受美学》,文化艺术出版社发行了刘峰翻译的《读者反应批评》。更为可观的是,伊瑟尔的《阅读活动》同时由中国社会科学出版社和湖南文艺出版社发行,姚斯的《审美经验论》也由作家出版社出版。读者批评的译介和评述,为中国文论研究者提供了一个新的理论基础,许多学者以读者批评为参照,重新审视中国文论中有关读者的批评思想,中西比较,寻求共相与歧异,互识互证,互补互融,激活了中国文论中读者批评的思想因子,使西方读者批评在中国化的过程中有了现实的土壤和拓展空间。

(二)理论研究的深化与"中国化"的尝试(80年代末—90年代)

随着西方读者批评在中国的不断移入,读者批评的基本理论和最新发展状况得到了系统、详尽和及时的介绍,这为中国学者的进一步深入研究和"中国化"的尝试性探讨提供了可靠的依据。从80年代末期到90年代,国内出版了一系列读者批评的研究著作。

朱立元的《接受美学》(1989年)可谓开山之作。这部近三十万字的专著对读者批评的发展

---

① 转引自郭宏安《20世纪西方文论研究》,北京:中国社会科学出版社,1997年,第338—339页。

作了详尽的历史考察,并专门探讨了读者批评的"文学本体论"、"文学作品论"、"文学认识论"、"文学创作论"、"文学价值论"、"文学效果论",建构起了一整套的理论评价体系,是对读者批评的较为完整和准确的阐释,为读者批评在中国的进一步传播和发展作出了贡献。

金元浦可谓国内研究读者批评的代表人物,先后出版了《文学解释学:文学的审美阐释与意义生成》(1997 年)、《文学阅读论》(1998 年)、《接受反应文论》(1998 年)等专著,从当代解释学的"语言论转向"角度来研究和阐发读者批评理论。其中《接受反应文论》对该理论流派进行了全面和深入细致的分析,上编在探讨流派的诞生和康斯坦茨学派的主要学术活动与理论贡献、读者批评赖以产生的哲学基础和理论渊源的基础上,阐述了姚斯以文学史悖论为突破口发展到审美经验研究并最终走向文学解释学的理论主张和伊瑟尔由审美反应理论走向文学人类学的美学思想发展历程,同时对其他读者批评理论家的主要思想作了介绍;中编探讨了兴起于美国大陆的读者反应批评的发展流变,并论述了卡勒、布鲁姆、普莱、布莱奇、霍兰德等理论家的批评主张与实践;下编重在描述读者批评在世界范围内的传播和发展,并探讨其"中国化"的实现途径。论著既有整体上的全面观照,又有对具体问题的精细独到的阐发,可视为读者批评理论最为完备的评介性著作。

此外,钱中文、王岳川、金惠敏诸位学者也各自从不同的角度深化了读者批评的阐释和研究,推动了其在中国的进一步传播与发展。

(三) 批评实践的展开与民族化的建构(90 年代以后)

尽管国内早在上个世纪 80 年代初就开始介绍和研究读者批评,但将其应用于批评实践的高峰却出现在 90 年代以后,发表和出版了大量的论文及专著,在加速古典文论的现代化进程的同时,也充分显示了读者批评在中国发展、流变的民族特色。

古代文学方面:张思齐的《中国接受美学导论》(1989 年)是较早出版的阐述中国古代文论中接受美学思想的专著。该书运用中西比较的方法来梳理、挖掘中国古代文献中的接受美学思想,认为在文学接受过程中"作者—作品—读者"之间是相互联系、相互影响的。叶嘉莹的《中国词学的现代观》(1992 年),主要用西方阐释学和读者批评的理论来反观中国传统词学理论,发现二者之间有着许多不谋而合之处,推动了国内的相关研究。龙协涛的《文学读解与美的再创造》(1992 年)一书从作品的虚灵性、读者的地位、创作论与接受论合流三个方面审视了中国古代文论的读解思想。樊宝英与辛刚国合著的《中国古代文学的创作与接受》(1997 年)从"读者意识流变论"、"作品所隐含的审美空间论"、"作家具有的读者意识论"、"接受过程论"和"读者审美修养的建构论"五方面论证了中国古代文论所具有的接受意蕴。徐应佩的《中国古典文学鉴赏学》(1997 年)一书总结前人鉴赏理论与实践,探讨民族审美思维及规律,论证细腻,分析精湛。陈文忠撰写的《中国古典诗歌接受史研究》(1998 年)一书吸收西方读者批评理论,结合中国诗歌史文献资料和整理研究工作方面的情况,建立了富有特色的接受史研究框架。金元浦著《大美无言》(1999 年),结合古今中外的大量文学作品,对古代文论中的"空白美"予以阐说,颇富诗情画意。尚学锋的《中国古典文学接受史》(2000 年)首次从读者批评的角度探讨历史上的文学作品在某一特定时代的特殊效应,既能展示历代文学的接受流变,同时又能总结古典文学接受理论思想,从而较好地反映了古典文学接受的民族特点,为重写文学史确立了一个范例。邓新华的《中国古代接受诗学》(2000 年),理论视野高,逻辑性强,较为全面而系统地整理了中国古代接受诗学思想,是一部具有代表性的力作。

现当代文学方面:相对而言,现当代文学研究领域以读者批评理论为依据和构架所进行的批评实践则不够充分，也不够深入，这与现当代文学产生发展的历史时期较短等客观因素有着直接关联，但也正昭示了现当代文学的读者批评研究具有广阔的前景。

目前国内共出版了五部与中国现当代文学的读者批评相关的论著。王卫平的《接受美学与中国现代文学》(1994年)是首部专门将读者批评运用于中国现代文学研究的著作。他认为，一种理论如果仅仅满足于标新立异而与文学实际毫不相干未免可怜无用。读者批评不仅是几个理论上的定义，而且更是一个实践的命题，它对中国现代文学研究有着比较直接的借鉴意义。作者立足于新的认知视角，在其下编《实践的生机与活力》中，将鲁迅、茅盾、巴金、曹禺、钱钟书、徐志摩、赵树理等现代名家的研究纳入到读者批评的框架之内，分析了作家之所以深具魅力和作品之所以富有价值的读者阅读接受方面的深层原因。马以鑫的《接受美学新论》(1995年)用读者批评的基本方法，对张贤亮的《感性的历程》、贾平凹的《浮躁》以及其他一些短篇小说展开了一场富于创新的批评实践，在论及读者批评与中国现代文学史的关系时，作者从读者的角度考察了现代文学中的一些重要现象，如创造社、鸳鸯蝴蝶派、"文艺大众化"运动、"赵树理现象"与读者接受、阅读的关系。这一思想在后来出版的《中国现代文学史》(1998年)中得到了深入和系统的阐发。朱栋霖主编的三卷本《文学新思维》(1996年)是一套致力于对20世纪西方主要文学理论流派在中国的具体化、深入化实践及成果展开研究的丛书。下卷中收入了由金元浦、杨茂义合著的《读者：文学的上帝——接受美学与文本解读》和吴义勤所著《理解的迷惑——阐释学与文本解读》两部论文集。前者有四篇论文涉及现代文学的接受反应研究，分别是对小说《阿Q正传》、《围城》、戏剧《雷雨》和周作人散文《乌篷船》的解读。后者则以西方当代解释学理论为基点对部分中国古代和现当代作品进行了阐释，这两部著作将视点的变化、文本的召唤结构、隐含的读者等读者批评的基本理论具体运用到文本的解读当中，具有可贵的探索价值和实验意义，为后来的文学实践提供了可资借鉴的批评范本。进入新世纪后，国内先后有两部接受史著作问世，一是钱理群的《远行以后——鲁迅接受史的一种描述》(1936年—2001年)(2004年)，主要考察鲁迅接受史的研究，对鲁迅逝世之后约七十年的时间跨度内研究鲁迅的历史进行了远远超越文学范畴的"描述"，为鲁迅研究开了一个新领域；二是刘锋杰的《想象张爱玲——关于张爱玲的阅读研究》(2004年)，这是国内第一本有关张爱玲接受史的研究专著。作者选取了张爱玲接受史上比较有代表性的批评文本来作为自己的研究标本，通过人性的关怀和诗性的观照把那个绝代风华的张爱玲重新还给爱她的和误解她的读者。这表明学者们继续运用读者批评的方法从事文学研究。

第三节　读者批评的主要理论观点

读者批评是西方历史上第一次广泛展开的以读者为关注中心的文学运动，它冲破了众多的批评禁区，开辟了文学理论发展的崭新道路。它注重人、注重人的历史性、注重人类文化的对话交流，带来了文学批评的又一次转向。这一转向对于纠正脱离民众、孤立研究文本的批评倾向具有重要的转型意义。读者批评的主要理论观点如下：

一、文学文本并不是一种自在之物，只有在读者能动的阅读活动中才能获得现实的生命

在读者批评中，文学作品和文学文本是两个不同的概念。一般称之为文学作品的在读者

批评中称之为文学文本。读者批评认为,任何文学文本都不是一个独立的、自为的存在,而仅仅是一个未完成的、本身并不能产生独立意义的开放式的图式结构,它变为文学作品,它的意义的实现,只能靠读者的阅读才能并使之具体化。姚斯指出:"一部文学作品并不是独立自在的、对每个时代每一位读者都提供同样图景的客体。它并不是一座独白式地宣告其超时代性质的纪念碑,而更像是一本管弦乐谱,不断在它的读者中激起新的回响,并将作品本文从语词材料中解放出来,赋予其以现实的存在。"[①]前苏联学者梅立赫对此说得更为明白。他说,艺术作品的艺术生命,始于它成为社会人的意识中的事实之时,始于它与人的世界观和审美标准发生之时。一部文学作品的生命力,没有读者的参与是不能想象的;一部文学作品不仅是为读者创作的,而且也需要读者的阅读,才能使自己成为一部真正的作品。首先,这是由于文学文本所使用的语言是一种"具有审美功能的表现性语言",每一件事物,每一个人物,尤其是事物的发展和人物的命运,都无法通过语言的描写获得全面的肯定。而且,作家在创作时,从艺术的角度来考虑,除了对象的重要特征必须详细地加以描述外,另一些次要特征则必须省略或仅仅稍加暗示。这种不确定性和空白对于文本来说是必要的,因为它能产生一种"活力性",吸引读者介入到文本所叙述的事件中去,为他们提供阐释和想象的自由。其次,在传统的文学理论中,历来有教育功能和娱乐功能之说。然而,不管哪种功能,都不是由作品自身实现的,都需要由读者在接近过程中来实现;而实现这些功能的过程,就是作品获得生命力的过程,是它最后完成的过程。

梅立赫称这一过程为"动力过程"。他认为既然文学活动由作者—作品—读者构成,那么,这三者各有其功能。在第一个过程中,作者赋予作品发挥某种功能的潜力;在第二个过程中,读者实现挖掘与发挥作品潜力的功能,在阅读和批评活动中,读者始终处于中心地位。

二、文学的影响力是通过接受活动由个人影响转变到社会影响而实现的

读者批评认为,文学的接受活动分为社会接受和个人接受两种接受方式。所谓社会接受,是指一部作品脱胎之后,在到达读者之前,已经取得了社会的占有形式。姚斯曾指出:一部文学作品,即使最新发表的作品,也不是信息真空里出现的绝对的新事物,而是要通过预告、公开或隐蔽的信号,熟悉的特点或含蓄的暗示把它的读者引向一种特定的接受方式。瑙曼也指出,作品一旦达到读者手中,社会接受便已开始,一些社会机构如出版社、书店、图书馆、批评机构、宣传广告集团、教学研究、电视广播等,逐步把作品的社会效益变成现实,"它们代表了社会的阶级的、集团的意识,指导读者应如何评价作家、作品,如何看待不同文学流派和文学时期,甚至整个文学史,应当阅读或不应当阅读哪些作家的作品,应以什么样的思想和艺术标准去衡量作品"[②]。可见,这种社会接受在沟通作品与读者之间的关系方面,起着十分重要的指导作用。和个人接受相比,社会接受是作品到达读者手中的必要途径,比如出版社是作品转入读者手中的重要中介。所谓的个人接受,指个人以自己特有的方式进行接受。瑙曼指出,决定个人接受的因素有:读者的世界观和思想意识、阶级、阶层和集团的利益、经济状况、教育程度、知识结构、文化水准、审美需要、年龄、性别、接受过什么样的文学及其他艺术品的基础等。社会接受

---

① 〔德〕姚斯:《文学史作为向文学理论的挑战》,转引自朱立元:《接受美学导论》,合肥:安徽教育出版社,2004 年,第64 页。

② 〔德〕瑙曼等:《社会——文学——阅读》,柏林和魏玛建设出版社,1976 年,第 91 页。

与个人接受是互相影响、互相作用的。

读者批评还认为文学接受也是创作，而且是一种再创作。瑙曼写道："读者通过接受活动，用自己的想象力对作品加以改造，通过释放作品中蕴藏的潜能使这种潜能为自身服务。但是，读者在改造作品的同时，也在改造他自己，当他将作品中潜藏的可能性现实化时，也在扩大自己作为主体的可能性，这就是作品在他身上产生的效果。接受活动是使这两种对立的规定性统一起来的过程。"①这就是说，读者在接受过程中所获得的经验、认识，都会或多或少影响到读者的感受和思维方式，影响到他的处事态度和行为方式，影响到他对社会行动的看法，这种影响过程既是一个心理过程，却又不完全体现在本人内心里，而是要转移到社会上去，即由个人影响转变为社会影响，这就是文学作品具有社会影响力的原因。

姚斯认为，文学的社会效果是通过有读者参与的审美活动才得以实现的。从审美经验看，审美活动分为三个层次。第一个层次是美的快感与享受，这是审美活动区别于其他认识活动的最根本特征。在这一过程中，读者通过"感知的理解和理解的感知"，或"欣赏的判断和判断的欣赏"得到美的愉悦，"在别人通过创造而感受到的享受中获得自身的享受"。第二个层次是"获得心灵的解放并得到自我证实"。这一层次有两个特点，一是读者把艺术欣赏作为"日常生活的一种补偿"，从中发现一个与日常现实世界完全不同的世界，在那里，他们可以不受现实生活中各种常规的约束，自由地展开想象，解放平时被压抑的情感和愿望从而重新找到失去的和谐本性；二是在鉴赏的过程中，读者可以介入作品所表现的事件，自由地、独立地、按照自己的本来意愿作出判断，表达情感，而不必担心自己的安全和利益受到损害，从而使读者获得道德和审美判断的自由。第三个层次是更新对于外部现实和自身内部现实的感知认识方式，获得看待事物的新的方式和经验。这是审美活动的最高层次。在这个层次中，新的方式和经验会改变接受者的知觉、情感、思维、判断以至行为，扩大他们生活实践的视野，促使他们对现实存在进行思考，并将他们从强制性的日常生活的传统习惯和偏见中解放出来。

同时，姚斯还指出，审美接受是一个"情感介入"的过程，文艺作品的审美效果是通过"与主人公的认同"这一方式实现的。姚斯把读者与文本中主人公的认同划分为联想型、崇敬型、同情型、净化型和讽刺型五种。像弗莱一样，姚斯还把这五种模式作为划分文学史发展各阶段的依据，我们认为这是失之牵强的。

三、读者的能动作用并非始于阅读活动之中，它还间接地影响着文学的生产

伊瑟尔指出，文学的接受过程并不是在创作过程结束、作品发表并到达读者手中才开始，读者的作用也不仅体现在阅读活动中。事实上，接受的因素贯穿着文学活动的全过程，接受活动早在作家进行创作构思时便已开始了。伊瑟尔认为："在文学作品文本的写作过程中，作者头脑里始终有一个隐在的读者，而写作过程便是向这个隐在的读者叙述故事并进行对话的过程，因此，读者的作用已经蕴含在文本的结构之中。"②这里所谓的"隐在的读者"，并不是指某个具体的、现实的读者，而是指一种"超验读者"或"现象学读者"，它在文本的结构中是作为一种完全符合对阅读的期待来设想的。换句话说，"隐在读者"意味着文本之潜在的一切阅读的可

---

① 〔德〕瑙曼等：《社会——文学——阅读》，柏林和魏玛建设出版社，1976年，第87页。
② 〔德〕伊瑟尔：《隐在的读者》，转引自郭宏安：《20世纪西方文论研究》，北京：中国社会科学出版社，1997年，第332页。

能性,它回答的是文本的各种阅读如何成为可能的问题。现实读者则始终是对文本中隐在读者的不充分的实现,或者说,现实阅读只是实现了阅读的一种可能性而已。

创作文学作品的动机和目的正是为了满足读者的欣赏需要,没有读者对文学的欣赏需要,就不会有文学创作。因而在伊瑟尔看来,每一位作家,不论他从事哪一种类、何种形式的创作,都会在作品中自觉或不自觉地为读者设计某种作用,只不过不同的作家在不同的作品中为读者规定的作用方式和作用的大小不同而已。读者作用的大小,取决于作品的意向深度和作品文本包含的不确定性与空白的程度。一部作品的意向愈是隐蔽,不确定性与空白愈多,作者创作意图和作品审美质量的现实化便愈是需要读者能力的介入,作品的结构为读者规定的作用也愈大;反之,如果一部作品的意向较为明显,其准确性程度较高,那么,读者在创作意图和作品审美质量外化过程中所能起的作用便较小。

四、文学的历史应是作家、作品和读者之间的关系史,是文学被读者接受的历史

过去,人们将文学作品的存在看作先于读者接受的已然客体,它只与作者的创作有关,作者是作品存在的根源,读者只是被动接受一件存在于那里的东西,他与作品的存在无关。因此,一部文学史不过是作家的创作史和作品的罗列史,读者在文学史的视野之外,从而忽视了文学是作家、作品、读者三者合作的产物这一事实,抹杀了读者在文学史上的作用。读者批评指出,事实上,一方面,文学作品并非是对于每个时代的每个观察者都以同一种面貌出现的自在的客体,另一方面,读者与作品的关系也并不是一种简单的认识与被认识的因果关系。伊瑟尔认为,文学作品的整体形象、含义、价值和社会效果不是静止的、超越时空并永远不变的,而是随着时间、地域和接受意识的变化不断变异的。姚斯也声称,把作品的含义、价值和效果看成是作品单方面作用的结果和一成不变的量,无疑是一种"文学拜物教"。在读者批评看来,"文学的历史是一种美学接受与生产的过程,这个过程要通过接受的读者、反思的批评家和再创作的作家将作品现实化才能进行"①。可见,作为文学惟一对象的读者无论在历史和现实中对于作品的价值和地位都起着直接的、决定性的影响,它是一种能动的因素,"在这个作者、作品和大众的三角形之中,大众并不是被动的部分,并不仅仅作为一种反应,相反,它自身就是历史的一个能动的构成。一部文学作品的历史生命如果没有接受者的积极参与是不可思议的"②。因为只有通过接受意识,即能动的理解活动,作品的价值和历史地位才能得到现实化。再说文学批评家、文学史家也是读者,只不过他们是专业的读者而不是普通的读者罢了。概括地说:文学史是作家、作品和读者之间的关系史,是从读者的接受及其再创造的过程来研究文学史,是读者的接受史。

应该说,读者批评是具有现代意识的一种理论,它扩大了审美释义的民主性,承认每一个读者的释义才能与权利。它依据的是一种新的历史观念,认为历史本身或历史本体与写进文本的历史知识或历史记录不同,历史本体一经过去,就没有了历史,只有历史副本,一切副本或记录都是叙述者或记录者的产物,必然要打上主观性印记,这就难免误解与偏见,这打破了传统历史观的绝对性,开拓了认识的新视野,颇具吸引力。其实,读者批评所提倡的新的审美接

---

① 胡经之、张首映:《西方 20 世纪文论史》,北京:中国社会科学出版社,1988 年,第 290 页。
② 〔德〕姚斯:《文学史作为向文学理论的挑战》,转引自周宁、金元浦:《接受美学与接受理论》,沈阳:辽宁人民出版社,1987 年,第 24—25 页。

受意识,在我国古代文论中早已有朴素的表现,如"诗无达诂"、"作者未必然,读者何必不然"等等。

读者批评理论也不可避免地会有种种不足:推翻了作者的权威和否定了文学作品的自主性之后,又树立了一个新的权威——一个训练有素的读者形象。这种超常的"读者"形象将会使读者批评重蹈绝对意义的覆辙。并且,读者批评将读者的能动性视为作品产生效果的决定性因素,这不仅容易导致效果相对论,而且可能促使文学创作越来越迎合读者的需要和兴趣,这是应该警惕的。

第四节　实例分析

原作:

《子夜》是中国现代著名作家茅盾创作的长篇小说,原名《夕阳》,以1930年5月到7月间发生的一些大事件作为时代背景。小说主人公吴荪甫是1930年上海滩上的风云人物,从德国留学归来的他力图发展中国的民族工业,以实业来救国,梦想构筑起自己的"双桥王国"。不料由于洋货在中国的恶意倾销,他用尽心机收买来的许多小厂都成了自己脱不下的"湿布衫"。与此同时,吴荪甫家乡农民暴动,他参与的债券投机生意也在买办赵伯韬面前屡战屡败,在四面受敌的情况下,野心勃勃、刚愎自信的吴荪甫使尽全身解数,拼命挣扎。最后,在军阀混战、农村破产的恶劣形势下,吴孙甫虽然竭力应对,加紧压迫和剥削工人,大搞公债投机,但在赵伯韬强大的经济牵制下,他最终一败涂地,彻底破产。

《子夜》初版印行之时(1933年)即引起强烈反响。瞿秋白曾撰文评论说:"这是中国第一部写实主义的成功的长篇小说。""一九三三年在将来的文学史上,没有疑问的要记录《子夜》的出版。"[①]历史的发展证实了瞿秋白的预言。半个多世纪以来,《子夜》不仅在中国拥有广泛的读者,且被译成英、德、俄、日等十几种文字,产生了广泛的国际影响。日本著名文学研究家筱田一士在推荐十部20世纪世界文学巨著时,便选择了《子夜》,认为这是一部可以与普鲁斯特的《追忆逝水年华》、加西亚·马尔克斯的《百年孤独》相媲美的杰作。

从读者的接受史看《子夜》的价值取向(节选)　　　李卫平

茅盾一向认为:"大家一致赞扬的作品不一定好,大家一致抨击的作品不一定坏,而议论分歧的作品则值得人们深思。"[②]《子夜》正是这样值得深思和深入研究的作品。无论从它自身的客观属性,还是从读者的阅读反应以及批评家的艺术评价,《子夜》似乎都是一个特殊的存在,这种特殊性,随着时代的发展,将越发明显。因此,简单的肯定与否定似乎都显得苍白与武断。

……

《子夜》与当代读者的关系发生了明显的变化。先看一般读者的选择:1983年,研究者曾就"当代青年工人文艺审美倾向"问题先后在天津、上海、广州、沈阳等八市进行了调查,结果表明,对我国三十年代的作品,借阅量最大的是巴金的《家》、《春》、《秋》,茅盾的《蚀》、《腐蚀》,郁达夫的《沉沦》等[③],而没有《子夜》。在大学中文系的课堂上,学生也普遍反映不爱读《子夜》。

---

① 瞿秋白:《〈子夜〉和国货年》,《申报·自由谈》,1933年4月2,3日。
② 茅盾:《子夜写作的前前后后》——回忆录(十三),《新文学史料》,1981年第4期。
③ 参见《当代文艺思潮》1984年第4期。

1989 年,有心者在南开大学文、理科学生中进行了一次调查,在"你喜欢哪位作家"的选题下,学生的依次回答是鲁迅 59％,徐志摩 55％,沈从文 53％,巴金 49％,老舍 41％,曹禺 36％①。这里所列举的名家中也没有茅盾。这表明,当代读者的选择与过去的读者有所不同了,也与以往评论界的评价发生了抵牾。

不仅如此,当代批评界——这一特殊的、高层次的读者层也出现了一种对《子夜》重新审视和价值重估的鲜明倾向。如前所述,应该说,对《子夜》艺术生命方面的局限性的认识,在《子夜》问世的时代就已经露出端倪。接着,吴组缃在 1953 年写的文章中也认为茅盾的《春蚕》、《子夜》等作品"一般说是有说服力的,但感染力则比较薄弱,原因就在于生活不足"②。并又有研究者指出:"我们无法回避一个明显的事实,和另一些成就不如他的现代作家相比。茅盾对当代读者的吸引力反而更小些,尽管这不能作为评价茅盾的全部根据,但仍然是发人深思的。"③到了 1989 年,在"重写文学史"和"名著重读"两股浪潮中,终于出现了对《子夜》的发难文章。有的从"文学水准,主题先行,艺术世界与现实世界"三个方面论述了《子夜》的得失之后,得出《子夜》是"一份高级形式的社会文件"的结论,认为"《子夜》的伟大主题与艺术魅力,二者之间表现为一种分离状态"④。有的列举了"《子夜》有如许多败笔与缺陷,进而认为"《子夜》是一部失败的艺术品"⑤。……这些观点,都体现出一种鲜明的重评意识,全面评价它们的优劣得失不是这里的任务,(关于这一点,我将在下一章专门评述。)我的观点,是在历史中只想追究产生这种评价的原因,虽然它不能代表整个批评界作为一种倾向而引人深思。为什么当代读者对《子夜》的热情不如过去与当年?为什么当代评论界也不像过去评论界那样对《子夜》是基本一致的肯定?应该说这原因是复杂的,多因的,我们只有从主体与客体及其相互关系中才能得到合理的解释。

从接受主体说,是因为接受者及其价值观念变化的结果。任何读者都是处于特定历史时代与接受环境的读者,而不是抽象的读者。时代在变革,读者也在变化,特别是由于改革开放,使当代读者的文学观念、审美标准发生了深刻变革,由过去的注重文学的社会使命,逐渐变为注重文学的艺术追求,由过去对文学政治意识的强调,变成了对文学的审美愉悦的偏爱。文学的价值尺度也由单一走向了多样。而"文学观念的每一次深刻变化都将导致重写一次文学史"⑥。正是由于接受者文学观念、审美意识的变更,导致了对《子夜》的接受与评价状况的改变。于是,《子夜》在当代读者中产生的效果史、接受史与过去的效果史、批评史发生了矛盾。也正因为如此,才会在批评界出现向《子夜》以往评价的严峻挑战,他们带着自己的阅读体验和期待视野,带着自己的理论框架和思维方式,也带着自己的创新意识与浮躁意识。

从接受客体说,是由《子夜》特殊的内在属性所决定的。众所周知,茅盾是一位社会政治型的作家,他的作品是同时代贴得很紧的,并力图反映出时代的本质与主旋律,《子夜》尤其如此,这对于一向关心现实社会问题的当时的中国读者是极为需要的。因此,《子夜》在当年的轰动与影响是自然的。与此同时,《子夜》的突出的政治思想价值、社会认识价值又恰好与以往的社会历史学的批评方法相吻合。所以,《子夜》在以往文学史上的突出地位也是顺理成章的。但

---

① 参见《大学生的文学阅读状况》,载《文学自由谈》1989 年第 4 期。
② 吴组缃:《谈〈春蚕〉》,《中国现代文学研究丛刊》,1984 年第 4 期。
③ 彭晓丰:《茅盾小说的时代性两面观》,《文学评论》,1987 年第 2 期。
④ 蓝棣之:《一份高形式的社会文件——重评〈子夜〉》,《上海文论》,1989 年第 3 期。
⑤ 徐循华:《诱惑与困境——重读〈子夜〉》,《中国现代文学研究丛刊》,1989 年第 1 期。
⑥ 蓝棣之:《一份高形式的社会文件——重评〈子夜〉》,《上海文论》,1989 年第 3 期。

是,作品的价值与意义并不是凝固不变的,而是可以转换的,因马克思主义的价值理论告诉我们,价值是相对于主体而言的,是主客体间的一种关系,即需要与满足需要的关系。随着时代的变迁,《子夜》所描写的生活内容和所揭示的社会问题,早已得到解决或成为历史。这样,《子夜》对当时读者的社会的、政治的、教育的价值对今天的读者来说,大都转化为认识价值、历史价值。诸如我们可以通过《子夜》认识三十年代初期的中国社会现实,认识民族资产阶级的两重性,认识旧中国的半殖民地半封建的社会性质,了解到三十年代党所领导的工农斗争风起云涌之势等等。这种价值转换与价值取向,便直接导致了当代接受的新情况。又由于《子夜》的鲜明的政治倾向,浓重的理性色彩,使它在社会上的价值超越了它在文学上的价值。这使看腻了在极左路线统治下的政治教化和急功近利的作品的当代读者产生了一种厌烦心理和逆反心理。于是,崇尚非理性、崇尚感悟、崇尚本能的欲望的冲动等便应运而生。而《子夜》又并非这样的作品,再加上它相应地缺乏对读者的强烈的吸引力与感染力,使它与当代读者的关系自然就不可能像从前那样,这也是正常的接受现象。①

点评:

《子夜》是茅盾最具代表性的作品。长期以来,一直被看作是现代文学中最优秀的长篇小说。传统的社会历史批评和阶级分析的方法认为,这部作品的一举成名源于它的思想主题、它对当时中国社会的分析和认识。茅盾在《子夜》中运用阶级的观点,对30年代的中国社会性质进行了政治性的分析,证明了无产阶级革命的合理性。但是在20世纪的许多有影响的作家中,茅盾在文学史上的评价又是最具戏剧性的一个。在80年代以前,茅盾是公认的20世纪中国的文学巨匠。但是,在90年代,却遭到许多学者的质疑,甚至被剔除出优秀小说家的行列。虽然茅盾文学奖是目前中国最高规格的长篇小说创作奖,但是,茅盾本人的创作成就却被普遍怀疑,尤其是《子夜》。即使是大学中文系的学生,也普遍反映不喜欢《子夜》。《子夜》的文学价值究竟应该怎样评价呢? 对于《子夜》的评价,为什么会发生这样巨大的变化呢?

王卫平打破以往单纯从文本与社会历史价值间的对比关系对《子夜》所作的静态描述的局限,引入新的批评视角,即读者的接受视角,探查了《子夜》半个世纪以来的存在状态,进而从它的动态的接受史中窥探《子夜》价值的新取向,以及社会审美意识、价值观念的发展变化。他主要是从三个方面着手分析。第一,《子夜》初版时的"热"在于当时读者群强烈的接受愿望,在于"它对左翼文学的贡献,在于它用社会科学的观点、阶级分析的方法正确地反映时代的律动和现实阶级关系上"②。第二,《子夜》在之后的历时接受中,延续了此种价值判断的同时,也出现了另一种声音,认为《子夜》以情感人的艺术性较为薄弱,这也正是它不能再强烈感染读者的一个方面。第三,《子夜》在当代读者群中的反响比之于原初时期要差得多,甚至有呼声要将其从文学名著的名单中勾除。这种变化应该如何理解? 我们节选的这段文字解决的是第三个问题。

一如读者批评所提倡的,探寻文学文本的意义应从读者的接受开始。王卫平首先考察了《子夜》与当代读者的关系,发现无论是一般读者还是特殊的、高层次的读者对《子夜》的关注程度及评价都明显不如以往高,甚至与以往相矛盾,并勾勒出半个世纪以来《子夜》的接受轨迹。作为一种现象的考察到这里似乎可以停止了,但王卫平并不满足于此,他又将视域扩大,希图

---

① 王卫平:《接受美学与中国现代文学》,长春:吉林教育出版社,1994年,第123—133页。

② 王卫平:《接受美学与中国现代文学》,长春:吉林教育出版社,1994年,第126页。

在历史中追究产生这种错位的原因,以还原其实际的文学史地位和影响。他分别从接受主体和接受客体两个方面来分析。

就接受主体而言,接受者的审美观念和价值观念会随着时代的变迁而有所变更,这就决定了对《子夜》的认识永远不会聚合于原初那个点上,而是会伴着文学价值尺度的多元化走向分散。就接受客体而言,是文本的内在属性使然。读者批评认为,任何文学文本均具有未定特性,呈现为多层面和开放式的图式结构,其存在本身并不能产生独立的意义,而意义的实现则凭借读者在阅读过程中的具体化。也就是说,作者完成文本的创作之后便退出,文本的意义由读者自己来解读。但王卫平没有仅仅局囿于此,他认为作为政治型作家的茅盾的社会角色决定了《子夜》的基本内容,反映特定时期内容的《子夜》与时代脉向和读者期待的一致引起了它在当时的轰动。然而时代是不断演进和变更的,不变的内容在变化的时代面前遭遇"冷遇"也便合乎情理了。这是这篇文章的重要观点,也是王卫平运用读者批评的成功之处,他并没有因为一味强调读者要素的存在而忽略了作家和作品自身的特性。在某种程度上,他也弥补了读者批评的理论缺陷,在具体操作时避免了读者批评将读者置于绝对地位而有可能陷入读者接受唯一论的危险。如此一来,王卫平对重评《子夜》以后再重申《子夜》的文学史地位,使它重回文学名著的行列,是作出了一定的贡献的。

由此可见,读者批评遵奉的要义是:文学文本的价值是在一种历史的期待视野和现时期待视野的适应、超越、失望或反驳中不断展示其丰富内容和多样性的。我们不能由历史上的某一时期的读者接受来一举决定某部作品的价值,但也不能由现在的这一时期的读者接受来一举决定作品的价值。在决定作品的价值时,读者是一个重要的影响要素,但这个读者,应当是历经千年百代而形成的那个超时代的"读者们"来最终决定的。如陶渊明,在他的时代里并不被认为是一流作家,但经过六百多年的时间淘洗,到宋代他被人们确认为一流的伟大作家,就是一个鲜明的例证。

关键词

1. 召唤结构：指的是在阅读活动中，由于文本意义的不确定性与意义空白而促使读者寻找意义的文本结构，或者说是指文本具有一种召唤读者阅读的结构机制。同一部作品有人这样看，有人那样看，意见分歧很大，造成这种现象的原因，不仅在于读者的知识结构，而且在于文本本身的模糊性与不确定性以及那些空白点。

2. 隐在的读者：也叫"暗含的读者"、"隐含的读者"，这是相对于现实读者而言的，它指的不是实际存在的读者，而是作者在文本当中设想的理想的读者，是指文本自身设定的能够把文本提供的可能性加以具体化的预想读者。

3. 期待视野：是指文学接受活动中读者原先各种经验、趣味、素养、理想等综合形成的对文学作品的一种欣赏要求和欣赏水平，在具体阅读中，表现为一种潜在的审美期待。这种"期待视野"决定了接受主体对所读作品的内容和形式的取舍标准，也决定了他对作品的基本态度与评价。

思考题

1. 结合西方文学批评的发展脉络，谈谈读者批评出现的具体语境。
2. 运用读者批评理论对具体作品进行阅读分析。
3. 谈谈读者批评的理论层面与实际操作层面上的缺点或弱点。

阅读链接

1. ［美］斯坦利·费什：《读者反应批评：理论与实践》，文楚安译，北京：中国社会科学出版社，1998 年。

2. 王宁：《沃夫尔冈·伊瑟尔的接受美学批评理论》，《南方文坛》2001 年第 5 期。

3. 王丽丽：《文学史：一个尚未完成的课题——姚斯的文学史哲学重估》，《北京大学学报》（哲学社会科学版），1994 年第 1 期。

（尹传兰）

第十四章　比较批评

　　这里所说的比较批评主要是指比较文学（comparative literature）的批评方法，它从国际视角研究民族与民族、国家与国家之间的文学以及文学和其他艺术形式、其他意识形态之间的关系，随着时间的发展，它逐渐形成了一整套自己的方法体系，并因而具有了一种学科特性。从方法论的角度来看，比较文学的批评方法由于研究对象的特别规定性，从而使文学批评具有独特的分析、认识、掌握文学现象的视野。它力图摆脱国别眼光的局限，在国与国之间文学的比较与观照中，分析和把握各种文学现象和文学作品；它把一种文学作品放在与之相异的文化和民族环境条件下，或者放在相异民族与国别的文学作品之间，使得这个作品的价值和特色更充分更突出地显示出来，力图全面准确地评价文学作品的价值，更深入透彻地认识文学运动与发展的规律。因此，其宏观的视野与多样化的批评手段结合在一起，成为文学批评中一种非常有特色的方法。

第一节　比较文学的发展和主要学派

　　"比较文学"一词最早出现于 1825 年至 1830 年法国教师诺埃尔和拉普拉斯的《比较文学教程》一书，而将"比较文学"一词率先引入大学课堂的首推巴黎大学教授维尔曼（F. Villeroein，1790—1870）。1829 年，维尔曼在巴黎大学开设比较文学性质的课程并出版《比较文学研究》一书①。1830 年巴黎大学另一位教授安贝尔（Ampere，1800—1864）则把自己讲授的课程称为"各国文学的比较史"。1866 年，英国学者波斯奈特（H. M. Posnett）教授出版了第一部研究比较文学理论和方法的专著《比较文学》；1877 年德国学者科赫（M. Kech）创办了第一份《比较文学杂志》（1886—1919）；1895 年法国的戴克斯特（J. Texte）完成了比较文学史上第一篇学位论文《让·雅克·卢梭与文学世界主义之起源》，并于 1897 年在里昂大学正式开设比较文学讲座。至此，比较文学逐渐被高等学校和学术界认可。1899 年，美国哥伦比亚大学首先成立了比较文学系。从 1897 到 1904 年，法国连续出版了贝茨（L. Paul）和巴尔登斯伯格（F. Baldensperger，1871—1958）编纂的《比较文学目录》。1931 年出版的法国学者保罗·梵·第根（P. van Tieghem，1871—1948）的名著《比较文学论》，第一次全面总结了近百年来比较文学发

---

① 按：维尔曼教授因其在比较文学形成之际所作的贡献，被誉为"比较文学之父"。

展的理论和历史。第二次世界大战后，美国的比较文学异军突起。1952年，《比较文学与总体文学年鉴》在美国创刊；1958年，国际比较文学学会第二届大会在北卡罗莱纳州教堂山举行，美国学者在会议上把平行研究的概念和方法引入了比较文学的研究范围。20世纪60年代以来，比较文学在前苏联复苏，1960年前苏联开展的"文学的相互联系与相互影响"的专题讨论和1971年召开的"斯拉夫文学比较研究"会议，推动了比较文学理论的发展。进入20世纪70年代，东方的文学体系，特别是中国、印度、阿拉伯的传统文学体系，越来越引起比较文学研究者的兴趣和重视，这一领域已成为比较文学研究的重要内容。

一、比较文学在西方的发展

1. 比较文学在法国的发展。从19世纪70年代到两次世界大战期间，"法国学派"对比较文学有奠基之功。法国学派是第一个比较文学学派。这一学派的许多著名学者，如维尔曼、巴尔登斯伯格、梵·第根等，都为比较文学学科的建立与发展作出了贡献，之所以将他们归为一派，原因不在于他们都是法国人，而在于他们都提倡一种以事实联系为基础的影响研究，因此法国学派又被称为"影响研究学派"。

法国学派的形成是和巴尔登斯伯格和梵·第根的工作分不开的。巴尔登斯伯格的研究范围涉及到外国文学影响法国文学的方方面面，而第一个系统阐述法国学派观点的是梵·第根，他的最大贡献在于强调各国文学间的相互影响才是比较文学研究的中心课题，而且科学地勾画出这种"影响"的经过路线，即影响的放送者、传递者和接受者。梵·第根详细地探讨了比较文学的研究范围、内容和方法，总结了比较文学发展的历史和理论，被公认是"法国学派"理论和方法的最权威的总结。

继承和发展了梵·第根的理论，确定法国学派体系的是伽利（J. M. Carre, 1887—1958）和基亚（M. F. Guyard, 1921—　）。伽利在1936年接替巴尔登斯伯格任巴黎大学比较文学教授后，便致力于使比较文学精确化的工作，试图通过这种"精确化"来设限，并以此建立独特的方法论体系。基亚坚守其师伽利的立场，在经受了美国学派的猛烈攻击之后，于1978年在《比较文学》一书的第六版前言中仍坚持认为："比较文学并不是比较。比较不过是一门名字没有起好的学科所运用的一种方法，我们可以更确切地把这门学科称为：国际文学关系史。"①

1981年，法国学派在索邦大学创立了比较文学研究中心，这标志着法国比较文学走上了与其他学科领域进行综合研究的道路。

法国学派的基本观点是：(1)比较文学是文学史的一个分支，是国际文学关系史；(2)比较文学只能研究各国作家及作品之间确实存在的关系，即事实关系；(3)不用美学观点去解释作品，或探讨不同作品之间的美学关系。

2. 比较文学在美国的发展。1958年，国际比较文学学会第二次全会在美国北卡罗来纳大学所在地教堂山举行。这次大会上，以美国耶鲁大学教授、著名的"新批评派"文学理论家雷内·韦勒克（R. Wellek, 1903—1995）为代表的学者对比较文学这些年的发展情况提出全面质疑并掀起有力挑战，引发了学者们长达十年的论争，教堂山会议标志着比较文学研究中美国学派的诞生。

---

① 〔法〕基亚：《比较文学》，王坚良译，于永昌等选编《比较文学研究译文集》，上海：上海译文出版社，1985年，第75—76页。

与法国学派热衷关系史的追溯截然不同，美国学派第一次认真对待了"比较"和"文学"。美国学派的最大特色是跨学科研究。美国学派的主要代表人物除了韦勒克外，还有印第安纳大学比较文学教授亨利·雷马克（H. Remak, 1896—1970）、伊利诺大学教授欧文·奥尔德里奇（A. O. Aldrdge）、哈佛大学教授列文（R. Levin）等，他们在批判法国学派的基础上逐步建立了自己的理论体系。韦勒克1953年曾发表《比较文学的概念》一文，对法国学派提出批评。在教堂山会议上，韦勒克作了题为《比较文学的危机》的学术报告，该文被称为是美国学派的理论宣言。韦勒克主张比较文学学者应该自由地研究各种文学问题，而且"真正的文学学术研究关注的不是死板的事实，而是价值和质量"，也就是文学艺术的本质——"文学性"。在韦勒克看来："艺术品绝不仅仅是来源和影响的总和：它们是一个个整体。"只有把文学史、文学批评和文学理论综合在一起，比较文学研究才会像艺术本身一样，成为人类最高价值的保存者和创造者①。

美国学派的基本观点是：一，比较文学是超越国界的文学研究；二，比较文学还研究文学与其他学科的关系。"美国学派"的观点最集中、最有代表性地反映于雷马克的《比较文学的定义和功用》（1961年）一文中。

3. 比较文学在俄苏和其他国家的发展。前苏联比较文学研究的历史渊源可以追溯到1870年。从这一年起，在彼得堡大学、莫斯科大学和基辅大学开设了总体文学史课，主要研究各国文学间漫长的关系史和各民族文学间的异同现象。俄国形式主义学派对俄苏比较文学具有深远的影响。他们从形式方面对俄国作品与西欧作品进行比较，探索作品的渊源，辨明普希金与法国文学的关系，莱蒙托夫所受的外国作品的影响等。在20世纪20、30年代积极从事比较文学研究，为前苏联比较文学奠定基础的是彼得堡学派代表人物日尔蒙斯基（1891—1971）。他认为比较文学的任务，就是在马克思关于世界历史发展的思想的基础上建立"总体文学"。俄苏学派具有独特的研究对象、研究方法，即独特的本体论和方法论。具体来说，一，从本体论而言，俄苏比较文学学者普遍认为比较文学是文学史的一个分支，它主要研究国际间的文学联系和文学关系，研究世界各国间文学艺术现象的相同点和相异点。许多学者不仅研究东西方之间的文学异同，欧洲各国之间的文学联系和关系，而且还研究俄罗斯文学与其他民族文学之间的关系和联系。二，就方法论而言，俄苏比较文学学者注重"类型学"研究。

德国比较文学的发展有着较深远的传统。18世纪的伟大思想家和作家赫尔德（Herder, 1744—1803）在对古希腊戏剧和莎士比亚戏剧的比较研究中，揭示了古代和现代戏剧的差别。另一位文艺理论家莱辛（G. E. Lessing, 1729—1781）在其《汉堡剧评》中，对欧洲各国的文学关系进行了总的探讨。德国文学进入浪漫主义阶段以后，施莱格尔（Schlegel）兄弟进一步发扬了赫尔德的文学思想。他们对诗歌和戏剧的总体研究和比较研究预示着德国比较文学重要阶段的到来。歌德对中国文学的兴趣更是众所周知的。此后，古典语文学家霍普特（Haupt），在1854年柏林科学院就职演讲中直接谈论了比较文学问题，他的关于荷马史诗和尼伯龙根之歌的平行研究为德国比较文学开辟了道路。哲学家和美学家卡利埃尔（Carriere）在1854年的《诗的实质和形式》中提出了对印度、波斯、希腊和日耳曼史诗进行比较研究的观点。

二、比较文学在中国的发展

比较文学作为一门现代学科在中国出现在20世纪20年代末至30年代初。1929年至

---

① 张隆溪选编《比较文学译文集》，北京：北京大学出版社，1982年，第30—32页。

1931 年,英国剑桥大学英国文学系主任、新批评派大师瑞恰兹(I. A. Richards)在清华大学任教,开设了"比较文学"和"比较文化"两门课。清华大学教师瞿孟生(P. D. Jemeson)根据瑞恰兹的讲稿写成《比较文学》一书。继而吴宓开设"中西诗之比较",温德(R. winter)开设"文艺复兴时期的文学",陈寅恪开设"中国文学中的印度故事的研究",还有"近代中国文学之西洋背景"、"翻译术"等课程①。清华大学培养了一大批学贯中西的比较文学学者,如钱钟书、季羡林、李健吾、杨业治等都是那个时期的学生。不久,傅东华和戴望舒又相继翻译了罗力耶(F. Loliee)的《比较文学史》(1931)和保罗·梵·第根的《比较文学论》(1934)。1934 年出版了梁宗岱的《诗与真》,1936 年出版了陈铨的《中德文学研究》。40 年代,闻一多进一步论证了以中国的《周颂》和《大雅》、印度的《梨俱吠陀》、《旧约》里最早的诗篇、希腊的《伊里亚特》和《奥德赛》为代表的这四种约略同时产生的文化如何各自发展,渐渐相互交流、变化、融合的发展过程。另外,朱光潜的《文艺心理学》和《诗论》、钱钟书的《谈艺录》也都在 40 年代为中国比较文学的发展作出了新的贡献。

比较文学在中国的复兴是以钱钟书的《管锥篇》1979 年的出版为标志的。全书围绕《周易正义》、《毛诗正义》等中国文化原典十种,引用了八百多位外国学者的一千多种著作,结合中外作家三千多人,阐发自己对文学和文化的看法。《管锥篇》纵观古今,横察世界,从针锋粟颖之间总结出重要的文学规律,突破各种界限(时间、地域、学科、语言),打通整个文学领域,以寻求共同的"诗心"和"文心"。《管锥篇》不仅探索了中西文学共同的"诗心"和"文心",而且在影响研究、阐发研究、科际整合、翻译媒介研究等方面都为中国比较文学的发展开辟了道路。

继《管锥篇》之后,北京大学的四位教授相继发表了四本比较文学论著:宗白华的《美学散步》(1981)在美学、诗、画、戏剧等交叉学科的比较研究方面独树一帜;季羡林在《中印文化史论文集》(1982)为中国比较文学的影响研究树立了榜样;金克木的《比较文化论集》(1984)为中国比较文学的平行研究开辟了新的领域;杨周翰的《攻玉集》(1984)则以中国文学为参照系重新解释了莎士比亚、弥尔顿、艾略特等欧洲作家的作品。南京大学范存忠的《英国文学论集》、上海社会科学院王元化的《文心雕龙创作论》也都为比较文学在中国的复兴作出了重要贡献。

目前比较文学在中国已成为一门显学。在国际比较文学学会巴黎年会上,国际比较文学泰斗、75 岁高龄的法国学者艾琼伯教授曾以《比较文学在中国的复兴》为题,发表了他最后一次在国际会议上的公开学术演讲。他以锐利的眼光洞察了世界文学发展的趋势,看到中国比较文学虽然刚刚起步,但充满生机。它没有纯理论演绎的沉重负担,而有理论联系实际的深远传统,正在走向世界,将以崭新的世界眼光重新评价中国的文学宝藏,从而使它对世界产生更大的影响,并将清理世界文学发展线索,弥补由于对东方文学研究不足而造成的整个文学"岩系"的断层。如果说以文学之间的影响研究为中心的比较文学发展的第一阶段主要成就在法国,以平行研究为中心的第二阶段主要成就在美国,那么,以东方和西方跨文化研究为中心的第三阶段,其主要成就很可能就在中国。

第二节　比较文学的定义

比较文学从其诞生之日起有关定义之争已延续至今。正如韦勒克早在 1958 年批判法国学派时所指出的:"我们学科的处境岌岌可危,其严重标志是,未能确定明确的研究内容和专门

---

① 《清华大学校史稿》,北京:中华书局,1981 年,第 167 页。

的方法论。"①

在法国学派形成之前，最早较为确切地给比较文学下定义的是英国学者波斯奈特，他认为比较文学研究的是：文学进化的一般理论，即文学要经过产生、衰亡这样一个进化的过程②。很显然，这是一种文学进化论。文学进化论认为，世界上的一切事物，包括文学在内，都不是孤立存在的，而是相互依存、相互联系和发展变化的。由此出发，波斯奈特对比较文学的理解就必然是强调社会发展对文学生长的变动关系，认为能够对文学进行科学解释的主要原因就在于有比较的方法，而比较文学研究的正当顺序应该是社会生活由氏族到城市，由城市到国家以至到世界大同的逐步发展。

在法国学者的意见中，伽利的观点具有代表性：

> 比较文学是文学史的一支：它研究国际间的精神关系，研究拜伦和普希金、歌德和卡莱尔、司各特和维尼之间的事实联系（rapports de fait），研究不同文学的作家之间的作品、灵感甚至生平方面的事实联系。③

这一看法认为：比较文学属于"文学史的一支"，研究的对象与范围是不同国家和不同民族之间的作家与作品的相互关系，从研究方法看，主张"事实联系"的实证主义。这一定义明确了比较文学具有自己的特殊的研究领域，而这一特殊的研究领域正是比较文学作为一门独立学科的基础。基亚则指出，比较文学研究的是各国文学之间的相互关系，它的正确定义是"国际文学关系史"④。传统的文学研究往往局限于国别的范围，比较文学则开拓了新的领域，因而也就从文学史研究中自然而然地分离出来，赢得了独立地位。尽管伽利所指的"文学关系"范围还比较狭窄，但他终究指明了比较文学的研究方向。另外，在伽利确定比较文学是研究文学关系时，也说明了比较文学并不是简单地对比较方法的运用，这也是富有启发性的。他说："比较文学不是文学的比较。"⑤这澄清了比较文学与比较方法的不同之处。

梵·第根的定义是："比较文学的目的实质上是研究不同文学相互间的关系"，并且规定只应研究两个国家文学之间的相互关系，超过两国即越出了比较文学的界限⑥。这一定义实际反映了当时比较文学研究的状况，学者们主要采用实证的方法，研究两国之间作家与作家、作家与作品、作品与作品等方面的事实联系，所做的大多是考据的工作，基本上从属于文学史研究，构成新的分支即国际文学关系史。另外，他们仅仅研究相互影响的具体史实，不对作品进行价值上的评判，因而也就不注意探讨作品之间的美学关系。梵·第根曾指出："真正的'比较文学'的特质，正如一切历史科学的特质一样，是把尽可能的来源不同的事实采纳在一起，以便充分地把每一个事实加以解释，是扩大认识的基础，以便找到尽可能多的种种结果的原因。总之，'比较'这两个字应该摆脱了全部美学的含义，而取得一个科学的涵义的。"⑦这反映了当时的研究者，力图将比较文学研究科学化。他还为两国之间文学作品的相互关系设计了"路线

---

① 〔美〕韦勒克：《比较文学的危机》，《比较文学研究资料》，黄源深译，北京：北京师范大学出版社，1986 年，第 29 页。
② 周纯：《波斯奈特及其〈比较文学〉》，《外国文学研究》，1983 年第 1 期。
③ 〔法〕马·法·基亚：《比较文学》，颜保译，北京，北京大学出版社，1983 年，前言第 1 页。
④ 〔法〕马·法·基亚：《比较文学》，颜保译，北京，北京大学出版社，1983 年，前言第 1 页。
⑤ 〔法〕马·法·基亚：《比较文学》，颜保译，北京，北京大学出版社，1983 年，前言第 1 页。
⑥ 〔法〕梵·第根：《比较文学论》，戴望舒译，《比较文学研究资料》，北京：北京师范大学出版社，1986 年，第 26 页。
⑦ 〔法〕梵·第根：《比较文学论》，戴望舒译，上海：商务印书馆，1937 年，第 64—65 页。

图"，这条路线包括起点（作家、著作、思想）即"放送者"——到达点（另一国的某一作家、某一作品或某一页，某一思想或某一情感）即所谓"接受者"——还有沟通二者的媒介（个人或集团，原文的翻译或模仿），即所谓"传递者"。整个比较文学研究的目的，是在于刻画出这条"经过路线"，有时考虑经过路线本身，有时考虑经过路线是如何发生的①。

这一观点曾经支配比较文学研究近一个世纪之久。第二次世界大战后，由于落后于比较文学的实际发展状况，美国学者开始发难，对这一观点提出批评，其中亨利·雷马克的看法最为著名，他说：

> 比较文学是超越一国范围之外的文学研究，并且研究文学和其它知识及信仰领域之间的关系，例如艺术（如绘画、雕刻、建筑、音乐）、哲学、历史、社会科学（如政治、经济、社会学）、自然科学、宗教等等。换言之，比较文学是一国文学与另一国文学或多国文学的比较，是文学与人类其他表现领域的比较。②

在雷马克的定义中，比较文学不再是文学史的一支，而是一种独立的文学研究活动，在逻辑上自然涵盖了属于文学研究领域的三个方面即文学史、文学批评和文学理论。在美国学者看来，这三个方面互相依存、不可缺少。因此，比较文学不应仅仅局限于文学史范围，"比较文学只有在挣脱人为的桎梏，成为文学的研究之后才能够繁荣起来"③。

雷马克对比较文学的研究对象和研究范围作了较为宽泛的规定，既包括对跨国界的有"事实联系"的文学关系的研究，也包括了对无事实联系的跨国界的文学研究，还包括对文学与其他学科的比较研究，后者也许是美国学者与法国学者的最重要的区别。美国学者在打破国界局限的基础上，要求进一步打破事实联系与不同学科这两个界限，而且在反对"事实联系"界限这一点上，他们的态度相当激烈。韦勒克说，如果把比较文学限于研究两种文学之间的相互联系，无异于把它缩小成为研究文学的"外贸"，这种意义上的比较学者只能研究来源和影响、原因和结果，他们"甚至不可能完整地研究一部作品，因为没有一部作品可以完全归结为外国影响，或视为只对外国产生影响的一个辐射中心"，这种狭隘的研究将使比较文学只能提供"外国的来源与作家声誉的材料"④。另一位美国学者乌尔利希·韦斯坦因也指出："如果文学研究降格为一种材料的堆砌，那就丧失了它的尊严，因为这样文学艺术品的美学价值就不再受到重视了。"⑤其结果是比较文学不可能成为一种真正的具有丰富内涵的文学研究活动。

前苏联学者对比较文学有自己的看法。瑞尔蒙斯基在《苏联大百科全书》（1976年）的"历史比较文艺学"词条中，对比较文学作了如下界定：

> 历史——比较文艺学是文学史的一个分支，它研究国际联系与国际关系，研究世界各国文艺现象的相同点与不同点。文学事实相同一方面可能出于社会和各民族文化发展相同，另一方面则可能出于各民族之间的文化接触与文学接触；相应地区分为：文学过程的

---

① 〔法〕梵·第根：《比较文学论》，戴望舒译，上海：商务印书馆，1937年，第74—76页。
② 〔美〕亨利·雷马克：《比较文学的定义与功能》，《比较文学研究资料》，北京：北京师范大学出版社，1986年，第1页。
③ 〔美〕亨利·雷马克：《比较文学的定义与功能》，《比较文学研究资料》，北京：北京师范大学出版社，1986年，第29页。
④ 〔美〕韦勒克：《比较文学的危机》，《比较文学研究资料》，黄源深译，北京：北京师范大学出版社，1986年，第52页。
⑤ 〔美〕韦斯坦因：《比较文学与文学理论》，刘象愚译，沈阳：辽宁人民出版社，1987年，第2页。

类型学的类似和"文学联系和影响",通常两者相互作用,但不应将它们混为一谈。①

瑞尔蒙斯基回到法国学者的立场,把比较文学看作文学史的分支,但是他将研究范围从"研究国际联系与国际关系"扩展到"研究世界各国文艺现象的相同点与不同点"。在这一问题上他与美国学者的观点相近。另外,他对各民族的文学中出现相同现象的解释也是独到的,认为有两个原因:一是文化交流和互相影响,二是由于人类社会历史发展的统一性。由于各民族在同一历史时期发展各别文学时具有相同的社会关系,因而产生历史类型学的类似,他提出了"历史类型学"这样一个新的观点。他以西方不同国家的文学中出现类似的文学思潮与流派(文艺复兴、巴罗克、古典主义、浪漫主义、批判现实主义、自然主义、现代主义)顺序更替的现象为例,说明这是由"这些民族社会发展的类似条件"决定的。在这一认识的基础上,他认为国与国之间文学的相互影响,不是偶然的,存在着"内因":"任何思想的(其中包括文学的)影响是有规律性和受社会制约的",它取决于民族的社会的文学发展的内在规律。"为使影响成为可能,就必须存在这种思想输入的要求,必须有一定社会、一定文学中多少已经定型的发展的类似倾向。"在他看来,"历史类型的类似和文学的相互影响是辩证地相互联系的,并且在文学发展的过程中,应该被看成是同一个历史现象的两个方面"②。瑞尔蒙斯基是在用历史唯物主义观点来解释国际文学中的异同现象和文学交流,试图运用马克思主义指导比较文学的研究。他强调从人类历史和文化发展的普遍规律的高度来认识不同民族文学之间的相互关系,赋予比较文学以历史哲学的意义。他把比较文学称作是"历史——比较文艺学",正是基于他的辩证唯物主义的思想立场的。

随着20世纪80年代以来中国比较文学研究的迅速崛起,以跨异质文化研究为基本特征的中国学者以自己鲜明的理论特色迎来了比较文学发展的第三个阶段。

中国大陆第一部比较文学概论是卢康华、孙景尧所著《比较文学导论》(1984),紧接该书之后的教材是陈挺的《比较文学简编》(1986),其定义基本上沿用雷马克的观点。随后,乐黛云主编《中西比较文学教程》(1988),对比较文学进行深入的分析,该书在详细考查中外不同的定义之后,指出:

> 比较文学是一门不受语言、民族、国家、学科限制的开放性的文学研究学科,它从国际主义的角度,历史地比较研究两种以上不同文学之间的关系,文学与其他学科之间的关系。在世界文学的背景上,通过比较寻求各民族文学的特点和文学发展的共同规律。③

2000年9月,陈惇与刘象愚合著《比较文学概论》(修订本),提出了一个更为明确的定义:

> 什么是比较文学呢? 比较文学是一种开放式的文学研究,它具有宏观的视野和国际的角度,以跨民族、跨语言、跨文化、跨学科界限的各种文学关系为研究对象,在理论和方法上,具有比较的自觉意识和兼容并包的特色。④

---

① 《苏联大百科全书》,《比较文学研究资料》,北京:北京师范大学出版社,1986年,第84—85页。
② 〔苏〕瑞尔蒙斯基:《对文学进行比较研究的问题》,《比较文学研究资料》,倪蕊琴译,北京,北京师范大学出版社,1986年,第101—107页。
③ 乐黛云主编:《中西比较文学教程》,北京:高等教育出版社,1988年,第33页。
④ 陈惇、刘象愚:《比较文学概论》,北京:北京师范大学出版社,2000年,第21页。

这是我们目前所看到的国内最有特色和最周全的一个定义①。与美国学派相比,陈惇、刘象愚的定义少了"跨国家"的概念。他们认为,至法、美以来强调的"跨越国家界限"是不准确的,"美国学者一再强调的比较文学是跨越'国界'的论点,并不是很精确的,比较文学原是为了突破民族文学的界限而兴起的,它的着眼点是对不同民族的文学进行比较研究,而'国界'主要是一个政治的地理的概念,一个国家的居民,可以是同一民族的,也可以是由多民族组成的。在多民族的国家内,各民族文学之间除了它的统一的方面之外,也存在着差异,有时这种差异的程度及其意义,并不亚于两国文学之间的差别。因此国别文学与民族文学并不是同一概念。比较文学的研究对象,确切地讲,应该是跨越民族的界限,而不是国家的界线"②。在否定了"跨国家"之后,他们所提出的"跨民族"界限却是值得商榷的。因为各国都有少数民族问题,不少国家是多民族的。例如,中国有五十六个民族,俄罗斯有一百多个民族,如果这些同一国内的一百多个民族之间的文学比较都算比较文学,难免造成文学研究领域的混乱,而且也有悖于比较文学的"世界胸怀"、"国际眼光"这一基本宗旨。目前,学界的惯例还是把国内各民族文学的比较视为国内文学研究或少数民族文学研究。

综上所述,我们可以对比较文学定义如下:

> 比较文学是以世界性眼光和胸怀来从事不同国家、不同文明和不同学科之间的跨越式文学比较研究。它主要研究各种跨越中文学的同源性、类同性、异质性和互补性。其目的在于以世界性眼光来总结文学规律和文学特性,加强世界文学的相互了解与整合,推动世界文学的发展。

第三节　比较文学批评的研究类型

比较文学在其发展的过程中,逐渐形成了不同的研究范式,它们具体表现为研究内容、研究目的以及所依托的方法等方面的差异。如:早期的类型划分主要包括"影响研究"和"平行研究"两大类。后来,新的分类中又出现"接受研究"和"阐发研究"以及"跨学科研究"等不同类型。就一般意义而言,研究类型主要是根据具体的研究内容和不同的研究范畴以及常用的某些方法来加以区分的,此节将通过比较文学的不同研究类型来介绍比较批评的不同思路与不同方式及其可行性。

一、影响研究

影响研究是比较文学较早出现的一种研究类型,它源于法国学派,经过一个多世纪的实践和理论总结,已经成熟。所谓"影响",就词源本义而言,它是指某种力量的运动对另一方所发生的作用。就比较文学而言,它是一个有特定内涵的重要概念。首先,比较文学中的"影响",并不是指一国文学的单向输出和对输入国文学产生的某种作用,即不是一方的单向施与和另一方的被动接受,而是指双方的相互作用和彼此渗透。美国学者乌尔利希·韦斯坦因(U. Weisstein, 1969—　)指出:"在大多数情况下,影响都不是直接的借出和借入,逐字逐句模仿的

---

① 陈惇、刘象愚:《比较文学概论》,北京:北京师范大学出版社,2000年,第12页。
② 陈惇、刘象愚:《比较文学概论》,北京:北京师范大学出版社,2000年,第35页。

例子可以说是少之又少,绝大多数影响在某种程度上都表现为创造性的转变。"①其次,比较文学论及的"影响"有其前提条件,必须是那些跨国界、跨语言、跨文化的文学互动和互渗,而不是指本土文化内部的某种文学影响。所谓影响研究也就是指对超越国家、语言和文化界域的不同文学之间、基于事实联系之上的相互渗透与互动的影响史实进行专门研究。

影响研究主要研究影响的具体内容、影响的方式和影响的过程等。就影响的内容来说,既可去研究一个国家或民族的文学思潮、文学运动对另一个国家或民族文学发展的影响,如:古希腊文学对罗马文学的影响,中东地区基督教文学对欧洲文学的影响,印度佛教文学对中国文学的影响,以及意大利人文主义文学、英法启蒙文学对欧洲其他国家文学的影响;也可去研究一个国家的某种艺术流派或艺术风格对另一个国家文学发展的影响,如18世纪德国浪漫派对英法文学的影响,19世纪英法现实主义对欧、美、亚众多国家和地区文学的影响,20世纪欧美现代主义、后现代主义对世界各国文学的广泛影响,其中欧美"意识流"小说技巧对中国新时期的小说创作影响尤为明显;还可以去研究不同国家之间的文学以及具体作家作品之间的相互影响,如英国与法国、法国与中国、中国与日本等国家之间文学的相互影响以及但丁与弥尔顿、莎士比亚与歌德和席勒、狄更斯与老舍、果戈理与鲁迅等作家之间的文学借鉴与传承。就影响的方式而言,既可去研究国家或民族之间文学的直接影响,也可去研究间接影响。一般来说,无论是研究直接影响还是间接影响,都需要依凭详实可靠的材料来证明彼此间存在相互影响的事实联系。关于影响的过程,即彼此发生影响的经过路线,一直是影响研究所关注的重点。

影响研究的方法,从根本上看就是一种实际联系的考察方法。放送者、接受者、媒介构成了影响研究的支点。研究放送者主要是分析一国文学的作家、作品、文学思潮、流派对其他国家发生影响的情况。首先,这要研究一个作家及其作品具有怎样的价值,在别国受到怎样的对待和理解,对别国的作家、作品、流派产生了什么作用等等问题,思考角度是在全面把握作家、作品的实际价值和作用的基础上寻求影响的规律。其次,通过作品风格技巧对别国文学的影响及其对它的评价看其独特价值。第三,根据批评的目的和对象,确定和选择比较的基点。研究媒介者主要是分析翻译、介绍一国文学给另一国的翻译家以及促成交流和传播的环境。研究媒介者主要着眼于对个人媒介者的评价、把握媒介环境中的集体心理趋向。研究接受者就是分析作家、创作流派接受外国文学影响的情况,这种研究力求从他们的创作里发现和分析外来因素的作用,深刻全面地评价作家作品的价值,从中总结概括借鉴、吸收别国文学的经验和规律,其要点是透过不同的作品表象把握其相同的艺术精神,通过作品的相似性把握接受者创造性地改造发展别国文学经验的创作过程,判断接受者的素养,从个别影响和综合影响两个侧面研究接受者的风格特色。

二、平行研究

平行研究是美国学者常用的文学批评手法。韦勒克认为,法国学者"把陈旧过时的方法论包袱强加于比较文学研究,并压上19世纪事实主义,唯科学主义和历史相对主义的重荷",这样,比较文学"只能研究渊源与影响、原因与结果,而无法从总体上研究单独一部艺术作品",这种方法除了可能说明一个作家熟悉和阅读过另一个作家的作品之外,再不可能为作品研究提供更有价值的东西。在他看来,"艺术作品不只是渊源和影响的总和,它是一个整体。在这个

① 〔美〕韦斯坦因:《比较文学与文学理论》,刘象愚译,沈阳:辽宁人民出版社,1987年,第25页。

整体中,从别处衍生出来的原材料不再是毫无生气的东西,而是与新的结构融为一体了","真正的文学研究所关心的不是毫无生气的事实,而是标准和质量"①。美国学派主张要在艺术的意义上进行文学的跨国比较,认为尽管各民族文学之间没有事实上的联系,但如果在一定范围内的比较中揭示出艺术规律,其比较还是有意义的。因此,平行研究将那些"相似"、"类似",但没有直接联系的两个民族(或多个民族)文学,两个(或多个)不同民族的作家,两部(或多部)属于不同民族文学的作品加以比较,研究其异同,并导出有益的结论。此外,平行研究还提出了文学与其他艺术、文学与心理学、文学与思想史等跨学科的研究。

平行研究突破了事实联系的束缚,拓展了比较文学研究的空间和研究者的视野,将文学的历史关系研究推进到了审美评价、文化批评以及文学理论研究的高度,它通过对不同民族和国家各种文学形态的类比研究及其相互关系和发展走势的探寻,力求揭示文学的审美共性与发展规律,并去深入发掘文学与时代、民族、文化、哲学、语言和宗教等要素之间的内在联系。平行研究具有开放性的特点,研究的范围和课题就相当宽泛,如文学作品的题材、主题、体裁、人物形象、叙事方式、表现技巧、艺术风格等都可以作为研究的对象。平行研究围绕着主题学、题材学、文体学、类型学和诗学展开,分为主题的平行研究、体裁的平行研究、人物的平行研究、技巧的平行研究。

主题的平行研究主要是打破时空界限,穿越文化壁障,研究同类主题在不同国度文学中的具体体现。如情感与理性的冲突、意志与命运的抗争、正义与邪恶的较量等等。此外,对跨地域、跨文化的文学主题作平行研究,也有助于对人类面临的一些共性问题作逻辑的历史分析,并可结合影响研究方法对主题的原始渊源及其演进过程作进一步的考察。体裁的平行研究主要是在掌握事实材料的基础上考察一种文体在不同区域的变异情况以及对异国文体的影响及其深层原因,并由此去探寻文体发展、流变的内在规律。人物的平行研究既可从人物身份与其所处环境与地位的角度去进行比较,亦可从人物性格、命运与情感、心理等角度去深入分析对比,还可联系人物的社会历史背景和特定的文化语境去作研究。人物的平行研究忌作表面化的、牵强附会的类同比附,而应从现象的异同切入、去作深入的研究分析,力求从人物的性格、命运、情感、心理等异同去追索社会、历史、文化等方面的深层原因。人物的平行研究是比较文学研究领域中一个前景广阔但有待深入发掘的课题,它的研究对象和所涉内容十分丰富,话语空间也极具张力。技巧的平行研究是作家把自己的创作意图和搜集整理的创作素材变为作品文体的一种手段和方法。它涉及到谋篇布局、人物刻画、语言运用、叙事模式、意境营造、细节描写、主题开掘等等。注重从作品的形式层面和作家表现技巧的角度去进行平行比较,是当前比较文学研究发展的一个趋势。

三、接受研究

接受研究主要是从接受者的角度去研究作品文本在被读者阅读、阐释的过程中其意义发生了怎样的变化,研究同一部作品在不同时代、不同国家和不同的读者群中为什么会产生理解上的差异甚至完全相悖。它要追问的是:与读者所处的时空环境和文化背景究竟有什么内在关联,哪些是审美接受而哪些却是非审美接受,接受主体对文本内涵又有哪些填补和"二度创

① 〔美〕韦勒克:《比较文学的危机》,黄源深译,于永昌等选编《比较文学研究译文集》,上海:上海译文出版社,1985年,第125、131、124页。

造"等。

　　从文学接受的历史来看,作品文本及人物形象在不同读者的阅读和阐释中,其意义理解和价值判断发生异变的现象是常见的。比如《堂吉诃德》问世之初在西班牙读者的眼中,只不过是个"逗人发笑的滑稽故事"而已,堂吉诃德这个人物也只是"一个疯癫可笑的骑士"①。而在当时的英国,有人却把《堂吉诃德》视为"夸张滑稽"的作品,予以指责,另有人则认为堂吉诃德既令人可笑,同时"又叫人同情敬爱"②。《堂吉诃德》在法国读者看来,"虽然逗笑"但"有它的哲学",它"取笑无益的偏见,对有益的道德却非常尊重",而且"堂吉诃德的言论只要不牵涉到骑士道,都从理性出发,教人爱好道德,堂吉诃德的疯狂只是爱好道德而带上偏执"③罢了。时至19世纪,德国评论家又把堂吉诃德所表现的精神称为"悲剧性的荒谬",并把堂吉诃德看成是一个悲剧性的英雄人物。可见接受主体对同一部作品的理解以及对其中人物的评价有着明显的差异。除此之外,在文学接受中还可能因读者情感倾向、文化观念和审美取向的不同而导致异变。如:托尔斯泰笔下的安娜·卡列尼娜在我国某些读者心目中,只是一个不守妇道、道德有缺的贵族女子而已,与西方读者对她的评价截然不同,这当中既有情感倾向,也有文化观念的差异。又如赵树理小说《小二黑结婚》中的三仙姑在中国读者当中是一个受讥讽的否定性人物,而在美国的不少青年看来,这个人物身上却体现了值得肯定的反封建的个性解放精神。比较文学中的接受研究就是要对不同的文学接受形态(非审美接受与审美接受),对接受过程中出现的"空白填空"、"还原与异变"以及阅读理解方面的"正误"与"反误"等具体现象进行深入的探讨和研究,以便弄清文学作品在不同地域和文化环境中其意义与价值的异变与文学接受之间的关系,进而把握文学对话与互动的某些规律和特性。

　　接受研究的学术背景是20世纪60年代在西方文坛兴起的接受美学。接受美学理论的奠基者波兰哲学家罗曼·英伽登(Roman Ingarden, 1893—1970)认为文学作品的文本只能提供一个多层次的未定点,只有在读者一面阅读一面将它具体化时,作品的意义才逐渐表现出来。而且,接受美学认为,读者在阅读过程中,往往是以自己的期待视野、感觉和知觉经验多层面地将作品所蕴含的空白处填充起来,这种填充自然是因时因人而异,而作品的流动及其艺术生命也正是在与不同读者的交互作用中得以实现的。德国接受美学理论家伊瑟尔(W. Iser, 1926—2007)指出:文学文本只是一个不确定性的"召唤结构",它召唤读者在其可能范围内充分发挥再创造的才能。另一位德国文论家伽达默尔(Gadamer, 1900—2002)则强调艺术存在于读者与文本的对话之中,艺术是"开放"的,流动的,随着不同读者的参与对话,同一部本文会衍生出无数不同的"第二本文"。

四、阐发研究

　　阐发研究是一种有别于影响研究和平行研究,具有中国学派特征的比较文学研究方法。它的形成和发展与中国比较文学方法论的历史演进关系密切。从历史渊源看,它主要是从中国古代阐释学而派生的。中国阐释学历史悠久,发端于先秦,盛极于明清,是中国学人读解研究古代经书典籍所采用的一种基本方法,它以索解诠释文本潜隐意义为目的,以训诂、考据为

---

① 杨绛:《〈堂吉诃德〉译本序》,北京:人民文学出版社,1979年,第4页。
② 杨绛:《〈堂吉诃德〉译本序》,北京:人民文学出版社,1979年,第6页。
③ 杨绛:《〈堂吉诃德〉译本序》,北京:人民文学出版社,1979年,第7页。

主要形式和手段。自汉代中国引入佛经之后,中国学者就不再局限于只用传统方法对本土古代经书典籍的训注辨释,而开始借鉴参照印传佛教疏解佛经的方法,并结合后来魏晋盛行的玄学治经之法,随意疏发义理,创立了一种新的经注阐释形式,即义疏之学。魏晋至唐宋,引佛论诗,以禅说诗,借用佛学理论话语来阐释本土文学作品、或与本国文论对话互释的现象已相当普遍。到明清时期,中西文化的碰撞与交流已势不可阻,尤其是在 19 世纪末 20 世纪初,中国学人已开始运用西方文艺理论来阐释本国文学作品,或对中外文论的某些范畴和观念进行对照分析,探寻其相似点,分辨其相异处,或以中外理论为参照系来互释双方不同文本。总之,这个时期的阐发研究获得了长足进展,其代表人物是王国维、徐念慈、吴宓等。其后,则有朱光潜、钱钟书等人。

阐发研究其实就是以中西不同的理论话语来互释阐明双方文学文本的隐藏之义,或中西诗学理论直接进行比照对话,辨识异同,寻求互补。阐发研究包括三方面的内容:第一,文学理论对文学现象的阐发,也即用一种文学理论和模式来解释另一个民族的文学作品;第二,文学理论对文学理论的相互阐发,也即使不同民族文学的观念、理论和方法相互发现,相互印证,相互阐释,以达到完善某种文学观念、理论和方法的目的;第三,在跨学科范围内,以别的学科对文学作出阐发,或者用别的学科的理论来解释文学中的各种问题,而不能反过来。

作为比较文学领域中国学派普遍采用的一种研究方法,虽在具体实践中取得了诸多方面的突破和有价值的学术成果,但至今主要还是停留在操作层面,在学理的建设和方法论的普遍性与科学性的确证方面,与国际比较文学界公认的学科与学派标准相比,还存在一定的差距。要发展和完善具有中国特色的阐发研究,就必须遵循符合学科性质的一些基本要求。首先,应遵照双向阐发、互为比照的原则要求,注重确立跨民族、跨语言、跨文化的研究视角,努力建构不同理论话语的对话平台和有效方式,尽可能在理论互介互渗的前提下,对不同的作品文本和文学现象进行具体阐发。其次,在运用一种文学理论话语去阐释另一个国家或民族的文学作品时,或者双方诗学理论进行直接对话与相互阐发时,对不同国家与民族的语言文化背景和社会历史形态等方面的差异应予以充分的考虑,不能牵强附会,硬性嫁接或指鹿为马。第三,必须对研究对象作深入、具体、细致的比照分析,要用辩证的实事求是的研究方法去进行双向的互为阐发,判断和结论应来自令人信服的细致辨析和逻辑论证,不能随心所欲,主观臆断。第四,应具备宽阔的理论视域和丰富的中外知识储备,在研究中既要顾及民族、文化和语言背景的差异,又要能以自己的理论话语去参与对话和阐释,建构起自己合理的阐发系统。

第四节　实例分析

原作:

曹雪芹(1724—1764),清代小说家,出身于"百年望族"的大官僚地主家庭,后父亲因事受株连,被革职抄家,家庭的衰败使曹雪芹饱尝了人生的辛酸。他在人生的最后几十年里,以坚忍不拔的毅力,专心致志地从事《红楼梦》的写作和修订。《红楼梦》是他"披阅十载,增删五次","字字看来皆是血,十年辛苦不寻常"的产物,在他生前,全书没有完稿。今传《红楼梦》120 回本,其中前 80 回出于他的手笔,后 40 回一般认为是高鹗(约 1738—1815)所续。《红楼梦》又名《石头记》、《金玉缘》,以贾、王、史、薛四大家族为背景,以贾宝玉和林黛玉的爱情故事为主线,描写了大观园内外一系列青年男女的爱情故事,揭示了封建大家庭的各种错综复杂的矛盾,表现了封建的婚姻、道德、文化、教育的腐朽和堕落,塑造了一系列贵族、平民以及奴隶出身的女子的悲剧形象,展示了极其广阔的封建社会的典型生活环境,曲折地反映了当时的社会世态,是一部我国封建社会后期社会生活的百科全书。

《红楼梦》问世二百多年来,由于爱好者、研究者众多,逐渐形成"红学",产生了许多流派,有评点、评论、题咏、索隐、考证等,还有不少红学家从《红楼梦》本身出发,研究它的写作方法、文学特色、思想意义等。王国维的《红楼梦评论》就是运用西方哲学理论对《红楼梦》进行全面评论,在红学研究中产生了重大影响的一部著作。

《红楼梦》评论(节选)   王国维

哀伽尔之诗曰:

Ye wise men, highly, deeply learned,

Who think it out and know,

How, when and where do all things pair?

Why do they kiss and love?

Ye men of lofty wisdom say

What happened to me then,

Search out and tell me where, how, when,

And why it happened thus.

嗟汝哲人,靡所不知,靡所不学,既深且跻。粲粲生物,罔不匹俦。各啮阙齿,而相阙攸。匪汝哲人,孰知其故。自何时始,来自何处?嗟汝哲人,渊渊其知。相彼百昌,奚而熙熙?愿言哲人,诏余其故。自何时始,来自何处?

哀伽尔之问题,人人所有之问题,而人人未解决之大问题也。人有恒言曰:"饮食男女,人之大欲存焉。"然人七日不食即死,一日不再食则饥。若男女之欲,则于一人之生活上,宁有害无利者也,而吾人之欲之也如此,何哉?吾人自少壮以后,其过半之光阴,过半之事业,所计划、所勤动者为何事?汉之成、哀,曷为而丧其生?殷辛、周幽,曷为而亡其国?励精如唐玄宗,英武如后唐庄宗,曷为而不善其终?且人生苟为数十年之生活计,则其维持此生活,亦易易耳,曷为而其忧劳之度,倍蓰而未有已?《记》曰:"人不婚宦,情欲失半。"人苟能解此问题,则于人生之知识,思过半矣。而蚩蚩者乃日用而不知,岂不可哀也欤!其自哲学上解此问题者,则二千年间,仅有叔本华之《男女之爱之形而上学》耳。诗歌小说之描写此事者,通古今东西,殆不能悉数,然能解决之者鲜矣。《红楼梦》一书,非徒提出此问题,又解决之者也。彼于开卷即下男女之爱之神话的解释。其叙此书之主人公贾宝玉之来历曰:

> 却说女娲氏炼石补天之时,于大荒山无稽崖炼成高十二丈见方二十四丈大的顽石三万六千五百零一块。那娲皇只用了三万六千五百块,单单剩下一块未用,弃在青埂峰下。谁知此石自经锻炼之后,灵性已通,自去自来,可大可小。因见众石俱得补天,独自己无材,不得入选,遂自怨自艾,日夜悲哀。(第一回)

此可知生活之欲之先人生而存在,而人生不过此欲之发现也。此可知吾人之堕落,由吾人之所欲,而意志自由之罪恶也。夫顽钝者既不幸而为此石矣,又幸而不见用,则何不游于广漠之野、无何有之乡,以自适其适,而必欲入此忧患劳苦之世界?不可谓非此石之大误也。由此一念之误，而遂造出十九年之历史与百二十回之事实，与茫茫大士、渺渺真人何与？又于第百十七回中述宝玉与和尚之谈论曰：

> "弟子请问师父可是从太虚幻境而来？"那和尚道："什么幻境，不过是来处来，去处去罢了。我是送还你的玉来的。我且问你那玉是从那里来的？"宝玉一时对答不来。那和尚笑道："你的来路还不知，便来问我。"宝玉本来颖悟，又经点化，早把红尘看破，只是自己的底里未知，一闻那僧问起玉来，好像当头一棒，便说："你也不用银子了，我把那玉还你罢。"那僧笑道："早该还我了。"

所谓"自己的底里未知"者，未知其生活乃自己之一念之误，而此念之所自造也。及一闻和尚之言，始知此不幸之生活，由自己之所欲，而其拒绝之也亦不得由自己，是以有还玉之言。所谓玉者，不过生活之欲之代表而已矣。故携入红尘者，非彼二人之所为，顽石自己而已；引登彼岸者，亦非二人之力，顽石自己而已。此岂独宝玉一人然哉？人类之堕落与解脱，亦视其意志而已。而此生活之意志，其于永远之生活，比个人之生活为尤切。易言以明之，则男女之欲尤强于饮食之欲。何则？前者无尽的，后者有限的也；前者形而上的，后者形而下的也。又如上章所说生活之于痛苦，二者一而非二，而苦痛之度，与主张生活之欲之度为比例，是故前者之苦痛，尤倍蓰于后者之痛。而《红楼梦》一书，实示此生活此苦痛之由于自造，又示其解脱之道不可不由自己求之者也。

而解脱之道，存于出世，而不存于自杀。出世者，拒绝一切生活之欲者也。彼知生活之无所逃于苦痛，而求入于无生之域。当其终也，恒干虽存，固已形如槁木，而心如死灰矣。若生活之欲如故，但不满于现在之生活，而求主张之于异日，则死于此者，固不得不复生于彼，而苦海之流，又将与生活之欲而无穷。故金钏之堕井也，司棋之触墙也，尤三姐、潘又安之自刎也，非解脱也，求偿其欲而不得者也。彼等之所不欲者，其特别之生活，而对生活之为物，则固欲之而不疑也。故此书中真正解脱，仅贾宝玉、惜春、紫鹃三人耳。而柳湘莲之入道，有似潘又安，芳官之出家，略同于金钏。故苟有生活之欲存乎，则虽出世而无与于解脱；苟无此欲，则自杀亦未始非解脱之一者也。如鸳鸯之死，彼故有不得已之境遇在，不然则惜春、紫鹃之事，固亦其所优为者也。

而解脱之中，又自有二种之别：一存于观他人之苦痛，一存于觉自己之苦痛。然前者之解脱，惟非常之人为能，其高百倍于后者，而其难亦百倍，但由其成功观之，则二者一也。通常之人，其解脱由于苦痛之阅历，而不由于苦痛之知识。惟非常之人，由非常之知力，而洞观宇宙人生之本质，始知生活与苦痛之不能相离，由是求绝其生活之欲，而得解脱之道。然于解脱之途中，彼之生活之欲，犹时时起而与之相抗，而生种种之幻影，所谓恶魔者，不过此等幻影之人物化而已矣。故通常之解脱，存于自己之苦痛，彼之生活之欲，因不得其满足而愈烈，又因愈烈而愈不得其满足，如此循环而陷于失望之境遇，遂悟宇宙人生之真相，遽而求其息肩之所。彼全变其气质，而超出乎苦乐之外，举昔之所执著者，一旦而舍之。彼以生活为炉，苦痛为炭，而铸其解脱之鼎。彼以疲于生活之欲故，故其生活之欲不能复起而为之幻影。此通常之人解脱之状态也。前者之解脱，如惜春、紫鹃，后者之解脱如宝玉。前者之解脱，超自然的也，神明的也；后者之解脱，自然的也，人类的也；前者之解脱宗教的，后者美术的也；前者平和的也，壮美的也，故文学的也，诗歌的也，小说的也。此《红楼梦》之主人公所以非惜春、紫鹃而为贾宝玉者也。

　　呜呼！宇宙一生活之欲而已，而此生活之欲之罪过，即以生活之苦痛罚之，此即宇宙之永远的正义也。自犯罪自加罚，自忏悔自解脱。美术之务在描写人生之苦痛于其解脱之道，而使吾侪冯生之徒，于此桎梏之世界中，离此生活之欲之争斗，而得其暂时之平和。此一切美术之目的也。夫欧洲近世之文学中，所以推格代之《法斯德》为第一者，以其描写博士法斯德之苦痛，及其解脱之途径，最为精切故也。若《红楼梦》之写宝玉，又岂有以异于彼乎？彼于缠陷最深之中，而已伏解脱之种子，故听《寄生草》之曲，而悟立足之境，读《胠箧》之篇，而作焚花散麝之想。所以未能者，则以黛玉尚在耳。至黛玉死而其志渐决。然尚屡失于宝钗，几败于五儿，屡蹶屡振，而终获最后之胜利。读者观自九十八回以至百二十回之事实，其解脱之行程，精进之历史，明了精切何如哉！且法斯德之苦痛，天才之苦痛；宝玉之苦痛，人人所有之苦痛也。其存于人之根柢者为独深，而其希救济也为尤切。作者一一掇拾而发挥之，我辈之读此书者，宜如何表满足感谢之意哉！而吾人于作者之姓名，尚未有确实之知识，岂徒吾侪寡学之羞，亦足以见二百余年来，吾人之祖先对此宇宙之大著述，如何冷淡遇之也。谁使此大著述之作者不敢自署其名？此可知此书之精神，大背于吾国人之性质，及吾人之沉溺于生活之欲，而乏美术之知识有如此也。然则予之为此论，亦自知有罪也矣。①

点评：

　　一百年前，王国维发表了《〈红楼梦〉评论》，它突破了传统评点和考据的局限，开启了中国文学批评"用西方理论来阐释中国文本"的现代学术范式。

　　近人缪钺早在《诗词散论》一书中就指出，王国维文学批评的理论根据是叔本华，"王静安文学批评之名著有二，一为《〈红楼梦〉评论》，一为《人间词话》。两文均有新颖之见解，而其立论根据则多出于叔氏之书。"②叔本华认为：人生＝欲＝苦痛，人生便与痛苦相始终，人生就是怎样从痛苦中解脱出来的。王国维服膺于叔本华哲学，并以此去分析《红楼梦》的主旨与精神，进而总结出其在美学和伦理学上的重大价值。

　　任何接受行为，如作为内化过程展开，其初始阶段总带有模拟性，王国维也不例外。《〈红楼梦〉评论》正是模仿叔本华思路来剖析《红楼梦》意蕴之尝试。在此处所选的第二章《〈红楼梦〉之精神》中，王国维引用了第一回"却说女娲氏炼石补天之时……日夜悲哀"一段，作"此可知生活之欲之先人生而存在，而人生不过此欲之发现"的证据：宝玉之"玉"即叔本华之"欲"。他认为，人生本身由各种欲望构成，种种欲望成为人生苦痛的根源，也是悲剧产生的根源。《红楼梦》之所以成为悲剧，甚至"悲剧中之悲剧"，其原因在于它表现了人生之欲望与痛苦，欲望和痛苦皆出于生活之本质和必然。就这一点，可以清晰地看到王国维的悲剧思想与叔本华的关系。在王国维看来，人生问题从根本上说是一个欲望的问题，个体生存的一切方面，都与欲望有关，都是为了自身的发展及种族的延续。正是在这个意义上，王国维说："生活之本质何？欲而已矣。"生活的本质是"欲"，欲望的本质又是什么呢？是"苦痛"："欲之为性无厌，而其原生于不足。不足之状态，苦痛是也。既偿一欲，则此欲以终。然欲之被偿者一，而不偿者什佰。一欲既终，他欲随之。故究竟之慰藉，终不可得也。……故人生者，如钟表之摆，实往复于苦痛于倦厌之间者也。……故欲与生活、与苦痛，三者一而已矣。"可见，王国维认为生活之欲先于人而存在，人生只不过是欲的表现。欲望决定着生命的存在方式，而人生不过是欲望拨弄下不断

① 王国维等：《红楼梦评论·石头记索隐·红楼梦考证·红楼梦辨》，长沙：岳麓书社，1999年，第7—11页。
② 缪钺：《诗词散论》，西安：陕西师范大学出版社，2008年，第84页。

挣扎的痛苦之旅。王国维这种关于"欲望"、"生活"和"苦痛"的论证方式其实脱胎于叔本华"人生本质是痛苦"的悲观主义人生伦理观。王国维把人生喻为"钟表之摆"也取自于叔本华，只不过"痛苦和无聊"作为叔本华的人生钟摆的两端，在王国维的笔下成了"苦痛与倦厌"。正是由于受到了叔本华"唯生存意志论"的深刻影响，王国维进而指出："吾人之堕落，由吾人之所欲，而意志自由之罪恶也。"

王国维认为《红楼梦》的伟大之处便在于它艺术地印证了"人类之坠落与解脱，亦视其意志而已"，实示"此生活此苦痛之由于自造，又示其解脱之道，不可不由自己求之者也"。于是宝玉也就沦为叔本华欲念赖以显现自身的文学傀儡。宝玉乃是因"一念之误"，才有了"十九年的痛苦"，他衔玉入世是为了展示纵欲之痛苦本相，他弃玉出世是为了昭示禁欲之超脱大境。"所谓玉者，不过生活之欲之代表而已矣"。所谓"一念之误"正是一时间产生了"欲"，而此"欲"正是人生之谬误。《红楼梦》的茫茫大士、渺渺真人认为宝玉之人生乃是欲之谬误。欲之谬误不是指"欲"的选择之误，而是产生"欲"本身便是谬误，正因为如此它才是悲剧性的。那么又为何人生欲望乃是谬误呢？王国维解释说："夫人生之无常，而知识之不可恃，安知吾人所谓'有'，非所谓真有者乎？"人生无常，本为虚无，偏要求"有"，生出欲念，岂不谬欤？故宝玉之悲剧的根本乃在于生出欲念，生欲望本身就是谬误。王国维从生活之"欲"的角度来认识生活，同时也从这个角度理解悲剧的本质，这来自于叔本华等人的哲学思想。

既然人生是苦，那什么才是人生苦痛的解脱之道？王国维提出"自犯罪，自加罚"，"以生活为炉，苦痛为炭，而铸其解脱之鼎"的解脱理论。《〈红楼梦〉之精神》开篇就引用18世纪德国诗人衰伽尔的诗，诗中反复追问男女之爱"自何时始，来自何处？"这首诗正是叔本华的《男女之爱之形而上学》一书开篇所引。按照叔本华的观点，生存意志的外化方式是多种多样的，它极度强烈地表现在性爱的冲动中。性欲是生存意志的核心，是一切欲望的焦点，它在人类生活中扮演着极重要的角色，"人类也可说是性欲的化身"①。因此，解决了性欲所导致的痛苦，也就解决了人生的中心问题。与叔本华相似，王国维也认为在人的各种欲求之中，"男女之欲"是比"饮食之欲"尤为强烈和持久的一种深沉的欲望，这是因为"男女之欲"是关乎人永远之生活即种族延续的，是无尽的，两千年间仅有叔本华的《男女之爱之形而上学》一书，而在中国只有一部《红楼梦》能当此大任。王国维认为《红楼梦》的基本精神是，通过贾宝玉的爱情悲剧展现由生活之欲、意志自由所造成的种种人间痛苦，并向人们昭示生活的本真面目以及只有拒绝生活之欲才能真正消除痛苦的解脱之路。

论及具体的解脱途径，王国维说："解脱之道存于出世而不存于自杀。出世者，拒绝一切生活之欲者也。""解脱"有两种途径："一存于观他人之苦痛，一存于觉自己之苦痛。"他认为惜春、紫鹃的解脱属于第一种途径，而宝玉的解脱则属于第二种途径。他还特别指出《红楼梦》所写的众多人物为情所苦，有的因经不住这种痛苦的折磨而自杀，如金钏堕井，司棋触墙，尤三姐、潘又安自刎等，都不是解脱。因为这些人之所以自杀，并非看破了生活的本质，而恰恰是"求偿其欲而不可得者也"。可见，王国维的解脱之道正是叔本华弃绝生存意志以求解脱的翻版。

王国维之所以对《红楼梦》赞不绝口，就是因为他认定名著的价值，正在于宣传欲念的自我解脱。他说："吾国人之精神，世间的也，乐天的也，故代表其精神之戏曲小说，无往而不著此乐天之色彩：始于悲者终于欢，始于离者终于合，始于困者终于享；非是欲厌阅者之心，难矣！""故吾国之文学中，其具厌世解脱之精神者，仅有《桃花扇》与《红楼梦》耳。而《桃花扇》之解脱，他

① 〔德〕叔本华：《作为意志和表象的世界》，石冲白译，北京：商务印书馆，第452页。

律的也,而《红楼梦》之解脱,自律的也。且《桃花扇》之作者,但借侯、李之事,以写故国之戚,而非以描写人生为事。故《桃花扇》政治的也,国民的也,历史的也;《红楼梦》,哲学的也,宇宙的也,文学的也。此《红楼梦》之所以大背于吾国人之精神,而其价值亦即存乎此。"这体现在美学上,则又成了"彻头彻尾之悲剧也"。何则? 因为《红楼梦》是写"普通之人物,普通之境遇","彼示人生最大之不幸,非例外之事,而人生之所固有故也"。这就给读者以"无时而不可坠于吾前"之感,"且此等惨酷之行,不但时时可受诸己而或可以加诸人;躬丁其酷,而无不平之可鸣:此可谓天下之至惨也"。总之,无论内容还是形式,《红楼梦》皆成为以形象注疏叔本华哲学的最佳读本。

　　王国维的《〈红楼梦〉评论》既是运用西方的哲学思想来研究别国的文学作品的范例,由此收到了跨民族、跨文化研究的实际效果,并因此成为中国比较批评的经典之作;同时,也提出了一个难题,用产生于西方文化背景中的哲学思想来研究产生于中国文化背景中的文学作品,是否存在越俎代庖的弊端。简单地加以肯定或否定,于事无补,因为此类研究还在源源不断地产生。最好的应对策略倒是既遵循王国维的批评继续做下去,又要尽量考虑不同文学作品产生的文化背景的差异,将之视作比较时的一个重要的参照系。

关键词

1. 比较文学：(comparative literature)是在 19 世纪兴起的一种文学批评方法，它从国际视角研究民族与民族、国家与国家之间的文学以及文学和其他艺术形式、其他意识形态之间的关系，随着时间的发展，它逐渐形成了一整套自己的方法体系，并因而具有了一种学科意义。比较文学的批评方法由于研究对象的特别规定性，从而使文学批评具有独特的分析、认识、掌握文学现象的视野。它力图摆脱国别眼光的局限，在国与国之间文学的比较观照中，分析和把握各种文学现象和文学作品；它把一种文学作品放在与之相异的文化和民族环境条件下，或者放在相异民族与国别的文学作品之间，使得这个作品的价值和特色更充分、更突出地显示出来，力图全面准确地评价文学作品的价值，更深入透彻地认识文学运动与发展的规律。

2. 影响研究：影响研究是比较文学中较早出现的一种研究类型，它源于法国学派。所谓影响研究也就是指对超越国家、语言和文化界域的不同文学之间基于事实联系之上的相互渗透与互动的影响史实进行专门研究。首先，"影响"，并不是指一国文学的单向输出和对输入国文学产生的某种作用，即不是一方的单向施与和另一方的被动接受，而是指双方的相互作用和彼此渗透。其次，"影响"的前提条件，必须是那些跨国界、跨语言、跨文化的文学互动和互渗，而不是指本土文化内部的某种文学影响。

3. 平行研究：平行研究方法是美国学者常用的文学批评手法。平行研究将那些"相似"、"类似"，但没有直接联系的两个民族（或多个民族）的文学，两个（或多个）不同民族的作家，两部（或多部）属于不同民族文学的作品加以比较，研究其异同，并导出有益的结论。此外，平行研究还提出了文学与其他艺术、文学与心理学、文学与思想史等跨学科的研究。

4. 阐发研究：阐发研究是一种有别于影响研究和平行研究，具有中国学派特征的比较文学研究方法。阐发研究是以中西不同的理论话语来互释阐明双方文学文本的隐藏之义，或中西诗学理论直接进行比照对话，辨识异同，寻求互补。阐发研究包括文学理论对文学现象的阐发、文学理论对文学理论的相互阐发和以别的学科对文学作出阐发，或者用别的学科的理论来解释文学中的各种问题等内容。

思考题

1. 并无"比较文学"之名的中国学术为什么又有事实上的比较文学研究？
2. 为什么在比较文学研究中跨民族与跨学科是两个重要标识？
3. 谈谈中国比较文学批评的意义与局限。

阅读链接

1. 〔丹麦〕勃兰兑斯:《19 世纪文学主流》,张道真、刘半九等译,北京:人民文学出版社,1986 年。

2. 叶维廉:《中国诗学》,北京:人民文学出版社,2006 年。

3. 乐黛云等编:《独角兽与龙——在寻找中西文化普遍性中的误读》,北京:北京大学出版社,1995 年。

4. 赵毅衡:《远游的诗神——中国古典诗歌对美国新诗运动的影响》,北京:中国社会科学出版社,1985 年。

（富　华）

第十五章 批评写作

作为文学专业的学生，需要了解国内外过去、现在重要的批评流派及其批评主张，但在了解的基础上，更为重要的是能将这些批评派别的主张灵活地运用在作家、作品及各种文学现象的解读上，从事实际的文学欣赏或批评，这就要学会文学批评写作。

第一节 什么是批评写作

要了解批评写作，先从了解文学批评开始。文学批评可以分为广义文学批评和狭义文学批评。广义文学批评指的是对作家、作品、文学现象、文学流派等进行批评，有这样的界定："指按照一定的标准，对作家作品和文学现象（包括文学运动、文学思潮和文学流派等）所做的研究、分析、认识和评价。"[①]类似的还有："指文艺批评者在一定的政治文化背景下，运用一定的观点，对文艺家、文艺作品、文艺思潮、文艺运动所做的探讨、分析和评价。"[②]狭义文学批评指的是对文学作品的研究，强调文本"细读"的西方新批评代表人物艾略特这样界定文学批评："我说的批评，意思当然指的是用文字所表达的对于艺术作品的评论和解释。"[③]韦勒克将"文学批评"界定为"指对具体文艺作品的研究，重点在对它们的评价上"[④]，这也属于狭义文学批评。新批评的文本"细读"固然有利于纠正社会历史批评的偏颇，但完全割裂作品和作家、世界的联系，显然又走向了另一个偏颇。所以综合广义和狭义两种文学批评的界定，倒是不错的折中选择。童庆炳主编的《文学理论教程》对文学批评的界定就采用了折中的办法，将文学批评界定为"对以文学作品为中心，兼及一切文学活动和文学现象的理性分析、评价和判断。"[⑤]这一界定一方面承认了作品的中心地位，但同时把与作品密切相关的文学活动、现象囊括在内，更加符合文学批评的实践。

关于"写作"，《现代汉语词典》《汉语大词典》都给出了描述性的界定："写文章"。这个界定对于想了解写作到底为何物的人来说过于粗略，"文章"的命名既可以包括文学性的"小说"，

---

① 《中国大百科全书·中国文学》，北京：中国大百科全书出版社，1986年，第953页。
② 《辞海》，上海：上海辞书出版社，1989年，第4029页。
③ 〔英〕艾略特：《批评的功能》，罗经国译，伍蠡甫主编《现代西方文论选》，上海：上海译文出版社，1983年，第278页。
④ 〔美〕韦勒克：《批评的诸种概念》，成都：四川人民出版社，1988年，第42页。
⑤ 童庆炳：《文学理论教程》，北京：高等教育出版社，2004年，第355页。

也可以包括财经文书之类的应用文体,二者间的巨大差异,使得"文章"的命名,往往是以忽略各种不同文体为代价的。

关于写作的界定,历来的意见是不统一的。有的论者将"写作"分为狭义写作、亚写作、广义写作三个层次。其中狭义写作指一种独立的、完全的创造性文章写作活动,而亚写作的概念包括翻译写作和编辑写作,广义写作不仅指人类的艺术创作活动和创作行为,如音乐、美术、电影等艺术的创作,同时还包括口头言说(如讲演行为等)即口头写作。[①] 这样看似大而全的界定并未能为我们更好把握何谓写作提供更多帮助。也有的论者把写作分为"创造性写作"和"规定性写作",前者包括练习性的议论文、记叙文、学术论文以及文学作品等,后者更注重对文体形式规范的遵守[②]。但这一界定同样存在含混的地方,将学术论文与诗歌、小说同置一处,难以说清问题。

在我们看来,在把"写作"界定为"写文章"以后,若能对"文章"加以细化,也许是清晰理解写作的一种有效思路。写作其实可细化为基础写作、应用写作、文学创作。基础写作涉及的文体包括议论文、说明文、记叙文、学术论文等;应用写作涉及的文体包括公文、日常文书、事务文书、行业文书等;文学创作涉及的文体包括小说、诗歌、散文、剧本等。这样的划分虽然不够精确,但至少为不同文体找到了属于它们的坐标。

就"文学批评写作"而言,首先,它应属于基础写作,它同样需要遵守基础写作所强调的选材、立意、构思、表达方式、语言技巧等写作规范,体现论述文的基本特点。其次,它的书写应该是围绕"文学批评"展开,所以它还要遵循文学批评的规律,因而文学批评的写作就是将一般写作的规范和文学批评的特殊性有机地统一起来,"指在一定的理论和方法指导下,对以文学作品为中心的各种文学现象研究和评价的成果,通过书面语言的形式、制作和表达出来的生产活动"[③]。选用不同批评思想与批评方法的文学批评写作,往往会体现不同的风格特征。如选择审美批评的,往往写出的是美文;选择神话批评的,往往写出来的是逻辑严谨的议论文。第三,尽管文学批评写作中会因为批评家的个性、所选择的理论方法的相异而有相异的特色,但文学批评写作是缘发于文学创作这一基础上的,所以,所有的文学批评写作,都或多或少地带有文学的色彩,紧紧地把握文学的审美特性,是其内在的生命力,所以,文学批评写作也被不少批评家与作家视作是一种"艺术品"的创造,文学批评写作的"艺术性"成为评价一个批评家是否具有批评才能的重要依据之一。

吴小如早在 20 世纪 40 年代就以中国现代文学批评家李健吾的《咀华集》为对象谈论过批评应当怎样写作,他的要求,体现了对于批评写作的一般要求。吴小如后来曾指出:

> 其一,半个世纪以来,我们确乎极少看到有使人爱不释手的精彩绝伦的文学评论之作,使人读了就像读创作一样既给人以理性上的启迪又给人以美感上的享受。两本《咀华集》却恰恰不是这样。我以为,其差异的关键在于:写评论文章(包括一般书评)不仅要有个人独到的见解,而且更须有自己独立的见解。也就是说,作者既不迎合迁就世俗凡庸的肤浅舆论,也不随波逐流追新潮赶浪头,凭借某种门户之见以为奥援,倚仗一种外来的声势为自己张目。只有这样的评论才能长远站得住脚,才能使后之来者心悦诚服。……

① 马正平:《高等写作学引论》,北京:中国人民大学出版社,2002 年第 51—57 页。
② 《写作新教程》编写组:《写作新教程》,北京:北京经济学院出版社,1992 年,第 1—4 页。
③ 韩盼山:《文学批评写作》,石家庄:河北大学出版社,2004 年,第 6 页。

其二,写文学评论、文艺批评乃至一般书评,我始终认为,其本身就应该是一篇篇完美而绚丽多姿,能体现作者个性与风格的好文章。这一点,我们的老祖宗早就注意到了。自曹丕的《典论·论文》、陆机的《文赋》到刘勰的《文心雕龙》,以及近时大有争议的《二十四诗品》,无一不是天地间第一等好文章。它们之所以流传千载,不仅由于其内容精彩,文章之美也是足以使之不朽的。两本《咀华集》与上述古人诸作自然不尽同源,但作者下笔之初,确是有意识地把这些评论文章当作"美文"来刻意精写的。①

第二节　批评写作的基本要求

文学批评写作当然要遵循一般写作的规范,但文学批评的特殊性决定了这一写作具有自己的独特规定性。

首先,就写作的语言表达而言,与一般应用文写作的语言程式化不同,也与文学创作的语言个性化追求不同,文学批评的语言运用有它的规定性。一方面,批评写作的语言具有科学性,也就是在专业术语的运用上要遵守概念内涵的明确性、语言表达的准确性、说理推论的逻辑性。文学批评自己的发展过程中形成了自己的概念系统,如古代文论中的意境、兴味、风骨、虚静等,现代文论中的形象、典型、风格、文本、情结等,只有恰当选择运用这些术语,才能使文学批评规范化,具有学术性。除了科学性之外,文学批评的对象毕竟是以文学作品为核心的写作活动,所以批评写作还要注意语言的艺术性,若把对一篇可圈可点的美文的批评变成一堆干巴巴的术语,显然背离了文学批评的初衷。批评的目的是为了作品的完善以及对作品的更深入了解,是一个提升和发现的过程,理论的渗透是为了更方便地言说作品,而不是将作品完全地拆解开来印证某种理论。好的批评家应该在批评的写作中做到语言的科学性和艺术性的融合。

其次,就阅读而言,文本阅读是批评写作的起点。正确的文本阅读方法,首先应该是"遗忘式"阅读:直接面对文本,忘记它的作者、写作背景、流派归属以及所有关于它或褒或贬的论述。如果不能斩断这些"情丝"的话,很容易在进入文本之前已经有了先入为主的印象,这会成为走进文本的阻碍。在这点上,新批评提倡的文本细读方式可以借鉴。这是文本阅读的第一步。但新批评对语义、语境以及文本中所用的各种修辞手段的深入挖掘,更适合诗歌这类短小精悍的文体。在经过遗忘式的第一遍阅读后,对作品要有一个从零散到整体的把握,把作品看成一个整体,并形成关于作品的初步印象。印象派批评特别重视初次接触作品时形成的融入批评者审美直觉的"独特印象",把捉住这一印象,将批评变成一种艺术创造,打上非常个性化的色彩。印象派批评注重自我独特体验的批评实践,对于打破社会历史批评的缺乏个性的沉闷感无疑有其独特的意义,但建设性的批评,不但要有个性,还应该谋求批评家之间的"递增型发展以建立一套有生命力的批评思想"②。韦勒克在这里所讲的"批评思想",其实指的是与批评相关的知识系统,这个知识系统能够建构有关文学的审美价值判断。要达到批评的这一目的,我们不仅需要新批评的文本细读,印象派批评的独特体验,更需要批评的某种规范性、科学性。所以阅读的最终任务就不仅仅是文本的细读,而是要读出具体文本在整个作家创作之中的序列,作品的研究情况,甚至与作家创作相关的其他因素都应成为阅读所要关注的内容。因此,

---

① 吴小如:《〈李健吾文学评论选〉序言》,《今昔文存》,长沙:湖南人民出版社,1998 年,第 243—244 页。
② 〔美〕韦勒克:《近代文学批评史》第 4 卷,杨自伍译,上海:上海译文出版社,1997 年,第 239 页。

好的阅读应当是"入乎其内、出乎其外",既要遗忘关于文本的种种既定结论,以便能够真切地进入文本内部,由这个内部联系到相关的内容,更需要与文本保持一定的距离,作冷静审视,在这样的基础上,批评写作的学术性才有保障。

台湾作家龙应台关于文学批评写作的一席话值得借鉴:

> 我必须在灯下正襟危坐:第一遍,凭感觉采撷印象;第二遍,用批评的眼光去分析判断,作笔记;然后读第三遍,重新印证、检查已作的价值判断。然后,我才动笔去写这篇一个字三毛钱的文章。[①]

最后,就立意言,批评写作对立意同样有着很高的要求。批评写作立意的新颖深刻与否决定了它的价值高低。立意是文章的灵魂,纵然是再华丽的词藻,没有了新颖、深刻立意的支撑,最多也只是拾人牙慧的重复之作。以王朔小说研究为例,当王朔以独特的小说创作"横空出世"时,评论家们很快分成了两派——赞成的和反对的。赞成的看到了王朔的创作在"躲避崇高"背后的另一种真实,反对者痛斥王朔创作中道德观念的虚无,两种观点大有水火不容之势,陷入非此即彼的二元对立怪圈,所有再进入这个怪圈的批评者都会有云深不知处的迷茫之感,这就是在立意上没有新意可言的结果。季红真对王朔小说的研究则脱离了支持或反对的单线思维,从"精神流浪者的自信与迷惘"这一角度切入,触及了王朔创作中的根本矛盾:"否定的负值这一项是充实的,因而自信;肯定的正值这一项却是一个空白,自然迷惘。迷惘中虽有一些渴望,毕竟飘渺。"[②]独特的视角、新颖的立意使得季红真关于王朔小说的分析成为一种独特的批评写作方式。

文学创作需要独创性,批评写作同样需要独创性,新颖的立意不仅能深化具体的文本研究,更可以通过一个个案的研究,形成某种独创性的观点,再用来解释同类的文学现象。巴赫金在对陀思妥耶夫斯基创作的研究中,通过对陀氏小说主人公与作者关系的分析,提出了"复调小说"这一理论,不仅拓展了陀思妥耶夫斯基的研究维度,而且开拓了小说研究的一个新维度,从此"复调小说"的批评理论成为研究小说的一个重要的理论视角。

除此之外,批评写作属于理论研究活动,它要选择一定的理论思想作为自己的基础,没有理论思想的批评写作,往往是单薄的。而在文体风格的要求上,它主要是一种议论文,以议论为主,虽然也会涉及说明、叙述描写等,但这些表达手法的运用要服从于说理的需要,观点和例子的简单叠加不能形成深度,令人信服。

第三节　批评写作的样式

文学批评写作的样式有不同的划分方式。大体说来有两类,按照批评所涉及的体裁,可划分为小说评论、散文评论、诗歌评论、剧本评论等。按照批评的呈现形式,可划分为论文式、书信式、对话式、随笔式、序跋式、诗话式、评点式等。其他还有社会评论、道德评论、作家评论、作品评论等称谓,这或者与批评者所选择的立场相关,或者与批评者所选择的对象相关,但这类称谓并不具有文体的独特性及分类特征,本文不予讨论。此处将以针对体裁的批评写作与批

---

① 龙应台:《龙应台评小说》,上海:上海文艺出版社,1996 年,第 182 页。
② 季红真:《精神流浪者的智力游戏——王朔〈玩的就是心跳〉索解》,《北京文学》,1989 年第 7 期。

评写作的具体呈现样式来加以说明，分别是：诗歌批评写作、小说批评写作、散文批评写作、剧本批评写作、随笔体批评写作、对话体批评写作、书信体批评写作、序跋体批评写作。

一、诗歌批评写作

诗歌是一种想象丰富、语言凝练、结构跳跃、抒情性强的文体。诗歌以表现内容来划分，可分为抒情诗、叙事诗、哲理诗、山水诗、爱情诗等；以表达方式来分，可分为抒情诗、叙事诗；以结构方式来划分，可分为格律诗、自由诗、民歌、散文诗等。

与其他文学体裁相比，诗歌以高度凝练的语言委婉含蓄地表达思想情感，由此产生了它的多义性和不确定性，这一方面给普通欣赏者留下巨大的想象空间，但同时也给诗歌批评带来巨大挑战。诗歌批评写作就是要把握、洞悉诗歌中的深刻内蕴，引领读者去欣赏，其主要方面就是通过对语言、意象、意境的解析，来达到批评写作服务于诗歌读者的目的。

1. 诗歌语言分析

文学是语言的艺术，而诗歌对语言的运用则必须达到这一艺术的最高层面。清代诗论家叶燮这样来要求诗人：

> 可言之理，人人能言之，有安在诗人言之？可征之事，人人能述之，又安在诗人述之？要之作诗者，实写事、理、情，可以言言，可以解解，即为俗儒之作。唯不可名言之理，不可施见之事，不可径达之情，则幽渺以为理，想象以为事。惝恍以为情，方为理至、事至、情至之语，此岂俗儒耳目心思界分中所有哉！①

诗人为了在短小的篇章里竭尽所能地言情、说事、明理，无不在语言的雕琢上下足了功夫，这往往会出现偏离语言规范的现象。诗歌批评写作就要回答与分析诗歌语言中这类问题，以便由此探讨诗歌的内涵与引导读者。苏雪林对李金发的分析值得借鉴。

李金发深受法国象征派诗歌的影响，在创作时践行象征派代表人物魏尔兰"固执文法的规定是危险的"的诗歌主张，"难懂"成了他的诗歌的一种特征。朱自清曾这样评价李金发："他的诗没有寻常的章法，一部分一部分可以懂，合起来却没有意思，他要表现的不是意思而是感觉情绪；仿佛大大小小红红绿绿一串珠子，他却藏起那串儿你得自己穿着瞧。这就是法国的象征诗人的手法。"②

苏雪林在研究中却发现了李金发的"异常敏感"之处：有属于视觉的敏感如"一个臂膀的困顿和无数色彩的毛发"，"以你锋利之爪牙溅绿色之血"；有属于听觉的敏感如"黑夜与蚊虫连步徐来越此短墙之角，狂呼于我清白之耳后，如荒野狂风怒号，站立无数游牧"③。这样不符合日常语言规范的"偏离"造成了李金发诗歌晦涩难懂。如果执著于从习惯的语法去落实每一个词的清楚明白的用意，则会陷入诗人所制造的陌生化效果中不能自拔。苏雪林的高明在于她跳出了固有的语法习惯来考察李金发偏离语法习惯的做法，从整体上去把握李金发的诗歌，发现

---

① 叶燮：《原诗·内篇下》。
② 朱自清：《〈中国新文学大系·诗集(1917—1927)〉导言》，上海：上海文艺出版社，1984年，第7—8页。
③ 中国现代文学馆编《苏雪林代表作》，北京：华夏出版社，1999年，第277页。

他的"不固执文法的原则"、"跳过句法"等所谓高深的奥妙，"但煞风景地加以具体的解释不过应用了省略法而已。旧式所谓起承转合虽不足为法，而每一首诗有一定的组织，则为不可移之理。但象征文学的作品则完全不讲这些的。第一题目与诗不必有密切关系，即有关系也不必粘着做。行文时或于一章中省去数行，或与数行中省去数语，或于数语中省去数字，他们诗之暧昧难解，无非为此①。这样看来，李金发的诗并非没有意义、不可解读的作品，只"不过文字不按照寻常习惯安排"②而已。

苏雪林对李金发象征主义诗歌的解读为我们提供了分析那些偏离语法规范的诗歌语言的重要启示——整体把握。即不执著于具体个别字句的意思，对错综多变的诗句实行总体的把握，大致悟出诗人所要表达的情思。

2. 意象的分析

诗歌作为最富抒情色彩的文体，不能靠直抒胸臆来完成情感的表达，必须通过具体的形象，委婉表达感情。正如英国美学家鲍桑葵所言："情感表现于形象，于是有美"③。在诗歌里用来表达情感的形象称作意象，意象是诗人感觉的具体化。意象可以是景、物，也可以是人，数量上可以是单个的，也可以是多个的。

意象对于诗歌审美意蕴的生成，对于读者、对于作者都具有重要作用。叶嘉莹说："创作者所致力的事是如何将自己抽象之感觉、感情、思想，由联想而化成为具体之意象，欣赏者所致力的事是如何将作品中所表现的具体之意象，由联想而化成为自己抽象之感觉、感情与思想。"④

在诗歌批评写作中，分析诗歌意象的使用，成为进入诗歌的重要途径之一。关注意象的完整性，探讨意象是否缺失，是诗评的重要内容。好的诗歌应该是"意"和"象"的完美组合，用具体的物象使抽象的情感具体化。南唐李煜《清平乐》中的"离恨恰如春草，更行更远还生"两句，用春天疯长的草这一意象把离别之苦，相思之深淋漓尽致表达出来。诗歌中如果有象无意，或有意无象，往往会使得诗味大打折扣。元人白朴的《天净沙·秋》"孤村落日残霞，轻烟老树寒鸦。一点飞鸿影下。青山绿水，白草红叶黄花。"⑤这里的"象"不可谓不多，但却没有一个使得这些"象"统一的"意"，结果是有象缺意，使得整首词的情感指向不够明了，诗的感染力大打折扣。而马致远的《天净沙·秋思》用伤心的"断肠"状态，把枯藤、老树、昏鸦，瘦马等形象整合起来，有象有意，意象完整，使得人们记住了马致远的"秋"，而不知白朴的"秋"。而有的诗歌则是有意无象，直接说理或直抒胸臆，却没有找到能够确切表现这些理与胸臆的表象，也同样会缺乏感染力。如郭小川《向困难进军》的结尾："让我们/以百倍的勇气和毅力/向困难进军！/不仅用言词/而且用行动/说明我们是真正的公民！"这种直抒胸臆的表达方法，即使饱含深情，但也因为情感的无所依附而显得空洞，没有太多回味的余地。

意象的使用是否有新意同样重要。一个新颖的意象可以照亮整首诗歌，带来意想不到的效果。诗歌意象的新颖往往表现为别人没有用过，或者是通过意象的对比、并置、叠加等手段，使得习见的意象出现不同寻常的效果。如"战士军前半死生，美人帐下犹歌舞"（高适）使用的就是对比意象；如"枯藤老树昏鸦，小桥流水人家"（马致远）使用的就是意象的并置，都产生了极佳的艺术张力。另外，有的诗歌还注意词语的锤炼，如"胯下的竹马驰走了我的童年"（臧克

---

① 中国现代文学馆编《苏雪林代表作》，北京：华夏出版社，1999 年，第 281 页。
② 中国现代文学馆编《苏雪林代表作》，北京：华夏出版社，1999 年，第 277 页。
③ 转引自朱光潜：《朱光潜全集》第 1 卷，安徽：安徽教育出版社，1987 年，第 351 页。
④ 叶嘉莹：《王国维及其文学批评》，广州：广东人民出版社，1982 年，第 452 页。
⑤ 赵传仁：《诗词曲名句辞典》，济南：山东教育出版社，1988 年，第 571 页。

家),一个"驰"字,使得童年的竹马这一意象新意迭出。中国传统的诗评中特别注重"诗眼"的分析,其实注重的就是能够影响全篇的核心意象的分析。

3. 意境的分析

诗歌的意境指情景交融、虚实相生的形象系统所形成的审美空间。意境是诗人艺术创造中主观和客观、思想与形象的有机统一的体现。对诗歌语言、诗歌意象进行分析,最终都是为了更好理解整首诗的韵味,也即形成关于诗歌是否有意境的判断。分析意境,是诗歌批评的核心,因此诗歌批评写作,最终目的是要通过意境分析,把读者引入到诗的艺术境界之中。

意境与意象既有联系又有区别。意象和意境两者都是诗人主观情感与客观物象的高度统一。区别在于意象与词句相关,意境与全篇对应;意象是构成意境的条件和基础,一首诗的意境往往由一组或多组意象构成。一首诗可以有多个意象,但却只有一个意境。

还以马致远《天净沙·秋思》为例,这首小曲被元代周德清的《中原音韵》列为"秋思之祖",不在于其中使用的意象的独特,而是因为它有独特的意境。"断肠"之情思与枯藤、老树、昏鸦、古道、西风、瘦马这些意象完美融合,表达了羁旅游子萧瑟秋意中的无限惆怅。

如何分析诗歌是否有意境,王国维的看法值得重视。王国维肯定了意境是作家主观感情和客观物体统一即情景交融的艺术画面:"境非独谓景物也。喜怒哀乐,亦人心中之一境界。故能写真景物、真感情者,谓之有境界;否则谓之无境界。"[①]王国维提供了判断诗词是否有境界的具体标准:"大家之作,其言情也必沁人心脾,其写景也必豁人耳目。其辞脱口而出,无矫揉装束之态。以其所见者真,所知者深也。诗词皆然。"[②]或者,"写情则沁人心脾,写景则豁人耳目,述事则如出其口者。第一期元剧,虽深浅大小不同,而莫不有此意境也"[③]。所以,在诗评的写作中,分析并判断某首诗的独特意境构成与审美意义,往往是衡量这篇诗评是否写得成功的评价依据之一。

二、小说批评写作

通过故事情节、环境描写、人物刻画来表现生活与思想,是小说的基本特征。小说按篇幅可分为短篇、中篇和长篇;按题材可分为武侠小说、军事小说、科幻小说、历史小说等;按语言可以分为文言小说与白话小说等。谈小说就离不开人物、情节、环境这三要素,因此,小说批评写作也要围绕这三个方面展开。

1. 人物形象分析

首先,分析人物形象的思想意义和反映生活的深度。如研究鲁迅的《阿Q正传》,就要分析小说对现代中国社会生活的描写是不是深刻,分析中我们获得了这样的结论,鲁迅通过对愚昧、落后、自我麻醉的阿Q形象的塑造,不但揭示了辛亥革命时代民众的不觉悟,而且提出了改造国民性这一深刻主题,无论是在思想意义上,还是在反映生活的深度上都达到了很高的水准。茅盾关于鲁迅《阿Q正传》的最早评价,就是从反映生活与表现思想的深度入手的,他指出:

① 王国维:《人间词话》,北京:中国人民大学出版社,2004年,第2页。
② 王国维:《人间词话》,北京:中国人民大学出版社,2004年,第18页。
③ 王国维:《宋元戏曲史》,上海:上海古籍出版社,1998年,第101页。

　　《晨报》副刊所登巴人先生的《阿Q正传》，虽只登到第四章，但以我看来，实是一部杰作。你先生以为是一部讽刺小说，实未为至论。阿Q这人，要在现社会中去实指出来，是办不到的；但是我读这篇小说的时候，总觉得阿Q这人很是面熟。是呵，他是中国人品性的结晶呀！我读了这四章，忍不住想起俄国龚加洛夫的Oblomov了！而且阿Q所代表的中国人的品性，又是中国上中社会阶级的品性！细心的读者，你们同情我这话么？①

　　其次，分析人物形象的美感意义，就是考察作家塑造的形象是否血肉丰满、鲜明突出。如果人物形象的塑造仅仅追求思想意义和对生活的反映，忽略用艺术手法表现人物，很容易把人物变成某种理念的化身或是时代的传声筒。

　　小说中常用的艺术表现手法有叙述、描写、议论、抒情等，小说人物形象的塑造主要靠描写手法，主要包括：肖像描写、语言描写、行动描写、心理描写等。需要注意的是，考察描写手法使用是否成功的标准要看描写手法的运用是否能够准确配合人物性格的塑造。鲁迅小说《孔乙己》对孔乙己的肖像、语言、行动的描写没有一处不是围绕孔乙己的性格展开。以对孔乙己肖像的描写为例，孔乙己第一次出场时，鲁迅着重从这几个方面进行了描绘："身材很高大"（说明他尚有劳动能力）；"青白脸色"（说明他穷困潦倒，营养不良）；脸上"时常夹些伤痕"（因穷困而偷窃被人打伤的标志）；"一部乱蓬蓬的花白胡子"（既表明他年龄较大而又精神委顿颓唐）；"又脏又破，似乎十多年没有补，也没有洗"的长衫（说明他穷酸潦倒，经济状况和懒惰的性格特征）。后面括号里的评语，就是对孔乙己这个人物的分析与把握，能够这样明确，说明评价是成功的，能够揭示人物的复杂的个性特征。

　　这里要特别提到心理描写，评论小说人物描写优劣的重要标准之一就是看作者是否深刻揭示了人物的内心世界。夏志清从这个角度分析了《儒林外史》不足：

　　　　尽管吴敬梓对中国小说艺术做出了种种贡献，令人费解的是，他却无意去开拓小说的最后一块处女地——内心意识世界的描写。当比他年轻的同时代人曹雪芹正在大胆地闯进这个新领域时，吴敬梓却仍然满足于描绘外部可见的世界，虽然要是那些敏感的隐士们的心理状态得到充分的描绘，他们就会变得有趣得多。②

2. 情节分析

　　情节是叙事性作品中按照因果逻辑组织起来的一系列事件。与叙事诗和叙事散文相比，小说的情节更为复杂，它由一系列展示人物性格、表现人与人、人与环境之间相互关系的具体事件构成。情节是人物性格发展的根据，成功的情节安排，不仅可以增加小说的生动性、可读性，而且可以充分展示人物性格发展，从而揭示人物命运发展的过程。所以，即使在短篇小说中其长度的安排也必须考虑要容纳一个完整的情节。

　　"情节分析是人物形象分析的延伸和扩展"③，评价作品情节优劣与否，不在于情节安排的曲折程度，而是要看其是否推动了对人物性格的发展，从而恰当传达了作者要表达的主题。《红楼梦》中"毒设相思局"、"协理宁国寺"、"弄权铁槛寺"等情节的安排之所以受到称道，主要

---

① 茅盾：《致××信》，《小说月报》，第13卷第1期。
② 夏志清：《中国古典小说史论》，南昌：江西人民出版社，2001年，第249—250页。
③ 王先霈、范明华：《文学评论教程》，武汉：华中理工大学出版社，1995年，第344页。

因为这些情节的设置很好地表现了王熙凤"嘴甜心苦,两面三刀;上头笑着,脚底下使绊子;明是一把火,暗是一把刀"的性格特征。

3. 环境分析

小说中的环境包括自然环境和社会环境,小说批评写作中的环境分析就是对环境描写所起作用和效果的考察,与表现人物性格与主题无关的自然景物和社会状况的描绘,都是累赘。所以,分析作品中的环境描写是否成功,要看其是否处理好了人物和环境、环境和主题的关系。

王笠耕在《小说创作十戒》中把环境塑造和人物塑造的分家称作是最大的"环境病"。在书中,他提到了一部小说先描写贺兰山下的农场:沙土地,水渠网,春天的黄风,夏天的沙枣花;接着写山里:山顶的白雪,山谷的野花,风声鸟语,如同仙境;然后又描写阿拉善大沙漠的骆驼队,蒙古包……这些环境描写,虽然有作者的真切感受,但"这个农场既管不着山后的骆驼队,更管不着山中的仙境;这一切与小说的主人公——一个疲疲沓沓的会计,更是毫不相干"①。这样的环境描写在作者的笔下即使妙笔生花,由于与人物毫不相关,其实也只是浪费笔墨而已。当环境描写和人物性格的塑造、主题表达契合时,就会给作品增色不少。古华的小说《爬满青藤的木屋》达到了环境描写、人物性格塑造和表现主题的统一。

张德林先生这样来分析古华小说《爬满青藤的木屋》在环境描写、人物性格塑造和表现主题三者之间的统一:

> 小说中的"绿毛坑"是雾界山古老幽深的森林腹地,几乎与世隔绝,这里只有守林人王木通一户小小的四口之家,俨然成为一个自给自足的封闭式的小社会。"……白日黑夜,几万亩林子,要不是这木屋里偶尔有几声鸡啼狗吠,娃儿哭闹,木屋上头飘着一线淡蓝色的炊烟,绿毛坑峡谷就清静得和睡着了一样。就是满山的鸟雀吱喳,满山的花开花落,也不曾把它唤醒"。王木通生得武高武大,有一副打虎将似的好身骨,能够用自己的劳动,养活一家人。就是在这样一个特殊的环境里面,长期的生活形成了他的小生产者的狭隘性和专横自私的家长制作风。尽管他不识丁,却十分自信,自以为什么都懂。在绿毛坑,他觉得自己是真正的"主人",女人是他的,娃儿是他的,木屋山场都是他的。他是绿毛坑的小小一方诸侯,一切都由他说了算!王木通的愚昧自私、没有文化、蛮不讲理,处处反映了那个严密封闭的环境的落后性,与整个现代社会物质和精神文明发展的总趋势处于尖锐对立的地位。但是,作者笔下的"绿毛坑"又是无比美丽的:"满山满谷乳白色的雾气,那样的深,那样的浓,像流动的浆液,能把人都浮起来似的。特别是早上九十点钟,日头露脸、云雾初散时,……头顶千柯竞翠,万木葱茏,脚下却仍是白茫茫一派雾海,只见一簇簇高大的粤松和铁杉从这团团滚滚的雾气中浮出,真是仙山琼岛、蓬莱玉树一般,迥非人间境界了。"那千柯竞翠,万木葱茏,郁郁葱葱的大森林的魅人景色,与王木通的愚昧无知的封闭式生活和粗暴统治形成了强烈的对照。我们不难体味到作者的深意:自然风光是如此优美,主宰大自然的人,心灵同样也应该纯洁美好才好,王木通式的人物不配当这里的"主人"!由于王木通的无知和失职,造成了绿毛坑的一片火海。这场暴戾的大火是对美的破坏和毁灭。然而,王木通却并未由此而得到教训,他只是从绿毛坑搬到了广西交界处的老林子——天门洞,另娶了个广西寡妇。他照旧心安理得地日出而作,傍黑上床,在天门洞的古老木屋里传宗接代。这个结尾耐人寻味。作家在向读者暗示,要改变王木通式

---

① 王笠耕:《小说创作十戒》,北京:人民文学出版社,2001年,第137页。

的愚顽的性格是极其困难的,不能单靠教育和感化,主要靠现代科学文化对封闭社会、封闭环境进行根本性的改造。这种新的审美观念和审美评价,不是以教条的形式硬加上去,而是以一股汩汩荡漾的情感潜流,有机地渗透在环境对人物重大影响的具体描绘之中。作家对人物的感情态度,通过形象的描绘和性格的发展逻辑自然而然地显示出来,让作者自己去领会,去把握。①

三、散文批评写作

散文有广义和狭义之分。在古代,凡无韵的文章都称为散文。"五四"以后,散文被当作与小说、诗歌、戏剧并列的一种文学体裁。这里散文指的是后者。现在一般把散文分为抒情散文、叙事散文、议论散文。与其他文学体裁相比,散文具有题材广泛,形式灵活,可以多角度抒写作者真实感受等特点。在散文批评的写作中一方面要注意散文这些共性特征,另一方面也要注意不同散文种类之间的区别。例如抒情散文的主题往往是表现情感,所以对抒情散文的批评要侧重情感的分析,看其所表现的情感是否含蓄、耐人寻味;叙事散文常常通过事件、人物去表现一种观点、思想,所以要通过人物、事件的分析来解读作者要表达的观点;而议论散文的批评则要注重其议论的方式和内容,考察其观点是否鲜明、独特。总体而言,散文批评写作应当围绕"真"、"散"、"美"展开。

1. 散文之"真"

"真"是散文最基本的美学特征。"说真话,叙事实,写实物、实情,这仿佛是散文的传统。古代散文是这样,现代散文也是这样"②。散文的"真",首先,指散文必须实话实说,没有小说、剧本虚构的自由,它的题材应该是真人真事。其次,散文之"真"体现为情感真挚,无论是写景、叙事还是说理都需要情感的灌注。郁达夫说:"散记清淡易为,并且包含很广,人间天上,草木虫鱼,无可不谈,平生最爱读这一类书,而自己试来一写,觉得总要把热情渗入,不能达忘情忘我的境地"③。散文是读者接近作者心灵之门的重要通道。读徐志摩的散文,人们可以体会到他的天真坦率。丰子恺无论是作画还是写作,都喜欢以儿童为题材,可以体验到他的善良而童真的心灵。最后,散文之"真"体现在表达上就是对于种种写作技巧的不依赖。余光中曾这样指出:"散文是一切文学类别里技巧和形式要求最少的一类;譬如选美,散文穿的是泳装。散文无依凭,只凭自己的本色"④。朱自清《背影》之所以有打动人的力量不是因为辞藻的华丽、技巧的纯熟而是在本色文字后面自然流露的真情。

王元化这样评价巴金《随想录》的价值:

> 巴金的几本《随想录》,虽然有不同的书名,但都可以用"真话"两个字来概括。
>
> 最近有一位作者说,学会讲话只要一两年就行了,学会讲真话却往往是一辈子的事。确实,讲真话是不容易的。在任何时候、任何地方,都敢于秉笔直书,说真话,这就需要有真诚的愿望,坦荡的胸怀,不畏强暴的勇气,不计个人得失的品德;同时,还需要对人对己

---

① 张德林:《现代小说的多元建构》,上海:华东师范大学出版社,1998年,第89—90页。
② 傅德岷等执笔:《散文名作欣赏·序》,西宁:青海人民出版社,1981年,第1页。
③ 郁达夫:《达夫自选集·序》,《郁达夫论文集》,杭州:浙江文艺出版社,1985年,第501页。
④ 余光中:《余光中散文·自序》,杭州:浙江文艺出版社,1997年,第1页。

都具有一种公正的态度。我在读《随想录》的时候，感到巴金既有一颗火热的心，又有一副冷静的头脑，所以能够用热烈的激情感染我们，用清醒的思想启迪我们。[1]

2. 散文之"散"

散文的"散"是指散文在选材和表现形式上的自由。在选材上，正如郁达夫所说，人间天上，草木虫鱼，无可不谈。一棵树、一粒石子、一片叶子、一瞬间的感悟都可成就一篇散文。在表现形式上，既不需要像诗歌那样在格律、节奏上反复琢磨，也不像戏剧文学受制于时空限制。散文选材上的自由可以自由体现创作者的自由心灵。散文如果不散，"就像没有发酵的死面馒头"[2]，不散则行文拘谨。秦牧的散文《土地》既写到历史上关于土地的故事典故、现实中土地改造的宏伟场景，还写到土地对于统治者、百姓、万物的意义，思路开阔、纵横捭阖，因为"散"使得文章融知识性与可读性为一炉。

散文之"散"的另一含义其实是"聚"，即"神不散"。要做到神不散需要文章主题思想集中，能够将看似不关联的人、事、景、物统一成有机整体。仅做"形散神不散"，并非就成就了一篇好散文，还需要立意的深刻、新颖。"一篇好的散文之所以动人、感染人，我看主要在立意新，有独创性，写出一点新的东西，提出一种新的思想，以清醒的风味给读者以新的感受和启发。如果只是人云亦云，势必落入俗套，使人感到索然无味。那种流水账式的罗列现象，平庸浅薄的陈词滥调，索然寡味的老生常谈以及枯燥乏味的空洞说教，也很难使人产生兴趣。"[3]散文批评写作要通过考察作品"形散"如何达到了"神不散"，方能启迪读者去认识散文之结构特征与思想表现的方式。以庄子中的《齐物论》为例：

> 开篇写南郭子綦隐几而坐，嗒焉似丧其耦，凭空以声籁致问，如旋波乍起，愈转愈深；然后铺开层层议论，盘旋递进，恣肆曼衍，"层层相生，段段回顾，候而羊肠鸟道，候而叠峰重峦"；最后以"庄周梦蝶"作结，"转转益幻，想入非非"，又用"物化"二字将整篇长文一语收煞，并巧妙点题，"如红炉点雪，手法绝高"。全篇洋洋数千言，包举颇丰，却都紧紧围绕着"齐物"这一论题；其谋篇布局，颇具匠心。[4]

3. 散文之"美"

散文要追求言辞之美和意境之美。虽然在语言使用上，散文不如诗歌那样有节奏韵律上的严格要求，但散文的言辞之美却是散文作为"美文"的应有之义。篇幅短小的散文，较之篇幅较长的喜剧文学或小说来说，言辞之美更具有重要意义。秦牧道出了其中原委：

> 一座火山上有小堆的乱石，时常无损于大山的壮观。但如果一个小园中有一堆乱石，就很容易破坏园林之美。同样的道理，短小的文章特别需要写得简洁和优美。任何的败笔、冗笔在篇幅短小的文章中，时常显得格外刺眼和难以掩饰。[5]

---

① 王元化：《读巴金的〈随想录〉》《集外旧文钞》，上海：上海文艺出版社，2001年，第114页。

② 《作品与争鸣》编辑部：《文艺评论写作讲座》，长沙：湖南人民出版社，1985年，第132页。

③ 峻青：《散文写作浅谈》，南京：江苏人民出版社，1984年，第9页。

④ 刘生良：《鹏翔无疆——〈庄子〉文学研究》，北京：人民出版社，2004年，第163—164页。

⑤ 秦牧：《花城·海阔天空的散文领域》，广州：花城出版社，1982年，第187页。

散文同样要追求意境之美。没有整体的境界之美,再自由的结构,再美的言辞最终也是无所凭附。人们钟爱散文这一文体的原因也是因为散文情与景的交融相当从容,不需要我们费更多的脑筋去琢磨,只需尽情欣赏就可以了。作者也无需像诗歌创作那样为节约字句,费尽脑筋,尽可娓娓道来。周作人在《喝茶》中描写的那番恬淡、悠闲跃然纸上:"喝茶当于瓦屋纸窗之下,清泉绿茶,用素雅的陶瓷茶具,同二三人共饮,得半日之闲,可抵十年的尘梦。"①

四、戏剧批评写作

戏剧文学是指供舞台演出的剧本。按内容剧本可以分为悲剧、喜剧、正剧;按场次可以分为独幕剧和多幕剧。剧本的特点是:浓缩地反映生活(结构和布局的高度集中),以人物台词推进戏剧动作(语言高度个性化和含蓄性),强烈集中的戏剧冲突。戏剧文学批评的写作应注意以下几点:

1. 戏剧冲突的分析

受舞台表演时间、空间的限定,戏剧要浓缩地反映生活,这要求剧本要集中表现矛盾冲突。戏剧情节不能像小说那样从容地展开,必须尽快把事件推向高潮。如果冲突不集中,一方面不能塑造鲜明的人物性格;另一方面,如果没有集中的矛盾冲突,舞台上便会出现"冷场",不能很好吸引观众的注意力。以曹禺的话剧《雷雨》为例来看,出场人物虽不多,但人物之间的矛盾冲突却错综复杂:周朴园与鲁侍萍、繁漪之间的矛盾,周萍、周冲与四凤之间的情感纠葛,周萍与繁漪之间的暧昧关系……曹禺运用自己的独特构思把这些人物之间的矛盾冲突压缩在一天之内来表现,集中的矛盾冲突不但使得整个剧本扣人心弦,而且通过矛盾冲突刻画了不同人物的鲜明性格。

在戏剧批评写作中,要抓住集中尖锐的矛盾冲突展开评论,这就要了解各种不同的矛盾冲突:

第一、人物和环境的冲突。这里的环境既指社会的如社会环境、群体意识等,也指物质的如自然环境、自然条件等。造成人物和环境之间冲突的主要原因是剧中人物的性格、愿望、理想不被他们生活的环境所接受。俄国剧作家亚历山大·奥斯特洛夫斯基《大雷雨》中的女主角卡捷琳娜生活在一个闭塞的卡琳诺夫城,这里的人们不知道外面的世界,在种种愚昧荒诞的谣言和天堂地狱之说中浑浑噩噩地活着。卡捷琳娜不满外部的生活环境,家里凶悍的婆婆、懦弱的商人丈夫更让追求个性渴望自由的她只想逃走。她爱上了另一个商人的侄子鲍里斯,在一次大雷雨中,她向丈夫和婆婆说出了与鲍里斯约会的事。鲍里斯屈从于外部的压力离开了她,卡捷琳娜最终以自杀的方式离开了黑暗的世界。剧本通过对追求自由、幸福、个性的卡捷琳娜与她所生活的黑暗沉闷的环境的对比,展示了人物和环境的冲突。

第二、人与人之间的冲突,这主要表现为性格之间的冲突。性格是指人物的态度和行为方面稳定的心理特征和面貌,不同的性格决定了人们对待事物的态度,由这些不同产生的冲击就构成了人物与人物间的冲突。这种冲突用于表现人物性格的塑造时,冲突就有了震撼人心的力量。以《雷雨》中的繁漪为例,如果她不是那种非爱即恨的极端性格,她就不可能成为周公馆内各种矛盾的导火线,并以毁灭自己的方式来对抗周氏父子。如果不是周朴园的伪善、残忍,周公馆也不会衍生如此多的罪恶。《雷雨》的戏剧冲突是人物性格碰撞的产物,也是加强人物

① 钱理群:《周作人散文精编》,杭州:浙江文艺出版社,1994年,第246页。

性格的表现手法。钱谷融较早从人物性格冲突角度高度分析了《雷雨》,认为作者"善于巧妙地把剧中人物组织到作品的矛盾冲突当中去,让他们各自从性格的内在要求出发与周围的人物展开斗争。在曹禺的著作里,我们看不到什么处在矛盾冲突之外,对矛盾冲突不起作用的人物。……因此,剧情的每一步的发展,都是从人物性格的相互冲突中,自然而然,合情合理地产生出来"①。在戏剧文学的批评写作中,重视从人物性格冲突角度去考察戏剧冲突的设置非常必要。

第三、人物自身的内心冲突。这种冲突将戏剧冲突的紧张性体现在人物的内心活动中,往往使人物处于不易摆脱的两难境地,加强了戏剧性与表现力。《雷雨》中的四凤和周萍本是兄妹,然而两人自己不知情,他们要求侍萍答应自己的结合,侍萍既不能答应,又不能道出实情,处于进退两难的境地,在内心深处展开痛苦的斗争。

在戏剧批评的写作中一定要挖掘出剧作者在冲突处理上的独特之处。评论者对于老舍戏剧的矛盾冲突的分析值得借鉴:

老舍戏剧的冲突,也与其他剧作有所不同。我们常见的戏,一般都有一个比较明显的核心冲突,其余大大小小、各色各样的冲突都与这核心冲突发生联系,矛盾纵横交错,互相影响,牵一发而动全身。老舍的戏剧,从形式上看来,似乎没有贯穿全剧的核心冲突,与情节的安排相联系,他是将许多各式各样的小的冲突分布在各幕之中。比如《茶馆》第一幕,一开始就是常四爷与二德子的一场冲突。这场风波刚平息下去,接着就是卖女儿的康六与掮客刘麻子的冲突;两个爱国者秦仲义与常四爷不同救国思想的冲突;封建顽固派的庞太监与维新派秦仲义的冲突;常四爷与特务宋恩子、吴祥子的冲突;下象棋的两个茶客的冲突等等,真是一波未平,一波又起,"颇有动荡之致"。值得注意的是,这些冲突的起因,不是其他冲突所导致;这些冲突的结束,也没有牵连着其他冲突。它们各自独立,一般都各有自己的开端、发展、高潮、结局,甚至还有尾声,几乎每一个都是完整的艺术细胞。

正因为老舍戏剧的生命力,在于这些分布在各幕的小的矛盾冲突上,所以,读老舍的剧作,往往看不出哪一个冲突是全剧的核心冲突,甚至有人断言,老舍的剧作没有贯串到底的核心冲突。其实不然。读完《茶馆》,掩卷回想,就会觉得有一个东西在强烈地叩击着心灵,那就是人与每况愈下的社会的矛盾冲突。王利发企图顺乎社会的潮流,多次迎合世风,进行改良,但最终却成为社会的殉葬品;常四爷自食其力,凭良心干了一辈子,只盼国家像个样,但是老来孤苦伶仃,无人怜悯;秦仲义从二十多岁起就主张实业救国,结果工厂被洋人抢走,机器被卖了碎铜烂铁。还有无声无息地死去的松二爷,卖掉女儿的康六,感叹人不如鸽的老人,……他们被黑暗的社会逼得走投无路,甚至连生存的权利也被剥夺。社会之大,竟不能容纳这些无辜的人! 这一冲突,从开始到结束,贯串全剧。它所包含的内容,不是哪一个小的冲突所能代替,而是全部小的冲突的总和。每一个小的冲突,无一不是这个大的冲突的一部分,受这个大的冲突所制约,它们虽然各自独立,但并不是黄金碎玉,彼此之间埋葬三个时代的中心思想串连起来,并一步一步逼向全剧的高潮。当王、常、秦三个老头撒起纸钱祭奠自己的时候,人与社会的矛盾达到了顶点,社会张开了血盆大口,吞噬了三位不幸的老人。在悲惨凄凉的笑声中,他们回顾了自己的一生,向着他

---

① 钱谷融:《〈雷雨〉人物谈》,上海:上海文艺出版社,1980年,第14页。

们所经过的三个时代发出了血泪的控诉与悲愤的抗争。至此,老舍完成了自己的创作意图。[①]

2. 剧本语言的评论

剧本语言主要由两部分组成,一是舞台说明(舞台提示),包括剧中人物表,剧情发生的时间、地点、服装、道具以及人物的表情、动作、声调的说明,人物出场和下场的说明,幕起、幕落的说明等。这部分内容一般出现在每一幕的开端、结尾和对话中间,用括号括起来。二是人物语言(台词),包括对白、独白、旁白等,戏剧中人物的唱词和念白。戏剧语言是塑造艺术形象的重要手段,因此在戏剧批评写作中,要重视剧本语言的分析。

首先,要重视对舞台语言的分析。虽然舞台语言是扼要的说明性文字,但其具有烘托气氛,刻画人物性格,推动情节展开等多种作用,是剧本不可或缺的部分。如《雷雨》第二幕开头的舞台说明:"午饭后,天气更阴沉,更郁热。低沉潮湿的空气,使人异常烦躁"。这一段舞台说明,不但交代了故事发生的时间而且烘托出人物的烦躁、不安的情绪,也为下面雷雨中矛盾冲突的大爆发做了铺垫。

其次,更要重视台词的分析。台词是表现冲突,塑造人物的基本手段。评价台词一般从以下几个角度出发:第一,语言的个性化。即台词要与剧中人物的年龄、职业、地位、教养等相吻合,要能显示人物性格特征。《茶馆》第一幕中,常四爷斥责在兵营当差只会欺压自己人的二德子时说:"要抖威风,跟洋人干去,洋人厉害! 英法联军烧了圆明园,尊家吃着官饷,可没见您去冲锋打仗。"这段个性化的语言体现了常四爷正直、豪气的性格特点。他看不惯二德子吃软怕硬、窝里横的做派,直言揭露批判。第二,语言的动作性。剧本语言的动作性并不是要求用台词来代替人物动作,而是指用台词表现人物内心复杂的思想活动。读者从台词中可以"看"到人物的神情举止,体会到他们的内心活动。例如在《雷雨》的第二幕中,当周朴园发现站在他面前的下人正是三十年前的侍萍时的一段话,极富动作性,本来还用温情脉脉的话语回忆过去的周朴园,立刻用冷酷代替了温情:"你来干什么?""谁指使你来的?""三十年的工夫你还是找到我这儿来了","好! 痛痛快快地! 你现在要多少钱吧"。周朴园的一席话暴露了他紧张、害怕、愤怒,他以自己的心理揣度侍萍,以为她是为了钱来敲诈他,这一段富有动作性的语言不但给我们描绘了周朴园内心的波澜,而且刻画了其性格的虚伪性。第三,富于潜台词也是戏剧语言的一大要求。所谓潜台词就是"弦外之音"、"言外之意",在没有说出来的语言下隐藏着更多内容,更加丰富的心理活动。还以《雷雨》为例,其中繁漪和周萍的一段对话可谓处处藏有玄机:

> 繁　(冷笑)小心,小心! 你不要把一个失望的女人逼得太狠了,她是什么事都做得出来的。
> 萍　我已经打算好了。
> 繁　好,你去吧! 小心,现在(望窗外,自语)风暴就要起来了!
> 萍　(领悟)谢谢你,我知道。

繁漪要做什么,周萍打算好什么,又知道什么,都在繁漪和周萍对话的潜台词中潜藏着,从字面上看不出什么,然而在台词中却可以体会到一个为情所困的女子将要对一个负心男子进行如

---

① 孟广来等:《老舍研究论文集》,济南:山东人民出版社,1983年,第270—271页。

暴风雨一般的报复。

3. 剧本结构的评价

由于受时间、空间的限制,戏剧结构较其他艺术形式的结构要求更高。常用的戏剧结构有:开放式(点线式)、锁闭式(横截式)、展示式(人物展览式)三种。"开放式"剧本结构把戏剧情节按先后顺序完整展示。中国古代戏剧多采用这一类型,如《西厢记》。采用这种结构的好处是观众可以按照事情发展顺序了解整个事件的起因、经过、高潮、结果,缺点是不能很好突出重点,也容易造成结构松弛。采用"锁闭式"结构的戏剧不按照时间顺序来安排整个故事,而是截取某个片段,把最精彩的部分集中在这个断面上,其他相关情节通过回顾方式在剧情发展中逐步展示。如《雷雨》把三十年间两代人的恩怨集中在一天时间,在周家客厅和鲁家加以集中展示。"展示式"戏剧结构以展示人物形象和社会风貌为主要目的,剧中人物众多,没有主人公、也没有贯穿始终的事件。老舍的《茶馆》属于这种戏剧结构。不管采用哪种冲突形式,衡量是否成功的标准都应该看采用的结构是否有助于更好刻画人物性格,表现主题。关于戏剧结构,我国清代戏剧家李渔在《闲情偶寄》中曾提出"立主脑"、"减头绪"、"密针线"、"脱窠臼"等主张。所谓"立主脑",即突出主题思想、中心事件、主要人物,使之贯穿首尾,统领全剧;所谓"减头绪",强调故事发展主线突出,没有横生枝节,如有副线,应为主线服务;所谓"密针线",即剧情发展环环相扣,不能有任何破绽和矛盾;所谓"脱窠臼",反对因袭前人,提倡结构的独特性、创造性。这是在戏剧批评写作中可以借鉴的评论标准。

下面以《牡丹亭》的结构分析为例:

> 《牡丹亭》在结构上最大的特点是采用双线制度,就是借用"花开两朵,各表一支"这种在传统说书艺术中常用的手法,让两条线索交替出现,并使用蒙太奇手法进行切换,使主副线并行不悖,相辅相成。……《牡丹亭》结构上的双线制度起到了安排情节滴水不漏、塑造人物细腻生动的良好作用,用李渔的话来说,就是既做到了"立主脑",又做到了"密针线"。换言之,就是既注意了凸显主题,又照顾到情节的丰富曲折……可是,正所谓物极必反,汤显祖在《牡丹亭》结构上的密密缝缝,固然是优点,但其弱点恰恰也正表现在此处……戏剧创作应该是"密针线"与"减头绪"相结合的,即为了"立主脑"必须"删减",坚决去掉有碍主旨的枝节。但《牡丹亭》太注意"密针线"了,以至于在爱情主线的发展中时不时地插入些对后面情节的铺垫。……极大地影响了观众和读者观赏情绪的一贯性,也在一定程度上毁损了作品的"主脑"。[①]

五、随笔体批评写作

随笔体批评与文艺漫笔、文艺杂谈属一类,是一种行文自由、短小活泼的文体,追求的是"灵动洒脱的散文笔调和清新活泼的理趣"[②]。这一批评样式不追求严整的规范,没有引经据典的劳顿,也少逻辑谨严的推理,用谈天说地的漫谈笔调,表达文艺思想,"寓理论于知识和故事

---

① 郭梅:《〈牡丹亭〉结构艺术初探》,罗宗强、陈洪主编《明代文学研究国际学术研讨会论文集》,天津:南开大学出版社,2006 年,第 801—803 页。

② 刘海涛、金长民:《写作学新教程》,南京:南京大学出版社,2002 年,第 313 页。

中""把艰深的文学理论讲得浅显明白"①,因而深受读者的喜爱。

秦牧的《艺海拾贝》是产生广泛影响的随笔体评论,他谈到了随笔体评论的优势所在:"理论上的问题,由于概括了,抽象了,当它不和具体的事例密切结合在一起的时候,往往容易变得枯燥,有时甚至还容易流于偏颇。有一些关于美学理论的文字,就时常存在这个缺点。这一类文章,有些由于不很注意笔调的优美和行文的情趣,结果使大量渴望掌握这种知识的读者望而却步。"②秦牧在这里提到的抽象、枯燥,的确是很多批评文章的通病,对于与"美"密切相关的文学艺术来说,在看似滴水不漏的严谨推论之下可能与"美"背道而驰,是一个应当克服的缺点。

秦牧的《艺海拾贝》兼有"笔调的优美和行文的情趣",但却始终未脱离对文艺问题的深入探讨。在行文中,一般都是从具体事物出发,然后接触到文艺的问题。以《并蒂莲的美感》一文为例,文章从文艺作品中对并蒂莲、鸳鸯鸟这两个大家所熟知的意象出发,讨论艺术美和艺术思想性二者的关系。"我们看到一枝并蒂莲,看到一对鸳鸯鸟,就会引起一阵美感。这固然是过去的艺术作品多少给我们一些影响的缘故,但另一方面,却也是由于这些东西,本身对人就是无害有益的。他们在人们生活中具有某种价值:使用价值或欣赏的价值。这才使得人们的美感有所附丽。"③但这并不意味着大自然中形影不离的东西就一定能引起人们的美感,例如雌雄终生拥抱不离的血吸虫要比鸳鸯还要亲密,但依然不会给人们带来美感。通过这个例子,作者举重若轻地解决了关于艺术美和艺术思想性的关系,提出了自己的观点"美感任何时候都是以一定的思想内容为基础","离开了思想的美,就没有艺术的美"④。由此,本来抽象复杂的理论变得平易近人,也更容易为读者接受。

在西方,同样也有很多隽永的随笔体文学批评。如法国诗人波德莱尔对诗人瓦尔莫夫人的评价:"我觉得她的诗像一座花园,但不是庄严壮丽的凡尔赛,也不是那种巨大、夸张、优美如画的巧妙的意大利式花园","那是一座普通的英国花园,浪漫而热情。一丛鲜花代表着感情的丰富表现,清澈而宁静的池水映照着反靠在倒扣的天空的各种东西,象征着点缀有回忆的深沉的顺从。"⑤即使这一段文字里没有任何故弄玄虚的理论字眼,但读了之后,我们却可以体悟波德莱尔对于瓦尔莫夫人诗歌特点的精到把握,同样我们也可以从他的描述中获得对瓦尔莫夫人诗歌的印象:自然、朴素、清新。这样的文论,本身就是一篇具有很高欣赏价值的"美文",即使我们不了解原著,依然可以在阅读中有很多收获,这是其他的批评文体所不具备的特质。

李健吾在这方面提供了范例,他的《三本书》中评论了叶圣陶的《西川集》,文章如下:

> 叶圣陶先生活到五十岁,写了一篇短文分析并且勉励自己,说他的文字和为人全都平庸。他不满意自己,说他不曾深入生活的底里,"好比一个皮球泄了气,瘪瘪的",这种平庸是要不得的。
>
> 我却正和他相反,喜爱他的平庸,因为他从来没有向他的性格和他的读者撒谎,另给自己换一个什么亮晶晶的东西惹人注目,好像一切废料仰仗镀金来抬高身份。他不过分,

① 王先霈、范明华:《文学评论教程》,武汉:华中理工大学出版社,1995年,第325页。
② 秦牧:《秦牧序跋集》,广州:花城出版社,1982年,第121页。
③ 秦牧:《艺海拾贝》,北京:中国青年出版社,2008年,第14页。
④ 秦牧:《艺海拾贝》,北京:中国青年出版社,2008年,第14页,第13页。
⑤ 〔法〕波德莱尔:《对几位同时代人的思考·玛丝莉娜·代博尔德—瓦尔莫》,郭宏安译《波德莱尔美学论文选》,北京:人民文学出版社,2008年,第101—104页。

他不勉强，他不向自己要自己没有的东西，也从来不想向别人要别人没有的东西。他要自己拿出来的是自己的东西，不再多，当然也不再少。这不容易。问问看，有几个人能够做到这一步，而且做到这样圆满？我们的人性含有大量的虚荣，个人的、社会的；我们的传统带着浮夸的词藻、虚荣的情感、投机的智慧；我们往往在不知不觉之中就歪曲了文学上最可贵的一个成分，那往往为人鄙夷的本色。叶圣陶先生的平庸，如他所谓，是他的血，是他的肉，所以透过文字，很快就和我们的心灵融成一片，成为我们的经验，好像一个亲人，不用繁文缛礼，就把温暖亲切的感觉给了我们。

而且，知之为知之，不知为不知，是知也。做人和写文章原来没有什么两样，叶圣陶先生的一知半解才是真知灼见。是经验之谈，是老马识途的记录。

而且，惟其平庸，这才健康。健康可以抵御一切。忧患带给他的是磨砺，它因之而更锐利。

《西川集》是一个有力的说明。①

此文短小精悍，优美隽永，写得亲切，却写得深刻，将做人与做文相统一，揭示叶圣陶的创作个性，回答了叶圣陶在坚持自己的个性方面取得了优秀成绩。此文并非没有理论的深度，却能将这种深度通过自己的感受、平易的语言、日常的比拟表达出来，所以，达到了随笔式批评写作的极佳状态。

六、对话体批评写作

对话体批评写作指用问答的对话形式，就作家、作品或文学现象进行分析、评价、判断。这一文类古已有之，到现在依然被广泛使用。

古希腊时代柏拉图的《文艺对话集》，德国启蒙主义思想家狄德罗的《论演员的矛盾》，别林斯基的《一八一四年的俄国文学》，我国先秦时代的《论语》、《孟子》，唐代韩愈的《进学解》等，都是用对话体写成的。新时期以来，我国的对话体文学批评曾一度兴盛。吴亮的《艺术使世界多元化了吗？——一个面向自我的新艺术家和他友人的对话》是对话体批评中产生较大影响的文章之一。

对话体批评中的双方，与一般对话一样有宾有主，宾主人数也没有严格限定。对话的双方可以是真实的人物，如刘白羽和李存葆《谈〈高山下的花环〉》；也可以是虚拟的人物，如柏拉图的著作。在后一种情况中，作者往往假借别人之口发表自己的看法，如柏拉图的《伊安篇》里对话的双方是苏格拉底和伊安，两个人就灵感问题展开讨论，实际上柏拉图借这两个人之口发表他对于灵感的看法。罗素说："柏拉图除了是哲学家而外，还是一个具有伟大天才与魅力而又富于想象的作家。没有一个人会设想，就连柏拉图本人也并不认真地认为，他的《对话录》里的那些谈话是真像他所记录的那样子进行的。但无论如何，在早期的对话里，谈话是十分自然的，而且人物也是十分令人信服的。"②这种虚拟的对话，对于那个"主持"对话的人，在谋篇布局上提出了更高的要求。

与一般批评相比，对话体批评具有其独特的功用：一般批评在论说某个问题时，大多只单

---

① 李健吾：《三本书》，《李健吾文学评论选》，银川：宁夏人民出版社，1983 年，第 263—264 页。
② 罗素：《西方哲学史》上卷，北京：商务印书馆，1963 年，第 119 页。

向、平面记录对某个问题的思考,而对话体却可以多向、立体地从不同角度切入。朱光潜在其《谈对话体》中讨论了这一独特优势:

> 对话体特别宜于论事说理。在不用对话体的论事说理的文章中,作者独抒己见,单刀直入,只要持之有故,言之成理,就算"自圆其说";至于旁人的种种不同的看法,可以一概置之不问,至多也只是约略转述,作为己说的佐证或是辩驳的对象。但是同一事理往往有许多方面,观点不同,所得的印象或结论也就不同;而且个人的资禀修养很可以影响他的见地,所谓仁者见仁,智者见智,事理的看法没有完全是客观的。单刀直入的文章如平面画,作者对于所画事物采取某一角度去看,截取某一断面去表现,同时他的主观的依据也只是某一时某一境的思路和心情。论事说理贵周密,周密才能平正通达。这种片面的主观的见解当然是不周密的,惟其如此,它有时可能是歪曲,错误的。对话的好处就在它对于同一事理取各种不同的角度去看,把它的正反侧各面都看出来,然后把各面不同的印象平铺在一起,合拢起来就可以现出一副立体的活动影片。①

对话体批评符合思想本身及其发展的特点。"思想是一长串流动发生的活动,它有曲折起伏,有生发的过程。一般单刀直入的文章不能显示这种思想的过程,而只叙述思想的成就,它所叫人看见的只是思想的结果(thought)而不是思想动作(thinking)本身。其实思想的生发的线索和惨淡经营的甘苦,比已成就的思想还更富于启发性。对话的好处就在反复问答,逐渐鞭辟入里,辩论在生发也就是思想在生发,次第条理,曲折起伏,都如实呈现,一目了然。"②

朱光潜把对话体的发达与否与一个时代思想焕发与否相联系,认为:"对话最盛行的时代,也往往就是思想最焕发的时代。"③如古希腊的哲学时代,印度的大乘经制作时代,中国的周秦诸子时代。不过与希腊的对话相比,中国先秦的对话还是有自己的特点的,"对话往往限于一问一答,很少有一层逼着一层问下去,对于一个事理作逻辑分析"④,这不仅由于中西方思维方式上的差异,也由于使用对话体的目的不同(周秦诸子使用对话体,是为了阐明某一主旨,对于逻辑,先后次第倒是忽略了)使之然。于是到后来所谓的对话体剩下了问答形式这一躯壳,所谓"问者寥寥数语,答者长篇大论,问只是给作者一个说话的借口,丝毫无辩驳的意味"⑤。因此,朱光潜认为成熟的对话体不应仅是形式上的宾主对答可以成就的。首先需要宾主双方或多方"所代表的见地都很充分地有力地表现出来,宾不止是主的扣钟锤或应声虫"⑥。其次文笔的流利生动,"于琐事见哲理,融哲理于诗情"也很重要。

七、书信体批评写作

书信体批评写作是指作家之间、批评家之间或作家与读者、作家与批评者之间以书信形式就某个文学问题或对作家作品发表意见看法的批评样式。

---

① 朱光潜:《朱光潜全集》第 9 卷,合肥:安徽教育出版社,1987 年,第 459—460 页。
② 朱光潜:《朱光潜全集》第 9 卷,合肥:安徽教育出版社,1987 年,第 461 页。
③ 朱光潜:《朱光潜全集》第 9 卷,合肥:安徽教育出版社,1987 年,第 461 页。
④ 朱光潜:《朱光潜全集》第 9 卷,合肥:安徽教育出版社,1987 年,第 463 页。
⑤ 朱光潜:《朱光潜全集》第 9 卷,合肥:安徽教育出版社,1987 年,第 467 页。
⑥ 朱光潜:《朱光潜全集》第 9 卷,合肥:安徽教育出版社,1987 年,第 462 页。

一般来说,书信体文学批评有两种,一种确实是私人之间的通信,写作时没有想到要发表;一种是为了发表而写作,用了书信体的形式。① 由于前者不以发表为目的,所以不必拘泥于任何定法。在信中可以就某一个问题展开严肃讨论,也可在叙家常的同时兼及谈论文学问题。因为是私人性质的通信,在写作中也无需照顾更多人的接受,只要通信双方明白就可以。但由于这类私人性质的通信可能会更多保留作者写作的真实感受,所以一旦被公开,往往具有较高的史料价值。

与私人性质的通信相比,用于公开发表的信件,虽然还可以保持叙家常般的亲切口吻,但无论是在写作样式还是观点上,多少都得考虑社会与读者的因素。

我国古代有许多重要的文学批评文章就是用书信体方式写的,如曹植的《与杨德祖书》、白居易的《与元九书》等。西方的许多作家和批评家,如布瓦洛、莱辛、普希金等都写过书信体批评文章。马克思、恩格斯写给拉萨尔的信,恩格斯写给哈克奈斯的信,里面涉及的“典型”问题更是对中国现当代文论产生了重要影响。

曹植在《与杨德祖书》书中提出了要成为好的批评家所需要的素养问题:“盖有南威(春秋时晋国的美女,引者注)之容,乃可以论于淑媛;有龙渊(古代的宝剑,引者注)之利,乃可议于断割。”②虽然观点有些偏颇,但即使对现在的文学批评者来说也不无启发意义。白居易的《与元九书》是写给元稹的一封长信,讨论了文学理论和诗歌创作中的重要问题,集中表达了他的文学主张。如认为文学应反映时事:“文章合为时而著,歌诗合为事而作。”③还注意到了内容和形式的关系:“诗者,根情,苗言,华声,实义。”④白居易用比喻的手段说明了成就一首好诗的诸多因素,既需要充沛的感情,也需要精雕细琢的语言、优美的韵律,同时也不能缺乏深刻的义理。

值得注意的是,有的书信体是没有明确收信人的,如普列汉诺夫的《没有地址的信》、巴金的《一封未寄的信》、朱光潜的《给青年的十二封信》等。这类文章实际上是规范的论文,“这样做,多半只是为了写作时不必过于严肃,给读者以亲近感”⑤。

作家孙犁曾关于通俗文学有过与作家贾平凹的通信,节选如下:

平凹同志:

一月四日从北京发来的信,今天上午就收到了,出奇的快。寄一封平信到西安,要十天,挂号则更慢。可见交通之不便了。所以你不来天津,我是完全理解的,并以为措施得当。目前出门,最好不要离开团体,如果不是跑生意,一个人最好不要出门。

(略)

我这里要谈的是,无论是“通俗文学”或是“正统文学”,语言都是第一要素。什么叫第一要素? 这是说,文学由语言组织而成,语言不只是文学的第一义的形式;语言还是衡量、探索作家气质、品质的最敏感的部位,是表明作品的现实主义及其伦理道德内容的血脉之音!

而现在有些“文学作品”,姑不谈其内容的庸俗卑污,单看它的语言,已经远远不能进入文学的规范。有些“名家”的作品,其语言的修养,尚不及一个用功中学生的课卷。抄几句拳

---

① 参考王先霈主编:《文学批评原理》,武汉:华中师范大学出版社,1999年,第238页。
② 张石秋编译:《古文译著百篇》,西安:陕西人民出版社,1991年,第257页。
③ 曹铁娟选译:《历代书信选译》,昆明:云南人民出版社,1984年,第153页。
④ 曹铁娟选译:《历代书信选译》,昆明:云南人民出版社,1984年,第148页。
⑤ 王先霈主编:《文学批评原理》,武汉:华中师范大学出版社,1999年,第240页。

经,仿几句杂巴地流氓的腔口,甚至习用十年动乱中的粗野语言,这能称得起通俗文学?

通俗也好,不通俗也好,文学的生命是反映现实。远离现实,不论你有多大瞒天过海之功,哗众取宠之术,终不得称为文学。

过去,通俗小说有所谓"话本"和"拟话本"。话本产自艺人,多有现实性,而拟话本产自文人,则多虚诞之作,随生随灭,不能永传。现在的一些武侠小说,充其量不过是"拟"而已矣,还不能独立成章。

雪中无事,写了以上这些,不知你平日对此是何看法,有何见解?冒昧言之,希望你和我讨论。

  祝

  安好!

孙犁

1985 年 1 月 5 日①

虽然孙犁给贾平凹的信中涉及何谓通俗文学这一理论问题,但并不是用一般的理论批评的概念去推理、判断,没有引经据典,也没有条分缕析,只是从文坛上对通俗文学的一些偏见说起,话家常般谈出自己对通俗文学的一点理解。

八、序跋体批评写作

序和跋是指放在一部作品之前和之后,对作者、作品做介绍、评价的文字。中外文学史上,都有很多序跋类批评文体的名篇,如中国古代有《诗大序》、钟嵘的《诗品序》、萧统的《文选序》,西方的有雨果的《〈克伦威尔〉序》、巴尔扎克的《〈人间喜剧〉前言》、丹纳的《〈英国文学史〉序》等。1900年,英国诗人华兹华斯为自己和柯勒律治合作发表于 1878 年的《抒情歌谣集》作序,主张以平民的语言抒写平民的事物、思想与感情。他提出的"所有的好诗都是强烈情感的自然流露",主张诗人"选用人们真正用的语言"来写"普通生活里的事件和情境",这样的思想使得这篇序言成为浪漫主义诗歌的宣言,这篇序言和《抒情歌谣集》一起在文学史中占有一席之地并熠熠生辉。

序跋可以自己写,也可请他人写。自序或自跋一般偏于说明著作的目的、写作的经过等,还可就书中的重要内容作简单阐述。他序或他跋既可分析作品、评价作家,也可兼及对文艺现象、文学思潮的评价。序跋体文学批评一般要涉及对作家、作品的介绍、品评,自己写序跋的往往还会说明创作体会、意图,因此和其他批评文体相比,序跋的史料价值受到很多研究者的重视,这也使得序跋体文学批评具有重要意义。如司马迁在《史记·太史公自序》述说自己的写作动机、历史观和文学思想,成为后人研读《史记》的重要资料。

由于序跋的作者要么是本人,要么是和作者关系相对亲密的人,因此序跋写作的难点在于分寸的把握。替他人作序作跋,不必全篇洋溢褒美之词;自序自跋时,也不必一味作谦虚语。只有这样,才能使得序跋文章具有独立的价值,和原著相得益彰,对于作者和读者都有所帮助。

如聂绀弩曾作《序〈萧红选集〉——回忆我和萧红的一次谈话》,可选其中一段来看:

我说:"萧红,你会成为一个了不起的散文家,鲁迅说过,你比谁都更有前途。"

---

① 孙犁:《再谈通俗文学——致贾平凹》,《孙犁散文》中册,北京:中国广播电视出版社,1995 年,第 114—117 页。

她笑了一声说:"又来了! 你是个散文家,但你的小说却不行!"

"我说过这话么?"

"说不说都一样,我已听腻了。有一种小说学,小说有一定的写法,一定要具备某几种东西,一定写得像巴尔扎克或契诃夫的作品那样。我不相信这一套,有各式各样的作者,有各式各样的小说。若说一定要怎样才算小说,鲁迅的小说有些就不是小说,如《头发的故事》、《一件小事》、《鸭的喜剧》等等。"

"我不反对你的意见。但这与说你将成为一个了不起的散文家有什么矛盾? 你又为什么这样看重小说,看轻散文呢?"

"我并不这样。不过人家,包括你在内,说我这样那样,意思是说我不会写小说。我气不忿,以后偏要写!"

"写《头发的故事》、《一件小事》之类么?"

"写《阿 Q 正传》、《孔乙己》之类! 而且至少在长度上超过它们!"

我笑说:"今天你可把鲁迅贬够了。可是你知道,他多喜欢你我的感觉变了。我觉得我不配悲悯他们,恐怕他们倒应该悲悯我咧! 悲悯只能从上到下,不能从下到上,也不能施之于同辈之间。我的人物比我高。这似乎说明鲁迅真有高处,而我没呀!"

她笑说:"是你引起来的呀! 说点正经的吧,鲁迅的小说的调子是很低沉的。那些人物,多是自在性的,甚至可说是动物性的,没有人的自觉,他们不自觉地在那里受罪,而鲁迅却自觉地和他们一齐受罪。如果鲁迅有过不想写小说的意思,里面恐怕就包括这一点理由。但如果不写小说,而写别的,主要的是杂文,他就立刻变了,从最初起,到最后止,他都是个战士,勇者,独立于天地之间,腰佩翻天印,手持打神鞭,呼风唤雨,撒豆成兵,出入千军万马之中,取上将首级如探囊取物! 即使在说中国是人肉的筵席时,调子也不低沉。因为他指出这些,正是为反对这些,改革这些,和这些东西战斗。"

我笑说:"依你说,鲁迅竟是两个鲁迅。"

她也笑说:"两个鲁迅算什么呢? 中国现在有一百个、两百个鲁迅也不算多。"

我笑说:"你这么能扯,我头次知道。"

我们也谈《生死场》。

我说:"萧红,你说鲁迅的小说的调子是低沉的,那么,你的《生死场》呢?"

她说:"也是低沉的。"沉吟了一会儿,又说:"也不低沉! 鲁迅以一个自觉的知识分子,从高处去悲悯他的人物。他的人物,有的也曾经是自觉的知识分子,但处境却压迫着他,使他变成听天由命,不知怎么好,也无论怎样都好的人了。这就比别的人更可悲。我开始也悲悯我的人物,他们都是自然奴隶,一切主子的奴隶。但写来写去,有或有的也很少。一下就完了。这是我和鲁迅的不同处。"[①]

从上段序中可以看出,写序的聂绀弩是作者萧红的熟人,其间讨论的主要问题是他们都熟的鲁迅,并及鲁迅与萧红的比较,由于通过萧红之口说出,显得十分真切,很有史料价值,对于认识鲁迅与萧红的作品的独特性都有极好的参考意义。此外,作序的聂绀弩并没有成为作者的傀儡,而是具有自己的独立见解,保持了作序的独立性,这是序跋能够成为批评的前提条件之一。若是只说捧场话,恐怕失去了批评精神。

---

① 聂绀弩:《聂绀弩全集》第 9 卷,武汉:武汉出版社,2004 年,第 73—74 页。

关键词

1. 文学批评写作：首先，它应属于基础写作，需要遵守选材、立意、构思、表达方式、语言技巧等写作规范，体现论述文的基本特点。其次，文学批评写作是将一般写作的规范和文学批评的特殊性有机地统一起来。第三，文学批评写作缘发于文学创作，应紧紧把握文学的审美特性，是一种"艺术品"的创造。

2. 书信体批评：书信体批评是指作家之间、批评家之间或作家与读者、作家与批评者之间以书信形式就某个文学问题或对作家作品发表意见看法的批评样式。

3. 序跋体批评：序和跋是指放在一部作品之前和之后，对作者、作品做介绍、评价的文字。自序或自跋一般偏于说明著作的目的，写作的经过等，还可就书中的重要内容作简单阐述。他序或他跋既可分析作品、评价作家，也可兼及对文艺现象、文学思潮的评价。序跋体文学批评一般要涉及对作家、作品的介绍、品评，自己写序跋的往往还会说明创作体会、意图。

思考题

1. 与一般写作相比文学批评写作有何特殊要求？
2. 分析诗歌意象一般应从哪几方面着手？
3. 如何理解散文之"散"与"不散"的统一？
4. 为什么说戏剧冲突是非常重要的？ 如何分析戏剧冲突？

阅读链接

1. 童庆炳：《文体与文体的创造》，昆明：云南人民出版社，1994 年。
2. 张利群：《批评文体的外壳形式》，《批评重构》，桂林：广西师范大学出版社，1999 年。
3. 萧乾等：《书评面面观》，北京：人民日报出版社，1989 年。

（李春红）

后　记

　　记得 2005 年,我和鲁枢元先生、姚鹤鸣先生一起主编的《文学理论》出版后,我就琢磨着文学理论的教学,当前所面临的困难就是学生对于理论的学习有畏难情绪,尽管上课的老师费尽九牛二虎之力,还是难以引发学生的共鸣。文学理论课似乎成了中文教学中的鸡肋,弃之可惜,食之无味。没有文学理论的中文教学,给人浅的感觉;可有着文学理论的中文教学,却又深奥而沉重。所以,如何将理论课变得轻松一些,恐怕是理论教学回避不了的问题。这样的工作,可以在文学理论的教学中去尝试,也可以通过其他的课程教学来加以改变。就后一方面而言,我认为加强文学批评学方面的教学力度,在既传授文学理论知识,又培养学生评论作品的能力这两点上,都能收到很好的效果。所以,编写一本文学批评学教材,也就提到了议事日程上。

　　但怎么编? 还是颇费踌躇的。文学批评学的教材已经有不少,但多数看起来,还是过于理论化,往往陷入有关文学批评性质的论争中,并将这一点作为自己的创新大加阐发,这作为研究来看,本来是正常的,也有一新耳目的地方,可作为教材,则会让初次接触文学批评的学生不知所云,如坠雾中。因此,我认为如果从切合学生思维特点的角度来编写教材,就应当是浅显的、通俗的、具体的,而非深奥的、难懂的、抽象的。这时候,我看了一些广告学方面的教材,就感到它们编写灵活,表达简明,结构实用。当时就想,要是能够参照广告学的教材编写出相类似的文学批评学的教材,肯定会改变文学理论教材那副古板的面目,让学生一见,就感到喜欢的。正是带着这样的想法,我开始设计文学批评学教材的编写计划,几经反复,最后选择以“文学批评方法”为主要编写内容,认为这样做,即使做不到广告学教材的简明扼要与通俗易懂,但总可以达到问题具体、表述清晰的目的。往后一想,还感到选择批评方法为编写内容,有如下优点:其一,批评方法总是代表着文学观念,让学生了解多种批评方法,也就了解了多种文学观念,这可丰富学生对于文学的认识广度与深度。其二,由于不同的批评方法是平等的,相互竞争的,这将促使学生养成开放的学术态度,有利于培养自由思考的能力。其三,批评方法虽然与文学理论相关,但由于它的应用性,与创作实践相关,学习批评方法,既可以学到理论知识,也可以学到具体的作品分析,这对于培养学生鉴赏作品、评论作品的能力有着直接的帮助。基于这样的考虑,在这本教材中,有关批评的定义、性质、作用等话题,也就大大压缩了,从而给各种批评方法以充分的篇幅,并增加批评写作一章,都是意在提升实践能力培养的分量。

　　全书的具体设计是:首先,依据文学的审美要素列出相应的批评方法;其次,依据文学的社会与文化要素列出相应的批评方法;最后,依据文学的接受与比较要素列出相应的批评方法。章节的具体设计是:首先,交待批评方法的定义,以便问题变得清晰起来;其次,陈述批评方法的历史,构成知识的谱系,也是想让学生知道一种批评的方法形成不是一朝一夕的,它是千百年来批评家的心血积累;第三,总结批评方法的运用特点或运用类型,便于寻找批评的具体路径;最后,选择一篇批评实例,通过点评,以范文来引导学生的习作,将批评方法的学习落到实处。

大体算来,从最初的计划开始,那是 2006 年底,到现在的最后完稿,已经是 2009 年底,整整三年,算是历时不短了。其中也经过了撰写人员的变动,一些老师因承担了较大的教学与科研工作,难以完成相关章节的撰写,只得另寻撰写者,结果,在各位的通力合作下,终于完成,了却一桩心愿。在这里,我要特别感谢刘淮南教授,他率先写好政治批评一章,作为例文,以便其他各章在体例上统一时有个参照。但刘淮南教授写好例文后,则苦苦等待了两年多才见到全书完成,真是对不起他。好在这本教材没有夭折,还是等到了出版,虽是迟到的完满,可毕竟算是一种完满。

本书的导论由上海理工大学薛雯撰写,第一章由安徽大学吴家荣、合肥师范学院何旺生撰写,第二章由闽江学院肖翠云撰写,第三章由安徽师范大学江守义撰写,第四章由绍兴文理学院李先国撰写,第五章由南京晓庄学院莫先武撰写,第六章由苏州大学孟祥春撰写,第七章由忻州师范学院刘淮南撰写,第八章由湖州师范学院杜瑞华撰写,第九章由安徽师范大学章池撰写,第十章由苏州大学高磊撰写,第十一章由台州学院李涛撰写,第十二章由江南大学杨晖撰写,第十三章由牡丹江师范学院尹传兰撰写,第十四章由嘉兴学院富华撰写,第十五章由常熟理工学院李春红撰写。全部书稿是陆续到我手上的,我和两位副主编一起,尽我们自己的努力去统稿、校对、增删,不过由于涉及的知识面较宽,各人的表达风格与行文习惯有差异,再加上我们自己的理解也有限,全书仍然留有不少瑕疵,甚望得到广大师生的批评指教。

最后,感谢参加本教材撰写的各位老师,感谢我的研究生刘璐、毛寅、黄河、吴婕、陶斯敏帮助校对清样,付出了辛勤的劳动。感谢华东师大出版社,在出版了我们的《文学理论》之后,又出版我们的《文学批评学教程》。还要特别感谢王焰女士,她亲自与我讨论这本教材的书名;感谢庞坚编辑,他作为这本教材的责编,为我们提供了很好的修改意见。

刘锋杰

2009 年 12 月 1 日于苏州金鸡湖畔